KiWi
PAPERBACK
1157

DAS BUCH

Erster Januar: Stuart Hill, Chef von *Promethean Industries*, einem internationalen Konzern für Satellitentechnik, kommt nach durchfeierter Silvesternacht in seiner Berliner Adlon-Suite auf rätselhafte Weise ums Leben. Tags darauf stürzen die Aktienkurse in die Tiefe. Irgendjemand verdient gigantische Summen an Hills Tod.

Sarah Jakobs, junge Hauptkommissarin für Wirtschaftskriminalität am LKA Berlin, wird mit den Ermittlungen betraut, als sich ein weiterer Mord ereignet. Die Opfer sind in einer rätselhaften, skulpturalen Weise angeordnet – und: Wieder handelt es sich um ranghohe Manager, wieder fehlt von den Tätern jede Spur. Bis auf eine mysteriöse Botschaft, die am Tatort hinterlassen wurde.

Gemeinsam mit Vincent Wagner, einem Bremer Doktoranden der Kunstgeschichte, versucht die junge Kommissarin, dem Rätsel auf den Grund zu gehen. Einem Rätsel, das in ihr die unheilvolle Ahnung wachsen lässt, etwas Großem auf der Spur zu sein. Vielleicht etwas zu Großem. Die Spur führt über Dantes Inferno und den mittelalterlichen Satan zum altgriechischen Gott Kronos, Gott der Zeit und Vater des Zeus. Und zu einer uralten Vereinigung, die seit Jahrtausenden auf ihr Ziel hinarbeitet. Ein Ziel, das kurz vor der Vollendung steht.

DER AUTOR

Veit M. Etzold, geboren 1973 in Bremen, studierte Anglistik, Kunstgeschichte, Medienwissenschaften und General Management in Oldenburg, London und Barcelona. 2005 promovierte er zum Kinofilm »Matrix«. Während und nach seinem Studium arbeitete er für Medienkonzerne, Banken und eine internationale Unternehmensberatung. Veit M. Etzold lebt in Berlin.

VEIT M. ETZOLD

DAS GROSSE TIER

Thriller

Kiepenheuer & Witsch

2. Auflage 2010

Umschlaggestaltung: Barbara Thoben, Köln
Umschlagmotive: © Olney Vasan/Getty Images;
fotolia/Picturemaker; fotolia/FX Berlin
Gesetzt aus der DTL Documenta
Satz: Pinkuin Satz und Datentechnik, Berlin
Druck und Bindung: CPI – Clausen & Bosse, Leck
ISBN 978-3-462-04214-6

DAS IST NICHT TOT, WAS EWIG LIEGT,
BIS DASS DIE ZEIT DEN TOD BESIEGT.

H. P. Lovecraft

PROLOG

Der Plan war schon immer da gewesen. Nun waren die Vorbereitungen abgeschlossen. Der alte Mann, den sie *den Wächter* nannten, sah nach draußen. Er ließ seinen Blick über die Stadt schweifen, während die Sonne in der Abenddämmerung zwischen den Häuserschluchten und sturmgetriebenen Wolken verschwand. Er sah auf die gigantischen Stahl- und Betontürme, in deren Tausenden Fenstern helles Licht brannte. Es war das Ende des letzten Tages am Ende des letzten Jahres. Die Zeit war gekommen, alles zusammenzuführen und alle Figuren gleichzeitig zu bewegen. Seine Werkzeuge waren vielfältig, seine Diener überall. So hatte die Stille der beginnenden Nacht etwas Unheimliches, denn sie war keine wirkliche Stille. Sie war wie das leise Luftholen vor dem Sprung.

Die Firma war ein Teil des Plans. Sie war groß und erfolgreich. Keiner glaubte, ihr Aktienkurs würde sinken und darum sank er auch nicht. Doch war der Sturz nicht immer heftiger als der Anstieg, war die Tiefe nicht immer bedrohlicher als die Höhe? Wenn eine Aktie um 50 % fiel, musste sie um 100 % steigen, um wieder den gleichen Wert wie zuvor zu erreichen. Alle glaubten, die Aktie der Firma würde steigen, der alte Mann wusste, sie würde fallen.

Denn alles, was ist, endet.

SOMNIA

ER STÜRZT SIE BEI NACHT
UND SIE SIND ZERMALMT.

Hiob 34, 25

BERLIN
MONTAG, 1. JANUAR
01:00 UHR

1

Stuart M. Hill öffnete mit seiner Schlüsselkarte die Tür zu seiner Suite im Adlon und ließ der attraktiven Dame, die ihn begleitete, den Vortritt. Das Wachpersonal war mit solchen Situationen vertraut und durchsuchte die Begleitung diskret nach Waffen. *Was für eine Nacht,* dachte Hill, *so musste sich Gott gefühlt haben, nachdem er am sechsten Tag Himmel und Erde geschaffen hatte.*

Im letzten Jahr hatten sie ein Rekordergebnis erzielt. *Promethean Industries* und Stuart Hill waren zu einer Einheit verschmolzen. Ohne ihn ging dort nichts mehr. Die Analysten fraßen ihm aus der Hand, seine Visionen bewegten die Kurse, seine Optionen würden ihn zum Milliardär machen. Die Expansion, die sich unter seiner Ägide endlich auszahlte, übertraf alle Erwartungen. Der in Deutschland notwendige Stellenabbau war bereits beschlossene Sache.

Wenn du weißt, dass der Verhandlungsführer der Gewerkschaften Päderast ist – und das hat man zu wissen, wenn es so ist –, schicke ihm eine 12-Jährige nach seinem Geschmack. Dann mach Fotos davon bzw. drehe gleich einen ganzen Film. Und lass ihn davon wissen. Das erleichtert manches.

Er blickte sich um, sah, dass alles arrangiert war. Der Champagner, die Gläser, das Eis. Er hatte sich die Fliege geöffnet und im James-Bond-Stil um den Hemdkragen gelegt und fühlte sich genauso wie der Filmheld. Er schaute nach draußen durch die großen Scheiben der Flügeltür, die auf den

Balkon führte. Seine weibliche Begleitung stellte sich dicht vor ihn und schaute ihm in die Augen.

»Was gibt es da draußen schon zu sehen? Sieh mich an.« Sein Blick glitt von ihren hochhackigen Schuhen und ihren schlanken Beinen über das Schwarz ihres Abendkleids, das sich vor dem Balkon der Suite gegen die von Lichtblitzen durchzuckte Silvesternacht Berlins nur ein wenig abhob, hinauf über den gewölbten Ausschnitt, wo die Schwärze der Nacht aufhörte und ihr brünetter Teint verheißungsvoll begann, und weiter zu ihrem für ein Lächeln leicht geöffneten Mund, ihrer klassisch geformten Nase und den dunkelbraunen Augen, die ihn verführerisch anblickten.

»Wenn ich da bin«, sagte sie und schüttelte ihren Kopf, wobei ihre leicht gelockten, kastanienbraunen Haare ihren Nacken umspielten, »solltest du mich anschauen, und nichts sonst.« Sie zog ihn an den zwei Enden seiner Fliege zu sich heran. »Mr. Bond ...«

»Verzeih«, sagte Hill, »wie konnte ich?« Den ganzen Abend hatte er nur für sie Augen gehabt. Für sie, die ihm nun endlich so nahe war und ihn verführerisch anlächelte. Seine Lippen näherten sich ihren – doch sie drehte sich weg.

»Nicht so schnell«, lachte sie, nahm seine Hände und führte ihn tänzerisch durchs Zimmer. »Ich dachte, du bist ein Gentleman. Wir haben noch die ganze Nacht vor uns. Lass uns erst noch etwas trinken.«

So war sie schon den ganzen Abend. Sie hatten ein exquisites 4-Gänge-Menü genossen und danach ausgelassen getanzt. Als er sie küssen wollte, war sie ausgewichen und hatte sich nur tiefer in seine Umarmung geschmiegt. »Hier!« Sie hielt ihm die Champagnerflasche hin, die sie aus einem Eiskübel auf dem Servierwagen nahm. »Öffne du!«

Er ergriff die Flasche und öffnete die Flügeltür zum Balkon. Eisige Luft strömte ihm entgegen. Das einmalige Ambiente des Pariser Platzes vor dem Brandenburger Tor mit der Quadriga, dieses Ensemble aus Tor, Botschaft, Bank und Akademie, strahlte trotz der Silvesterraketen Ruhe aus. *Architektur ist gefrorene Musik,* hatte mal irgendwer gesagt. *Merkwürdig,* dachte Hill, *eine leise Musik, die in der Lage ist, den Lärm zu übertönen.* Vorsichtig lockerte er den Korken, bevor er ihn mit einem Knall in den Nachthimmel fliegen ließ. Er füllte die Gläser und reichte ihr eines.

»Auf uns?« Die Gläser stießen mit einem hellen Ton zusammen. Sie hob die rechte Augenbraue. »Auf uns.«

Sie tranken. *Ein Ambiente wie auf Hochglanzfotos,* dachte Hill. Er konnte sich gut den Fotografen, einen Beleuchter und die Assistenz in der Suite vorstellen. Doch sie waren allein. Nur sie und er.

Er strich über ihre Hüften, wie vorhin beim Tango. »Du hast mir noch nicht verraten, wie du heißt.«

»Ich mag neugierige Männer«, antwortete sie und streichelte über seine Wange, »aber ich mag auch Männer, die ein Geheimnis zu schätzen wissen. Man muss doch nicht immer alles wissen. Wir sind zusammen in dieser Nacht. Das reicht doch ...«

»Und du bist die Königin der Nacht«, fuhr er fort und zog sie noch näher zu sich heran. »Diese Nacht ist noch lang und kann gar nicht lang genug sein«, sagte er schwer atmend.

Seine Lippen näherten sich wieder ihrem Mund. Diesmal ließ sie es zu. Ihre Lippen umspielten einander. Er spürte, wie ihre Arme seinen Hals umschlangen, spürte ihre Wärme, ihren Atem, ihre Zunge, die über seine fuhr – und plötzlich einen beißenden Geschmack, der ihm die Kehle zuschnürte. Sein Kopf schien das Ende einer Kette zu sein, die mit einer diabolischen Kraft im Kreis bewegt und irgendwann krachend gegen die Balkontür schlagen würde. Seine Beine wurden schwächer, er sank an ihr herab, versuchte sich an ihr festzuhalten, ihrem Hals, ihrem Kleid, ihren Beinen.

»Was ist das«, brachte er noch hervor, als er zu ihren Füßen lag, doch seine Stimme war kaum mehr zu vernehmen. Er sah ihr Gesicht zu ihm herunterblicken.

»Nemesis schenkt dir deine längste Nacht«, sagte sie, lächelte ihn an und warf ihm einen Kuss zu.

Doch Stuart Hill war schon tot.

2

ST. MORITZ
MONTAG, 1. JANUAR
01:00 UHR

Den ganzen Abend schon hatte ihn der Anrufer mit der unterdrückten Nummer auf seinem Handy kontaktiert. Oder sollte er besser sagen »terrorisiert«? Jedes Mal hatte er ihn weggedrückt. Es konnte eigentlich nichts Wichtiges sein – mit seinen Eltern hatte er schon telefoniert, um ihnen ein frohes neues Jahr zu wünschen, und alle seine großen Kunden waren hier. Doch jetzt klingelte es wieder. Wieder die anonyme Nummer. Er hasste unterdrückte Nummern. Er drückte auf den Annahmeknopf und erntete einen verständnislosen Blick von seiner Tanzpartnerin.

»Musst du immer ans Handy gehen?«, fragte sie. »Wir feiern Silvester.«

»Bleiben Sie dran, ich bin gleich da.« Er ließ seine Tanzpartnerin in der Mitte des Saales stehen, durchschritt die Menge der Tanzenden, abwechselnd »Entschuldigung«, »Scusi« und »Sorry« murmelnd, während er die Fliege um seinen Hals ein wenig lockerte.

Er war Investmentbanker, und die Bank feierte mit ihren besten Kunden Silvester, Badrutts Palace Hotel, 165 Zimmer, 30 Suiten, alle von seiner Firma belegt. Das Programm war grandios: Dinner und Ball, vorher und hinterher Skifahren und Schneepolo, danach Fachsimpeln am Kamin oder im Spa-Bereich über die makroökonomischen Trends, die Kursentwicklung, Anfang und mögliches Ende der Kreditkrise und die globalen Chancen, die sich irgendwann daraus ergeben würden. Er hatte sich gut unterhalten. Was auch immer passieren würde, das nächste Jahr würde das erfolgreichste der Firma werden. Das sagten, oder hofften, jedenfalls alle. Er hätte nie gedacht, dass so viele Kunden einer Silvester-Einladung folgen würden. Die Party würde einen hohen, sechsstelligen Betrag kosten, und er sah schon die Managing Directors, wie sie am nächsten Tag Bilanz ziehen würden, ob das Geld gut investiert war.

»So, jetzt können wir«, sagte er.

»Das freut mich«, sagte die Stimme am anderen Ende. »Es freut mich, dass Sie sich Zeit nehmen.«

»Silvester ist ein etwas merkwürdiger Zeitpunkt für Business-Gespräche, meinen Sie nicht?«

Die Stimme lachte leise. »Haben Sie denn keine guten Vorsätze? Wann werden die Entscheidungen getroffen, wenn nicht zu Beginn eines Jahres? Und ich muss sie korrigieren. Es geht nicht um Business, es geht um Sie.«

Er schaute durch die Fenster auf den zugefrorenen, schneebedeckten See hinunter. Die Musik von der Party war gedämpft zu hören. Die ersten Gäste steuerten schon ihre Zimmer an.

»Sie sind in einer Top-Position in einem Top-Unternehmen, nicht wahr?«, fragte die Stimme abwartend. »Sie wären nicht dort, wo Sie sind, wenn Ihnen das reichen würde.«

»Bieten Sie mir einen Job an?« Er wählte den direkten Weg.

Stille am anderen Ende. Er wollte schon nachfragen, weil keine Reaktion kam, da meldete sich die Stimme wieder.

»Ich biete Ihnen an, der Elite beizutreten. Der Spitze der Nahrungskette. Da wollen Sie doch hin?«

Spitze der Nahrungskette, *dachte er, während er einen Kell-*

ner wegscheuchte, der sich ihm mit einem Tablett mit Champagner näherte. Elite. *Jeder nannte sich so, Goldman Sachs, Morgan Stanley, McKinsey. Doch* die Elite *gab es nur einmal – sonst wäre sie keine Elite. Er hatte schon öfter davon gehört, das Gerücht spukte durch die Business Schools, durch die Beratungshäuser, die großen Anwaltskanzleien und durch die Investmentbanken. Ein Unternehmen, mächtiger, älter und einflussreicher als alle anderen – und dennoch völlig unbekannt, oder besser: verborgen.*

»Davon habe ich schon einmal gehört«, sagte er, bewusst desinteressiert. Headhuntern gegenüber darf man nie euphorisch sein. »Gesetzt den Fall, ich gehe auf Ihr Angebot ein, was würde Ihre Elite mir denn bieten?«

»Zunächst einmal einen gigantischen Auftrag für Ihre Bank. Von Ihnen vermittelt. Unser Kunde wird Ihr Kunde. Damit sind Sie ganz schnell Managing Director. Nicht erst Associate, dann Vice President und dann irgendwann MD, sondern Fast Track. *Und das wollen Sie doch?«*

Er rieb sich mit der Hand über das Gesicht und wechselte das Handy an das andere Ohr. MD, *dachte er,* Managing Director. Spitze der Nahrungskette. *Das wollte er allerdings.*

»Was noch?«, fragte er.

»Zugang zu allem, von dem Sie jetzt noch zu wenig haben: Geld, Menschen und Informationen. Wir reden nicht nur davon, dass wir die Welt bewegen. Wir tun *es.«*

»Was heißt das konkret für mich?«, fragte er.

»Egal, was Ihnen Ihre Bank derzeit an Gehalt zahlt, wenn Sie mit uns kooperieren, bekommen Sie noch mal das Doppelte dazu.«

Er hob die Augenbrauen. »Könnte durchaus sein, dass ich interessiert bin.«

»Schön«, sagte die Stimme. »Wir wissen, dass Sie gut sind. Wir wollen, dass Sie noch besser werden. Dafür müssen wir wissen, ob Sie wirklich so gut sind, wie wir glauben.«

Er schüttelte den Kopf. Die wollten doch wohl keinen Aufnahmetest mit ihm machen? *»Was kommt jetzt?«, fragte er. »Ein Multiple-Choice-Test, Case Studies, Gruppeninterviews, Assessment-Center? Psycho-Schnickschnack? Wollen Sie nicht gleich an die Unis gehen?«*

Wieder leises Lachen. »Banken wie die Ihre haben Fallstudien, lassen die Bewerber zu 20 verschiedenen Gesprächen antanzen, Beratungen machen das ähnlich, die führenden MBA-*Schulen haben den* GMAT, *ohne den niemand reinkommt. Unser Klient …«, fuhr die Stimme fort, »… unser Klient hat andere Tests.«*

»Und was für Tests sind das?«

»Zunächst einmal testen wir Ihre Flexibilität.«

Er schüttelte den Kopf. Solche Plattitüden hätte er dann doch nicht erwartet. So stand es auch bei Stellengesuchen der miesesten Unternehmen. Wir erwarten Flexibilität, Belastbarkeit, einen guten bis sehr guten Hochschulabschluss …

»Haben Sie schon mal einen I-Banker gesehen, der unflexibel ist?«, knurrte er.

»Nein«, sagte die Stimme. »Darum seien Sie auch bitte morgen Mittag in Berlin-Tegel. Dort erhalten Sie weitere Instruktionen.«

»Wie bitte?«, sagte er. »Ich soll morgen nach Berlin? Am ersten Januar? Hören Sie, ich bin hier in einem Event meiner Firma eingespannt. Die Kunden erwarten …«

»Ich dachte, Sie seien flexibel?«

Er lauschte auf die Musik. Vom Walzer war man jetzt zu Rocksongs übergegangen.

»Was soll ich meinem Boss sagen?«, fragte er. »Dass jemand gestorben ist?«

»Warum nicht?«, sagte die Stimme. Etwas gefiel ihm nicht in der Art und Weise, wie der Anrufer Warum nicht *gesagt hatte.*

Er dachte nach, überlegte sich schon Wege, Ausreden, Mög-

lichkeiten. Er war es gewohnt, in solchen Szenarien zu denken. What if ... *Er könnte nach Berlin fliegen und dann gleich nach London weiter, vorher noch kurz Zwischenstopp bei seinen Eltern. Doch dann sah er sich in Berlin stehen und niemand wäre da und es gäbe auch keinen Test. Und er stellte sich vor, dass ihn hier ein paar frühere Freunde hochgenommen hatten, dass* es die Elite, *die Möglichkeiten, die Karriere und den Test gar nicht gab.*

»Versprechungen lassen sich leicht machen«, sagte er. »Woher weiß ich, dass Sie es ernst meinen?«

Die Stimme lachte wieder leise. »Checken Sie um zwei Uhr Ihr Bankkonto. Wenn Sie dann fünf Millionen Euro mehr sehen als vorher, wissen Sie, dass wir es ernst meinen.«

»In einer Stunde?«

»Terminüberweisung«, sagte die Stimme.

Er blinzelte in die Dunkelheit über dem See. Fünf Millionen waren für jeden viel Geld.

»Meine Kontonummer ...«, fragte er.

»Haben wir«, sagte die Stimme. »Und alles andere auch.«

»Und wo finde ich Sie in Berlin?«

»Gar nicht. Wir finden Sie. Gute Nacht.«

Die Verbindung endete.

3

BERLIN
MONTAG, 1. JANUAR
01:30 UHR

So also beginnt das neue Jahr für einen angehenden Doktor der Kunstgeschichte, dachte Vincent, als er den Flug einer Rakete in den Nachthimmel verfolgte. Bei eisiger Kälte, mit Gejohle, ohrenbetäubendem Getöse, pflichtbewusster, lauter Fröhlichkeit und Funken sprühenden Raketen, deren Explosionen die Glasfassaden des Potsdamer Platzes zurückwarfen und das ganze Areal in eine einzige Großraumdisko verwandelten. Vincent hatte sich von seinen Freunden überreden lassen, doch noch dahin zu gehen, *wo etwas los war,* und da am Brandenburger Tor keine Feuerwerkskörper gezündet werden durften, wich der ganze Tross nun auf die Straßen rund um den Potsdamer Platz aus.

Er war kein Freund dieser lärmenden Fröhlichkeit. Und ein Freund großer Menschenmassen erst recht nicht. Hier hatte er nun beides, hing mit 32 Jahren mit irgendwelchen Studienanfängern herum und ließ sich Böller um die Ohren schmeißen. Silvester in Berlin, in Dunst und Kälte, umgeben von Idioten. Für jemanden, der sich für origineller hielt als den Durchschnitt, war das nicht besonders originell. Ebenso wenig wie seine Suchanfrage im Internet, wo er vor Kurzem auf einer Horoskop-Seite seinen Geburtstag eingegeben hatte. *Das neue Jahr wird für Sie mit einer Überraschung beginnen,* hatte dort gestanden. Es waren Tausende von Menschen um ihn herum und er langweilte sich trotzdem. War das die Überraschung?

»... ich habe gesagt, Heraklit hat gesagt, dass der Krieg der Vater aller Dinge sei«, brüllte Vincent gegen den Krach an. Silvester war Krach, in Clubs war Krach, auf Partys war Krach. Er sprach mit einem jungen Mädchen, das neben ihm stand, ungefähr zwanzig und vielleicht ein bisschen sehr jung für ihn. Eine von denen, die Tobi »Cityhuhn« nannte, weil sie zwar jetzt in der Großstadt war, sich aber noch immer wie ein Huhn vom Land benahm. Seit Oktober studierte sie Sozialpädagogik an der FU, und Silvester in Berlin hatte natürlich ganz anders zu sein als zu Hause in Ostwestfalen. Von der Größe der Stadt war sie noch immer fasziniert. Eigentlich war sie ganz hübsch, fand Vincent, wenn auch erschreckend naiv. Er hatte ihr vorhin gesagt, dass ihr Gesicht ihn an ein Deckenfresko in der Sixtinischen Kapelle erinnern würde. So wie einer der Engel, die gemeinsam mit Gott dem Herrn in der Wolke schwebten, während er Adam zum Leben erweckte. Das fand sie so süß, dass Vincent sie jetzt nicht mehr loswurde. Vincent passierte das häufiger: Wenn es auf nichts ankam, traf er mit seinen Beobachtungen ins Schwarze. War es aber mal wichtig, fehlten ihm oft die Worte. Jedenfalls wich das Cityhuhn nicht mehr von seiner Seite und nahm öfter einen Schluck aus seiner Sektflasche, aus der er selbst gar nichts trank.

»Aha«, schrie das Mädchen zurück, dessen Namen Vincent noch gar nicht wusste oder schon wieder vergessen hatte, »und was hat das mit Silvester zu tun?«

»Die Menschen vermissen den Krieg anscheinend auch in Friedenszeiten und darum holen sie ihn sich zurück, so wie hier.« Vincent kämpfte gegen jaulend in den Himmel fahrende Raketen an, während Tobi sich bückte, um den nächsten Feuerwerkskörper zu entzünden. Das Ding drehte sich mit einem klagenden Geräusch um sich selbst, um dann abrupt zu verglühen. Tobi wandte sich um, nahm dem Mädchen die Sektflasche aus der Hand, trank einen Schluck und suchte in seinem Rucksack nach weiteren Böllern.

»Erzähl der doch nicht so 'n Scheiß, kapiert die eh nicht. *Krieg ist Vater aller Dinge!* Sieh mal zu, dass du heute Nacht noch *König zweier Dinger* wirst!« Er lachte dreckig, schob wenig rhythmisch die Hüfte vor und zurück, und entzündete gleich wieder einen Böller. Vincent verzog das Gesicht, während er Tobi betrachtete, der in seinem Rucksack nach weiteren Böllern suchte. Mit seinen halblangen Haaren, der Jeansjacke, die er unabhängig von der Außentemperatur immer trug, und den weißen Sportschuhen sah er aus wie ein Relikt aus den Achtzigern, das sich ein wenig ironisch als Proll inszenierte, zu zwanzig Prozent aber auch einer war.

Heute geht es aber noch, dachte Vincent. Tobi hatte früher so wenig Treffsicherheit in Kleidungsfragen bewiesen, dass Vincent oft geglaubt hatte, er sei farbenblind. Das Cityhuhn schaute wie gebannt auf den brennenden Himmel.

»Das ist aber eine komische Erklärung für Silvester, das mit dem Krieg«, rief das Mädchen zurück, »da soll man doch feiern und nicht an Krieg denken. Was machst du eigentlich so?«

»Wenn ich nicht gerade Vergleiche über Krieg und Silvester anstelle, promoviere ich an der Humboldt in Kunstgeschichte.«

So etwas hinterließ bei jemandem, der gerade sein Studium begonnen hatte, natürlich Eindruck. »Das heißt, du machst deinen Doktor? Echt? Das ist ja toll! Und worüber?«

»Über Michelangelo und den Beginn des Geniekults. Geht so über die Jahrhunderte bis heute.«

Das Mädchen schien so fasziniert wie ratlos am ersten Namen hängen geblieben zu sein. »Michelangelo? Der mit der Decke in der Kapelle?«

»Ja.«

»Das war doch auch der, der den Kölner Dom gebaut hat?«

»Äh, nein, das stimmt nicht ganz. Den Petersdom hat er zum Teil mit entworfen, da war er aber schon sehr alt. Besonders berühmt ist er aber durch seine Skulpturen und Malereien geworden. Und durch seine Lebensart, die die Vorstellungen späterer Jahrhunderte vom rastlosen, einsamen Künstler prägte, der besser und auch einsamer ist als alle anderen – eben ein Genie.«

»Aber doch den in Köln, oder?«

»Wie, in Köln?«

»Den Petersdom in Köln.«

Vincent konnte getrost die Augen verdrehen, denn sein Gegenüber hatte sich den Fassaden zugewandt, wo gerade eine wahre Flut von Raketen Blitze und Sterne regnen ließ.

»Nein! Den in Rom.«

Tobi rettete ihn. »Wie sieht's aus? Die anderen Hühner wollen gerne in die Kulturbrauerei.« Er nahm noch einen Schluck vom Sekt. »Du weißt ja, wie das ist: immer kalte Füße, kalte Hände.« Er schulterte seinen Rucksack. »Also, wir gehen da jetzt hin. Vielleicht läuft dort ja was Vernünftiges herum.«

»Da hätte ich nichts gegen«, knurrte Vincent. »Ich frage mich sowieso, warum die größte Outdoor-Party des Jahres ausgerechnet zu der Jahreszeit stattfindet, wo es draußen arschkalt ist. Das Einzige …«, Vincent unterbrach seine Gedanken, um einer Horde Baseballjacken tragender Kerle auszuweichen, die, munter Feuerwerkskörper um sich werfend, die Menschenmenge durchpflügten, »… das Einzige, was komischerweise trotz der Kälte warm ist, ist der Sekt.«

»Scheißegal, Hauptsache es rummst«, meinte Tobi und trank noch einen Schluck. Dann blickte er Vincent an und hob eine Augenbraue, als wäre ihm gerade etwas eingefallen.

»Wo ist eigentlich Sarah?«

Vincent zuckte die Schultern. »Hier ist sie nicht.«

»Das seh' ich auch.« Er schulterte seinen Rucksack.

»Wo iss'n die?«

»Bei Freunden.«

Tobi schien mit der Antwort nicht ganz zufrieden. Vincent allerdings genauso wenig. Sarah und Vincent trafen sich zwar öfter und hatten dabei auch eine Menge Spaß, aber keiner von beiden wusste so recht, ob das jetzt nur eine Affäre war oder mehr.

»Läuft denn mit der noch was?«

»Eigentlich schon.«

»Und seid ihr jetzt richtig zusammen?«

»Eigentlich nicht.«

»Aber irgendwie auch doch?« Tobi konnte ganz schön hartnäckig sein.

»So ungefähr.« Vincent war anzumerken, dass er die Diskussion, in der er sich selbst keine richtige Antwort geben konnte, gerne beenden würde. Eigentlich passte es ihm so, wie es war, ganz gut. Man traf sich, um zu verreisen, ins Kino zu gehen oder Spaß zu haben, ohne den ganzen administrativen Aufwand, den eine Beziehung so mit sich brachte. Tobi war immer noch nicht zufrieden.

»So was weiß man doch.«

»Also ich nicht.«

»Ich denk', du willst Professor werden!« Ein breites Grinsen zog über Tobis Gesicht. »Wissen ist Macht!«

»Und nicht wissen macht nichts.«

Sie gingen in Richtung Friedrichstraße. Rauch verdeckte den Sternenhimmel, der noch vor Minuten jedem Astronomen oder auch Sterndeuter eine Freude gemacht hätte.

Es herrschte Hochkonjunktur für Astrologie-Hotlines, die über teure 0900-Verbindungen den Leuten ihre Zukunft für das neue Jahr voraussagten. *Du wirst dich verlieben, du wirst Erfolg haben und du wirst ganz bestimmt nicht sterben.* Venus als heller Abendstern längst verschwunden, Mars kaum mehr zu sehen, Jupiter, Verkünder des Morgens, noch weit entfernt. Einzig und allein Saturn funkelte bereits die ganze Nacht über im Osten auf das Geschehen unter ihm herab, und Vincent sah ihn trotz des Rauchs der Raketen durch die Wolkenschichten blinzeln.

BERLIN
MONTAG, 1. JANUAR
07:30 UHR

4

»Na, noch auf einen Absacker oder nach Hause?«

Der Taxifahrer zeigte grinsend seine gelben Zähne, während er die junge Dame durch den Rückspiegel anblickte. Im blassen Morgenlicht tauchte auf der rechten Seite der Berliner Dom auf, in dem Moment, als das Taxi die Brücke überquerte, die die Karl-Liebknecht-Straße mit der Allee Unter den Linden verband.

»Weder noch«, entgegnete die junge Frau und suchte in der Innentasche ihres Mantels nach ihrem Ausweis. Handtaschen fand sie umständlich. Besonders wenn sie im Einsatz war. »Zum Dienst.«

Der Taxifahrer hob die Augen. »Dienst? Sie arbeiten im Adlon?«

»Kann man so sagen.«

Sarah Jakobs, 31, Hauptkommissarin für organisierte Kriminalität und Wirtschaftsdelikte beim LKA Berlin, blickte aus dem Fenster. Draußen zogen Humboldt-Universität und Staatsoper vorbei. Taxis brachten die letzten Partygäste nach Hause. Alle gingen ins Bett, und sie ging zum Dienst. *Sein und werden,* hatte ein Lehrer an ihrer Schule gesagt, vor vielen Jahren, als das Land, in dem sie gelebt hatte, noch DDR hieß. *Sein und werden, das sind die zwei wichtigsten Dinge im Leben.* Irgendwie war dieser Satz in ihrem Kopf hängen geblieben, und nicht nur deshalb, weil er so gar nicht zur sozialistischen Doktrin passte, die sie sonst in der Schule zu hören bekommen hatte. *Sein und werden.* Alles ist im ständigen Fluss. Die feste Überzeugung, dass nichts im Leben konstant bleibt und dass das einzig Beständige die Veränderung ist. Sie wusste manchmal selbst nicht, ob sie zur Polizei gegangen war, weil sie die Veränderung liebte, oder weil sie nach Wegen suchte, um die Veränderung irgendwie in den Griff zu bekommen. Sie erinnerte sich noch an die Rede des Polizeipräsidenten, damals, vor vielen Jahren, als sie ihre Ausbildung begonnen hatte. ›Unser Job ist wie kein anderer. Da passiert was, das können Sie glauben!‹ *Sein und werden* und *etwas passiert.* Komischerweise hatten ihr immer die Menschen den größten Halt gegeben, die akzeptiert hatten, dass sich alles verändert.

Etwas passiert. Noch vor ihrem ›Kurzurlaub‹, der lediglich Silvester und Neujahr umfasste, hatte sie mit Kriminaldirektor Winterfeld, dem Leiter der Mordkommission im LKA, gesprochen. Winterfeld war früher ihr Ausbilder gewesen und konnte es nicht lassen, weiterhin den *Elder Statesman* zu spielen, auch wenn sie mittlerweile beide auf Augenhöhe zusammenarbeiteten. Die Abteilungen für Delikte am Menschen und die für organisierte Kriminalität und Wirtschaftsdelikte lagen auf einem Gang beim LKA, und sie trafen sich beide häufig vor einem der großen Fenster, das Winterfeld dann immer öffnete, um »nach draußen zu rauchen«, wie er es nannte. Vor Silvester hatten sie ebenso, etwas fröstelnd, am offenen Fenster gestanden, Winterfeld hatte einen Zigarillo geraucht und mit zusammengekniffenen Augen in die Ferne geschaut. ›Irgendwas passiert Silvester‹, hatte er gesagt, Sarah angeblickt und Rauch in die Winterluft geblasen. ›An Ihrer Stelle würde ich Pieper und Handy anlassen.‹ ›Was soll schon passieren‹, hatte sie geantwortet und nur ein wissendes Grinsen geerntet, ihn im Stillen einen paranoiden Pessimisten genannt und war nach Hause gefahren, sicher, bis zum zweiten Januar Ruhe zu haben. Für pöbelnde Chaoten und Typen, die versuchen, Kioske oder Penner in Brand zu stecken, war schließlich die Bereitschaftspolizei zuständig.

Der Urlaub war abrupt um sieben Uhr zu Ende gewesen,

als sie ein Anruf fordernd und penetrant aus dem Schlaf gerissen hatte.

›Bellmann, frohes neues Jahr, Frau Jakobs!‹ Sarah hatte kerzengerade im Bett gesessen. Dr. Alexander Bellmann, Chef des LKA Berlin, persönlich! Sie hätte nicht gedacht, dass Winterfelds Vorhersage derart ins Schwarze treffen würde.

›Pariser Platz, so schnell es geht!‹, hatte Bellmann weitergesprochen, ohne eine Antwort abzuwarten. ›Mord, wahrscheinlich in Verbindung mit sehr viel Geld. Adlon! Suiten! Fünfte Etage.‹

›Wirtschaft oder Politik?‹, hatte Sarah gefragt und versucht, irgendwie intelligent und nicht allzu schlaftrunken zu klingen.

›Wirtschaft‹, hatte Bellmann gesagt, ›möglicherweise Insiderhandel. Die BaFin hat uns aufgefordert, mögliche Hintermänner zu identifizieren. Winterfeld ist schon vor Ort, Spurensuche auch.‹

›Ich komme so schnell ich kann‹, hatte sie geantwortet. Wenigstens hatte sie in der Silvesternacht so gut wie nichts getrunken.

›Versuchen Sie es noch schneller.‹

Typisch Bellmann. Für ihn gab es keine Feiertage. Trotzdem ging es natürlich nicht schneller. Allein schon am Neujahrsmorgen ein Taxi zu finden war eine größere Herausforderung. Sarah besaß kein Auto, da man in Berlin auch keins brauchte. Dennoch musste sie lächeln. *Winterfeld ist schon vor Ort.* Sie würde wieder zusammen mit Winterfeld auf einem Fall arbeiten, *dem Vollstrecker,* wie man ihn in Polizeikreisen nannte.

»Was machen Sie im Adlon?« Der Fahrer schreckte sie aus ihren Gedanken auf. »Machen Sie Entertainment?« Er schaute Sarah mit großen Augen durch den Spiegel an, wie ein Kind, das in einen Guckkasten blickt.

»Nein«, sagte sie zögernd, »wir gehören eher zum Reinigungspersonal.«

Hinter dem Brandenburger Tor taumelten die letzten Partygäste zu Rhythmen, die nur noch sie selbst hörten. Im Osten war bereits die erste Andeutung von Tageslicht zu sehen. Sarah blickte aus dem Fenster, während sie den Fahrer bezahlte. Reporter versuchten, an zwei Polizisten vorbei ins Innere des Hotels zu gelangen. »Sie behindern die Arbeit der Presse«, rief einer der beiden, was die Polizisten aber nicht davon abhielt, die Arbeit der Presse weiterhin zu behindern. Sarah stieg aus und betrat die Lobby über den – sicher nicht für sie ausgerollten – roten Teppich, und dem Portier, der zunächst argwöhnisch ihren Ausweis geprüft hatte, schien zu gefallen, was er sah. Ihr hübsches, ovales Gesicht war von dunkelblondem Haar umrahmt, das sie in der Eile zu einem Pferdeschwanz zusammengebunden hatte. Die unangestrengte Eleganz, mit der sie sich bewegte, ließen das langjährige Kampfsporttraining erkennen, das sie an der Polizeiakademie absolviert hatte. Ihre braunen Augen, die sanft, aber auch forsch und neugierig ihr Gegenüber fixierten, blickten nun auf die große Gestalt, die ihr entgegenkam.

Hermann, die rechte Hand von Kriminaldirektor Winterfeld und ebenfalls bei der Mordkommission, durchquerte mit raschen Schritten in seiner schwarzen Lederjacke den Eingangsflur und winkte ihr bereits zu. Sie nahm eine Hand aus den Taschen ihres grauen Mantels und winkte zurück.

Hermann hatte einen kahl geschorenen Schädel, braune Augen und war ziemlich groß. Er hatte Sarah früher oft beim Waffentraining geholfen; schießen, reinigen und zusammensetzen. Er lächelte. Sie lächelte zurück. Stilles Einverständnis. Nicht auf eine missverständliche Weise, sondern wie gute

Kumpel. Jemand, mit dem man ein Bier trinken gehen konnte, obwohl Sarah eigentlich selten Bier trank; eigentlich nur, wenn Hermann sie zu einem einlud.

»Prima, dass Sie so schnell gekommen sind, Sarah«, begrüßte er sie und deutete mit der Hand zu den Aufzügen. Er siezte sie meistens mit dem ›Hamburger Sie‹. Sie musste lächeln. Typisch Hermann, dieser Versuch, Vertrautheit und Professionalität zu verbinden, etwas unbeholfen, sodass sie ihn schon wieder süß fand. »Wir müssen hoch in den Fünften.«

5

NEW YORK CITY
MONTAG, 1. JANUAR
02:00 UHR

Paul Territo fühlte sich gut. Die Lichter der Party tanzten über sein halblanges, blondiertes Haar und über seine von der Sonne Miamis gebräunte Haut. Er schaute auf die Tanzenden, die sich wie eine amorphe, ekstatische Masse zu den stampfenden Klängen der Musik bewegten, als wäre es ein einziges, großes Lebewesen. *Hive Mind* nannten es Wissenschaftler, wenn Tausende von Individuen zu einem einzigen Organismus wurden. Jede große Struktur, dachte Territo, war so ein Organismus, die Tanzenden, Firmen, Länder – und auch das World Wide Web. Es war Silvester und ein neues Jahr lag vor ihnen. Das Internet war die Zukunft, eine zweite Welt wuchs heran, ein digitales Universum, das irgendwann genauso wichtig sein würde wie die Welt, die es einst hervorgebracht hatte. Und Paul Territo war der König dieser Welt. Er verkaufte Bilder, Wissen und Gefühle, überall und an jedem Ort. Sein eigenes Bild allerdings war nie zu sehen. Nur die wenigsten Vertrauten kannten sein Gesicht, er war niemals in der Klatschpresse zu finden, niemals in Magazinen wie FORTUNE oder Business Week. Er war ein protestantischer Gott des Internets, von dem man sich kein Bild machen durfte – und von dem man sich kein Bild machen konnte. Es gab keins. Er hatte keine Frau, jedenfalls keine feste, und keine Familie. Sein Baby war *Xenotech Corporation*, das er aus vielen anderen Hightech-Unternehmen zusammengekauft und aus dem er einen gigantischen Kraken geformt hatte, der seine digitalen Fangarme bis in den letzten Heimcomputer dieser Welt ausstreckte. All diese kleinen Firmen hatte Territo zu etwas Großem zusammengesetzt, alle waren sie damals in klassischer Art und Weise im Umfeld der Stanford University im Silicon Valley in irgendeinem vergessenen Raum auf dem Campus, in dem sich Pizzakartons stapelten, oder in irgendeiner Garage gegründet worden – frei von Profitstreben, frei vom Denken über strategische Allianzen zur Beherrschung des Gesamtmarktes – einzig und allein beseelt und besessen von der Möglichkeit der globalen Vernetzung, der großen Community, die mit allen überall kommunizieren konnte. Alle hatten sie Ideen gehabt, alle hatten sie irgendwann Startkapital gebraucht, und alle hatten sie es bekommen – von Paul Territo. *Saint Paul* nannte man ihn in Online-Kreisen, da er es fertiggebracht hatte, aus etwas Kleinem etwas ganz Großes zu schaffen, so wie es Paulus mit dem Christentum gelungen war, aus einer versprengten Sekte eine der großen Weltreligionen zu formen.

Er schaute auf den beheizten Swimmingpool auf der Dachterrasse und genoss den Moment der Stille, in dem er aus den großen Fenstern des Penthouse auf die Park Avenue hinunterblickte. Er sah das Metlife-Gebäude am Ende der Straße, dahinter die Grand Central Station. Und er sah den gläsernen Fahrstuhl an der Außenfassade des Gebäudes langsam nach oben fahren. Vier Männer waren darin, soweit er es erkennen konnte. Der Fahrstuhl würde unterwegs nicht halten. Späte Gäste zu seiner Feier. *Wer mochte das noch sein?,* fragte er sich.

6

BERLIN
MONTAG, 1. JANUAR
08:00 UHR

Der Butler und ein Leibwächter hatten Stuart Hill gefunden, wie er dalag, auf dem Teppich der Suite mit leeren Augen, die etwas blöde gegen die Decke blickten. Sein Mund stand offen, ein Speichelfaden hing beinahe bis auf den Teppich hinab, und ein Techniker der Spurensicherung wischte ihn mit einem Wattestäbchen auf, das erst in einem Röhrchen und dann in einem Asservatenkoffer verschwand. Eine Kollegin steckte Papierbeutel auf Hände und Schuhe, ein Junge, der unter seinem weißen Papieranzug eher nach Streetball und Hip-Hop aussah, tupfte mit einem Grafitpinsel über die Möbel und Wände, kniff prüfend die Augen zusammen, schüttelte den Kopf hier, nickte da und zog nur manchmal die Klebefolienstreifen heraus, um einen Abdruck zu sichern. Ein weiterer Mann von der Spurensuche entnahm Proben des Teppichs.

Inmitten dieses geordneten Chaos standen, in teuren Anzügen und mit nervösen Gesichtern, zwei hochrangige Firmenvertreter von *Promethean Industries*. Mr. Miller war der Chef der Rechtsabteilung und zugleich persönlicher Anwalt von Mr. Hill. Er war mit dem Finanzvorstand Mr. Thomson direkt aus London gekommen. Ihre Gesichter wirkten in einer Weise verkniffen, die weit über Trauer hinausging. Kein Wunder, ihre Investoren interessierten sich wohl vor allem dafür, warum Hill so einfach starb und ob das jetzt auch bei anderen Führungskräften der Firma zu erwarten sei, und weniger für den Entwurf eines Nachrufs. Wie würde der Aktienkurs die Nachricht verkraften? Wahrscheinlich hatten beide selbst Vorzugsaktien der Firma in ihren Depots. Thomson wischte sich öfter mit einem Taschentuch über seine schweißnasse Stirn und redete penetrant auf Englisch auf Kriminaldirektor Winterfeld ein, der zwischen den beiden stand und sein raubvogelartiges Gesicht mit der gebogenen Nase und den stahlblauen Augen hektisch zwischen ihnen hin und her bewegte. Zwischendurch klingelte entweder das Handy von Miller oder Thomson oder von Winterfeld.

»I don't know if it was a natural death, suicide, an accident or if he was killed. But be assured, it's my job to find out! But expecting me to point out the killer in less than ten minutes is a bit over the top ...« Winterfeld schien froh, dass er ein Jahr über Interpol in London bei Scotland Yard gearbeitet hatte, dennoch machten ihn die beiden Nadelstreifen nervös, so oft wie er sich durch seine kurzen, grauen Haare strich. Es passierte ja auch nicht häufig, dass ein so prominenter Mensch wie Stuart Hill auf so ungewöhnliche Weise starb – und das auch noch Silvester.

»Mr. Ward should arrive in a few minutes from London via helicopter«, sagte der Anwalt. Winterfeld verdrehte die Augen – und dann entdeckte er sie. Für einen Moment lächelte er, beinahe erleichtert, und hob grüßend die Hand.

»Sarah«, rief er, offenbar froh, einen Grund zu haben, die beiden Nervensägen kurzzeitig ignorieren zu können. »Man sieht sich doch immer wieder. Was habe ich Ihnen vorgestern am Fenster gesagt?« Er senkte den Kopf und schaute sie an, während er wissend die Augenbrauen hob. *»Etwas passiert.«* Er ging einen Schritt auf sie zu und führte sie zu dem Toten. Sie sah ihn an – er war im Stress, aber er war auch in seinem Element. Walter Winterfeld, 58, in zweiter Ehe geschieden.

Sie kannten sich schon seit einigen Jahren, doch ganz durchschaut hatte Sarah ihn immer noch nicht. Einerseits stellte er dubiose Thesen auf wie die, dass er allein am Gesicht einer Person erkennen könne, ob sie ein Verbrecher sei. »Präventive Physiognomie« nannte er das. Auf einer Konferenz in Berlin zu Fragen der Inneren Sicherheit hatte er einmal vorgeschlagen, alle, die seiner Meinung nach ein Verbrechergesicht hatten, unter verschärfte Beobachtung zu stellen, was ein mittelschweres Beben in Berlins politischer Landschaft verursacht hatte. »Heinrich Himmler ist zurück«, hatte eine Berliner Tageszeitung am nächsten Tag getitelt. Selbst das BKA in Wiesbaden hatte schwerwiegende Bedenken geäußert.

Auf der anderen Seite stand Winterfelds Aufklärungsquote. Denn seltsamerweise hatte er mit seiner bizarren Heuristik häufig recht. *Sichten und vernichten,* sagte er dann oft. Erst hatte er Sarah nicht ganz ernst genommen, sie für ein neugieriges Küken gehalten, das er unter seine Fittiche nehmen müsste. Dann hatte sie ihm im entscheidenden Moment einmal eine hochbrisante Information zugesteckt, auf dem kurzen Dienstweg, denn sie selbst hatte an einem ganz anderen Fall gearbeitet. Winterfeld sollte das Verschwinden einer Frau aufklären, ein Fall, den man fast schon zu den Akten legen wollte. Da war dieser reiche Frankfurter Bauunternehmer, der jetzt in Berlin wohnte. Der hatte eine 30 Jahre jüngere Frau und einen Sohn aus erster Ehe. Der Sohn war ein beinahe 30-jähriges Kind, das vor allem Xbox-Spiele und Horrorfilme sammelte, aber niemanden zum Reden hatte. Die Frau kam aus dem Drogenmilieu und auch der Bauunternehmer war ein dankbarer Abnehmer von Kokain. Dann verschwand die Frau. Winterfeld kam der Sohn gleich komisch vor, doch als er vorschlug, im Umfeld des Sohnes nach Hinweisen zu suchen, wurde er ausgelacht. Es wäre doch wohl klar, wohin die Freundin verschwunden wäre. Wahrscheinlich habe sie keine Lust mehr auf den alten Knacker gehabt und sei mit seiner Kreditkarte und einer der anderen Koksnasen durchgebrannt. Das sei kein Job für die Mordkommission, eher für einen Scheidungsanwalt. Winterfeld hatte gezögert. Sarah hatte dann über einen Kontakt beim Zoll Wind von einer dubiosen Bande bekommen, die illegal Orang-Utans aus Borneo nach Europa verschiffte. Die Bande betrieb ein zoo-artiges Bordell, in dem sich abartig veranlagte, gut zahlende Kunden mit den Affen vergnügen konnten. Die Orang-Utans waren rasiert, unter Drogen gesetzt, und ihnen wurden die Zähne gezogen, damit sie sich weniger wehren konnten. Auf einer der CD-ROMs, die der Zoll bei der Bande beschlagnahmt hatte, fand Sarah die Mailadresse des Sohnes vom Baulöwen. *Wer so etwas tut ...,* hatte sie gedacht. Dann hatte sie eine Zehntelsekunde überlegt und dann Winterfeld die Information zugespielt. Ohne Absprachen mit irgendwem. Durchaus riskant. Doch Winterfeld liebte den kurzen Dienstweg. Und die Information reichte ihm. Er spielte *Hardball,* sah *Gefahr im Verzug,* wartete nicht auf Richter oder Strafvollzugsbehörden und ließ die Wohnung des Sohnes durchsuchen. Hinterher fühlte sich kein Richter übergangen und eine Einzelfallprüfung wurde gar nicht erst angestrengt – die aufgedeckte Wahrheit ließ alles andere vergessen: Im Kühlschrank fand man den abgetrennten Kopf der Freundin und andere Körperteile. Gott wusste, wozu der Sohn sie aufgehoben und was er mit ihnen gemacht hatte. Nun lachte niemand mehr – Vater und Sohn am allerwenigsten.

Winterfeld hatte in seinem Leben schon oft in den Abgrund der menschlichen Seele geblickt, doch bei diesem Fall hatten sie es gemeinsam getan, Sarah und er. Und so etwas schweißt zusammen.

»Erst mal ein frohes neues Jahr«, sagte Sarah.

»Das wünsche ich Ihnen auch«, fuhr Winterfeld fort, bewusst auf Deutsch, damit die anderen beiden nichts mitbekamen, »auch wenn es nicht so froh beginnt. Aber fangen wir an.« Er zeigte auf den Verstorbenen, bevor er weitersprach. »Stuart Hill, Chef von *Promethean Industries*. Er ist noch nicht hundertprozentig identifiziert, aber wir können fast sicher sein, dass er es ist. Sie kennen das Unternehmen?«

Sie kannte das Unternehmen. US-Konzern, Satellitentechnik, GPS, Lenkraketen. War unter Reagan privatisiert worden. Sie hatte noch vor ein paar Wochen einen Artikel in der *Fortune* über die Firma gelesen. Hill war eher ein Macher und Playboy, ein guter Verkäufer, der Deals machen konnte und die Details anderen überließ. *It's not rocket science,* hatte er seinen Job in dem *Fortune*-Interview beschrieben.

Sarah nickte kurz.

»Gut für Sie, ich kannte es bisher nicht.« Winterfeld fuhr sich durch die Haare. »Dann erst einmal zum Hintergrund: Laut Forensik ist dieser Kerl zwischen halb zwölf und halb drei Uhr morgens gestorben. Genauer werden wir es nicht rausfinden können. Er bewohnte die Suite allein. Um sieben Uhr morgens ging ein Anruf aus Peking auf seinem Handy ein. Vielleicht für Neujahr etwas unchristlich von der Zeit her, aber es ging wohl um größere Investitionsentscheidungen, die schnell geklärt werden mussten, und die Chinesen sind ja nun mal keine Christen. Deren neues Jahr beginnt erst … jedenfalls irgendwann später. Da aber niemand ans Handy oder ans Hoteltelefon ging und die Entscheidung wohl sehr wichtig war, verschaffte sich einer der Leibwächter zusammen mit dem Butler Zugang zur Suite und entdeckte – na ja, das hier.« Er schaute auf Hill. »Wir haben den Bericht des Notarztes. Da Hill eigentlich kerngesund ist, hat der Leibwächter ihn gedrängt, die Polizei zu rufen. Und jetzt sind wir hier.«

Sarah blickte sich um. »Und wo ist der Leibwächter jetzt?«

»Mal kurz für kleine Leibwächter«, antwortete Winterfeld, »Todesursache ist noch nicht klar. Schlaganfall oder Herzinfarkt können wir ausschließen, keine Zeichen für äußere Gewaltanwendung, ein kleines Rätsel, wenn man so will. Aber da müssen dann letztlich die Kollegen von der Gerichtsmedizin ran. Bin sicher, dass eine Sektion angeordnet wird. Einige Jungs aus der Rechtsmedizin sind auch schon hier.« Er zeigte auf den Hip-Hop-Jungen im Papieranzug und blickte kurz nach draußen. Sarah kannte das Vorgehen. Normalerweise würde man den Raum versiegeln, die Schlüssel beschlagnahmen und erst mit der Spurensuche beginnen, wenn die Obduktion einen Mord ergeben hätte. Hier sah schon jetzt alles nach Mord aus, allerdings ohne Todesursache und ohne Mörder.

Winterfeld fuhr sich durchs Haar. »In dem Moment, als er gefunden wurde, ist erst mal der ganze juristische Apparat aufgescheucht worden, Neujahr hin oder her. Hill ist schließlich nicht irgendwer. Der Staatssekretär in der Senatsverwaltung für Justiz hat schon mit Staatsanwalt Rathenow gesprochen. Die Leiche ist bereits beschlagnahmt, die Kollegen warten auf die Freigabe zur Obduktion.« Er hob seine gebogene Nase, als würde er Witterung aufnehmen.

»Altersschwäche halte ich auch für unwahrscheinlich. Das ist eher bei mir der Fall, bin halt nicht mehr der Jüngste und wir haben Neujahrsmorgen.« Er sah Sarah an, wieder ganz der *Elder Statesman*. »Helfen Sie einem alten Mann: Was könnten Täter und Motiv sein?«

Sarah dachte an ihren Schullehrer: *Sein und werden*. Wer wird etwas, wenn Hill nicht mehr ist?

»Möglicherweise Rache«, begann sie laut nachzudenken, »irgendjemand möchte Hill schaden, eine alte Rechnung begleichen? Oder es geht ums Geldverdienen? *Activist Shareholder* XXL. Hill stirbt, die Aktie geht in den Keller. Irgendeiner deckt sich billig ein. Kauft das Unternehmen zum Spottpreis. Nicht die feine Art, aber irgendwann musste so was ja mal passieren.«

»Nicht schlecht«, sagte Winterfeld, »*excact words of the text,* wie die Briten sagen würden. Sherlock Holmes würde das aber noch nicht zufriedenstellen. Er würde fragen, *wie* diese Leute, die an seinem Tod verdienen, ihn umgebracht haben.« Winterfeld konnte es nicht lassen.

»*Wenn* sie ihn umgebracht haben«, korrigierte Sarah.

»Gehen wir mal davon aus, dass der Kaviar nicht verdorben war und er mit 44 Jahren nicht ›plötzlich und unerwartet‹ verstirbt«, fuhr Winterfeld fort. »Rathenow hat über Interpol schon den NHS in London kontaktiert, um ein medizinisches Gutachten über Hills Gesundheitszustand zu bekommen. Wenn die in London es nicht haben, folgt automatisch eine Anfrage in den USA.« Dummerweise war hier kein einziger Verdächtiger zu sehen, in diesem Fall half Winterfeld auch seine *präventive Physiognomie* nicht.

»Tja«, sagte Sarah und betrachtete die Leiche und dann die Suite. »Soweit ich weiß, ist das hier eine der Suiten mit schusssicheren Scheiben, Bush war auch hier drin, 2002. Also kein Sniper, der mit winzigen Projektilen durchs Fenster schießt, die erst die Gerichtsmedizin entdeckt.« Sie zupfte an ihrem Ohrläppchen, wie sie es häufig machte, wenn sie nachdachte, und blickte Winterfeld an. »Sie sagten etwas von verdorbenem Kaviar. Vielleicht wirklich eine Vergiftung?«

Winterfeld winkte ab. »Wenn, dann eine Injektion. Sobald wir das Go von Rathenow haben, sind die Jungs mit den Gummihandschuhen dran. Wir haben den Champagner gecheckt. Alles in bester Ordnung, wie es aussieht. Wir warten aber noch auf den Bericht des Labors. Die Flasche wurde geschlossen serviert, Hill hat sie wohl selbst geöffnet. Am Flaschenhals sind Fingerabdrücke. Den Korken hat er wohl vom Balkon in die Nacht hinausfliegen lassen, auf dem Boden ist eine kleine, gefrorene Pfütze Champagner, seine Fingerabdrücke sind auch am Griff der Balkontür sowie an der Balustrade des Balkons.«

Ein so hohes Tier und dazu noch Partytiger wie Hill allein zu Silvester in seiner Suite? Sarah kam das seltsam vor. *Oder würde Winterfeld die Katze wieder nur peu à peu aus dem Sack lassen? Wie früher?* Er sah sie an wie ein Habicht eine Maus, die lange Hakennase in die Luft gereckt.

»Das heißt, der Korken wurde nicht gefunden«, folgerte sie, »wir wissen also nicht hundertprozentig, dass die Flasche wirklich geschlossen war?«

»Wir haben die Aussage des Zimmerservice. Und wenn in einem Laden wie dem Adlon irgendein Champagner offen serviert wird, dann wird er normalerweise auch vom Hotelpersonal eingeschenkt. Der hier war zu! Im Übrigen, liebe Frau Erbsenzählerin, sucht dort unten bereits ein Polizist nach dem Korken, und wenn er ihn gefunden hat, dann checken wir auch da die Fingerabdrücke.«

»Da unten liegen aber bestimmt viele Korken. Wir haben Silvester!«

Winterfeld verdrehte die Augen.

»Aber wenige Dom Perignon Vintage 1998.«

Sarah lächelte. Winterfeld schien ihre Gründlichkeit gleichzeitig zu imponieren und zu nerven. Wenn man kein zweites Gesicht hatte beziehungsweise das glaubte, dann musste man eben anhand der Fakten recherchieren. Wobei das zweite Gesicht Winterfeld diesmal ja nicht viel half.

Sein Handy klingelte. »Winterfeld. Morgen, Herr Rathenow. Ach ja, frohes Neues, das wünsche ich Ihnen auch. Ja, Frau Jakobs ist auch hier. Sektion? Das habe ich mir gedacht.« Er winkte den Forensikern, zeigte auf die Leiche und machte dann mit Zeige- und Mittelfinger eine Geste, als würde er etwas zerschneiden. Der Hip-Hop-Junge im Papieranzug nickte wissend. »Ich denke, die Spurensuche braucht noch 'ne halbe Stunde, dann kann's losgehen. Ermittlungsakte kommt dann hinterher. Ja, danke! Wiederhören!«

»Wo waren wir?«, fragte Winterfeld, steckte das Handy

in die Manteltasche und blickte Sarah an. »Ach ja, das Labor hat schon eine Probe des Champagners mitgenommen. Die KTU hat auf den ersten Blick ebenfalls keine Besonderheiten feststellen können.« Er stemmte die Hände in die Hüften und schaute kurz den Beamten bei der Arbeit zu. »Was wir hier gerade machen, ist also vielleicht genau das, was der Täter will: Wir halten uns am Champagner auf, und in der Zeit entgehen uns andere, viel wichtigere Hinweise.«

»Wenn die Flasche, die hier steht, auch die ist, aus der Hill getrunken hat.«

»Wenn er überhaupt hier auf dem Zimmer irgendwas getrunken hat. Aus der Minibar fehlt nichts. Haben wir schon mit dem Concierge gecheckt. Was Hill nun über den Abend verteilt alles getrunken hat, weiß ich nicht. Das müssen dann unsere Freunde mit den Gummihandschuhen feststellen. Aus den zwei Gläsern, die hier stehen, wurde allerdings getrunken.« Winterfeld sah Sarah an wie ein Vater sein Kind bei der Weihnachtsbescherung.

»An einem ist Lippenstift.«

7

NEW YORK CITY
MONTAG, 1. JANUAR
02:30 UHR

Mr. Tyron hatte schwarzgraue Haare, ebensolche Augen und eine Mimik, die nicht von innen, sondern von außen kam. Sie war immer genau so, wie sein Gegenüber sie erwarten durfte. Man wusste nicht, ob er sich freute oder ärgerte, ob das, was er sagte, die Wahrheit war oder aus taktischen Gründen etwas ganz anderes. Sein Gesicht war eine Maske, die alles verbarg und nichts zeigte – oder nur das zeigte, was sie zeigen wollte.

Er verließ den Aufzug, zusammen mit dem Investmentbanker, Mr. O'Neil, dem Anwalt, Mr. Emerson, und einem kantigen, schwarz gekleideten Mann mit schwarzer Sonnenbrille.

Eine Hostess trat ihnen entgegen. Sie hatte platinblonde Haare und eine kurvige Figur. Tyron fixierte sie kurz. *Eine von denen, die nicht nur Getränke servieren.*

»Was kann ich für Sie tun?«, fragte sie.

»Uns zu Mr. Territo bringen«, sagte Tyron. Der Mann mit der Sonnenbrille reckte die Schultern und die Nähte seines Anzugs schienen zu knirschen. Der Anwalt öffnete seine Bottegatasche und griff nach einem Umschlag.

»Sind Sie eingeladen?«

Tyron nickte.

»Darf ich Ihre Einladung sehen?«

Der Anwalt zog einen Briefumschlag aus der Tasche. »Geben Sie das Mr. Territo. Wir wollen nur kurz mit ihm plaudern. Und nicht lange bleiben.«

Die Hostess ergriff den Umschlag und verschwand im Getümmel der Gäste.

Paul Territo saß in dem Ledersessel in seinem Arbeitszimmer und blickte auf das Schreiben der Anwaltskanzlei mit dem Durchschlag des Depotauszugs. Das Wummern der Musik war gedämpft zu hören. Durch die getönten Scheiben sah er die amorphe Masse der Tanzenden. Der, der sich als Mr. Tyron vorgestellt hatte, nippte an seinem Whisky und blickte ihn unverwandt an.

»Das ist ein Scherz«, sagte Territo. Er las die Zeilen noch einmal:

Wir möchten Sie daher bitten, unserem Mandanten Iron Crown Capital *als größtem Hauptaktionär die Möglichkeit zu geben, sich einen umfassenden Überblick über seine künftigen Kompetenzen der strategischen Steuerung des Firmengeschäfts zu schaffen, am besten noch in dieser Woche. Mit freundlichen Grüßen …*

»Hauptaktionär?«, fragte er und blickte erst den Anwalt und dann Tyron an.

»Unser Mandant hat es sich erlaubt, den Großteil des im Free Float frei verfügbaren stimmberechtigten Aktienkapitals Ihrer Firma aufzukaufen, sodass er jetzt über Besitzverhältnisse von mehr als dreiunddreißig Prozent verfügt«, sagte Emerson.

O'Neil, der Banker, fletschte seine Zähne. »*Dawnraid* nennt man das.«

»Das ist ein Scherz«, versuchte es Territo noch einmal, ahnte aber, dass es keiner war. »Seit wann?«

»Wir werden nicht fürs Scherzen bezahlt, ebenso wenig Mr. O'Neil«, sagte Emerson und rückte seine Brille zurecht. »Ansonsten wären wir Komiker geworden.«

»Seit wann?«, wiederholte Territo.

»Seit genau fünfzig Stunden und …«, Emerson schaute auf die Uhr. »… und zehn Minuten!« Er rieb sich die Hände und trat zum Fenster. Der, der Tyron hieß, sagte nichts und starrte ihn weiter unverwandt an. »Unsere Associates haben die ganze Nacht gearbeitet, um einen ersten Vertragsentwurf und eine Anordnung der sofortigen Vollziehung zu erstellen. Silvester hin oder her. Sie wissen ja, je früher wir die Anordnung einreichen, desto besser. Und das neue Jahr ist ja erst zweieinhalb Stunden alt. Jedenfalls in dieser Zeitzone.« Emerson drehte sich um. »Aufgrund der Größe des Aktienpakets brauchen wir kein Übernahmeangebot mehr zu formulieren.«

»Wir haben uns nämlich erlaubt, ohne ein Angebot zu

übernehmen«, ergänzte O'Neil und bleckte die Zähne. »Wir hatten befürchtet, dass Sie ablehnen.«

Territo schnaubte. »Ablehnen?«, knurrte er. »Ich lehne auch jetzt noch ab. Und siebenundzwanzig Prozent des Aktienkapitals ist im Besitz der Porter-Familie. Und die wird nie verkaufen.« Er stand auf.

»Alles ist möglich, und alles ist käuflich«, meinte O'Neil.

»Verschwinden Sie«, befahl Territo. »Sofort! Oder ich lasse Sie eigenhändig rauswerfen.«

Der, der Tyron hieß, erhob erstmals seine Stimme. Sie klang tief und nicht unangenehm, aber es steckte etwas Lauerndes darin. »Aus Ihren Räumen mögen Sie uns hinauswerfen, aus Ihrem Unternehmen nicht.«

Territo riss die Tür auf. Zwei Security-Männer kamen ihnen entgegen. »Ich bin Territo!«, rief er. »Ich mache das Internet! Der König einer neuen Welt! Ich *bin Xenotech*!«

»Sie sind Geschichte, Mr. Territo«, sagte Tyron und hob seine Stimme ein wenig. »Es gab eine Zeit, in der Könige herrschten. Aber diese Zeit ist vorbei.«

Die zwei Security-Männer bewegten sich auf Tyron und seine Begleitung zu. Der schwarze Mann mit der Sonnenbrille spannte die Muskeln an. Licht reflektierte wie ein Blitz in seiner Sonnenbrille. »Raus mit euch«, brüllte Territo. »Gottverdammte Aasgeier.«

Die vier bewegten sich Richtung Ausgang. »Wir wollten ohnehin gerade gehen«, sagte Emerson. »Aber es hat uns gefreut, Sie noch kennenzulernen.«

Sie noch *kennenzulernen,* wiederholte Territo in seinem Kopf. Dann brüllte er ihnen hinterher. »Die Porter-Familie wird nicht verkaufen. Und *Promethean Industries* hält auch zehn Prozent an uns. Ich kenne Stuart Hill! Wir waren zusammen in Stanford. Wir werden euch gemeinsam aus dem Unternehmen rausjagen, euch gottverdammte Aasgeier.«

Tyron hielt in der Tür zum Aufzug inne und blickte sich

ein letztes Mal um. »Ich glaube, Mr. Territo, Ihr Freund Stuart Hill hat für Sie keine Zeit mehr. Gute Nacht.«

Wolf blickte auf den Bildschirm und versuchte, sich das Gesicht einzuprägen, das einer der Leibwächter Tyrons mit der Kamera in seiner Sonnenbrille aufgenommen hatte.

Ein neuer Job für ihn. Unlösbar, gefährlich und darum eigentlich unmöglich. Die Art von Jobs, für die es Wolf gab. Er sah auf das von Wut verzerrte Gesicht auf dem Bildschirm, die Augen, in denen gleichermaßen Verachtung und Verwunderung lagen. *Paul Territo.* Der, von dem es kaum Fotos gab. Der ein Imperium aus Bildern verwaltete, aber niemals selbst zu sehen war. Wolf hatte den Auftrag erhalten, ihn zu fangen. Ihn lebend zu fangen. Das war viel schwieriger, als jemanden einfach nur zu töten. Es war aber auch viel spannender. Er zog die Lippen zurück und fuhr sich mit der Zunge über seine verlängerten Eckzähne. Die Jagd war eröffnet.

8

BERLIN
MONTAG, 1. JANUAR
08:30 UHR

An einem Glas ist Lippenstift ...

Sarah schaute Winterfeld an, der sie wiederum anblickte, als sei sie gerade auf einen Aprilscherz hereingefallen.

Bingo, dachte sie, *also war Hill doch nicht allein in der Suite.* Winterfeld machte es mal wieder absichtlich spannend.

»Wir prüfen, ob in beiden der gleiche Inhalt war. Die Brüder dort«, Winterfeld wies auf den Anwalt und den Finanzchef, »haben sofort eine Obduktion verlangt. Dachten wohl, das hätten sie zu entscheiden. Amis. Wollten extra einen eigenen Experten. Jemand sollte denen mal erklären, wie das bei uns geht. Schließlich war es doch ein Deutscher, der die moderne Rechtsmedizin erfunden hat, und der erste Lehrstuhl der Rechtsmedizin ist meines Wissens auch in Berlin, und ...«

»Sie erwähnten *zwei* Gläser«, unterbrach Sarah hastig, um einem langen Vortrag zu entgehen.

Hermann kam herein. »Walter«, sagte er, »wir haben hier einen der Bodyguards von Hill. Er hat seine Begleitung gesehen. Das ist Derek Bowers.«

Sarah grinste. »Soso, Begleitung!«

»Davon habe ich Ihnen bewusst nichts erzählt«, erklärte Winterfeld und zwinkerte mit einem Auge. »Ich wollte, dass Sie *ceteris paribus* über die Sache nachdenken.«

»*Ceteris paribus* ist ein Begriff aus der Ökonomie«, sagte Sarah.

»Und ich bin der, der ihn in die Kriminalistik eingeführt hat. Notieren Sie das bitte für die Nachwelt.« Winterfeld grinste. »Aber Spaß beiseite.« Seine Miene wurde abrupt ernst und er wandte sich an den Leibwächter, der neben Hermann stand. »You speak English or German sufficiently?« Eigentlich hätte er dafür einen geprüften Dolmetscher bestellen müssen, doch wahrscheinlich witterte er wieder *Gefahr im Verzug,* wie damals bei dem Sohn vom Baulöwen, der den Frauenkopf im Kühlschrank gehabt hatte. Meist führten Winterfelds überstürzte Aktionen eher zum Besseren als zum Schlechteren. Sie betrachtete ihn, während er darauf wartete, dass sich Bowers äußerte, ob er nun Deutsch oder nur Englisch sprach. Sie war sich nicht sicher, ob er den Leibwächter schon jetzt für schuldig hielt. Dann wäre der Fall aber langweilig und sehr schnell zu Ende.

»Only English.«

»Okay«, Winterfeld fuhr auf Englisch fort, »diese Begleitung von ihm, wie sah sie aus, wann hat sie die Suite verlassen und warum?«

»Oh, die sah ziemlich gut aus«, sagte Bowers. »Eher so der dunklere Typ, aber verdammt sexy.«

»Wieso *aber*?«

Bowers hielt kurz inne, als würde er überlegen, in welche Hosentasche er welche Hand stecken sollte. »Wieso aber ...? Na ja, eigentlich finde ich Blondinen besser, aber die, die war echt scharf, die war so richtig ... na ja, eben so richtig ...«

Winterfeld nickte. »Ich verstehe. Wann hat Mr. Hill sie kennengelernt?«

»Mr. Hill war schon den ganzen Abend mit ihr zusammen. Sie sind dann gemeinsam aufs Zimmer gegangen, ich habe sie nach Waffen durchsucht, aber nichts gefunden.«

Hat ihm sicher Spaß gemacht, das Durchsuchen, dachte Sarah. »O. k.«, sagte Winterfeld, »wir werden Sie nachher noch für eine Personenbeschreibung brauchen, dann versuchen wir, ein Phantombild zu erstellen. Wann hat sie das Zimmer verlassen?«

»So gegen halb zwei morgens. Sie hatte vorher mit Hill gesprochen und ging dann mit einem Eiswürfelbehälter raus.«

»Was hat sie gesagt?«

Er grinste. »Oh, das weiß ich noch, sie sagte: *Bevor du zu heiß wirst, hole ich dir Eis.* Sie hat die Tür hinter sich geschlossen. Dann hat sie mich angelächelt und ist zur Eismaschine am Fahrstuhl gegangen. Hill hat nicht geantwortet.«

»Weil er wahrscheinlich schon tot war«, sagte Winterfeld nachdenklich. »Sie sind ihr nicht gefolgt?«

»Nein«, sagte Bowers, »mein Job ist es, Mr. Hill zu bewachen. Und ich dachte natürlich, sie kommt gleich wieder. Außerdem hatte ich Anweisung, ihn an diesem Abend aus keinem Grund zu stören.«

»Und?«

»Das habe ich auch nicht.«

»Auch als die Begleitung nicht wiederkam?«

»Mein Gott, das ist ein freies Land! Hill ging mit ihr in sein Zimmer, das war seine Entscheidung, sie hatte keine Waffen, also durfte sie rein, das war meine Entscheidung. Dann geht sie weg und bleibt weg, ihre Entscheidung. Und Hill bleibt in seinem Zimmer. Seine Entscheidung!« Man merkte, dass Bowers nicht ganz sicher war, ob er nicht mehr hätte tun können.

Winterfeld klopfte ihm auf die Schulter. »Völlig in Ordnung, Kumpel. Es ist ja gar nicht mal sicher, ob es ein Mord war.« Er wusste, wann ein Verdächtiger einen Freund brauchte, weil er sonst anfing, Sachen zu erfinden. »Warum, denken Sie, kam die Begleitung nicht wieder?«

»Mein Gott ...«, Bowers zögerte, »unten war die Party noch in vollem Gange, im *Felix* war ja auch noch was los, vielleicht hat sie jemand anderen aufgerissen. Von Hill dachte ich, er sei wohl eingeschlafen, da er sich drinnen nicht mehr rührte. Er hatte den Tank aber auch schon voll, als er mit ihr hier hochkam. Und wie gesagt, ich hatte deutliche Anweisung, ihn unter keinen Umständen zu stören.«

»Abgesehen von dem Anruf um sieben Uhr morgens«, meldete sich nun Sarah zu Wort. Der Leibwächter schien sie bisher nicht wahrgenommen zu haben, nun betrachtete er sie interessiert.

»... der Anruf um sieben Uhr, richtig«, sagte er, »ich erinnere mich noch an seine Worte: *Derek, wecken Sie mich unter allen Umständen um sieben Uhr. Ich werde mir heute Nacht schön einen reinlöten und dann einiges flachlegen, es ist schließlich Silvester und es gibt genügend zu feiern. Aber der Anruf ist leider erforderlich und wichtig. Also sagen Sie mir rechtzeitig Bescheid, falls ich noch schlafe.*«

»Was gab es denn da zu entscheiden?«, fragte Sarah weiter.

»Investitionsentscheidungen, strategische Allianzen«, Bowers schüttelte den Kopf. »Irgend so was.«

Sarah zog die Brauen zusammen. »Strategische Rüstungsallianzen der USA mit China?«

»Keine Ahnung«, sagte Bowers, »ich bin nur Leibwächter. Fragen Sie doch Miller oder Thomson. Mir hat er nichts davon erklärt. Ich sollte ihm nur Bescheid sagen, wenn er noch schläft.« Er zuckte die Schultern.

»Tja«, bemerkte Winterfeld, »nun schläft er immer noch. Sarah, Hermann, noch Fragen?«

Die beiden schüttelten die Köpfe.

»Gut, Mr. Bowers, wir brauchen Sie dann gleich für eine Stunde im Revier wegen der Personenbeschreibung.« Winterfeld klopfte ihm noch einmal auf die Schulter. »Besten Dank für Ihre Kooperation.«

Der Leibwächter verschwand mit einem Polizisten. Sarah blickte aus dem Fenster. Draußen standen noch immer die Reporter. Da es nichts Neues zu berichten gab, interviewten sie sich gegenseitig.

»Verdammte Schmeißfliegen«, knurrte Winterfeld und blickte ebenfalls hinunter. »Haben mal wieder den Polizeifunk abgehört.«

Ein anderer Polizist, der vor der Suite Stellung bezogen hatte, sprach gerade in sein Funkgerät: »Mr. Ward ist gekommen? Ja, schicken Sie ihn hoch.«

Winterfeld blickte dem Leibwächter hinterher. »Der war's nicht«, schnaubte er, »das fühle ich. Hier ging es um eine große Sache, die Täter waren Profis. Was meint ihr?«

»Diese Unbekannte. Beinahe zu klar«, sagte Hermann. Sarah nickte.

»Ja, und die ist inzwischen über alle Berge«, ergänzte Winterfeld, »und von ihren Auftraggebern haben wir nicht die allerleiseste Ahnung.« Er fuhr sich mit der Hand über seinen Kopf und hielt kurz inne. »Wenn sie ihn wirklich umgebracht hat, stellt sich die Frage, wie. Also sind erst mal die Gummihandschuhe dran. Sarah kümmert sich sicher um die Hintergründe, Investmentgesellschaften, Hedgefonds, Offshore-Firmen oder irgendwelche Player aus der Halbwelt, die sich mit Hill anlegen wollten. *Wir*«, er zeigte auf sich und Hermann, »*wir* müssen jetzt klären, wer diese geheimnisvolle Dame alles gesehen hat, sowohl auf der Party als auch beim Verlassen des Hotels, wenn sie es denn sofort verlassen hat. Dann muss ich wissen, ob die Gänge und Zimmer des Hotels kameraüberwacht sind und wenn ja, welche. Wenn das Hotel sich querstellt, müssen wir halt etwas deutlicher werden. Wenn wir mit all den Verhören fertig sind, haben wir hoffentlich schon ein Ergebnis von der Gerichtsmedizin. Und dann reicht es mir auch für heute. Es ist schließlich Neujahr.«

Ein Polizist erschien in der Tür und führte einen neuen Besucher herein.

»Kriminaldirektor Winterfeld, Hauptkommissarin Jakobs, das ist Mr. Ward, im Vorstand von *Promethean Industries* zuständig für besondere Angelegenheiten und Stellvertreter von Stuart Hill.«

Besondere Angelegenheiten, dachte Sarah, *fragt sich, wie besonders?*

Mr. Ward reckte seine massige Gestalt, die in einem blauen 6000-Dollar-Anzug steckte, und blickte mit seinen grünen Augen über die gesamte Szenerie und die Leiche. Dann betrat er die Suite wie der Anführer eines Rollkommandos. Miller und Thomson wichen ehrfurchtsvoll vor ihm zurück. Sarah musste an herumliegende Blätter denken, die von einem landenden Hubschrauber aufgewirbelt werden.

»Ward«, sagte er. Er schien zu denen zu gehören, die gleich merkten, wer wo das Sagen hatte und wer nicht. Sarah musste er als Erster die Hand geben, das gebot die Höflichkeit, aber sie merkte an der Art und Weise, wie er dies als lästige Pflicht abtat, dass er aus einer Welt kam, in der Frauen nur ins Vorzimmer und in den Nachtclub gehörten. Dann kam Winterfeld. Alle anderen im Raum beachtete er gar nicht.

»Jakobs, nice to meet you.« Wie oft war Höflichkeit nichts weiter als Lüge.

»Winterfeld«, sagte der und ergriff als Zweiter die Hand.

Sie standen da, wie die Heerführer zweier verfeindeter Armeen, die sich doch in gewisser Weise sehr ähnlich waren. Xerxes und Leonidas. Oder Rommel und Montgomery.

»Talking business?«, fragte Ward.

»Talking business«, antwortete Winterfeld.

BERLIN
MONTAG, 1. JANUAR
12:30 UHR

9

Es war kurz nach Mittag und er war in Berlin. Er hatte seinem Chef gesagt, dass es in der Familie einen Trauerfall gegeben habe und er sofort losmüsse. Was hätte er auch sonst sagen sollen, außer der Wahrheit? Geschlafen hatte er kaum.

Nach Berlin zu kommen, war nicht die Schwierigkeit gewesen. Aus St. Moritz am Morgen des ersten Januars wegzukommen allerdings schon. Es war Neuschnee gefallen, das Taxi, das er bestellt hatte, brauchte über vier Stunden nach Zürich. Zum Glück hatte ihn keiner gesehen, als er das Hotel verlassen hatte, Small Talk war das Letzte, wozu er jetzt Lust hatte. Der Taxifahrer hielt zum Glück auch den Mund. Dafür mussten sie aber noch zum Geldautomaten fahren, weil der Fahrer keine Kreditkarten akzeptierte. Fünf Millionen auf dem Konto bringen wenig, wenn nur Bargeld erwünscht ist. Als sie am Flughafen ankamen, war es bereits elf Uhr.

Er war HON-Traveller bei der Lufthansa, die höchste Stufe, die ein Kunde bekommen kann. Senatoren waren nichts Besonderes mehr. Vielflieger mit Senator-Status bevölkerten mittlerweile die Lounges in ebenso großer Zahl wie die Touristen draußen die Wartehallen. Da musste sich die Lufthansa etwas für die wirklich großen Kunden ausdenken. Und zu irgendetwas musste es ja gut sein, wenn man nur im Flugzeug oder Hotel wohnte, so wie er. HON-Traveller bekommen immer einen Platz, auch wenn der Flug ausgebucht ist. Notfalls wird einem Passagier, der eigentlich auf der Maschine gebucht war, etwas Geld bezahlt, damit er auf diesen Flug verzichtet.

Er staunte, wie viele Leute schon am Morgen des ersten Januar unterwegs waren. Hauptsache, es erkannte ihn niemand. Fehlte noch, dass irgendein Kunde von der Silvesterfeier mit auf der Maschine wäre, der dumme Fragen stellen würde, wo er denn wohl hinwollte. Darum kaufte er sich in einem Shop am Flughafen eine Sonnenbrille und eine alberne Schirmmütze. I love Switzerland *stand darauf. Das »love« war ein rotes Herz. Er ging dann sofort zum First-Class-Schalter, und ihm war klar, dass er in seinem Maßanzug, der Sonnenbrille und der Schirmmütze unglaublich bescheuert aussehen musste. Aber VIP war VIP. Er zeigte die schwarze HON-Karte, bekam ein Ticket für die Business Class und war 30 Minuten später in der Luft.*

In Tegel war auch schon einiges los. Nicht wie sonst am Montagmorgen, wenn die globalen Consulting-Häuser ihre Berater in die Lufthansa-Flüge und die Hiltons und Sheratons dieser Welt verteilten, aber auch mehr, als er es an einem ersten Januar erwartet hatte. Die Müdigkeit lag wie ein schwerer Stein in seinem Kopf und seine Augen brannten. Er verließ das Gate mit seiner Tasche und seinem kleinen Rollkoffer, ging durch die Schiebetür und blickte sich um. Urlauber mit prall gefüllten Koffern liefen herum. Urlaub war das Letzte, woran er bei

Flughäfen dachte. Eine Durchsage machte darauf aufmerksam, dass man Gepäck nicht unbeaufsichtigt stehen lassen sollte und dass das Rauchen im gesamten Terminalbereich verboten sei. Vor ihm Werbeplakate von Air Berlin und der Telekom.

Niemand war zu sehen.

Wir finden Sie. Die letzten Worte des Headhunters klangen in seinem Kopf. Aber hier war niemand. Er wollte sich schon ärgern, überlegte es sich dann aber anders. Auch wenn das ein dummer Scherz war, so einfach würde er nie wieder fünf Millionen Euro verdienen. Er holte seinen Blackberry aus der Tasche. Keine Anrufe in Abwesenheit. Er scrollte durch die Mails der vergangenen Tage, während er zum Sixt-Schalter ging. Irgendetwas Fahrbares würde er brauchen.

Er legte seine Kundenkarte auf die Ablage. Die Dame am Schalter begrüßte ihn mit Namen.

»SLK, wie immer?«, fragte sie.

Er nickte. Und merkte, dass er immer noch die Schirmmütze trug.

»24 Stunden?«

»Ja.«

»Geht das auf Ihre Firma?«

»Nein, diesmal nicht. Privat.«

»Dann benötige ich bitte Ihre Kreditkarte.«

Er griff in die Innentasche seines Sakkos. Das Stück Papier war ihm schon eben aufgefallen, als er die Brieftasche mit der Sixt-Karte herausgeholt hatte, doch irgendwie hatte er es ignoriert. Er reichte der Bedienung die Kreditkarte und schaute sich das Papier an. Eine Wegbeschreibung. Zu einem Ort irgendwo in Berlin. Es war doch heute Morgen noch nicht in seiner Tasche gewesen? Hatte es ihm im Flugzeug jemand ins Sakko gesteckt? Hatte er sein Sakko überhaupt anbehalten oder von der Flugbegleitung im Schrank aufhängen lassen? Er wusste es gar nicht mehr. Da war noch irgendetwas. Am Boden der

Tasche. Ein Schlüssel. Ein Schlüssel aus Messing, wie für ein Vorhängeschloss.

Worte drangen an sein Ohr.

»... ob Sie bitte hier unterschreiben können?« Die Bedienung legte ihm die Kreditkartenrechnung vor.

»Sicher.«

Er stopfte Papier und Schlüssel wieder in die Innentasche und unterschrieb den Beleg. Dann nahm er Wagenschlüssel und Positionsnummer des SLK und ging zur Tiefgarage.

Als er gerade in den Wagen steigen wollte, klingelte das Handy. Unbekannte Nummer.

»Hallo?«

»Ich wollte Ihnen viel Erfolg wünschen. Wir melden uns am Donnerstag bei Ihnen.«

»So viel Zeit?«, fragte er.

»Die werden Sie brauchen.«

Die Verbindung endete.

Er startete den Motor und schaute auf die Wegbeschreibung, den Messingschlüssel und auf seinen Blackberry.

Er hätte niemals gedacht, dass man vor Dingen Angst haben könnte.

Bis jetzt.

10

BERLIN
MONTAG, 1. JANUAR
14:00 UHR

Am Mittag des ersten Januar fühlte sich Vincents Kopf mehrere Nummern zu groß an, und Mund und Rachen hatten einen Geschmack, als hätte er gerade einen verfaulten Fisch verschluckt. *König zweier Dinger* war er in dieser Nacht nicht geworden, dafür König von zu viel Alkohol und einer erstaunlich hohen Getränkerechnung. Sein Kopf schmerzte, wenn er ihn nur leicht bewegte. Draußen ein diesiger, kalter Winterhimmel. Zwei Uhr mittags. Ging ja eigentlich noch von der Zeit her. Er duschte und er nahm seinen, wie er es nannte, ›obligatorischen Kater-Cocktail‹ ein – Aspirin plus C, Kochsalz, Calcium und Wasser. *Hätte man eher gleich nach dem Absturz machen sollen,* dachte er. Eigentlich hatte er heute ein Kapitel seiner Doktorarbeit beenden wollen. Aber mit so einem dicken Kopf würde das nichts werden.

Er verfluchte seine Trägheit und sah in den Spiegel. Seine dunkelbraunen Haare fielen ihm etwas ungeordnet in die Stirn, und die rot geränderten, grünblauen Augen schauten ihm sichtlich erschöpft aus dem Spiegel entgegen. Die Dissertation, seine Arbeit über Genie und Wahnsinn in der Renaissance, war zwar nahezu fertig, doch jetzt kamen die anstrengenden Arbeiten fernab des flotten, ersten Schreibens. Nun mussten jede Menge Quellen und Vermerke überprüft und Fehler korrigiert werden.

Keine Spaziergänge mehr durch Rom und Florenz, um Material über Michelangelo und seinen Gönner Lorenzo di Medici zu sammeln, keine Tage zwischen Briefen und Zeichnungen und abendlichem Vino Rosso in urigen Trattorien in verwinkelten Gassen. Jetzt war stumpfsinniges Brüten über Fakten angesagt. Sein Doktorvater, Professor Gottwald, Inhaber des Lehrstuhls für Kunstgeschichte an der Humboldt-Universität, war sehr zufrieden mit Vincents Arbeit, wand sich aber immer, wenn es um eine Anstellung als wissenschaftlicher Mitarbeiter oder gar Junior-Professor ging. Mäzene seien heute rarer als zu Michelangelos Zeiten, flüchtete er sich dann in Ironie, seufzte väterlich, putzte seine Brille und sah ihn aufmunternd an. »Aber ein begabter, junger Mensch wie Sie findet doch immer eine Gelegenheit.« Kaufen konnte sich Vincent dafür nichts.

›Wo ist eigentlich Sarah?‹, hatte Tobi gestern gefragt.

Er fuhr sich mit den Fingern über das Kinn und blickte zum Telefon. Eigentlich wäre das ja ein guter Moment, sie anzurufen, ihr ein gutes neues Jahr zu wünschen. Zu Weihnachten hatte er eine SMS geschickt und prompt eine zurückbekommen. Vielleicht wäre es wirklich mal an der Zeit, sich zu entscheiden, wie es nun weitergehen sollte.

›Die naheliegenden Dinge sind immer die, die niemand sieht‹, hatte Vincent damals zu ihr gesagt. In einem Seminar zu Ikonografie und Spurensuche an der Humboldt-Universität waren sie sich zum ersten Mal begegnet.

›Von wem stammt das?‹, hatte Sarah gefragt.

›Auguste Dupin‹, hatte er geantwortet und dann, als er ihren verdutzten Blick bemerkte, hinzugefügt, ›der Meisterdetektiv von Edgar Allan Poe.‹

Er hatte ihr von Dupins Beispiel mit der Landkarte erzählt, einem Spiel, in dem es darum geht, Stadt- und Flussnamen eines Landes zu nennen, die die anderen Mitspieler dort finden müssen. Der Anfänger, so Dupin, würde sich immer kleine Städte oder unbedeutende Flüsse aussuchen, weil er glaubt, die würde niemand finden. Der Profi allerdings sucht sich Namen wie *The United States of America,* die sich über die ganze Karte erstrecken und in ihrer flächenfüllenden Präsenz einfach übersehen werden. ›Es ist doch wie bei dem, der ganz offensichtlich im Kaufhaus etwas klaut und damit wie selbstverständlich an der Kasse vorbeigeht‹, hatte Sarah ergänzt, ›der erscheint auch viel weniger verdächtig als der, der versucht, alles heimlich zu machen.‹

Dieser Moment hatte mehr geschaffen als das bloße Empfinden, dass sie ähnlich dachten, so viel, dass er sie ohne nachzudenken zu einem Glas Wein am Abend eingeladen hatte. Sarah hatte zugesagt, aber es hatte sie offenbar gereizt, seine Position in Frage zu stellen.

›Dein Dupin meint also, man muss die naheliegenden Fragen stellen?‹, hatte sie dann abends mit diesem Lachen in der Stimme gesagt, das er später immer gehört hatte, wenn sie ihn aufzog.

›Ja, ganz genau‹, hatte er geantwortet und einen Schluck Rioja getrunken.

›Wenn du mir jetzt eine naheliegende Frage stellen müsstest‹, hatte Sarah gefragt, ›welche wäre das?‹

Vincent hatte geantwortet, ohne nachzudenken.

›Ich würde dich fragen, ob wir nicht zu mir gehen wollen. Um weiterzudiskutieren. Und vielleicht anderes?‹ So direkt hatte er noch keine Frau angesprochen, vor allem nicht am ersten Abend. Doch Sarah lächelte.

›Dann stell mir doch die Frage‹, hatte sie gesagt.

›O. k., willst du?‹

›Ja‹, hatte sie gesagt.

Seitdem hatten sie sich immer wieder getroffen, ohne sich dem anderen verpflichtet zu fühlen – einfach nur zum Vergnügen, allerdings auch ohne sich wirklich nahezukommen.

Die Glocken der nahen Kirche schlugen zweimal. Nachher würde ein Neujahrsgottesdienst beginnen. Die Menschen würden beten und hoffnungsvoll oder ängstlich in ein neues Jahr gehen. Genauso wie er selbst. Ihm fiel die Passage von John Donne bei Hemingway ein: *Verlange nie zu wissen, wem die Stunde schlägt; sie schlägt dir.* Er vergaß den geplanten Anruf bei Sarah und dachte für einen Moment daran, auch in die Kirche zu gehen, eine Kerze für das neue Jahr anzuzünden. Da klingelte sein Handy, und er war dankbar, dass ihm beide Entscheidungen abgenommen wurden.

»Vincent Wagner.«

»Vinc? Hier ist Tobi!«

»Tobi! Na, auch endlich wach?«

»So isses. Was hältst du von frühstücken? Bin gerade aufgewacht und dachte, wir gehen mal wieder zum Katerbrunch in die Hackeschen Höfe.«

Vincent dachte an die roten Ränder unter seinen Augen und daran, dass Michelangelo also definitiv wieder nicht zu seinem Recht kommen würde. Aber eine Kerze konnte er bekommen, auf dem Rückweg. Wenn der Abend nicht allzu lang werden würde.

11

BERLIN
MONTAG, 1. JANUAR
14:30 UHR

Die Rosenthaler Straße zum Hackeschen Markt sah aus wie ein Schlachtfeld. Zerfetzte Böller, Papier, Glasscherben, Bierdosen und Raketenreste bedeckten Straßen und Bürgersteige. Drei japanische Touristen schauten ehrfurchtsvoll auf die Verwüstung und unterhielten sich gestikulierend. Die Kneipen und Restaurants in den Arkaden am Hackeschen Markt, über denen die S-Bahn fuhr, waren bereits gut besucht und strahlten ein heimeliges Licht aus. Über dem allem wachte der Ostberliner Fernsehturm, der sich wie eine eigenwillige Blume in den Winterhimmel reckte.

Einige von Vincents Freunden, die am Abend zuvor auch am Potsdamer Platz gewesen waren, saßen an den Tischen, standen am Buffet, lachten, rauchten, tranken Kaffee und mümmelten, noch etwas angeschlagen, auf ihren Brötchen herum.

Er ging weiter. Tobi saß an einem der Tische und nestelte an seiner Zigarettenpackung herum.

»Na, Alter, alles knusprig oder was?«, begrüßte der ihn.

»Die Kopfschmerzen könnten mal langsam nachlassen.«

»Tja, König Alkohol hat wieder gewonnen«, sagte Tobi. »Mal verliert man, mal gewinnen die anderen. So ist das wohl im Leben.«

Er griff wieder nach der Zigarettenschachtel und drehte sie hin und her. »Musst gleich beim Aufstehen ein Bier trinken, das hilft. Habe ich auch gemacht.«

Vincent verzog skeptisch das Gesicht. Er blickte nach unten – und ihm fiel auf, dass er heute schon wieder verschiedene Socken angezogen hatte. Das neue Jahr fing ja gut an. *Das Gehirn ist halt nicht multitaskingfähig,* sagte sein Doktorvater immer.

»Hab die Kellnerin schon dreimal wegen Kaffee hergewinkt, aber irgendwie passiert da nichts«, sagte Tobi. »Wenn die sich noch langsamer bewegt, läuft die Zeit irgendwann rückwärts.«

Als hätte sie das Gespräch gehört, setzte sich die Bedienung von der Bar aus in Bewegung und steuerte auf den Tisch zu.

12

NEW YORK
MONTAG, 1. JANUAR
08:00 UHR

Tyron stand in der Firmenzentrale von Iron Crown Capital und schaute auf die Hunderten von Bildschirmen und Computern, die alle an das gigantische Netz der Finanzströme angeschlossen waren. Heute war niemand da, der Saal war leer. Die Aggression, die sonst in diesem Raum herrschte, war dennoch zu spüren. Das Herz des Kapitalismus: systolischer und diastolischer Blutdruck, Venen und Arterien, Erwartungen enttäuscht, Erwartungen übertroffen, Kurs nach unten, Kurs nach oben, kaufen und verkaufen. Der Handelsraum war ein Teil des Kreislaufs, in dem die riesigen Aktienblöcke transferiert wurden, die dann von den Anwälten als geltendes Recht in Besitz verwandelt wurden. Besitz und Kontrolle – an Firmen, an Menschen, an der Welt.

Pech für diese langsamen Firmenlenker, die glaubten, nur weil ihnen ihre Chefsekretärin den Kaffee bringt, sie Ehrenmitglied im Country Club sind und alle in der Firma vor ihnen kuschen, hätten andere dieselbe Hochachtung vor ihnen. Er hatte es Paul Territo gesagt: Respekt vor Namen kam aus einer Zeit, in der Könige herrschten. Aber diese Zeit war lange vorbei.

Ihre Werkzeuge waren mächtig: *Flash Trading,* Computer, die in Lichtgeschwindigkeit Entscheidungen fällten, schneller als der schnellste Investor, *Dark Pools,* aus denen heraus Aufträge gebündelt und gigantische Aktienpakete hin und her transferiert wurden, von denen keiner wusste, wer sie gekauft oder verkauft hatte.

Er blickte noch einmal auf die Bildschirme und Computer mit ihren blitzschnellen Informationen, die in Bruchteilen von Sekunden verarbeitet wurden. Er wusste, was sie wollten, wusste, was sie waren, wusste, was sie taten. Sie zerstörten, sie vernichteten, sie verbrannten. Sie waren die Reinigung und die Rettung. Am Ende ist es die Asche, aus der die schönsten Pflanzen erblühen.

Einer der Leibwächter näherte sich.

»Sir.«

Tyron drehte sich um. Der Leibwächter reichte ihm ein abhörsicheres Telefon.

»Der Wächter möchte mit Ihnen sprechen.«

13

BERLIN
MONTAG, 1. JANUAR
14:00 UHR

Er stoppte den SLK und sah sich um. Überall dichter Wald. Der Wagen hatte es gerade so geschafft, den Weg bis hierher zu befahren, doch wenn er jetzt noch weiterfuhr, würde er sicher irgendwo stecken bleiben. Er fröstelte. Wo, zur Hölle noch mal, sollte hier der Test sein? Ein Wald, irgendwo in der Nähe des Olympiastadions. Auf dem Weg war er an einigen leeren Kasernen vorbeigefahren. Niemandsland, mitten in der Stadt. Er schaute auf den Plan, schaltete Google Maps auf seinem Blackberry ein und ging zu Fuß in die Richtung weiter, die ihm am plausibelsten erschien.

Nach fünf Minuten kam er auf eine Lichtung. Wolken verdeckten den Himmel und es begann leicht zu schneien. Auf der Lichtung ein Bunker. Das Tor stand gähnend offen, so als würde sich selbst der Bunker in dieser Ödnis langweilen. Es sah aus, als wäre das Tor irgendwann von einem Geschoss erwischt worden, seitdem hatte sich niemand mehr um das Gebäude gekümmert. Es schien ein Ort zu sein, den selbst Gott vergessen hatte.

Er blickte sich um und knöpfte mit zittrigen Fingern sein Sakko zu. Das hier war doch niemals das Gelände für irgendeinen Test? War es ein Hinterhalt? Eine Entführung? Waren die fünf Millionen nur eine Finte? Würde man versuchen, seine Firma zu erpressen oder seine Eltern, oder beides, und damit noch mehr Geld herausschlagen? War er in seiner Gier nach Geld und Macht geradewegs in eine Falle getappt?

Reiß dich zusammen, *dachte er.* Du bist mitten in Berlin und kannst jederzeit Hilfe rufen. *Er umklammerte seinen Blackberry, wie ein Ritter sein Schwert umfasst hätte, richtete sich auf, versuchte selbstsicher auszusehen und überquerte die*

Lichtung. Vor dem Bunker blieb er stehen und blickte durch das geöffnete Tor. Äste und Laub lagen dort, zugefrorene Pfützen und verblichene Bierdosen. Selbst die Penner, die hier früher einmal gewesen waren, gab es nicht mehr. Er zog den Kopf ein und ging durch die Toröffnung. Diffuses Licht im Inneren, Spinnweben und muffiger Geruch nach vermoderten Blättern und Exkrementen. Inmitten des Laubs, der Erde und der Bierdosen ragte ein Griff aus dem Boden. Er zog daran. Der Griff gehörte zu einer Bodenluke. Dazu ein Vorhängeschloss. Das Messing glänzte im Halbdunkel. Da durchfuhr es ihn! Messing! Er dachte an den Schlüssel, den er vorhin in seiner Tasche entdeckt hatte. Er wusste nicht, ob seine Finger mehr vor Aufregung oder vor Kälte zitterten, als er den Schlüssel aus der Tasche holte, aber er wusste schon, bevor er ihn ausprobierte, dass der Schlüssel passen würde.

Er öffnete die Luke und stieg die Treppe hinab. Ein monotones Summen war von unten zu hören und ein grelles, gespenstisches Licht schien aus der Tiefe nach oben. Er stieg weiter hinunter und durchquerte einen kurzen Korridor, der sich zu einem vier Meter hohen Kellergewölbe öffnete. Scharfer Geruch stieg ihm in die Nase, grelles Licht blendete ihn – und was er sah, ließ ihn beinahe bewusstlos zu Boden fallen. Einen kurzen Moment verharrte er vor dem, was sich plötzlich in sein Bewusstsein und in seine Erinnerung gebrannt hatte und seinen Kopf nie wieder verlassen würde, konnte seinen Blick nicht von dieser perfiden Perfektion des Makabren abwenden, dieser Ausgeburt einer Fantasie, die ebenso krank wie genial war. Dann siegte die Furcht über die Faszination, er rannte die Treppe nach oben, stieß sich mehrmals den Kopf, knickte mit dem Fuß um, zerriss sich seinen Anzug an den Nägeln, die aus dem zerborstenen Tor ragten, rannte über die Lichtung, setzte sich in den SLK und raste auf dem Feldweg davon.

BERLIN
MONTAG, 1. JANUAR
15:30 UHR

14

»Fährst du heute zurück nach Bremen?«, fragte Vincent.

»Ja klar«, sagte Tobi. »Mittwoch geht ja die Maloche wieder los.«

»Ich werd' wohl auch fahren«, sagte Vincent. »Bei meinen Eltern ist ja heute wieder die Neujahrsfeier.« Er schaute nach draußen.

»Apropos Maloche«, sagte er dann. »Was macht überhaupt dein Job?« Tobi arbeitete bei einem Internetprovider und liebte es, Menschen, die von der Materie nicht allzu viel Ahnung hatten, mit Fachausdrücken zu bombardieren. Vincent gehörte dazu.

Tobi verdrehte die Augen. »Im Moment haben wir echt Stress mit diesen ganzen Hackern aus Russland und China, die unsere Websites als Ausgangsbasis für Botnets benutzen. Das ist ungefähr so, als wenn es irgendein Fremder dauernd mit deiner Freundin treibt und du nichts dagegen machen kannst. Echt nervig.«

»Was ist denn ein Botnet?«

Tobi zog wissend an seiner Zigarette, während er gleichzeitig auf einem Hörnchen herumkaute. »Ein Netzwerk aus Zombie-Computern. Die nennt man deshalb so, weil jemand anders die Kontrolle darüber hat. Das sind normalerweise Hacker, die sich in fremde Computer einschleichen und von da aus irgendwelche illegalen Aktionen starten: Spam-Mails versenden, weitere Seiten hacken, Festplatten ausspionieren, Bank-Passwörter abfragen und so weiter.«

»Und so was kann theoretisch jeder auf seinem Computer haben?«

»Wenn man schlechte Antivirus-Software oder keine

Firewalls oder so was hat, schon. Die Hacker haben auf diese Weise statt einem auf einmal tausend Computer, die für sie arbeiten. Da sie von fremden Computern aus ihre Attacken durchführen, ist es auch schwerer, sie zu erwischen. Sie treiben es nicht nur mit deiner Freundin, sondern machen das auch noch in der Verkleidung deines besten Kumpels.«

Vincent hatte immer geahnt, dass diese digitale Welt der Einsen und Nullen irgendwann eine zweite Realität werden würde, noch stärker als die erste Realität, die sie hervorgebracht hatte. Darum mochte er sie nicht.

Tobi lehnte sich zurück und rauchte zufrieden. »Und, wie läuft es bei dir so«, fragte er dann. »Uni-mäßig und sonst? Alles o. k.?«

Vincent nickte, doch so richtig o. k. war alles nicht, jedenfalls nicht, wenn er an seine künftige »Unikarriere« dachte, die eigentlich nach seiner Doktorarbeit kommen sollte. Er konnte schon wieder seinen Vater hören, der ihm ständig vorhielt, dass er nicht auch in der elterlichen Bank eingestiegen sei wie sein Bruder Marcus. Der war allerdings auch nicht lange dortgeblieben. Umso größer war die Sorge von Vincents Vater, dass er keinen Nachfolger aus der Familie für das Unternehmen hatte.

»Ich werde im Sommer abgeben müssen, weil dann auch die Förderung ausläuft«, sagte er. »Ich habe bei der Studienstiftung noch ein Jahr Verlängerung gekriegt, aber im Juli fällt dann endgültig der Hammer. Mit der Abgabe ist das auch kein Problem, nur wie's danach weitergehen soll, steht ein bisschen in den Sternen.«

»Aber du warst doch immer einer von den ganz Schlauen, war doch in der Schule schon so. Ich dachte immer, du wirst Professor.«

»Ja klar, ich habe auch 'ne Menge gemacht. Vorträge in London und Florenz. Publikationen, Mitarbeit bei der Großen Anthologie zur Melancholie, die im nächsten Jahr rauskommt, all das, was man braucht, um Prof zu werden.« Er schaute aus dem Fenster. Er wusste, dass Tobi, der selten aus Bremen herausgekommen war, sich immer wunderte, wie viel Vincent in der Weltgeschichte unterwegs war und das auch noch für selbstverständlich hielt. Andererseits waren die Mönche im Mittelalter, die die ersten Studienkollegs gegründet hatten, nicht weniger mobil gewesen.

»Dann werd doch Prof«, gab Tobi ihm den unendlich wertvollen Tipp.

»Ist halt nicht mehr so einfach wie in den Siebzigerjahren. Mein Bruder würde sagen, *der Wettbewerb ist schärfer geworden.* Im Moment will doch jeder, der einen Rechner und zwei Bücher hat, Professor werden. Aber all die Jobs, die hier an den Unis angeboten werden, sind immer so blöde halbe Stellen. Halb bezahlt und volle Stundenzahl natürlich. Und forschen und habilitieren soll man nebenbei auch noch. Wahrscheinlich geht's dann am Ende doch ins Ausland. Hier ist einfach kein Blumentopf zu gewinnen.« Er trank von seinem Kaffee. »Manchmal denke ich auch, ich hätte das wie Marcus machen sollen. Gleich in die Wirtschaft nach der Uni. Der arbeitet zwar wie ein Bekloppter, aber dafür rollt dann auch der Rubel.«

»Was macht der jetzt eigentlich? Der hat doch in der Schule immer die Fußballwetten organisiert und so was?«

»Ist eigentlich auch jetzt nicht viel anders. Investmentbanking, bei *Silverman & Cromwell*, einer der ganz dicken Fische im Geschäft. Liest man öfter was drüber in den Wirtschaftsblättern. Er arbeitet im Team für Fusionen und Übernahmen. Die zahlen über hunderttausend Euro Startgehalt plus Bonus.«

»Nicht gerade Hartz IV. Wobei London ja auch ganz schön teuer ist. Aber hunderttausend ...« Tobi nickte anerkennend. »Obwohl mir immer noch nicht klar ist, was die im Investmentbanking überhaupt machen.«

»Ich weiß es auch nicht. Vierundzwanzig Stunden arbeiten, dafür aber auch Porsche GT, große Wohnung und tolle Anzüge. Das, was man so *Glamour* nennt.«

Tobi grinste wissend. »Glamour kann auch nach hinten losgehen.« Er zündete sich eine Zigarette an.

»Wie meinst du das?«

»Hab' ne ziemlich schräge Story aus dem Adlon gehört. Von gestern Nacht.«

15

BERLIN
MONTAG, 1. JANUAR
16:00 UHR

Sarah schaute sich die Protokolle an. Von allen Zeugen die gleichen Aussagen. *Ja, wir haben diese attraktive Frau gesehen. Ja, die sah wirklich toll aus. Nein, wir kannten sie nicht. Das war die Begleitung von Mr. Hill. Fragen Sie doch Mr. Hill …* Nichts, was einem weiterhalf.

Vorher hatte sie noch einige Recherchen über *Promethean Industries* durchgeführt. Ursprünglich eine staatlich kontrollierte Firma, war sie jetzt an allen großen Börsen der Welt gelistet. Die Firma, die früher *Western Pacific Defence Company* hieß, war von Hill selbst umbenannt worden. Nach dem Gott *Prometheus*, der den Menschen das Feuer gebracht hatte. Sarah hatte noch weitere Interviews mit Hill gelesen. Eines davon in der *Vanity Fair*. ›Es gibt keinen Sieg ohne Feinde‹, hatte Hill dort gesagt. Das hätte auch Oswald Spengler sagen können. Und Hill hatte weiter gesagt, dass jeder, der keine Feinde habe, austauschbar sei. Darum sei es für ihn auch nicht moralisch verwerflich, einem Konzern vorzustehen, der Lenkwaffen herstellte. Denn wer originell sei, habe automatisch Feinde. Und wer Feinde habe, brauche auch Waffen.

›Nur diesmal‹, dachte Sarah, ›waren die Feinde wohl eine Nummer zu groß.‹

Dann noch Gavin Ward. Sie schaute auf den Papierstapel, den sie sich ausgedruckt hatte. Zeitungsmeldungen über Ward, Lebenslauf, inoffizielle Protokolle des FBI. Ward, die graue Eminenz im Konzern, der *Regenmacher*, der dafür sorgte, dass die Aufträge hereinkamen. Wenn die Firma neue Aufträge brauchte, dann ging sie zu Ward. Oder wenn es darum ging, auf unkonventionelle Weise Kosten zu kürzen. Ward war es gewesen, der dem pädophilen Gewerkschaftschef ein 12-jähriges Mädchen geschickt und damit Hill geholfen hatte, die Gewerkschaft zu erpressen und den Stellenabbau in Deutschland durchzusetzen, er war es, der Kongressabgeordnete beim Besuch von Prostituierten gefilmt und ihnen mit Veröffentlichung gedroht hatte, falls ein anderer Konzern als *Promethean* einen Regierungsauftrag bekommen sollte. Ward hatte Satelliten in den Orbit schießen lassen, die manipulierte Bilder von Giftgasfabriken im Nahen Osten zeigten, die es gar nicht gab, um weitere Regierungsaufträge für Raketen-Lenksysteme zu erhalten. Er sorgte für die Bilder *und* für den Krieg.

Sie vergaß Gavin Ward für einen Moment, ging nach draußen zur Kaffeemaschine und schenkte sich einen Becher Kaffee ein, mit Milch und Süßstoff. Sie teilten sich in der Abteilung eine Küche mit den Kollegen von der Mordkommission. Der Süßstoff war für sie reserviert. Hermann trank den Kaffee immer schwarz und Winterfeld mit viel Milch und viel Zucker – ohne dabei auch nur ein bisschen zuzunehmen. Beneidenswert. Sie ging zurück in ihr Büro, trank, fühlte, wie der heiße Kaffee eine wohlige Spur der Wärme in ihrer Kehle zurückließ, und umschloss die Tasse mit beiden Händen. Ihr Blick schweifte nach draußen über die Dächer von Berlin, ohne irgendetwas genau zu fixieren. Seitdem sie heute Morgen um sieben Uhr von Bellmann aus dem Schlaf geholt worden war, war dies der erste Moment des Tages, an dem sie gar nichts tat, nur dasaß, nach draußen blickte und sonst nichts.

Silvester. Sie war bei einem befreundeten Paar gewesen, das auch ein befreundetes Paar zu Gast hatte. Zwei Pärchen, die ständig über ihre Pläne für das neue Jahr sprachen. Sie war allein gekommen. Zwar gab es einen Mann in ihrem Leben – aber als Beziehung würde sie ihre Affäre nicht bezeichnen. Vincent wahrscheinlich auch nicht.

Sie hatten im Wohnzimmer gesessen. U2 war im Hintergrund gelaufen. *With or without you. I can't live with or without you.* Wenn man sagt, dass man ohne jemanden leben kann … Ja, was heißt das? Heißt das nicht, dass man es gerade nicht kann? Würde man Dinge erwähnen, die einem völlig gleichgültig und bereits abgeschlossen sind? Nein, was man erwähnt, ist einem auch wichtig. Und bei ihr war es genauso. Sie wusste nicht, ob sie *mit* Vincent lebte. Würde sie *ohne* ihn leben können?

Sie trank noch einen Schluck Kaffee und hielt sich den warmen Becher vor die Brust.

Vincent war ziemlich genau das, was sie als *ihren Typen* bezeichnen würde, nachdem die Männer vorher fast alle Reinfälle gewesen waren. Sie war vor ihren Eltern geflohen und hatte sich geschworen, in ihrem Leben alles anders zu machen. Das hieß auch, sich um andere Menschen zu kümmern. Doch die Männer, die sie sich unbewusst ausgesucht hatte, waren nicht Männer, um die man sich kümmern *konnte,* sondern um die man sich kümmern *musste,* weil sie mit ihrem eigenen Leben überfordert waren. Entsprechend beziehungsuntauglich waren sie und entsprechend kurz waren diese Beziehungen gewesen. Die meisten Menschen brauchten eben mehr Liebe als sie verdienten.

Vincent war anders. Nett, witzig, mit wachen Augen und schönen Händen, ihm fiel immer zu allem irgendeine Anekdote ein. Der sie zum Lachen brachte, eine Gabe, die nur die wenigsten besaßen. Sie dachte an gemeinsam verbrachte Abende und Nächte, improvisierte Reisen, Spaziergänge über verwitterte Brücken, nicht zu vergessen die Erinnerungen an den ersten Abend, an dem sie sich kennengelernt hatten, nach dem Seminar für Ikonografie und Spurensuche an der Humboldt-Universität.

Er war jemand, der die Spuren am Wegesrand sieht und sich darin verliert – und genau das war sein Problem. Am Ende war er ein Träumer, einer, der nur Augen dafür hatte, was ihn interessierte, und der das, was vielleicht nicht so interessant, aber dennoch notwendig war, von sich fernhielt. Sarah wusste nie, was Vincent wirklich wollte, was eigentlich sein Ziel war, und sie glaubte, nein, sie fürchtete, er wüsste es selber nicht.

Er würde Sarah wahrscheinlich nur ungern verlieren, aber er würde auch nicht sonderlich dafür kämpfen, sie zurückzubekommen. Manchmal hatte sie den Eindruck, dass es ihm egal war, ob sie sich trafen oder nicht. Ob sie zu spießig war? Sie hatte nie das gehabt, was man eine Familie nennen konnte, und darum wünschte sie sich nichts sehnlicher als eine eigene Familie. Irgendwann ein geregeltes Leben mit Kindern, die im Garten mit dem Vater zusammen ein Baumhaus errichten, und einem Hund, der einen treuherzig anblickt, wenn man vom Einkaufen durch die Tür kommt. Sicherheit, Familie, Ordnung – all das waren Dinge, für die man kämpfen musste, die Mühe und Arbeit machten. Von denen Vincent ihr gesagt hatte, er fände sie langweilig, aber vor denen er sich vielleicht in Wahrheit fürchtete.

Through the storm we reach the shore, You give it all, but I want more … with or without you. Die Stimme von Bono Vox hallte wie eine flüchtige Erinnerung in ihrem Kopf, als das Telefon klingelte und sie in die Gegenwart zurückholte.

BERLIN
MONTAG, 1. JANUAR
16:15 UHR

16

Sie trank den Kaffee aus und nahm den Anruf an. Die Nummer kam ihr bekannt vor.

»Jakobs.«

»Weinstein hier, ich grüße Sie. Ich erreiche den Kollegen Winterfeld gerade nicht. Aber ich hörte, Sie arbeiten zusammen an dem Fall.« Sarah lächelte. Dr. von Weinstein, stellvertretender Direktor des Instituts für Rechtsmedizin. Er leitete die Autopsie an Stuart Hill. Sie hatte im Rahmen ihrer Ausbildung einmal eine Klausur bei ihm geschrieben.

»Gibt's schon was Neues?«, fragte sie.

»Mit der Sektion sind wir durch«, erläuterte von Weinstein. »Tippen auf eine Vergiftung. Die Asservate sind jetzt bei den Kollegen in der Toxikologie.«

»Von denen schon eine Vermutung?«

»Sie wissen doch, Frau Jakobs. *Never assume . . .*«

›Das sagt man beim FBI immer‹, dachte Sarah. ›Und es war auch einer der Lieblingssprüche von Winterfeld.‹

»Eine Idee, wann die fertig sind?«, nahm sie einen neuen Anlauf.

Von Weinstein zögerte. »Wenn wir Glück haben, gleich.«

»Jetzt sofort?« Sie wusste, dass von Weinstein es gerne spannend machte.

»Ja, kommen Sie im Institut vorbei. Die Leiche liegt noch im Kühlraum.«

Sie traf sich mit Winterfeld und Hermann fünf Minuten später am Wagen. Stuart Hill war ein eiliger Fall und die Rechtsmedizin hatte gezeigt, was sie konnte. Winterfeld würde begeistert sein, denn ihm konnte es nie schnell genug gehen. Was Vincent zu wenig hatte, hatte er zu viel. Es gab nichts, was vorhersehbarer war als Winterfelds Ungeduld. Das war auch das Einzige, ansonsten blieb er unberechenbar.

Zuerst hatte sie so gut wie gar nichts über ihn gewusst, aber nachdem sie ihm in dem Fall mit dem Sohn vom Baulöwen geholfen hatte, war er aufgetaut. Er hatte ihr dann erklärt, wie er seine Fälle löste und warum er oft mehr wusste als andere. Er hatte einmal einem Insassen in der psychiatrischen Anstalt ein Handy gegeben und rief den Mann gelegentlich an. Der Insasse freute sich, wenn er eine Stimme hörte, die er sich nicht einbildete, und erzählte Winterfeld dankbar von seinen Fantasien. Das sei sein Außenposten, sagte er, um *das Kranke im Menschen* zu verstehen. *Das Kranke im Menschen* war auch der Titel eines Buches, das Winterfeld geschrieben hatte, kurz nach seiner großen Krise im Jahr 1989, als er noch bei der Kripo in Hamburg arbeitete, nach der Trennung von seiner ersten Frau. Die Scheidung wurde zu einer Schlammschlacht und schließlich bekam sie das Sorgerecht für beide Töchter. Er betrank sich häufig, wurde vom Dienst suspendiert, dachte an Selbstmord. Keiner hätte auch nur einen Pfennig darauf gewettet, dass er die Kurve kriegen würde.

Doch dann kam die Rettung. Für Winterfeld. Für andere das absolute Grauen. Der *Tütenmörder* fiel über die Stadt her. Ein Päderast, der Kindern Plastiktüten über den Kopf zog und sie dann vergewaltigte. Es hatte ihn erregt, wie sie sich immer weniger wehrten, während er sich an ihnen verging. Winterfeld stand auf, warf die Flasche in die Ecke – und siegte. Der Täter war kein Sonderling, der in einem riesigen Haus am Waldrand lebte, sondern ein Berufsschullehrer für Elektrotechnik, einer von denen, die zu Weihnachten Care-

Pakete für Osttimor organisieren und immer so nett grüßen. Er hatte der Polizei dann ausführlich erzählt, warum für seine Taten nur blaue Tüten in Frage kamen, als wäre das die wichtigste Sache der Welt.

»Als ich ihn das erste Mal sah, wusste ich, dass er es war«, hatte Winterfeld zu Sarah gesagt. »Es gibt ein Schema, und es funktioniert immer.« Winterfeld schrieb sein Buch, er wurde befördert, hielt Seminare für Scotland Yard in London und an der FBI Academy in Quantico/Virginia. Dann kam das Angebot vom Berliner Senat, Koordinierung der Interpol-Aktivitäten mit LKA und BKA. Doch das hieße Schreibtisch, Bürokratie und Politik. Winterfeld wollte an der Front bleiben, im *Endkundengeschäft*, wie er es nannte. »Das Böse war meine Heilung, das Böse ist mein Kunde«, hatte er zu Sarah gesagt. Jeden Morgen. Oder zumindest jeden Montag.

»Nicht weil ich so mitteilsam bin oder meine, ich müsste Sie mit Problemen belästigen«, hatte er dann gesagt. »Ich glaube einfach, dass Sie eine sehr gute Polizistin sind und schon einiges mitgemacht haben. Das sehe ich Ihnen an, und das ist das Beste, was Ihnen passieren konnte.« Er hatte sich dann einen Zigarillo angezündet, das Fenster geöffnet, ›nach draußen geraucht‹ und dann weitergesprochen: »Es ist das Schlechte, das uns weiterbringt. Analysieren Sie die Typen, die Ihnen geschadet haben, und kategorisieren Sie sie. Erkennen Sie sie. Sie sind alle gleich. Sie tauchen immer wieder auf. Immer und immer wieder. Die Täter, die Sie suchen, sind genauso. Wir fangen sie, und wir vernichten sie. Das ist unser Job. Nicht mehr und nicht weniger.«

Winterfeld war radikal. Manchmal genial. Und gleichzeitig verletzlich. Er war der Vater, den Sarah niemals hatte.

BERLIN
MONTAG, 1. JANUAR
16:15 UHR

17

Er hatte den SLK verlassen und stand vor der Telefonzelle. Sollte er die Polizei rufen? Wenn ja, dann nur anonym, nur über ein öffentliches Telefon. Bloß nichts damit zu tun haben. Bloß keine Nummer hinterlassen.

Die Bilder erschienen wieder und wieder vor seinen Augen, wie ein dämonischer Schnappschuss, der ihn immer daran erinnerte, was er gerade gesehen hatte. Das Blut, die Hand, der Kopf, die Nägel. Was war das für eine Firma, die solche Tests machte? Was wollte man damit testen?

Er hatte Geschichten von Freunden bei der Bundeswehr gehört, die in Bosnien und Afghanistan stationiert waren. Man hatte ihnen Bilder von Islamisten gezeigt, die ihren Geiseln den Kopf abschnitten. Damit wollte man den jungen Soldaten klarmachen, mit welchen Feinden sie es zu tun hatten.

Was wollte die Firma ihm zeigen? Wie gefährlich sie war? Was sie mit ihren Feinden machte? Wir haben andere Tests, *hatte der Headhunter am Telefon gesagt. Solche Tests hatte er in der Tat noch nirgendwo gesehen. Auf die konnte man sich nicht vorbereiten, sich nicht in irgendwelche Datenbanken reinhacken, um an die Testfragen zu kommen. Hierzu gab es mit Sicherheit keine Beratung oder Fallstudien wie auf squeaker.net, die einem im Interview weiterhalfen, kein Präsentationscoaching und keine »GMAT Preparation« von Kaplan oder Princeton, die Bewerber auf die Zugangsprüfungen an den großen Business Schools vorbereiteten.*

Das hier ging zu weit. Viel zu weit. Hier war eine Grenze, die eindeutig überschritten wurde. Die Firma mochte noch so spannend, so einflussreich und so stark sein wie sie wollte, hier hatten sie klar über das Ziel hinweggeschossen.

Die Worte des Headhunters gestern Nacht.

Wir melden uns am Donnerstag bei Ihnen.

So viel Zeit, *hatte er gefragt.*

Die werden Sie brauchen.

Doch was sollte er dort herausfinden? Was war das Rätsel? Er war aus dem Bunker geflüchtet. Sollte er wieder zurück? Ausgeschlossen, was wäre, wenn jetzt die Polizei käme? Doch wer sollte die Polizei gerufen haben? Er war der Einzige, der dort gewesen war, und die Firma hatte es sicher niemandem sonst erzählt. Oder doch?

Hatte er das Schloss wieder abgeschlossen? Er wusste es nicht mehr. Und hatte er Handschuhe getragen? Nein. Dann waren seine Fingerabdrücke auf dem Schloss. Das blitzblanke, neue Schloss. Ihm wurde heiß und kalt. Wie konnte man so dumm sein, *fragte er sich.* Meine Fingerabdrücke an einem Tatort, wenn das in meinem Führungszeugnis auftaucht, kann ich mich gleich bei McDonald's bewerben. *Das hatte die Firma prima hinbekommen: Er hing mit drin. Was sollte er der Polizei sagen?* Warum meine Fingerabdrücke auf dem Schloss sind? Tja, ich hatte plötzlich einen Schlüssel in der Tasche, und das ist zufällig der einzige Schlüssel, mit dem man den Raum aufschließen kann. Ja, genau der Raum, in dem die zwei Leichen sind. Ich habe aber natürlich nichts mit der Sache zu tun. Ich bin nur angerufen worden. Von wem? Das weiß ich selbst nicht.

Er wusste nicht, was er tun sollte, als er die Telefonzelle stehen ließ und wieder in den Wagen stieg. Er wusste nur, dass er auch diese Nacht kaum schlafen würde.

NEW YORK
MONTAG, 1. JANUAR
08:15 UHR

18

Tyron blickte auf den Handelsraum und hielt das Telefon ans Ohr. Die Stimme des Wächters ertönte.

»Wir haben die Mehrheit an *Xenotech*?«

»Ja, die haben wir.«

»Haben Sie Territo erwischt?«

»Ja, Wolf hat sich um ihn gekümmert.«

»Gut.« Kurzes Schweigen. »Was ist mit Cameron, unserem neuen Novizen? Ist er auf *Furor* vorbereitet?«

»Ich werde heute mit ihm über die dritte Stufe sprechen.« Tyron schaute auf seine Uhr.

»Was ist mit dem anderen?«

»Er ist erst ganz am Anfang. *Somnia.* Wir müssen schauen, ob er den Test besteht.«

»Schicken Sie Wolf nach Europa«, sagte der Wächter. »Er soll auf ihn aufpassen. Wenn er die Nerven verliert ...« Tyron sah nicht, wie der Wächter seinen Zeigefinger über seine Kehle gleiten ließ, aber er konnte es sich vorstellen. Es wäre die Geste, die die Worte des Wächters am besten untermalte. Und die Aufgabe von Wolf. Denn nur dafür gab es ihn.

Wolf stand vor ihm.

Tyron betrachtete die schwarz gekleidete, mittelgroße Gestalt, die gerade den Raum betreten hatte und sich immer so leise bewegte, dass die meisten ihn erst wahrnahmen, wenn es zu spät war. Den kahl rasierten Schädel mit den seltsamen Tätowierungen, den kurz gestutzten und silbergrau gefärbten Bart, die gebogene Nase, die sich immer ein wenig nach oben reckte, so als würde sie Witterung aufnehmen, und die Augen, die ihn gleichzeitig hellwach und ein wenig melancholisch anblickten. *Er sieht wirklich aus wie ein Wolf.*

Wolf war da, weil man nicht alle Dinge mit Intrigen lösen konnte, mit Manipulation oder mit Geld. Dann kamen Wolf und seine Truppe ins Spiel. Sie waren schnell, sie waren tödlich, und sie waren diszipliniert. Eher ein Skalpell als eine Axt, eher ein Schuss ins Nervensystem als eine Explosion, eher eiskalte Präzision als rasende Vernichtung.

»Wolf«, sagte Tyron, »der Test hat begonnen. Du musst auf unseren Kandidaten aufpassen. Wenn er nicht mitspielt, war das sein letztes Spiel.«

Wolf nickte nur. Er sprach selten. Wenn er sprach, war seine Stimme ein bizarres Flüstern. Vor langer Zeit hatte jemand versucht, ihm die Kehle durchzuschneiden. Die Kehle und die Stimmbänder. Die Narbe war noch immer zu sehen. Wolf hatte überlebt. Der andere nicht.

Ein leichtes Lächeln spielte um seine Lippen. Seine verlängerten Eckzähne blitzten hervor. Wolf hatte keine echten Zähne, sondern 26 Implantate. Er hatte gelernt, dass sich Folterer oft an den Zähnen zu schaffen machten, um an Informationen zu kommen, da man dort die größten Schmerzen und die geringsten Spuren hinterließ. Er wusste, dass er sich eine solche Schwäche nicht leisten konnte. Und er wusste auch, dass die langen Eckzähne viel besser zu seiner Natur passten.

Tyron war überzeugt, dass er einen guten Job machen würde.

BERLIN
MONTAG, 1. JANUAR
16:30 UHR

19

Sarah, Hermann und Winterfeld standen im Sektionssaal der Rechtsmedizin in der Turmstraße in Moabit. Der süßliche Geruch des Todes lag in der Luft. Grelles Neonlicht strahlte von der Decke, Röntgenbilder waren an Leuchtwänden befestigt. Skalpelle, Sägen, Meißel und andere chirurgische Werkzeuge lagen auf einer Metallablage. Ein medizinischer Assistent reinigte mit einem Wasserschlauch einen der massiven, metallenen Seziertische. Sarah mochte nicht wissen, was er da gerade wegspülte.

Dr. von Weinstein, Leiter der forensischen Abteilung und stellvertretender Direktor des Instituts für Rechtsmedizin, hatte die Untersuchungen persönlich geleitet. Sein gebräunter Teint und die silberne Designerbrille mochten so gar nicht zu dem Klischee des Gerichtsmediziners passen, wie man es aus den Fernsehserien kannte. Sein schwarzes Haar fiel ihm etwas ungeordnet in die Stirn, und seine Augenringe hinter der silber geränderten runden Brille zeigten, dass auch für ihn die Nacht auf Neujahr kürzer als erwartet gewesen war. Druck kam von allen Seiten: LKA und Polizei, den Firmenvertretern von *Promethean Industries* und jetzt auch noch von den Aufsichtsbehörden. Nun hatte er die Todesursache gefunden und wollte offensichtlich nur noch schlafen.

Hills Leichnam lag auf einer metallenen Bahre, die von Weinstein kurz vorher aus dem Kühlaggregat herausgezogen hatte. Die Luft, die das Aggregat verströmte, war fast ebenso kalt wie die Winterluft draußen. *Die Jungs mit den Gummihandschuhen,* wie Winterfeld sie nannte, hatten ganze Arbeit geleistet. Sarah dachte an die Prüfung, die sie bei von Weinstein einst geschrieben hatte. *Die Rolle der Rechtsmedizin im Ermittlungsprozess.* Sie blickte auf die Leiche von Hill. *Der Y-Schnitt, rechts ein Schnitt, links ein Schnitt, dann noch einer in der Mitte, dann werden die Hautpartien auseinandergeklappt, die Rippen samt Brustbein entfernt und die Organe entnommen. Paragraf 89, Strafprozessordnung. Alle drei Körperhöhlen sind zu öffnen, Kopfhöhle, Brusthöhle, Bauchhöhle.* Hill sah aus wie ein Patchwork aus Fleisch und Nähten, als wäre der ganze Körper einmal komplett umgedreht worden. Blut glitzerte zwischen den Fäden der frisch vernähten Narben, und an seinem Hinterkopf war, wenn man genau hinblickte, der Einschnitt zu sehen, mit dem man seine Schädeldecke geöffnet hatte. Seine Augen starrten zur Decke, so als wäre er erstaunt und entsetzt darüber, was man ihm nach seinem Tod noch alles angetan hatte. Diese Augen hatten den Mörder gesehen, dachte Sarah, oder eher die Mörderin. Winterfeld sah auf seine Uhr.

»Halb fünf und unsere beiden Freunde sind immer noch nicht da. Die wollten doch extra in Berlin bleiben, oder?« Er schüttelte den Kopf. Gemeint waren Miller und Thomson. Mr. Ward, der Vorstand für »besondere Angelegenheiten«, war Neujahr gleich wieder nach London abgereist, da dort am zweiten Januar in aller Eile eine Investorenkonferenz einberufen werden musste. Miller und Thomson hatte er zurückgelassen, um »den Cops ein bisschen Beine zu machen«, wie Ward sich ausgedrückt hatte.

Die Nachricht vom Tode Hills hatte sich trotz Feiertag mit rasanter Geschwindigkeit in der Finanzwelt verbreitet. Man wusste, dass Hill es war, der *Promethean Industries* den Erfolg zurückgebracht hatte. Nun wurden die Investoren unruhig. An einigen Börsen Asiens, die Neujahr geöffnet waren, waren bereits großvolumige Aktienpakete von *Promethean* verkauft worden, der Kurs der Aktie war dort teilweise um bis zu 30 Prozent abgesackt. Experten erwarteten massive

Verkäufe am morgigen Tag, wenn die Börsen weltweit wieder öffnen würden.

Sarah dachte an heute Morgen. Das BKA hatte sofort um neun Uhr angerufen und sie auf den neuesten Stand gebracht. Es war die Assistentin des BKA-Präsidenten, deren Namen Sarah immer vergaß und die immer in einem schwarzen Nadelstreifenkostüm unterwegs war. *Frau Jakobs, wir hatten eine Telefonkonferenz mit der BaFin und der Bundesbank. Dringender Verdacht auf Insiderhandel,* hatte die Dame vom BKA gesagt, und dass sich auch andere Aufsichtsbehörden, nicht nur die BaFin, sondern auch die SEC in den USA und die FSA in London, in den Fall eingeschaltet hätten und dass sie Ergebnisse bräuchten, heute noch.

Ob man wüsste, dass die bei der Gerichtsmedizin nicht zaubern können, hatte Sarah gefragt. Ob sie wüsste, dass man von einer Hauptkommissarin Fakten erwarte und keine Ausreden, hatte die Assistentin des BKA-Chefs zurückgegiftet.

»Sie wissen, dass die Briten und die Amis nur wenig Geduld in solchen Dingen haben«, hatte die Frau aus Wiesbaden mit dem Kriminaldirektorengehalt und dem riesigen Schreibtisch in den Hörer gekeift und dann: »Ich will nicht, dass sich am Ende FSA und SEC bestätigt sehen. Die halten uns für unfähige Provinzermittler.« Sie sagte *uns*, meinte aber *euch*.

»Das ist ein Mord und kein Börsenplanspiel«, hatte Sarah in den Hörer zurückgebellt, aber da hatte die BKA-Tante bereits aufgelegt und gleich danach Dr. Bellmann, den Chef des LKAs Berlin, angerufen. Der hatte dann Sarah angerufen und das Gleiche noch einmal wiederholt. So konnte man auch die Zeit herumkriegen.

Blieb die Frage nach den Tätern. Von der attraktiven Begleitung, die mit Hill zuletzt in seiner Suite war, gab es nach wie vor keine Spur. Ein Concierge hatte sie gegen halb zwei in einen schwarzen Wagen steigen sehen. Niemand wusste ihren Namen oder sonst irgendetwas. Die Videoaufnahmen des Hotels zeigten ihre attraktive Gestalt und ihr hübsches Gesicht, doch war dieses Gesicht leider in keiner erreichbaren Datenbank gespeichert. Ein Foto mit Beschreibung und einer Belohnung von 500 000 Euro war über Interpol ausgegeben worden. Den schwarzen Wagen, mit dem sie das Adlon verlassen hatte, fand man, ohne Nummernschilder und ausgebrannt, in der Nähe einer Kiesgrube bei Rüdersdorf, am Stadtrand Berlins. Ein Landwirt, der in der Nähe der Kiesgrube wohnte, hatte ausgesagt, dass er in den frühen Morgenstunden den Lärm eines Helikopters gehört habe. Ein Bericht von der Luftaufsichtsbehörde ergab, dass es ein Rettungshubschrauber war. *Hätte mich bei Profis auch gewundert,* dachte Sarah, *wenn die sich dem Luftraum anvertraut hätten.* Wahrscheinlich hatte an der Kiesgrube ein zweiter Wagen gewartet. Eine Spur, die kaum weiterzuverfolgen war. Viel wichtiger, als die todbringende Schönheit zu finden, war ohnehin, die Hintermänner aufzuspüren, die möglicherweise an dem Sturz der *Promethean*-Aktie verdienten. In diesem Fall hatte die BKA-Tante durchaus recht.

Winterfeld schaute nochmals auf die Uhr und schaffte es, sich nicht schon wieder durch die Haare zu fahren. »Schlage vor, wir fangen an. Was meint ihr?«

Sarah und Hermann nickten. Von Weinstein ganz besonders.

»Also«, sagte Winterfeld, »wir sind ganz Ohr.«

»Sie hatten recht mit Ihrer Vermutung«, begann von Weinstein, »alle Indikationen deuten auf eine Vergiftung Hills hin. Untersuchungen von Mageninhalt und Lebergewebe lassen auf Phosphorsäureester schließen.« Er tippte mit einem metallenen Stab wie ein Dirigent auf Hills Oberkörper, bevor er weitersprach. »Herz- und Schenkelvenenblut weisen, neben nicht unwesentlichen Mengen von Alkohol und Kokain,

Spuren von *Nevrotamin* auf, einer exogenen, neurotoxinen Phosphorverbindung.«

Sarah hob die Augenbrauen. »Kontaktgift?«

»Vollkommen richtig. Es ist in unverdünnter Form über seine Zunge in seine Blutbahn gelangt. Damit hat sich auch die Anfrage nach irgendwelchen medizinischen Gutachten erledigt. Man kann so gesund sein, wie man will, *Nevrotamin* bringt jeden um!«

»In unverdünnter Form«, fragte Sarah. »Es war also nicht in irgendein Getränk gemischt?«

»Nein, das würde die Wirkung beeinträchtigen.«

»In konzentrierter Form über seine Zunge«, überlegte Sarah. Sie dachte an die Diskussion mit Winterfeld über den vermeintlich vergifteten Champagner. »Wenn diese mysteriöse Dame ihn vergiftet hat und das Gift unverdünnt war, dann kann sie es ja möglicherweise nur auf seine Zunge bekommen, wenn sie ihn ...«

»Sie muss ihn geküsst haben, ganz richtig«, bestätigte von Weinstein. »Er starb offenbar mit einem Kuss. Wir haben keine Bissspuren gefunden.«

Er hielt mit sichtlichem Genuss an seinem eigenen Gedanken inne, als entschädige er ihn für die viele Arbeit am Feiertag, die er hinter sich hatte. »Sie muss eine Art Kapsel im Mund gehabt haben, die hat sie kurz vor dem Kuss zerbissen und das Kontaktgift freigesetzt und übertragen.«

Hermann und Winterfeld schauten sich erstaunt an. Das Ganze hat bei allem Grauen etwas Faszinierendes. »Das ist wohl genau das, was man tödliche Leidenschaft nennt«, versuchte Winterfeld die Spannung zu lösen. Von Weinstein nickte.

Sarah runzelte die Stirn, während Hermann ein wenig blöde abwechselnd auf die Leiche und auf von Weinstein starrte. »Wenn es ein Kontaktgift ist, wieso hat sie sich dann nicht selbst damit vergiftet?«, fragte sie.

»Tja«, sagte von Weinstein, »die Täter waren nicht dumm. Schauen wir mal in den Bericht von den Kollegen aus der Toxikologie ...«

Er blätterte in seinen Unterlagen.

»*Nevrotamin* gelangt sofort durch Diffusionsprozess über die Schleimhäute in die Blutbahn und greift von dort aus die Zellen an. Das Ganze geschieht innerhalb von Sekunden.« Er blickte Sarah an. »Sie haben doch mal bei mir Klausur geschrieben. Was, meinen Sie, ist dann passiert?«

Sarah überlegte kurz. »Neurotoxische Gifte sind Nervengifte, sie wirken direkt auf die Zellen ein, hemmen die Ausführung von Aktionspotenzialen an den Nervenenden und setzen so das zentrale Nervensystem außer Kraft. Die Folge sind Herzstillstand und Aussetzung der Atemtätigkeit. Beides führt zum Tod.«

»Prima«, sagte von Weinstein und tippte wieder wie ein Dirigent mit dem Metallstab auf Hills Brust. »Und da die Zunge stark durchblutet ist, ging das umso leichter.«

»Das erklärt aber noch nicht, warum sich diese Dame nicht selbst damit vergiftet hat.« Sarah ließ nicht locker.

Von Weinstein blätterte weiter. »Wie gesagt, die Täter kannten sich aus.« Er fuhr mit dem Zeigefinger über den Bericht. »Der Körper kann sich an *Nevrotamin* gewöhnen. Wie bei Arsen tritt bei regelmäßiger Einnahme von geringen Dosen eine Immunisierung ein. Wird es über eine Dauer von mindestens drei Jahren täglich in kleinen Dosen verabreicht, kann man kurzfristig auch höhere Dosen einnehmen, ohne der Wirkung zu erliegen oder Folgeschäden davonzutragen.«

»Das heißt, diese Dame muss über drei Jahre das Zeug eingenommen haben?« Winterfeld war das Erstaunen ins Gesicht geschrieben.

»Ich vermute, dieser Anschlag war von langer Hand geplant«, sagte von Weinstein, steckte den Metallstab in die Kitteltasche und reichte Winterfeld den Bericht. »Hier ist die Akte. Von unserer Seite sind wir durch. Hill kann dann zur Bestattung nach Los Angeles, wenn ihr nichts Weiteres habt.«

Sarah beobachtete Winterfeld, der die Akte entgegennahm und sich offenbar gerade ein Bild von den Tätern zu machen versuchte. Sie waren intelligent, sie hatten Geld, und sie hatten Geduld. Die mit Geduld waren immer die allergefährlichsten.

»Checken Sie das mit Rathenow?«, fragte Sarah. Winterfeld hatte seit heute Morgen ohnehin eine Standleitung zum Oberstaatsanwalt.

»Checke ich, aber ich denke auch, das war's.« Er fuhr sich durch die Haare. »War sonst viel los?«

Von Weinstein verzog das Gesicht. »Einem Idioten ist eingefallen, dass er sich gerade zu Silvester mit einer Kettensäge das Bein absägen muss, um die Unfallversicherung zu bescheißen. Dabei ist er verblutet.« Er zuckte die Schultern. »Euer Hill war aber das Highlight.« Er rückte seine silberne Brille zurecht und schob die Leiche wieder in das Kühlaggregat hinein. Das Einrasten des Verschlusses hallte in der kachelgefliesten Leere der Leichenhalle wider. »Ich begleite Sie noch nach draußen.«

20

NEW YORK
MONTAG, 1. JANUAR
10:40 UHR

Tyron beobachtete den Bewerber, der ihm gegenübersaß. Roger Cameron, 32 Jahre. Headhunter hatten ihn bei seiner alten Firma, einer Investmentbank, angerufen und ihm das doppelte Gehalt angeboten. Er hatte die Tests bestanden,

den ersten und den zweiten. Er hatte einem Gespräch zugestimmt, sich mit dem Chef der Firma getroffen, die der Headhunter immer nur *unseren Kunden* genannt hatte, ohne einen Namen zu nennen. Der schwarze Bentley, mit dem man ihn abgeholt hatte, hatte ihm gefallen, Tyron hatte das genau registriert. Das war kein Fahren, das war Fliegen. Die Sonderanfertigung eines Modells, von dem es nur zehn Exemplare gab. Die Schlüssel des Bentleys lagen auf dem kleinen Glastisch, auf dem die Wassergläser standen. Cameron hockte auf dem vorderen Drittel des Ledersessels, nippte an seinem Wasser, hatte seinen Aktenkoffer auf den Boden gestellt und blickte mit seinen blauen Augen mal nach links, mal nach rechts, ohne Tyron ganz aus den Augen zu lassen.

»Wissen Sie, warum die Menschen Ledersessel mögen?«, fragte Tyron unvermittelt.

Cameron lächelte. »Weil man Leder riechen kann«, sagte er.

»Und, was riechen Sie hier?«

Cameron sah sich um. Jetzt hatte er einen Grund dazu. Er blickte auf die fünf Meter hohe Steinskulptur an der Stirnseite des Raumes, die einen bärtigen Greis mit Flügeln zeigte. Davor stand ein gigantischer Konferenztisch, dessen Tischplatte aus einem grauen Findling herausgesägt war. Eine zwölf Quadratmeter große, tonnenschwere Steinplatte.

»Ich rieche Macht«, antwortete er. »Und frage mich, warum ich von Ihrer Firma vorher noch nie etwas gehört habe. Normalerweise bereite ich mich vor einem Interview auf die Firma vor. Schaue mal auf die Website, in die Geschäftsberichte. Das geht bei Ihnen alles nicht, weil es nichts gibt. Wie heißt die Firma noch? ICC?«

Tyron nickte. Verschwiegenheit war wichtig in seinem Geschäft. »ICC – *Iron Crown Capital.*« Er blickte um sich, und sein Blick streifte kurz die eiserne Krone auf dem schwarzen Marmorwürfel, die ihm der Wächter damals zu Beginn geschenkt hatte, damals, als er bei ICC begonnen hatte und so vor dem Wächter gesessen hatte, wie Cameron jetzt vor ihm. »Wir sind die Holding, die die kleinen Investmentgesellschaften kontrolliert. Mit Hilfe von Offshore-Firmen investieren wir über unsere Tochtergesellschaften unsere Gelder in Großunternehmen, deren Strategie zu unserem Vorhaben passt. ICC hat dabei die Prozesshoheit. Es gibt viele Teile im großen Puzzle, aber die Gesamtstrategie bestimmen wir.« Er beugte sich vor. *»Den Plan.«*

Camerons Augen blitzten auf. »Und was ist der Plan?«

»Das werde ich Ihnen sagen, wenn Sie endgültig dabei sind. Sie haben die Tests bestanden, aber um dabei zu sein, müssen Sie unterschreiben. Um zu unterschreiben, müssen Sie sich entscheiden.« Er beugte sich nach vorne. »Entscheiden Sie sich?«

Cameron nahm einen Schluck Wasser. »Ich würde gern etwas mehr über Sie erfahren. Sie haben mir das doppelte Gehalt geboten, schön. Ich habe Ihre Tests bestanden. Die waren ziemlich seltsam und ziemlich schwierig, aber schön, so ist das wohl nun einmal bei Ihnen. Sie sagen, Sie haben eine Strategie, auch schön. Sie sagen, Sie übernehmen andere Firmen. Noch besser. Das machen aber viele andere Firmen auch. Blackstone, Cerberus, Fortress, KKR. Von denen liest man dann und wann mal was in der Zeitung. Von Ihnen nie. Warum nicht?«

Tyron hob eine Augenbraue.

Cameron ließ nicht locker. »Haben Sie vielleicht zu viele Feinde? Ist es vielleicht unsicher, hier zu arbeiten? Ist das hohe Gehalt eher Schmerzensgeld als Bezahlung?«

ICC musste immer sehr lange nach geeigneten Kandidaten suchen. Absolventen von der Stange kamen hier nicht in Frage. Und die Typen, die von den Business Schools kamen, waren doch am Ende alle gleich. Mormonen, Militär und McKinsey. Und sie machten auch alle das Gleiche. Doch ICC wollte nicht wie die anderen sein, sondern besser. Stärker. Und dafür gab es die Tests. Drei Stufen bis zum Vertragsangebot. *Somnia, Raptus, Furor.*

»Erlauben Sie eine Gegenfrage?« Tyron übernahm wieder die Initiative. »Sie fragen, ob wir Feinde haben. Das ist durchaus möglich. Ich frage Sie etwas anderes. Sind Feinde nicht etwas, das man *braucht*?«

Cameron dachte kurz nach. »Man braucht Feinde, die man zu Freunden machen kann. Ein früherer Feind, dem man vergeben hat, wird sich loyaler verhalten als jeder Freund. Er muss mehr beweisen, dass er es wert ist.«

»Warum nicht gleich Freunde für sich arbeiten lassen?«, setzte Tyron seine Überlegungen weiter fort.

»Weil darin immer eine gewisse Herablassung liegt. Es quält die Menschen im Stillen, wenn sie für einen Freund arbeiten müssen. Die Menschen wollen spüren, dass sie ihr Glück verdienen. So funktioniert das limbische System.« Er tippte sich an den Kopf. »Endorphine gibt es nur, wenn man etwas Schwieriges erreicht hat. Hat allerdings jemand anders etwas Großes vollbracht, einer, der am besten noch ein Freund ist, gibt es in den Herzen der Menschen keine Endorphine, sondern nur Neid. Neid und Missgunst.«

»Was sagen Ihre Freunde dazu?«, fragte Tyron.

»Wenn ich Freunde brauche, kaufe ich mir einen Hund.«

»Und wenn Sie einen besten Freund hätten, was würden Sie ihm anvertrauen?«

»Nur das, was ich auch meinem schlimmsten Feind sagen würde.«

»Was heißt das konkret?«

Cameron lehnte sich zurück. »Die besten Freunde sind frühere Feinde. Wenn man keine Feinde hat, sollte man sich welche machen. Auf Freunde kann man verzichten.«

Tyron dachte an die Prämie, die er dem Headhunter zahlen würde. Endlich mal einer, der wirklich zu ihnen passte.

»Akzeptieren Sie einen Gefallen? Ein Geschenk?« Tyron war mit seiner Fallstudie noch nicht am Ende.

»Nein.«

»Warum nicht?«

Cameron nippte an seinem Wasser. »Was es umsonst gibt, ist gefährlich. Meist steckt ein Trick dahinter. Ein unsichtbares Preisschild, das Ihnen später einmal auf die Füße fällt. Sie gehen unsichtbare Verpflichtungen ein, wenn Sie Geschenke annehmen.«

»Und wenn Sie es nicht tun?«

»Sind Sie frei. Wenn Sie bezahlen, sind Dankbarkeit, Schuld oder Betrug kein Thema.«

»Haben Sie das in Japan gelernt?« Tyron wusste, dass Cameron ein Jahr bei Morgan Stanley in Tokio gearbeitet hatte.

»Tada yori takai mono va nai«, sagte Cameron in fließendem Japanisch und blickte noch einmal auf die Skulptur des alten Mannes mit den Flügeln.

Tyron nickte. *»Nichts kostet mehr als das, was es umsonst gibt.«* Er stand auf und ging zum Fenster. »Aber eine Frage haben Sie uns noch nicht beantwortet.« Er warf seinen Blick durch die Weite des Raums und schaute Cameron in die Augen. »Sind Sie dabei?«

Cameron dachte nach. »Sie verdoppeln mein Gehalt, versprechen mir einen Topjob. Das ist es doch?«

Tyron nickte jedes Mal. »Das ist es.«

»Das reicht mir aber nicht.« Er machte Anstalten, aufzustehen.

»Was wollen Sie denn noch?« Es war selten, dass Tyron nicht weiterwusste. Jetzt war so ein Moment.

»Ich will den Bentley!«

Tyron stand der Mund offen. »Verzeihen Sie, aber das ist unmöglich. Von dieser Ausführung wurden nur zehn Exemplare hergestellt und ...«

»Genau darum will ich ihn haben. Sie wollen keine Mitarbeiter von der Stange. Und ich will keine Autos von der Stange!« Cameron erhob sich, als Tyron nicht reagierte. »Sie haben mich gefragt, wie ich verhandle? Sie wollen mich, ich will den Bentley!« Er ging mit schnellen Schritten zur Tür.

Tyron sah ihm nach. *Er passte wirklich zu ihnen.*

Er griff mit einer schnellen Bewegung zum Tisch. »Hier!« Etwas flog durch die Luft.

Cameron drehte sich um, streckte die Hand aus und fing es auf. Es war etwas wie ein metallisches Schnappen in der Bewegung. Er sah auf den Autoschlüssel, dann auf Tyron. »Ich höre Ihnen weiter zu«, sagte er und kam zurück.

Tyron lächelte. Jetzt war es Zeit für das *Training*.

BERLIN
MONTAG, 1. JANUAR
16:40 UHR

21

»Was war denn da im Adlon?«, fragte Vincent und trank den Rest seines Kaffees.

»Ich hab's heute Mittag von einem Kumpel erfahren, der dort arbeitet«, sagte Tobi und blies Rauch zur Decke. »Eine ziemlich komische und üble Sache.« Er kniff die Augen zusammen wie ein Cowboy, der gegen die Sonne blinzelte und abschätzte, wer zuerst kommen würde, die Indianer oder die Kavallerie. Vincent kam die Pause so künstlich vor wie die Bilder, die sicherlich in den Zimmern des Adlon hingen, obwohl er sie noch nie gesehen hatte.

»Jemand hat beim Galadinner Rotwein zu den Austern getrunken«, vermutete er.

»Nein, nein.« Tobi schüttelte den Kopf. »Schon wirklich übel. Kennst du die Firma *Promethean Industries?*«

»Machen die nicht so Satellitentechnik, GPS, Telekommunikation und so was?«

»Genau. Und ›und so was‹ ist die Rüstungstechnik, an der sie am besten verdienen«, erklärte Tobi. »Wie auch immer, der Chef der Firma, Stuart Hill, war letzte Nacht auf der großen Silvestergala im Adlon. Dann ging er in seine Suite. Und jetzt ist er tot.«

»Ist ja wie im Krimi«, sagte Vincent. »Ging er allein?«

»Das weiß ich nicht«, sagte Tobi.

»Und woran ist er gestorben?«

»Das ist das Interessante«, sagte Tobi. »Wenn ich meinen Kumpel richtig verstanden habe, keine Spur von Gewalt. Und ein Kandidat für Herzattacken und Schlaganfälle soll Hill auch nicht gewesen sein, immerhin war er anscheinend noch keine 50 und ziemlich fit. Die Kripo war natürlich sofort da und hat alles untersucht und die Leiche mitgenommen. Von denen war aber natürlich nichts zu erfahren. Also alles in allem eine ziemlich schräge Geschichte.«

»Vielleicht vergiftet«, sagte Vincent. »Von irgendwelchen Kriegsgegnern, Linksradikalen oder Islamisten?«

»Vielleicht«, sagte Tobi, »vielleicht auch von jemand ganz anderem.«

22

BERLIN
MONTAG, 1. JANUAR
16:40 UHR

Sarah zog sich ihren Schal um den Hals und vergrub die Hände in den Taschen. Auch Winterfeld knöpfte seinen Trenchcoat zu und zündete sich einen Zigarillo an. Ein schneidend kalter Ostwind wehte, und ein eisblauer Himmel, auf dem sich die Sonne langsam Richtung Horizont bewegte, erstreckte sich über die Stadt.

»Jetzt wissen wir alles«, sagte Winterfeld, »aber sind wir deswegen schlauer?«

Sie merkte, dass ihm Wohl und Wehe von Hill und dieser ganzen Firmenbande relativ egal waren. Die Schuldigen waren keine Tütenmörder, und Hills Fall ähnelte auch nicht dem des Baulöwen, bei dem er es als heilige Pflicht angesehen hatte, den Täter zu finden. Winterfeld kam es wohl so vor, als würden ein paar Schlitzohren ein paar andere übers Ohr hauen; Mord inklusive. Genau genommen war es ja auch so, aber das war ja auch gerade das Spannende: Wer arbeitet mit wem zusammen und warum, wer siegt, wenn ein anderer fällt? Genau das herauszufinden, war ihr Job. Als ihr Handy klingelte, sah sie, dass es wieder die BKA-Tante war. Sie drückte den Anruf weg.

Winterfeld zog nachdenklich an seinem Zigarillo, dann lächelte er. »Na, auch Lust auf ein Kontaktgift?«, fragte er und genoss die verdutzten Blicke. »Es gibt auch welche, die wach machen. Ich lade euch auf einen Espresso ein, da drüben, los geht's.«

»Von Weinstein schien sich fast ein wenig gefreut zu haben, dass er mal was Exotisches gekriegt hat«, sagte Sarah, als die drei in dem Café an der Turmstraße saßen. »Das mit dem Kuss hat ihm wohl gefallen.«

»Tja, der Mensch braucht halt Abwechslung«, meinte Hermann und nippte an seinem Kaffee, »sonst kriegt er immer nur die Opfer von Gangschlägereien mit Schädelbruch oder irgendwelche toten Türkinnen, die von ihren Brüdern erschossen wurden, weil sie Robbie Williams gut finden.«

»Ich sag's ja immer«, sagte Winterfeld und zog an seinem

Zigarillo, »*präventive Physiognomie …*« Er machte nach wie vor keinen Hehl aus seiner Theorie des Verbrechergesichtes. Ebenso wenig wie aus seiner Zustimmung zur Todesstrafe bei besonders schweren Wiederholungstätern. »Die Gutmenschen übersehen das ökonomische Element im Tod«, hatte er einmal zu Sarah gesagt. »Jeder dieser Häftlinge kostet den Staat 60 000 Euro im Jahr und wird sowieso rückfällig. Fragen Sie sich, ob Sie Rückfälligkeit wollen, und schauen Sie sich die Staatsverschuldung an, und alles sollte klar sein.«

Da klingelte das Handy von Winterfeld. Sarah glaubte erst, es sei wieder die Assistentin vom BKA, die es jetzt bei Winterfeld versuchte. Doch sein Gesicht hellte sich auf, als er die Nummer der Leitstelle erkannte, verdüsterte sich aber mit jedem Wort, das er hörte. Schließlich ließ er das Handy sinken und starrte durch den Zigarillodunst, durch das Café, dann durch das Fenster auf die Straße und von dort irgendwo ins Nichts. Er schüttelte langsam den Kopf.

»Was ist denn los?«, fragte Sarah.

»Eine gute und eine schlechte Nachricht«, sagte Winterfeld leise.

»O. k., dann erst die gute«, sagte Hermann.

»Diese beiden Nervensägen«, begann Winterfeld und bewegte den Kopf zur Seite, so als wolle er auf das entfernte Adlon weisen, »der Anwalt und der Finanzchef, Miller und Thomson, die eben nicht da waren.«

»Was ist mit denen?«

»Die nerven uns künftig nicht mehr.«

»Aha. Und die schlechte?« Hermanns Mundwinkel waren schon wissend nach unten gesackt.

Winterfeld lächelte bitter. »Die nerven künftig auch sonst niemanden mehr …«

»Sie sind …«, auch Sarah beendete den Satz nicht.

»Tot.« Winterfeld drückte seinen Zigarillo aus. »In einem

alten Bunker, nahe der Havelchaussee. Wir müssen sofort hin.«

Das gesamte Gebiet um den Bunker war abgesperrt. Streifenpolizisten hatten Position bezogen, selbst Einheiten des Bundesgrenzschutzes waren gerufen worden. Sarah fragte sich insgeheim, was die denn wohl tun sollten, die Morde waren ja schließlich schon geschehen. Auch das Bundeskriminalamt war jetzt endgültig wach geworden.

Der Bunker erhob sich wie ein kauerndes Ungeheuer vor dem dunkelblauen Abendhimmel. Die untergehende Sonne tauchte den Stahlbeton in ein blutrotes Licht und die früheren Schießscharten blickten wie die Augen eines Toten aus dem Gebäude heraus. Das Stahltor stand offen, ein fauliger Rachen, aus dem ein diffuses, grelles Leuchten von innen herausdrang. Güterzüge ratterten in einiger Entfernung über rostige Gleise, und Weichen kreischten in dem Moment, als ihnen ein uniformierter Polizist entgegenkam. Mit seinem grauen Schnurrbart und großen Wuchs erinnerte er ein wenig an Bismarck.

»Sie müssen Hauptkommissarin Jakobs sein. Ich bin Polizeimeister Winkler«, sagte er. Winterfeld kannte er offenbar von früher. »Das da drinnen sollten Sie sich selbst ansehen, kann man schlecht beschreiben.«

»Wer hat den Mord gemeldet?«, fragte Sarah.

»Ein Obdachloser, nehmen wir an, anonym. Die Kollegen ermitteln bereits.«

»Was Besonderes?«

»Allerdings.« Winkler kratzte sich am Kopf. »Die Leichen sind im Keller des Bunkers. Der Zugang zur Treppe, die in den Keller führt, war mit einem Vorhängeschloss gesichert. Und das ist erst vor Kurzem aufgeschlossen worden.«

Winterfeld blinzelte in die Türöffnung hinein. »Das heißt, der Typ, der den Mord gemeldet hat, hatte auch möglicherweise den Schlüssel für den Keller?«

Winkler nickte.

»Sehen wir uns die Sache mal an.«

Dem Polizisten zitterte der Schnauzer, so als wollte er sagen, dass das vielleicht keine gute Idee war.

23

NEW YORK
MONTAG, 1. JANUAR
11:10 UHR

Die Luft war stickig und gleichzeitig kalt, als sie die scheinbar endlose Stahltreppe nach unten stiegen, tief hinab in die Kellergewölbe des ICC-Buildings. Nicht einmal Aufzüge fuhren hier hinunter.

»Es geht nicht nur ums Geld«, sagte Tyron, der vor Cameron die Treppe hinabstieg. »Es geht auch um ein Statement.«

»Was für ein Statement?«, fragte Cameron, als er Tyron die Treppe hinunterfolgte, die in die unterirdische Welt führte.

»Ein Statement, dass Sie dazugehören, und ein Statement, dass Sie mehr können als all die anderen.« Tyron zeigte mit der Hand nach oben. In seiner anderen Hand hielt er einen kleinen Lederkoffer. »Vergessen Sie alles, was Sie in irgendwelchen Leadership-Seminaren gelernt haben. Was *jetzt* kommt, wird Sie wirklich weiterbringen.«

»Und was kommt jetzt?«, fragte Cameron.

»Erlauben Sie eine Gegenfrage?« Cameron nickte. Sie waren am Ende der Treppe angelangt und durchschritten einen langen, von Betonwänden gesäumten Gang. »Haben Sie schon einmal Menschen getroffen, die allein durch ihre Präsenz etwas Überlegenes hatten, etwas Unberechenbares, etwas Gefährliches, denen man alles zutrauen würde? Von denen man glauben würde, dass sie jedes Projekt gnadenlos durchziehen und immer gewinnen? Niemals verlieren?«

Cameron nickte.

»Durchsetzungskraft, Überzeugungsfähigkeit, Verhandlungsmacht«, fuhr Tyron fort, »all das sind Dinge, die Manager brauchen und die man Managern beizubringen versucht. In irgendwelchen Seminaren, Kursen, Outdoor-Wochenenden. Gemeinsames Bergsteigen, Golfen, Canyoning, all dieser ganze Unfug.« Tyron fegte mit seiner Hand durch die Luft, als wollte er das alles wegwischen. »Teams, die sich gegenseitig über irgendwelche Hindernisse heben, um den Teamgeist zu erhöhen? Manager, die vor irgendwelchen Psychotanten Körpersprache üben, damit sie mehr Gehalt durchsetzen können? Die je nach Verhandlungssituation unterschiedliche Anzüge anziehen? Blödmänner, die Tausende von Dollars für irgendwelches Stimmtraining ausgeben, um damit besser ihre Aktionäre übers Ohr hauen zu können?«

Er schaute Cameron an, während sie weiter den nicht enden wollenden Gang entlangliefen. »Glauben Sie, so etwas bringt etwas?«

Tyron wartete die Antwort erst gar nicht ab und sprach weiter:

»Es sind nicht die langfristigen Entwicklungen, die einen Menschen in dieser Form verändern, es sind die kurzen und heftigen Erfahrungen.« Sie bogen in einen Nebengang ab, während Tyron den kleinen Lederkoffer von einer Hand in die andere wechselte.

»Tiere riechen so etwas«, fuhr Tyron fort. »Hunde merken, wenn jemand etwas getan hat, was kein anderer getan hat. Gänse genauso. Es gibt doch immer diesen Typen, der Junge in der Schule, der damals nach den Ferien als Erster in der Klasse Sex gehabt hatte, den gab es doch bei Ihnen auch? Der war doch danach irgendwie anders, oder nicht?«

Cameron nickte wieder.

»Es gibt Menschen, die haben eine bedrohliche Präsenz, die ihnen in jeder Verhandlung die Führerschaft gibt«, fuhr Tyron fort. »Menschen, die anders sind, weil sie etwas anderes getan haben, etwas Besonderes. Etwas, das sie vom Durchschnitt der ganzen anderen unterscheidet.« Er blickte ihn an. »Das ist wirkliches *leadership*. Dafür braucht man kein langes Training. Man muss nur etwas tun, das die meisten nicht getan haben. Und schon hat man ihnen gegenüber einen Vorteil. Es geht sehr schnell und es ist sehr effektiv. Danach sind Sie ein anderer. Das müssen Sie sein, um endgültig zu uns zu gehören.«

Er grinste und zeigte seine weißen Zähne, die gerade nebeneinanderstanden wie eine Reihe von polierten Grabsteinen. »Wir kommen, wir kaufen und wir siegen. Das unterscheidet uns von all den anderen Playern, das macht uns stärker. Und nur solche Leute brauchen wir.«

»Das heißt, wir gehen jetzt zu einem Training?« Cameron war sich nicht ganz klar, ob er Tyron richtig verstanden hatte.

Tyron nickte und blieb an einer Tür stehen. Die Schlösser im Koffer klickten. Er drückte auf einen Knopf an der Tür und ein Riegel schob sich zur Seite.

»Danach sind sie ein anderer. Ein Stärkerer. Einer von uns.«

Die Stahltür bewegte sich. Gleichzeitig öffnete Tyron den kleinen Koffer und zeigte Cameron seinen Inhalt.

Eine Walther P99 mit Schalldämpfer, die kalt im Neonlicht des Kellers schimmerte. Hinter der Tür war ein Stuhl und auf dem Stuhl ein gefesselter Mann.

Cameron kannte sein Gesicht, obwohl sein Bild niemals

irgendwo zu sehen war. Es war Paul Territo von *Xenotech Corporation.*

24

BERLIN
MONTAG, 1. JANUAR
17:10 UHR

Sarah wusste, dass Winterfeld in seiner Laufbahn und als Leiter der Mordkommission schon einiges gesehen hatte, doch hier schien selbst ihm der Atem zu stocken. Geröll und von der Decke heruntergefallene, von glitschigem Moos überwachsene Betonbrocken säumten den von zugefrorenen Pfützen bedeckten Kellerboden. Abgestorbene Pflanzen ragten hier und da, wie Hände von Ertrinkenden, zwischen den Spalten hervor.

Auf einem Podest inmitten der Halle war ein Gerüst aus zusammengeschweißten Eisenstangen errichtet. Davor die nackte Leiche von Thomson. Mit Draht und Nägeln an das Gerüst gefesselt, stand er aufrecht und starrte mit weißlichen Augen in das diffuse Licht der Halle. In seine Rechte hatte man eine Stange gesteckt, die er wie ein Schwert umklammert hielt. Sein linker Arm war, fixiert an einer horizontalen Eisenstange, nahezu rechtwinklig zu seinem Körper ausgestreckt und hielt in der Hand den abgeschlagenen Kopf des Anwalts.

So schien es wenigstens. Als Sarah näher trat, stellte sie fest, dass die Mörder den Kopf, dem der Mund in einer seltsam anklagenden Weise offen stand, auch an dem Gerüst befestigt hatten. Ihr Blick folgte dem schmalen, vereisten Blutfaden, der vor Stunden vom Mundwinkel und dem Hals auf den Boden getropft sein musste, dort wo zu Thomsons

Füßen der nackte Rumpf des Anwalts lag; in dunkel glänzendem Blut, das an den Seiten bereits gefroren war und schwarz-violett im Licht der vier Scheinwerfer reflektiert wurde. Aufgestellt in den vier Ecken der Halle, beleuchteten sie Thomsons Körper, der Millers Kopf hochhielt wie eine Trophäe. Begleitet wurde das alles vom gleichgültigen Surren eines Generators, der die Scheinwerfer mit Strom versorgte. Ein fünfter Scheinwerfer beleuchtete einen eng umrissenen Fleck an der Wand, an der in braunroter Schrift, offenbar mit dem Blut eines der Opfer, geschrieben stand:

Ite domum saturae, venit Hesperus, ite cappelae.

Winterfeld, Hermann und Sarah sowie Polizeimeister Winkler standen schweigend und fassungslos vor diesem verstörenden Mysterientheater des Todes. Nur das Heulen des Windes, das Rattern des Generators und der Lärm der Güterzüge war zu hören. Was für eine perfide Sorgfalt war erforderlich gewesen, die Leichen in dieser Form zu arrangieren, so als wäre der Mord nur nebensächlich und die Inszenierung des Todes das entscheidende Element? Zwei Darsteller auf einer blutigen Bühne, die ihren Darstellerjob machten. Und dieser Job hieß sterben.

Es war Sarah, die als Erste das Schweigen brach.

»Wenn dieser Typ die Morde nicht gemeldet hätte, wären die Leichen wahrscheinlich nie gefunden worden, oder?«

Wieder langes Schweigen.

»Vielleicht ist der Zeuge einer der Mörder?«, bohrte Sarah weiter. »Und er will uns etwas sagen?«

Winterfeld antwortete: »Ich kann mir auch vorstellen, was er uns sagen will: ›Steckt eure Nase nicht zu tief in diese Sache. Diese beiden hier sind schon so tot wie Mr. Hill, und ihr Bullen seid es bald auch, wenn ihr hier weiterschnüffelt.‹«

»Braucht jetzt die Polizei Polizeischutz?«, fragte Hermann. Winklers Blicke wechselten aufmerksam zwischen Sarah, Winterfeld und Hermann hin und her.

»Mach keine Witze«, sagte Winterfeld und blickte noch immer auf die morbide Skulptur, »wir haben es hier mit Profis zu tun. Wenn das BKA die Sache übernehmen will, haben sie meinen Segen. Mein Job ist es, Täter zu finden. Das geht besser, wenn ich lebe, als wenn ich tot bin.« Bei allem Diensteifer konnte Winterfeld sehr gut Ehre und Pragmatismus auseinanderhalten. Das hatte ihm schon zweimal das Leben gerettet.

Sarah und Hermann mussten ihn schon eine Weile anstarren, bevor er weitersprach.

»Was ich damit sagen will …« Winterfeld ging näher an die Installation heran. »Diese Kerle, wer immer sie auch waren, haben es geschafft, jemanden wie Hill umzubringen und auch noch seinen Anwalt und seinen Finanzvorstand dazu, wenn es die beiden hier wirklich sind.« Er zeigte auf die Leichen. »Und das alles innerhalb weniger Stunden. Damit haben sie den Betrieb bei *Promethean Industries* erst einmal gründlich lahmgelegt, und das war wohl auch ihre Absicht. Ein Menschenleben zählt für die nichts, wenn es ihnen hilft, ihr Ziel zu erreichen. Und sie haben offenbar die Kraft und die Intelligenz und das Geld, so was wie das hier durchzuziehen.« Er fuhr sich durch die Haare und steckte die Hände in die Taschen. »Also, was ich sagen will: Wenn die es drauf anlegen, können sie uns genauso umlegen wie Hill und diese beiden hier, Polizeischutz hin und her.«

»Aber warum sollten die Mörder, wenn sie so perfekt sind, gerade uns Bullen auf ihre Morde aufmerksam machen?«, fragte Hermann.

»Tja, der Gedanke kam mir auch gerade.« Winterfeld schritt um die beiden Leichen herum und betrachtete das Eisengestell, das den toten Körper von Thomson hielt. »Dann gibt es zwei Möglichkeiten: Die Mörder wollen uns zeigen, was für tolle Hechte sie sind, und uns indirekt damit drohen. Oder ...«

Sarah führte den Satz zu Ende. »... oder das, was wir sehen, ist gar nicht für uns bestimmt.«

»Sondern für jemand anderen, der es sich dann anders überlegt? Der jetzt seine Kumpanen verpfeift?« Winterfelds Blick glitt zu Thomsons ausgestrecktem Arm und zu Millers abgeschlagenem Kopf. Unter die Kopfhaut waren kleine Stahlnadeln getrieben, durch die der Kopf mit Draht an der Eisenstange befestigt war. Die Finger von Thomson waren so zurechtgebogen, als würde er den abgeschlagenen Kopf bei den Haaren in der Hand halten.

Winterfelds Miene hellte sich auf. »Das Ganze hier sieht sehr nach Theater aus.«

»Ja, Theater des Grauens«, sagte Sarah. So klischeebesetzt dieser Begriff auch war, es fiel ihr in dem Moment kein treffenderer ein.

»Ja, aber Theater. Und ein Theater braucht Zuschauer.« Ihre Blicke trafen sich. »Wenn das so ist, dann sind die Opfer die Schauspieler, die Mörder die Regisseure, und wir, oder der mysteriöse Zeuge, sind das Publikum. Kann ein Regisseur ohne Publikum überleben?«

»Wenn das Publikum sein Gehalt bezahlt, nein«, sagte Sarah.

Winterfeld nickte. »So ist es. Solange die Mörder uns also etwas zeigen wollen, müssen wir leben.«

»Wenn wir es sind, denen die Mörder etwas zeigen wollen«, sagte Sarah.

Hermann schüttelte den Kopf. »Sarah«, sagte er, »unser Job ist es aber, die Mörder zu fangen und nicht zu warten, bis sie uns was Neues zeigen. Nachher machen sie dasselbe mit dem Bundespräsidenten, und wir stehen da und schauen zu.«

»Schon klar«, antwortete Sarah und studierte die Schrift an

der Wand, »aber falls das Ganze für uns gedacht ist, müssen wir den Eindruck erwecken, als würden wir ihren Inszenierungen mit der nötigen Ehrfurcht begegnen. Den Täter verstehen, vielleicht sogar ein wenig bewundern. Vielleicht sind das Ritualmörder oder sie sind Trittbrettfahrer, machen das alles nach. Vielleicht hat dieser Mord hier gar nichts mit Hill zu tun?«

»Also eher Behavioural Science im Bunker als Wirtschaftskrimi?«, fragte Hermann.

»Warum nicht«, sagte Winterfeld und schritt noch einmal um die Installation herum. »Sarah könnte recht haben. Denken Sie an *Sieben* von David Fincher. Der Killer dort würde nie auf die Idee kommen, die Kommissare umzubringen, da sie ja sein Schauspiel bis zum Ende mitverfolgen sollen. Sie wissen doch, in einer Szene könnte der Killer David Mills erschießen, aber tut er es? Nein! Hier ist es doch genauso. Das alles hier ...«, er vollführte eine Handbewegung über die ganze Szenerie, »erinnert mich an etwas. Eine Skulptur. Wenn ich nur wüsste, welche? Irgendwo habe ich das schon mal gesehen.«

Winterfeld hatte einmal zwei Semester Kunstgeschichte studiert. Nun schien er endlich zu wissen, wofür. »Und dieser Spruch da an der Wand, auch damit will man uns, oder wem auch immer, etwas sagen. Leider ist mein Latein schon etwas eingerostet.«

»*Ite domum* heißt *Geht nach Hause*«, sagte Sarah. »Das ist seit Monty Pythons *Leben des Brian* eigentlich Mainstream-Wissen.«

»Danke für die Belehrung«, sagte Winterfeld und vollführte eine halbe Verbeugung, »und was heißt der Rest?«

Sarah und Hermann zuckten die Schultern.

»Und irgendeine Idee, welche Skulptur das sein könnte?«

Wieder Schulterzucken.

Sarah hob den Kopf. »Gibt es überhaupt eine Skulptur, die

einen abgeschlagenen Kopf in der Hand hält? Ist eher Bildzeitungsniveau oder Stoff für Heavy-Metal-Cover, wenn ihr mich fragt.«

»Wer weiß«, sagte Winterfeld, der offenbar immer an das *Kranke im Menschen* dachte und überzeugt war, dass es solche Skulpturen auch jenseits solcher Cover gab. »Also das alte Prozedere: Wir müssen herausfinden, wie die beiden ermordet wurden, Spurensuche, Obduktionsanweisung, Sektion und so weiter. Wir müssen den Zeugen, diesen Obdachlosen, auftreiben, der die Sache gemeldet hat, unbedingt, und rausfinden, ob irgendwer weiß, wo die beiden wann zuletzt waren und wohin sie wollten. Und wir müssen erfahren, welche Skulptur das hier sein soll und was der Spruch bedeutet. Und das Ganze wie immer: Schnell, schnell, schnell.«

Ein Polizist betrat die Halle. »Jakobs, Winterfeld?«

»Ja, hier bei der Arbeit.«

»Dr. Bellmann vom LKA für Sie beide auf dem Funktelefon im Wagen.«

Sarah sah, wie Winterfeld die Augen verdrehte. Ein Fall mit toten Prominenten war immer zu achtzig Prozent Papierkram und Abstimmung und nur zu zwanzig Prozent richtige Arbeit. Erstaunlich war, was in den zwanzig Prozent trotzdem alles geleistet wurde.

»Wir kommen sofort raus«, sagte er zu dem Polizisten, und zu Hermann gewandt, »ruf schon mal von Weinstein an, frag nach, wo die Spurensuche bleibt, sieh zu, dass die beiden schnellstmöglich und eindeutig identifiziert werden, und sag der Spurensuche, ich brauche Fotos von dem Ganzen hier – jede Menge Fotos! Und irgendjemanden mit Kunstsachverstand.«

Winterfeld ging mit dem Polizisten nach draußen.

Seine Worte hallten unter der hohen Decke des Kellergewölbes wider. *Irgendjemanden mit Kunstsachverstand …*

Sarah dachte natürlich sofort an Vincent. Der promovierte in Kunstgeschichte! Ihre Affäre hatte praktisch in dem Moment begonnen, in dem sie sich kennengelernt hatten, an dem einen Abend, als Vincent ihr die Frage gestellt hatte. ›Willst du?‹, hatte er gefragt und sie hatte ›Ja‹ gesagt. Irgendwie hatte sie ihn gleich gemocht. Und dann hatte ihr die Spontaneität seiner Frage imponiert. Und sie hatte genauso spontan geantwortet. Er hatte ihr später gesagt, dass er so direkt noch keine Frau am ersten Abend gefragt hatte. Und sie hatte ihm gesagt, dass sie auch noch nie so schnell geantwortet hatte.

Es waren Wochenendtrips nach Rom und Florenz gefolgt. Sie hatte viel über Kulturgeschichte und sogar ein wenig Italienisch gelernt. Er hatte dann ein Stipendium für einen Forschungsaufenthalt in Italien erhalten. Das änderte aber wenig an ihrer Beziehung – schließlich hatten sie sich zuvor auch nur sporadisch getroffen.

Doch sie war abgeschweift und sofort nahm der Anblick sie wieder gefangen. Und obwohl das Grauen mit jeder Sekunde Besitz von ihr ergriff, so musste sie doch immer wieder hinschauen, als würde sie irgendetwas in ihrem Inneren zwingen, das Ganze wieder und wieder zu betrachten. Der Kopf von Miller, der an Thomsons ausgestrecktem Arm hing, die toten, gebrochenen und in die staubige Leere der Halle starrenden Augen, der rätselhafte Spruch an der Wand. *Sein und werden,* war es das, was dort festgehalten war?

25

Der Tag, an dem sich für Thomas sein gesamtes Leben änderte, das Schicksal mit der Wucht eines Hammerschlages zuschlug, um alles in seinem Leben aus den Fugen zu bringen, was sich vorher von selbst zusammenhielt, war ein Freitag. Es war am frühen Abend, er hatte seinen Sohn Sam mit dem Ford Taurus von einem Football-Spiel abgeholt. Sams Mannschaft, die »Silver Giants«, hatten gewonnen und alle waren stolz auf Sam, ganz besonders sein Vater. Und dessen Frau Gaya, Sams Mutter, Thomas' Frau, die zu Hause schon mit dem Essen wartete, war es auch. Sie hatten sie schon auf dem Handy von unterwegs aus angerufen.

Das Schicksal hatte es immer gut mit Thomas gemeint. Er war Anwalt in einer mittelgroßen Kanzlei, die sich auf Sammelklagen von Verbrauchern spezialisiert hatte. Thomas, in den besten Jahren, mit vollem schwarzen Haar, kantigen Gesichtszügen, gut sitzenden Anzügen und dem Willen, die Welt zu erobern, war der Durchstarter in der Kanzlei *Eldrick & Partner*. Er wusste, wo Geld zu machen war, und die Kanzlei wusste es auch: Getreu dem Motto »Erst das Angebot, dann die Nachfrage« hatten die Anwälte eine interessante Zielgruppe ausgemacht, mit der sich viel Geld verdienen ließ: Patienten, die gerade aus dem Krankenhaus entlassen worden waren. Dies war eine Spezies, die eigentlich immer unzufrieden war und die man leicht dazu bringen konnte zu klagen: gegen die Ärzte, die Operation, die Pharmakonzerne, einfach gegen alles, was ihnen irgendwie geschadet haben konnte. Und weil die Pharmakonzerne viel Geld hatten und die Anwälte von den Schadenssummen eine erfolgsabhängige Provision bekamen, verdiente *Eldrick & Partner* damit sehr gut. Patientenklagen waren der Anfang. Dann kamen Sammelklagen von Übergewichtigen gegen McDonald's, Klagen von geprellten Aktionären gegen große Konzerne. Der letzte Coup war eine konzertierte Aktion, bei dem die Kanzlei eine Gruppe von körperbehinderten Männern und Frauen dazu bewegte, sich alle bei einem großen Unternehmen auf eine bestimmte Stelle zu bewerben. Als ihnen aus fadenscheinigen Gründen der Job verwehrt wurde, hagelte es Diskriminierungsklagen.

Neid, Missgunst und das Gefühl, zu kurz zu kommen: Es steckte in jedem Menschen. Es war so einfach zu aktivieren. Und es brachte Unmengen von Geld. Selbst Richter konnte man schmieren. Niemand war unbestechlich. Jeder Prozess war wie ein Geldautomat. »Die Bank« nannte man in der Kanzlei das Gericht, in dem man am besten klagen konnte, am besten die Richter bestechen konnte und das die Angeklagten zu den höchsten Schmerzensgeldern verdonnerte. Zur Bank ging man, um Geld abzuheben. Und eine Menge Geld blieb bei Thomas hängen. Er hatte ein prächtiges Haus, Gaya, seine wunderschöne Frau, und nun saß er mit dem 13-jährigen Sohn, auf den er sehr stolz war, in seinem Ford Taurus und war auf dem Weg nach Hause.

Doch genauso, wie es in allen Ländern dieser Welt nicht nur glückliche, sondern auch unglückliche Menschen gibt, so gibt es auch in allen Ländern dieser Welt Orte, in die man nach Einbruch der Dunkelheit nicht gehen sollte – oder in die man am besten überhaupt gar nicht gehen sollte. Die Tankstelle in der Vorstadt, von einer rosafarbigen Leuchtreklame beschienen, war so ein Ort. Doch wenn die Tanknadel des Autos anzeigt, dass der Tank bald leer ist, und man keinen vollen Reservekanister im Wagen hat, dann muss man auch an einem solchen Ort anhalten, um zu tanken.

Thomas hatte gerade den Tankverschluss zugeschraubt und sah zu, wie Sam noch schnell in den brüchigen Verkaufsschuppen ging, um ganz weltmännisch die Rechnung mit dem Geld seines Vaters zu bezahlen und für sich und seinen Daddy eine Cola zu kaufen, als sie kamen. Ein roter Dodge, ohne Licht, der in die Einfahrt raste und mit quietschenden Reifen vor Tankstelle stoppte.

Vier Männer, zwischen 16 und 28, stiegen aus: Ein großer Kerl mit kurzen schwarzen Haaren und boshaften Augen war der Anführer, einer mit Glatze und einer »I killed Mom«-Tätowierung auf dem Oberarm so etwas wie der Stellvertreter. Der Dritte war schwarz, mit fingerlangen Rastalocken, die, mit Metall umwickelt, von seinem Kopf abstanden, und der Letzte, der ausstieg, war auch der Jüngste, mit Piercings, Augenringen und Irokesenschnitt. Er hustete oft, da er sich beim Sprechen immer an seinem eigenen Speichel verschluckte. Doch heute sollte er etwas tun, was ihm sein Selbstwertgefühl zurückgeben würde.

Es fielen keine Worte, es fielen sofort Schüsse. Der Anführer fragte den Verkäufer hinter dem schäbigen Tresen gar nicht erst nach Geld, er zog seine AK 47 und feuerte, während der Verkäufer von dem Einschlag der Geschosse gegen die Wand geworfen wurde und Blut auf die Eistruhe neben der Kasse spritzte.

Thomas hörte seinen Sohn schreien und sah, wie der Verkäufer zusammensackte, und rannte in die Baracke. Der mit der Glatze gab dem Kleinen mit Irokesenschnitt ein langes Buschmesser. Und plötzlich bewegte sich für Thomas alles viel langsamer, als wäre die Außentemperatur um 30 Grad heruntergefahren worden. Das hyänenhafte Grinsen des Anführers, das Buschmesser, das der Jüngste mit dem Irokesenschnitt von einer Hand zur anderen wechselte, das leise Husten, das dabei aus seinem Mund kam, und der unsichere und gierige Blick seiner Augen brannten sich wie flüssiges Metall in Thomas' Gehirn ein. »Heute ist mein Tag«, hörte

Thomas ihn sagen, als er sich Sam näherte und das Messer mit einem schnellen Schnitt über Sams Kehle zog. Sam konnte nicht schreien, Blut floss aus seinem Mund, doch Thomas schrie umso lauter. Sein Sohn! Der Anführer blickte Thomas abschätzig an. ›Einer von diesen Scheiß-Yuppies‹, dachte er sichtlich. Die Angst und die Verzweiflung in Thomas' Augen waren das Einzige, was ihm an Thomas gefiel. Sam griff sich an die blutende Kehle, während er zusammensackte, und die vier schubsten Thomas beiseite. Der Anführer griff in die Kasse, nahm das Geld heraus und verschwand als Letzter in dem roten Dodge, der ohne Licht in der Dunkelheit verschwand.

Thomas stolperte aus dem Schuppen, trug Sam ins Auto. Das rosa Licht der Tankstelle schien auf Sams bleiches Gesicht und gab ihm einen falschen fröhlichen Farbton.

Im Krankenhaus sagten sie Thomas, sein Sohn habe gekämpft, doch es sei nichts mehr zu machen gewesen. Der Blutverlust war einfach zu groß. Auch Ärzte sind nur Menschen. Das wusste Thomas. Damit verdiente er Geld.

Thomas und Gaya weinten die ganze Nacht. Das Essen, mit dem sie das grandiose Footballspiel ihres Sohnes feiern wollten, stand auf der Anrichte und wurde kalt.

»Diese Burschen sind uns bekannt«, sagte der Staatsanwalt zu Thomas und blickte auf das Foto. »Die Blackwind-Gang. Das ist so ein Initiationsritual«, fuhr er fort.

War da so etwas wie ein Lächeln in seinem Gesicht? Freute er sich, dass ein Anwalt mal zu einem Staatsanwalt kam?

»Neue Gang-Mitglieder müssen jemanden töten, um akzeptiert zu werden.« Der Staatsanwalt lehnte sich in seinen schweren Ledersessel zurück, während Thomas stocksteif auf dem seinen saß. »Viel können wir nicht machen, Sie sind der einzige Zeuge. Wenn wir auf lebenslang plädieren, kann uns die Jury dazwischenfunken, uns Feindlichkeit gegenüber sozial Benachteiligten unterstellen. Lauter so ein Zeug. Wir könnten ...«

Thomas wollte nichts hören. Er, der die Gesetzeslücken genutzt hatte, um Geld zu verdienen, wurde jetzt vom Gesetz verraten. Mord an seinem Sohn? Legal? Er würde es selbst in die Hand nehmen müssen. »Biege das Gesetz, ohne es zu brechen«, hatte der Senior-Partner in der Kanzlei immer gesagt. Doch wenn andere Gesetze brechen durften, dann würde er es auch können. Er hatte nicht den retten können, den er geliebt hatte. Aber er konnte die töten, die er hasste.

Thomas ging zur Bank, hob 20 000 Dollar ab. Geld war das eine. Zum Bestechen. Jetzt fehlte noch das andere – *zum Töten.*

»Damit können Sie so ziemlich alles wegpusten, was sie wollen«, hatte der dicke Waffenhändler zu ihm gesagt und ihm die Magnum 44er über den Tresen geschoben. »Dirty Harry wusste schon, warum die und sonst keine. Und von mir haben Sie die natürlich nicht.«

Thomas kaufte noch eine Uzi und eine Schrotflinte für den Fall der Fälle. Dann machte er sich auf den Weg, mit dem Geld, dem Foto des Irokesen und den Waffen.

Gangster waren käuflich. Und das war sein Glück. Mit dem Foto und mit dem Geld schaffte es Thomas, eine Adresse zu bekommen, und irgendwann spät in der Nacht stand er in einer verkommenen Absteige vor einer verschlossenen Tür. Von drinnen hörte man den Fernseher und dann und wann ein leises Husten.

Ein Schuss mit der Schrotflinte öffnete die Tür – und ließ den Menschen, der auf einer schäbigen Couch vor dem Fernseher saß, vor Schreck hochfahren. Panik war in den Augen des Irokesen, als er wieder seinen Speichel einzog und heftig hustete. Bleich und mit hasserfüllten Augen stand Thomas mit der Schrotflinte und der Magnum in dem zerschossenen Türrahmen wie ein Racheengel. Thomas, der ihn anblickte, nichts sagte, zielte, feuerte.

Als er am nächsten Tag verkatert in der Kanzlei saß, klingelte sein Handy.

»Wir können auch Leute bestechen«, sagte eine Stimme.

Angst durchfuhr ihn. »Was soll das heißen?«

»Das soll heißen, dass jemand gestern Abend dein Auto bei Dwight gesehen hat und wir herausgefunden haben, dass du es bist, dem das Auto gehört. Und das bedeutet auch, dass du der Mistkerl bist, der Dwight erschossen hat. Richtig?«

Thomas schloss die Tür. »Dwight hat meinen Sohn getötet.«

Der andere schwieg einen Moment. »Tot gegen tot, du hast recht, Mann. Weißt du, was das jetzt heißt?« Er machte eine Pause, während Thomas das Grauen erfasste. Er konnte sich denken, was das bedeutete, bevor es der andere sagte.

»Das bedeutet Krieg. Wir wissen, wer du bist, wir wissen, wo du wohnst, und wir wissen, wer dort noch ist. Erst alle anderen – und dann bist du dran.«

»Halt, wir können …«, sagte Thomas, doch er sprach ins Leere.

Als Thomas eine halbe Stunde später mit der Polizei nach Hause kam, war die Tür aufgebrochen. Gaya stand in der Küche – wenn man das stehen nennen konnte. Ihre Hände waren mit einem Connex Profi Tacker auf die Tischplatte geheftet und ihr Kopf war nur noch ein blutüberströmtes Etwas, aus dem der Griff einer Axt ragte. Mit den Händen auf dem Tisch fixiert und der Axt im Kopf – einem bizarren Hahnenkamm gleich – stand sie aufrecht, obwohl sie tot war. Mit ihrem Blut an den Küchenschrank geschrieben stand »WAR«. Thomas war so erschüttert, dass er nicht einmal schreien konnte.

Lange Zeit nachdem die Polizisten draußen Position bezogen hatten, um das Haus zu bewachen, lange nachdem sie die Leiche abtransportiert hatten, spät, sehr spät in dieser Nacht, stand ein Mann in der Küche vor ihm. Plötzlich war er da. Thomas glaubte, er träumte oder er wäre bereits gestorben. Er blickte in das älteste Gesicht, das er je gesehen hatte, in die dunkelsten und unheimlichsten Augen, die es gab. Was wollte dieser Mann? War Thomas in Gefahr? Doch wenn er ihn hätte töten wollen, dann wäre Thomas jetzt schon tot. Für eine kurze Sekunde dachte er, dass das gar nicht so schlecht wäre.

»Sie brauchen Hilfe, ich brauche Hilfe«, ertönte die Stimme des Mannes. »Vielleicht kommen wir ins Geschäft.«

Vor dem Haus stand eine gigantische schwarze Limousine, die auf ihren tiefergelegten Achsen kauerte, als würde sie schlafen. Ein Fahrer saß am Steuer, ein anderer Mann auf dem Beifahrersitz. Thomas hätte nicht sagen können, warum er zu dem Mann ins Auto stieg, vorbei an den Polizisten in diese gewaltige, schwarze Limousine. Er ahnte, dass es das letzte Mal war, dass er sein Haus sehen würde. Er wusste nicht, was der Mann mit »ins Geschäft kommen« meinte, doch irgendetwas sagte ihm, dass er gerade das Richtige tat. Und als sie schließlich vor einem verfallenen Wohnblock anhielten und der Mann ihm im Auto mit den Worten »Hier sind sie« eine Magnum in die Hand drückte, da wusste Thomas, dass er das Richtige getan hatte.

Alle drei waren gefesselt in dem schäbigen Zimmer im ersten Stock, der Glatzkopf, der Schwarze mit den umwickelten Rastalocken und der Anführer, an dessen Händen noch das Blut von Gaya klebte.

»Tun Sie, was Sie tun müssen«, sagte der Mann mit den unheimlichen Augen und trat beiseite. »Sie müssen töten, um dazuzugehören«, sprach er weiter und zeigte dabei auf die Blackwind Gang. Dann zeigte er auf Thomas. »Und das müssen Sie jetzt auch.«

Thomas hob die Waffe. Er zögerte keine Sekunde. Jedes Mal hallte ein Schuss an den hohen Wänden wider, jedes Mal spritzte Blut, jedes Mal endete ein Leben. Dreimal. Sein Gesicht wie ihr Gesicht, der gleiche Hass, das gleiche Ritual. Der Schrecken war in den Augen seiner Frau gewesen, als sie erfahren hatte, dass ihr Mann ein Mörder war, und hätte Thomas jetzt in den Spiegel geschaut, würde er in seinen Augen den gleichen Schrecken sehen. Hass auf die anderen und Angst vor sich selbst, brennende Rache und zweifelnde Reue, Triumph und Tragödie. Mit jedem Schuss fühlte er sich besser und schlechter zugleich, sah er sich emporgehoben und in den tiefsten Abgrund verbannt. Mit jedem Schuss nickte der alte Mann, mit jedem Schuss schrie Thomas, mit jedem Schuss erblühte in der Hölle eine schwarze Rose.

Sie fuhren mit der gigantischen Limousine in die City, zu einem der höchsten Wolkenkratzer der Stadt. Weit oben, im 90. Stockwerk, setzten sie sich an einen riesigen Tisch, und der Mann mit den unheimlichen Augen erzählte von einem Plan, und dass er ihn brauchte. Die ganze Nacht sprach er mit ihm, sprach über Unheimliches, Unglaubliches und Gewaltiges, bis das rötliche Licht der Dämmerung sich über die Stadt erhob.

»Wer sind Sie?«, fragte Thomas.

»Der, der Sie beschützt«, sagte der Mann mit dem uralten Gesicht und den unbeschreiblichen Augen, »der, der Sie bewacht, während Sie schlafen. Sie können mich *den Wächter* nennen.«

Und er gab Thomas eine kleine Skulptur, die er auf den

Tisch stellte, eine eiserne Krone auf einem Würfel aus schwarzem Marmor. Das Licht der Morgendämmerung brach sich in leichten Rosatönen auf der spiegelnden Oberfläche der Krone, wie vor Kurzem das Leuchten der Tankstellenreklame auf dem Gesicht seines toten Sohnes.

Und als er selbst in die glänzende Oberfläche der Krone blickte, bemerkte Thomas Tyron sein grau gewordenes Haar.

26

NEW YORK CITY
MONTAG, 1. JANUAR
13:00 UHR

Er hatte es getan. *Cameron hatte es getan.* Tyron stand an dem großen Panoramafenster, von dem aus er vor sich das nie endende Treiben der Stadt und hinter sich den riesigen Handelsraum sehen konnte, und seine Mundwinkel formten sich zu einem Lächeln.

Er hielt das Telefon ans Ohr und wartete darauf, mit dem Wächter verbunden zu werden. Hier hatte er kurz vor Silvester die Orders auf *Promethean Industries* platziert, eine Menge davon kreditfinanziert. Der Trader von *Mandrake Investment* am anderen Ende der Leitung hatte sich erst ein wenig gesträubt. Eine solch spekulative, milliardenschwere Aktion fast ausschließlich auf Pump zu fahren schien ihm sehr riskant.

»Ich denke ernsthaft über die Höhe des Fremdkapitals bei diesem spekulativen Investment nach, Mr. Tyron«, hatte er gesagt.

»Und ich denke, Sie sind Trader und werden fürs Handeln bezahlt, nicht fürs Denken«, hatte Tyron geantwortet. Der Trader hatte nicht lockergelassen.

»Sie glauben, dass die Aktien fallen, aber solange Hill bei *Promethean* an Bord ist, fällt da gar nichts.«

»Solange er an Bord ist – ja. Und nun tun Sie endlich, was ich sage«, hatte Tyron gesagt und aufgelegt.

»Ich stelle Sie durch«, hörte er.

Die Stimme des Wächters ertönte: »Was ist mit Cameron? Haben wir ihn?«

Tyron lächelte. »Das haben wir.«

»Gut.« Kurze Stille, dann erhob sich die Stimme des Wächters wieder. »Wir werden ihn brauchen. Möglicherweise für *Telramond Telecom*. Ich habe sie mir angesehen. Wir müssen sie haben. Für den Plan.«

»Was müssen wir tun?«, fragte Tyron.

»An die Aktienmehrheit kommen wir nicht ran, da der Großteil des Aktienvermögens dem Management gehört oder in Familienbesitz ist. Also müssen wir durch die Vordertür rein. Und da kommt unser neuer Mann ins Spiel. Er muss die Macht hinter dem Thron sein.« Er machte eine Pause, bevor er in seiner tiefen, sonoren Stimme weitersprach. »Der Vertrag des jetzigen Vorstandschefs wird auslaufen. Es gibt zwei mögliche Nachfolger: einen König und einen Bauern.«

Tyron verstand, was der Wächter wollte, bevor er es sagte.

»Also müssen wir den Bauern für uns gewinnen?«

»Bauern kann man beeinflussen«, sagte der Wächter. »Könige nicht.«

»Dann müssen wir den König wohl beseitigen.«

»Noch besser, der Bauer beseitigt selbst den König. Wenn alles gut geht, kommt er damit am Ende in Schwierigkeiten und braucht einen Mitwisser, bei dem er sich ausweinen kann. Er wird Rat suchen. Bei uns. Und genau so soll es sein. Werden wir das schaffen?«

»Das werden wir«, sagte Tyron. »Verlassen Sie sich auf mich.«

»Das tue ich.«

Die Verbindung endete. Tyron wusste, er würde einen guten Plan brauchen. Denn er wusste auch, was es bedeutete, jemanden wie den Wächter zu enttäuschen.

27

BREMEN
MONTAG, 1. JANUAR
20:00 UHR

Der Neujahrsabend bei Wagners war ein festes Datum im kulturellen Leben Bremens. Vincents Vater Joachim Wagner legte in seiner Funktion als Vorstandsvorsitzender des Bankhauses *Wagner & Schmidt* großen Wert auf bürgerliches Engagement und Mäzenatentum, und die klassizistische Villa in der Parkallee war seit Jahrzehnten der Ort, an dem sich alle die trafen, die es verstanden, Kunst und Kapital in Einklang zu bringen.

Gegründet 1812, führte Joachim Wagner in siebter Generation das renommierte Bankhaus, das sein Geld mit der Beratung reicher Privatkunden verdiente, Hanseaten wie er, manche in direkter Linie mit den Pfeffersäcken der alten Hanse verwandt. Die meisten von ihnen waren Alteingesessene wie die Wagners und bemüht, den Glanz von hanseatischem Bürgerstolz zu verbreiten – wenn auch Bremens Stern schon heller gestrahlt hatte als in diesen Tagen. Man trank Champagner, rauchte feine Zigarren, wartete auf die Eröffnung des Abendessens im großen Speisesaal, und alle gefielen sich gut in dieser Pose eines längst vergangenen Großbürgertums.

Vincent bahnte sich seinen Weg durch den großräumigen Salon, mit einem Champagnerglas in der Hand. In der hinteren Ecke, nahe dem großen Kamin, in dem ein Feuer behaglich knisterte, hatte er seinen Bruder Marcus ausgemacht. Daneben stand sein Vater, in blauem Nadelstreifenanzug und bordeauxroter Krawatte, und unterhielt sich mit dem Vorsitzenden des Kunstvereins und dem Intendanten der *Glocke*, dem großen Bremer Konzerthaus. »Wenn Sie es genau nehmen, ist das *Rheingold* im *Ring des Nibelungen* doch das erste ›Toxic Asset‹ der Kulturgeschichte«, sagte Herr Wagner zu beiden. »Es scheint alle Probleme zu lösen, schafft aber in Wirklichkeit nur neue. Am Ende müssen alle zahlen.«

»Das hat Ihr Namensvetter schon richtig gesehen«, sagte der Intendant, *»der durch Verträge ich Herr, den Verträgen bin ich nun Knecht.«*

Marcus saß neben dem Kamin und telefonierte, das Handy ans rechte Ohr gepresst, den Finger in das linke. Vincent hatte sich vorgenommen, Marcus gleich auf den Tod von Stuart Hill anzusprechen, schließlich war er ja vom Fach. Aber ohne Handy am Ohr war Marcus nicht mehr vorstellbar. Anscheinend ging es, wie so oft, um die Übernahme eines Unternehmens, das nicht übernommen werden wollte. *Silverman & Cromwell* schien ihre Mitarbeiter nur ungern in Ruhe zu lassen. Vincent kannte die Geschichte des Bankhauses beinahe auswendig, so oft hatte er sie schon gehört. Im Jahre 1802 von dem Münchener Juden Aaron Silbermann und dem Schotten Edward Cromwell gegründet, die beide 1800 nach New York ausgewandert waren, war *Silverman & Cromwell* eine der ersten Adressen im globalen Aktien- und Anleihenhandel sowie der Beratung von Börsengängen, Fusionen und Übernahmen internationaler Großunternehmen.

Silbermann, der seinen Namen später in ›Silverman‹ änderte, hatte damit begonnen, an der Wall Street Wechsel von Kleinstunternehmern zu handeln, in einem muffigen Kellerbüro neben einem Kohlelager, in dem das Klappern von Pferdehufen auf dem Kopfsteinpflaster zu hören war. Mit jedem Gewinn hatte er das nächste, größere Projekt finanziert. Und aus diesem Verschlag im Souterrain formte er zusammen mit seinem Partner eine Finanzmacht, die von Jahr zu Jahr größer und stärker wurde und die die Sonnen- und Regentage der Jahrhunderte überstand. Diese unerschütterliche Willenskraft, die sich niemals mit irgendetwas zufriedengab und immer nach dem nächsten Hügel am Horizont suchte, den man erklettern konnte, brachten all die Partner mit, die die Bank seitdem geleitet hatten, und diese Willenskraft war es schließlich, die *Silverman & Cromwell* im 20. Jahrhundert zu einer der größten Profitmaschinen internationaler Kapitalmärkte machte.

Harte Arbeit zählte hier alles, das Individuum so gut wie nichts. Dort zu arbeiten war der Ritterschlag der Finanzwelt, ein großer Schritt in die gigantischen Fußstapfen zweier Männer, die schon Carnegie und John Pierpont Morgan als Vorbild gedient hatten. *Nimm dir ein Beispiel an Silverman,* hatte Vincents Vater oft zu Vincent gesagt, obwohl er damit sagen wollte *Nimm dir ein Beispiel an deinem Bruder.*

»Ja, haben wir gecheckt«, sprach Marcus in das Telefon. Er schaute sich dabei hektisch um, so als erwarte er, dass die Person am anderen Ende der Leitung jederzeit durchs Fenster kommen würde. Vincent hatte seinen Bruder niemals als Ausgeburt der Ruhe kennengelernt, aber heute schien er noch gehetzter als sonst. »Wir haben in der DCF-Rechnung Kapitalkosten von mindestens sechzehn Prozent angenommen, weniger wäre reines Wunschdenken, bei dem volatilen Geschäft ist das Risiko halt höher«, sprach Marcus weiter und gestikulierte dazu mit der linken Hand. »Die Finanzierung macht ja nach wie vor *Brendon Commercial*, ja ... Break Up Value wäre der zweieinhalbfache Marktpreis, nur dürfen wir eine mögliche Zerschlagung noch nicht kommunizieren, weil dann die Genossenschaften mit ihren Stimmrechten die Übernahme blockieren. Das weiß Trevor aber auch alles. Außerdem bin ich morgen Nachmittag wieder in London. Ciao!«

Vincent hatte oft diesen ganzen Bankenkauderwelsch gehört, besonders wenn sich früher sein Vater und sein Bruder am Abendbrottisch unterhalten hatten. Verstanden hatte er ihn bis heute nicht. Marcus schaltete das Handy aus. Beinahe so groß wie Vincent, leuchteten die Flammen des Kamins auf seinem rotblonden Haar und betonten seine asketischen Züge, die Haut so dicht über die Knochen gezogen, dass selbst einem flüchtigen Beobachter die grünen Augen auffallen mussten, die etwas müde hervorblickten und viel zu groß für dieses Gesicht schienen. Heute kam er Vincent noch müder und abgespannter vor als sonst. Er trug eine schwarze Hose und ein weißes Hemd, eine Kombination, die er auch im Büro immer trug, wenn er keine Kundenpräsentation hatte. Es ließ sich durch Hinzufügen von Krawatte und Sakko leicht zum typischen Banker-Outfit ergänzen, jener *Uniform des Diebstahls,* wie Émile Zola es nannte.

»Bei dir scheint's ja auch im Urlaub stressig zu sein«, bemerkte Vincent trocken.

»Investmentbanking ist immer stressig«, antwortete Marcus, lächelte und steckte das Handy ein. »Keine Freizeit und geschlafen wird zwischen vierundzwanzig und null Uhr.«

Seit ihrer Schulzeit hatten sie es bis jetzt jedes Jahr geschafft, sich um die Weihnachtszeit einmal zu sehen. Wenn nicht gerade in irgendeiner Kneipe im Ostertor Bremens, *dem Viertel* der Stadt, so war der Neujahrsempfang ihrer Eltern immer eine gute Gelegenheit dafür. Vincent und Marcus retteten ihren Champagner in die Sitzgruppe und nickten den anderen Gästen zu.

»Du siehst etwas geschafft aus«, sagte Vincent, nachdem beide angestoßen hatten.

»Ja, viel vom Weihnachtsurlaub habe ich nicht mitgekriegt«, sagte Marcus und schlürfte von seinem Sekt. »Ist eine komische Stimmung im Moment. Einerseits herrscht durch die Kreditkrise ein höllischer Konsolidierungsdruck und wir haben eine Menge zu tun, was Fusionen und Übernahmen angeht. Andererseits stecken wir selbst mittendrin und müssen den Analysten dauernd predigen, dass wir keine *toxic assets* in unseren Büchern haben.«

»Toxic assets?«, fragte Vincent.

»Verbriefungen, die unsicher sind und nicht zurückgezahlt werden«, erklärte Marcus. »Frei nach dem Motto: Johnny Sixpack aus Alabama hat zwar keinen Job, bekommt aber trotzdem einen Kredit für eine Hausfinanzierung. Diese Finanzierungen werden in großen Anleihen gebündelt und am Kapitalmarkt platziert. Wenn plötzlich alle Johnny Sixpacks ihre Kredite nicht mehr bezahlen können, fliegen den Investoren diese Verbriefungen um die Ohren. Und genau das ist passiert.«

»Das werde ich, glaube ich, nie verstehen. Aber es klingt so, als könne man damit viel Geld verlieren.«

»Und viel verdienen«, ergänzte Marcus.

»Na ja.« Vincent stellte das Champagnerglas auf den Tisch und blickte in den Kamin. »Ich muss mich mit der Frage beschäftigen, inwieweit es ein neoplatonisches Element in den Skulpturen Michelangelos gibt. Und wie ich ein vernünftiges Post-Doc-Programm finde.«

»Ist das so schwer?«, fragte Marcus.

»Irgendwie schon. Will halt jeder machen. Die Zeit der sicheren Professorenstellen ist jedenfalls vorbei.«

»Ist bei uns ähnlich«, sagte Marcus. »Wir verdienen zwar ein irrsinniges Geld, müssen aber dafür rund um die Uhr arbeiten. Und wenn es der Bank einmal schlecht geht, werden wir von heute auf morgen gefeuert.« Er machte eine Pause. »Sicher ist im Moment gar nichts.«

»Was sagt Vater immer?«, fragte Vincent. »Es gibt nur zwei Dinge, die sicher sind …«

Marcus ergänzte das Zitat von Benjamin Franklin, das einer der Lieblingssprüche von Joachim Wagner war. »… der Tod und die Steuer.«

»Apropos Tod«, sagte Vincent. »Du hast doch bestimmt auch vom Tod von diesem Hill gehört, der von *Promethean* Dingsda, der im Adlon gestorben ist.«

»Sicher. Stuart Hill von *Promethean Industries*«, sagte Marcus, »neben der Kreditkrise ist das *das* Thema in der Londoner City.« Er lächelte gequält. »Unsere Kunden geraten jetzt in Panik, dass ihnen das auch passieren kann.«

»Was ist denn da genau passiert?«

»Es geht das Gerücht, dass jemand in großem Stil noch im alten Jahr Aktien leer verkauft und dann auf Hill einen Killer angesetzt hat.«

»Was heißt ›leer‹?«

»Man nennt das auch *short selling*. Das sieht so aus: Die Aktie stand am 29.12. bei 30 Euro. Irgendein krimineller Trader oder Hedgefonds Manager hat sich wahrscheinlich eine riesige Menge Aktien geliehen. Dafür hat er eine Leihgebühr bezahlt. Dann hat er diese Aktien zu 30 Euro verkauft. Heute, nach dem Tod von Hill, ist die Aktie in den Keller gerauscht und steht bei 15 Euro. Er kauft die Aktien zu 15 Euro zurück und gibt sie dem wieder, von dem er sie geliehen hat. Gewinn: 15 Euro pro Aktie.«

Vincent starrte seinen Bruder an.

»Wenn man sich über den Kursverlauf sicher ist, ist das ein Selbstläufer. Abhängig vom eingesetzten Volumen kann man Milliarden verdienen.«

»Ist so was denn legal?«

»Mord wohl kaum … Davon abgesehen fällt so etwas natürlich unter Insiderhandel. Wenn du irgendwie weißt, wie sich eine Aktie entwickeln wird, zum Beispiel weil dir der

Vorstand am Vorabend einer Bilanzpressekonferenz irgendwas erzählt oder du mit seiner Sekretärin ins Bett steigst, oder wenn du zufällig erfährst, dass irgendeine Pille krebserregend ist, oder dir irgendjemand zuflüstert, dass Firma XY demnächst einen ganz großen Regierungsauftrag bekommt, und du dann diese Aktie zu deinem Vorteil kaufst oder verkaufst, ist das Insiderhandel, und der ist strafbar. Hier kommt der Mord noch dazu. Passiert aber nicht zum ersten Mal.«

»So wie im Showbusiness?«, fragte Vincent. »Kurt Cobain erschießt sich, und die Plattenverkäufe gehen hoch? Jeder Socken von ihm wird plötzlich für teures Geld versteigert?«

»Ja, genau«, sagte Marcus. »Und das geht auch umgekehrt. Nichts wird versteigert, weil vorher alles verkauft wurde.« Er blickte ins Feuer. »Zum letzten Mal im großen Stil ist das am 11. September 2001 passiert.« Vincent blickte überrascht auf seinen Bruder.

»Wenn es zu Großschäden wie dem Einsturz des World Trade Centers kommt, wird es für die Versicherer und Rückversicherer teuer. Allianz, Münchener Rück und wie sie alle heißen. Große Schadenaufwendungen mindern den Gewinn. Sinkende Gewinnerwartungen mögen die Aktionäre gar nicht, die Aktie wird verkauft und fällt. Aktien von Fluglinien wie Lufthansa sind genauso eingebrochen, andere, wie zum Beispiel die des US-Rüstungskonzerns *Lockheed Martin*, dagegen rasant gestiegen. Man wusste, dass nach dem Einsturz des WTC die Vergeltung nicht lange auf sich warten lassen wird. Wenn man vorher abschätzt, wie solche Anschläge den Markt bewegen, und selbst den Anschlag durchführt, kann man einen Haufen Geld verdienen.«

»Dann hat al-Qaida auch solche Leerverkäufe gemacht?«

»Mit Sicherheit«, sagte Marcus. »Al-Qaida ist ein riesiger Hedgefonds, der den Markt durch Terror bewegt.«

NEW YORK CITY
MONTAG, 1. JANUAR
14:30 UHR

28

Die Powerpoint-Präsentation ließ in blauem Licht Diagramme von Aktienmehrheiten und Zahlungsströmen an der Wand entstehen. Tyron saß an dem gigantischen Felsentisch, im Schatten der fünf Meter hohen Steinskulptur.

»Das Netz der Aufsichtsbehörden wird immer enger«, erläuterte ihm sein Anwalt Emerson, einen Laser-Pointer in der Hand, »und solange wir unser Ziel nicht erreicht haben, sind wir angreifbar. Wir haben, beziehungsweise brauchen, Mehrheiten an *Promethean Industries, Xenotech* und *Telramond.* Wie immer so, dass es keiner merkt.« Er schaute Tyron fast vorwurfsvoll an, als ob der vorher das Gegenteil behauptet hätte. »Und darum müssen wir streuen, streuen, streuen.«

Er ging zum Tisch, blätterte in seinen Unterlagen und schob einen Stapel Papiere zusammen, an dem er mit Haftnotizen all die Stellen markiert hatte, die zu unterschreiben waren.

»Wir werden eine Holding Company als steuerfreie Einheit auf den Cayman Islands gründen, die dem Trust vorgelagert wird, der das Übernahmevermögen von ICC verwaltet«, sagte er. Er deutete auf die Leinwand. »Bei diesem Trust zum Beispiel«, er zog einen Vertrag hervor, »wird das Vermögen, das offiziell der Offshore-Gesellschaft gehört, von der Geneva Holding Bank verwaltet. Einzig und allein wir beide können der Bank Investmentanweisungen zur weltweiten Anlage unseres Vermögens geben. Ausführender Käufer und Verkäufer der Transaktionen wird stets der Trustee in Form von Geneva Holding sein, niemand wird wissen, wer hinter der Transaktion steht.«

»So gefällt mir das.« Tyron zog zufrieden an einer Montechristo-Zigarre. Er dachte zurück, an die Erfindung des Trusts, die weit in die Vergangenheit zurückreichte. Im Mittelalter, als die Kreuzfahrer ins Heilige Land gezogen waren, übertrugen sie ihren Freunden oder Familien ihr Vermögen, die es treuhänderisch verwalten sollten. Auch die englische Kirche, die damals kein Grundvermögen halten durfte, bediente sich des Trusts, um sich die Herrschaft über all ihre Besitztümer zu sichern. Ein Trust war eine privatrechtliche Vereinbarung zwischen einem Trustee, der die Vermögenswerte einer anderen Person anlegt, und einem Settler, dem das Geld gehört. Der Vorteil bei dieser Konstruktion war und ist, dass keine Aufsichtsbehörde herausfinden kann, wem das Geld wirklich gehört. Die Identität des Settlers wird durch den Trustee geschützt, der das Geld verwaltet und dem es durch das in den Steueroasen geltende Recht erlaubt ist, die Identität seines Geldgebers geheim zu halten. Die Insel Jersey zum Beispiel liegt zwar nur fünfundzwanzig Kilometer von der französischen Küste entfernt, wurde aber von Wilhelm dem Eroberer nach seiner siegreichen Schlacht um England im Jahre 1066 an die Angelsachsen übergeben. Noch heute gehört es der britischen Krone und ist so nicht der Jurisdiktion Großbritanniens unterworfen.

»Wir müssen also unsere Orders über mehrere Depots streuen, um die Aufsichtsbehörden zu täuschen«, sinnierte Tyron. »Bedenkt man die durchschnittliche Größe unserer Transaktionsvolumina, benötigen wir mindestens …«

»Mindestens hundert Trusts bei hundert verschiedenen Banken. Das eben war nur *ein* Beispiel. Die Anträge sind erstellt«, ergänzte Emerson und zeigte auf den beachtlichen Papierstapel, der vor ihm lag. »Ich habe schon Konten eröffnet, die offiziell von der jeweiligen depotführenden Bank verwaltet werden.« Er hob seinen Füller. »Zudem gibt es für jedes Depot eine privatwirtschaftliche Vereinbarung, die Sie und mich dazu berechtigt, der depotführenden Bank Investitionsanweisungen zu geben. Sollte das Transaktionsvolumen das hinterlegte Eigenkapital überschreiten, wird *Mandrake Investment*, die ja auch die Finanzierung bei *Promethean* übernommen haben, als Underwriter für die Zahlungserfüllung geradestehen.«

»Gut«, sagte Tyron. »Jetzt brauchen wir nur noch einen legalen Unternehmensmantel, der die Trusts als Investmentgesellschaften tarnt. Schließlich müssen wir uns bei der Wertpapierbehörde ausweisen, wenn wir Anteile an Unternehmen übernehmen.«

»Auch daran habe ich gedacht«, sagte Emerson und öffnete einen blauen Ordner. »Jeder Trust wird eine Offshore-Gesellschaft beherrschen, die im Handelsregister notiert ist. Offiziell erfolgen die Transaktionen im Namen der Offshore-Gesellschaft, hinter der die jeweilige Holding-Gesellschaft auf den Cayman Islands steht. Dahinter steht der Trust, der von keiner Jurisdiktion der Welt zur Offenlegung seines Vermögens und der dahinterstehenden Investoren verpflichtet werden kann.«

»Wir können kaufen, was wir wollen, wo wir es wollen. Und keiner merkt es.«

»Bevor es dazu kommt, gibt es allerdings noch eine Menge Papier zu unterschreiben.« Emerson rückte seine Brille zurecht. »Den *Letter of Intent* und die *Declaration* für die Gründung des jeweiligen Trusts, die privatwirtschaftliche Vereinbarung, die Kontovollmacht, die Firmengründung der Holding, die Firmengründung der Offshore-Gesellschaft und die Überschreibung für *Mandrake Investment.* Und das alles hundert Mal. Bitte schön!« Er schob Tyron den Stapel Unterlagen zu.

Tyron blickte interessiert über die Urkunden und las den Text auf dem *Letter of Intent* laut vor. »›Ziel der Holding Corporation ist die Unterstützung des Internationalen Roten Kreuzes mit unterschiedlich hohen Geldbeträgen‹ ...« Er schaute den Anwalt an. »Ist das ein Scherz?«

»Ganz und gar nicht. Zudem hat das ganze reinen Appellcharakter. Es weiß ja niemand, wo das Geld hingeht.« Emersons Mundwinkel zuckten kurz nach oben. »Durch Einsatz von karikativen Scheinbegünstigten erwecken wir den Eindruck einer wohltätigen Stiftung – und können uns so eher die Aufsichtsbehörden vom Hals halten, falls es wirklich einmal eng werden sollte.«

»Tue Gutes und rede darüber«, sagte Tyron lächelnd.

»Und wenn du Schlechtes tust, rede lieber nicht darüber«, ergänzte Emerson.

BREMEN
MONTAG, 1. JANUAR
20:30 UHR

29

»Al-Qaida ein Hedgefonds?«, fragte Vincent. So hatte er das noch gar nicht gesehen. »Und Hedgefonds machen Leerverkäufe?«

»Genau«, sagte sein Bruder, »und das ist nun beileibe keine neumodische Erfindung. Der erste Hedgefonds wurde schon in den 1940er-Jahren in den USA gegründet. Je mehr man dabei durch Fremdkapital finanziert, desto größer sind die Zinsen auf das Eigenkapital, wenn alles gut geht. Alle Banker kennen George Soros, der 1992 mit hohem Fremdkapitalhebel gegen die *Bank of England* spekuliert hat, weil er das Pfund für überbewertet hielt – und er hat gewonnen. Eine Milliarde Dollar in einer Nacht!«

»Und wenn es schiefgeht?«

»Dann bist du bankrott«, sagte Marcus, »und zwar richtig.

Das sieht man gerade in der Kreditkrise. Keiner kriegt einen Kredit und deswegen müssen alle ihre Aktien auf Teufel komm raus verkaufen. Darum stürzen die Kurse auch so in den Keller.«

»Klingt ziemlich riskant, die ganze Geschichte.« Vincent war anzusehen, was er von solchen Geschäften hielt.

»Ist es auch, es sei denn, man *weiß*, was passiert«, sagte Marcus. »Al-Qaida wusste es. Und die Typen, die Hill umgelegt haben, wussten es auch. In dem Fall sind Hedgefonds eine Gelddruckmaschine.«

»Aber wenn dieser Insiderhandel illegal ist«, sagte Vincent, »von Mord mal ganz zu schweigen, dann muss denen doch irgendeiner auf die Schliche kommen.«

»Klar, ich denke, die Aufsichtsbehörden sind bestimmt auch schon an dem Fall dran. Die BaFin ist da zuständig, soweit ich weiß auch das BKA und LKA, Abteilung für Wirtschaftskriminalität. Aber die Anzahl der Ermittler ist winzig im Vergleich zu denen, die tricksen oder richtig betrügen. Es ist, als ob man im Dunkeln auf Tiere schießt. Wenn man trifft, ist es meist Glück.«

»Wieso ist das so schwierig?«

»Du kannst Kauf- und Verkaufaufträge über verschiedene Konten verteilen, Portfoliomanagement-Gesellschaften irgendwo in China gründen oder dubiose Stiftungen in Panama, Offshore-Briefkastenfirmen auf den Cayman Islands aufmachen, was weiß ich. Geldflüsse nachzuvollziehen ist fast unmöglich. Osama bin Laden haben sie kurz nach dem 11.9. die Konten eingefroren – und? Es gibt ihn immer noch. Man kann Milliarden mit einem Mausklick um die Welt schicken – und die Aufsichtsbehörden hinken hinterher.«

»Hört sich erschreckend einfach an.«

»Ja, es ist fast unmöglich, herauszufinden, wo das Geld herkam und wo es hingeht.« Marcus machte eine Pause. »Was al-Qaida angeht, wissen doch die wenigsten, was sie wirklich vorhaben.«

»Die totale Herrschaft des Islam, oder?«

»Das ist das langfristige Ziel, wenn überhaupt. Mittelfristig ist es anders.« Marcus kniff die Lippen zusammen. »Al-Qaida hat das Ziel, die USA finanziell auszubluten, und sie sind schon ein gutes Stück weit gekommen. Für jeden Dollar, den al-Qaida aufwendet, verlieren die USA drei Millionen Dollar.«

»Ist das so?«, fragte Vincent, und Marcus nickte mechanisch.

»Die Anschläge vom 11. 9. kosteten nicht mehr als 100 000 Dollar; der ganze Krieg gegen den Terror, die Einsätze in Afghanistan und im Irak haben schon mehr als 300 Milliarden Dollar gekostet.«

»Und diese Typen, die Hill umgebracht haben«, sagte Vincent, »waren das auch Islamisten oder so was?«

Ein Mädchen vom Catering Service kam vorbei und teilte frisch gefüllte Gläser mit Champagner aus.

Marcus nahm einen Schluck, bevor er antwortete. »Unwahrscheinlich ist das nicht. *Promethean Industries* hat das Pentagon mit Satellitentechnik beliefert, besonders Spionagesatelliten zur Überwachung des Nahen Ostens und sogenannter Schurkenstaaten, Iran, Nordkorea und so. Und soweit ich weiß, stellen sie auch Lenksysteme für Raketen her. Es kann gut sein, dass man ihnen eins auswischen und gleichzeitig einen Haufen Geld verdienen wollte. Wie wir im Investmentbanking sagen: Alles ist möglich, und alles ist käuflich.«

Marcus blieb in dieser Hinsicht undurchschaubar wie immer. Er arbeitete wie verrückt, er verdiente einen Haufen Geld und erwartete dennoch mit nüchterner Kälte einen Weltkrieg, der all seine Anstrengungen zunichtemachen könnte.

Vincent blickte sich um. Keiner erwiderte seinen Blick, sie bildeten eine Insel der Stille innerhalb der heiteren Atmosphäre des Neujahrsempfangs – bis die Stille von einem hellen Glockenklang aus dem Salon unterbrochen wurde: Das Abendessen war angerichtet.

Sein altes Zimmer sah fast unverändert aus. Ein riesengroß anmutender PC stand auf dem Schreibtisch, und ohne ihn hätte man denken können, der kleine, zehnjährige Vincent würde gleich munter in sein Reich stiefeln. Von unten klang Stimmengewirr herauf, es war Zeit für Cognac und Zigarren im Salon.

Er packte seine Unterlagen aus und suchte nach einem Aufsatz über die Bankgeschäfte der Medici in Florenz. Er wollte ihn seinem Bruder zeigen, vielleicht fiel ihm dazu noch etwas ein. Sein Handy lag auf dem Schreibtisch und blinkte einmal kurz, jemand hatte eine Nachricht auf der Mailbox hinterlassen. Er hatte keine Ahnung, wer ihn am ersten Januar anrufen könnte, und hatte den Wahlknopf schon gedrückt, bevor er überlegte, die Sache auf morgen zu verschieben. Eine monotone Stimme informierte ihn langatmig, dass er nun auf seiner Mailbox sei, eine neue Nachricht habe und der Anruf um 20:45 Uhr erfolgt wäre.

»*Erste neue Nachricht, Montag, 1. Januar, zwanzig Uhr fünfundvierzig* … Vincent wünschte jedes Mal wieder, es gäbe einen Weg um dieses Klickritual herum, das meist länger dauerte als jede Nachricht. Mit dem ersten Wort, das er hörte, war das alles vergessen.

»Hallo Vincent, hier ist Sarah. Schönes neues Jahr wünsche ich dir. Ich hoffe, du konntest etwas länger schlafen als ich und dir geht's gut!« Sie schien aufgeregt und redete schnell. »Vincent, es wäre super, wenn du uns helfen könntest. Du bist doch sicher in Berlin? Können wir uns morgen irgendwann treffen? Oder ruf mich einfach zurück, du hast ja noch meine Nummer. Es ist wirklich wichtig und es eilt sehr. Melde dich! Tschüs!«

Vincent hörte sich die Nachricht gleich noch einmal an. Dann wählte er ihre Nummer. Er würde es nicht zugeben wollen, doch sein Herz klopfte, als er auf die Rückruftaste drückte. Das Freizeichen ertönte. Er zählte seine Herzschläge zwischen jedem Ton. Dann hörte er ihre Stimme.

»Jakobs.«

»Sarah? Hier ist Vincent!«

»Vincent, hallo, toll, dass du zurückrufst. Wie geht's dir?«

»Du weißt doch, schlechten Menschen geht es immer gut.«

»Dann kenne ich welche, denen es blendend gehen müsste. Was ist, können wir uns morgen sehen?«

›Jetzt hat sie es aber eilig‹, dachte Vincent und sagte: »Morgen ist etwas schlecht.«

»Dann heute Abend noch?«

Er überlegte, ob er es noch schaffen könnte, nachts in Berlin zu sein, verwarf den Gedanken nach einem Blick auf die Uhr allerdings wieder.

»Noch schlechter, ich bin hier in Bremen bei meinen Eltern und wollte eigentlich noch ein paar Tage bleiben.«

»Ach so. Dann wird es kompliziert. Es wäre extrem wichtig, dass du morgen irgendwie herkommen kannst. Wir brauchen dich.«

›Wir‹, fragte sich Vincent, ›wer war damit überhaupt gemeint?‹

»Die Kripo meine ich«, fuhr Sarah fort, als hätte sie seine Gedanken gelesen. »Und das LKA. Kein Witz! Erzähl das aber niemandem. Wie sieht's aus? Glaubst du, es geht?«

Vincent fühlte sich, als hätte er gerade kalt geduscht. Also doch nur Berufliches. Andererseits fragte ihn die Kriminalpolizei um Rat. Das passierte auch nicht alle Tage.

»Das klingt ja sehr mysteriös! Worum geht es denn?«

»Das kann ich dir nicht sagen, noch nicht. Wir brauchen einfach jemanden, der sich mit Renaissance-Skulpturen auskennt.«

»Plant ihr eine Ausstellung?« Vincent war sich nicht ganz sicher, ob Sarah ihn nicht hochnehmen wollte, wie sie es gerne mal tat.

»Nein«, sagte sie sehr ernst. »Es geht um ein Verbrechen.«

Vincent schwieg eine Weile.

»Und bei der Polizei gibt es dafür keine Spezialisten?«

Mach dich selten, dann wirst du was gelten. Ein Experte musste doch immer unabkömmlich und desinteressiert wirken. Aber eigentlich wusste er schon, dass er ihr helfen würde. Ein Verbrechen, das mit Kunst zu tun hatte, fast wie im Film – das konnte er sich nicht entgehen lassen.

»Jedenfalls nicht auf dem kurzen Dienstweg«, sagte Sarah. »Also, kommst du?«

Vincent versuchte, seine Faszination mit größtmöglicher Gleichgültigkeit zu überspielen. »Also gut, morgen im Laufe des Tages. Ich melde mich dann. Und überleg dir schon mal, wohin du mich zum Essen einlädst.«

»Aber klar! Du bist ein Schatz! Bis morgen!«

Schatz hatte sie noch nie zu ihm gesagt. So ein Wort, das Eheleute benutzen. Vertrautheit mit einer Prise Verstaubtheit. Er fragte sich, warum das plötzlich so verführerisch klang.

BREMEN
DIENSTAG, 2. JANUAR
09:00 UHR

30

Der Salon war längst aufgeräumt, als Vincent am nächsten Morgen zum Frühstück herunterkam. Punkt neun Uhr. Normalerweise war er ein Langschläfer, aber in dieser Nacht hatte er nicht so recht schlafen können. Seine Mutter hatte im kleinen Salon gedeckt, Aufschnitt, Käse, Eier auf der Anrichte und das gute Geschirr, weil Gäste da waren. Obwohl noch keiner zu sehen war, selbst Marcus nicht. Nur ein Platz am Tisch musste vor Kurzem schon verlassen worden sein. Eine zerlesene Ausgabe der *Financial Times* lag dort, ebenso wie die *Bremer Nachrichten.*

»Wie lange bleibst du?«, fragte seine Mutter und deutete auf den Platz neben ihr. Von hier aus hatte man den besten Blick in den Garten. Schnee lag auf den Tannen, und zwei Meisen stolzierten auf dem zugefrorenen Gartenteich herum.

»Ich fahre mit dem ersten Zug, den ich kriege. Habe noch einen wichtigen Termin in Berlin.«

Sie legte die Gabel Rührei sorgfältig auf den Teller und sah ihn mit ihrem »Das ist doch unmöglich«-Blick an.

»Hältst du es nicht für Geldverschwendung, nur für einen Tag zu kommen?«

Vincent sagte nichts. Er hätte gar nicht erst planen sollen, länger zu bleiben. Es war nicht auszuhalten. Spätestens 24 Stunden nach seiner Ankunft gab es irgendetwas zu meckern. Er war dankbar, als in diesem Moment Marcus hereinkam und das Gespräch beendete, bevor die Predigt begann. Marcus setzte sich neben ihn und ließ sich Kaffee einschenken. Er hatte bei den Eltern übernachtet, da er gegen Mittag vom Bremer Flughafen aus nach London fliegen würde. Vincent betrachtete seinen Bruder. Jetzt, im Licht des Morgens, fiel ihm erst richtig auf, wie erschöpft er aussah. Die Bank musste ihn ziemlich hart rannehmen. Er pellte mit zitternden Fingern an einem Ei und schaute hinaus in den Garten, als ob dort irgendjemand auf ihn warten würde.

»Warum willst du denn so früh zurück?«, fragte seine Mutter. »Es sind doch noch Semesterferien, oder nicht?« Marcus hatte sich die *Financial Times* gegriffen, sein Blick flog über die Überschriften, während er sein Brötchen bestrich. Vincent schielte auf die Titelseite. *Criminal hedge fund hunting executives? Police have no clue in* Promethean *case.*

»Ich habe einen Termin bei der Polizei in Berlin.«

»Bei der Polizei in Berlin?« Seine Mutter legte die Stirn noch tiefer in Falten. Marcus blickte ihn kurz irritiert an. Bevor Vincent das besorgte Flackern in seinen Augen auffallen konnte, hatte er sein Gesicht schon wieder in die *Financial Times* vergraben.

»Du hast dich ja wohl nicht strafbar gemacht, mein Sohn?«, fragte seine Mutter, so wie sie ihn auch früher gefragt hatte, ob er bei der Oma auch artig gewesen sei.

Vincent atmete hörbar aus. »Nein! Ich soll denen bei der Aufklärung eines Verbrechens helfen. Das müsste euch als Verfechter einer bürgerlichen Gesellschaft doch gefallen.«

Vincent hielt die Unterredung schon für beendet, doch seine Mutter bohrte weiter.

»Und wer von der Polizei hat dich da angerufen? Kennst du da jemanden?«

»Ja, eine Freundin. Sie arbeitet beim LKA.«

Am Blick seiner Mutter sah er, dass sie schon wieder die Hochzeitsglocken läuten hörte.

»Warum hast du deine Freundin nicht mitgenommen und vorgestellt? Das wäre doch nett gewesen ...«, fuhr seine Mutter fort.

»Sie ist nur *eine* Freundin«, wich Vincent aus. »Nicht *meine* Freundin. Und sie hätte so oder so keine Zeit gehabt.« Seine

Eltern wären die Letzten, denen er von seinen Affären erzählen würde.

»Deine Freundin oder Bekannte oder was auch immer ist anscheinend ein fleißiges Mädchen, wenn sie auch an Silvester arbeitet«, sie schaute ihn an und rieb sich bedächtig die Hände. »Da kann sich mancher eine Scheibe von abschneiden.« Sie sagte *mancher*, meinte aber wohl nur einen. »Trotzdem kann es nicht sein, dass du den Retter der Berliner Polizei geben sollst und heute schon wieder nach Berlin zurückfährst, wo du gestern erst hier angekommen bist. Die werden doch wohl selbst ihre Spezialisten haben! Weihnachten hier, Silvester in Berlin, nach Neujahr wieder hier, dann wieder in Berlin. Das kostet auch alles Geld.«

»Das kann ich alles selbst zahlen«, sagte Vincent und spürte sofort, dass es eher nach kindlichem Trotz als selbstsicher klang. Es nagte mehr an ihm, als er zugeben wollte, dass seine Eltern ihm ständig unterstellten, er könne nicht für sich selbst sorgen und dass das wohl auch noch eine Zeit lang so bleiben würde.

»Es geht hier gar nicht um das Geld«, insistierte seine Mutter.

»Dann ist ja alles erledigt«, antwortete Vincent. »Wir fahren also zum Flughafen und dann zum Bahnhof.«

»Du meinst, ICH bringe euch dorthin. Ihr zwei Herren Söhne«, sie zeigte auf Marcus und Vincent, »müsst ja die Welt retten.«

Marcus sprach auf dem Weg zum Flughafen kaum ein Wort, und Vincent fiel auf, dass ihn sein Bruder einige Male nachdenklich, fast ängstlich von der Seite angeblickt hatte.

»Haben die gesagt, um was für ein Verbrechen es geht?«, fragte er.

Vincent schüttelte den Kopf. »Ist noch geheim.« Seitdem schwieg Marcus vor sich hin, der Abschied am Flughafen fiel kurz aus.

Vincent stieg wenig später in den Zug, die Trillerpfeife ertönte, die Türen schlossen sich. Hinter dem bläulichen Glas der Tür sah er seine Mutter, die noch einmal winkte, dann setzte sich der ICE surrend in Bewegung, gewann an Geschwindigkeit, verließ den Bahnhof, die Innenstadt und Bremen.

31

NEW YORK CITY
DIENSTAG, 2. JANUAR
03:00 UHR

Tyron schenkte zwei Gläser Bowmore Whisky ein, eins mit Eis, eins ohne. *Bowmore mit Eis*, dachte Tyron, *Murphy ist und bleibt eben Amerikaner*. Außerdem schien er müde zu sein. Sein Pech, wenn sein Sekretariat ihm nur für drei Uhr morgens einen Termin freischaufeln kann. Er muss wirklich unglaublich beschäftigt sein, dachte Tyron, oder jedenfalls so tun als ob. Er zündete sich eine Montechristo-Zigarre an und ließ sich in den schweren, rotbraunen Ledersessel der Suite sinken. Sein Anzug war maßgeschneidert, seine Krawatte auf seine Augenfarbe abgestimmt, und die Ringe, von denen er an jeder Hand einen trug, zeigten eine Sichel und eine Sanduhr, aus der Entfernung kaum zu erkennen. Murphy würde gar nicht darauf achten. Murphy wollte schließlich Karriere machen und die konnte Tyron ihm bieten. Er war der Bauer in ihrem Schachspiel, aber erst mussten sie sehen, ob er überhaupt geeignet dafür war.

Murphy war offenbar nervös. Er wischte sich ständig über

seine Stirn, obwohl er gar nicht schwitzte. Er war Chief Operating Officer bei *Telramond Telecoms.* Nun hatte der alte Vorstand die Altersgrenze überschritten und ein neuer sollte gewählt werden. Murphys direkter Konkurrent war Ted Andrews, der Finanzchef. Seit Jahren schon waren die beiden verfeindet, Andrews hatte ihm seine erste Frau ausgespannt und hatte immer mehr Erfolg und Freunde als Murphy gehabt. Eine perfekte Konstellation.

Tyron bot Murphy eine Montechristo an, die dieser ablehnte. Amerikaner eben, da half auch der Yale-MBA nicht. Andrews hatte einen aus Harvard. Die Konkurrenz der beiden musste bis in den Sandkasten zurückreichen, und immer hatte Murphy verloren, selbst beim Aussehen. Während Murphy an einen etwas spießigen Verwaltungsangestellten erinnerte, sah Andrews aus wie der George Clooney der Wirtschaft. Andrews gab den Menschen das Gefühl, dass er der Richtige für jeden Job war. Und deswegen bekam er den Job dann auch, egal ob er dafür geeignet war oder nicht. Eine sich selbst erfüllende Prophezeiung. Und genau deshalb würde Andrews auch diesen Posten bekommen, wenn nicht etwas Entscheidendes geschah. Genau deswegen hatte Tyron Murphy einen Vorschlag zu machen.

Was Murphy nicht wusste, war, dass Andrews auch ein Verhältnis mit Murphys zweiter Frau hatte.

Tyron begann das Gespräch.

»Mr. Murphy, was ist Ihnen wichtiger?«, fragte er unvermittelt. »Ihre Frau oder Ihre Karriere?« Dass Tyron das Wort *Karriere* zuletzt erwähnte, hätte den meisten bereits angedeutet, in welche Richtung er wollte. Murphy nippte ahnungslos an seinem Whisky, dachte vermutlich gerade an seine zweite Frau. Wie stolz sie auf ihn wäre, wenn er den Posten erhielt!

»Ich verstehe die Frage nicht ganz?« Murphys Mundwinkel zuckten, aber seine Stimme verriet den Ärger nicht. Tyron wusste, dass Murphy die Frage vorkommen musste wie bei einem Bewerbungsgespräch. Aber genau darum handelte es sich ja auch. Gewissermaßen.

»Mir scheint die Frage völlig klar«, erwiderte Tyron eisig.

Murphy schwieg, aber Tyron sah, wie er sich wand. Typisch. Der Mann konnte sich einfach nie entscheiden. Vielleicht war es das, was Andrews immer die Vorteile verschafft hatte?

Murphy nahm einen großen Schluck aus seinem Glas. Ein Eiswürfel rutschte ihm in den Mund, und er schluckte ihn. Tyron meinte, ihn die Kehle hinunterrutschen zu sehen.

»Meine Karriere ist mir sehr wichtig, das wissen Sie«, antwortete er schließlich gereizt. Er blickte aus dem Fenster der Hotelsuite auf die glitzernden Fassaden der Wolkenkratzer, die die klare, kalte Nacht erhellten.

»Ich kann mir nicht vorstellen, Mr. Murphy, dass die Antwort auf meine Frage da draußen auf einem der Häuser steht.«

Murphy schenkte sich Whisky nach, sah Tyron gereizt an, bugsierte mit der Eiszange ungeschickt und zittrig ein paar Eiswürfel in das Glas, griff nach einer Zigarre, wollte sie anzünden und legte sie wieder weg.

»Meine Karriere ist mir sehr wichtig, meine Frau und meine Familie natürlich auch«, begann er erneut, die Stimme rau.

»Wenn Sie nach oben kommen wollen, dann darf es kein *Natürlich auch* geben, sondern nur ein *Entweder oder.*« Tyrons Stimme wurde schärfer.

»Verdammt«, rief Murphy und war kurz davor aufzuspringen, aber irgendetwas hielt ihn zurück. »Es geht ja wohl beides!«

»*Beides* geht nie«, sagte Tyron. »Ich will eines der zwei Wörter hören: *Frau* oder *Karriere.* Wenn ich das richtige Wort höre, kann ich ihnen helfen, wenn nicht, hat dieses Gespräch nie stattgefunden.«

Tyron sah, wie Murphy zögerte und sich dann mit einem Ruck plötzlich aufrecht hinsetzte. Entscheidungen kann man an der Körperhaltung ablesen, bevor sie geäußert sind.

»Also gut«, sagte er und trank den zweiten Whisky aus. »Karriere.«

Tyron ließ das leichte Lächeln um seinen Mund spielen, das andere so für ihn einnahm, ohne zu ahnen, wie gefährlich es war.

»Was muss ich tun?«, fragte Murphy.

Tyron lehnte sich zurück. »Manchmal ist es so«, begann er. »Wer seine Zahnschmerzen loswerden will, muss bereit sein, sich den schmerzenden Zahn auszureißen.«

Auf Murphys Gesicht breitete sich eine Ahnung aus – und damit auch Entsetzen. Tyron wusste aus Erfahrung, dass das, was jetzt kam, nur ein letztes Aufbäumen des Gewissens war, das seine Nutzlosigkeit noch nicht akzeptieren wollte.

»Was ist das für ein kranker Scheiß?«, fauchte Murphy. »Was wollen Sie damit sagen? Ich liebe meine Frau!«

»Je mehr man eine Frau liebt, desto mehr ist man bereit, sie zu hassen«, sagte Tyron.

Murphys Stimme hatte sich beruhigt, aber nur ein wenig. »Heißt das, ich muss es mir gefallen lassen, dass irgendjemand irgendetwas mit meiner Frau macht, damit ich Karriere …?« Er beendete den Satz nicht und sprang auf.

Tyron lächelte noch immer. »Nicht *irgendjemand*, sondern *Sie*.«

Murphy ließ das Glas fallen. Es zersprang an der Tischkante und ein paar Tropfen besprenkelten Murphys Hose.

»Wie wir alle wissen, hat Andrews Ihnen schon einmal die Frau ausgespannt«, sagte Tyron. »Was Sie vielleicht nicht wissen: Er ist gerade dabei, es wieder zu tun.«

Murphy schaute ihn mit großen Augen an, so als wollte er sagen: *Wieso wissen Sie all das, was eigentlich ich wissen sollte?*

»Er besucht sie in ihrem Hotelzimmer ...« Tyron stand auf und holte ein neues Glas für Murphy aus der Bar. »Klingt sehr plausibel, nicht wahr? Aber Andrews hat auch viel um die Ohren, er will ja Vorstandschef werden, ist möglicherweise reizbar.«

Murphys Augen blitzten auf.

»Sie feiern ein wenig, werfen irgendwelche Drogen ein und dann gibt es Streit. Andrews hat eine Waffe dabei, und er benutzt sie aus irgendeinem Grund.« Er beobachtete, wie sich das Entsetzen aus Murphys Zügen zurückzog. »Er hat vor dem Streit schon zu viel getrunken, und in seinem Blut findet man Reste von diversen Drogen. Daher ist er wohl so dumm, dass er die Waffe am Tatort liegen lässt und ruhig neben der toten Frau einschläft. Ihrer Frau. Vollkommen irrational, aber alle Beweise sprechen dafür.«

Er ließ Murphy keine Zeit, ihn zu unterbrechen. »Es wird sich dann herausstellen, dass Andrews Fingerabdrücke auf der Waffe sind. Und er selbst ist ja schließlich auch noch vor Ort. Die Jury wird nicht lange beraten. Man weiß nicht warum, aber Andrews muss die Sicherung durchgebrannt sein. Andrews bekommt lebenslang. Vorstandsvorsitzender von *Telramond* wird ein anderer.« Jetzt ließ er sein Gesicht strahlen.

Murphys Züge arbeiteten, aber ein erstes zaghaftes Lächeln steckte in den Mundwinkeln.

»Was muss ich dabei tun?«

Tyron beugte sich vor.

»Sie müssen«, seine Stimme wurde noch leiser, »eine binäre Entscheidung treffen. Sich *für* Ihre Karriere, aber *gegen* Ihre Frau entscheiden, *für* sich selbst und *gegen* Andrews. Sie müssen die Tat vollbringen, die man Andrews zutrauen *muss*, weil man sie Ihnen niemals zutrauen *würde*.«

Murphy schluckte noch einmal und blickte abwechselnd von Tyron zu dem leeren Whiskyglas.

»Das heißt, ich muss ...«, sagte er, ohne den Satz zu beenden.

Tyron füllte die zwei Gläser und hob seines zum Vertragsabschluss.

»Sie müssen Ihre Frau töten.«

Die Eiswürfel im Glas knackten und zischten. Für Murphy klang es wie ein Schuss in weiter Ferne.

32

BERLIN
DIENSTAG, 2. JANUAR
16:00 UHR

Vincent verließ den Zug und sah sich um. Sonnenstrahlen durchdrangen in warmen Orangetönen die Glasfront des Berliner Hauptbahnhofs und spielten in Sarahs offenen Haaren. Ihre Augen blickten warm und neugierig zwischen den zahlreichen Reisenden hindurch und suchten nach ihm.

›Wir haben uns viel zu lange nicht mehr gesehen‹, dachte Vincent. Er hatte sie gleich entdeckt, doch er genoss es, sie noch einen kurzen Moment bei der Suche nach ihm zu betrachten.

Der Zug fuhr weiter, während ihr Mantel im leichten Wind wehte, als sie mit langsamen Schritten den Bahnsteig entlangschritt. »Die naheliegenden Dinge sind immer die, die niemand sieht«, hatte Vincent damals zu ihr im Seminar zu Ikonografie und Spurensuche gesagt. Und dann waren sie ein Glas Wein trinken gegangen. Und schließlich im Bett gelandet. Doch als Vincents Forschungssemester in Rom bewilligt worden war, hatten sie sich wochenlang nicht gesehen. Erst als sie allein in Berlin und er in Rom gewesen und über den Briefen Michelangelos gebrütet hatte, hatte sie gemerkt, wie sehr sie ihn eigentlich vermisste. Seit Oktober war er wieder in Berlin, und bis auf einen schnellen Kaffee bei *Starbucks* in der Friedrichstraße hatten sie es bisher nicht geschafft, sich wieder zu treffen. Sie hatte nie begriffen, warum sie ihn nicht einfach angerufen hatte. Vielleicht hatten sie sich beide etwas vorgespielt? Vielleicht wollte sie den Eindruck der viel beschäftigten LKA-Hauptkommissarin aufrechterhalten, die für solche Dinge wenig Zeit hat? Doch jetzt, wo sie ihn vor sich sah, wusste sie, dass sie die ganzen Monate eine unglaubliche Leere in ihrem Herzen herumgetragen hatte. Eine Leere, die sie nicht gespürt hatte, weil es nun einmal nur Leere war und man Leere nicht spürt. Bis zu diesem Augenblick.

Ihre Blicke trafen sich. Sie eilten aufeinander zu und küssten sich.

»Vincent!«, begrüßte sie ihn und nahm seine Hand. »Die Wissenschaft ist auf unserer Seite!« Sie trug den grauen Wintermantel, den sie auch bei ihrer ersten Begegnung getragen hatte. Vincent fand, dass sie ein wenig erschöpft aussah – und dadurch fast noch schöner war.

»Na ja, wir wollen mal nicht zu viel erwarten«, sagte Vincent. »Wie sagt mein Bruder immer: *Underpromise and overdeliver.*«

»Bist du denn jetzt Doktor?«, fragte sie. Da war es wieder, dieses leichte Lachen in der Stimme, wie damals bei Dupin.

»Noch müsst ihr mit einem einfachen Doktoranden auskommen«, entgegnete er.

»Das ist im Moment wahrscheinlich unser kleinstes Problem …«, meinte Sarah trocken.

DIENSTAG, 2. JANUAR
15:00 UHR

33

Er versuchte über das nachzudenken, was er gesehen hatte, aber es ging nicht. Vor seinem inneren Auge sah er noch immer die Szene aus dem Bunker, die zwei Figuren, den abgeschlagenen Kopf und den Spruch an der Wand. Er versuchte, sich zu konzentrieren, doch es war unmöglich. Der Taxifahrer redete ununterbrochen. Erst hatte er ihm dreimal mitgeteilt, dass er ein wirklicher, echter Engländer sei, keiner von diesen Pakistani oder Indern, die die Fahrgäste immer übers Ohr hauen und dann auf einmal kein Englisch mehr können. Dann hatte er übers Fliegen erzählt. »Ich persönlich kann ja Fliegen nicht ausstehen, werden immer enger, diese Scheißmaschinen, kommt mir so vor, als würden sie die Sitze im Wochentakt näher aneinanderschieben.«

›Wenn man nicht Business Class fliegt‹, dachte er und versuchte, sich den Spruch ins Gedächtnis zu rufen, der an die Wand geschrieben war. Ite domum saturae … *Er massierte seine Schläfen. Die Kopfschmerzen waren jetzt mit voller Wucht zurückgekehrt. Der Taxifahrer sprach weiter, über die hohen Preise und die gierigen Konzerne.*

»… eines Tages wird diese Stadt an dem Verbrechen, an den ganzen kriminellen Gangs aus dem Süden, an diesem ganzen Scheiß, der da hochkriecht, ersticken. Und wissen Sie, wie die Regierung das sieht?«

Er schüttelte den Kopf und massierte weiter seine Schläfen. Sein Blackberry blinkte und zeigte 20 ungelesene E-Mails an.

»Sie findet das prima. Sie glaubt, wenn sie dem ganzen Abschaum alles erlaubt, dann wählt der Abschaum sie auch. Was diese Idioten in Downing Street und im Parlament aber nicht wissen, ist, dass dieses ganze Dreckspack, wenn es

etwas ändern will, ganz anders wählt. Nicht so ...«, er zog mit den Fingern ein Kreuz in die Luft, wie auf einem Stimmzettel, »sondern so.« Er legte Zeige- und Mittelfinger an den Kopf und drückte einen unsichtbaren Abzug. »Verstehen Sie?«

Er verstand sehr gut. Er sah wieder den abgeschlagenen Kopf vor seinem inneren Auge. Er hatte gerade mit Leuten zu tun, die genauso wählten.

34

BERLIN
DIENSTAG, 2. JANUAR
21:00 UHR

Mittlerweile war es Nacht geworden. In der Kaffeeküche blubberte die Kaffeemaschine. Sarah hatte in ihrem Büro auf dem großen Tisch einen Platz zwischen den Unterlagen über Stuart Hill freigeschaufelt, damit Vincent dort seine Bücher und verschiedene aus dem Internet ausgedruckte Bilder von Skulpturen aus Antike und Renaissance ausbreiten konnte. Daneben lagen die Fotos vom Tatort.

Sarah konnte kaum glauben, was sie in den Büchern sah. Die Künstler der Renaissance hatten Leichen seziert, um an ihnen die Anatomie des Menschen studieren und perfekte Skulpturen herstellen zu können – und die Mörder hatten aus Menschen Leichen gemacht, um daraus eben diese Skulpturen nachzuformen. Sie schaute sich die Fotos an und blätterte gleichzeitig durch die Seiten eines großformatigen Buches über Renaissance-Statuen. Vincents Blick flog fieberhaft über die Illustrationen.

»Und, glaubst du, du kannst herausfinden, was das sein soll?«, fragte Sarah.

»Ich hoffe es«, sagte Vincent. Seine Wangen waren gerötet.

»Hast du eine Vermutung?« Sarah bohrte nach.

»Bin dabei«, sagte Vincent. »Ich muss nur noch feststellen, ob ...« Er blätterte weiter. »Ja, da haben wir's!« Er hob das Buch in die Höhe. Auf dem schwarz-weißen Foto im Mittelteil des Buches war ein frühbarocker Sockel abgebildet, auf dem ein muskulöser Jüngling stand, in der rechten Hand ein gebogenes Schwert, in der linken den abgetrennten Kopf seines Opfers triumphierend in die Höhe haltend. Muskeln, Sehnen und Blut quollen aus dem abgetrennten, steinernen Hals des Kopfes hervor und zu Füßen des Jünglings lag der Rumpf der Kreatur.

»Mein Gott«, flüsterte Sarah. »Und ich dachte, so etwas gibt es nur in Horrorfilmen.«

»›Perseus mit dem Haupt der Medusa‹«, erklärte Vincent, sichtlich bemüht, den Stolz in seiner Stimme zu unterdrücken. »Wenn es irgendeine Statue sein soll, dann die!« Schon durch das Foto in dem Buch spürte sie die lauernde Aggression, die in dieser Bronzeplastik steckte.

»Wo steht diese Statue?«, fragte sie.

»In Florenz, unweit der Ufficien und des Palazzos Vecchio, in der Loggia dei Lanzi«, sagte Vincent, »ich habe sie im Spätsommer selbst gesehen.«

»Halt«, sagte sie und zückte einen Block und einen Stift, »nicht so schnell! Also, die Skulptur steht in Florenz ... Palazzo Vecchio ... und was ist diese Loggia dei Dingsbums?«

»Loggia dei Lanzi«, ergänzte Vincent. »Genau übersetzt heißt es ›Die Unterkunft der Landsknechte‹, eine halb offene Halle, in der einst die Leibwache Cosimos I. von Medici lebte, daher der Name. In dieser Halle steht gleich am vorderen Ende die Bronzestatue des Perseus.«

Sarah notierte eifrig. »Prima«, sagte sie, »noch irgendwelche Details?«

»Sie zählt zu den Hauptwerken der europäischen Plastik und wurde von Benvenuto Cellini in den Jahren 1545–1554 hergestellt. Cosimo I. hatte sie in Auftrag gegeben. Eine geniale Mischung aus der Grazie eines Donatellos und der Kraft eines Michelangelos.«

»Ich bin ja nur beim LKA und doof«, sagte Sarah lächelnd. »Aber wer ist eigentlich dieser Perseus?«

»Perseus ist eine Figur aus der griechischen Sage«, erläuterte Vincent und blätterte in einem anderen Buch, das er mitgebracht hatte. »Er erhielt den Auftrag, die Medusa zu töten, eine der drei Gorgonen. Die Medusa hatte Schlangen als Haar und ihr Anblick verwandelte jeden Menschen in Stein.« Er blätterte zurück. »Perseus musste vorher in seinem Leben schon einiges über sich ergehen lassen. Zuerst wurde er von seinem Großvater Akrisios aufgrund eines Orakelspruchs samt seiner Mutter Danae in eine Kiste gesperrt und ins Meer geworfen.«

»Solche Fälle hat die Mordkommission öfter in Neukölln«, sagte Sarah, »nur ohne das Meer.«

»Wie auch immer«, fuhr Vincent fort, »die beiden wurden von dem Fischer Diktys gerettet, der sich in Danae verliebte. Da ihm der pubertierende Perseus mehr und mehr auf den Geist ging, schickte er ihn los, um das Haupt der Medusa zu holen, wohl wissend, dass Perseus dabei wohl umkommen würde und er ihn dann los wäre. Perseus gelang es aber, unterwegs zur Medusa eine Tarnkappe und Flügelschuhe zu ergattern. So kam er recht schnell zu ihrem Aufenthaltsort und konnte sich mit der Tarnkappe ungesehen heranschleichen.«

»Und dann hat er …?« Sarah hob die Augenbrauen.

Vincent nickte. »Ganz genau. Er fand Medusa schlafend, betrachtete nur ihr Spiegelbild durch seinen glänzenden Schild und hieb ihr mit seinem Schwert den Kopf ab. Den nahm er mit und er entkam im Schutz der Tarnkappe und erhob sich mit seinen Flügelschuhen in die Lüfte. Diesen

Zeitpunkt, kurz bevor sich Perseus in die Lüfte schwingt, hat Cellini festgehalten.«

»Tja, damals gab's noch Helden«, sagte Sarah und lächelte. Perseus der Held, dachte sie, und Perseus der Mörder.

Schritte klangen auf dem Flur. Kriminaldirektor Winterfeld kam zur offenen Tür hinein. In der Hand einen Becher dampfenden Kaffee, den er gerade aus der Küche geholt hatte. Mit der anderen fuhr er sich durch die Haare und lockerte dann seine Krawatte. Offenbar kam er gerade von einem wichtigen Treffen.

»Sarah, wir müssen uns mal abstimmen, wie der Stand ist«, sagte er, während er mit schnellen Schritten das Vorzimmer durchquerte und seinen Mantel über einen der Stühle warf. »Dieser Klugscheißer Bellmann nervt schon den ganzen Tag. Tut so, als hätte er eine Kristallkugel, weiß aber auch nicht...« Dann sah er Vincent und brach erstaunt mitten im Satz ab.

»Vincent Wagner, unser Experte«, sagte Sarah und zeigte auf Vincent. Dem war das sichtlich unangenehm.

»Ahaa«, sagte Winterfeld, stellte die Tasse ab, schwang sich auf den Stuhl neben Vincent und streckte die riesige Hand aus, »der inoffizielle Kunstspezialist. Ich hörte davon. Winterfeld mein Name.« Vincent schüttelte ihm die Hand und war erleichtert, als der Händedruck zwar kräftig, aber nicht gewaltsam ausfiel. »Sind wir denn schon fündig geworden, oder müssen wir doch noch den großen Dienstweg gehen und einen Professor bemühen?«

»Nein, Vincent hat ganze Arbeit geleistet«, sagte sie, und Vincent entdeckte Stolz in ihrer Stimme.

»Ah ja«, Winterfeld lächelte und trank einen Schluck Kaffee, »und welche Statue ist es?«

»Perseus mit dem Haupt der Medusa, aus Florenz.« Vincent zeigte ihm die Abbildung im Buch.

Winterfeld schaute interessiert auf die Illustration. »Ich wusste es, ich hatte so eine Ahnung«, sagte Winterfeld, »Sie müssen wissen, ich habe auch einmal zwei Semester Kunstgeschichte studiert, in Heidelberg.« Er setzte sich und betrachtete die Fotos der Leichen und die Abbildung im Buch. »Und wie geht's jetzt weiter?«.

Alle verharrten in nachdenklichem Schweigen. Sarah betrachtete noch einmal das Foto mit dem Kopf von Mr. Miller und den toten, traurigen Augen. War es Zufall, dass Miller die geköpfte Medusa war? Irgendwo musste doch eine Nachricht sein, eine Spur, die zu einer neuen Spur führte? War es nicht das Verbotene, das immer interessanter als alles andere war? Könnte es nicht sein, dass man gerade dort einen Hinweis sehen konnte, wo man eigentlich nicht hinschauen durfte?

»Vincent«, sagte sie, »der Blick der Medusa ist doch tödlich?«

»Ja.«

»Und in diesem Fall wurde Millers Kopf abgeschlagen, also ist Miller die Medusa und Thomson ist Perseus?«

»Ja, kann man so sehen.«

»Es ist verboten, der Medusa in die Augen zu schauen«, überlegte Sarah leise weiter, »das heißt, die Wahrheit ist da ...«

»... wo man nicht hinschauen darf«, ergänzte Vincent. Seine Augen weiteten sich. »Und das ist ...«

Winterfelds Blick wechselte voller Spannung zwischen Sarah und Vincent.

»... in den Augen der Medusa«, rief Sarah, »Millers Augen!« Sie sprang plötzlich auf und fixierte Winterfeld. »Habt ihr Millers Augen untersucht?«

Winterfeld schluckte den Kaffee herunter. »Na klar«, sagte er dann, »ich nehme an, in der Gerichtsmedizin haben sie reingeleuchtet, das Übliche halt. Augenlider zurückgeklappt und auf Blutungen untersucht, um zu sehen, ob er erwürgt wurde. Prädilektionsstellen und so weiter, kennen Sie ja.«

»Und nichts gefunden?«

Winterfeld zuckte die Schultern.

»Im Bericht steht nichts drin.«

»Irgendwas muss da sein«, sagte Sarah, »vielleicht müssen wir sie herausnehmen.«

»Seine Augen herausnehmen?«, fragte Winterfeld verwundert.

Sarah nickte.

»Ist das Ihr Ernst?«

Sie nickte noch einmal. »Sie müssen von Weinstein noch mal anrufen.«

»Wieso ich?«, fragte Winterfeld. »Das war eure Idee mit den Augen.«

»Weil die Mordkommission mit der Rechtsmedizin zusammenarbeitet und nicht wir. Das wissen Sie doch.«

Winterfeld fuhr sich durchs Haar. »Von Weinstein flippt aus, wenn ich ihn schon wieder aus dem Urlaub raustelefoniere. Der schickt seine Überstunden ans LKA und setzt Bellmann cc. Und ich krieg den Ärger und muss mir wieder anhören, wir würden die Obduktionsprotokolle nur schlampig lesen und die Bestattung hinauszögern.« Er schnaubte. »Die Leichen sollen morgen in die USA.«

Sarah lächelte kurz, doch in der Bestimmtheit ihres Blickes änderte sich nichts. »Dann haben wir ja noch Zeit. Und Ärger kriegen wir nur, wenn wir nichts finden.«

»Was sollen wir schon finden in seinen Augen?«

»Das werden wir sehen«, sagte Sarah.

»Wahrscheinlich nichts«, sagte Winterfeld und verschränkte unschlüssig die Arme. »Aber Ärger werden wir kriegen.«

»Wie Sie wollen«, sagte Sarah und griff zum Telefon. »Dann ruf ich ihn an. Wenn wir dann aber was finden und Bellmann dann fragt, warum die Nachuntersuchung nicht normal über die Mordkommission gelaufen ist, kriegen Sie auch Ärger.«

Winterfeld strich sich über sein Kinn und fuhr sich mit der Hand durch die Haare, wie immer, wenn er nervös oder unschlüssig war. Er hatte schon ganz andere Untersuchungen durchgewunken. Er erinnerte sich an den Durchsuchungsbefehl, den er gefälscht hatte, um in die Wohnung des Sohnes vom Baulöwen zu kommen, der dann den Frauenkopf im Kühlschrank hatte. Wen interessierten da schon die Augen von dem toten Miller?

»Na schön«, sagte er schließlich, »ich rufe von Weinstein an und schaue, was sich machen lässt.«

35

BERLIN
DIENSTAG, 2. JANUAR
22:00 UHR

Im Institut für Rechtsmedizin der Charité stand Dr. von Weinstein vor dem auf dem stählernen Sektionstisch liegenden Kopf von Miller wie ein Priester vor einem Altar. Er war in der Tat bereits zu Hause gewesen, als ihn Winterfelds Anruf wieder zurück in die Gerichtsmedizin dirigiert hatte. Von Weinstein hatte Gummihandschuhe angezogen und eine löffelartige Klinge in der Hand. *Scharfer Löffel* nannte man dieses Instrument, mit dem man bei Krebserkrankungen oder Gehirntumoren Augen operativ entfernen konnte. Sarah, Vincent und Winterfeld standen ihm gegenüber. Sarah versuchte, nicht durch die Nase zu atmen. Es lag, wie immer, dieser süßliche, penetrante Geruch in der Luft, trotz der Absauganlage, die die Luft nach unten wegpumpte. Es war der Geruch des Todes, den niemand je vergisst, der ihn einmal gerochen hat. Sarah hatte in ihrer Laufbahn schon einiges gesehen, doch der abgeschlagene Kopf, der vor von Weinstein auf der metallenen Bahre lag, war auch für sie starker Tobak. Von Weinstein strich sich das Haar aus der Stirn, rückte seine silber geränderte Brille zurecht und sortierte einige der chirurgischen Instrumente, die vor ihm lagen.

»Filmreif, Herr Winterfeld«, sagte er und schüttelte dabei den Kopf, »was Sie mir hier bieten, ist filmreif!«

»Können Sie es nun machen oder nicht?«, fragte Winterfeld ungeduldig.

»Sicher kann ich«, sagte von Weinstein und bewegte das löffelartige Gerät vor seinem Gesicht hin und her. »Ich nehme allerdings verwundert zur Kenntnis, dass es Sie keinesfalls zu interessieren scheint, *wie* diese Opfer ermordet wurden, sondern stattdessen mit ausgesprochen exotischen Wünschen an mich herantreten. Haben Sie das Protokoll überhaupt gelesen? Und wissen Sie, dass sehr wichtige Gründe vorliegen müssen, um eine Leiche noch einmal zu obduzieren?«

»Dr. von Weinstein«, sagte nun Sarah. »Ich habe Kriminaldirektor Winterfeld gebeten, Sie zu kontaktieren. Wir haben die berechtigte Annahme, dass in den Augen Millers ein Hinweis verborgen ist, der für die Aufklärung des Mordes von größter Relevanz ist.«

Von Weinstein hob eine Augenbraue. »Ein Auge ist für die Wirtschaftskriminalität von Relevanz?«

Sarah blickte ihn unverwandt an. »*Wenn* es relevant ist, dann ist es für alle Bereiche relevant.«

Von Weinstein zuckte die Schultern. »Das müssen Sie wissen«, sagte er dann und trat an Millers Kopf, »ich werde Muskeln, Fettgewebe und Sehnerv durchtrennen müssen, um das Auge herauszuholen.«

»Können Sie es nicht einfach rausfluppen lassen und dann wieder einsetzen?«, fragte Winterfeld.

Er schüttelte wieder den Kopf. »Nein, das ist medizinisch nicht möglich, wir sind hier ja nicht bei Tom und Jerry. Wenn

Sie das Auge ganz sehen wollen, muss ich Nerven, Muskeln und Fettgewebe durchtrennen.«

Sarah spürte, wie sich ihr ein wenig der Magen zusammenzog.

»Tun Sie, was Sie tun müssen«, sagte sie ungeduldig.

»Es wird aber nicht hübsch.«

Sie zuckte die Schultern. »Was ist schon hübsch?«

»Schön«, sagte von Weinstein und hob das Gerät. »Die Zartbesaiteten bitte ich wegzuschauen.«

Selbstverständlich schaute niemand weg, zu schrecklich und faszinierend zugleich war es, von Weinstein bei seiner Operation zu beobachten.

Der Löffel näherte sich dem rechten Auge Millers. Von Weinsteins linke Hand zog die Lider auseinander, während er sein Instrument an der unteren Lidkante ansetzte. Mit grausamer Langsamkeit verschwand ein Teil des Löffels und der Klinge in dem Zwischenraum von Lid und Auge. Sarah biss die Zähne zusammen. Da hielt von Weinstein plötzlich inne.

»Enukleation hat stattgefunden«, murmelte er, »wie konnte ich das übersehen?«

»Was ist?«, fragte Sarah und beugte sich vor.

»Der Augapfel wurde schon extrahiert! Alle Verbindungen sind durchtrennt. Und so exakt wieder eingesetzt, dass ich es nicht bemerkt habe!«

Sarahs Augen leuchteten auf und sie zwinkerte in Vincents Richtung. Der wusste offenbar nicht so recht, ob er sich freuen oder ekeln sollte.

Von Weinstein reckte den Kopf nach oben und sah Winterfeld feindselig an. »Das ist Ihre Schuld!«, fauchte er. »Nach dreißig Stunden Dienst nonstop kann selbst ich Sachen übersehen. Erst recht, wenn ich eigentlich Urlaub habe!«

»Völlig unwichtig, wer Schuld hat, zeigen Sie endlich, was Sie übersehen haben«, fuhr Sarah dazwischen.

Mit der linken Hand die Lider auseinanderziehend, hebelte von Weinstein allmählich den Augapfel hervor, der immer bösartiger glotzend aus der Höhle heraustrat. Eine Ewigkeit schien zu vergehen.

Ein schmatzendes Geräusch erfüllte den Raum. Sarah zog zischend die Luft durch die Zähne. Von Weinstein hielt das Auge, aus dem noch die Nervenstränge herausragten wie die Wurzeln einer bizarren Blume, in der Hand. Und dort, wo es vorher war, konnte man nur noch eine rotschwarze Höhle sehen, aus der Nerven, Sehnen und Blutgefäße hervorragten. Vincent wandte sich ab, und selbst Winterfeld verzog das Gesicht.

Von Weinstein nahm eine Lupe zur Hand, beugte sich herunter, schüttelte den Kopf. »Das darf nicht wahr sein«, murmelte er.

Weit unterhalb der Pupille, sodass man es nie hätte sehen können, ohne das Auge herauszunehmen, war ein Satz in winzigen Lettern in die Bindehaut eingraviert: *Ich werde ihn begleiten.* Allen stockte der Atem. Selbst von Weinstein hatte so etwas noch nicht gesehen.

»Wie haben die das da draufgeschrieben?«, fragte Sarah.

»Zunächst das Auge herausgenommen, wie gesagt«, sagte von Weinstein, »und dann tätowiert, nehme ich an. Anders würde es in dieser feuchten Umgebung nicht halten.«

Sarah presste die Lippen zusammen.

Alle blickten abwechselnd auf von Weinstein, das Auge in seiner Hand und das Gesicht des toten Millers mit dem schwarzen Loch unterhalb der Stirn.

»Post mortem?«, fragte Sarah. Irgendetwas in ihr hoffte inständig, dass die Täter das nicht am lebenden Menschen getan hatten.

Von Weinstein beruhigte sie. »Post mortem. Keinerlei Wundheilung identifizierbar. Kein Zeichen von Schmerzen, keine Abdrücke von Fingernägeln in den Handflächen. Es ist nicht lange her. Das Blut …«, er drehte sich um und schaute in die Obduktionsberichte, »… das Blut, mit dem der Spruch an der Wand geschrieben wurde, ist auch von ihm.«

»Ich werde ihn begleiten …«, wiederholte Sarah. »Was soll das heißen? Wen denn? Dass er auch stirbt, mit Mr. Hill, mit Mr. Thomson, dass er sie ins Totenreich begleitet oder was?«

Vincent hatte sich wieder halbwegs gefangen. »Könnte es nicht sein, dass das nur ein Teil der Antwort ist«, fragte er, »und dass die andere Antwort schließlich irgendwo anders auf uns wartet?«

Von Weinstein nickte. »Ich denke, der junge Mann hat recht.« Er sah in die Runde, schaute Winterfeld an.

Sarah und Winterfeld tauschten unbehagliche Blicke aus.

»Wir haben bislang eine Antwort«, sagte er, »aber wir haben zwei Augen.« Er machte eine bedeutende Pause und hob den Löffel abermals. »Soll ich?«

Winterfeld nickte. Diesmal wandte sich Vincent gleich ab.

36

NEW YORK
DIENSTAG, 2. JANUAR
17:00 UHR

Der Lärm von 300 Händlern, die Orders in ihre Telefone bellten und hektisch auf den Tastaturen ihrer Computerterminals herumhackten, erfüllte die riesige Halle.

»Wir haben Informationen, die andere nicht haben«, sagte Tyron. »Das ist unser Geheimnis.« Er war mit Cameron fast am Ende des großen Saals angekommen. Sie durchquerten eine Glastür, und die Aufregung des Handelssaals von ICC verstummte, als sich die Tür schloss.

Cameron kannte alle Möglichkeiten der Aktienanalyse.

Die *legalen* Methoden wie Fundamental- und Chartanalyse, Bilanzcheck, Interviews mit dem Management. Und die waren ihm schon immer nutzlos erschienen.

»Und wir haben etwas *nicht*, was die meisten anderen haben«, fuhr Tyron fort.

»Und was ist das?«

Tyron blickte durch die Glasscheibe auf den Handelsraum. »Emotionen. Sie tun an der Börse nur weh, helfen aber nie.«

»Genau genommen brauchen Sie neben Ihren fünf Sinnen einen sechsten Sinn, der alle Emotionen auslöscht. Dann sind Sie bereit für die wirklich wichtigen Informationen.«

»Vermutlich haben Sie Insider-Informationen?«, fragte Cameron.

Tyron zog die Mundwinkel nach oben. »Ich frage Sie, Mr. Cameron: Wenn Sie von jemandem eine Insider-Information erhalten, was erwartet der andere dann von Ihnen?«

»Dankbarkeit. Oder auch eine Insider-Information im Gegenzug.«

»So ist es. Unabhängig davon, ob die Information gut oder schlecht ist, sie stehen immer in der Schuld eines potenziellen Feindes.«

»Was genau tun Sie also?«, fragte Cameron.

»Die Technik liefert mindestens ebenso gute Informationen wie der Mensch und will niemals einen Gefallen.« Er zeigte nach draußen, auf die Straße, wo weit unten Manager auf ihren Handys telefonierten, auf Blackberrys E-Mails empfingen, telefonierend im Café saßen und in Taxis stiegen. Und er zeigte auf die Tausende von Fenstern rund um das ICC Building. »Überall Menschen mit mobilen Endgeräten, mit Handys, mit Palms, mit Blackberrys ...« Tyron schüttelte belustigt den Kopf, während Cameron ihn noch immer verständnislos ansah.

»Wenn es so etwas Dummes wie die Menschen nicht gäbe, müsste man sie erfinden«, fuhr Tyron fort. Dann blickte er wieder Cameron an. »Mr. Cameron, ich frage Sie: Wundert es Sie nicht, dass all die modernen Handys mit Aufnahmegeräten ausgestattet sind? Wundert es Sie nicht, dass sich im Zeitalter der trojanischen Pferde, der Würmer, der Viren und der Botnets noch niemand überlegt hat, ob solch ein Aufnahmegerät nicht auch etwas aufnimmt, ohne dass es der Benutzer merkt, auch dann, wenn das Gerät ausgeschaltet ist?«

Cameron nickte. »Der Wecker klingelt ja auch, wenn das Handy aus ist, damit man im Schlaf nicht durch einen Anruf geweckt wird.«

»Ganz genau«, sagte Tyron. »Und das GPS funktioniert genauso. Die Frage bei den Aufnahmegeräten ist aber doch, ob sie nicht Dinge aufnehmen, ohne dass ihnen ihr Besitzer den Befehl dazu gibt? Ob der Vorteil der digitalen Aufnahmetechnik nicht einzig und allein der ist, dass es kein Tonband mit Motoren gibt, das verdächtigt rauscht? Und ob das Gerät diese Aufnahmen als Sounddatei dann nicht irgendwo hinschickt, ohne dass es jemand merkt?«

»Hat man Zugriff auf Firmen, die mobile Engeräte herstellen, wie wir es haben, kennt man auch die Kunden dieser Firma, weiß, für wen sie arbeiten, was ihre Firma macht. Durch elektronische Terminkalender in Endgeräten weiß man, welches Meeting der Kunde wann hat und ob es wichtig ist. Dann weiß man auch, wann man das Handy dazu bringen muss, etwas aufzunehmen, eine Sounddatei an einen Computer zu senden und danach alles wieder zu löschen, als wäre nichts gewesen.« Er zog ein Handy aus seiner Sakko-Tasche und hielt es in die Höhe, wie einen verschollenen Schatz.

»Das ist auch der Grund, warum der Akku in einem Handy nicht wirklich leer ist, auch wenn die Anzeige behauptet, er sei leer. Ein wenig Kapazität muss übrig bleiben – für die Aufnahmen.«

»Und diese ganzen Daten?«, fragte Cameron. »Was machen Sie damit?«

Tyron senkte seine Stimme. »Wir werten sie aus. In unserem Zentralrechner. Hier.« Er zeigte nach unten. »Zweihundert Meter unter der Erde. Umgeben von meterdicken Wänden aus Blei und Stahlbeton. Eine gigantische Maschine, die aus all diesen Informationen einen sekundengenauen Insider-Ticker errechnet, mit Kauf- und Verkaufsempfehlungen. Eine Maschine, die so viele Informationen verarbeiten kann, dass sie uns die perfekte Aktienempfehlung geben kann.«

»Wie groß ist dieser Rechner?«, fragte Cameron.

»Sehr groß.« Tyron lächelte. »Wir nennen ihn *die Bestie.*«

Beide standen eine Weile schweigend vor der Glasfront des Handelsraumes. »Darum sind wir so erfolgreich«, fuhr Tyron fort. »Die Informationen aus den Vorstandsbüros, den Aufsichtsratskonferenzräumen, den Bilanzbesprechungen vor der Hauptversammlung mit den Wirtschaftsprüfern, die Meetings der Investmentbanker zu Fusionsverhandlungen, sie fliegen uns zu.«

Cameron rauschte der Kopf. Von solch einer Maschine träumte jeder Investmentbanker. Über solche Computer hatte er in bierdunstgeschwängerten Campuskneipen der Business-Schools mit anderen Kursteilnehmern gefachsimpelt. Der perfekte Apparat zur Marktmanipulation, mit dem man nur gewinnen und niemals verlieren konnte, er war hier, irgendwo tief unter diesem Gebäude.

»Man muss keine Menschen bestechen«, fuhr Tyron fort, »man muss nur die Technik beherrschen. Kein Vertrauen, nur Kontrolle.«

BERLIN
DIENSTAG, 2. JANUAR
23:00 UHR

37

Winterfeld bewegte den schwarzen Mercedes durch die Nacht Berlins. Im Inneren des Wagens herrschte Ratlosigkeit. Von Weinstein hatte auch das zweite Auge aus dem Kopf Millers entnommen, und auch darauf war etwas eintätowiert gewesen, allerdings nur zwei Nummern, und keiner konnte sich einen Reim auf sie machen.

»34/54«, murmelte Sarah vor sich hin und schüttelte immer wieder den Kopf, denn das waren die zwei Nummern, die auf dem linken Augapfel standen, »*Ich werde ihn begleiten* und 34/54 ... Hat jemand einen Taschenrechner dabei?«

»Ja, in meinem Handy«, antwortete Vincent. »Wieso?«

»Was ergibt 34 durch 54?«

Vincent tippte Zahlen in sein Handy. »0,629«, sagte er. »Der Stein der Weisen sieht anders aus.«

»34/54 und 0,629«, murmelte Sarah und biss sich auf die Lippen. Es wurmte sie, dass sie hier überhaupt nicht weiterkam. »Das ergibt einfach keinen Sinn.«

Vincent dachte an die Statue von Cellini mit Perseus und dem Haupt der Medusa. Sie war eine Allegorie auf die Freiheit und Unabhängigkeit von Florenz. Die mythologischen Ursprünge waren der Sieg des Perseus über die Medusa. Der Triumph der Freiheit über die Unterdrückung. Die Statue beförderte einen antiken Stoff in die Gegenwart des Florenz des 16. Jahrhunderts. Die Statue war die Verbindung. Solch eine Verbindung musste es auch hier geben. Es musste einen weiteren Hinweis geben! Irgendeine Verbindung, die vom *Ich werde ihn begleiten* zu der 34/54 führen würde. Er erinnerte sich an die Worte von Weinsteins: *Das Blut ist auch von ihm.* Was meinte von Weinstein damit?

»Von Weinstein sagte doch noch irgendetwas von einem Spruch, der mit dem Blut von Miller irgendwo an die Wand geschrieben war«, sagte er. »Was war denn das für ein Spruch?«

»Richtig, der Spruch«, sagte Winterfeld und erinnerte sich an die lateinische Nachricht an der Wand der Lagerhalle. Er blickte Sarah an: »Haben Sie eine Idee, was er bedeuten könnte? Wir tappen nämlich noch im Dunkeln.« Dann blickte er Vincent an. »›Ite domum saturae. Venit Hesperus.‹ Sagt Ihnen das was?«

»Der Spruch klingt irgendwie altrömisch«, sagte der, »wisst Ihr, von wem er ist?«

Sarah schüttelte den Kopf.

»Vielleicht sollten wir morgen mal die Staatsbibliothek aufsuchen, Abteilung für Romanistik und antike Klassiker«, schlug Vincent vor, »das Ganze klingt mythologisch.«

»Wieso morgen«, fragte Sarah und grinste breit, »wie wäre es mit gleich?«

»Weil jetzt die Bibliothek leider geschlossen ist«, antwortete Vincent. »Amerikanische Verhältnisse mit 24-stündigen Öffnungszeiten haben wir hier leider noch nicht.«

»Für uns schon«, sagte Sarah und zwinkerte Winterfeld zu. »Sagten Sie nicht einmal, dass Sie einen Schlüssel für die Staatsbibliothek haben?«

»Sagte ich das?« Er schaute sie durch den Rückspiegel an, senkte das Kinn und hob eine Augenbraue, wie er es immer tat, wenn er den Elder Statesman spielte.

Sarah nickte.

»Dann wird's wohl so sein.« Er wendete den Mercedes und fuhr mit quietschenden Reifen zur Staatsbibliothek Unter den Linden.

38

DIENSTAG, 2. JANUAR
22:10 UHR

Er saß an seinem Schreibtisch und klickte unruhig durch die Internetseiten. Er hatte alle möglichen Suchbegriffe eingegeben. »Enthauptung«, »Köpfen«, »Kopfabtrennung«, »Dekapitation« und vieles andere. Er hatte biblische Darstellungen gesehen von Salome, der Tochter des Herodes, die das Haupt von Johannes dem Täufer auf einem Tablett trug. Hatte Reliefs gesehen vom Heiligen Minias von Florenz, den der römische Kaiser Decius im Jahre 250 nach Christi köpfen ließ, da er sich geweigert hatte, den Kaiser als Gott anzuerkennen. Dann hatte er grausige Bilder auf irgendwelchen verborgenen Servern gesehen, von Menschen, die sich mit dem Kopf auf Bahngleise gelegt hatten, die sich erhängt hatten und dabei aufgrund ihres Körpergewichtes und der Fallhöhe geköpft worden waren. Mordopfer, die post mortem oder lebend enthauptet worden waren. Opfer von Jeffrey Dahmer, dem Kannibalen von Milwaukee, der aus Köpfen, Knochen und anderen Leichenteilen in seinem Appartement Schreine und Altäre gebaut hatte. Doch nichts von dem ähnelte auch nur ansatzweise dem, was er in dem Bunker gesehen hatte. Nichts davon gab irgendeine Spur oder eine Antwort auf das Rätsel, das er lösen sollte.

Auf der Webseite des Bundeskriminalamtes fand er eine kurze Notiz über einen Mordfall an zwei ranghohen Wirtschaftsvertretern, bei denen Mordkommission und LKA ermittelten. Aber kein Hinweis auf die Namen der Mordopfer oder auf die Art und Weise, wie sie getötet worden waren. Konnte dies derselbe Mord sein? Hatte er die Ermittler auf die Szenerie gestoßen, weil er sie dann schließlich doch von einer Telefonzelle aus angerufen hatte? Und wussten die, die ihn mit dem Rätsel konfrontiert hatten, davon?

Menschen, die so etwas fertigbringen und die dabei noch einen Konzern wie Promethean Industries *in die Knie zwingen. Um nach oben zu kommen, darf man keine Kompromisse eingehen. Das hatte er selbst oft genug gesagt. Er wollte nach oben. Und hier war oben. Oder war er jetzt so weit gekommen, dass er nur noch fallen konnte?*

Er sah sich unruhig um. Jeder Schatten in einer Ecke barg eine mögliche Bedrohung. Jeder Mensch, der ihn auf der Straße länger als eine Zehntelsekunde anblickte, machte ihn unruhig. Jeder Lichtreflex von draußen wurde zum Laserpointer eines Scharfschützengewehrs, das auf ihn gerichtet war.

Er hatte bis Donnerstag Zeit, das Rätsel zu lösen, und er hatte nicht die geringste Ahnung, was *er da überhaupt lösen sollte. Was würde geschehen, wenn sie sich bei ihm melden würden und er nicht weiterwusste?*

Die fünf Millionen waren noch immer auf seinem Konto. Verzinst zu 1,25 Prozent. Eine tolle Anlageform für einen Banker. Er hatte noch keinen Cent davon ausgegeben.

Denn fünf Millionen waren zu nichts nutze, wenn man kurz davor war, vor Angst wahnsinnig zu werden.

39

NEW YORK
DIENSTAG, 2. JANUAR
17:10 UHR

Die Stimme des Wächters ertönte.

»Wie weit sind wir?«

»Unser neuer Kandidat hat das Rätsel erhalten«, antwortete Tyron. »Er hat bis Donnerstag Zeit, uns Antwort zu geben. Wenn er die richtige Antwort gibt, erreicht er die erste Stufe.«

Die erste Stufe in der Hierarchie war *Somnia. Somnia* war der *Wahrtraum*. Die erste der drei Stufen, in denen, nach einer Geheimlehre der Renaissance, Dämonen den Menschen zu höheren Eingebungen leiten und einen Blick auf das tatsächliche Wesen der Realität ermöglichen. Die zweite Stufe war *Raptus – das Emporsteigen der Seele* und die dritte schließlich *Furor – die Erleuchtung der Seele*. Die Organisation hinter ICC hatte diese Initiation entwickelt, um neue Mitglieder mit jeder Stufe immer mehr an sich zu binden. Mit jeder Stufe gab es mehr dunkle Geheimnisse, die man teilte. Zum Erreichen der dritten Stufe schließlich musste man töten. Dann war man endgültig aufgenommen. Bis zum Tod.

»Ist Cameron jetzt bei uns?«

»Ja. Er hat die dritte Stufe erreicht.«

»Wir sollten uns nicht nur auf einen konzentrieren. Es gibt immer wieder Leute, von denen wir glauben, dass wir sie kennen, und die dann plötzlich außer Kontrolle geraten. Besser, wir haben noch andere in der Hinterhand«, sagte der Wächter. »Beobachten Sie unseren neuen Kandidaten ganz genau. Es wäre schade, wenn er uns so enttäuschen würde wie Michael Davids, sein Vorgesetzter. Auch wenn er die zweite Wahl ist, muss er sich als erstklassig beweisen.«

»Das hoffe ich für ihn. Ansonsten wissen wir, was zu tun ist.«

»Nächstes Thema«, fuhr der Wächter fort. »Mir kam zu Ohren, dass unsere Feinde in Rom wieder David gegen Goliath spielen wollen. Was macht Coreolanus? Ich habe lange nichts von ihm gehört.«

»Dort rührt sich nichts.«

»Unterschätzen Sie die Ruhe nicht«, sagte der Wächter. »Nur wer stark ist und schwach tut, ist wirklich stark.«

»Wir behalten ihn im Auge.«

»Wer weiß außer uns noch von dem Plan?«

Tyron überlegte eine Sekunde. »Nemesis«, sagte er dann. »Sie ist die Einzige, die fast so viel weiß wie wir.«

»Ein Risiko? Könnte sie uns verraten?«

»Die Wahrscheinlichkeit ist gering, aber es ist alles möglich.«

»Eintrittswahrscheinlichkeiten interessieren mich nicht«, sagte der Wächter. »Dinge geschehen einfach, ohne zu fragen, ob sie irgendwelchen Prognosen genehm sind. Daher frage ich Sie: Ist der Schaden, den sie durch einen Verrat anrichten könnte, größer als der Nutzen, den sie uns in Zukunft bringt?«

»Davon ist auszugehen.«

»Dann treffen Sie Ihre Vorbereitungen.«

»Das werde ich.«

Das Gespräch war beendet. Tyron wählte eine andere Nummer und zündete sich dabei eine Montechristo an.

Er nahm die elegante Gestalt nicht wahr, die sich lautlos von der Tür entfernte.

40

NEW YORK
DIENSTAG, 2. JANUAR
17:20 UHR

Nemesis schloss hastig die Tür hinter sich und verriegelte mit ihrer Karte das Schloss. Ihr ebenes Gesicht mit der klassischen Nase strahlte eine Ruhe aus, die in völligem Widerspruch zu ihren Gefühlen stand. In ihrem Inneren tobte ein Wirbelsturm.

Eigentlich lief alles, wie es laufen sollte. Hill, Thomson und Miller waren ermordet, Hedgefonds spekulierten auf weitere sinkende Kurse, vereinzelte Raider versuchten, billig Aktien zu bekommen. Und die Polizei fand keine Zeugen, nahm niemanden fest, schien sich überhaupt nicht für den Mord zu interessieren. Entweder waren die Ermittler auch alle gekauft worden oder sie waren wirklich zu dumm.

Sie stand auf, trat ans Fenster, ging wieder vom Fenster zurück, setzte sich an den Schreibtisch und stand unschlüssig wieder auf. Langsam näherte sie sich wieder dem Fenster und sah vom 70. Stock auf die Stadt hinab. Ihre elegante Figur, die in einem seidenen Kostüm und einer weißen Bluse steckte, spiegelte sich in der Fensterscheibe und erschien wie zur Betrachtung und Analyse freigegeben. Oder war es eher ein Nachruf? Die Doppelung von etwas, was bald nur noch als Bild existiert, da es das Original nicht mehr geben wird. *Sie ist die Einzige, die über den Plan fast so viel weiß wie wir.* Die Worte hallten in ihrem Kopf. Was geschieht mit Personen, die zu viel wissen? Sie schaute sich unruhig um, wie ein Raubtier in einem viel zu kleinen Käfig. Ihr Blick glitt von den mehr als drei Meter hohen Glasscheiben des Raumes zu dem kleinen, schwarzen Marmorwürfel mit der eisernen Krone. Den hatte sie von Tyron bekommen, damals, am ersten Tag. *So viel Geld, wie Sie gar nicht ausgeben können,* hatte Tyron gesagt. *Dafür erwarten wir nur eins: Absolute Loyalität.* Statt eines Namens stand auf dem Sockel das bekannte Zitat: *Es gibt keinen Sieg ohne Feinde.*

Nemesis konnte es nicht glauben. Sie, die immer loyal gewesen war, die Bestechungsgelder ausgeschlagen hatte, die sogar noch höher waren als das, was ihr Tyron zahlte, sie, die niemals irgendjemandem ein Wort über *den Plan* erzählt hatte. Gerade sie sollte jetzt beiseitegeschafft werden, weil sie zu viel wusste. Sie hatte es schon geahnt, als die Intrige gegen Ted Andrews von *Telramond* ohne sie geplant worden war. Ein Mord ohne Nemesis. John Murphy selbst sollte Nemesis' Arbeit übernehmen und durch das schlechte Gewissen, das ihm der Mord an seiner Frau bereiten würde, loyaler Diener für ICC werden. *Die Drecksarbeit kostenlos auslagern und dennoch vollste Vertraulichkeit garantieren,* dachte Nemesis. Tyron konnte sich wie kein anderer perfide Deals ausdenken, das musste sie ihm lassen.

Es gibt keinen Sieg ohne Feinde. Der Wächter hatte diese eisernen Kronen auf einem schwarzen Marmorsockel anfertigen lassen und sie den fünf Menschen in der Firma geschenkt, denen er am meisten vertraute. Sie war eine von ihnen, ebenso wie Tyron. Doch wer waren die anderen? Warum hatte sie sie nie kennengelernt? Allmählich schwante ihr, dass ihnen womöglich dasselbe Schicksal zum Verhängnis geworden war, wie das, was jetzt für sie geplant war. *Sie weiß zu viel.* Unwissenheit ist ein Segen, sagten die Engländer immer.

Tyron verdankte es Nemesis, dass Hill tot war und noch viele andere mehr. Als Medizinerin mit dem Schwerpunkt Psychiatrie und Neurologie hatte sie gelernt, wie Menschen ticken und auch wie Gifte wirken. In ihren Bewegungen konnte sie wie ein Blatt sein, das sanft vom Baum zu Boden fällt und dann zu einer Schlange wird, die plötzlich zuschnappt. Als ehemalige Agentin des israelischen Geheimdienstes wusste sie, wie man Männer findet, die nicht gefunden werden wollen. Und wie man sie tötet, ohne dass sie es merken. Männer hatten auf der Welt zumeist immer noch das Sagen, das hatte sie akzeptiert, doch wenn man als Frau eine Macht wie die ihre über diese Männer hatte, dann hatte man mehr Macht als all diese Männer zusammen. Vielleicht war es das, was Tyron am meisten fürchtete. Vielleicht fürchtete er, dass ihm das auch passieren könnte. Um den Finger gewickelt und ausgeschaltet zu werden. Er hatte sich entschieden, es nicht zu riskieren, hatte sich entschieden, einen Präventivschlag gegen sie durchzuführen.

Vielleicht gab es eine Möglichkeit, sich selbst zu retten und Tyron zu zeigen, dass es eine Grenze gab, die er überschritten hatte. Sie ging in ihrem Büro auf und ab und blickte durch die verspiegelten Fensterscheiben, durch die hindurch die Wolkenkratzer von Manhattan im Rot der Dämmerung schwammen wie in einem Meer aus Feuer.

Die alten Feinde. So nannte sie der Wächter. Die, die den Krieg gegen ICC führten – oder besser, gegen die Organisation hinter ICC, seit 2000 Jahren. *Die alten Feinde.* Sie hatten viele Namen. *Der Felsen. Der Thron Petri. Der Apostolische Stuhl.* Sie kannte Menschen bei *den alten Feinden.* Es gab eine Möglichkeit, die sie retten konnte oder sie sofort das Leben kosten könnte.

Doch es musste jetzt sein. *Du musst es jetzt tun,* dachte sie, *Kein Sieg ohne Feinde.* Sie griff zum Telefon, hob den Hörer ab und ging unschlüssig mit dem Hörer in dem großen Raum mit den hohen Fenstern auf und ab – wie ein Tiger an der Kette.

Dann ließ sie den Hörer krachend auf die Gabel fallen. War sie völlig verrückt geworden? Das Telefon war überwacht, das Büro verwanzt, vielleicht sogar ihre Kleidung. Sie würde in die City gehen, sich neu einkleiden und mit einem Leihwagen weit hinaus aufs Land fahren. Besser gesagt, drei Leihwagen, alle 50 Kilometer einen neuen. Dort draußen würde sie telefonieren. Von einer öffentlichen Telefonzelle aus. Mit dem, der in Rom am Heiligen Stuhl einer Organisation vorstand, von der sogar im Vatikan kaum jemand wusste, dass es sie gab. Der den gleichen Namen trug wie der heidnische Kaiser, der sich im Jahre 312 nach seinem Sieg an der Milvischen Brücke zum Christen taufen ließ. Constantino.

Constantino Kardinal Coreolanus.

BERLIN
DIENSTAG, 2. JANUAR
23:30 UHR

41

Sarah und Vincent durchquerten den klassizistischen Innenhof, der zum Haupteingang der Staatsbibliothek führte. Winterfeld hatte ihnen seinen Schlüssel für das Haupttor überlassen.

Sarah hielt dem Pförtner von der Nachtwache im Foyer ihren Ausweis hin. »Ich bringe heute mal Besuch mit«, sagte sie.

»Nur zu«, sagte der, »viel Spaß beim Lesen.«

»Ich bin nachts öfter mal hier«, sagte Sarah im Lesesaal zu Vincent, der sie erstaunt anblickte. »Das habe ich von Winterfeld übernommen. Er sitzt gelegentlich hier, um Ruhe zu haben. Und er hat recht, man hat hier wirklich Ruhe.« Sie schaute um sich. »Diese Bücherregale um einen herum sind ein wenig wie ein Schutzschild, der die Welt ausschließt. Findest du nicht?« Sie blickte ihn an.

»Nachts schon«, sagte Vincent. »Tagsüber ist es eher wie in einem Ameisenhaufen. Erstsemester, die in der Kunstgeschichte nach Biologie- oder BWL-Büchern suchen. Aber gut zu wissen, wo ich in Zukunft einen Nachtschlüssel kriegen kann!« Sie betraten den großen Lesesaal. Regale, die sich bis zu vier Meter in die Höhe reckten, erhoben sich zur barocken Stuckdecke und Online-Datenbanken surrten leise im Halbdunkel.

Sarah legte ihren Mantel auf einen der Tische. »Vielleicht schauen wir als Erstes einmal, von wem dieser Spruch ist, der dort in Blut an der Wand stand? *Ite domum saturae, venit Hesperus, ite cappelae.*«

»Kein Problem.« Vincent loggte sich mit seiner ID in den Computer ein. »Versuchen wir mal die einfache Variante«, murmelte er und tippte *›Ite domum saturae‹*. Das Stichwortverzeichnis listete einige Hundert Ergebnisse auf. Einer bezog sich auf eine *10. Ekloge*. »Vergil«, sagte Vincent. Er ging zu einem der Regale und nahm eine zweisprachige Ausgabe der Werke Vergils heraus. Sarah überflog weiter die Hinweise auf dem Bildschirm.

Vincent legte das Buch auf den Tisch und blätterte aufgeregt durch die Seiten.

»Was sind denn diese *Eklogen*?«, fragte Sarah, so wie sie damals nach Dupin gefragt hatte.

»Hirtengedichte«, sagte Vincent und blätterte zur zehnten *Ekloge*, »eigentlich kommt es vom griechischen *eklegein,* was so viel wie *auswählen* heißt. Da es sich bei den *Eklogen* aber um die Stammform der Hirtengedichte handelt, meint man eigentlich immer Hirtengedichte, wenn man von *Eklogen* spricht.« Plötzlich machten die Pflichtseminare zur römischen Literatur Sinn, die er während des Hauptstudiums vor Beginn seiner Dissertation durchlitten hatte.

»Und wer ist dieser Vergil?«

»Ein römischer Dichter. Lebte von 70 bis 19 vor Christi Geburt, also zu Zeiten des Kaisers Augustus.«

»*Der* Kaiser Augustus?«, fragte Sarah. *»... es begab sich aber zu der Zeit, dass ein Gebot von dem Kaiser Augustus ausging, dass alle Welt geschätzt würde.«*

»Genau *der* Augustus«, sagte er dann. »Vergil schrieb auch die *Aeneis*, das Epos über den Untergang Trojas und die Gründung Roms. Aeneas flieht aus dem brennenden Troja und wird von den Göttern beauftragt, Rom zu gründen. Als Vergil an der Geschichte schrieb, war auch die Zeit, in der Jesus Christus geboren wurde.«

»Passend zu Weihnachten«, sagte Sarah. Es kam ihr immer noch unglaublich vor, dass das Fest erst seit einer Woche vorüber war, so viel wie in der Zwischenzeit passiert war. »Aber was hat es nun mit diesem Spruch auf sich?«

Vincent hörte nicht zu und ließ die Seiten durch die Finger rauschen. Dann hatte er ihn, den Vers, den die Mörder in ein Menetekel verwandelt hatten.

»Da haben wir's!« Er las vor:

Surgamus, solet esse gravis cantantibus umbra,
Iuniperi gravis umbra, nocent et frugibus umbrae.
Ite domum saturae, venit Hesperus, ite cappelae.

Stehn wir auf;
leicht fühlet ein Singender Schwere des Schattens,
Schattend beschwert Wacholder;
dem Korn auch schadet Beschattung.
Heim nun, Hesperus kommt,
geht heim, ihr gesättigten Ziegen.

»Heim nun, Hesperus kommt, geht heim, ihr gesättigten Ziegen?«, fragte Sarah und schaute selbst in das Buch. Auf ihrer Stirn war eine Falte. »Welche Ziegen?«

»Vielleicht meinen die damit Miller und Thomson?«

»Aber was soll das dann heißen?« Sie beugte sich über Vincents Schulter und er roch ihr Parfüm. »Und was hat das mit der 34 und der 54 zu tun? Und *ich werde ihn begleiten*?«

Vincent zuckte die Schultern. »Miller begleitet 34 Ziegen und später hat er 54?« Er schaute Sarah scheinbar beifallheischend an. »Nein?« Sarah setzte einen gespielt strafenden Blick auf.

»Kommt danach noch irgendwas?«, fragte sie.

»Nein, das ist der letzte Vers. Mehr kommt nicht.«

»Irgendwas muss da sein.« Sarah starrte verbissen auf den Text. »Irgendwas fehlt noch.«

Beide starrten eine Weile abwechselnd auf Buch und Bildschirm.

»Ich gehe mal Kaffee holen, das dauert hier wohl noch eine Weile«, sagte Vincent und stand auf.

Als er draußen am Automaten zwei Kaffee in dünnen Plastikbechern holte, sah er den Pförtner, der über seinem Kreuzworträtsel eingenickt war. Draußen zogen vereinzelte Schneeflocken an den großen Fenstern vorbei.

42

LONDON
DIENSTAG, 2. JANUAR
23:30 UHR

Die Fleet Street in der Nähe des Gerichtsgebäudes war in der nächtlichen Kälte fast menschenleer, das *After Christmas Shopping* im nahe liegenden Strand und Kingsway für heute längst beendet. Einige Taxen durchkreuzten die Nacht. Das Europa-Hauptquartier von *Silverman & Cromwell* erhob sich in seiner klassizistischen Fassade stolz und streng gegen den dunklen Sternenhimmel. Security-Kräfte im Foyer lasen Zeitung und langweilten sich, während im hinteren Teil des Gebäudes noch reger Betrieb herrschte.

Marcus Wagner saß in seinem Büro an seinem Computer und glich einige Ausdrucke mit einer Excel-Tabelle auf dem Bildschirm ab. Seine Hände zitterten und sein Kopf war kurz davor, vor Müdigkeit auf die Tastatur zu fallen. Einzig und allein das Adrenalin, das ihn in immer neuen Schüben durchströmte, hielt ihn wach. Vor einigen Minuten war Michael Davids bei ihm gewesen, der *Managing Director*, der in London das Geschäft mit Fusionen und Übernahmen steuerte. Ob denn alles klar wäre bei ihm, hatte er gefragt. Bullet und Pistol, seine beiden Hunde, hatten hinter ihm gestanden. Michael Davids besaß zwei Kampfhunde und zwei Leibwächter, seit ein Kunde, den die Bank bei einer Finanzierung im Regen hatte stehen lassen, einen Killer auf ihn angesetzt hatte. *Nur die Paranoiden überleben,* pflegte Davids immer zu sagen.

Marcus hatte genickt und versucht, sich zusammenzureißen.

›Einen schönen Start ins neue Jahr. Wir sehen uns morgen im Meeting.‹ Davids hatte die Tür hinter sich zugezogen.

Marcus schaute auf die Tür und massierte dann seine schmerzenden Schläfen. Er war nach seiner Ankunft in Heathrow direkt in die Firma gefahren.

Wir sehen uns morgen im Meeting. Es gab noch einiges zu tun bis morgen. *Equinox Enterprises,* ein mittelgroßer Anbieter für Halbleitertechnik, sollte von einem globalen Software-Konzern übernommen werden und jetzt ging es in die heiße Phase. Mitte Februar sollte der gesamte Deal über die Bühne gehen, und in den letzten Wochen davor konnte es sehr hektisch werden. Die Finanzierung würde über Fremdkapital laufen. Dafür sollten Anleihen mit geringer Bonität und hoher Verzinsung am Markt platziert werden, sogenannte Junk Bonds. Diese wurden gemeinsam von *Silverman & Cromwell* und *Mandrake Investment* emittiert. Seit den Erfahrungen der letzten Tage war er ähnlich paranoid geworden wie Davids mit seinen zwei Kampfhunden.

Marcus blickte wieder auf die Liste. *Mandrake Investment.* Er hatte noch nie von ihnen gehört, das beunruhigte ihn, also hatte er mit Nachforschungen angefangen.

Die Liste zeigte einige Transaktionen von *Mandrake Investment*, Finanzierungen, Aktienkäufe und Anleihenkäufe. Ein Kollege aus dem Risikomanagement mit guten Verbindungen zur Aufsichtsbehörde hatte sie für ihn beschafft. Es verstieß gegen das Bankgeheimnis, die Transaktionen anderer Firmen zu verfolgen. Doch Marcus wusste nun einmal gern, mit wem er Geschäfte machte. *Mandrake* verstanden ihr Geschäft, doch die Junk Bonds mussten schnell platziert werden, und Marcus kaufte ungern die Katze im Sack.

Er blickte über die Zahlenkolonnen und die Börsenkürzel. *Emission von XY Anleihen, Verkauf von XY Kaufoptionen, Kauf von 100 000 XY Aktien, Kauf von 5 Millionen PIC Verkaufsoptionen …*

Plötzlich stutzte er. Kauf von 5 Millionen PIC-Verkaufsoptionen? PIC war das Börsenkürzel für *Promethean Industries Corporation.* Jemand hatte darauf gewettet, dass der Kurs von *Promethean Industries* fallen würde. Order vom Freitag, 29. Dezember, kurz vor Silvester. Die Optionen mussten nun ein Vermögen wert sein.

Marcus blickte angestrengt über die in winziger Schrift ausgedruckten Zahlen und Buchstaben. *Dashe Corporation,* New York. Von denen hatte er noch nie gehört. Insiderhandel?

Aber wer konnte schon wissen, dass Hill getötet werden sollte? Es sei denn, er hätte ihn selbst getötet. Er dachte an Vincents Gesicht, als er von den möglichen Leerverkäufen auf *Promethean Industries* erzählt hatte, das von ihm erst als Scherz gemeint worden war. Plötzlich schien es furchtbare Realität zu sein, denn dort standen noch andere Transaktionen, ebenfalls datiert auf den 29.12., diesmal die Bereitstellung von Kreditlinien. Nicht gerade Peanuts. 1,5 Milliarden Dollar an *Tere-Med. Enterprises,* 2 Milliarden an *Soepondi-Commercial* und 2,5 Milliarden an die *Suez Credit Company.* Marcus schaute von einem Namen zum anderen. Er kannte diese Firmen nicht, es würden wohl kleine Investment-Boutiquen sein, Hedgefonds, Private-Equity-Firmen, die für irgendeine Transaktion Fremdkapital brauchten. Dennoch, Kreditlinien von 2 Milliarden für *No Names,* das war beachtlich. Gerade in dieser Zeit, wo niemand Geld herausrückte. Wer haftete? Steckte ein größerer Player dahinter, der sich tarnen wollte? Und hatte der vielleicht etwas mit den Verkaufsoptionen zu tun?

Er ging zum Kopierer, machte einen Abzug der Transaktionsliste von *Mandrake Investment* und steckte die Kopie in seine Aktentasche. Es war eben gut, zu wissen, mit wem man es zu tun hatte, und immer besser, ein Ass im Ärmel zu haben. Für den Fall der Fälle.

43

ROM
MITTWOCH, 3. JANUAR
02:00 UHR

»Es ist spät«, sagte die tiefe und sonore Stimme des Mannes am anderen Ende der Leitung mit einem leichten italienischen Akzent.

»Ich weiß, Exzellenz, aber es ist sehr wichtig.« Die Telefonzelle in New Jersey, in der Nemesis stand, lag genau an einer Eisenbahnbrücke, und sie musste den Hörer ans Ohr pressen, um die leise Stimme des Kardinals zu verstehen. Es schneite, und die feuchte Kälte des Schnees kroch durch ihre Schuhe und ihre Kleidung.

»Nun ja, das Gastmahl des Lammes steht jedem zu jeder Zeit offen.« Der Kardinal atmete hörbar ein. »Was hast du mir zu sagen?«

»Ich steige aus. Und ich werde Ihnen Informationen liefern. Über Ihre Feinde.«

Er ließ die Glieder des Rosenkranzes durch die Finger gleiten. Es war Mittwoch, der Tag der glorreichen Geheimnisse, die den fünf Gliedern des Rosenkranzes entsprachen. Die Auferstehung, die Himmelfahrt Christi, die Herabkunft des Heiligen Geistes, die Himmelfahrt Marias und die Krönung zur Königin des Himmels. *Würde heute auch ein Tag eines glorreichen Geheimnisses sein, das enthüllt werden würde?*

»Zunächst einmal sprechen wir über dich, meine verlorene Schwester«, sagte Coreolanus. »Sie wollen dich töten, habe ich recht?«

»Ja.«

»Du hast über den Tod nachgedacht? Und über das Sterben?«

Sie antwortete nicht. Nickte nur. Er schien es zu spüren.

»Und wenn du jetzt sterben solltest, wie würdest du dann vor Gott treten? Mit einem reinen Herzen?«

Stille.

Er sprach weiter. »Oder nicht etwa mit einem Gewissen, das jeden Tag zu dir schreit, wie das Blut des erschlagenen Abels auf dem Feld zum Herren schrie, für all das Unrecht, das du begangen hast, all die Morde, die du im Namen des Wächters und seines Gehilfen verübt hast?«

Nemesis sagte nichts.

»Bedenke, dass es die Hölle gibt und dass es sie immer geben wird.«

Nemesis rang nach Worten. »Ich glaube, ich habe viel zu beichten.«

»Ich höre dir zu.«

»Ich habe für Geld getötet«, sagte Nemesis. »Viele Menschen. Ich habe sie getäuscht und verführt. Ich habe sie vergiftet und irgendwo tot zurückgelassen.« Ihre Augen füllten sich plötzlich mit Tränen. »Ich war eine Söldnerin des Bösen. Ich kann es nicht ungeschehen machen. Dennoch bitte ich um Vergebung.«

»*Viele* Menschen?«

»Sehr viele.« Tränen, die sie lange zurückgehalten hatte, fielen zu Boden und vermischten sich mit dem matschigen Schnee am Boden der Telefonzelle.

Der Kardinal schwieg eine Weile.

»Deine Vergehen sind furchtbar, und es ist gerecht, dass du jetzt leidest«, sagte er. »Doch du weißt, dass Gott, der barmherzige und allmächtige Vater, durch den Tod und die Auferstehung seines Sohnes die Welt mit sich versöhnt und den Heiligen Geist gesandt hat zur Vergebung der Sünden.« Er machte ein Kreuzzeichen in der Luft. »So spreche ich dich los von deinen Sünden. *Et ego te absolvo a pecatis tuis.* Gehe hin und sündige hinfort nicht mehr.«

Nach einer Pause sprach der Kardinal weiter. »Du bist spät gekommen, aber nicht zu spät«, sagte er. »Und damit ist das Wichtigste geschafft: Wir haben dich gerettet.« Es lag fast etwas Fröhliches in seiner Stimme, bevor er die Tonlage senkte. »Kommen wir nun zum Unwichtigen: der Wächter und Tyron, was haben sie vor?«

Nemesis schluckte kurz und begann zu erzählen.

44

BERLIN
MITTWOCH, 3. JANUAR
03:00 UHR

Eine nahe Kirchenuhr schlug dreimal. Vincent warf zornig seinen Stift zu Boden und klappte das Buch über Zahlenmystik zu. »Verdammt noch mal, nichts passt«, rief er, »drei wie die Heilige Dreifaltigkeit, vier wie die vier Elemente, fünf, die Zahl des Menschen und des Pentagramms. Aber kein Zusammenhang!«

Er stand auf und streckte die Arme zur Decke. »Hesperus ist der Abendstern«, fuhr er fort, »aber der Planet Venus, der sich dahinter verbirgt, ist gleichzeitig auch der Morgenstern, den die Griechen Phosphorus nannten und die Römer …«

Vincent kam nicht dazu, den Satz zu beenden, da Sarah ihn unterbrach.

»Und fünf ist die Zahl der Venus«, sagte sie und tippte auf eine Stelle in ihrem Buch. »Früher wurde der sechste Wochentag *Veneris dies* genannt, heute ist es der fünfte, also der Freitag. Im Italienischen *Venerdì*, im Französischen *Vendredi*.« Sie zupfte an ihrem Ohrläppchen, während sie nachdachte. »Aber gibt es da eine Verbindung zu Vergil?«

Vincent setzte sich auf den Tisch und sortierte die fünf Kaffeebecher, die vor ihm standen, als wollte er damit Hütchen spielen. »Wenn wir unbedingt wollen, können wir überall Verbindungen finden. Vergil ist ja sozusagen der Hausdichter des Kaisers Augustus, der wiederum ein Freund von Julius Cäsar war. Cäsar entstammte dem Geschlecht der Julier, daher Julius. Die Julier haben sich auf Iulus zurückgeführt, den Sohn des Aeneas, der Sage nach der Gründer Roms. Aeneas wurde von Anchises und der Venus gezeugt, das macht Iulus zum Enkel der Venus. Und Vergil war es, der die *Aeneis* schrieb, das Epos über die Gründung Roms.« Er schaute Sarah an. »Die Frage ist, ob solche Verbindungen uns weiterhelfen.«

Sie lächelte und unterdrückte ein Gähnen. »Ich fürchte nein.«

Er nickte. »Das fürchte ich auch.« Er schob die Kaffeebecher hin und her wie Figuren auf einem Schachbrett. »Was ist denn mit *Ich werde ihn begleiten*?«

Sarah nickte nachdenklich. Sie war fast noch hübscher, wenn sie so angestrengt nachdachte. Vincent fragte sich, ob das schon immer so war oder ob es ihm nur nicht aufgefallen war.

»*Ich* ist Mr. Miller«, begann sie. »Es war in sein Auge eintätowiert, und es war mit seinem Blut geschrieben. Miller ist die Medusa.«

»Aber die Medusa begleitet doch niemanden mehr irgendwohin, nachdem Perseus sie geköpft hat«, sagte Vincent.

Sarah legte den Kopf schief. »Auch wieder wahr.«

Sie schaute angestrengt in die Tiefe des Lesesaals, ihre Augen waren zusammengezogen, als stünde sie kurz vor einem Geistesblitz. »Das Blut an der Wand ist von Miller. Und der Spruch ist von Vergil. Dann muss es doch eine Beziehung zwischen Miller und Vergil geben, oder?«

Vincent wackelte mit dem Kopf. »Das kommt darauf an, auf wen sich das *Ich* bezieht. Eigentlich dachte ich, es wäre der Hirte, aber es könnte …«

»… Vergil selbst sein?«, fragte Sarah. »Das heißt, Vergil begleitet irgendjemanden? *Ich, Vergil,* werde irgendjemanden begleiten. Und wen?«

Vincent stellte die Becher in einer Reihe nebeneinander und blinzelte über die Becherränder hinweg. »Wir haben den Spruch mit dem Abendstern, der sich auf Vergil bezieht. Wir haben die Information, dass Vergil jemanden begleitet. Und wir haben die Zahl 34/54. Die Person, die Vergil in der Zukunft begleitet, muss die Zahl sein.«

»Aber wie kann man eine Zahl begleiten?«, fragte Sarah. »Und vor allem: Wen begleitet denn bitte schön Vergil in der Zukunft? Das ist die Antike und nicht Science-Fiction.« Sie sah Vincent an. »Wir sind hier doch nicht bei *Terminator*!«

»Aber bei Dante!«, rief Vincent aus. Aus heiterem Himmel war es ihm eingefallen. Er hatte es in Rom gelesen, er erinnerte sich an den Besitzer des Antiquariats in einer Nebenstraße am Pantheon, einen untersetzten, älteren Herrn mit schmierigen, grauen Haaren, der ihm gönnerhaft das besagte Buch für zwanzig Euro verkauft hatte. *Un capolavoro – ein Meisterwerk,* hatte der Antiquar gesagt, gegrinst und ihm das handliche, etwas abgewetzte, in rotes Leder gebundene Buch überreicht.

»Dante?«, fragte Sarah.

»Ja, Dante Alighieri, die *Göttliche Komödie*. Der wird von Vergil begleitet!«

»Hmm, da klingelt es leise bei mir«, sagte Sarah. »Mittelalterlich, oder?«

»Es ist *das* Werk des Mittelalters. Und zudem das erste und bis heute bedeutendste Werk der italienischen Literatur!« Vincent dozierte wie der Professor, der er in Zukunft gerne sein wollte. »Dante ist der mit Abstand wichtigste Dichter des europäischen Mittelalters und seine *Göttliche Komödie* die Zusammenfassung des mittelalterlichen Denkens. Sozusagen die Einleitung zur Renaissance.«

»Ich hole eine Ausgabe der *Göttlichen Komödie* und bin sofort wieder da«, rief er und verschwand.

Nach kurzer Zeit kam Vincent mit einem dicken, zweisprachigen Werk zurück, einer Schmuckausgabe mit den düsteren Illustrationen Gustave Dorés. Tiefe Schluchten und Krater, endlose Wälder und Ebenen und Dämonengestalten, die mit Fledermausflügeln durch die Tiefen der Höllenkreise flogen oder ihren eigenen Kopf in den Händen hielten, blickten ihnen aus den Kupferstichen entgegen.

»Die Reise beginnt in der Hölle«, sagte Vincent und las die ersten Verse:

Auf halbem Wege dieser Lebensreise
Fand ich in einem dunklen Walde mich,
Weil ich verirrt war von dem rechten Gleise.
Zu sagen, wie er war, ist fürchterlich . . .

»Dante irrt durch den Wald der Laster und der Verlockungen.«

»Ja, und?«, fragte Sarah, beugte sich vor und warf dabei die leeren Becher um. Vincent überflog den Kommentar zum ersten Gesang. »Nach dem Psalmisten währt ein Menschenleben 70 Jahre, Dante ist also jetzt 35 Jahre alt. Er läuft Gefahr, den Verlockungen der Sünde zu erliegen, da wird ihm das Sinnbild der höchsten Bildung und Weisheit geschickt: Vergil.«

Wie ich hinunterfloh vor ihrem Grimme,
Trat mir vor Augen einer nahebei,
Dem rau von langem Schweigen schien die Stimme.

»Schön geschrieben«, sagte Sarah.

»Dante ist eben der Dichterfürst«, sagte Vincent. »Später wird in diesem Gesang auch die *Aeneis* von Vergil erwähnt und ihre Ursprünge im brennenden Troja, das Dante nach Homer *Illion* nennt.«

Sarah hörte interessiert zu, aber mit einem Gesicht, das deutliche Desorientierung zeigte. Vincent zwang sich, seine Begeisterung im Zaum zu halten. Er atmete durch und las weiter, blätterte um, versuchte das Wichtige vom Schönen, aber Unwichtigen, zu trennen.

Sarah erhob sich. »Was haben wir denn jetzt? Wir haben Vergil, wir haben Dante. Jetzt fehlt nur noch die Bedeutung 34/54.«

»Du hast recht«, sagte Vincent. »Damit können eigentlich nur die Gesänge und die Zeilen gemeint sein.« Er blätterte durch die Seiten.

Sarahs Augen leuchteten auf, als hoffe sie, dass im ersten Kapitel des Buches die Namen und Adressen der Mörder stehen würden. Sie blickte über seine Schulter und er roch wieder ihr Parfüm. Es war das Parfüm, das sie auch an dem Abend getragen hatte, als sie Rioja getrunken und über Auguste Dupin diskutiert hatten. »Hölle, Gesang 34, Absatz 54«, murmelte er. Dann hatte er die Seite gefunden und hielt kurz inne. »O mein Gott!«

»Die Täter?«, fragte Sarah.

»Wie man es nimmt …«, korrigierte Vincent. »Sie begegnen Satan selbst. Hör zu.«

Und Tränen trief der Geifer von drei Kinnen.
Die drei Gebisse käu'n mit gleicher Wut
Je einen Sünder, ähnlich Brechmaschinen,
Sodass er ihrer dreien wehe tut.
Das Beißen war dem vordersten von ihnen
Nichts gegen das Zerkrallen, weil durchaus
Von Haut entblößt des Rückens Muskeln schienen.
Der droben hält die größte Marter aus;
Ischariot ist's (so sprach der Meister wieder);
Der Kopf ist drin, die Beine stehn heraus.
Den andern beiden hängt der Kopf hernieder;
Der an der schwarzen Schnauz' ist Brutus' Geist;
Schau, wie er lautlos hängt und krümmt die Glieder.
Und Cassius ist der andre, stark und feist.
Indes die Nacht kommt, Zeit wär's, dass wir gingen,
Nun du gesehen hast, was die Höll umkreist.

»Das ist Dantes Beschreibung des Teufels?«, fragte Sarah. Vincent nickte. »So ist es. Bei Dante ragt der Teufel fünfhundert Meter aus dem Eis heraus und überwacht von dort aus die neun Stufen der Hölle mit seinen sechs Augen, wie eine Spinne in einem riesigen Netz.«

»Und wir haben auch wieder den Bezug zu Vergil. Dante verehrte Vergil und Vergil verehrte Augustus, den Gefolgsmann Julius Cäsars. Cäsar war sozusagen Augustus' Ziehvater. Daher befördert Dante die Cäsarmörder Brutus und Cassius in die Hölle – zusammen mit Judas Ischariot, dem Verräter Christi und damit dem größten Sünder von allen.«

»Schön«, meinte Sarah trocken und schob die Kaffeebecher zusammen, »das ist dann also die Lösung des Falles: Der Teufel zerkaut die Sünder.«

Vincent starrte angestrengt zur Decke. »Es soll wahrscheinlich auf irgendeinen Zusammenhang hingewiesen werden«, vermutete er. »Irgendeine Rolle Satans, die noch jemand anderen einschließt. Ich habe da beim Studium mal von gehört, kann mich aber nicht mehr genau erinnern.«

»Wer könnte sich daran erinnern?«, fragte Sarah.

»Einer meiner Professoren vielleicht.« Er blickte nachdenklich zur Wand. »Richard Stokes«, sagte er dann. »Ich kenne ihn noch aus England. Er hat einmal eine ziemlich unheimliche Theorie entwickelt, die allerdings kaum bekannt ist und in der Fachwelt auch nicht ganz ernst genommen wird. Wenn ich mich recht entsinne, ist er sogar über Silvester in Berlin.« Er schaute Sarah an. »Wir wollten uns eigentlich ohnehin treffen. Wenn wir Glück haben, erwischen wir ihn morgen noch.«

»Und der kennt sich da aus?«

»Wenn er uns nicht weiterhelfen kann, dann niemand.«

»Da fällt mir aber noch etwas ein«, sagte Sarah, die weiter in dem Buch blätterte. »Was ist denn, wenn es ein anderer Teil ist? Die Göttliche Komödie hat doch, soweit ich gesehen habe, drei Teile.«

»Das stimmt«, sagte Vincent. »Hölle, Fegefeuer und Paradies. Aber die Hölle ist der längste Teil. Der einzige Teil, der 34 Gesänge hat, die anderen beiden haben nur jeweils 33.« Er blätterte durch die Seiten. »Uns interessiert eben das Böse mehr als das Gute.« Er zuckte die Schultern.

»Und es gibt noch einen Grund«, fuhr er fort. »In dem Vergil-Spruch an der Wand hieß es *venit Hesperus*. Hesperus ist der Abendstern, der bei den Griechen auch *Phosphorus* genannt wird. Bei den Römern wird dieser Stern ›Lichtbringer‹ genannt – auf Lateinisch *Lucifer*.«

»*Venit Hesperus* kann auch so viel heißen wie *Luzifer kommt*?«, fragte Sarah. Sie schlug ihm leicht auf den Arm. »Wieso sagst du das erst jetzt?«

»Du hast mich ja vorhin unterbrochen.« Abgelenkt hatte sie ihn ohnehin die ganze Zeit.

»Von wegen! Trotzdem, gute Arbeit!«, sagte sie und erhob sich. »Dann sollten wir morgen herausfinden, was dein Professor zu diesem Zusammenhang mit Satan sagen kann. Hoffentlich ist er noch in Deutschland!« Sie dachte kurz nach, ob sie den Professor nicht noch heute Nacht aufsuchen sollten, überlegte es sich aber nach einem Blick auf die Uhr anders. »Jetzt muss ich aber erst einmal etwas essen – kommst du mit? Ich zahle auch, wie versprochen!«

45

NEW YORK CITY
DIENSTAG, 2. JANUAR
21:30 UHR

Tyron hielt das Telefon ans Ohr und wartete auf die Stimme des Wächters.

»Wird Murphy es tun?«, fragte die Stimme.

»Das wird er«, sagte Tyron.

»Wird er es verkraften?«

»Ich glaube kaum. Nachdem er die erste Person in seinem Leben erschossen hat, werden ihn Schuldgefühle plagen. Er wird sich ausweinen müssen.«

»Bei uns?«

»Bei wem sonst?«

»Dann wird er Ratschläge brauchen«, sagte der Wächter.

Tyron nickte. »Ebenfalls von uns.«

»Und wir gewinnen.«

»Tun wir das nicht immer?«

BERLIN
MITTWOCH, 3. JANUAR
08:00 UHR

46

Irgendwo klingelte ein Telefon, und Sarah fuhr erschreckt auf. Sie schaute sich um. *Ihr Büro, die Nacht in der Bibliothek, Dante. Und Vincent.* Geschlafen hatten sie in dieser Nacht dann doch nicht mehr. Von den gerade mal zwei Stunden auf den Sesseln in ihrem Büro einmal abgesehen.

Doch es waren nicht nur die jüngsten Erinnerungen, die in ihrem Kopf kreisten. Sie erschrak noch immer, wenn sie aus einem tiefen Schlaf geweckt wurde. Sie kannte den Grund, auch wenn es früher nicht der Wecker gewesen war, sondern das Schreien ihrer Mutter, an dem die Wende genauso schuld war wie ihr Vater. Er war bei der Stasi gewesen. Nach der Wende wurde er verhört, aber da man ihm nichts nachweisen konnte, in eine Art Vorruhestand versetzt. Man hätte es auch Zwangsbeurlaubung nennen können. Seitdem saß er zu Hause, bekam eine kleine Rente, und da er nun niemanden mehr zu überwachen hatte, überwachte er seine Familie. Sarahs Geschwister, allesamt älter als sie, flüchteten nach ihrer Ausbildung schnell aus dem elterlichen Haus, und sie blieb zurück. Oft war sie nachts wach geworden, wenn ihr Vater ihre Mutter anschrie und schlug. Sie würde noch lange Zeit nachts hochfahren. Schreie, Klingeln, Schläge, alles klang zunächst gleich in der diffusen Dämmerung des Schlafes. Ihre Mutter ließ sich alles gefallen, weinte, schwor sich, ihn zu verlassen, und blieb dann doch. Ihre Lage war trostlos und sie würde es bleiben, denn selbst für eine Tragödie war Hilde Jakobs zu schwach.

»Ich wünsche euch alles Gute und alles Schlechte, denn ihr braucht beide Erfahrungen, um als Menschen zu wachsen.« Das hatte ihr Lehrer damals gesagt. »Bleibt einzigartig, aber entwickelt euch. Sein und werden: Das ist es, worum es im Leben geht.« *Sein und werden.* Weit weg *sein* von ihrem Vater, nie so *werden* wie ihre Mutter. Darum war sie hier. In Berlin. Bei der Polizei.

Und sie hatte es geschafft, dank ihres Willens, weiterzukommen. Niemals mit dem zufrieden zu sein, was war und was ist. Vielleicht war ihr Vater der Grund, warum sie schließlich in die Abteilung für Wirtschaftskriminalität gewechselt und nicht bei Winterfeld in der Mordkommission geblieben war. Anonyme Zahlen zu kontrollieren, Insider-Informationen zu überprüfen und korrupte Konzernchefs, käufliche Politiker und Bosse von Schieberbanden zu verhaften erinnerte sie nicht täglich an die Tragödie des eigenen Lebens – oder besser, ihrer eigenen Vergangenheit. *Alles Gute und alles Schlechte,* hatte der Lehrer damals gesagt. Auch wenn sie mit Religion nie sonderlich viel am Hut gehabt hatte, musste sie über den Teufel und die Hölle bei Dante nachdenken. Lebte nicht jeder Mensch zuweilen in einer eigenen Hölle? Und war es nicht die Kunst des Lebens, aus dem Schlechten immer etwas Gutes zu machen? Was das anging, war ihr das, als jüngste Hauptkommissarin im LKA, in jedem Fall gelungen. Und es half ihr zu wissen, dass sie am Ende etwas Gutes tat.

Als das Frühstück, bestehend aus einem Croissant vom Bäcker und einem Kaffee aus der rumpelnden Kaffeemaschine auf dem Flur des LKA, eingenommen war, hatte Hermann schon die Mappen mit dem offiziellen Obduktionsbericht parat. Es hatte sich nichts Neues ergeben, aber ehe Winterfeld, der in einer meditativen Minute vor dem offenen Fenster wieder nach draußen geraucht hatte, sich dessen sicher war, hatte Vincent schon Professor Stokes angerufen. Er war glücklicherweise noch in Berlin, allerdings bereits in Vorbereitung seiner Abreise nach London, da er zu einem Vortrag im Britischen Museum erwartet wurde.

Richard C. Stokes, Professor für Kunstgeschichte am Merton College in Oxford, hatte ein Zimmer im Ritz-Carlton am Potsdamer Platz, dort, wo Vincent in der Silvesternacht dem Feuerwerk zugeschaut hatte. Er stand in der Hotellobby, seine Aktentasche und seinen Rollkoffer neben sich. Das Taxi zum Flughafen wartete schon, als Sarah und Vincent aus ihrem Taxi stiegen und die letzten Meter zu Fuß in die Eingangshalle hetzten.

Stokes, etwa Mitte 60, trug einen dunkelblauen Wollmantel über seinem Tweed-Jackett. Seine Augen blitzten unter einer gold geränderten Brille hervor. Um seinen Mund über dem energischen Kinn, das von einem kurzen, grauen Bart umrahmt war, spielte stets ein leichtes, halb ironisches, halb melancholisches Lächeln, das den Gelehrten eigen ist, die zwar wissen, dass sich in der Geschichte vieles wiederholt, die aber dennoch ahnen, dass sie niemals alles erfassen können, was sich ereignet hat.

»Five minutes, my dear Vincent«, sagte er und hob alle fünf Finger der linken Hand, nachdem Vincent Sarah und Stokes einander vorgestellt hatte. »Noch bin ich nicht so weit, dass Flugzeuge auf mich warten. Und die Renaissance Society nachher im British Museum erst recht nicht.«

Sarah zeigte ihm die Mappe mit den Fotos, während sie in der Lobby standen, und Vincent versuchte so gut es ging, die Bilder vor vorbeigehenden Hotelgästen abzuschirmen. Stokes putzte die Gläser seiner Brille, betrachtete erst die Fotos und dann, über den Brillenrand hinweg, ihre Gesichter und sagte: »Ja, ganz richtig, Sie haben ja doch was behalten! Perseus mit dem Haupt der Medusa. Ganz genau!« Er kniff die Augen zusammen und fixierte die Fotos prüfend noch einmal. »Die kulturelle Semantik des Enthauptens, Vincent, das kennen Sie ja«, murmelte er. »Die Darstellung des abgetrennten, in Nahaufnahme vorgewiesenen Hauptes verwandelt das Bildnis der Person ins Bildzeichen ihrer Auslöschung. Aber hier mit echten Personen! Grauenhaft. Genial und grauenhaft.«

Für Stokes schien die Installation in dem Bunker ein weiteres Kunstwerk zu sein, das er interpretieren musste, wie die Plastik von Cellini in Florenz.

Stokes sah auf die Uhr. »Unglaublich«, sagte er. »Renaissancekunst und Ritualmord. Das wäre mal ein schönes Thema für eine wissenschaftliche Arbeit. Ich schreib' Ihnen auch ein Vorwort.« Er schaute Vincent aufmunternd an. Dann blickte er Richtung Taxi. »War es das, was sie mir zeigen wollten?«

»Nicht ganz«, sagte Sarah schnell und wusste, dass sie kurz davor war, sämtliche Vertraulichkeitsregeln des LKA zu brechen. »Die Toten gehörten zu *Promethean Industries.* Haben Sie Zeitung gelesen? Der Konzern, der Neujahr mit Stuart Hill seinen Vorstandsvorsitzenden verloren hat. Und dessen Aktie jetzt beispiellos in den Keller rauscht.«

Stokes Augen wurden größer und er putzte nochmals seine Brille, während er langsam in Richtung der imposanten Eingangstür ging.

»Und bei den Leichen haben wir einen Hinweis gefunden«, ergänzte Vincent. »Auf Dantes Inferno. Die letzte Passage. Wo Dante und Vergil dem Teufel begegnen.«

Stokes schaute noch ungläubiger.

»Vincent sagte, sie hätten dazu eine Theorie und dass dies mehr als Zufall sein könnte. Dass etwas Größeres dahintersteckt.«

Stokes nickte, ohne etwas zu sagen, und bewegte sich wie hypnotisiert in Richtung des Taxistandes.

»Kein Märchen?«, fragte Sarah, als Stokes vor einem Taxi stehen blieb, während der Fahrer schon Koffer und Tasche in den Kofferraum verfrachtete.

Jetzt antwortete der Professor leise. »Wissen Sie, junge Dame«, sagte er. »Manchmal ist es besser, an Märchen zu glauben, denn die Wirklichkeit muss man ertragen können.« Plötzlich nahm er ihre Hand und drückte sie fest. »Passen Sie auf, was Sie jetzt tun. Machen Sie keine Fehler. Es ist größer als Sie glauben. Und schlimmer. Viel schlimmer.«

Sarah schaute nacheinander Stokes und dann Vincent an.

»Viel schlimmer?«

Stokes kniff die Augen zusammen. »Schauen Sie sich um«, sagte er. »Was ist geschehen? Die Aktie ist in den Keller gerauscht, haben Sie gesagt. Wir haben einen unheimlichen Investor, der durch Mord die Märkte bewegt. Wir haben eine digitale Welt, in der globale Vernetzung globale Kontrolle bedeutet. Und«, er griff ihre Hand noch fester, »wir haben einen jahrtausendealten Plan mit einem schrecklichen Ziel.«

»Mit einem schrecklichen Ziel?«, fragte Sarah. Sie spürte, dass Stokes' Betroffenheit keine pathetische Schauspielerei oder akademische Wichtigtuerei war. »Können Sie uns etwas mehr dazu erzählen? Wann können wir Sie telefonisch erreichen?«

Stokes schüttelte den Kopf. »Wenn Sie mehr darüber wissen wollen, besuchen Sie mich in Oxford. Ich werde weder telefonisch noch per E-Mail irgendetwas dazu sagen.« Er machte Anstalten, die Tür des Taxis zu öffnen.

»Nach Oxford?«, fragte Sarah. Sie dachte an den Papierkram, den ein Flug nach Oxford beim LKA verursachen würde. »Wir wissen doch nicht einmal, ob Ihre Theorie wahr ist!«

Stokes nahm auf der Rückbank des Taxis Platz und blickte sie von unten durch die geöffnete Tür an.

»Nichts ist wahr, junge Dame«, sagte er dann. »Aber alles ist möglich.«

Die Tür schlug zu und der Fahrer startete den Wagen. Sarah und Vincent blickten dem Taxi hinterher wie einer Sternschnuppe, die langsam am Firmament verschwindet.

47

NEW YORK CITY
MITTWOCH, 3. JANUAR
03:00 UHR

»Seien Sie ehrlich, Mr. Murphy«, sagte Tyron. Wieder saßen sie zusammen, wieder war es drei Uhr morgens und wieder war Murphy kurz vor dem Einschlafen.

»Es wurmt Sie doch, dass Ihre Frau das schwarze Latex-Top, das Sie ihr zum Hochzeitstag geschenkt haben, für Sie nie getragen hat? Obwohl Sie sie so oft darum gebeten haben.«

Murphy hielt das Whiskyglas mit beiden Händen umklammert, wie ein Kind eine zu große Tasse hält, und rutschte dabei auf seinem Stuhl hin und her. Seine Mundwinkel zuckten. Er wollte offenbar alles abstreiten oder herausfinden, woher Tyron das wusste, blieb dann aber bei der alten Diplomatenweisheit und sagte gar nichts.

»Nun«, meldete sich Tyron wieder, »für Sie hat sie es nie getragen, aber für Andrews wird sie es tragen.«

Auf Murphys Stirn entstand eine steile Falte. Jetzt schien ihm doch der Kragen zu platzen. »Ich denke, wir sprechen über den perfekten Mord? Was hat das mit dem Latex-Top zu tun?«

»Eine Menge«, sagte Tyron, »denn dadurch wird der Mord erst perfekt sein.«

»Andere haben auch schon gedacht, dass sie das könnten.«

Tyron zog an seiner Montechristo. »Der Unterschied ist einfach«, sagte er und blickte Murphy an. »Die anderen wissen nicht, wovon sie reden – ich schon.«

Murphy stellte das Whiskyglas auf den Tisch und rieb seine Hände. »Wie stellen Sie sich das vor?«

Tyron betrachtete die Zigarre und dann Murphy. »Zunächst einmal müssen Andrews und Ihre Frau zusammen im Bett liegen. Das arrangieren wir. Es ist nicht allzu schwer, da sie ja ohnehin eine Affäre haben und Ihre Frau bei Ihnen zu Hause ausgezogen ist.« Er prüfte Murphys Gesicht, um zu sehen, ob seine Mundwinkel wieder zuckten. »Dann müssen wir den beiden gemeinsam mit den Drinks ein Mittelchen verabreichen, damit sie etwas tiefer schlafen als gewöhnlich – allerdings nicht so tief, dass man Andrews den Mord nicht zutrauen würde. Und selbstverständlich ein Mittelchen, das die Toxikologie als Partydroge identifizieren wird.«

Murphy rückte auf seinem Stuhl nach vorne. »Und dann?«

»Dann«, sagte Tyron und zog wieder an der Zigarre, wobei seine beiden Ringe an den Fingern im Licht der Lampen aufblitzten, »dann kommen Sie ins Spiel.« Er zeigte auf Murphy. »Keiner wird bemerken, dass Sie ins Zimmer gehen, und keiner wird bemerken, dass Sie im Zimmer waren.«

»Durch Handschuhe?«

Tyron lachte innerlich. Murphy schien von Gerichtsmedizin genauso viel zu verstehen wie von Frauen.

»Handschuhe werden nicht reichen. DNA-Spuren wird man auch mit Handschuhen feststellen können. Da hilft nur ein einziger, großer Handschuh. Ein Latexanzug, der alles abschließt, sogar Mund und Nase. Beatmet werden Sie durch ein kleines Sauerstoffgerät. Und eine Taucherbrille werden Sie tragen.«

Murphy saß nun so weit vorne auf der Stuhlkante, dass

er fast herunterfiel. »Warum die Taucherbrille? Glauben Sie, dass ich weinen muss?«

Tyron betrachtete die Bauchbinde der Zigarre. *Glauben Sie, dass ich weinen muss?* Trotzig und heldenhaft vorgetragen.

»Wenn Sie zum ersten Mal einen Menschen töten, Mr. Murphy, wird Sie das, ob Sie wollen oder nicht, in Stress versetzen. Und unter Stress können Wimpern ausfallen. Wimpern, die Ihre DNA speichern. Und die können gefunden werden. Die Wahrscheinlichkeit ist äußerst gering, aber wir wollen nicht *hoffen*, wir wollen *wissen*, nicht wahr?«

Murphy nickte und rutschte ein Stück auf dem Stuhl zurück.

Tyron fuhr fort. »Dann gehen Sie zum Bett. Und jetzt passen Sie auf: Sie legen die Finger der rechten Hand von Andrews um die Waffe und den Abzug, zielen auf die Stirn Ihrer Frau und drücken dreimal ab.« Er blickte ihn an. »Dreimal, klar? Einmal ist zu wenig! Es darf keinesfalls wie Selbstmord aussehen. Und Sie lassen die Waffe in der Hand von Andrews.«

Murphy dachte sichtlich angestrengt nach. »Ich biege seine Finger um die Waffe«, sagte er. »Und ich trage die Latex-Handschuhe. Findet man denn an Andrews Händen dann Latexspuren?«

Tyron grinste und seine Zähne blitzten. »Sicher findet man die. Wie sollte man nicht?« Er lehnte sich zurück. »Schließlich hat er den ganzen Abend Ihre Frau befummelt. Und die trug ja das Latex-Top.«

Wieder zuckten Murphys Mundwinkel. Doch diesmal verzogen sie sich nach oben zu einem triumphalen Lächeln.

NEW YORK CITY
MITTWOCH, 3. JANUAR
04:30 UHR

48

Ein Servierwagen mit langer, weißer Tischdecke fuhr den Korridor des Hotels entlang. Der Mann vom Zimmerservice öffnete die Tür zu einem der Zimmer, fuhr den Wagen in die Dunkelheit des Raumes und schloss die Tür.

Der Latexanzug quietschte, als Murphy aus dem winzigen Versteck unterhalb der weißen Tischdecke hervorkletterte. Er nickte dem Mann zu, der daraufhin lautlos verschwand, und blickte in Richtung des großen Bettes, auf dem Ted Andrews und Jennifer, seine Frau, schliefen. Er musste an das denken, was Tyron gesagt hatte: *Entweder, Sie sitzen mit am Tisch, oder Sie stehen auf der Speisekarte.*

Es war eine lange Prozedur gewesen: Erst hatte er den Anzug und die Taucherbrille übergezogen. Dann hatte er eine antiseptische Dusche über sich ergehen lassen müssen, um Reste von Hautpartikeln zu entfernen. Nichts von Murphy würde am Tatort bleiben. Dann war Murphy unter den Servierwagen geklettert, in der Hand die Waffe, eine Browning, neun Millimeter mit Schalldämpfer. Der Wagen war mit Murphy in den Transporter geschoben worden, der in die Tiefgarage des Hotels gefahren war. Er fühlte sich wie ein anderer Mensch, und es war auch die Hand eines anderen, die jetzt die Waffe hielt. *Wenn Sie Ihre Frau töten, dann töten Sie den alten Murphy gleich mit,* hatte Tyron zu ihm gesagt.

Murphy bewegte sich durch das Halbdunkel des Zimmers, während von draußen die Lichter der Stadt hineinschienen und die abgelegten Kleidungsstücke auf dem Sessel in groteske Figuren verwandelten. Das Latex-Top-Teil seiner Frau lag auf dem Boden.

Er hatte das Szenario Dutzende Male mit Tyron durchgespielt. *Machen Sie es genauso wie wir es Ihnen gesagt haben, Murphy,* hatte Tyron gesagt. *Denn wenn Sie Mist bauen, ausflippen, irgendwas vergessen oder uns reinziehen wollen, stehen Sie da draußen alleine.* Dabei hatte er ein Gesicht gemacht, als hätten das schon einige versucht.

Er würde keine Fehler machen. Er hörte das sanfte, gleichmäßige Atmen seiner Frau und das etwas lautere Schnaufen von Andrews. Sie mussten sehr tief schlafen. Das Mittel hatte gewirkt. Fast sahen sie so aus, als ob sie schon längst tot wären.

Er würde Andrews Hand um die Waffe legen, dann mit der Mündung des Schalldämpfers auf die Stirn seiner Frau zielen und dann abdrücken. Dreimal. Einer von Tyrons Leuten würde dann vom Hotel aus die Polizei rufen. *Suite 1220, das klang wie Schüsse aus einem Schalldämpfer, kommen Sie lieber schnell.*

Andrews würde schlafen, lange schlafen, bis die Polizei die Zimmertür eintreten würde. Er stellte sich Andrews vor dem Richter vor. *Wenn Sie es nicht waren, Mr. Andrews, wie erklären Sie sich dann die tote Frau neben sich auf dem Bett mit drei Kugeln im Kopf, die aus einer Pistole abgefeuert wurden, die während des Schlafes in Ihrer Hand lag und auf der Ihre Fingerabdrücke sind?* Lebenslang, gefallen, unvermittelbar, für immer von der Bildfläche verschwunden. Ted Andrews. Er könnte nicht einmal mehr Tüten-Einpacker bei Wal-Mart werden.

Auf mich wartet eine große Herausforderung, hatte Andrews in den letzten Tagen dauernd getönt. Er konnte ja nicht wissen, wie recht er damit hatte. All das würde er, Murphy, ihm antun. Murphy, den er immer unterschätzt hatte, weil er angeblich die Opfer nicht bringen konnte, die eine große Karriere nun einmal verlangte. So wie ihn alle anderen auch unterschätzt hatten.

Denke daran, dass es die Hölle gibt und dass es sie ewig geben wird. Die plötzliche Erinnerung an eine Stimme ließ Murphy zusammenzucken. War es die des Kardinals, der damals noch ein Priester gewesen war? Damals in Italien, wo der kleine Murphy oft in den Sommerferien war, auf Castel Gandolfo? Er wischte den Gedanken beiseite. Die Hölle war in jedem einzelnen Menschen und sonst nirgendwo.

Er dachte an seine schlafende Frau. Wie sie ihn einerseits immer mit Ted Andrews verglichen und gleichzeitig gedemütigt hatte, wenn er versuchte, so ähnlich wie Ted zu sein. Diese abschätzigen Blicke, mit dem sie ihn morgens nach oben zurückgeschickt hatte, weil die Krawatte mal wieder nicht zum Hemd passte, immer dieser anklagende Blick, wenn er zu spät oder gar nicht nach Hause kam. Und immer diese Vorwürfe, er würde sich nie entscheiden können.

Nun hatte er sich entschieden.

Und er wusste, was dafür zu tun war.

Plötzlich musste er an das Foto denken, das auf seinem Schreibtisch in der Firma und auch zu Hause auf ihrem Nachttisch stand. Jennifer und John Murphy. Damals vor anderthalb Jahren. Warum musste ihm das gerade jetzt einfallen? Wenn es nach Jennifer ginge, würde wohl bald eins mit Ted Andrews auf ihrem Nachttisch stehen. Er blickte auf Andrews hinunter, der regungslos neben seiner Frau lag, und hatte mit einem Mal ein fast unstillbares Verlangen, ihn gleich mit zu erschießen.

Er sah vor seinem inneren Auge das Foto auf seinem Schreibtisch, sah Ted Andrews vor zwei Wochen mit seinem strahlend weißen Grinsen auf dem Golfplatz, sah das Gesicht seiner Frau, wie sie immer die Augen verdreht hatte, wenn er etwas falsch gemacht hatte. Und dann sah er *sein Foto* und *seinen Namen* – auf der Titelseite der *Financial Times.*

Und als er Andrews Hand an die Waffe legte, wusste er, dass er diesmal keinen Fehler machen würde. Und als die Mündung des Schalldämpfers über ihrer Stirn war, zögerte er nur kurz.

RAPTUS

NEUN TAGE FIELEN SIE.

John Milton, Paradise Lost

NEW YORK
MITTWOCH, 3. JANUAR
05:00 UHR

1

Zuerst war das Chaos, die gähnende Leere, danach Gaia, niemals wankender Sitz aller Unsterblichen. Die, die den Gipfel des verschneiten Olymps bewohnen und den finsteren Tartaros.

Der Wächter verharrte vor dem steinernen Altar mit der riesigen geflügelten Statue, die in einer Hand eine Sense und in der anderen eine Schlange hielt, während das Gebet der schwarz gekleideten Akolythen den Raum erfüllte. Die von dunklen Kerzen erleuchtete Halle lag im 90. Stock des riesigen Hochhauses, ein dunkler und gigantischer Tempel innerhalb der tintenschwarzen Nacht.

Die Nacht gebar das schreckliche Verhängnis, das schwarze Verderben und den Tod, gebar auch den Schlaf und brachte die Sippe der Träume hervor.

Er öffnete die Augen, verließ den Altar und wandte sich an den Videoschirm.

»Tyron, was gibt es?«, fragte er. Seine Augen waren wie Patronen.

Tartaros, in den die Titanen neun Tage fielen.

»Der Adlatus ist bald bereit für Stufe zwei«, sagte Tyron.

»Wird er uns enttäuschen?«

»Das glaube ich nicht.«

Der Wächter schwieg und Tyron hörte sein Herz schlagen.

Den gewaltigen Helios, die Sonne und die leuchtende Selene, den Mond, weiter die Erde, den großen Okeanos.

»Glauben ist mir zu wenig«, sagte der Wächter und ballte die Faust. »Wenn er *Raptus* erreichen will, muss er wissen, wo er steht.«

Aus dem Chaos ging Erebus hervor, der finstere Grund und die dunkelste Nacht.

»Wolf ist zur Stunde in London angekommen«, sagte Tyron. »Er wird ihn dort erwarten.«

»Das zweite Rätsel wird seine Loyalität prüfen.« Das Gesicht des Wächters blickte Tyron ohne jede Regung an, als wäre er seit Jahrhunderten tot.

Rühmt das heilige Geschlecht der Unsterblichen, Ewigen, die von Gaia und dem sternreichen Uranos stammen und von der finsteren Nacht, und besingt die Kinder des salzigen Meeres.

Der Wächter sprach weiter. »Sein Vorgesetzter hat sich geweigert zu kooperieren. Nun wird er dennoch ein Werkzeug in unserem Plan werden.«

»Alles ist vorbereitet.«

Der aber herrscht als König im Himmel und besitzt den Donner und den rauchenden Blitzstrahl.

»Ausgezeichnet.« Selbst ein Lob des Wächters klang wie ein Todesurteil. »Natürlich nur, wenn er *Somnia* erreicht.«

»Wenn nicht, eliminieren wir ihn«, sagte Tyron »Und nehmen einen neuen Novizen.«

»Ich nehme an, es gibt Kandidaten?«

Die dunkle Nacht und die heilige Sippe der übrigen, ewig seienden Götter.

»Es gibt immer Leute, die Macht und Geld wollen.«

Auf dem Gesicht des Wächters war so etwas wie ein Lächeln. »Darum funktioniert unser Plan.«

2

ROM
MITTWOCH, 3. JANUAR
11:00 UHR

Das dritte Geheimnis …

Constantino Kardinal Coreolanus lebte in mehreren Welten. Zwei Welten davon waren die des Glaubens und der Wissenschaft. Coreolanus sah darin keinen Widerspruch, Darwins Erkenntnisse glorifizierten Gott eher, als dass sie ihn überflüssig machten. Ein dynamisches Universum mit 10^{22} Sternen und einem Alter von 14 Milliarden Jahren, das sich ständig entwickelte und veränderte. *Sagen Sie mir, wie all dies durch einen Gott erschaffen sein soll?,* fragten ihn oft die Menschen, die nicht glaubten. *Sagen Sie mir, wie das ohne einen Gott funktionieren soll?,* antwortete er dann. Gemäß dem alten Wortspiel: *Evolution und Revolution.*

Er schaute auf die dorische Säule, die sich vor ihm erhob, die zwar fest und steinern im Raum stand, aber durch ihre antike

Eleganz ein wenig zu federn schien. *Die Säule und das Universum,* dachte Coreolanus, *sie sind beide ähnlich. Das Universum ist nicht statisch, sondern entwickelt sich ständig, weil Gott nicht nur einmal, sondern dauerhaft kreativ sein wollte. Am Ende so etwas wie ein Künstler.* Seine blauen Augen unter dem asketisch geschnittenen Gesicht und den kurzen grauen Haaren schienen irgendwo in die Ferne zu blicken.

›Gott Abrahams, Gott Isaaks, Gott Jakobs‹, nicht der Philosophen und Gelehrten, hatte der Philosoph Pascal auf einen Zettel geschrieben und diesen in das Rockfutter seines Anzuges eingenäht. Pascal hatte recht und unrecht zugleich, Gott war das Sein, die ewige Geometrie des Weltalls, aber er war noch viel mehr. Er war die eigentliche Wahrheit und der Grund allen Seins. Er war der Gott der Zweifler und der Gläubigen, der Gott der Philosophen und der Christen.

Alles ist eins in Gott, also auch Philosophen und Christen, Wissenschaftler und Gläubige, dachte Coreolanus. Die Säule stand in heiterer Eleganz vor ihm, beschienen vom Licht der Morgensonne. *Wissenschaft und Religion, sie sind zwei Schwestern, die irgendwann in der Renaissance getrennt wurden und getrennt blieben. Noch.* Er erhob sich.

Und dann kam ihm wieder der Gedanke, der ihn die Nacht nicht hatte schlafen lassen. *Das dritte Geheimnis.* Das Gespräch mit Nemesis. Die Berichte aus den USA. Er schaute auf die Zeitungsmeldungen der vergangenen Tage und auf die Sternenkarte, die vor ihm lag. Konnte es wirklich sein, dass die Zeit gekommen war, vor der man sie immer gewarnt hatte? *Das dritte Geheimnis von Fatima?* Die Visionen der drei Hirtenkinder aus Portugal aus dem Jahr 1917 waren in den inneren Kreisen des Vatikans genauso bekannt wie berüchtigt. Die drei Kinder hatten in einer Offenbarung als Lebende einen Blick in die Hölle werfen können. Dabei hatten sie *Die drei Geheimnisse* erfahren. Zwei der Prophezeiungen hatten sich erfüllt: Zuerst das Ende des ersten Weltkriegs und der

Glaubensabfall Russlands, und als zweite Prophezeiung der Ausbruch eines noch viel schlimmeren Krieges. Die *erste Prophezeiung – der Erste Weltkrieg. Die zweite Prophezeiung – der Zweite Weltkrieg. Die dritte Prophezeiung –*

Die dritte Prophezeiung war unter Verschluss gehalten worden und sollte erst 43 Jahre nach ihrer Verkündung verlesen werden. Coreolanus war noch am Priesterseminar gewesen an jenem Tag im Jahre 1960. Das Siegel der Prophezeiung sollte gebrochen werden und dann sollte Papst Johannes XXIII. den Inhalt vor den höchsten Würdenträgern des Heiligen Stuhls verlesen. Doch dazu kam es nicht. Der Papst las die Aufzeichnungen, aber nur leise. Sein Gesicht wurde kreideweiß, seine Augen glasig, bevor er vor den mächtigsten Männern der Kirche in Ohnmacht fiel. Seitdem wurde die dritte Prophezeiung nie mehr laut ausgesprochen, doch der jetzige Papst kannte und fürchtete sie – wie auch Kardinal Coreolanus.

Coreolanus überquerte die *Piazza San Pietro* und sah den Petersdom mit seiner gigantischen Kuppel in der Morgensonne erstrahlen. *Mons Vaticanus,* auf diesem Hügel am Tiberufer hatte Kaiser Nero einst ein Amphitheater bauen lassen, in dem die frühen Christen den Löwen zum Fraß vorgeworfen wurden. Der Obelisk, der sich auf dem Petersplatz vor der Fassade der Basilika erhob, war derselbe, der schon vor zweitausend Jahren in Neros Amphitheater stand. Petrus starb hier, treuester der Jünger Jesu, der Fels, auf dem Jesus seine Kirche bauen würde, Vorläufer aller Päpste und erster der Stellvertreter Christi auf Erden. *»Du bist Petrus, und auf diesen Felsen will ich meine Kirche bauen«, hatte Jesus zu ihm gesagt, »und die Pforten der Hölle sollen sie nicht überwältigen.«* Sein Grab machte diese Stätte bereits zu heiligem Boden, und im vierten Jahrhundert nach Christi legte Kaiser Konstantin den Grundstein für das, was schließlich im 16. Jahrhundert zur größten Kirche der Christenheit wurde. Kein Geringerer als Michelangelo war es gewesen, der der

Basilika von St. Peter ihre endgültige Form gab, dem Grundriss nach einem griechischen Kreuz nachgebildet. Und er war es auch, der die Kuppel entworfen hatte, die in der Welt so viele Nachahmer fand – St. Paul's in London, das Kapitol in Washington, der Dom in Berlin … Rom war Michelangelo und Michelangelo war Rom. Er, den man *den Titanen* oder *den Göttlichen* nannte und der der Archetyp dessen werden sollte, was man in späteren Jahrhunderten als *Genie* bezeichnen würde. Er, der eine vollendete Meisterschaft über das Material besaß, gepaart mit einer geradezu gespenstischen Fähigkeit, eben diesem Material geistige Wesenszüge einzuhauchen, so wie Gott Adam den Lebensodem in die Nase geblasen hatte. Die Werke Michelangelos waren steingewordener Glaube, Wächter der Tugend und der Schönheit, die durch Sonne und Regen vergangener Jahrhunderte immer noch das darstellten, was er einst aus dem Marmor herausgehauen hatte, alles von ihm hervorgebracht, alles gruppiert um ihren gigantischen Mittelpunkt Michelangelo – *Il Divino,* Mittelpunkt und Höhepunkt der Renaissance.

Coreolanus verweilte noch kurz bei seinen Gedanken, während er über den Petersplatz schritt, dem innersten Zentrum der Christenheit seit fast zweitausend Jahren. *Ein Zeichen aufzurichten unter den Verjagten Israels und sein Volk zu sammeln von den Enden der Erde.* So stand es beim Propheten Jesaja. Er warf, wie immer, einen Blick auf die fünf Eingangstore der Basilika. Während er den Platz von rechts nach links überquerte, spielte er das alte Spiel, versuchte, jedes der einzelnen Tore zu erkennen. Ganz rechts das Heilige Tor, das zuletzt im Heiligen Jahr 2000 geöffnet worden war, dann das Tor der Sakramente, in der Mitte das prächtige Tor von Filarete, dann das Portal von Gut und Böse und schließlich, auf der äußersten, linken Seite, schwarz und bedrohlich, das Portal des Todes.

Er durchschritt die Vatikanischen Gärten, dann mehrere

Tore, während die Schweizer Gardisten ihn begrüßten, durchquerte lange Gänge und Treppenfluchten und gelangte schließlich, tief unter der Erde, vor eine vier Meter hohe und fast ebenso dicke Stahltür, die mit ihrer Elektronik und ihren technischen Finessen so gar nicht in dieses uralte Kellergewölbe tief unter St. Peter passen wollte. Und während er in den Stimmerkennungscomputer sprach und seinen Fingerabdruck und seine Iris einscannen ließ, dachte er an die Worte, die Papst Johannes XXIII. damals nur leise gelesen hatte, bevor er in Ohnmacht fiel:

... Und es starben nicht nur der Papst, sondern nach und nach die Bischöfe, Priester, Ordensleute und verschiedene weltliche Personen, Männer und Frauen unterschiedlicher Klassen und Positionen ...

3

NEW YORK
MITTWOCH, 3. JANUAR
05:00 UHR

Nemesis stieg vorsichtig die Stufen herunter, die in den dunklen, stillgelegten U-Bahn-Schacht führten. Das Gespräch musste hochvertraulich sein. Und sie wusste, dass alle Handys überwacht waren, dass selbst die Kleidung verdrahtet sein konnte, dass eigentlich jeder Raum, der nicht vollkommen von der Außenwelt abgeschnitten war, zu einem Mikrofon gemacht werden konnte.

Der Raum, den sie suchte, konnte von niemandem abgehört werden. Ebenso schwer war er zu finden. Sie wollte schon umkehren, weil sie glaubte, sich hoffnungslos verirrt zu haben, als sie die schwere, schmiedeeiserne Tür vor sich sah. Ein gedämpftes Gemurmel drang von innen heraus.

Die Tür, an die sie klopfte, öffnete sich und ein alter Mann mit kahlem Schädel erschien, gekleidet in eine schwarze Soutane, eine große, weiße Kerze in der Hand.

»Schwester Nemesis?« Es war weniger eine Frage, als eine Feststellung. Sie nickte. »Ich werde dir leuchten.« Er hielt die Kerze vor sich, aber so, als würde er auf das Licht gar nicht achtgeben. Als sie das pupillenlose Weiß seiner Augen sah, erkannte sie, dass der Mann blind war. Dennoch führte er sie mit traumwandlerischer Sicherheit durch den stillgelegten U-Bahn-Tunnel. Hunderte von Kerzen waren auf steinernen Podesten und Kandelabern befestigt, die das Steingewölbe der Halle in ihrem huschenden Licht in einen unruhigen Flickenteppich verwandelten. Eine Prozession von schwarz gekleideten Mönchen verneigte sich vor einem Altar und sang auf Lateinisch das Große Glaubensbekenntnis von Nicäa, wie es Kaiser Konstantin verfügt hatte.

Credo in unum Deum, Patrem omnipotentem.

Der blinde Mönch führte sie zu einem Computerterminal am Ende der Halle, das so geschickt in das Gemäuer integriert war, dass es erstaunlicherweise nicht fehl am Platz wirkte. Der Geruch Dutzender Wachskerzen erfüllte die muffige Luft des unterirdischen Tempels. Draußen waren es fast 10 Grad unter null. Dennoch war es hier drinnen angenehm warm.

»Die Heizungsrohre verlaufen durch diese Halle«, sagte der Mönch, als hätte er Nemesis' Gedanken erraten. »Zugegeben, der Heilige Stuhl hat schönere Orte der Kontemplation und des Gebetes, aber genauso haben auch die Urchristen gebetet. In den Katakomben von Rom. Und«, er schlug gegen die Wand, »die Halle ist mit Blei verkleidet, tief unter der Erde. Absolut abhörsicher.«

Deum de Deo, lumen de lúmine, Deum verum de Deo vero.

Die Mönche knieten nieder, während sie sangen.

Nemesis setzte sich vor den Monitor. Der Bildschirm flammte auf und ein Gesicht erschien.

»Eminenz«, sagte der Mönch, »sie ist hier.«

4

NEW YORK
MITTWOCH, 3. JANUAR
05:15 UHR

Tyron und Cameron standen mehr als zweihundert Meter unter der Erde und hörten, wie das Rechenzentrum summte. *Control Hypercenter for Remote Observation Network Operating System – C.H.R.O.N.O.S.* stand in einem grau-silbrigen Schriftzug auf dem schwarzen Stahl des Korpus. Hunderttausende von Chips und Prozessoren befanden sich in seinem Inneren, ein Mikrokosmos von Strom und Lichtimpulsen, gefangen im Bauch eines gigantischen, 70 Meter hohen Leviathans.

Cameron blickte ehrfürchtig auf das metallene Ungeheuer, das sich wie eine stählerne Schlange entlang der Betonwände und der antimagnetischen Bleiverkleidung nach oben streckte. So als wollte es sich aus der Hölle heraus nach oben vorarbeiten und den Himmel durchbohren. Es war ein digitaler Behemoth, der sich unmittelbar vor dem Sprung zu ducken schien und kurz darauf alles verschlingen würde.

Der Sprung würde kommen, sehr bald. Früher war das Internet der Wilde Westen und die Computerhacker waren Gangster, die Postkutschen überfielen. Heute waren sie organisiert wie ein globaler Konzern – und ihre Hebelwirkung war verheerend.

Doch dieser Computer war stärker als die zerstörerische Gewalt aller Hacker. Verlinkt mit Millionen anderen Computern, konnte *die Bestie* deren Rechenkapazität bündeln und damit eine virtuelle Gewalt aufbauen, die ausreichte, um die Energie und die Speicherkapazität eines jeden Rechners gegen ihn selbst zu richten. Energie, die auch den stärksten Server in die Knie zwang. Computer, von denen die Besitzer glaubten, sie würden in ihrem Dienst stehen, waren plötzlich umprogrammiert, gaben Daten weiter und vernichteten andere. Cameron hatte von totalitären Regimes gehört, in denen der Geheimdienst so stark war, dass sogar Freunde und Ehepartner sich gegenseitig an die Behörden verrieten. *Technik ist der beste Verbündete,* hatte Tyron gesagt, *denn Menschen erwarten Dankbarkeit, Technik nie. Die Bestie* nahm Besitz von den Computern, wie es der Geheimdienst bei Freunden und Ehepartnern tat. Doch *die Bestie* erwartete keine Bestechungsgelder, keine Dankbarkeit. Sie brauchte Strom und Daten – weiter nichts.

Man musste nur circa 30 000 fremde Computer infizieren, um die Server eines Großunternehmens lahmzulegen, 30 000 fremde Computer, die alle gleichzeitig E-Mails schickten und den Rechenzentren dadurch pro Sekunde 12 Gigabytes an Daten in die Breitbandleitungen pressten. Auf den Servern war nur ein Blinken zu sehen, doch was die Datenmengen anging, war es, als ob pro Sekunde ein Sattelschlepper voller Bücher durch die Leitungen rasen würde – genug Informationen, um jedes Datenzentrum zum Zusammenbruch zu bringen.

Nachdem Cameron den letzten Test bestanden hatte, hatte Tyron ihm den Plan erklärt. Er gliederte sich in vier Phasen. Phase eins war die Verarbeitung der Insider-Informationen aus den Blackberrys, den mobilen Endgeräten und Terminkalendern, die Sounddateien über Firmeninterna, die der Computer sammelte und an die Handelsabteilung von ICC weitergab, um daraus Kauf- und Verkaufsempfehlungen für Aktien abzuleiten. Wenn man Zugriff auf jedes Handy hatte, konnte man auch jedes Handy zu einem ständig einsatzbereiten Aufnahmegerät machen. Aus den Milliarden von Stimmen konnte der Computer die Stimmen herausfiltern, die wichtig waren: Stimmen von Spitzenpolitikern, Bankern, globalen Firmenchefs. Sie sagten schon heute, was die Märkte morgen bewegen würde, wussten schon heute, was morgen die Kurse nach oben schießen oder nach unten stürzen ließ. Hochvertrauliche Informationen, die Milliarden wert waren. *Data Mining* nannte man den computergestützten Einsatz von mathematischen Formeln, um aus gigantischen und hochkomplexen Datenmengen genau die Informationen herauszuziehen, die man brauchte, um daraus Strukturen zu erkennen und künftige Entwicklungen vorherzusagen. In Phase zwei würden die Attacken auf Firmennetzwerke beginnen, um diese lahmzulegen, den Aktienkurs in die Tiefe rauschen zu lassen und die Firmen dann billig zu übernehmen. Bei *Promethean Industries* hatte das nicht funktioniert, darum hatte man gleich den Vorstandsvorsitzenden aus der Welt geschafft. Doch ein derart direktes Vorgehen war die Ausnahme. *Der beste Sieg ist der, den der Gegner nicht mitbekommt,* pflegte der Wächter immer zu sagen. Phase drei stand kurz bevor. *Rootkits* waren das Zauberwort. Sie drangen so tief in das Betriebssystem eines Computers ein, dass kein Explorer und kein Virenscanner sie mehr entdecken konnte. Sie waren der perfekte Parasit, der von seinem Wirt nicht mehr zu unterscheiden war. Über *Rootkits* konnte man Spionagesoftware tief in das Betriebssystem eines jeden Computers schleusen. Unbemerkt und ungestört las die Spionagesoftware dann alles, die gesamte Festplatte, kannte alle Excel-Tabellen, alle vertraulichen Briefe und alle E-Mails. Der Transfer von abgehörten Nachrichten und Konferenzen, von abgefangenen Mails und SMS war nicht mehr erforderlich. Wenn das *Rootkit*-Netz stand, hatte man eine Standleitung auf alle Festplatten eines Konzerns.

»Wie haben Sie es geschafft, die *Rootkits* in all die Computer und Rechenzentren zu bekommen?«, hatte Cameron gefragt.

»Es war zur Jahrtausendwende«, hatte Tyron geantwortet und gelächelt. »Erzähl den Leuten etwas von einem *Millennium Bug*, und alle bekommen Panik. Keiner will im neuen Jahrtausend plötzlich ohne Daten dastehen. Alle ermöglichen einem den Zugang auf ihre Computer, was sie sonst niemandem erlauben würden. Und schon hat man Zugriff auf alle Rechenzentren, hat alle *Rootkits* verankert – und weiß alles.«

Bald würde sich das Netz schließen und aus seinen Maschen würde es kein Entkommen geben. Dann war die Welt bereit für Phase vier.

Die Generatoren summten in tiefer Frequenz wie ein Geisterchor, Dampf stieg zischend aus den Kühlsystemen und die Kühlaggregate fauchten wie der ferne Donner eines Gewitters.

Die Arbeit war noch nicht abgeschlossen, das wussten beide. Nein, jetzt würde sie erst beginnen. Da draußen gab es noch viele Netzwerke, viele Computer, und viele Menschen, die noch nicht Teil des Systems waren. *Noch nicht.*

Aber *die Bestie* war bereit, sie alle zu finden und in ihre Höhle zu zerren.

ROM
MITTWOCH, 3. JANUAR
11:15 UHR

5

›Es gibt drei Päpste‹, sagte man in Rom. ›Den weißen, den roten und den schwarzen Papst.‹ Der ›weiße Papst‹ ist der Papst, wie ihn die Menschen seit Jahrtausenden kennen, der ›rote Papst‹ ist der Präfekt für die Evangelisierung der Völker und der ›schwarze Papst‹ schließlich ist der Generalobere des Jesuitenordens.

Doch es gab noch einen. Einen, von dem man sagte, er habe noch mehr Macht als die anderen drei, einen, der einer im Verdeckten wirkenden Schaltzentrale vorstand, die seit Jahrhunderten im Verborgenen gearbeitet hatte und es wohl noch für Jahrhunderte tun würde. Man nannte ihn den *Praefectus Flaggelantum Daemonum,* den *Hammer des Bösen.*

Hier, unterhalb des Petersdoms, lag die interne Schaltzentrale einer Macht, die nicht einmal im Vatikan jeder kannte. Der *Ordo Tempestatis* war eine Geheimorganisation des Apostolischen Stuhls. Es war im 13. Jahrhundert gewesen, als der Orden gemeinsam mit der Inquisition gegründet wurde. Seitdem hatte die Vereinigung völlig unbemerkt von jeglicher Öffentlichkeit gearbeitet, und das sollte sie auch, denn ihre Feinde waren ebenso unsichtbar wie sie selbst.

Geld spielte keine Rolle, es war einfach da. Geld war die dritte der Welten, in der sich Constantino Coreolanus aufhielt. Allein die Kunstwerke in den vatikanischen Museen waren Milliarden und Abermilliarden wert, und als größter Immobilienbesitzer der Welt fiel es nicht schwer, einige Hundert Millionen zu liquidieren, um Ausrüstung und Personal einzukaufen, schneller und zielgerichteter, als jede Regierung es konnte. Zu den Einheiten des *Ordo Tempestatis* gehörten Finanzexperten, IT-Spezialisten, Spione, Assassinen und ehemalige Geheimagenten. Die Terrorabwehr war seit den Anschlägen des 11. September verstärkt worden, wie in fast allen Ländern der Welt. Daneben gab es die Spezialabteilung für Finanzmärkte und Informationstechnologie, die in den 90er-Jahren des 20. Jahrhunderts geschaffen wurde, um den zunehmend digitalen und finanzmarkttechnischen Schachzügen der Gegner der Kirche Paroli zu bieten.

Das gigantische Hauptquartier unterhalb des Petersdoms, das auf den Fundamenten der früheren Konstantinsbasilika stand, war eine bizarre Mischung aus frühchristlichen Monolithen und Gräbern, neben denen sich Reihen um Reihen von Computern, Servern, Datenzentren und Monitoren formierten. Kursverläufe von Aktien und Indizes huschten über die Monitore, denn an den Orden war auch die Vatikanbank angehängt. Kameraaufnahmen von heiligen Plätzen blitzten auf, und auf einer gigantischen digitalen Landkarte wurden die Krisenherde der Welt gezeigt.

Mönche, Priester, Informationstechniker, Sicherheitsspezialisten und Elitekämpfer mit M16-Gewehren eilten durch die von bläulichem Leuchten beschienenen Gänge des Gewölbes und verneigten sich vor dem riesigen Mausoleum, das in der Mitte des gigantischen Höhlengewölbes stand. Das Grab von Simon Petrus, *dem Felsen,* auf dem Christus seine Kirche baute. *»Pasce Agnos Meos«* stand in Stein gemeißelt auf dem Architrav des Grabmals, *»Weide meine Schafe«,* die Worte, wie sie Christus im letzten Kapitel des Johannesevangeliums zu Petrus gesprochen hatte, bevor er nach seiner Auferstehung in den Himmel aufgestiegen war. Das Grab war das Herzstück der Zentrale des *Ordo Tempestatis,* Ursprung und Mittelpunkt all seiner Schachzüge und – von waffenstarrenden Elitetruppen umgeben – der am besten gesicherte Ort des Heiligen Stuhls.

Constantino Kardinal Coreolanus, oberster Ordensbruder des *Ordo Tempestatis*, Vorsitzender des Wächterrats des *In-*

stituto per le Opere di Religionem, auch als Vatikanbank bekannt, passierte die gewaltige Stahltür und ging mit ruhigen Schritten durch den langen Korridor, an dessen Seiten sich Dutzende von Monitoren säumten.

Als Leiter einer Organisation, die die digitalen Feinde mit ihren eigenen Waffen schlagen wollte und dafür auch die nötige Feuerkraft benötigte, und als zweitmächtigster Mann der Vatikanbank nach dem Heiligen Vater musste er zwei seiner drei Welten in Einklang bringen, die beiden, die augenscheinlich am wenigsten miteinander zu tun hatten, tatsächlich aber unabdingbar füreinander waren: Glaube und Geld. *Gebt dem Kaiser, was des Kaisers ist,* hatte Jesus gesagt. Er hatte gut reden, er hatte keinen so riesigen administrativen Apparat zu verwalten wie der Heilige Stuhl, eine der ältesten, größten und erfolgreichsten Unternehmungen der Welt. Coreolanus' Blick streifte die bronzene Kopie der Petrus-Statue, die neben einem Terminal auf ihn herunterblickte und deren Original rechts neben dem Baldachin im Petersdom stand. Petrus hob die rechte Hand, den Zeige- und Mittelfinger in segnender Geste ausgestreckt, und hielt in der Linken den Schlüssel zu Himmel und Hölle. Man sagte, dass es Glück brachte, die Füße der Statue im Petersdom zu berühren, und Pilger aus aller Welt hatten dies seit 700 Jahren getan, sodass die Füße Petrus' jetzt rund und abgeschliffen waren, bar jeder Kontur. Coreolanus hatte bei der Nachbildung, die er extra für die unterirdische Schaltzentrale hatte anfertigen lassen, darauf bestanden, dass auch sie abgeschliffene Füße haben sollte. Er schaute auf den Schlüssel in der Hand Petrus' und dachte an die Schweizer Banken, die auch oft einen Schlüssel in ihrem Wappen hatten. *Glauben und Geld.*

Die Vatikanbank verband diese zwei Welten des Geldes und des Glaubens. Ihre Gründung am elften Februar 1887 war von Papst Leo XIII. als Reaktion auf die Zerschlagung des Kirchenstaates im Jahre 1870 angeordnet worden. Die

Bank, die niemals ihre Bilanzen offenlegte, war in der Vergangenheit von Skandalen erschüttert worden: Die geheime Finanzierung der Solidarnosc-Bewegung in Polen über andere Banken zählte dazu, die Verbindung zur Mafia über Erzbischof Paul Casimir Marcinkus, den damaligen Leiter der Bank, und der geheimnisvolle Tod Roberto Calvis – dem »Bankier Gottes« –, der eines Tages in London erhängt unter der Blackfriars Bridge aufgefunden worden war.

All das war geschehen, aber es war Geschichte. Coreolanus war vor noch nicht allzu langer Zeit angetreten, um die Feinde zu besiegen, die noch älter als der Vatikan selbst waren.

Paolo Venturini, Siegelkurator des Vatikanischen Geheimarchivs, saß an einem der Monitore.

»Bruder Constantino«, sagte er. »Die Verbindung steht.« Er deutete auf einen Monitor. Das Gesicht von Nemesis blickte aus dem Bildschirm heraus.

»Sie wollen *Telramond*, Eminenz«, sagte Nemesis knapp, sie zog es vor, gleich zur Sache zu kommen.

Coreolanus nickte und strich wie beiläufig über den Kardinalsring an seiner Hand. *Drei große Unternehmen, die sie benötigen, um ihr Ziel zu erreichen,* dachte er, *und sie haben schon beträchtliche Anteile daran erworben: Promethean Industries, Xenotech Corporation und jetzt auch noch Telramond Telecom. Die Satelliten, das Internet und die Telekommunikation. Das Nervensystem unserer Zeit.*

»Wenn es uns gelingt, ihnen einen Teil davon wegzunehmen, gerät ihr Plan ins Stocken«, sagte er. »Wir können sie aufhalten.«

»Dann müssen wir uns beeilen«, sagte Nemesis. »Tyron plant eine Finanzierung, um auch die Aktien von *Telramond*, die sich im Streubesitz befinden, aufzukaufen. Dann hat er mehr als 50 Prozent und niemand kann ihm mehr etwas wegnehmen.«

Coreolanus wiegte den Kopf hin und her, während Venturinis Hände unruhig mit dem Kreuz in seiner Hand spielten. »Wer macht die Finanzierung?«

»Silverman & Cromwell.« Der Chor, der in dem unterirdischen Gewölbe des U-Bahn-Schachtes gesungen wurde, vermischte sich mit Nemesis' Stimme. »Tyron wollte den Managing Director für sich gewinnen, aber es ist ihm nicht gelungen. Wen er noch in der Hinterhand hat, weiß nicht einmal ich.«

»Was immer passiert, bleib an ihnen dran, Nemesis«, sagte Coreolanus. »Wir werden alles vorbereiten, damit die Aktien nicht an ICC gehen.«

Der Monitor wurde schwarz.

Der Kardinal wandte sich an Venturini. »Sie sind unser Erzfeind. Der Antichrist«, sagte er. »Ihr Ziel ist das Ausschalten jeglichen Risikos durch totale Kontrolle. Sie wollen den Menschen die Freiheit nehmen, die Gott ihnen geschenkt hat!« Er blickte auf die Monitore und dann auf die Petrus-Statue. »Wir müssen sie ein für alle Mal besiegen!«

»Was werden wir tun?«

Coreolanus blickte auf die Petrus-Statue und deren abgeschliffene Füße. »Alle Informationen gehen durch globale Datenleitungen. Wir müssen genauso viel wissen wie unsere Feinde, um ihre Pläne blockieren zu können.«

Er legte Venturini die Hand auf die Schulter. »Hackt euch in die Datensysteme dieser Bank ein, *Silverman & Cromwell.* Ich möchte wissen, was sie in ihren Depots haben.« Coreolanus rieb seine Hände und die Knöchel knackten. »Wenn irgendeiner von ihnen auf Tyrons Deal eingeht, legen wir der Bank einen Mühlstein um den Hals und werfen sie ins Meer.«

Er strich über die Füße der Petrusstatue. »Gleichzeitig müssen wir verhindern, dass ICC überhaupt an Aktien von *Telramond* kommt. Das wird meine Aufgabe sein.« Ein leichtes Lächeln erschien auf seinen Lippen. »Und es gibt jemanden, der uns das ermöglichen wird. Er wird bald Hilfe brauchen.«

»Ein Diener Gottes, der noch nichts davon weiß?«, fragte Venturini.

Es war bekannt, dass Kardinal Coreolanus eine Gabe besaß, die man als Aura bezeichnen konnte. Er vermochte über weite Distanzen festzustellen, wie es Menschen ging, die er gut kannte, die mit ihm gebetet oder bei ihm gebeichtet hatten. Die Jesuiten waren im 17. Jahrhundert der mächtigste Orden der Welt gewesen, weil sie die Beichtväter aller Herrschenden waren. So ähnlich schien es bei Coreolanus auch zu sein, auch wenn die Menschen heutzutage viel weniger beichteten. Er konnte erahnen, ob sie glücklich oder unglücklich waren, ob sie ihn brauchten oder nicht – und ob sie dadurch für besondere Argumente empfänglich waren.

Coreolanus erhob sich. »Du weißt, Venturini, was der Heilige Vater sagt. *Es wird im Himmel mehr Freude sein über einen einzigen Sünder, der sich bekehrt, als über neunundneunzig Gerechte, die der Umkehr nicht bedürfen.*«

»Die Geschichte vom verlorenen Sohn?«, fragte Venturini.

»Gott hat in seiner Gnade einen der Schachspieler auf unser Feld gesetzt.«

»Der verlorene Sohn, der heimkehrt?«

»So wird es sein.«

»Sie werden ihn besuchen?«

»Ja, ich muss jetzt eingreifen.« Er nahm die schwere Kette mit dem Kreuz aus 14-karätigem Gold ab.

»Ich nehme das Westwind I«, fuhr Coreolanus fort. Für die Reise würde er die gewöhnliche, schwarze Soutane tragen, mit rotem Nahtbesatz und roten Knöpfen. »Und das«, er hob die goldene Kette mit dem Kreuz in die Höhe, »tauschen wir gegen eine kleinere Version.«

BERLIN
MITTWOCH, 3. JANUAR
12:00 UHR

6

»Komisch klingt das Ganze ja schon«, sagte Sarah und stocherte in ihrem Salat herum. Sie saß mit Vincent in einem Restaurant in den Arkaden unter den S-Bahn-Schienen am Hackeschen Markt.

Zwar hatten sie beide in der letzten Nacht aus dem Wirrwarr der Zeichen und Rätsel doch noch eine schlüssige Story geformt, auf die offenbar auch eine solche Koryphäe wie Stokes sofort angesprungen war, doch wegen einer solchen Unterhaltung extra nach Oxford zu fliegen erschien ihr mehr als zweifelhaft. Für Bellmann würde das Ganze wie aufgemotzter Bildungsurlaub aussehen oder – noch schlimmer – als »Flucht vor dem Feind«, wie er immer sagte. Vor allem war ihr nicht klar, wie man mit dieser Information den Täter finden sollte. Zu viel Verschwörung, zu viel Mummenschanz.

Sie konnte sich denken, was Bellmann sagen würde: *Dieser Wagner kennt einen und der kennt einen und der weiß eine Menge über Verschwörungen.* So wurden Leute angepriesen, die sich wichtigmachen wollten. Aber was stand wirklich dahinter? Warum sollte die Antwort zu allen Fragen und zu den Mördern von Hill, Thomson und Miller in irgendeinem muffigen College bei einem kauzigen Professor in England zu finden sein?

Sie goss Öl und Essig auf ihren Salat. »Wir sollen nach Oxford reisen, weil uns dort ein Professor erzählen wird, dass es zwischen Dante und dem christlichen Teufel und wem auch immer einen Zusammenhang gibt, der uns hilft, einen Mord hier in Berlin aufzuklären, dessen Opfer aus den USA und Großbritannien kommen.« Sie trank einen Schluck von ihrer Cola light. »Wenn ich mit dieser Begründung bei der Direktion offiziell einen Flug nach London und eine Fahrt nach Oxford beantrage, lachen die mich aus.«

Vincent zuckte die Schultern. Er sah aus, als würde ihm ein Flug nach Oxford ganz gut passen. »Ich sehe aber ehrlich gesagt keine Alternative«, sagte er. Ganz unrecht hatte er da nicht. Bis auf den anonymen Anrufer, der den Fall gemeldet hatte und nicht auffindbar war, gab es keinen einzigen Zeugen. Laut Aussagen der Firmenvertreter waren Thomson und Miller am Montagabend gemeinsam vom Adlon mit einem Taxi zu einem Restaurant in der Friedrichstraße gefahren. Dort waren sie allerdings niemals angekommen. Ein neues Gutachten der Toxikologie hatte Reste eines starken Narkotikums in ihren Lungen gefunden. Möglicherweise waren sie in einem Taxi gefahren, das noch eine Trennwand zwischen Fahrer und Rückbank besaß, die beide Räume komplett voneinander abriegelte. Gas war dann in den Fahrgastbereich des Taxis geleitet worden und hatte sie bewusstlos gemacht. Später hatte man ihnen eine Giftinjektion ins Genick verabreicht, die sie schließlich tötete. So weit gingen die Ermittlungen. Und dann ging es vielleicht ab in Richtung Bunker. So könnte es gewesen sein. Und kein einziger Tatverdächtiger oder Zeuge in Reichweite.

»Abgesehen von diesen Vermutungen über den Geheimbund wissen wir ja nichts«, fuhr Vincent fort. »Weder, wer die Mörder waren, ob und wie diese Morde mit Hill zusammenhängen, oder wer Thomson und Miller entführt hat.« Sarah zuckte die Schultern und nickte eher hilflos zwischen zwei Bissen.

»Aber fandest du nicht, dass das ein wenig theatralisch klang? *Ein jahrtausendealter Plan mit einem schrecklichen Ziel?*« Sie fixierte Vincent. »Nun gut, die Typen scheinen ziemlich abgebrüht zu sein, scheinen recht viel Geld zu haben und sind auch alles andere als Anfänger. Aber das ist doch etwas viel, finde ich ...«

Vincent schüttelte den Kopf. »Ich weiß nicht, wer diese Typen wirklich sind. Ich weiß aber, dass Stokes kein Schaumschläger ist. Seine Bestürzung war echt. Er hat es gar nicht nötig, irgendwelchen Leuten Gruselgeschichten zu erzählen, damit sie ihn in Oxford besuchen.« Er schob seinen Teller zurück. »Da steckt mehr dahinter.«

»Also, Herr Professor«, fragte Sarah und lächelte ihn wieder spitzbübisch an, wie damals bei ihrem ersten Treffen. »Was wäre Ihr Rat?«

»Wir sollten Stokes in Oxford über diesen Geheimbund befragen«, sagte Vincent entschlossen. »Wenn er uns etwas darüber sagen kann und auch über die möglichen Aktivitäten dieser Organisation in unserer Zeit, kommen wir vielleicht ein wenig weiter.«

Sarah wiegte den Kopf hin und her. »Wenn überhaupt, muss ich das mit der Holzhammer-Methode machen: Einfach hinfliegen, ohne irgendwen zu fragen.« Sarah wusste, wie skeptisch der gesamte Polizeiapparat bei Verschwörungstheorien war.

Vincent grinste. »Andererseits ist das doch mal ein wirklich spannender Fall, oder nicht? Hier hast du Dante, den Teufel, kommst nach Oxford ...«

»Ja, und Bellmann und der Innensenator werden mich für eine völlig durchgeknallte Ziege halten, wenn ich ihnen davon erzähle.« Recht hatte Vincent aber trotzdem, das hier war sicherlich spannender, als irgendwelche korrupten Politiker oder käuflichen Landesbankenchefs zu verhaften. Dennoch wäre das Ganze für Bellmann, der selbst unter Beschuss stand, weil die Ermittlungen nicht vorwärtsgingen, ein gefundenes Fressen. »Die wollen Fakten, Ergebnisse, Zeugen, Protokolle, Gerichtsverhandlungen. Mit unserer Vorgehensweise stehen wir da auf einsamem Posten.«

Sie schaute durch die Fenster auf den Platz vor dem Restaurant. Draußen verteilte ein junger Mann Flyer für irgendein Konzert. Geschäftsleute in Anzügen und schwarzen Wintermänteln eilten rechts und links an ihm vorbei, wie Wellen einen Felsblock im Meer umspülen. »Andererseits«, fuhr sie fort, »hast du mir doch damals an unserem ersten Abend gesagt, dass es oft die ungewöhnlichen Ideen sind, die am Ende gewinnen, oder nicht?«

»Aber klar«, sagte Vincent, »denk an die Impressionisten. Von einem Schimpfwort zu einem der ganz großen Kunststile des 19. und 20. Jahrhunderts. Monets *Impression Sonnenaufgang* war damals von der Kritik so verschmäht worden, dass man daraus das Schimpfwort *Impressionismus* machte, ein Schimpfwort, das dann Kunstgeschichte schreiben sollte.« Er faltete umständlich seine Serviette zusammen. »Die Killer hier gehen auf sehr ungewöhnliche Weise vor. Da muss man sie doch auch mit ungewöhnlichen Ermittlungsmethoden verfolgen.«

Sarah wiegte den Kopf hin und her. »Das wäre eine Möglichkeit. Wir dürfen am Ende nur nicht so ungewöhnlich sein, dass man mir den Fall wegnimmt. Außerdem jage ich ja nicht die Killer, sondern diese ominösen Hintermänner.«

»Wobei das ja dieselben sein könnten«, sagte Vincent.

»Möglich«, sagte Sarah. »Dann wird es allerdings ungemütlich.«

Die Bedienung kam heran und erkundigte sich, ob es noch etwas sein dürfte. Sie bestellten zwei Tassen Espresso.

»Fandest du es nicht auch komisch, wie schnell Stokes auf einmal wegwollte?«, fragte Vincent, als die Bedienung wieder außer Hörweite war. »Als ob ihm die ganze Geschichte irgendwie unangenehm wäre?«

»Na ja, er musste ja seinen Flieger kriegen.«

»Ich bin mir da nicht so sicher.« Sarah wiegte den Kopf. »Vielleicht hast du recht, Vincent. Vielleicht war ihm das ganze Thema tatsächlich unheimlich.«

Vielleicht konnte die ganze Story doch wahr sein, dachte Sarah. Nicht, weil das alles so plausibel klang, sondern weil jemand offenbar *Angst* davor hatte.

7

NEW YORK
MITTWOCH, 3. JANUAR
06:00 UHR

Michael Davids lächelte und nickte seinem Leibwächter zu, der in dem schwarzen Chrysler wartete. Ab zum Flughafen und dann zurück nach London, den Abschluss feiern, bevor hier das Schneechaos ausbrach.

Es war diese Art von Geschäften, die auch in Krisenzeiten Geld brachten. So wie Operation *Grateful Dead.* Diesen Deal hatte er gemeinsam mit einer amerikanischen Versicherung aufgezogen. Die Versicherung hatte Zehntausende von HIV-infizierten Menschen in ihrem Portfolio, die Lebensversicherungen bei der Gesellschaft hatten und wussten, dass sie, wenn überhaupt, nur noch ein paar Jahre lebten. *Was wäre ihnen lieber,* hatte Davids die Kunden gefragt, *dass die Prämie bei ihrem Tod ausgezahlt und dann von irgendwelchen Angehörigen verbraten wird, oder dass sie das Geld jetzt schon bekommen und sich die letzten Jahre ihres Lebens noch ein wenig verschönern können?* Die Bank hatte dann den Versicherungskunden die Versicherungen abgekauft und ihnen die Todesfallsumme mit einem Abschlag von 40 Prozent ausgezahlt. *Besser 60 Prozent der Summe vor dem Tod, als 100 Prozent danach,* hatte Davids den Kunden erzählt und das hatten die dann auch so gesehen. In der Zwischenzeit würde die Bank die monatlichen Raten weiter an die Versicherung zahlen, so lange, bis die Kunden gestorben waren. Dann bekam die Bank 100 Prozent der Todesfallsumme von der Versicherung ausgezahlt. Es würde nicht lange dauern. Davids Team hatte nur Kunden ausgewählt, bei denen es medizinisch relativ sicher war, dass sie in den nächsten Jahren starben. Trotz der monatlichen Gebühren blieb von den 40 Prozent Gewinn dann noch ein großer Batzen übrig, den die Bank – und damit auch Davids – am Ende einstreichen konnte.

»Ein sicheres Geschäft?«, hatte einer der Vize-Präsidenten Davids vor dem Deal gefragt. »Todsicher«, hatte Davids geantwortet.

Er sah die schwarze Limousine, die vor dem Waldorf-Astoria stand, und bewegte sich auf sie zu, während er eine Nummer in sein Handy tippte.

Die schlanke Frau, die hinter einem Gepäckwagen des Hotels stand, sah er nicht.

8

NEW YORK
MITTWOCH, 3. JANUAR
06:00 UHR

Es hatte zu schneien begonnen. *Du musst wahnsinnig sein,* dachte Nemesis, während sie nahe dem Hotel an der Park Avenue stand, wartete und versuchte, die Kälte zu ignorieren, die allmählich über ihre Schuhe in ihren Körper kroch. Der Geruch von gerösteten Esskastanien von einem Straßenstand in der Nähe stieg in ihre Nase. *Wenn Tyron merkt, dass ich mit Coreolanus gemeinsame Sache mache, bin ich so gut wie tot.* Die Absolution, ein hohes Einkommen bis zum Lebensende, eine Luxussuite in Rom – der Heilige Stuhl hatte sich durchaus erkenntlich gezeigt. Doch all das würde Nemesis nur helfen, wenn sie und damit der *Ordo Tempestatis* gewinnen würden. Sie schaute zu dem Straßenhändler mit den gerösteten Kastanien. Würde es Tyron gelingen, sie auszutricksen, wäre Nemesis genauso tot wie die Asche in dem Grill.

Aber was war die Alternative?

Ihre Gedanken brachen ab, als sie Michael Davids sah, der wie ein Eisbrecher aus dem Hoteleingang durch das Schneegestöber hindurchpflügte, das Ziel, die schwarze Limousine, die vor der Lobby wartete, fest im Auge. In einer Hand ein Handy am Ohr, in das er stakkatohaft Anweisungen gab, in der anderen eine schwarze, lederne Aktentasche. Ende vierzig, untersetzt und breitschultrig, erinnerte er sie an einen Bullen, der kurz davor ist, jeden aufzuspießen, der sich ihm in den Weg stellt. Sein Nacken drohte den Kragen des Hemdes zu zerreißen, und seine Augen scannten die Gegend ab wie der Laserpointer eines Scharfschützengewehres, als wäre der Mann ständig in Sorge, irgendetwas zu verpassen. Er gab einen letzten grunzenden Befehl von sich, steckte das Handy ein und stieg in den Wagen.

Nemesis ging zum Münzapparat in der Hotellobby. Festnetz. Wählte eine Nummer.

»Davids verlässt die Stadt«, sagte sie und legte auf.

ROM
MITTWOCH, 3. JANUAR
13:00 UHR

9

Coreolanus wählte eine Nummer, während er in der gepanzerten S-Klasse auf dem Weg zum Charterflughafen Ciampino bei Rom war.

»Venturini?«, sagte er, »Ich brauche die Depotstruktur von *Silverman & Cromwell.* Und die Telefonnummer von Michael Davids. Er müsste demnächst von New York aus losfliegen. Ich tippe auf einen Privatjet.«

Er schaute auf seinen Kardinalsring, in dem Spiegelungen der Bäume vorbeihuschten, die draußen an der Appia Nova standen.

»Einer *aus* New York, einer *nach* New York«, sagte Venturini salbungsvoll. »Ihr werdet ihn im Himmel treffen.«

»In der Luft meinst du wohl«, sagte Coreolanus und lächelte. »Im Himmel ganz gewiss nicht.«

LONDON
MITTWOCH, 3. JANUAR
12:00 UHR

10

›Delete‹. Er löschte ärgerlich die Zahlenkolonne, die er gerade in seine Exceltabelle eingegeben hatte. Er konnte sich nicht konzentrieren und daher konnte er auch nicht arbeiten.

Morgen würde es so weit sein, *dachte er. Morgen würden sie bei ihm anrufen und fragen, wie weit er sei, ob er Antworten auf die Fragen gefunden hatte. Was sollte er ihnen sagen? Dass er in Panik davongelaufen war? Dass er doch anonym die Poli-*

zei gerufen hatte und jetzt vielleicht die Aufmerksamkeit nicht nur auf die Täter, sondern vielleicht auch auf sich gelenkt hatte? Auf einmal durchschoss es ihn wie ein Blitz: Was wäre, wenn er die Polizei durch seinen Anruf auf die Mordszene gelenkt hätte und die Ermittler tatsächlich die Täter dingfest gemacht hätten? Was sollte die Täter dann davon abhalten, der Polizei zu erzählen, dass er auch beteiligt gewesen war? Sie kannten ihn doch offenbar, hatten seine Bankverbindung, seine Handynummer. Dann wussten sie auch, wer er war, wo er wohnte. Was hatte er für ein Alibi? Er war am Tatort gewesen, seine Fingerabdrücke waren auf dem Schloss, wahrscheinlich waren die Täter auch so schlau gewesen, selbst keine Spuren am Tatort zu hinterlassen. Nur seine Spuren waren dort. Und vielleicht hatte die Polizei auch seine anonyme Meldung von der Telefonzelle auf Tonband aufgenommen, konnte dann anhand eines Sprachdetektors sehr schnell herausfinden, dass er – und kein anderer – es gewesen war, der den Mord gemeldet hatte.

Schön, dass Sie uns Bescheid gesagt haben, *hörte er sie schon sagen,* aber wenn Sie damit nichts zu tun haben, wieso sagen die dann, Sie seien ein Komplize? Und wenn Sie das nicht sind, wieso wissen Sie dann davon? Und wenn Sie nichts davon wissen, wieso rufen Sie uns dann an? Denn das war doch Ihre Stimme, oder nicht?

Er konnte zur Polizei gehen und alles offenlegen – aber vielleicht würde er dann für die nächsten 20 Jahre in einer Zelle sitzen. Unschuldig und trotzdem verurteilt, da alle Beweise gegen ihn sprachen.

Er konnte auf den Anruf am kommenden Tag reagieren und irgendeine Antwort erraten, auf die winzige Wahrscheinlichkeit hoffen, dass diese richtig wäre – doch wenn sie falsch wäre, was würden sie dann mit ihm machen? Dasselbe wie mit den Leichen in dem unterirdischen Bunker?

Er konnte einfach abwarten und nichts tun, warten, bis entweder die Polizei oder die anderen bei ihm auftauchten.

Keine der drei Optionen schien ein gutes Ende für ihn bereitzuhalten. Was hätte er dafür gegeben, wenn es den ersten Januar nicht gegeben hätte, wenn er das Jahr noch einmal ganz neu anfangen könnte? Er schaute auf die ›Delete‹-Taste auf seinem Computer, sah auf das leere Excel-Blatt auf dem Bildschirm und suchte nach der Löschtaste in seinem Kopf – doch die fand er nicht.

11

LONDON
MITTWOCH, 3. JANUAR
13:00 UHR

Wolf trug bei der Arbeit immer schwarze Kleidung und eine schwarze Maske.

Wolf. Der Name war nordischer Abstammung, und früher fand er seinen Namen, den ihm seine Eltern gegeben hatten, grauenhaft, doch irgendwann nannte er sich nur noch *Wolf*, als wäre es ein Künstlername. Er passte so gut zu seiner Natur: ein Jäger, düster und einsam.

Man sagt, dass man zu dem wird, was man werden sollte, doch Wolf wusste es besser: Man wird zu dem, was man gesehen hat. Wolf war bei der russischen Armee gewesen, stationiert in Ostdeutschland, 18 Jahre alt. Er wollte *Speznaz* werden, Mitglied einer Spezialeinheit des militärischen Nachrichtendienstes. Die *Speznaz* waren schon im November 1950 aufgestellt worden, als erste Reaktion auf den Kalten Krieg mit den USA. Ihre Mitglieder rekrutierten sich hauptsächlich aus den Reihen des militärischen Nachrichtendienstes. Sie waren dafür da, feindliche Befehlszentralen auszukundschaften, mobile Abschussrampen für Nuklearwaffen aufzuklären und zu eliminieren sowie Attentate und

Anschläge auf Zielpersonen und Zielorte des Feindes zu unternehmen. *Speznaz,* das war die Gemeinschaft, die vor Wolf verheißungsvoll am Horizont schimmerte wie eine Kiste mit Gold.

Doch es kam anders: In jeder großen Institution gibt es Hierarchien, und in der russischen Armee gab es eine ganz spezielle: *Dedowschtschina* ist die *Herrschaft der Großväter*, die Tyrannei der älteren Offiziere, die die jungen Soldaten für private Arbeit einsetzen, missbrauchen und misshandeln. Sein Kamerad Sascha, der mit Wolf zusammen bei der Armee war, hatte sich mit diesen *Großvätern* Ärger eingehandelt. Er hatte sich geweigert, nach den Regeln zu spielen, sich geweigert, als Arbeitssklave für sie zu schuften und ihnen sein Geld und seine Zigaretten zu geben. Sie hatten ihn gefesselt und mitgenommen, zu einem Feld abseits der Kaserne, bei einer Halle für Panzerersatzteile. Wolf hatten sie auch mitgenommen, er sollte die Lektion ebenfalls schon lernen. Vorher hatten sie ihm mit einer Gehwegplatte das Schienbein gebrochen, damit er nicht weglaufen konnte. Er saß, vor Schmerzen wimmernd, auf dem schmutzigen Boden hinter der Halle. »Jetzt werden wir dir zeigen, was mit Leuten passiert, die nicht gehorchen wollen«, hatte der Desjatnik, der ranghöchste der drei Offiziere, gesagt. Die drei hatten dann mit Eisenstangen auf Sascha eingeschlagen, so lange, bis er sich nicht mehr bewegte. Wolf konnte ihm nicht helfen. Er konnte nur entsetzt zuschauen. Schließlich gelang es ihm, zu fliehen, als die Offiziere nicht mehr auf ihn achteten, da sie merkten, dass Sascha nicht mehr lebte. Wolf war in einen Müllcontainer in der Nähe geklettert und hatte die Militärs gehört, wie sie die Umgebung nach ihm absuchten. Er musste all seine Willenskraft aufwenden, um nicht vor Schmerzen in seinem Schienbein aufzuheulen und so die Aufmerksamkeit auf sich zu ziehen. Nach einer Stunde waren sie endlich gegangen. Wolf zog sich aus der Öffnung heraus, fiel mehr als dass er kletterte, fand einen Ast, den er als Krücke benutzen konnte, und humpelte die Straße entlang zum Krankenhaus. Ein Trabant kam ihm entgegen, darin saß ein Mann mit seiner Tochter. Er sah die Abzeichen auf seiner Uniform, nickte bedächtig und fuhr ihn ins Krankenhaus. Als der Mann die Autotür hinter ihm zuschlug, hörte Wolf von ferne die kehlige Stimme des *Desjatnik*. Der Mann und seine Tochter hörten sie zum Glück nicht. Hätte das Auto nicht gehalten, wäre er tot gewesen.

Emotionen konnten tödlich sein. Als die Offiziere ihn gesucht hatten, hatte er nicht geschrien und er hatte nicht geweint. Auch im Auto nicht, wo ihn der Mann und seine Tochter respektvoll angeschaut hatten, und auch bei der Anmeldung im Krankenhaus nicht. Erst allein in seinem Zimmer, mit Gipsverbänden an seinen Beinen, kamen die Tränen.

Seit diesem Tag war er ein anderer. Er desertierte, ging zurück in die Sowjetunion, von dort aus nach China und Okinawa. Er lernte Karate, Jiu-Jitsu, Ninjutsu. Stundenlang jeden Tag, tagelang jedes Jahr, jahrelang in seinem Leben. Es gab für ihn nichts anderes mehr als Kampf, den einsamen Kampf. Er wohnte in den heruntergekommensten Absteigen, nahm jede noch so schmutzige Arbeit an, um zu überleben – und zu trainieren. Und er hatte außergewöhnliches Talent. Bald konnte er Bretter zerschlagen, schleuderte Wurfsterne über zehn Meter Distanz genau ins Ziel, lernte mit verschiedenen Waffen zu schießen, Häuser zu erklettern, Mauern zu überwinden. Er lernte den Anti-Terror-Kampf, schmutziges Kämpfen, den Gegner zu überlisten und seine verletzlichen Punkte anzugreifen, seinen Kehlkopf herauszureißen, mit der Faust seinen Schädelknochen zu brechen.

Er ging nach Japan zu Otake Sensei, zehnter Dan, Wado-Ryu-Karate. *Wie lange muss ich üben, bis ich ein Meister bin?*, hatte er Otake gefragt. *Bis zu deinem Tod,* war die Antwort. Er hatte ihm die Technik *Nukite* gezeigt, mit den ausgestreckten, aneinandergelegten Fingern einer Hand in den Brustkorb des Gegners eindringen, die Rippen umfassen und herausreißen. Wolf musste stundenlang mit der Hand in einen Eimer aus trockenen Bohnen schlagen, bis die Finger den Boden des Eimers erreichten, dann in einen Eimer mit Sand, dann Kieselsteine und schließlich in einen Eimer mit Bleikugeln. Und als er es geschafft hatte, auch hier den Boden zu treffen, sagte ihm Otake, dass seine Hände nun tödlicher seien als Schwerter.

Unser Körper ist eine Waffe, die uns niemand wegnehmen kann, hatte Otake zum Abschied gesagt, *denn Leben heißt Kämpfen, und Leben heißt Sterben.*

Leben heißt Sterben. Das galt für Wolf, das galt für seine Gegner. Er kannte die Namen der drei Offiziere, hatte sie wiedergefunden, und konnte kaum glauben, dass er damals vor ihnen geflohen war, so lächerlich leicht kam es ihm jetzt vor, sie zu töten. Doch all das war für ihn kein Mord, es war Rache und es war Wettkampf, denn alle hatten gewusst, worauf sie sich einließen. Wirkliche Gegner hatte er keine. Er war zu einer Vernichtungsmaschine geworden, er war schnell und stark: schnell genug, um sich vor einem Pistolenschuss zu Boden zu werfen, stark genug, mit dem Luftzug seines Faustschlags eine Kerze auszulöschen.

Dann kam einer von *denen* zu ihnen, einer, die Leute wie ihn brauchten. Leute wie ihn, die nichts anderes hatten als ihre Kraft und ihre Geschwindigkeit und ihre bedingungslose Loyalität. Einer von *denen* war nach dem Training auf ihn zugegangen, er trug einen teuren Anzug und an jeder Hand einen Ring. Wolfs Augen waren scharf, er hatte gesehen, dass auf den Ringen eine Sichel und eine Sanduhr dargestellt waren. Der, der mit ihm sprach, wusste, dass Wolf in einem Kampf seinen Gegner getötet hatte. Das imponierte ihm anscheinend.

»Du kannst Leute umbringen, die gegen dich kämpfen. Leute, die dich besiegen wollen, werden von dir besiegt«, sagte er, ohne dass auf seinem Gesicht irgendeine Regung zu sehen war. Die anderen Kämpfer verließen die Trainingshalle und gingen zu den Duschen.

Wolf hatte genickt und sich mit einem Handtuch den Schweiß von der Stirn gewischt.

»Kannst du dir auch vorstellen, Leute umzubringen, die dir nichts getan haben …«, hatte der Mann gefragt. Wolf hatte eine Augenbraue gehoben.

»… wenn wir dich dafür bezahlen? Du kannst sicher sein, sie haben es verdient, genau wie du die Bezahlung verdient hast.«

Wolf hatte noch einmal genickt.

»Wunderbar«, hatte der Mann gesagt und seine Hand ausgestreckt. »Ich heiße Tyron, und du?«

»Ich nicht.«

Heute, am Mittwoch, dem 03. Januar, war Wolf in London gelandet.

12

ZWISCHEN NEW YORK UND LONDON
MITTWOCH, 3. JANUAR
08:00 UHR

Das gleißende Weiß bildete eine schimmernde Aura um die dicken Wolken, die wie träge Wattebäusche unter dem Falcon 50 schwammen. Michael Davids hatte gerade seine beiden *Freundinnen* angerufen, wie er sie immer nannte. *Night and Day.* Mit denen würde er sich heute Abend ordentlich austoben.

Er platzte fast vor Freude. Der *Grateful-Dead*-Deal, bei dem er mal eben 300 Millionen einkassiert hatte, und dann noch ein freier Partyabend in London! Alle Banker schauten in die Röhre, und er, Michael Davids, der Rainmaker, war der Einzige, der Geld machte. Es war fast zu schön, um wahr zu sein.

Vielleicht war es das wirklich.

13

BERLIN
MITTWOCH, 3. JANUAR
14:30 UHR

Sie standen auf dem Flur des LKA, zwischen den beiden Abteilungen, dem Dezernat für organisierte Kriminalität und Wirtschaftsdelikte und der Mordkommission, gegenüber der Kaffeeküche mit der rumpelnden Kaffeemaschine. Auch wenn es Sarah manchmal auf den Geist ging, wie Winterfeld häufiger den »Elder Statesman« spielte, fragte sie ihn dennoch gerne einmal um Rat, wenn es um einen schwierigen Fall oder eine unangenehme Entscheidung ging. Dies war jetzt eine solche Situation.

Vincent und Sarah standen fröstelnd am geöffneten Fenster, während Winterfeld, einen Zigarillo in der Hand, wieder einmal »nach draußen rauchte« und in meditativer Stille blauen Qualm in die Winterluft blies.

»Vincent«, sagte Winterfeld, »Sie müssen verstehen, das ist hier eine Behörde. Entscheidungen brauchen ihre Zeit und müssen mit Vorgesetzten abgestimmt werden. Zudem werden wir durch Steuergelder finanziert und müssen uns daher auch vor dem Souverän – also dem Volk – rechtfertigen, wenn wir unmäßig Geld aus dem Fenster werfen. Das gilt natürlich auch für Reisekosten und sogar für Flüge nach Oxford.« Er zog an dem Zigarillo und ein ironisches Lächeln spielte über seine Lippen. »Wenn ich mir allerdings anschaue, wofür der Staat sonst so Geld in die Gegend pustet, sollte es dem Steuerzahler ganz recht sein, dass ein bisschen Geld auch in die Straßenreinigung geht.«

Vincent hob die Augenbrauen. »Straßenreinigung?«

Winterfeld fuhr sich durch die Haare. »Die ganzen Kriminellen, die dem Steuerzahler sonst die Kehle durchschneiden oder ihn ausplündern würden, sind durch uns nicht auf der Straße, sondern im Knast oder tot. Wie sich das gehört. Saubere Straßen halt. Der Steuerzahler sollte ...«

»Herr Oberkommissar«, sagte Sarah lächelnd. Manchmal konnte Winterfeld bei allem Diensteifer recht langatmig sein. »Wir brauchen keine Vorlesung über Staatswissenschaften und Strafrecht, sondern eine Bauchentscheidung.«

»Jaja, das kenn ich«, sagte Winterfeld. »Bauchentscheidung. Wenn es gut geht, war's Ihre Idee, wenn es schiefgeht, habe ich euch angestiftet.«

Sarah nickte scheinbar unschuldig, als könne sie sich mit dieser Verantwortungsteilung durchaus anfreunden.

»Nun gut«, sagte Winterfeld, zog an dem Zigarillo und stieß dichte Qualmwolken aus. »Wenn es nun mal so ist, dass dieser seltsame Professor in Oxford am Telefon partout nichts sagen will, dann sagen wir mal, ihr zwei fliegt heute noch nach London, hört euch die ganze Geschichte an und fliegt dann, wenn ihr alles erfahren habt, sofort wieder zurück. Dann wissen wir spätestens morgen oder übermorgen, ob uns die Infos weiterhelfen oder nicht.« Er wandte sich Vincent zu. »Dieser Stokes, was ist das für einer?«

»Er ist eine der größten Koryphäen in der Kunstgeschichte weltweit«, sagte Vincent. »Wenn uns einer helfen kann, dann er.« Vincent dachte an das Seminar in London, das Seminar zu der Darstellung der Offenbarung des Johannes – der Apokalypse – in der bildenden Kunst. Stokes wirkte zuweilen wie ein Besessener, als wäre er bei einigen dieser Bilder dabei gewesen, und zwar nicht beim Malen der Bilder, sondern bei den Ereignissen selbst.

»Nun gut«, sagte Winterfeld noch einmal und zog wieder an seinem Zigarillo. »Also, die Bauchentscheidung.« Er bewegte seinen Kopf in Sarahs Richtung. »Sie erinnern sich doch an die Geschichte mit dem Sohn vom Baulöwen, der den Frauenkopf im Kühlschrank hatte?« Sie nickte. Und ob sie sich erinnerte. »Hätten wir da nicht den kurzen Dienstweg genommen und stattdessen die offizielle Behördenmühle angeschmissen, wäre der doch immer noch in Freiheit und hätte mittlerweile 10 Köpfe im Kühlschrank. Meinen Sie nicht auch?« Sie nickte wieder. Er drehte den Zigarillo zwischen den Fingern. »Daher ist hier mein Rat: Wenn ihr glaubt, das ist eine Spur, die man verfolgen sollte – und eine andere Spur haben wir ja leider nicht –, dann solltet ihr am besten sofort losfliegen – und damit meine ich sofort. Nicht offiziell, nicht mit Anmeldung und Genehmigung, sondern quick and dirty sofort! Bis das Ganze bei Bellmann durch ist, ist wieder Weihnachten, also vergessen Sie's.« Er warf den Zigarillostummel aus dem Fenster. »Buchen Sie die Flüge auf Ihre Kostenstelle oder schießen Sie's privat vor und geben erst einmal Gas. Ich kann versuchen, Bellmann hier in Schach zu halten, damit ihm gar nicht auffällt, dass Sie weg sind. Deal?« Er streckte die Faust aus, wie ein Gangster aus Harlem oder der Bronx.

»Deal«, sagte Sarah und schlug mit ihrer Faust dagegen. »Wie haben Sie früher immer gesagt? Manchmal ist es besser, sich hinterher zu entschuldigen ...«

»... als vorher um Erlaubnis zu fragen«, ergänzte Winterfeld und schloss das Fenster. »Ganz genau. Und jetzt los!«

»Ein paar Dinge klappen ja doch«, sagte Vincent, als beide in Sarahs Büro saßen und Sarah im Internet nach Flugverbindungen suchte. Vincent hatte gerade mit Stokes' Sekretariat telefoniert. Morgen Nachmittag sollte der Professor Zeit haben. Es war Vincent deutlich anzusehen, wie sehr er sich auf die Reise nach Oxford freute.

Sarah schob einige Unterlagen auf ihrem Tisch zusammen. »Wenn dieser Geheimbund wirklich die Weltherrschaft will«, fragte sie, »was hat er dann davon, irgendwelche Manager umzubringen? Abgesehen davon, dass es vielleicht eine Menge Geld bringt? Aber ist der Besitz von Unternehmen wirklich der Weg zu absoluter Macht? Unternehmen können auch pleitegehen. Sieht man ja jetzt gerade wieder.«

»Das habe ich mich auch gefragt«, sagte Vincent. »Geld allein kann als Motiv genügen. Aber wo du es sagst...«

Er überlegte für ein paar Sekunden. Er hatte sich gerade an etwas herangetastet, etwas, das mit einer völlig anderen Welt zu tun hatte. »Marcus!«

»Dein Bruder?«, fragte Sarah.

»Genau, der ist doch Investmentbanker in London. Ich habe ihn vorgestern gesehen, zu Hause in Bremen. An dem Abend, als du mich angerufen hast. Er hat ein paar interessante Sachen über Finanztransaktionen erzählt.«

»Meinst du, der könnte uns helfen?«

»Vielleicht. Was die finanzielle Seite angeht, sicher. Manager werden doch nicht einfach so ermordet, da muss mehr als geheimnisvolle Mythologie dahinterstecken. Ich überlege nur gerade: Wir müssen doch eh über London nach Oxford. Vielleicht können wir vorher mit Marcus sprechen?«

»Das wäre aber kein offizielles Gespräch«, bemerkte Sarah. »Genauso wenig wie die Sache mit Stokes. Und wir müssten sehr aufpassen, was wir deinem Bruder erzählen. Andererseits...«

»Andererseits was?«

»Andererseits sind die Aufsichtsbehörden in London auch schon an dem Fall dran. Je eher wir mit einem Insider sprechen, desto besser. Der Mord ist hier in Berlin passiert und wir sollten diejenigen sein, die am meisten wissen.«

»Ich ruf ihn mal an«, sagte Vincent und griff zum Telefon. »Mehr als ›Nein‹ sagen kann er nicht.«

14

LONDON
MITTWOCH, 3. JANUAR
13:30 UHR

»400 Millionen für die Übernahme könnten wir aus Fremdmitteln finanzieren«, sagte Marcus. Er saß mit einigen seiner Banker und zwei japanischen Geschäftsleuten in einem der großen Meeting-Räume von *Silverman & Cromwell*. Ein Beamer strahlte diverse Zahlungsströme mit Balkendiagrammen in einer Power-Point-Präsentation an die Wand. »An den Märkten weiß man jedoch, dass das Geschäftsmodell des fusionierten Unternehmens ein wenig auf tönernen Füßen steht. Die Abhängigkeit vom labilen Binnenmarkt ist zu groß, und das Auslandsgeschäft macht nur fünf Prozent aus.« Die beiden Japaner sahen sich unzufrieden an. »Um also die Anleihe am Euro-Markt zu platzieren, müssten wir mindestens einen Nominalzins von sieben Prozent bieten, in Pfund Sterling sogar 8,5 Prozent. Darunter würden es nur irgendwelche Blödmänner kaufen.«

»Was spricht dagegen, Mr. Wagner, wenn es nur irgendwelche – wie Sie es nennen – Blödmänner kaufen?«, fragte einer der Japaner in fließendem Englisch mit leichtem Akzent. »Hauptsache, sie kaufen. Oder haben Sie Mitleid mit diesen *Blödmännern*?«

»Ganz und gar nicht«, sagte Marcus. »Wir sind ja nicht die Caritas. Nur gibt es leider nicht genug davon für unsere 400 Millionen. Je höher der Zins, desto mehr Blödmänner und damit auch …«

Die Tür öffnete sich und Lara, Marcus' Assistentin, blickte unsicher in den Raum.

»Mr. Wagner«, sagte Lara. »Es tut mir leid, Sie zu stören, aber da ist ein Anruf für Sie von Ihrem Bruder Vincent. Er sagt, es sei sehr wichtig.«

»Das muss es wohl, wenn er mich hier stört«, sagte Marcus. »Hat er gesagt, worum es geht?«

Lara machte eine Geste, als wolle sie ihm das lieber draußen sagen.

»Verstehe.« Marcus erhob sich. »Verzeihen Sie die Störung, meine Herren, ich bin gleich wieder da. Eric …«, er wies auf einen der Banker, die ebenfalls im Raum saßen, »… wird Sie weiter durch die Präsentation führen.«

Marcus verließ den Meetingraum. Er spürte den Blick der Japaner auf seinem Rücken, die schon so sehr Europäer waren, dass sie die Familie als Grund für derartiges Verhalten nur widerwillig anerkannten.

Sie durchquerten den langen Flur, der die Konferenzräume von den Büros der Investmentbanker abtrennte.

»Verdammt, Lara«, fing Marcus wütend an, als sie außer Hörweite waren, »das ist eine wichtige Präsentation! Was kann denn so dringend sein, dass Sie mich hier stören müssen? Ist irgendjemand gestorben?«

»Sie wissen, ich störe nur, wenn es wichtig ist«, sagte Lara. »Ihr Bruder Vincent sagte, es ginge um den Mord an Stuart Hill und …«

Marcus' Kopf fuhr hoch. »Was hat Vincent damit zu tun?«

»Er unterstützt die Kripo in Berlin in diesem Fall. Mehr wollte er nicht sagen.« Lara lächelte unsicher. »Er wäre nicht Ihr Bruder, wenn es nicht wirklich wichtig wäre.«

Marcus schüttelte den Kopf. Vincent arbeitete am Fall Stuart Hill? War das der Grund, warum er wieder nach Berlin zurückmusste? Hill, der von einem unheimlichen Investor getötet wurde, der offenbar durch Mord Geld verdiente? Er hatte seinem Bruder noch am Neujahrsabend von Leerverkäufen erzählt und er erinnerte sich an das misstrauische Gesicht, das Vincent dabei gemacht hatte. Doch jetzt fand er das Ganze gar nicht mehr komisch.

Lara stellte den Anruf zu Marcus' Büro durch. Das Telefon klingelte, und Marcus nahm den Hörer ab.

»Vincent, was gibt's denn so Dringendes?«

»Sorry erst mal, dass ich dich aus dem Meeting geholt habe«, sagte Vincent. »Hab's vorher auf dem Handy versucht, und dann hatte ich deine Sekretärin dran.«

»Ja, ich habe das Handy auf sie umgestellt«, sagte Marcus gereizt. »Also, was ist jetzt so wichtig? Lara sagt, du würdest plötzlich für die Kripo arbeiten?«

»Ja«, sagte Vincent, »die Hill-Sache. Es gibt da ein kunstgeschichtliches Rätsel, das wir lösen mussten.«

»Ich wusste es, ich hätte doch nicht BWL studieren sollen. Sag bloß, ihr habt durch deinen Kunstverstand die Mörder erwischt?«

»Schön wär's; ganz im Gegenteil. Es gab noch einen Mord, ebenfalls an Mitarbeitern von *Promethean Industries*.«

Marcus' Augen weiteten sich. »Davon habe ich noch gar nichts gehört! Wer denn?«

»Das kann ich dir jetzt nicht sagen, und es kam auch nichts an die Presse. Und ich muss dich dringend bitten, das für dich zu behalten.«

»Kein Problem, ist sowieso keiner unserer Kunden.« Marcus blickte aus dem Fenster auf den verhangenen Londoner Himmel. Lange schon hatten sie versucht, *Promethean Industries* als Kunden zu gewinnen. Und jetzt war es zu spät – oder auch nicht?

»Pass auf«, sagte Vincent. »Weshalb ich dich anrufe: Du hattest ja gesagt, dass jemand *Promethean Industries* eins auswischen wollte, indem er Stuart Hill tötet.«

»Klar, da hat jemand massiv Leerverkäufe durchgeführt und dann Hill umgelegt«, sagte Marcus. »Nicht die feine Art, passiert aber wie schon gesagt nicht zum ersten Mal.«

»Genau, du hast davon gesprochen und darum komme ich auch auf dich.«

Marcus begann sich zu ärgern, dass er in Bremen bei den Eltern nicht den Mund gehalten hatte. Er gab Lara durch die Glastür einen Wink, damit sie ihm einen Espresso brachte.

»O. k.«, sagte er. »Und nun?«

»Es scheint sich um eine größere Sache zu handeln, so eine Art Verschwörung. Ich weiß, das klingt jetzt albern, aber alles spricht dafür. Sarah und ich sind morgen in England, genauer gesagt in Oxford, um dort mit einem Spezialisten zu sprechen.« Vincent machte eine Pause. »Da es bei dieser Sache ja auch um eine Menge Geld geht, stellt sich die Frage, ob es da auch im Finanzbereich Dinge gibt, die wir vielleicht übersehen haben. Und da brauchen wir deine Expertise.«

»Ist ja nett, dass ihr mich um Rat fragt, aber was hält die Polizei davon, dass ihr euch direkt an mich wendet?«

»Die weiß nichts davon, zumindest nicht die in London. Aber wenn, würden sie euch mit Sicherheit sofort die Bude einrennen. Wäre doch schön, wenn wir das Rätsel dann schon gelöst hätten.«

Damit hat Vincent allerdings recht, dachte Marcus.

Lara kam herein und brachte den Espresso.

»Das heißt, ihr macht so eine Art Sonderspurensuche, neben der offiziellen Ermittlung?«

»Richtig«, sagte Vincent. »Es gibt natürlich die großen Ermittlungen, die in dem Fall laufen, die aber nicht weiterkommen, weil es keine Zeugen gibt. Und es gibt uns. Wir haben eine seltsame Story, die uns keiner glaubt, aber die vielleicht funktionieren könnte. Und wenn wir von dir Informationen auf dem kurzen Dienstweg kriegen, hilfst du mit, dieses Komplott aufzudecken. Das wäre doch für den Ruf eurer Bank nicht schlecht, oder? Gerade jetzt!«

»Die Imagepflege überlass mal uns. Wie soll es denn nun weitergehen?«

»Also, wir sind morgen in Oxford, reisen aber sowieso über London. Ist es möglich, dass wir uns heute Abend in London sehen? Wir würden dann in London übernachten und fahren am Dienstag nach Oxford weiter.«

Irgendetwas in ihm ahnte, dass ihm dieses Treffen vielleicht mehr nutzen würde als Vincent. Er sagte sofort zu. »Wird etwas knapp, aber wenn es der Gerechtigkeit hilft, wieso nicht. Ich bin die Woche hier in London. Könnt gerne bei mir übernachten.«

»Das wäre natürlich super.«

»Geht schon klar«, sagte Marcus, schlürfte seinen Kaffee und sah in seinen Outlook-Terminkalender. »Wie wär's, wenn ihr heute Abend um 19 Uhr hier bei mir seid? Will mal zusehen, dass ich 'ne Stunde freischaufel, länger brauchen wir ja wohl nicht? *Silverman & Cromwell*, Fleet Street 123. Meldet euch beim Portier unten am Empfang. Könnt dann danach zu mir fahren, dann wohnt da wenigstens mal jemand.« Marcus war kurzfristige Entscheidungen gewohnt.

»Prima, Marcus. Besten Dank. Dann sehen wir uns heute Abend. Wenn noch was Neues dazukommt, melde ich mich.«

Vincent hatte aufgelegt, und Marcus blickte wieder aus dem Fenster auf den verhangenen Himmel und trank den restlichen Espresso in einem Schluck. Da fiel ihm die Liste ein, die er in der Nacht von Mittwoch auf Donnerstag ausgedruckt und in seine Aktentasche gesteckt hatte, die Liste mit den mysteriösen Firmen, die Put-Optionen auf *Promethean Industries* gekauft und alle von *Mandrake Investment* eine Kreditlinie bekommen hatten; Firmen, deren Namen er noch nie gehört hatte. *Dashe Corporation, Tere-Med. Enterprises, Soepondi-Commercial* und die *Suez Credit Company.* Ob das mit der Verschwörung zusammenhing? Wenn nicht, war es einfach Zufall, wenn doch, konnte es gefährlich werden. Er stellte seine Tasche auf den Tisch, nahm die Liste heraus, blickte über die rätselhaften Namen und steckte sie wieder in seine Tasche. Dann machte er sich auf den Weg zurück in den Meeting-Raum.

15

ZWISCHEN ROM UND NEW YORK
MITTWOCH, 3. JANUAR
14:30 UHR

Seit einer Stunde waren sie in der Luft. Kardinal Coreolanus blickte aus dem Fenster auf den stahlblauen Himmel. Watteartige Wolken, wie auf einem Gemälde von Tiepolo oder Tintoretto, huschten am Fenster vorbei.

Während die Sonne sich jetzt nach Mittag schon fast wieder Richtung Westen und dem Untergang zuneigte, sah Coreolanus den Stern seiner Unternehmung weiter steigen. *Princeps milítiæ cœléstis Sátanam aliósque spíritus malígnos in inférnum detrúde – Fürst der himmlischen Heerscharen, stoße den Satan und die anderen bösen Geister in die Hölle,* dachte er, während er einen Schluck Montepulciano aus dem Glas mit dem Papstwappen trank. Montepulciano, Heimat von Policiano, dem Lehrmeister Michelangelos im Hause Lorenzo di Medicis.

Ihm stand das Jüngste Gericht von Michelangelo vor Augen, dieses riesige Wandbild in der Sixtinischen Kapelle, vor dem er schon so viele Stunden verbracht hatte, dass er glaubte, es fast auswendig wiedergeben zu können. Die Hölle und die Prophezeiung, eine unendliche Tiefe tat sich auf dem Bild auf. Dinge sind dargestellt, dachte Coreolanus, die sich nicht beschreiben lassen. Und darunter Charon, der Bootsmann des Styx, der seinen vollen Nachen ausschüttet wie einen Eimer Fische. So lässt er die Unglücklichen hinabspringen in die Flammen und den Qualm, als hätte Dante selbst die Worte Charons aus der *Göttlichen Komödie* Michelangelo bei der Arbeit ins Ohr geflüstert: *Ihr, die ihr kommt, lasst alle Hoffnung fahren …*

Die Feinde mochten stark sein, dachte er, doch sie hatten nicht immer einen Blick für die kleinen Dinge. Er dachte an das Motto, das ihn sein Leben lang begleitet hatte: *Non coerceri maximo, contineri tamen a minimo, divinum est – Nicht umschlossen werden vom Größten, sich umschließen lassen vom Kleinsten – das ist göttlich.* John Murphy würde ihm beichten, was passiert war. Er hatte geglaubt, er könne allein den langen, weiten Weg gehen, doch niemand hatte ihn verstanden. *John Murphy. Sei einfach schwach und klein und sei du selbst, wie dich der Herr erschaffen hat, und vertraue ihm an, was du getan hast.* Murphy würde es tun.

Geld und Glauben. Der Preis für die Absolution wäre in Geld zu erstatten, Aktien von *Telramond.* Coreolanus würde die Schalen des Zorns über seine Feinde ausgießen, wie es der Erzengel in der Offenbarung tat.

Für den, der als Geist das Weltall trägt und umspannt, ist das Herz eines Menschen größer als alle Milchstraßen-Systeme. Dennoch fühlte er sich klein im Vergleich zu den Dingen, die bevorstanden.

LONDON
MITTWOCH, 3. JANUAR
13:00 UHR

16

Wolf hatte, wie immer, drei Zimmer nebeneinander auf seinen Namen reserviert. Er war der Jäger, doch würde ihn einmal jemand jagen, würde er nur mit 33 % Wahrscheinlichkeit das Zimmer finden, in dem sich Wolf wirklich aufhielt. Und in dem Moment hätte Wolf schon den Jäger ausfindig und selbst zum Gejagten gemacht. 67% Sicherheit für nur 300 Pfund pro Nacht. Kein schlechtes Geschäft.

Er legte den schwarzen Koffer auf das Bett. Der Vorteil von Privatjets war, dass man viel einfacher ›Handgepäck‹ mitnehmen konnte, als dies auf Linienflügen möglich war. Er klappte den Koffer mit dem McMillan-Tac-50-Scharfschützengewehr auf und überprüfte Stativ, Zielfernrohr und Laserpointer. Dann nahm er die zwei kleinen Walter PP 7,65 Millimeter und ließ beide in zwei Holstern verschwinden. Ebenso die zwei Benchmark-Sidewinder-Klappmesser, die man mit einer Hand öffnen konnte. Seine gefährlichsten Waffen jedoch, seine Hände und Füße und seinen gesamten Körper, konnte er auch auf jedem Linienflug transportieren.

Er schaltete den Fernseher an und drückte auf der Fernbedienung eine Kombination, die er sich vorher eingeprägt hatte. Der Bildschirm würde einen Namen anzeigen. Den Namen einer Person, die ihrem gemeinsamen Vorhaben im Weg stand und deshalb nicht mehr lange leben würde. Die Nachricht von Tyron blitzte kurz auf. Wolf trat zurück und ein paar Sekunden später implodierte der Fernseher mit einem trockenen Zischen. Bläulicher, nach verbranntem Plastik und Platinen stinkender Qualm stieg auf.

Wolfs Augen hatten wie eine Kamera den Namen aufgenommen und im Gehirn gespeichert. Der Name eines

Mannes, der noch nicht wusste, dass er heute Nacht tot sein würde.

NEW YORK
MITTWOCH, 3. JANUAR
09:00 UHR

17

Die große Pendeluhr in seinem Büro hatte gerade neun Mal geschlagen und erfüllte den Raum jetzt mit ihrem gleichmäßigen Ticken. John Murphy hatte seine E-Mails abgezeichnet und in die Klarsichthülle zurückgelegt. Es war eine Angewohnheit, über die viele Leute in der Firma redeten und über die sich auch die Unternehmensberater, die bei *Telramond* ein und aus gingen, hinter seinem Rücken mokierten. Trotzdem ließ er seine Sekretärin alle E-Mails ausdrucken und zeichnete sie dann nach dem Lesen ab, setzte einen Kringel darunter, eine Art Monogramm: *M.*

Er ignorierte, dass er sie oft zu großen Teilen gar nicht gelesen hatte, der Kringel auf dem Ausdruck gab ihm das Gefühl, dass ein Teil der Arbeit, die mit der E-Mail verbunden war, dadurch schon erledigt sei. Er wusste auch, dass Ted Andrews darüber am meisten gelästert hatte.

Der Vorteil der E-Mail gegenüber Papier ist, dass man Unwichtiges sofort mit einem Tastendruck löschen kann, egal, ob das Dokument 10 oder 1000 Seiten hat, hatte Andrews einmal gesagt. *Man muss sich gleich entscheiden: Machen oder wegschmeißen. Manche können das aber nicht, so wie z. B. Murphy. Der druckt all seine Mails …* Murphy hatte einen Stich gespürt, als er damals auf der Toilette Andrews' Stimme gehört hatte, Andrews, der sich am Pissoir mit einem Kollegen unterhielt. Murphy hatte mal wieder vergessen abzuschließen, daher dachte Andrews wohl, er und sein Kollege wären allein. Der andere am Pissoir hatte gelacht. *Bei Murphy ist es halt so,* hatte Andrews ergänzt, *da ersetzt operative Hektik geistige Windstille.* Er hatte noch vieles andere über Murphy gesagt, dass er unsicher sei, unrepräsentativ, oberflächlich, cholerisch und risikoscheu. Er hatte dem Aufsichtsratschef gesagt, dass er sich Murphy nicht als Vorstandschef vorstellen könne, und dass es ihm weniger darum gehe, dass er, Andrews, Vorstand würde. Es wäre eher für das Wohl der Firma wichtig, dass es Murphy *nicht* würde.

Und heute Morgen hatte Andrews dem Untersuchungsrichter gesagt, dass er Jennifer Murphy nicht erschossen habe und dass er sich nicht erklären könne, wie das passiert sei.

»Soll ich ihm absagen, oder nicht?« Eine fremde Stimme drängte sich in seine Gedanken. Murphy blickte auf.

»Was?« Das Wort kam viel aggressiver hervor, als er es geplant hatte. Doreen, seine Sekretärin, zuckte ein wenig zurück.

»Verzeihung, Mr. Murphy«, sagte sie und hielt die Unterschriftenmappe vor sich wie einen Schild. »Mr. Barns. Wir haben ihm schon zweimal abgesagt. Ab nächste Woche ist er erst einmal wieder für zwei Monate in China und …«

»Ja, ja, ich treffe ihn morgen zum Lunch«, knurrte Murphy. Barns war eine Nervensäge, aber er war wichtig. Für den chinesischen Markt und die Expansion nach Fernost. Er blickte erneut auf. Doreen stand immer noch dort mit der Unterschriftenmappe.

»Noch was Wichtiges?«, fragte er.

»Nein.«

»Verraten Sie mir dann, wo Ihr Arbeitsplatz ist?«

Doreen errötete leicht und verließ eilig Murphys Büro.

Murphy atmete tief ein. *Morgen tagt der Aufsichtsrat,* dachte er, *und dann ist John Murphy Vorstandschef.*

Er hörte eine Stimme in seinem Kopf. *Und er wird es nur, weil sie noch keinen anderen haben, weil die Kapitalmärkte sonst ungeduldig werden.* Die Stimme klang wie die von Ted Andrews.

Das Ticken der Pendeluhr ging ihm mehr und mehr auf den Geist. Es war ein Erbstück, aber irgendwann würde er das Ding aus dem Büro schmeißen. Er lehnte sich zurück, griff in die Schublade, holte einige Tabletten hervor und warf sie hastig in den Mund. Er blickte auf. Doreen stand wieder in der Tür.

»Was ist denn noch?«

»Das Büro von einem Kardinal Coreolanus aus dem Vatikan hat gerade angerufen. Der Kardinal möchte sich mit Ihnen treffen, Mr. Murphy«, sagte sie. »Am besten heute noch. Ab 16 Uhr ist er in New York.«

»Dann irgendwann ab fünf Uhr«, sagte Murphy leicht verwundert. Er spürte etwas Unbestimmtes – irgendwo zwischen Angst und Erleichterung.

18

LONDON
MITTWOCH, 3. JANUAR
18:00 UHR

An der Westminster Station nahe dem Big Ben gab es zwei riesige Rolltreppen, die die Fahrgäste nahezu 40 Meter unter die Erde beförderten und ebenso daraus hervorholten. Sarah betrachtete die Passagiere, die auf der Rolltreppe nach unten fuhren. Hauptsächlich Banker und Angestellte der nahen Bürodistrikte und des Parlaments sowie Studenten und Touristen kamen ihnen entgegen, bis sie schließlich das Tageslicht erblickten.

Sarah zog den Schal enger um ihren Hals und blickte zum Himmel. Sie waren in London. Heute um 13:30 Uhr hatte sie die Flüge gebucht. Und zur gleichen Zeit hatte sie ihre Karriere in ernste Gefahr gebracht. Wenn Bellmann etwas herausfinden würde und sie aus London und Oxford nichts mitbringen würden als esoterische Spinnereien, war sie die längste Zeit in Berlin gewesen.

Doch der Blick auf London, der sich ihr jetzt eröffnete, die Houses of Parliament und die Themse, vertrieb für einen Moment ihre Sorgen. Die »unreal city«, wie T.S. Eliot sie genannt hatte, zeigte sich an diesem Winternachmittag in den leuchtenden Farben eines prächtigen Sonnenuntergangs. Orangefarbene Strahlen tauchten die gotischen Türme und Paläste in weiter Ferne in ein warmes Licht und wurden von den gläsernen Wolkenkratzern auf der Southbank tausendfach reflektiert.

»Wir sind tatsächlich pünktlich«, sagte Vincent zu Sarah, nachdem sie ihr Gepäck in einem Schließfach in der Liverpool-Street-Station deponiert hatten.

»Überpünktlich«, sagte Sarah. »Was machen wir die eine Stunde noch?«

»Ich möchte dir unbedingt noch die neuen Docklands zeigen. Es ist zwar London, aber es sieht dort aus wie in New York.«

Die beiden fuhren mit der Dockland-Light-Railway Richtung Greenwich zwischen Backsteinhäusern und kleineren Industriesiedlungen hindurch. Im Hintergrund bauten sich immer größer im Licht der Abendsonne die Bürogebäude von Canary Wharf auf, Canada Tower mit der blinkenden Spitze, das globale Hauptquartier von HSBC, die Europa-Zentrale der Citigroup, das tempelartige Anwesen von Barclays Capital und Morgan Stanley – und in der Mitte ein gigantischer Wolkenkratzer ohne irgendeinen Hinweis, welche Firma hier ihren imposanten Sitz genommen hatte. Ein Monolith aus schwarzem Glas und Stahl, von dem Vincent nicht wusste, ob er ihn vor zwei Jahren hier schon gesehen hatte.

Sie verließen die Bahn bei Canary Wharf Station und gingen auf den großen Platz vor dem Canada Tower. Beide blickten empor zu diesen Monumenten und Altären, errichtet für die Götter des Handels und des Geldes, die sich stolz und herrisch in die eisige Luft des Winterhimmels erhoben.

»Ist Marcus' Firma denn auch hier?«, fragte Sarah.

»Nein, die sind sehr konservativ und bleiben in der City. Fleet Street 123, im guten alten *Financial District.*«

»Wenn die Konservativen nicht hier sind, dann sind hier wohl eher die Abenteurer?«, fragte Sarah.

Vincent nickte und schaute noch einmal in Richtung des schwarzen Wolkenkratzers, der ihm so vollkommen neu vorkam. »Offenbar«, sagte er und zuckte die Schultern.

19

LONDON
MITTWOCH, 3. JANUAR
19:00 UHR

Der gläserne Lift surrte leise, bevor er im achten Stock sanft abbremste. Hinter der klassizistischen Fassade des Gebäudes in der Fleet Street 123 befand sich ein zweiter Gebäudekörper, ganz aus Glas. Geschützt vor allzu neugierigen Blicken gab sich die Bank offen und transparent. Doch das, was sich hinter den Rahmen aus Stahl und den Fenstern aus Glas abspielte, war nicht für die Öffentlichkeit gedacht. In der Abteilung für Fusionen und Übernahmen von *Silverman & Cromwell* wurden milliardenschwere Aktienpakete von einem Besitzer zum anderen verfrachtet, Millionäre erschaffen und Existenzen vernichtet – und nicht zuletzt die Schlagzeilen für die Titelseiten der *Financial Times* geschaffen.

Als die Aufzugtür sich öffnete, wartete Marcus schon im Korridor. Er stand dort, wie auf dem Neujahrsempfang, in einem weißen Hemd ohne Krawatte. In der Hand hielt er eine Mappe mit einigen Unterlagen.

»Guten Abend«, begrüßte er die beiden mit einem leicht gezwungenen Lächeln. »Habt ihr gut hergefunden?«

»Haben wir«, sagte Vincent. »Das ist Sarah.«

Sie unterbrach ihn: »... die offiziell gar nicht hier ist.«

»Verstehe.« Marcus lächelte und kniff ein Auge zu. »Schön, dich kennenzulernen«, sagte er und schüttelte Sarah die Hand. Mit der anderen machte er eine einladende Bewegung, ihm zu folgen. Sie durchquerten einen breiten Korridor mit dunklem Holzparkett und marmornen Wänden. *SILVERMAN & CROMWELL* stand in silbernen Metallbuchstaben an der Wand neben dem Empfang, zusammen mit dem Motto der Firma: *THE WORLD NEXT TO YOU.*

»Ich habe gute Nachrichten«, sagte Marcus, als sie nach rechts in einen weiteren Gang abbogen. »Wir können nachher zusammen essen gehen. Mein Termin ist ausgefallen. Es gibt Unstimmigkeiten bei den Mehrheitsverhältnissen, und da müssen sich jetzt erst mal die Anwälte drum kümmern, bevor wir weitermachen können.« Er machte vor einem Meeting-Raum halt und öffnete die Tür. »Wie auch immer, was haltet ihr davon: Wir gehen essen, fahren dann mit dem Taxi zu mir, da könnt ihr übernachten, und morgen fahrt ihr dann weiter nach Oxford. Deal?«

»Deal«, sagte Vincent.

Die drei betraten den Raum. Ein großformatiges Ölgemälde zeigte Aaron Silbermann und Edward Cromwell mit schwarzem Gehrock und Binder. Aaron saß auf einem Sessel, ein Buch in der Hand, Edward stand hinter ihm, die Hand auf einen Globus gestützt. *Das ist die Welt, und sie wird uns gehören.* Marcus ging zur Stirnseite des Tisches, legte sein Handy und die Mappe auf den Tisch und öffnete sich eine der Cola-light-Flaschen, die auf einem Tablett standen.

»Ihr bedient euch selbst?«, fragte er. »Wunderbar. Also, fangen wir an?« So kannte Vincent seinen Bruder. Marcus war ein *Mann der Tat*, einer, der gerne schnell zur Sache kam und dem Schwafelei ein Gräuel war.

»Da wir nun doch etwas mehr Zeit haben«, sagte Sarah, »würde mich interessieren, worauf die Bank jetzt in Zeiten der Krise ihr Geschäft ausrichtet? Weiterhin Fusionen und Übernahmen oder eher das Zinsgeschäft mit Anleihen?«

Vincent lächelte. Zeit war etwas, was Marcus nie hatte.

»Hat das mit eurem Fall zu tun?«, fragte Marcus.

»Nein«, sagte Sarah grinsend, »aber vielleicht muss ich ja mal in England ermitteln und dann kenne ich schon die relevanten Player.«

Marcus nickte, selbst zum Lachen hatte er keine Zeit. »Nun ja, wir machen weiterhin das, was die meisten anderen Banken auch machen: Wir bewegen sehr viel Geld mit sehr wenig.«

»Ihr wärt auch die erste Bank, die was anderes macht.«

»So ist es eben auch.« Marcus lächelte. »Aber mit Fusionen und Übernahmen ist derzeit nicht viel zu verdienen. Das ist aber auch in normalen Marktphasen nicht anders. Man braucht die M&A-Deals aber, um bei den dicken Fischen den Fuß in die Tür zu bekommen und dann auch die margenträchtigen Geschäfte machen zu können: Anleihen- und Aktienemittierungen, Kapitalerhöhungen und so weiter.« Er setzte sich. »Aber lass uns darüber nachher beim Essen sprechen. Jetzt erst mal die wichtigen Dinge, o. k.?«

Sarah lenkte ein wenig widerwillig ein. »O. k., kommen wir zum Wesentlichen.«

»Also«, begann Marcus. »Ihr wolltet wissen, was sich meiner Ansicht nach bei *Promethean* abgespielt hat. Ich hatte es ja Vincent bereits erzählt: Irgendjemand hat einen Leerverkauf auf die Aktien der Firma durchgeführt, das heißt, er hat sich Aktien geliehen, diese Aktien, die ihm gar nicht gehörten, teuer verkauft und dann, als sie gefallen sind, billig zurückgekauft.«

»Ich bin nicht ganz sicher, ob ich das an Neujahr verstanden habe«, sagte Vincent. Sarah lächelte. Sie kannte die Technik des Leerverkaufes, ließ sie sich aber gerne noch einmal von einem Spezialisten erklären. Sie war gespannt, ob Marcus in der Lage wäre, alles verständlich zu erklären, oder ob er auch auf die Begriffe aus der ›Finanz-Alchemie‹ zurückgreifen würde, die alle Themen, die mit Geld zu tun hatten, zu Herrschaftswissen machten.

Marcus überlegte und richtete sich an Vincent. »Nehmen wir eine Metapher: Stell dir vor, bei deiner Oma steht eine kostbare Vase, die sie niemals verkaufen würde. Sie würde sie aber für eine kurze Zeit verleihen, vorausgesetzt, sie bekommt sie nach Ablauf der Leihfrist wieder.«

Sarah hob die Augenbrauen. An Marcus war wohl ein Lehrer verloren gegangen. Von Alchemie keine Spur.

»Für diese Vase zahlt man heute 100 Euro, in einer Woche aber nur 50 Euro, weil die Preise fallen«, fuhr Marcus fort. »Es gibt im Dorf deiner Oma einen Markt, wo man jederzeit Vasen an- und verkaufen kann. Du bist der festen Überzeugung, dass die Preise für Vasen fallen. Was also machst du?«

Vincent musste nicht lange nachdenken. »Ich leihe mir die Vase und verkaufe sie.«

»Ganz genau. Für das Leihen zahlst du deiner Oma 5 Euro Leihgebühr für eine Woche und verkaufst die Vase auf dem Vasenmarkt für 100 Euro. Wenn die Vase nach einer Woche tatsächlich nur noch 50 Euro kostet, kaufst du sie für diesen Preis zurück und gibst sie deiner Oma wieder. Gewinn: 100 Euro Verkaufspreis minus 50 Euro Kaufpreis minus 5 Euro Leihgebühr ergibt 45 Euro Gewinn.«

»Moment«, widersprach Vincent. »Wenn der Oma die Vase so wichtig ist, dann wird sie ja sicher nicht wollen, dass sie verkauft wird, oder?«

Marcus verdrehte die Augen. »O.k., wir gehen davon aus, dass wir die Vase jederzeit wieder zurückkaufen können.«

»Genau diese Vase?«

»Ja, genau die!« Er trank einen Schluck Cola. »Das ist nur ein Gedankenexperiment, klar? Machst du in deiner Dissertation doch auch.«

»45 Euro Gewinn«, überlegte Vincent laut. »Das ist eine recht gute Ausbeute, oder?«

»Aber ja«, sagte Marcus. »Du hast nur 5 Euro Leihgebühr, also 5 Euro Eigenkapital investiert und 45 Euro eingenommen. Das ist eine Verzinsung des Eigenkapitals von 800 Prozent!«

»Man kann aber auch Fremdkapital aufnehmen, dann kommt etwas Stimmung in die Bude«, sagte Sarah. Vincent fühlte sich an die Gespräche am Abendbrottisch errinnert, wenn Marcus und sein Vater über Anleihezinsen gesprochen hatten.

»Klar. Die klassischen Schulden.«

»Ganz genau. Und das haben die bei *Promethean* auch gemacht.« Er schaute sie an, wie ein Zauberer, der gleich das Kaninchen hervorzaubern würde.

»Es geht natürlich auch alles in die andere Richtung. Sollten die Preise steigen anstatt zu fallen, geht es für unseren Leerverkäufer böse aus.«

»Inwiefern?«, fragte Vincent.

»Das ist wie beim Lotto. Ein Lottoscheinkäufer hat fünf Euro investiert und verliert. Er hat also einen Totalverlust. Das mag für einige das Schlimmste sein, es geht aber noch viel schlimmer. In unserem Fall mit dem Vasenverkäufer wird es viel dramatischer: Er verkauft für 100 Euro und muss zum Beispiel für 200 Euro zurückkaufen; minus fünf Euro

Leihgebühren ist er bei minus 105 Euro angekommen. Der gute Mann hat fünf Euro investiert und 105 Euro verloren.«

»Im schlimmsten Fall hat der Vasenhändler viel mehr Geld verloren, als er eingesetzt hat«, sagte Sarah.

»Verdammt riskant«, sagte Vincent. »Und mit Fremdkapital wird es wohl noch schlimmer?«

»Der Fremdkapitalhebel geht in beide Richtungen«, sagte Marcus, »in den Himmel und in die Hölle.« Er erschien Vincent, wie er vor dem großen Fenster und der Dunkelheit der Nacht stand, wie ein Wahrsager.

Marcus setzte sich wieder. »Aktien in der Dimension leer zu verkaufen, wie das bei *Promethean Industries* geschehen ist, macht man nur, wenn man genau weiß, was passieren wird. Wenn man einen charismatischen Firmenlenker wie Stuart Hill umbringt, ist das die beste Möglichkeit, dass der Kurs fällt. Dann kauft man die Aktien billig zurück und verdient ein Vermögen.«

Er machte eine Pause, als überlegte er, ob er weiterreden sollte. »Wobei es hier offenbar etwas anders lief.«

Er ging wieder zum Fenster.

»Fragt mich bitte nicht, woher ich die Informationen habe, aber eure Geschichte mit *Promethean* hat mich neugierig gemacht. Daher habe ich einige Nachforschungen in eigener Sache betrieben.«

Sarah und Vincent beugten sich nach vorne.

»Normalerweise sieht ein Leerverkauf so aus, wenn alles gut geht: teuer verkaufen, ordentlich Cash einfahren, billig zurückkaufen. Hier war es anders. Hier kam den Verkäufern die Börsenpsychologie zugute. Was würdet ihr machen, wenn ihr die Aktien verliehen hättet und sie gerade wie verrückt gefallen sind und wahrscheinlich noch weiter fallen?«

»Bevor ich Aktien kriege, die noch ewig weiterfallen, würde ich lieber Geld haben wollen«, sagte Vincent.

»Sehr gut. Das haben sich unsere Freunde nämlich auch

gedacht. Sie kauften die Aktien billig zurück und zahlten die Verleiher, die die Aktien gar nicht mehr wollten, einfach mit dem Gegenwert und einer saftigen Prämie aus. Die Verleiher hatten statt der riskanten Aktien mehr Geld, als die Aktien wert waren, und unsere Freunde hatten die Aktien.«

Sarah schloss die Augen und dachte nach. »Also, diese Typen haben sich als Erstes Geld geliehen und damit die Leihgebühren für die Aktien bezahlt, richtig?«

»Richtig.«

»Und die Verleiher haben ihnen die Aktien guten Mutes geliehen, weil sie gar nicht glaubten, dass sie fallen würden, sondern nur an der Leihgebühr interessiert waren. Dann haben die Verschwörer die geliehenen Aktien teuer verkauft und das Geld eingesackt. Schließlich haben sie Hill umgebracht und die Aktie rauschte in den Keller, sodass sie die Aktien billig zurückkaufen konnten.«

»Genau. Da alle am Markt nur verkaufen wollten, war es nicht schwer, Leute zu finden, die ihre Aktien loswerden wollten. Es herrschte regelrechte Panik.«

»Und dann hätten sie die Aktie eigentlich an die Verleiher zurückgeben müssen, aber das haben sie nicht gemacht?«

Marcus schüttelte den Kopf. »Nein, und weil die Verleiher auch von der Panik erfasst waren, weil ihre geliebten Aktien so stark gefallen sind, haben sie gedacht: lieber *cold hard cash* als diese Kamikaze-Papiere. Als unsere Freunde sogar noch einen Batzen Geld draufgelegt haben, dachten die Verleiher, sie hätten sogar ein kleines Geschäft gemacht.« Er grinste. »Der Mensch redet sich die brutale Realität eben gerne schön.« Vincent betrachtete seinen Bruder. Marcus schien sich irgendwie immer zu freuen, wenn Dinge, die schiefgehen konnten, auch schiefgingen.

»Das heißt, die Aktie war vielleicht nach dem Sturz fünf Euro wert und die Verschwörer haben sieben Euro pro Aktie gezahlt?«, fragte Vincent.

»So könnte es gewesen sein«, sagte Marcus.

Sarah fiel ein. »Aber trotzdem blieb wahrscheinlich noch genug Geld übrig, um die Kredite für den Leerverkauf zurückzuzahlen.«

»Davon gehe ich aus«, sagte Marcus und ging zum Fenster. Sarah blickte nach draußen. Dort fuhren Taxis durch die Straßen, Passanten eilten durch die Dunkelheit. *Ob sie wohl wussten, was hinter diesen ganzen Glasfassaden vor sich ging?* Sie war sich nicht sicher, ob sie es wissen sollten.

»Aber der Kurs steigt doch, wenn viele Leute Aktien kaufen?«, fragte Vincent. »Unsere Freunde mussten dann doch irgendwann für mehr Aktien immer mehr bezahlen?«

Marcus nickte. »Normalerweise schon. Der Kurs steigt aber nur, wenn die Verkäufer höhere Preise fordern und die Käufer diese höheren Preise zahlen. In diesem Fall gab es eine solche Panik, dass es für die Verkäufer die Hauptsache war, die Aktien noch irgendwie zu Geld zu machen. Am Kurs ändert sich dann erst recht nichts.« Er zuckte die Schultern und wies mit dem Kopf in eine unbestimmte Richtung. »Wenn überhaupt jemand die Preise diktiert hat, dann waren es unsere Freunde, die Hedgefonds. Und das waren nun mal die Käufer.«

Marcus verschränkte die Arme und blickte aus dem Fenster. Er sah aus, als würde er direkt in dem abendlichen Treiben der City schweben. Genau genommen tat er das ja auch.

»Aber es ging gar nicht mal ums Geldverdienen«, sagte er und sprach Richtung Scheibe, und Sarah sah die Bewegung seines Mundes wie durch einen Spiegel. »Es ging um Besitz. Sie wollten diese Firma, ihre Infrastruktur, ihr Know-how, alles!«

Er wandte sich um.

»Genau genommen haben die, wer immer das war, *Promethean Industries* übernommen, feindlich übernommen.

Zunächst den Kurs der Aktie durch die Ermordung Hills ins Bodenlose geprügelt und damit durch Leerverkäufe ein Vermögen verdient. Und dann, als die Aktie fast 60 Prozent an Wert verloren hatte, die Anteile mit dem verdienten Kapital billig zurückgekauft.« Marcus schien geradezu fasziniert zu sein von den Taktiken, mit denen sich die Verschwörer *Promethean Industries* bemächtigt hatten.

»*KKR*, *Blackstone* und all die anderen Private-Equity-Läden mit ihren ›Leveraged Buyouts‹ sind Chorknaben gegen die«, fuhr er fort. »Genau genommen haben sie die Firma mit dem Kapital der Firma gekauft, das sie ihr zuvor entrissen hatten. Das ist so, als würde man aus den Knochen eines Menschen einen Pfeil schnitzen, um ihn damit zu erschießen.«

Langsam begann auch Vincent, zu verstehen. »Das heißt, sie haben …?«, fragte er.

Marcus nickte. Brüder verstanden sich halt ohne Worte.

Sarah beendete den Satz: »Sie haben *Promethean Industries* übernommen und nichts dafür bezahlt.«

20

LONDON
MITTWOCH, 3. JANUAR
19:00 UHR

Der Wagen mit den Leibwächtern und den zwei Kampfhunden stand mit geöffneten Türen an der Einfahrt zum Hauptquartier von *Silverman & Cromwell* in der Fleet Street in London, dahinter die schwarze Stretch-Limousine mit den zwei Mädchen, die bereits für eine *night out in town* warteten. Eines der Mädchen war schwarzhaarig, die andere platinblond. *Night and Day* nannte er sie immer. Michael Davids, Managing Director von *Silverman & Cromwell* fühlte sich wie jemand, der nach einem anstrengenden Arbeitstag das abendliche Bier wohlverdient hatte. Wobei es schon etwas mehr als nur ein Bier werden würde. 10 Millionen netto waren ihm als persönliche Beteiligung von dem riesigen Deal geblieben. Er kraulte Bullet und Pistol, die beiden Hunde, die ihn nicht in die USA hatten begleiten können, schaltete das Handy aus, steckte es in die Tasche und blies in seine Hände. Ein eiskalter Wind wehte, und eine neue Nacht senkte sich über Londons Zentrum.

Die schwarze Limousine wartete, und *Night and Day* warteten auch. Er dachte zu sehr an die 10 Millionen, als dass er den dunkel gekleideten Mann bemerkt hätte, der ihn von der anderen Seite der Straße aus beobachtete.

21

LONDON
MITTWOCH, 3. JANUAR
19:30 UHR

Sarah blickte ins Leere. *Sie haben* Promethean Industries *übernommen und nichts dafür bezahlt.* Auch wenn sie schon einige Gaunerstückchen großer Investoren und Börsenhaie gesehen hatte, setzte das doch allem die Krone auf. Stokes würde morgen schon einiges bieten müssen, wenn er Sarah überraschen wollte.

Marcus sprach weiter. »Ein großer Konzern, 20 Milliarden Dollar Umsatz im letzten Jahr, 24 000 Mitarbeiter, Produktionsstätten, Fabriken, Infrastruktur – alles *for free*! Sie mussten ›nur‹ den Vorstandsvorsitzenden umbringen und später, um ganz sicherzugehen, dass der Kurs noch etwas weiter sackt und die Panik sich erhöht, zwei Führungskräfte aus seinem Umfeld. Das reichte.«

»Und das merkt keiner?«, fragte Vincent. »Was ist mit Marktmanipulation, Aufsichtsbehörden, Insiderhandel? Irgendeiner muss das doch mitkriegen?«

Sarah antwortete. »Sie haben bestimmt die Orders über viele kleine Firmen gestreut, so klein und so viele, dass es Jahre dauern würde, sie alle zu überprüfen. Irgendwelche Briefkastenfirmen in Steuerparadiesen mit anderer Gesetzgebung, andere, die nur für den Zweck des Aktienkaufs gegründet wurden und dann wieder verschwinden. Bis die Börsenaufsicht das alles rausgekriegt hat, ist aus all diesen kleinen Firmen eine große geworden. Und die hat dann längst das Ruder übernommen. Ich kenne das zur Genüge«, erklärte sie. »Solche Machenschaften sind schwer zu beweisen.«

»Wie soll das funktionieren?«, fragte Vincent. »Der Kurs könnte doch wieder steigen, und die Firma muss viel mehr für die Aktien bezahlen?«

»Ja, die einen müssen viel zahlen, wenn der Kurs gestiegen ist, und die anderen, die verkaufen, verdienen dadurch mehr. Wenn aber alle von denen, die die Aktien haben, und alle von denen, die sie kaufen, zum selben Verein gehören, ist das Ganze ein Nullsummenspiel, nichts weiter.«

»Irgendwann«, ergänzte Marcus, »kommt das, was man einen *Weißen Ritter* nennt, eine große Beteiligungsgesellschaft, die *Promethean Industries* aufkauft, ihr wieder aus der Patsche hilft. Dafür hat sie dann aber auch das Sagen bei der Firma. Die Presse wird über die kleinen Hedgefonds schimpfen, die sich am Sturz bereichert haben, und der gutmütige Riese, der die Firma übernimmt, wird gelobt. Es weiß nur keiner, dass beide zum gleichen Club gehören, die Kleinen und die Großen.«

»Und das war das Ziel?«, fragte Vincent. »Die Übernahme von *Promethean Industries*?«

»Ich fürchte, das ist der Anfang. Wer auch immer dahintersteckt: Das Ziel ist die totale Beherrschung ganzer Industriezweige.«

»Aber warum?«

»Keine Ahnung.« Marcus ging zu seinem Platz zurück, öffnete die Mappe und holte ein Blatt Papier heraus. »Vielleicht kann euch dazu euer Professor in Oxford morgen Auskunft geben. Oder es ist wirklich al-Qaida?«

Sarah blickte irritiert auf, aber Vincent lachte. »Ein kleiner Scherz unter Brüdern«, sagte er schnell. Marcus rettete ihn und reichte Sarah das Blatt, das ihn die letzten Stunden immer wieder beschäftigt hatte. Er schaute etwas ratlos erst das Blatt und dann Sarah an.

»Von diesen Firmen habe ich noch nie etwas gehört. Ich habe nur herausgefunden, dass sie bei der Kreditbeschaffung für den Deal, bei den Leerverkäufen und den Verkaufsoptionen auf *Promethean* beteiligt waren«, erklärte er. »Hier sind die Namen, ich habe stundenlang mit diesem verfluchten Zettel verbracht und nichts rausgefunden. Manchmal muss ja nur ein Unbeteiligter raufschauen und schon klappt es.« Er zwinkerte Vincent zu. »Wie früher bei den Matheaufgaben.« Er reichte ihnen den Zettel. »Feel free.«

Sarah und Vincent blickten auf den Ausdruck, auf dem vier Namen standen.

Dashe Corporation, Tere-Med. Enterprises, Soepondi-Commercial, Suez Credit Company.

Die Namen sagten Sarah nichts. Auch Vincent schüttelte den Kopf. »Danke«, sagte Sarah und nahm Marcus die Liste aus der Hand, »ich nehme die Liste mit, vielleicht hilft uns das tatsächlich weiter. Möchtest du eine Kopie behalten?«

»Äh, ja, warum nicht.« Marcus klappte die Mappe zu, blickte auf die Uhr und erhob sich dann. »Wollen wir dann essen gehen?« Er nahm sein Sakko und bewegte sich Richtung Tür. »Ich hab euch was erzählt, jetzt seid ihr dran. Was ist mit eurer schrägen Theorie über die Verschwörung, die keiner außer euch glaubt? Ihr wisst ja, was die Banker sagen: *There is no free lunch.*« Er schlüpfte in sein Sakko. »Höchstens *free dinner.*«

»So viel gibt es da nicht zu erzählen«, sagte Vincent. »Nur, dass am Ende der Teufel steht. Mehr wissen wir derzeit nicht.«

Marcus' Gesicht war auf einmal von äußerster Anspannung. »Der Teufel?«

»Ja, Satan, der in der Hölle die Erzsünder zerkaut.«

»Zerkaut?«, fragte Marcus.

»Ja, ganz richtig«, sagte Vincent. »Wir haben einen Hinweis auf Dante gefunden, der ...«

»Vincent!« Sarahs Stimme durchschnitt den Raum. »Wir befinden uns in einem laufenden Ermittlungsverfahren!«

»Entschuldige, habe ich kurz vergessen.« Vincent schaute ein wenig drein wie ein begossener Pudel, während Marcus etwas in seinen Blackberry eintippte. »Aber das ist ja nun auch nicht die Information, auf die die Welt gewartet hat.«

»Das weiß man nie«, sagte Sarah und versuchte ihre Verärgerung zu unterdrücken.

»Also, gehen wir«, sagte Marcus, um die Spannung zu lösen. »Meine Sekretärin hat uns einen Tisch im *Vasari* bestellt. Soll sehr gut sein, war selbst auch noch nie dort. Vincent, du weißt doch bestimmt, wer Vasari war, hab's selbst mal wieder vergessen.«

»Aber ja«, sagte Vincent. »Vasari war genau genommen der erste Kunsthistoriker überhaupt. Seine Viten, also die Biografien großer Renaissancekünstler ...« Doch Sarah hörte nur den Klang der Worte und nicht ihren Sinn. Sie schaute nachdenklich aus dem Fenster. Bilder und Gedanken umkreisten ihren Kopf wie ruhelose Satelliten, die man vergessen hatte. *Der Teufel, eine Firma, die kostenlos übernommen wurde, ohne dass es jemand hatte verhindern können, die totale Kontrolle über ganze Industriezweige ...* Sie schloss für einen Moment die Augen. Es war wie mit der berühmten Nadel im Heuhaufen. Irgendwo inmitten dieser ganzen Informationen musste die Lösung für die rätselhaften Morde liegen.

»Sie kaufen Industrien zusammen und keiner merkt es«, murmelte sie gedankenverloren, als sie am Kopierer standen und sie die Liste kopierten. »Aber warum?«

Marcus lächelte. Irgendwie erschien er auf einmal entspannter. »Wie bei James Bond: Geld verdienen, Leute beherrschen und die Weltherrschaft erlangen, warum denn wohl sonst?« Er steckte seinen Blackberry in die Tasche. »Und abgesehen von den Morden machen sie es wie alle großen Firmen: Sie bewegen sehr viel Geld mit sehr wenig.«

22

NEW YORK
MITTWOCH, 3. JANUAR
17:00 UHR

Doreen hatte auf einem Tablett den Kaffee serviert und dann beide allein gelassen. Kardinal Coreolanus nippte an seinem Kaffee, stellte die Tasse ab und blickte John Murphy aufmerksam an.

»Ich sehe dir an, mein Sohn, dass es dir nicht gut geht«, begann er. »Möchtest du darüber sprechen? Wie damals?«

Murphys streng katholische Mutter hatte den kleinen John in den Sommerferien immer mit nach Europa genommen, zu Bibelschulen in Rom und Seminaren in Castel Gandolfo. Damals war er Coreolanus begegnet, als John noch ein kleiner Junge und Coreolanus noch ein einfacher Priester war.

»Meine Frau …«, sagte Murphy. »Ich verstehe nicht, warum Andrews das getan hat.«

Der Kardinal blickte ihn aufmerksam an und ließ das Kreuz an seiner Halskette von einer Hand in die andere gleiten. Irgendetwas stimmte in Murphys Blick nicht. Es war Trauer darin, aber wenig Wut gegenüber Andrews, wie es eigentlich hätte sein sollen.

»Beurteile nicht nur die Taten der anderen Menschen«, sagte Coreolanus. »Beurteile auch deine Taten. Gehst du in dieser schweren Zeit mit Gott? Mit Jesus Christus? Hast du ihn zurate gezogen?«

»Ich wollte Karriere machen«, sagte Murphy. »Ich wollte groß und wichtig sein. Dafür habe ich meine Familie vernachlässigt, habe Gott vernachlässigt. Und jetzt ist mir ein Teil meiner Familie genommen worden.« Es war ein Ausdruck in seinen Augen, als wolle er sich bei Coreolanus dafür entschuldigen.

»Aber ich sehe weniger Trauer darüber, als ich vermuten sollte, mein Sohn«, sagte Coreolanus. »Denn gemeinsam mit deiner Frau hast du auch deinen schärfsten Konkurrenten verloren, ist es nicht so? Ted Andrews hätte den Posten bekommen, wenn er es nicht getan hätte.« Er nahm Murphys Hände in seine. »Du hast deine Frau verloren und dafür einen neuen Posten bekommen. Und das finde ich ein wenig beunruhigend.«

Er sah, wie Murphys Augen aufflammten.

»Vielleicht war dir dieser Tausch gar nicht so unrecht?« Er drückte seine Hände.

Ein Gedicht, das ihn seine Mutter gelehrt hatte, als sie an einem kühlen Sommertag eine Kirche weit außerhalb Roms besucht hatten, kam Murphy plötzlich in den Sinn:

Heil'ge Mutter, drück die Wunden,
die dein Sohn am Kreuz empfunden,
tief in meine Seele ein.

»Doch du bist nur ein Mensch, und du bist schwach, und Gott weiß das«, fuhr Coreolanus fort. »Und darum ist es nicht deine Schuld, mein Sohn.«

Murphy blickte ihn mit großen Augen an, wie damals als kleiner Junge.

»Es gibt eine böse Macht«, fuhr Coreolanus fort, »die sich *Telramonds* bemächtigen will. Sie wird die Firma zu etwas zwingen, das sie gar nicht will. So wie sie auch Menschen zu Dingen gebracht hat, die diese nicht tun wollten. Menschen wie dich.«

Murphy dachte an die Worte Tyrons. *Wenn Sie Ihre Frau erschießen, erschießen Sie den alten Murphy gleich mit.*

Und plötzlich brach es aus ihm heraus, Tränen liefen ihm über die Wangen. »Ja, Vater«, schluchzte er. »Ich habe diesen Tausch in Kauf genommen. Ich habe es akzeptiert.« Er vergrub das Gesicht in seinen Händen.

Ach, das Blut, das er vergossen,
ist für mich dahingeflossen;
lass mich teilen seine Pein.

Coreolanus strich ihm sanft über den Kopf, wie ein Großvater seinem Enkel. »Jeder Tod ist eine Wiedergeburt, mein Sohn.« Und er wiederholte den Bibelspruch aus dem Römerbrief, den er dem kleinen John damals schon gesagt hatte. *»Oder wisst ihr nicht, dass alle, die auf Christus Jesus getauft sind, die sind in seinem Tod getauft?«* Er blickte ihn an. »Die Taufe ist der Tod, der es uns ermöglicht, neu zu leben. Das Untertauchen unter Wasser ist gleichsam ein Akt des Ertrinkens wie des Wiedergeborenwerdens.« Murphy blickte ihn mit geröteten Augen an.

»Was geschehen ist, ist geschehen.« Der Kardinal schaute auf seinen goldenen Ring. »Ihr werdet beide wieder auftauchen, erwachen, aus dem langen Schlaf des Todes und in den elysischen Feldern vereint sein, wenn der Herr euch auferweckt am Jüngsten Tage.« Er senkte den Kopf. »Dein Tod, wenn er eines Tages kommen wird, wird dich wieder vereinen mit deiner Frau. So lange musst du Geduld haben und wissen, dass Gott bei dir sein wird.«

Coreolanus schaute auf Murphy, zog die Augenbrauen zusammen, und alles Weiche und Gutmütige war plötzlich aus seinem Gesicht verschwunden. »Was aber noch nicht geschehen ist, darf auch nicht geschehen.«

Murphy schien alarmiert.

»Unsere Feinde wollen die Kontrolle über deine Firma erlangen.«

»Aber ich bin doch da«, sagte Murphy. »Wenn ich Vorstandschef werde, kann ich es verhindern.«

»Sicher, das kannst du, mein Sohn«, sagte Coreolanus. »Aber wenn dir einmal etwas zustoßen sollte, musst du immer noch sicher sein, dass deine Firma in guten Händen ist. Du hast eine schwere Sünde begangen, aber du kannst sie wiedergutmachen.«

»Vater, was muss ich tun?«

Und Coreolanus erläuterte Murphy seinen Plan, und Murphys Augen hellten sich wieder auf. Schließlich erhob sich der Kardinal.

»Es wird alles gut werden, mein Sohn«, sagte er. »Und du wirst stark sein. Weil Gott will, dass du stark bist. Der Friede sei mit dir.«

Murphy verneigte sich.

»Und mit deinem Geiste.«

Coreolanus lächelte. *Geld und Glauben waren mächtige Verbündete.*

LONDON
MITTWOCH, 3. JANUAR
22:30 UHR

23

Carl, einer der beiden Leibwächter, stand auf dem steinernen Balkon von Michael Davids Villa und zog an seiner Zigarette. Die Musik von Wagners »Lohengrin« war gedämpft selbst hier draußen zu hören. Drinnen musste sie auf voller Lautstärke spielen. Wenn sich Davids seinen bizarren sexuellen Eskapaden hingab, musste immer Wagner dabei sein. Gott wusste, warum.

Zuerst war Day dran, die Platinblonde, die jetzt in seinem riesigen Schlafzimmer war. Night, die Schwarzhaarige, musste dann später immer als Domina dazustoßen. Das war seit Monaten oder sogar Jahren dasselbe Ritual. Night zog sich gerade in einem der Nebenräume um, und Carl konnte durch einen Spalt in den Jalousien sehen, wie sie ihre perfekte Figur in ein enges Lederkorsett schnürte. Carl drückte die Zigarette aus und steckte die Kippe in ein kleines Keramikfläschchen, das er in seiner Jackentasche verschwinden ließ. Nicht auszudenken, wenn Davids die Kippe finden würde. Er war, trotz aller Laster, die er sonst so pflegte, militanter Nichtraucher und das Rauchen war selbst auf dem Balkon seiner Villa verboten. Er hatte selbst seine beiden Kampfhunde Bullet und Pistol, die zusammen mit Cain, dem zweiten Leibwächter, in der großen Halle waren, darauf abgerichtet, sofort zu bellen, wenn Zigarettenrauch durchs Haus zog. Doch heute wehte ein starker Ostwind, der den Geruch von der Villa weg über den Hyde Park blies, sodass die Hunde nichts riechen konnten.

Ein Glück für Carl, dass er auf diese Weise ungestört rauchen konnte.

Und ein Glück für die schwarze Gestalt, die schon seit mehreren Minuten unterhalb des Balkons kauerte.

OXFORD
MITTWOCH, 3. JANUAR
23:00 UHR

24

Vereinzelte Wolken zogen über die gotischen Türme und Kuppeln der Oxford University, und ein kalter Wind blies durch die jahrhundertealten Innenhöfe und Arkaden. Richard C. Stokes ließ seinen Reisekoffer auf den Flur in der Diele fallen, warf seinen Mantel über den schweren Ledersessel im Wohnzimmer und steuerte mit seiner Aktentasche schnurgerade auf sein Arbeitszimmer zu.

»Kann ich noch etwas für Sie tun, Sir?« Die Stimme von Angus ertönte, seinem Butler.

»Darauf können Sie wetten«, sagte Stokes. »Einen doppelten Cognac.«

»Sehr wohl.«

An seinem Schreibtisch angekommen, zog Stokes die Unterlagen aus seiner Tasche hervor, wie auch den Zeitungsausschnitt, den ihm ein Kollege nach seinem Vortrag im British Museum gegeben hatte. Der Ausschnitt zeigte den Sternenhimmel im Januar. Das Gespräch, das er am Morgen mit Vincent und der Kommissarin geführt hatte, klang noch in seinem Kopf. *Hill wurde ermordet, und in den Augen der anderen Mordopfer gab es einen Hinweis auf den Teufel bei Dante.* Der Kollege hatte ihn bei seinem Vortrag im British Museum auf die Sternenkonstellation im Januar aufmerksam gemacht. *Das Sternbild des Perseus.* Er faltete mit zitternden Händen den Zeitungsartikel auseinander, während er sich gleichzeitig das Foto in Erinnerung rief, das die junge Kommissarin ihm gezeigt hatte. Die Leiche, die den Kopf der anderen Leiche in der Hand hielt. *Perseus mit dem Haupt der Medusa.*

Er wühlte in seinen Unterlagen herum und förderte eine größere Sternenkarte zutage. »Perseus«, murmelte er. Seine Finger glitten zum Scheitelpunkt des Himmels. »Dort«, sagte er zu sich selbst, »ist Perseus, er ist die Verbindung der Herbst- zu den Wintersternbildern.« Mit etwas Fantasie war in dem Sternbild die Gestalt eines dahineilenden Menschen zu erkennen. Mit Flügelschuhen flog Perseus über den Sternenhimmel, in einer Hand das Sichelschwert und in der anderen das abgeschlagene, bluttriefende Gorgonenhaupt der Medusa.

Angus kam herein und stellte den Cognac auf den Schreibtisch. »Danke«, murmelte Stokes. »Das war's für heute.« Er ging in den dunklen Nebenraum und schaute aus dem Fenster. Das Sternbild des Perseus war am Himmel zu sehen. Der Stern Agol, das Haupt der Medusa, flackerte in der Dunkelheit. *Agol, auf Arabisch »Kopf des Dämons«.*

»Das Sternbild und der Mord«, murmelte Stokes, ging mit wackeligen Schritten wieder in sein Arbeitszimmer zurück und trank von dem Cognac. »Hätte man den Mord mit einer Sternenkarte voraussagen können?« Er schaute noch einmal auf die Karte. Der Planet Saturn. Im ersten Viertel des Jahres durchquert er das Sternbild des Löwen.

Saturn im Zeichen des Löwen stand für Unruhe und Aufruhr. Stokes' Geist durchquerte seinen gigantischen Fundus an Wissen, und plötzlich fiel ihm die Passage aus Chaucers *Canterbury Tales* ein, in dem der Gott Saturn, der früher Kronos hieß, erwähnt wurde.

Und strafende Vergeltung ich erteile,
Wenn in des Löwen Zeichen ich verweile.

Stokes setzte sich auf den schweren Ledersessel an seinem Schreibtisch, trank noch einen Schluck Cognac und schaute nach draußen in die eisige Winternacht. *Saturn im Zeichen des Löwen erteilt strafende Vergeltung. Dann der Mord im Januar, parallel zum Sternenbild des Perseus.*

Das konnte kein Zufall sein.

Er griff zum Telefon.

25

LONDON
MITTWOCH, 3. JANUAR
23:00 UHR

Night war jetzt fast fertig damit, ihr Lederkorsett anzuziehen und die Utensilien zusammenzusuchen, die sie für den Einsatz bei Michael Davids brauchen würde. Carl hatte sich eine zweite Zigarette angezündet, nestelte an seiner blauen Krawatte und verrenkte sich beinahe den Hals, um durch die Jalousien hinter dem Balkon möglichst viel von Night zu sehen. Er war zu sehr abgelenkt, um das Geräusch zu hören.

»Hey!« Ein zischender, heiserer Laut erfüllte die Nacht. Carl zuckte zusammen und warf die Zigarette auf den Boden. Auf einmal war Night unwichtig. Er war hellwach. Er schaute sich um. Nichts.

»Hey!« Da war es wieder. Er blickte über die Balustrade des Balkons und ergriff das Holster unter seinem Sakko.

Der Moment, in dem er plötzlich den fremden Mann sah, reichte, um ihn für eine Zehntelsekunde ohnmächtig verharren zu lassen. Und er reichte für den fremden Mann, um Carls Krawatte zu greifen und ihn mit einer insektenhaften Geschwindigkeit über die Balustrade zu ziehen.

Bevor er in seiner Überraschung auch nur ein Wort sagen konnte, schlug Carl nach einem kurzen, vertikalen Sturz mit einem trockenen Krachen direkt mit dem Kopf auf der steinernen Terrasse auf. Die Wirbelsäule an mehreren Stellen gebrochen und Schädelknochen und Schädelbasis zerschmettert, brach er tot in sich zusammen wie ein Turm, der gesprengt wird.

Der fremde Angreifer zog sich wie ein Reptil über die Brüstung, um sich im nächsten Moment unter das Fenster zu ducken. Night schaute durch die Spalten der Jalousie nach draußen, sie hatte ein Geräusch gehört. Als ihr Gesicht wieder vom Fenster verschwand, erhob sich die dunkle Gestalt.

Wolf trat die noch qualmende Zigarette auf dem Balkonboden aus und bewegte sich lautlos durch die Balkontür ins Innere.

26

LONDON
MITTWOCH, 3. JANUAR
23:00 UHR

»Lass uns doch noch etwas trinken gehen. Am besten da, wo es warm ist!«, hatte Sarah vorgeschlagen, nachdem sie mit Marcus im *Vasari* essen gewesen waren. Marcus hatte doch noch einmal in die Firma zurückkehren müssen. Und Vincent war nur die Bar nahe dem Embankment am King's College eingefallen, in der er als Student vor einigen Jahren oft gewesen war. Ein Tisch am Fenster wurde gerade frei, und sie setzten sich.

Sie lächelten, als Gesprächsfetzen vom Nebentisch herüberschwappten, an dem zwei Studenten saßen, zwei Deutsche, die auch nach Berlin gepasst hätten.

Die Bedienung kam an den Tisch zu Sarah und Vincent, ein etwa 25-jähriges Mädchen mit orange gefärbten Haaren, ähnlich orange wie das beleuchtete Schild der Bar.

»Habt ihr euch schon entschieden?«, fragte sie.

»Haben wir«, sagte Vincent, »für die Dame einen Weißwein, Chardonnay, und für mich ein großes Lager.«

Das Mädchen verschwand, und auch die beiden Jungs vom Nebentisch hatten sich erhoben, nicht ohne zur Bar hinüberzustieren, wo eine Gruppe Studentinnen eine Rucksackparade aufgestellt hatte und umständlich Getränke bestellte.

»Also Vincent«, unterbrach Sarah Vincents Gedanken, »ich hoffe jetzt einfach mal, dass Marcus die Information mit Dante und Satan nicht in der Finanzwelt verbreiten wird und damit irgendwie unsere Ermittlungen gefährdet.«

Vincent wand sich ein wenig. Es war ihm sichtlich unangenehm, dass er seine Begeisterung über die Ermittlungen vorhin nicht hatte zügeln können.

»Sollten wir von Stokes wirklich Neues erfahren, müssen wir damit sehr vorsichtig sein«, fuhr Sarah fort. »Das gilt auch für die Liste, die Marcus uns gegeben hat. Meinst du, Stokes kann uns dazu auch etwas sagen?«

Sein Handy klingelte, bevor er antworten konnte. »Entschuldige bitte«, sagte er zu Sarah, nahm das Gespräch an. Nachdem er etwas auf einen Bierdeckel geschrieben hatte, legte er wieder auf.

»Und, war es etwas Wichtiges?«, fragte Sarah.

Die Bedienung kam und brachte die Getränke.

»Ja, wir haben morgen um halb drei einen Termin bei Stokes«, sagte Vincent und hob sein Glas. »Auf die, die Licht ins Dunkel bringen.«

Als der kalte Weißwein ihre Kehle hinunterlief, spürte Sarah, wie müde sie eigentlich war. Sie blinzelte und sah sich um, schließlich nahm sie wie zufällig Vincents Hand. Lag es an der gemeinsamen Arbeit an diesem Fall, dass sie sich mehr zu Vincent hingezogen fühlte, oder war das eigentlich immer schon so gewesen, und sie hatte dieses Gefühl nur vergessen, weil sie sich so selten sahen? Irgendwann würde sie mit ihm klären müssen, was das eigentlich war, was sie beide hatten. Aber nicht heute. Sie brauchten jede Stunde Schlaf, die sie kriegen konnten, und wenn sie daran dachte, was noch alles vor ihnen liegen könnte, wurde ihr schwindelig.

Dennoch seltsam, dachte sie, dass einem für die wichtigsten Dinge immer Ausreden einfallen, warum man sie nicht sofort erledigen kann. Selbst wenn das Aufdecken einer globalen Verschwörung als Ausrede herhalten muss.

Als sie später draußen in der Eiseskälte auf das Taxi warteten, umarmte sie ihn plötzlich so fest, dass sie beide das Herz des anderen durch die dicke Winterkleidung schlagen hörten.

27

LONDON
MITTWOCH, 3. JANUAR
23:00 UHR

Bullet hatte den Fremden zuerst gerochen. Der American Pitbull Terrier war bellend auf den Flur gerannt, als die Flügeltür aufflog und das Licht des Korridors die Schatten des Mannes auf den Teppich warf.

Der Pitbull war gesprungen und hatte sich auf die schwarze Gestalt gestürzt, die einfach so in sein und Davids Territorium eingedrungen war. Ihre Blicke trafen sich für einen kurzen Moment – und dann hatte die schwarze Gestalt schon zugetreten, schneller als es der Kampfhund je erlebt hatte. Während er noch sprang, traf ihn der rechte Stiefel des Fremden unterhalb seines Kiefers und warf seinen Kopf mit den gefletschten Zähnen mit tödlicher Schnelligkeit zurück. Der Kiefer des Hundes zersplitterte, und das Genick brach mit einem trockenen Knacken. Blutige Zahnsplitter spritzten zur Decke, und der Pitbull fiel mitten im Sprung tot zu Boden.

Pistol, der zweite Pitbull, stürzte sich auf Wolf, der in seinem schwarzen Mantel über dem Kadaver von Bullet stand. Während Pistol auf ihn zugerannt kam, hob Wolf beinahe beiläufig einen Teppichläufer vom Boden und wickelte ihn um seinen Arm. Er schob seinen Arm nach vorne, der Hund sprang und verbiss sich in dem dicken Teppich. Zeit genug für Wolf, von einem Beistelltisch einen Kugelschreiber zu ergreifen und ihm den Pitbull mit grausamer Wucht durchs Auge ins Gehirn zu bohren. Ein Zucken ging durch den Körper des Hundes, als er sich mit grotesk geöffneten Kiefern vom Teppich löste und wie eine Puppe zu Boden fiel.

Ein kurzes Lächeln huschte über Wolfs Gesicht. Für ihn war es eine Art Kriegerehre, unwürdige Gegner mit möglichst unwürdigen Waffen zu töten. Klingen und Pistolen waren nur für die, die es verdienten.

Er hob seine Nase, als würde er Witterung aufnehmen. Er hatte den anderen, der sich Cain nannte und hinter dem Vorhang stand, schon gerochen. Er kannte diese Mischung aus billigem Aftershave und Angstschweiß.

Als Cain hinter dem Vorhang hervorstürzte und einen Hagel von Patronen auf den Korridor feuerte, schoss er ins Leere. Dann spürte er die Bewegung, sah das Gesicht. Dann eine Hand, die sich blitzschnell näherte. Und dann gar nichts mehr.

LONDON
MITTWOCH, 3. JANUAR
23:10 UHR

28

Michael Davids zog sich hektisch seine Unterhose an und wühlte mit zitternden Fingern in der Nachttischschublade nach der 45er. »Stopp«, rief er, und das Mikrofon der Musikanlage registrierte sofort seinen Befehl und Wagners »Lohengrin« wurde abrupt beendet. Plötzlich war Totenstille. Day hatte sich die Decke über die Schultern gezogen und saß zusammengekauert in einer Ecke des Bettes. »Was ist das?«, fragte sie und schaute sich voller Angst um.

»Keine Ahnung, du dumme Ziege«, brüllte Davids. »Woher soll ich das wissen?« Er verteilte den Inhalt der Schublade auf den Fußboden und wühlte weiter in dem Schrank herum. »Wo ist die Scheiß-45er?«, rief er. Plötzlich hatte er sie in der Hand, ergriff das Magazin und versuchte, es mit zitternden Fingern in den Griff zu schieben.

Sein Albtraum.

Schon einmal hatte ihm jemand nach dem Leben getrachtet, weil er die Firmenkredite nicht verlängert hatte und die Firma daraufhin in die Insolvenz geschlittert war. *Other people's problem,* hatte er damals gesagt, bis er gemerkt hatte, dass die *other people* ihr Problem auch zu seinem machen konnten. Als ihn ein billiger Schläger in seinem Büro mit einem Messer aufgesucht hatte und er nur mit knapper Not entkommen konnte, hatte er sich die zwei Kampfhunde zugelegt und die zwei Leibwächter. Doch wo waren sie? Er hatte das schmerzverzerrte Winseln gehört. Vielleicht waren die Hunde tot – doch wo waren die anderen?

»Carl, Cain«, rief er, seine Angst wandelte sich langsam in verzweifelte Panik. »Wo seid ihr?«

Es kam keine Antwort. Dafür brach ein höllischer Lärm

aus. Lärm, so laut und urplötzlich, dass Davids fast die 45er fallen ließ und Day von ihrer kauernden Position aufsprang und sich an seine Seite klammerte. Irgendetwas durchbrach die Glastür, die das Schlafzimmer vom Korridor abtrennte. Glassplitter stoben durch die Luft und Champagnergläser fielen zu Boden, als ein Körper durch den Raum flog, mit dem Kopf krachend gegen den Nachttisch schlug und dort in verrenkter Pose die toten Augen anklagend zur Decke richtete. Davids erkannte Cain sofort, obwohl sein Kiefer auf groteske Weise nach oben in das Gesicht hineingedrückt war. Seine Augen waren mit Blut gefüllt.

Jemand hat ihm den Kieferknochen ins Gehirn geschlagen, dachte Davids fassungslos.

In dem Moment, als er die Waffe in die Hand nahm und im Begriff war, das Magazin in die Pistole zu schieben, sah er die mittelgroße, dunkle Gestalt, die mit langsamen Schritten durch die zerstörte Glastür in das große Schlafzimmer kam. Der Schädel kahl und mit bizarren Tätowierungen geschmückt, das scharf geschnittene Gesicht mit den melancholischen Augen von einem silbergrauen Bart umrahmt. In der Hand eine Waffe mit Schalldämpfer.

»Fallen lassen«, zischte die Gestalt, und zwischen den Lippen blitzten verlängerte Eckzähne hervor.

Davids zog Day zu sich heran. »Im Schrank ist ein Geheimfach«, keuchte er. »Da drin sind 500 000 Euro. Das gehört dir.«

»Wegen Geld bin ich nicht hier«, sagte Wolf und hob die Waffe.

»Wenn du mich töten willst, musst du erst sie erschießen«, keuchte Davids. Er zog den platinblonden Kopf der in Todesangst zitternden Day vor sich. »Du wirst doch keine Frau töten?«

Das dumpfe Fauchen aus dem Schalldämpfer und das klaffende Loch, das plötzlich in Days Kopf war und sie tot auf dem Bett zusammensinken ließ, überzeugten Davids innerhalb von einer Zehntelsekunde vom Gegenteil. »Verdammter Hurensohn«, brüllte er, wischte sich mit der Linken Blut und Knochensplitter aus den Augen und legte die rechte Hand an den Abzug. Doch ein Lidzucken, bevor er abdrücken konnte, hörte er noch ein Fauchen und merkte, wie ihm mit gespenstischer Gewalt die Waffe entrissen wurde. Wolfs Schuss hatte die 45er am Lauf erwischt und Davids die Waffe mit unglaublicher Wucht aus der Hand gerissen. Die Pistole flog an Days blutüberströmtem Schädel vorbei und landete scheppernd hinter dem Nachtschrank.

Wolf hob die Waffe ein drittes Mal, während Davids dem Lauf zitternd entgegenblickte. Wolfs heisere Stimme war nur ein Flüstern.

»Du hast Glück«, sagte er. »Den wirklich wichtigen Leuten schießt man ins Herz. Das erleichtert später die Identifizierung.«

Damit senkte er die Waffe und drückte ab.

29

LONDON
DONNERSTAG, 4. JANUAR
01:00 UHR

Das Telefon klingelte. Wieder die unbekannte Nummer. Der Anruf, den er die letzten Tage gefürchtet hatte. Er zählte bis drei und nahm den Anruf entgegen.

»Astitérunt reges terrae«, sagte eine Stimme. »Die Könige der Erde stehen auf.« Nach einer Pause sprach der Anrufer weiter. »Am ersten Tag haben Sie die Instruktionen erhalten, am vierten Tag erwarten wir eine Antwort. Am fünften Tag werden Sie uns treffen. Und am sechsten Tag werden

wir Sie aufnehmen – wenn Sie unsere Prüfungen bestanden haben.«

Mit jedem Wort zogen sich ihm die Innereien zusammen, als würde sein Bauch in ein Vakuum versetzt werden.

»Haben Sie unsere Instruktionen befolgt?«

»Ja, das habe ich«, sagte er und versuchte, möglichst selbstsicher zu klingen. Er überlegte kurz, ob er den Anruf aufnehmen und mit der Aufnahme zur Polizei gehen sollte, verwarf es aber sofort. Er steckte schon zu tief drin, als dass nicht auch auf ihn ein Verdacht fallen würde, und nicht tief genug, um jetzt schon alle Chancen aufzugeben, Teil dieser geheimnisvollen Firma zu werden. Denn trotz seines Entsetzens und seiner Angst war er dennoch widerwillig fasziniert von der Macht, die hinter alldem stecken musste.

»Nun sagen Sie, wer ist Ihnen am Ende begegnet?«

»Der Teufel«, sagte er. Und das im wahrsten Sinne des Wortes.

Einige Sekunden vergingen in quälender, unendlicher Langsamkeit.

»Die erste Antwort ist richtig. So wie Sie sich in einem Zustand des Ungewissen befinden, so befindet sich der Teufel in der Verdammnis der Unterwelt«, sagte die Stimme. »Und was tut er dort?«

Er konnte es kaum glauben, dass die Antwort richtig war. Instinktiv, ohne nachzudenken, sprach er weiter. »Er zerkaut die Erzsünder.«

Wieder eine Pause.

»Herzlichen Glückwunsch«, sagte die Stimme dann. »Wie Satan die Erzsünder, haben Sie Zweifel und Angst in sich besiegt. Sie haben die erste Stufe erreicht. SOMNIA.«

Die Verbindung endete.

Er schaute auf das Handy und wusste nicht, wann er sich zuletzt in seinem Leben so erleichtert und gleichzeitig so beunruhigt gefühlt hatte.

LONDON
DONNERSTAG, 4. JANUAR
23:20 UHR

30

»Der Auftrag ist ausgeführt«, sagte Wolf.

»Alle?«

»Alle.« Er schaute auf den Infrarotscanner, der die Satellitenbilder der Villa übertrug. Irgendwo im ersten Stock versteckte sich noch jemand, aber das zählte nicht. Außer ihm würde niemand dieses Haus lebend verlassen. »Wer ist der Nächste?«

»Einer, der uns schon lange stört und nun endgültig sein Recht zu leben verwirkt hat.«

»Wo?« Wolf sah, wie sich der rote Punkt im ersten Stock über den Korridor bewegte.

»Oxford.«

»Sein Name?«

»Stokes. Richard Stokes. Er wird noch diese Woche in Oxford sein und am Wochenende für eine Konferenz nach Rom fliegen.«

Wolfs Mund verzog sich zu einem kalten Grinsen und seine Eckzähne blitzten im Licht des Scanners.

»Oder auch nicht.«

Er beendete die Verbindung und bewegte sich lautlos in den ersten Stock. Oben versteckte sich die Schwarzhaarige in dem Domina-Kostüm, die er schon vorhin gesehen hatte. Sie hatte das Pech, zur falschen Zeit am falschen Ort zu sein, dachte Wolf, während er den dunklen Flur durchquerte. Und sie hatte das Pech, das Falsche gesehen zu haben.

Der Baum der Erkenntnis war nicht der Baum des Lebens.

LONDON
DONNERSTAG, 4. JANUAR
01:30 UHR

31

Die Knightsbridge Residence, *wo er wohnte, war eine Art betreutes Wohnen für junge Aufsteiger, die viel Geld und wenig Zeit hatten. Mit neoklassizistischer Fassade, getönten Fenstern und einem Blick auf den Hyde Park erinnerte dieses Gebäude eher an ein Hotel als an eine herkömmliche Wohnung. Portier, Concierge, Zimmerservice, Putzfrau, Tiefgarage, Fitnessräume, Solarium, Bar, Wäscheservice, all das gehörte zum Service dazu. Für einen vierstelligen Pfundbetrag pro Woche war alles möglich.*

Der Portier nickte ihm zu, als er an ihm vorbeiging. Zwei Minuten später war er in seiner Wohnung. Er würde noch ein Bier aus dem Kühlschrank trinken und dann sofort ins Bett gehen.

Er ging ins Schlafzimmer – und fuhr zusammen. Auf seinem Bett lag ein Umschlag. Bevor er ihn geöffnet hatte, ahnte er schon, von wem er war.

Er riss den Umschlag hektisch auf und las mit zitternden Fingern den Text auf dem aus Büttenpapier bestehenden Briefbogen.

DIE ZWEITE PRÜFUNG
DONNERSTAG 18:00 UHR GEHEN SIE INS INTERNET
WWW.DASGROSSETIER.COM

Er nahm sofort seinen Blackberry und gab die Domain ein. Die Seite schien nicht zu existieren. Kurz danach verfluchte er seine Ungeduld. Er war mit seinem Firmen-Blackberry auf diese verdammte Webseite gegangen. Die Firmen-IT konnte sämtliche besuchte Seiten katalogisieren. Er versuchte, die Seite in seinem Blackberry wieder zu löschen, doch es war zwecklos.

Es war zum Verzweifeln. Es gelang dieser unheimlichen Firma nicht nur, ihn immer wieder in Angst zu versetzen, sondern sie schafften es auch, dass er sich immer wieder in neue Abhängigkeit zu ihnen begab. Es würde ihm nichts anderes übrig bleiben, als bis morgen 18 Uhr zu warten.

Und obwohl die Angst ihm die Kehle zuschnürte, da diese geheimnisvolle Firma jetzt auch wusste, wo er wohnte, verspürte er dennoch so etwas wie Stolz, dass er für ›Die zweite Prüfung‹ ausgewählt wurde.

32

OXFORD
DONNERSTAG, 4. JANUAR
14:30 UHR

Die *Oxford Tube*, der Bus-Service, der zwischen London und Oxford verkehrte, hielt nahe der Bodlein Library, deren Kuppel in der Wintersonne strahlte. Sarah und Vincent durchquerten die Oxford High Street, bogen von der Magpie Lane in die Merton Street, vorbei an der Nummer 21, in der Tolkien gelebt hatte, und erreichten schließlich ihr Ziel.

Merton College, gegründet 1264, eines der drei Gründungs-Colleges der Universität, empfing sie mit mittelalterlichen Häusern und Türmchen, auf denen der Schnee lag, und zugefrorenen Brunnen, die in vergessenen und verschneiten Gärten und Parks in der Wintersonne blitzten. Die Kapelle des Colleges, Merton College Chapel, hob sich in gotischer Pracht stolz und majestätisch vom eisblauen Winterhimmel ab, und die Hallen und Seminargebäude verkörperten als steingewordene Erinnerung den Stolz und die Würde vergangener Jahrhunderte.

Da sie ein wenig zu früh waren, beschlossen sie, sich noch kurz in Stokes' Vorlesung zu setzen.

Dienstag, 14–15:30 Uhr, Professor Richard C. Stokes: Triumph und Tragödie – Die Ästhetik des Bösen in der abendländischen Kunst, stand an der Tür vom Hörsaal.

Ihre Koffer ließen sie am Eingang stehen, da die Vorlesung bereits begonnen hatte. Ein Beamer warf ein großformatiges Gemälde auf die Leinwand vor der Tafel. Darauf waren die neun Kreise der Hölle abgebildet, auf denen sich in nicht enden wollenden Reihen die Verlorenen und die Verdammten drängten. Professor Richard Stokes stand an einem beleuchteten Pult und zeigte mit ausladender Geste auf das Gemälde.

»Wie war die Welt vor zwei Wochen noch anders«, sagte er und intonierte das alte, britische Weihnachtslied: »*Hark the herald's angels sing, glory to the new born king!* Da war Weihnachten. Doch Weihnachten ist vorbei und die Finsternis ist zurück! Heute behandeln wir die Feinde der Menschheit, die Feinde des Seelenheils und die Feinde Gottes!« Seine Augen blitzten unter seiner gold geränderten Brille hervor. In der einen Hand hielt er einen Laser-Pointer, in der anderen einen Zettel, den er auf ein handliches Format zusammengefaltet hatte.

»Auf diesem Werk von Bartolomeo de Fruosino von 1420 aus der Bibliothèque Nationale de France sehen wir eine Illustration von *Dantes Inferno.*« Er kreiste mit dem Laserpointer zwei Gestalten nahe dem neunten Höllenkreis ein. »Dies sind Dante und sein Begleiter und Mentor Vergil, die sich das ganze Grauen ansehen.«

Sarah und Vincent ließen sich möglichst leise auf zwei Plätzen in einer der hinteren Reihen des Hörsaals nieder.

»Schauen wir uns einmal die Mitte des neunten Höllenkreises an«, sagte Stokes und bewegte den Laserpointer nach links, »dann sehen wir Satan in furchterregender Gestalt.

Er sitzt inmitten seines Infernos, hält die Schlange der Verführung in der Hand, hat einen Verdammten mit seinen Hörnern aufgespießt und stopft sich gleich drei andere Unglückliche in sein Maul. Dieses Bild des Satans ist typisch für das Mittelalter.« Er schritt vor die erste Reihe des Hörsaals. »Würde also jemand von Ihnen hier einen tragischen Helden sehen?« Stokes blickte fragend in die Menge.

»Geht es um die Sünder oder um den Teufel?«, fragte ein Student.

»Den Teufel«, präzisierte Stokes.

»Tragisch sind eher die Verdammten, besonders die, die von Satan höchstpersönlich gefressen werden«, meldete sich ein Mädchen in der ersten Reihe zu Wort.

»Sehr richtig«, sagte Stokes, »immerhin Chefarzt-Behandlung, aber dennoch: Indem Satan als verschlingendes Ungeheuer dargestellt wird, hat kaum ein Betrachter Mitleid mit diesem gefallenen Engel. Die Verdammten verdienen nach der mittelalterlichen Lesart ihre Strafen, und es wartet konsequenterweise jemand auf sie, der noch tausendfach schlimmer ist, als sie es je gewesen sein könnten.«

»Er scheint für unsere Fragen wirklich der Richtige zu sein«, flüsterte Sarah Vincent zu.

Stokes schritt vor der ersten Reihe des Hörsaals entlang, als würde er eine Parade abnehmen, und hob den Zeigefinger.

»Torquato Tasso hat diesen Moment des Verschlingens in bildreichen Worten festgehalten.«

Es öffnen ihm, gleich ungeheuren Tiefen,
Die Kiefer sich, die schwarz von Blute triefen.
Wie aus des Ätnas Feuerschlund mit Krachen
Glut, Schwefeldampf und Donner steigt empor,
So stürzt sich jetzt aus seinem wilden Rachen
Der Atem schwarz und glutgemischt hervor.

»Torquato Tasso«, informierte Vincent Sarah flüsternd, »der ›Seher von Rom‹, einer der großen Dichter der Gegenreformation. Von ihm sagte man, er sei geisteskrank geworden.«

»Schrecken, Schmerz und Tod«, fuhr Stokes fort und blickte in die Menge. *S'apre la bocca d'astro sangue immonda,* Satan mit bluttriefenden Kiefern. Richter und Verurteilter zugleich.« Er nahm ein Buch zur Hand und blätterte darin. Es war eine Bibel.

»Wir finden bereits beim Propheten Jesaja ein gewisses Mitleid gegenüber Satan beziehungsweise Luzifer. In Jesaja 14, 9–12 lesen wir vom Sturz Luzifers nach der Rebellion gegen Gott:

Die Hölle drunten erzittere vor dir, da du ihr entgegenkamst. Sie erweckt dir die Toten, alle Gewaltigen der Welt. Du bist auch geschlagen, gleich wie wir. Wie bist du vom Himmel gefallen, du schöner Morgenstern!«

Stokes klappte das Buch zu. »Satan ist gefallen, seine Visionen sind zerstört, sein Königreich ist mit ihm in den Abgrund gestürzt.« Er schielte über seine Brille hinweg. »Nirgendwo wird dieser Sturz besser und eindrucksvoller behandelt als in John Milton's *Paradise Lost*, erschienen 1667. Neun Tage, so steht es bei Milton, fielen Satan und die rebellischen Engel vom Himmel in den Abgrund.«

»Neun Tage?«, sagte ein Student. »Wow.« Er schaute nach hinten. »Wie ist noch die Fallgeschwindigkeit?«

Stokes schüttelte missmutig den Kopf. »Tut überhaupt nichts zur Sache«, sagte er. »Das Stilmittel ist wichtig! Indem Milton den abgrundtiefen Sturz des Satans zeigt, macht er ihn zu einem tragischen Helden.«

»War Milton denn ein Satanist?«, fragte einer der Studenten.

»Das sicher nicht«, sagte Stokes. »Aber Milton erlaubt sich einige schöpferische Freiheiten, die bei den kirchlichen Vertretern damals nicht gut ankamen; so setzt er zum Beispiel den Teufel und nicht den Menschen in den Mittelpunkt der Schöpfung. Manche Zeitgenossen, wie William Blake, vermuteten, dass Milton tatsächlich zur *Partei des Dämons* gehörte, der das Negative und das Böse als etwas Gutes darstellte.«

»Und wie sehen Sie es?«, fragte ein Student.

»Stilistisch gesehen«, sagte Stokes und machte eine Kunstpause, »erhält bei Milton das Böse endgültig den Glanz gefallener Schönheit: Eine Aura von Schwermut, Tod und Einsamkeit. Alles Blut, aller Gestank und alles Feuerspeien des Mittelalters, ja all die Überreste dieser finsteren Dämonengestalt aus dem Mittelalter sind hier verschwunden. Satan ist hier nicht nur der gefallene Engel Luzifer, sondern der Rebell, der seinen dämonischen Armeen die Wiedererlangung dieses verlorenen Paradieses verspricht. Was also macht Milton?«

Eine Weile Schweigen im Hörsaal. Dann meldete sich eine rothaarige Studentin.

»Er kehrt die positive Energie, die Satan vorher als Luzifer hatte, in eine negative Energie um, die dennoch erhaben ist. So eine Art dunkles Licht?«

»Ganz genau«, sagte Stokes, legte den kompakt zusammengefalteten Zettel auf den Tisch und schritt wieder an der ersten Reihe vorbei. »Miltons Satan strahlt in einer Art – man könnte sagen – Schwarzlicht.«

Er kehrte an sein Pult zurück.

»Miltons Satan ist der ewige Rebell der Kulturgeschichte, ähnlich Prometheus bei Aischylos oder Capaneo bei Dante, hasserfüllt in seinem Aufruhr und melancholisch in seinem Scheitern. *Der Kampf mit Gott war ruhmlos nicht, wie schrecklich auch sein Ausgang,* so lesen wir es bei Milton.« Er ließ seinen Blick über das Auditorium schweifen. »Dies brachte den französischen Romantiker Baudelaire dazu, in dem Milton'schen Satan den vollkommensten männlichen Schönheitstypus zu sehen, den es gegeben hat. Er hat Schönheit, Willenskraft, Stärke – und selbst Erhabenheit im Scheitern.«

»Hat er auch eine Telefonnummer?«, fragte die Rothaarige frech.

»Aber selbstverständlich«, spielte Stokes grinsend mit. »Aber die erfahren Sie erst im Hauptseminar.«

Die Studenten lachten.

Stokes zeigte, sozusagen zum Abschied, eine Bronzeskulptur Satans von Feuchère aus dem 19. Jahrhundert. Satan saß dort, den *Denker* von Rodin vorwegnehmend, finster brütend und von seinen Flügeln umschlungen auf einem Stein.

»Brüten Sie bitte genauso über dem Reader«, sagte Stokes und wies nach draußen in Richtung der Bibliotheken, »und lesen sie nicht nur Wikipedia, sondern auch die Original-Quellen, also Dante, Tasso und natürlich Milton.«

Er nahm die Brille ab und lächelte. Fast diabolisch, wie Vincent fand. Dann verbeugte er sich. »Ich danke Ihnen für Ihre freundliche Aufmerksamkeit!«

Die Studenten klopften anerkennend auf die Tische und verließen den Saal. Drei von ihnen gingen nach vorne zu Stokes, um Fragen zu klären oder auch nur Schönwetter zu machen. Als sie gegangen waren, näherten sich Sarah und Vincent dem Pult, auf dem Stokes seine Unterlagen und seinen Laptop in eine große Tasche stopfte, während der Zettel auf den Boden flatterte und mit dem Luftzug, der durch die geöffnete Tür des Seminarraumes hereinkam, davonflog.

LONDON
DONNERSTAG, 4. JANUAR
14:30 UHR

33

Wolf prägte sich die Adresse auf dem Zettel ein, bevor er ihn zusammenknüllte und herunterschluckte. Dann packte er einen großen schwarzen Koffer mit diversen Waffen und Werkzeugen, Infrarotkameras und Störsendern. Er hatte Michael Davids, seine zwei Leibwächter, seine zwei Kampfhunde und seine Lustsklavinnen innerhalb von Minuten umgebracht. Da sollte es ein Spaziergang sein, einen alten Professor zu erledigen.

Dennoch ging Wolf in seinem Kopf noch einmal alle Worst-case-Szenarien durch – damit er auf alles vorbereitet war. Er würde ihn finden – so wie er bisher jeden gefunden hatte: Territo, Miller, Thomson, Davids ...

Er tauschte die schweren Stiefel, die er beim Sturm auf Davids Haus getragen hatte, gegen leichte schwarze Ninja-Schuhe ein. Hier ging es nicht um ein Rollkommando wie bei Davids. Hier gab es keine Leibwächter mit Kampfhunden. Hier ging es darum, den Professor möglichst lautlos zu töten. Möglichst so, dass sein Tod erst am nächsten Tag auffallen würde, wenn er nicht in der Uni erschien.

Wolf lächelte. So funktionierte die Großwildjagd. Bevor man ein Tier erlegen konnte, musste man es erst einmal finden. Beides war Teil des Jobs. Ohne Finden kein Erlegen, und ohne Erlegen keinen Spaß.

OXFORD
DONNERSTAG, 4. JANUAR
16:00 UHR

34

Sarah hatte sich in einen der schweren Ledersessel im Nebenraum von Stokes' Arbeitszimmer niedergelassen und das Diktiergerät eingeschaltet. Die Luft roch nach altem Holz, Büchern und Pergamenten, vermischt mit dem Duft von Teeblättern, Hennessy-Cognac und Pfeifenrauch. In dem großen Kamin knisterte ein Feuer, das Stokes' Butler gerade entzündet hatte. Stokes' Katze hatte sich in der Nähe des Feuers auf einem Stück Teppich niedergelassen, nachdem sie zuvor die im Zimmer versammelte Gesellschaft gleichzeitig neugierig und gelangweilt angeblickt und dabei einen langen, vorwurfsvoll winselnden Miau-Ton ausgestoßen hatte.

Vorher hatte Sarah einen Blick in Stokes' Arbeitszimmer geworfen. Der riesige Schreibtisch war mit Blättern und Heften bedeckt, und die meterhohen Regale an den Wänden, die den Raum wie Festungswände umgaben, waren so vollgestopft mit Büchern, dass der Raum den Eindruck erweckte, schalldicht zu sein.

Auch der dunkelbraune Eichentisch, an dem sie jetzt saßen, war übervoll mit Papieren und Büchern. Tee, den Stokes' Butler Angus serviert hatte, dampfte aus verschiedenen Tassen, die gegenseitig im scharfen Wettbewerb um einen freien Platz auf der Tischplatte standen.

Stokes hatte noch einmal fasziniert die skulpturenhafte Anordnung der Leichen betrachtet, die in ihrer ruhenden Dramatik fast etwas Feierliches besaß. Sarah beobachtete den Professor, wie er wieder und wieder über die Fotos der Ermittlungsbehörden und die Unterlagen der Rechtsmedizin blickte und sein Blick zwischen den Kopien, die Vincent in der Bibliothek von Dantes Inferno und der letzten Passage der

Höllenreise gemacht hatte, hin und her flog. Die klinischen Autopsieberichte, die in nüchternem Deutsch verfassten Ermittlungsprotokolle und die in grellem Licht aufgenommenen Tatortfotos mochten so gar nicht zu der behaglichen Atmosphäre in Stokes' Studierzimmer passen, dachte Sarah. Oder vielleicht doch? Sie spürte eine wohlige Wärme und die Erschöpfung fiel ein wenig von ihr ab, als der Earl-Grey-Tee seine Wirkung entfaltete.

Stokes nahm ebenfalls einen Schluck Tee und stopfte seine Pfeife. »Ja, der Satan«, brummte er dann, als würde er sich an einen alten Bekannten erinnern. »Er kam plötzlich und war da. Keiner wusste, woher.«

Sarah blickte Vincent verwundert an. Vincent seufzte. So war das halt immer mit den Professoren. Jetzt, zu Hause in Oxford in seinem Reich, schien Stokes auf einmal sehr viel mehr Zeit zu haben.

»Im Buch Hiob im Alten Testament, also im dritten bis vierten Jahrhundert vor Christi, taucht er plötzlich auf«, sagte Stokes fröhlich und meinte den Satan. »Möglicherweise gab es ihn vorher schon in Form der Schlange in Genesis II, aber die direkte Verbindung der Vorstellungen ist nicht ausreichend belegt.« Er schaute mit zusammengekniffenen Augen aus dem Fenster. »Bei Hiob dagegen geht Gott mit Satan einen Pakt ein, um Hiobs Glauben zu testen. Satan gibt sein Bestes, doch Hiob bleibt hart.«

»Das erklärt aber nicht, wo er herkommt«, sagte Sarah. Vincent hustete. Man sollte dem Affen nicht auch noch Zucker geben.

Stokes lächelte, als hätte er nur auf diese Frage gewartet. »Er ist eine Art Flaneur«, sagte er. »Wie lesen wir bei Hiob: *Da sprach der Herr zum Satan: ›Woher kommst du?‹ Der Satan erwiderte dem Herrn und sprach: ›Vom Durchschweifen der Erde und vom Umherwandern auf ihr.‹*«

Vincent sah, wie sich Sarah unruhig die Hände rieb. »Er ist

der Verführer der Menschen, aber auch Widersacher und Ankläger Gottes, und in der christlichen Dämonologie ist er der gefallene Engel Luzifer, der gegen Gott aufbegehrt und vom Erzengel Michael in die Hölle gestoßen wird. Bei Dante ist es der strafende Satan, der Gottes Gesetze erfüllt, indem er die Sünder für ihre Taten büßen lässt. Dante bezeichnet ihn, eigentlich ganz untypisch für das Mittelalter, gar als *herrliche Kreatur* ... Warten Sie.«

Er zog ohne hinzusehen ein Papier aus dem Stapel auf dem Tisch und schlug es auf. Vincent wusste, dass Stokes die Erinnerung nicht gebraucht hätte, aber er liebte eben Inszenierungen wie diese.

Ihn sah ich, der vor aller Kreatur
Einst herrlich war, wie er vom Himmelszelte
Gleich einem Wetterstrahl zur Tiefe fuhr.

Für Dante ist Satan der Luzifer der christlichen Dämonologie. Ein gefallener Engel, aber noch immer ein Engel.«

»Und?«, fragte Sarah.

»Es gibt Parallelen«, erläuterte Stokes und legte das Buch zurück ins Regal. »Die zu suchen und zu finden, genau das ist mein Job.« Stokes steckte die Pfeife in den Mund und nahm ein Päckchen Streichhölzer in die Hand. »Vincent«, brummte er mit zusammengebissenen Zähnen halb durch den Pfeifenschlot hindurch, »an wen erinnert uns denn wohl jemand, der einmal ganz groß war, Leute lebendig verschlungen hat und dann gestürzt wurde?«

Sarah war schneller: »Ein antiker Gott vielleicht?«

»Kein Gott, meine Liebe.« Stokes lächelte. »Ein Titan!« Er entzündete die Pfeife.

»Kronos«, sagte Vincent und kam sich wie ein Streber vor, der das Offensichtliche ausplapperte.

Stokes schlug die Hände zusammen, blies Pfeifenrauch aus

und rief dann wie ein Oberlehrer: »Mit Auszeichnung bestanden, Herr Kandidat! Und, wer war Kronos?«

Vincent wollte sich schon weigern, als er Sarahs gespanntes Gesicht sah. Also würde er weiter mitspielen, auch wenn Stokes hinter seinen Rauchringen feixte.

»Kronos war der jüngste Sohn des Uranos, dem Gott des Himmels, und von Gaia, der Göttin der Erde. Einige seiner Brüder waren schreckliche Monster, hundertarmige Kreaturen, die *Briareos*, die Uranos tief unter der Erde verbarg. Damit nicht noch weitere solcher Ungetüme folgten, veranlasste Gaia Kronos dazu, seinen Vater Uranos mit einer Sichel zu entmannen. Dies tat er und warf die Geschlechtsorgane ins Meer, aus denen dann die Aphrodite, im Römischen ›Venus‹, geboren wurde.«

Einiges von all den Seminaren zur Mythologie der Antike war dann doch hängen geblieben. Stokes unterbrach ihn.

»Die Kastration des Uranos, die Entmannung des Vaters, machte Kronos zum Herrscher der Welt. Bei den Römern wurde er als Saturn verehrt, dem Gott der Ernte und des Wohlstands. Kronos selbst verschlang all seine Kinder, um dem Schicksal seines Vaters zu entgehen.« Er machte eine kleine Kunstpause: »Alle, bis auf eines. Bis auf den Sohn, den seine Frau Rheia rettete. Zeus.«

»Zeus?« Sarah hob die Augenbrauen. »Sieh an. Den kenne ja sogar ich.«

»Ja, Zeus«, sagte Stokes, »der seinen Vater in den Tartaros verbannte, bevor er sich selbst zum Herrscher des Olymps machte.«

»Klingt nach Xena und Herkules«, grinste Sarah und provozierte eine empörte Invasion von Rauchringen.

»Luzifer und Kronos waren beide auf dem Höhepunkt ihrer Macht, als sie von einem anderen in eine andere Welt gestoßen wurden.« Stokes erhob sich, ging zum großen Fenster und blickte hinaus.

»Das Verschlingen ist das eminente Motiv bei Kronos«, sagte er. »Die Renaissance holte ihn aber wieder ans Licht, Kronos meine ich, nicht Luzifer. Die Menschen sahen in ihm *Chronos*, die alles verschlingende Zeit. Sie kennen ja Begriffe wie *Chronologie, Chronik, Chronometer,* alles Reste dieser Vorstellung.« Sarah blickte selbst auf die Uhr. »Dante«, fuhr Stokes fort, »setzt bewusst die Parallele zwischen Kronos und Luzifer, wenn er die Sünder in der Hölle zerkauen ließ, wie es Kronos mit seinen ungeliebten Kindern tat. Die letzte von vielen Parallelen. Aufstieg, Machterhalt mit allen Mitteln, Fall. Die Parallelisierung zwischen Kronos und Luzifer ist ein kulturhistorisches Phänomen des Spätmittelalters und der Frührenaissance, aber die Ursprünge reichen weiter zurück, viel weiter, wie die Namen beweisen.«

»Luzifer und Kronos?« Sarah schien wenig überzeugt.

»Nein.« Stokes drehte sich zurück und schaute Sarah an wie ein Vater sein vorlautes Kind. »Satan und Saturn!«

35

LONDON
DONNERSTAG, 4. JANUAR
16:30 UHR

Wieder klingelte das Telefon. Diesmal war es eine andere Stimme. Sie klang nicht unangenehm, aber sie hatte etwas Lauerndes in der Art und Weise, wie sie sprach. Er vermutete, dass er es jetzt mit einem der höheren Ränge dieser geheimnisvollen Organisation zu tun hatte, vielleicht sogar mit deren Chef?

»Können Sie sprechen?« Es war das erste Mal, dass sie ihn anriefen und fragten, ob der Zeitpunkt passend wäre. Er ging in einen der leeren Meeting-Räume in der Nähe von seinem Büro und zog die Tür zu.

»Ja.«

»Sie haben sich entschieden, in der Hölle zu herrschen, anstatt im Himmel zu dienen. Eine weise Entscheidung.«

Er sagte nichts.

»Gehen wir einmal davon aus, dass Sie Raptus erreichen.«

Er sagte wieder nichts, aber Hitze- und Kältewellen durchschossen ihn gleichzeitig. Ebenso wie die Befürchtung, was wohl passieren würde, wenn er die Prüfungen nicht bestand.

»Ich möchte Ihnen daher ein paar Details erläutern, die für Ihre spätere Arbeit für uns wichtig sein können«, fuhr die Stimme fort. »Ich nehme an, unser Kontaktmann hat Ihnen bereits am Neujahrsmorgen von der Banktransaktion, die Ihre Bank für unsere Gesellschaft durchführen kann, erzählt?«

Er bejahte.

»Es verhält sich folgendermaßen«, fuhr die Stimme am anderen Ende fort. »Die Größenordnung des Auftrags beträgt 20 Milliarden Euro. Wir zahlen Ihrer Bank eine Provision von 1,5 Prozent, das macht dann 300 Millionen Profit.«

»Was muss ich tun?«, fragte er und fürchtete sich zugleich vor der Antwort.

»Nichts. Unsere Tochterunternehmen haben aus Kapitalmarktgeschäften Milliarden angehäuft, die wieder an die Muttergesellschaft zurücktransferiert werden müssen«, sagte die Stimme.

»Das Geld ist da, aber nicht hier«, fasste er zusammen.

»Sie sagen es. Wir haben natürlich wenig Interesse, dass dieser Transfer allzu viel Aufmerksamkeit erregt.« Die Stimme schwieg für ein paar Sekunden. »Daher wird Ihre Bank für unsere Muttergesellschaft eine Anleihe in Höhe von 20 Milliarden Euro emittieren. Die Anteile der Anleihe werden von unseren Tochterunternehmen am Kapitalmarkt gekauft und das Geld fließt auf diese Weise zur Muttergesellschaft zurück.«

»Dann brauchen Sie uns nur, um der Transaktion einen legalen Deckmantel zu geben.« Er zweifelte langsam an seinem *eigenen Urteilsvermögen – worauf hatte er sich nur eingelassen?*

»Nun ja, sagen wir es einmal so: nicht alle Gesetze stimmen mit unserer Firmenpolitik überein.«

»Ich werde mein Möglichstes tun«, sagte er.

Da war sie wieder, diese Faszination. Er ertappte sich dabei, dass er sich schon so benahm, als würde er bereits für sie *arbeiten.*

»Und wir halten Ihnen den Rücken frei – solange Sie Ihre Aufgabe erfüllen.«

»Vielen Dank«, bedankte er sich leise für diese zweifelhafte Ehre und überlegte gleichzeitig, wie er das seinem Vorgesetzten verheimlichen könnte.

Die Verbindung endete.

36

OXFORD
DONNERSTAG, 4. JANUAR
17:00 UHR

»Satan und Saturn«, wiederholte Stokes noch einmal. »Über den Zusammenhang zwischen Satan und Saturn oder Kronos und Luzifer gibt es in der Forschung unterschiedliche Standpunkte.« Er hielt inne, so als erschiene ihm dieser Zusammenhang selbst ein wenig ungewöhnlich. »Einige halten das Ganze für Blödsinn oder für ein Märchen.« Er rührte seinen Tee um und quetschte mit einer silbernen zangenartigen Apparatur eine Zitronenscheibe aus.

»Und was denken Sie?«

»Wie ich in Berlin schon sagte, manchmal ist es einfacher, an Märchen zu glauben, denn die Wirklichkeit muss man ertragen können.« Stokes rührte weiter in seinem Tee.

»Ich habe gestern Nacht eine interessante Entdeckung gemacht.« Er legte den Löffel beiseite. »Der Mord stand sozusagen *in den Sternen.*«

Vincent dachte an die Internetseite, die er vor Silvester aufgerufen hatte. *Das neue Jahr wird mit einer Überraschung beginnen.* Das war eingetroffen. Aber fing Stokes jetzt auch mit Astrologie an?

Auf der Kommode neben der Tür standen verschiedene Reproduktionen von Kupferstichen. Daneben ein großer Globus aus dem 18. Jahrhundert. Stokes erhob sich und trat näher an einen der Stiche heran. Darauf der alte, bärtige Kronos in seinem Wagen. Er fuhr über das Firmament, gezogen von den Drachen der Zeit. In der einen Hand hielt er eine riesige Sense, in der anderen eines seiner Kinder. Doch was er damit tat, ließ das Bild von einem kunstvollen Kupferstich zu etwas Entsetzlichem werden, denn der Alte hatte das Kind am Hals gepackt und seine Zähne mit diabolischem Blick in dessen Arm geschlagen.

»Nicht gerade ein vorbildlicher Vater, nicht wahr?«, sagte Stokes. »Ein holländischer Stich, 16. Jahrhundert.« Er trat näher an das Bild. »Hier sehen Sie links das Sternzeichen des Schützen und rechts das Zeichen des Steinbocks, das Sternbild des Januars. Genau die Zeit, zu der sich die Morde ereignet haben.«

»Sie meinen, das ist kein Zufall?«, fragte Sarah.

»Wir haben doch Januar, meine Herrschaften, oder nicht?«, frage Stokes.

Dann erzählte er ihnen von der Sternenkarte des Monats Januar, die er am gestrigen Abend studiert hatte, dem Sternbild des Perseus und dem Planeten Saturn im Zeichen des Löwen.

»Der Januar, Perseus, Cellini, Saturn«, endete Stokes nach seinem Vortrag über die Sternenkarte. »Das ist kein Zufall. Ganz und gar nicht.«

Sarah hatte versucht, Stokes zu folgen, und ihr Blick huschte auf der Sternenkarte hin und her. Das Sternbild des Löwen und des Perseus und auch Saturn am Himmel, all das stimmte. Dennoch schüttelte sie den Kopf. »Sie wollen damit sagen, man hätte den Mord an Thomson und Miller mit einer Sternenkarte vorhersagen können?«

Stokes nickte. Er meinte es offenbar ernst. Sarah schaute erst Vincent und dann Stokes an, unsicher, ob sie jetzt in einem Märchen oder in einem Irrenhaus gelandet war.

Stokes begann, in dem großzügigen Raum zwischen der Kommode und dem gotischen Fenster hin und her zu laufen. »Was hatte ich Ihnen am Ritz-Hotel in Berlin gesagt? Ein Investor, der durch Mord die Märkte bewegt, der sich der digitalen Welt bedient, um die Menschheit zu kontrollieren, und dessen Plan schon seit Jahrtausenden besteht.« Er schloss kurz die Augen und verharrte in der Bewegung. Dann sprach er weiter. »Es gibt Theorien, die in der Wissenschaft als wilde Verschwörungsparanoia gelten, die aber bisher nicht widerlegt werden konnten. Theorien, dass es seit langer Zeit einen unbekannten Zirkel gibt, den niemand kennt, der aber große Auswirkungen auf die Geschicke der Menschheit hat; damals, heute und in der Zukunft.« Er ließ die Pfeife sinken. »Wenn diese Theorien stimmen und SIE es wirklich sind, dann haben wir ein Problem.«

Sarah sah Vincent verwundert an und fragte sich, wie sie hatte glauben können, dass ein wirrer Verschwörungstheoretiker ihr bei der Aufklärung der Morde helfen könnte.

Vincent wandte sich an Stokes, der in seinen Gedanken versunken schien. »Wer sind SIE?«

»Im Jahre 3000 vor Christi gab es in Mesopotamien eine Vereinigung, die sich *die Bruderschaft der Schlange* nannte.«

Die Sonne war bereits im Untergang begriffen, und einige dunkle Wolken schoben sich vor die letzten Strahlen und verdeckten das warme, orange Licht.

»Sie war die treibende Kraft hinter den Eroberungszügen Sargons von Akkad. Ihr Ziel war es, die gesamte Menschheit zu unterwerfen. Ihr Symbol war die Schlange der Zeit, die sich in den Schwanz beißt, die zur Midgardschlange der Germanen wurde, die die Erde umschließt, und die uns als Kronos' Drachen und als biblische Schlange der Versuchung wieder begegnet.« Er zeigte dabei auf den holländischen Kupferstich, den Vincent zu Beginn beiläufig gesehen hatte, auf dem Kronos' Wagen von den Drachen der Zeit gezogen wurde.

»Sargon von Akkad schuf das erste, große vorderasiatische Reich, das dreihundert Jahre lang Bestand hatte. Dann brach es auseinander, und die Nachfolger Sargons zogen nach Westen. Es dauerte Jahrhunderte, bis der Rest der Bruderschaft auf andere Gesellschaften traf, die das gleiche Ziel verfolgten und sich mit ihnen vereinigten. 1200 v. Chr. standen diese verschiedenen Bruderschaften und Geheimbünde vor den Ruinen des brennenden Trojas. Ihr Ziel war noch immer das gleiche.«

»Alles zu kontrollieren, alles zu wissen. Wie in der Wissenschaft«, sagte Vincent.

Der Professor hob die Augenbrauen. »Ein wenig verkürzt, aber an sich richtig: Sie wollten nicht glauben, sie wollten wissen.«

»Erst wissen und dann kontrollieren?«, fragte Vincent.

Stokes stand auf und tippte mit dem Zeigefinger auf den alten Globus neben der Kommode. »1200 v. Chr. war das Jahr, in dem sich diese Welt verändern sollte. Ihr Ziel war und ist die totale Kontrolle der Menschheit, ihre Angst ist die vor der endgültigen Niederlage, ihr Gott ist der Vater aller anderen Götter – und sie sind seine Kinder …«

Vincent und Sarah hörten schon die drei Worte, bevor er sie aussprach, ähnlich einem Musikstück, bei dem der geschickte Komponist genau den Akkord folgen lässt, den der Hörer erwartet: »... die Kinder des Kronos.«

ZWISCHEN LONDON UND OXFORD
DONNERSTAG, 4. JANUAR
18:00 UHR

37

Ein gemieteter schwarzer Kleinbus durchschnitt die eiskalte Abendluft auf der M4 von London in Richtung Oxford.

Auch wenn hier keine Leibwächter und Kampfhunde vor Ort sein würden, war der Auftrag nicht einfacher. Er musste sein Opfer befragen, bevor er es töten konnte. Er musste möglichst unauffällig in die Wohnung gelangen und dafür sorgen, dass niemand es mitbekam und dass niemand Hilfe holen konnte.

Wolf wusste schon, wie er hereinkommen würde. Erst klingeln, dann wird die Tür geöffnet, und wenn sie mit einer Kette gesichert ist, diese ganz schnell mit dem Bolzenschneider durchschneiden. Und schon ist man drin.

Falls sich die Zielperson dann weigern würde, irgendetwas zu sagen, würde sie schnell feststellen, dass man mit einem Bolzenschneider nicht nur Ketten durchschneiden konnte.

Normalerweise reichte es, den Leuten nur das Werkzeug zu zeigen. Bei ganz hartnäckigen Fällen musste man eben den kleinen Finger nehmen. Und ihnen sagen, dass der Daumen als Nächstes drankäme, wenn sie weiterhin auf stur schalteten.

Die ersten Hinweisschilder auf Oxford tauchten am Straßenrand auf.

OXFORD
DONNERSTAG, 4. JANUAR
18:00 UHR

38

Krähen flogen heiser und penetrant krächzend um das Haus, Stokes' Katze war aus ihrem Schlaf erwacht und blickte alle vorwurfsvoll an, als hätten sie diese Lärmbelästigung verhindern können.

Sarah holte die Liste mit den geheimnisvollen Firmen, die ihnen Marcus am Abend vorher gegeben hatte, aus ihrer Handtasche und reichte sie Stokes, der verwirrt aufschaute.

»Vincents Bruder ist Investmentbanker in London«, erläuterte sie. »Er hat irgendwie rausgefunden, dass diese Firmen an den Transaktionen mit *Promethean Industries* beteiligt waren. Er hat aber noch nie von ihnen gehört.«

»Klingt doch irgendwie international, oder?«, fragte Vincent. »*Soepondi* klingt italienisch, *Dashe* amerikanisch, *Suez* arabisch.«

»Soso«, sagte Stokes und schaute gedankenverloren auf das Blatt, »italienisch, amerikanisch und arabisch ... wieso sind es nur vier?«

Sarah blickte auf. »Sollten es denn mehr sein?«

»Sechs.« Stokes drehte das Blatt zu Vincent und Sarah. Er zog einen Stift und malte einen Pfeil unter die ersten Namensteile. »Was passiert, wenn man die Anordnung der Buchstaben ändert?«

»*Dashe* wird zum Beispiel *Eshad*«, sagte Vincent und fühlte sich dumm. Wie immer, wenn es um Worträtsel ging. »Oder *Hesad* oder *Desha* oder auch ...«

Zu seiner Überraschung sprang Sarah auf. »Das ist ein Anagramm! Und dann wird aus *Dashe* – *Hades*!«

»Völlig richtig, junge Dame«, lobte Stokes. *»Hades.«*

»*Tere-Med* klingt nach Pharmaindustrie, nicht wahr?«, sagte Stokes. »Aber man kann es auch als *Demeter* lesen.«

Vincent begriff nun endlich, worum es ging, und arbeitete fieberhaft an dem nächsten Anagramm.

»*Soepondi* ist *Poseidon,* und der letzte Name, der so arabisch klingt …«

Sarah lächelte und zeigte auf den Pfeil, den Stokes auf das Papier gezeichnet hatte. »Der einfache Weg ist manchmal der Beste: Man muss den Namen nur rückwärts lesen. *Suez* ist *Zeus.*«

Stokes blickte wie ein zufriedener Familienvater auf das Geschehen. »Verstehen Sie jetzt, warum ich gefragt habe, ob es nur vier sind?«

»Weil Kronos sechs Kinder hatte und Hestia und Hera fehlen?«, versuchte es Vincent.

Stokes nickte und zeigte auf einen Kupferstich auf der Kommode, auf dem die sechs Gottheiten abgebildet waren. »Hier sind sie alle, die großen Götter des griechischen Pantheons – die leibhaftigen Kinder des Kronos!«

39

LONDON
DONNERSTAG, 4. JANUAR
18:15 UHR

Er hatte die Website besucht. Um Punkt 18 Uhr war sie online, für ungefähr drei Minuten, und dann wurde sie wieder abgeschaltet. Darauf hatte er eine Adresse und eine Wegbeschreibung gefunden.

Battersea Power Station, *das stillgelegte Kraftwerk an der Themse nahe der Queenstown Road. Er war mit einem Taxi in die Nähe des Gebäudes gefahren und den Rest des Weges von der Straße hinunter zu Fuß gelaufen. Die gigantische Turbinenhalle baute sich vor ihm auf. Ein lauerndes Monstrum, dessen vier turmhohe Schlote sich in den Nachthimmel reckten.*

Er ging von der Elms Lane in die Cringle Street, durch verlassene, gigantische Hallen. Er ahnte, dass das, was man ihm zeigen wollte, wieder unter der Erde sein würde, unauffindbar für alle. Fast alle.

Nach mehreren Treppenfluchten über rostige und steinerne Stufen konnte er das helle Licht von mehreren Scheinwerfern ausmachen. Die Decke der Halle war an einigen Stellen aufgerissen, sodass er am Himmel die Sterne blitzen sehen konnte, der Boden wellig, als hätte er schon einmal unter Wasser gestanden.

Gleichzeitig getrieben und abgestoßen von dem, was ihn erwartete, trat er näher heran. Was er sah, entsprach der gleichzeitig dunklen und grellen Dramatik eines Caravaggio. Eine Installation, die ein unheiliges Ritual zeigte, Hinrichtung und Opferung zugleich. An einem etwa drei Meter hohen Kreuz, dessen Querbalken unten statt oben angebracht war, war kopfüber, an Händen und Füßen, ein Mann befestigt. Seine aufgerissenen Augen blickten von unten auf die grell strahlenden Scheinwerfer, und seine Beine zeigten in das schwarze Gewölbe der Halle.

Das Kreuz war inmitten eines Haufens aus Asche aufgestellt. Der Querbalken, an dem die Arme des Gekreuzigten befestigt waren, tauchte beinahe in die Asche hinein; Asche, die noch ein wenig glühte, die die Kopfhaut des Toten versengt hatte und in der Reste von verbrannter Kleidung lagen. Und Schädel und Knochen, einige davon noch mit Fleischresten.

Direkt vor der gekreuzigten Leiche lag ein Gegenstand, der wie ein Handy aussah, mit blau blinkendem Display. Um die ganze Anordnung herum war auf dem Betonboden der Halle ein Kreis gezogen worden. Irgendetwas war auf den Boden geschrieben. Sechs Worte, die in geschwungener Schrift im

60-Grad-Winkel zueinander um das Kreuz herum ausgelegt waren. Lateinische Worte: In girum imus nocte …

Doch er konnte nicht weiterlesen. Seine Augen hatten ihm schon die ganze Zeit mit einer unterdrückten Hartnäckigkeit etwas gemeldet, das sein Bewusstsein zu unterdrücken versucht hatte, bis es vor seinem Blick so offenbar wurde, dass er es nicht mehr verdrängen konnte. Vielleicht hatte es etwas länger gedauert als normal, weil er das Gesicht des Mannes nur kopfüber gesehen hatte. Doch jetzt brach sich die Wahrheit in unbarmherziger, klarer Schärfe Bahn, wie ein Speer aus Eis, der sich ins Herz bohrt. Das Gesicht des Mannes, den er kannte, den er gestern noch im Büro gesehen hatte und der heute unauffindbar gewesen war, ohne dass irgendjemand wusste, wo er sein könnte.

Diese zweite Prüfung führte ihn zum Kern dieser dunklen Organisation und zu ihm selbst zurück. Das Gesicht des Mannes, dem offenbar auch seine Leibwächter und seine zwei Kampfhunde nichts nutzten.

Er hatte sich fest vorgenommen, ruhig zu bleiben, doch wieder musste er in Panik fliehen, rannte durch Treppenfluchten und von Spinnweben verhangene Gänge und Korridore, bis er die Lichter der Queenstown Road wieder vor sich sah.

Das war zu viel. Es war vorbei. Er griff zu seinem Handy und wählte.

40

OXFORD
DONNERSTAG, 4. JANUAR
18:30 UHR

Die Dunkelheit war endgültig hereingebrochen, das Kaminfeuer prasselte und die schwarz-graue Katze war wieder in tiefem Schlaf versunken. Nach dem Tee war man zum Hennessy-Cognac übergegangen, den Stokes großzügig in bauchige Gläser gefüllt hatte, bevor er zu erzählen begann. Aristoteles, so Stokes, war ein Mitglied der Kinder des Kronos, der im vierten Jahrhundert vor Christi Alexander den Großen unterrichtete. Der wiederum eroberte Persien, Indien und Ägypten und legte mit der Gründung der Stadt Alexandria auch den Grundstock für die berühmteste Bibliothek des Altertums.

»146 v. Chr. dann gab es eine Zäsur«, fuhr Stokes fort. »Die Römer eroberten Griechenland. Die Strategen der Vereinigung nutzten die Macht des aufstrebenden Roms, um sich dort neu zu positionieren und die Schalthebel des jungen Imperiums für ihre Ziele zu nutzen. Kronos wurde zum Erntegott Saturn gemacht und seine Herrschaft zum goldenen Zeitalter.«

»Sie nutzten das neue Imperium als Multiplikator?«, fragte Vincent.

»So ist es«, sagte Stokes. »Und es gelang ihnen sogar, Julius Cäsar auf ihre Seite zu ziehen.«

»*Den* Julius Cäsar?«

»Genau den. Es sind mehrere Aussagen überliefert, in denen Cäsar sogar selbst sagt, dass er seine Existenz Kronos verdankt.«

»Verschmelzung von Gott und Mensch«, sagte Vincent, »das passt zu Cäsar.«

»In der Tat.« Stokes blickte wie eine Eule über seine Brillengläser hinweg. »Wie ihr ja wisst, entmannte Kronos seinen Vater Uranos und warf die Geschlechtsteile ins Meer. Aus diesen Geschlechtsteilen entstand die Venus Aphrodite, die Göttin der Liebe.«

»Und mit der war Cäsar verwandt?«, fragte Sarah. Sie hätte sich bei Cäsar eher einen Kriegsgott vorgestellt.

»Wenn wir der Sage glauben wollen, ja.« Stokes faltete die Hände und lehnte sich zurück. »Nach der Schlacht von Troja, so lehrt uns Vergil, flohen Anchises und sein Sohn Aeneas, der später Rom gründen sollte, aus der brennenden Stadt. Aeneas war von Anchises und der Venus gezeugt worden. Sein erster Sohn hieß Ascanius und der zweite Iulus. Und dieser Iulus wurde Stammvater des iulischen Hauses, und einer seiner Abkömmlinge war ein gewisser Caius. Caius Julius, der später den Beinamen *Caesar* bekam.«

»Schlaue Taktik«, sagte Vincent. »Um Herrscher über Rom zu werden, kann es nicht schaden, mit dem Gründer Roms verwandt zu sein.«

»Überhaupt nicht«, sagte Stokes. »Doch vergessen wir nicht: Ohne Aeneas kein Iulus, ohne Venus kein Aeneas, ohne abgetrennte Geschlechtsteile des Uranos im Meer keine Venus und ohne Kronos keine abgetrennten Geschlechtsteile. So einfach kann das alles sein.« Er schaute ins Feuer. »Oder so einfach wäre es geblieben, hätte sich nicht um die Jahrtausendwende etwas ereignet, das alles änderte. Das die Jahrtausendwende erst zur Jahrtausendwende machte, jedenfalls nach unserer Zeitrechnung«, fügte er noch hinzu, obwohl schon alle wussten, was er meinte.

»Jesus Christus«, murmelte Sarah.

Stokes wiegte den Kopf hin und her. »Ja und nein. Christus war ein Ereignis, und Paulus war der Verkäufer dieses Ereignisses. Es war Paulus, der das Christentum von einer kleinen Sekte zur Weltreligion aufbaute, jedenfalls im Römischen Reich. Und er war nicht dumm. Er kannte den allgegenwärtigen Orden und seine Ziele.«

»Und wollte sich die Konkurrenz vom Hals schaffen?«

»Ich möchte der Kirche nicht unterstellen, dass sie die Kontrolle aller Menschen wollte. Aber Jesus sagte schon *Lasst uns Menschenfischer sein;* aus diesem Grund nennt man den Ring des Papstes auch den *Fischerring.*«

»Und für zwei solche Gruppen, die mehr oder weniger dasselbe wollten, war auf der Welt kein Platz?«, fragte Vincent.

»So dachte man«, sagte Stokes. »Die Kirche zeigte, was sie von Paulus gelernt hatte. Sie wusste, wie Symbole funktionieren, wie man sich erfolgreich vermarktet. Johannes, einer der Jünger Jesu, erhielt den Auftrag, die Kinder des Kronos zu diffamieren, sie mit allem Negativen in Verbindung zu bringen – und ihnen in der Apokalypse den Namen zu geben, den die Kirche schließlich für immer für ihre mächtigen Feinde nutzen würde – ›Das Große Tier‹.« Stokes rieb sich die Hände. »Eine brillante Schmutzkampagne – wenn auch berechtigt.« Der Professor blickte auf und schwenkte den Cognac hin und her. »Kommen Sie mit.«

Sie gingen ins Nebenzimmer. Sarah blickte über die Büchertitel, während Stokes an dem Regal entlangschritt wie ein Vater, der schaut, ob alle seine Kinder noch da sind. Von den meisten der Bücher hatte sie noch nie gehört. *Die geheimen Tagebücher des John Dee,* die *Schrift von den acht Fragen* des Johannes Trithemius, Agrippa von Nettesheims *De Occulta Philosophia* und das *Grand Griomoire* von 1520 in schwarzem Ledereinband. In einer passwortgeschützten Vitrine aus Panzerglas waren die besonders teuren und seltenen Werke aufbewahrt. Stokes öffnete die Vitrine und nahm ein großvolumiges Lederbuch heraus.

»Eine original Gutenberg-Bibel«, sagte er und legte das schwere Buch auf einem Podest ab und blätterte in den hinteren Teil zur Offenbarung des Johannes.

»Saturn ist, wie Sie wissen, der sechste Planet nach der Sonne. Neben der Tatsache, dass er sechs Kinder hat, und vielen anderen Faktoren macht dies die Sechs zur heiligen Zahl des Saturn. In der mittelalterlichen Geheimwissenschaft ist die Sechs zudem auch die Zahl des Makrokosmos, des Irdischen, im Gegensatz zur himmlischen Sphäre.«

»Gott erschuf die Welt in sechs Tagen«, ergänzte Vincent, »am siebten Tage ruhte er. Sechs ist die Zahl des Unvollendeten.«

»Sehr richtig«, sagte Stokes, während er in der Bibel blätterte. Sarah merkte, wie der gesamte Komplex in ihrem Kopf immer mehr an Struktur verlor, je mehr sie hörte. Je mehr Bälle sich Stokes und Vincent gegenseitig zuwarfen, desto unübersichtlicher erschien ihr das ganze Puzzle. Würde man damit einen Mord lösen können?

Sie trat hinter den Professor und ließ ihren Blick über die Illustrationen schweifen. Auf einem Bild stieg ein riesiges Ungetüm aus dem Meer. Ihre Augen folgten dem Text, Offenbarung Kapitel 13: »... *Und ich sah ein Tier aus dem Meer steigen, das hatte zehn Hörner und sieben Häupter und auf seinen Hörnern zehn Kronen und auf seinen Häuptern lästerliche Namen ... und es wurde ihm ein Maul gegeben, zu reden große Dinge und Lästerungen, und ihm wurde Macht gegeben, es zu tun*, zweiundvierzig Monate *lang.*«

»Ist *das* ›Das Große Tier‹?«, fragte Sarah, während ihr der lederne Geruch des alten Buches in die Nase stieg.

Stokes nickte. »Zweiundvierzig Monate«, sagte er. »Die Quersumme von vier und zwei ist sechs.«

»Das kann doch genauso gut Zufall sein?«, sagte sie. Sie hatte solche Spielchen nie ernst genommen, immer gelächelt, wenn Praktikanten oder Neulinge beim LKA, die später im Bereich Verhaltensforschung arbeiten wollten, mit solchen Experimenten kamen, von denen sie in irgendwelchen Romanen gelesen hatten. Quersummen und Summen, was war das schon anderes als ein Spiel mit Zahlen, in das der Mensch früher Bedeutung legen musste, wenn er keine andere Möglichkeit hatte, sich die Welt zu erschließen. Aber heute? Andererseits waren eins und null auch nur Zahlen, aber sie brachten den binären Code der Computer hervor, der Code, der immer stärker das Weltgeschehen bestimmte.

»Zufall? Das würde ich nicht sagen, junge Dame«, sagte Stokes und blätterte weiter. »Die Zahl Sechs ist auf sich allein gestellt möglicherweise tatsächlich recht bedeutungslos.

Verbinden wir sie aber mit Vergangenheit, Gegenwart und Zukunft, erhalten wir die Zahl, die der Apostel für seinen größten Feind bereithielt.«

Sie schaute in die Flammen im Kamin und sah die winzigen Funken, die in rasanter Schnelle durch den Schornstein nach oben gesaugt wurden, als Stokes die Passage vorlas, wie sie in der Offenbarung im weiteren Verlauf des 13. Kapitels stand. Die Passage, in der Johannes einen Feind und seine Zahl benannte, einen Feind, der schon seit Jahrtausenden sein Unwesen trieb. Der vielleicht vor Kurzem Stuart Hill ermordet hatte und dabei war, ein riesiges Imperium aufzubauen.

»Siehe, hier ist Weisheit!«, las Stokes. *»Wer Verstand hat, der überlege die Zahl des Tieres; denn es ist eines Menschen Zahl, und seine Zahl ist sechshundertsechsundsechzig.«*

Sechshundertsechsundsechzig. 666.

»Die Kinder des Kronos wurden zum *Großen Tier* gemacht«, fragte Vincent. »Und das ließen sie sich bieten?«

Sarah schaute zu Stokes' Katze, die friedlich vor sich hin schlummerte. Das ganze Spiel hier erinnerte sie auch an eine zickige Katze: Bei einigen weiß man schon vorher, dass sie einen beißen werden, aber man versucht trotzdem, sie zu streicheln. Genauso war es faszinierend, den Spuren der Vergangenheit zu folgen, nur war es in diesem Fall wahrscheinlich, dass ihr ein Disziplinarverfahren drohen würde, wenn hier keine sachdienlichen Hinweise herauskämen. Dennoch hörte sie weiter zu.

Stokes schüttelte den Kopf und seine Stimme brachte Sarah in diese mythische Traumwelt zurück. »Natürlich nicht. Die Vereinigung schlug hart zurück.« Stokes erhob den rechten Zeigefinger. »Kaiser Nero war ihr stärkster Verfechter, die

Christenverfolgungen unter ihm eine *take the power back*-Aktion. Dummerweise verlor er jedoch den Verstand, und seine Karriere endete damit, dass er Selbstmord beging, auch wenn er es wohl nicht gewesen war, der Rom in Brand gesteckt hatte.«

Wieder fielen im Kamin halb verbrannte Holzstücke in sich zusammen, und eine schwarze Wolke quoll aus der Öffnung hervor. Ein leichter Geruch nach Rauch breitete sich im Zimmer aus.

»Nero und ›Das Große Tier‹«, murmelte Vincent.

Stokes' Miene schwankte zwischen Skepsis und Ironie. »Die Zahl wurde ein Kainsmal für alle, die der christlichen Heilslehre im Weg standen. Wie eben für Kaiser Nero. Er bekämpfte das junge Christentum mit unerbittlicher Grausamkeit.«

»Gibt es dafür Beweise?«, fragte Vincent. »Ich meine, dass er Teil des *Großen Tieres* war?«

Stokes nickte. »Sein eigentlicher Name war Domitius.« Er griff zu Papier und Bleistift. »Wenn wir jetzt übersetzen sollten, dass Domitius Caesar, also der Kaiser Domitius, die Boten Christi mit Gewalt tötete, würde sich auf Lateinisch folgender Satz ergeben.« Er schrieb den Satz auf das Papier.

Kaiser Domitius tötet die Boten Christi mit Gewalt.
Domitius Caesar Legatos Xti Violenter Interfecit.

»Machen wir aus den Anfangsbuchstaben römische Zahlen, erhalten wir D, C, L X, V und I. Diese stehen für 500, 100, 50, 10, 5 und 1.«

Vincent rechnete im Kopf die Zahlen zusammen. »666!«

Sarah merkte, dass Stokes und Vincent sich jetzt allmählich warmgelaufen hatten, zu warm, wie sie fand. Sie fiel ihnen ins Wort.

»Professor Stokes«, sagte sie, »wenn ich das richtig verstanden habe, gibt es einen uralten Plan, alle Menschen zu unterwerfen und zu kontrollieren. Und darum wird die Vereinigung, die dieses Ziel verfolgt, von der Kirche als *Das Große Tier* bezeichnet?«

Stokes nickte.

»Und dann gibt es noch diese Theorie, nach der der mittelalterliche Satan und der Gott Kronos, der später Saturn hieß, irgendwie zusammengehören?«, fragte Vincent.

»Das ist richtig.«

»Dann müssen doch der biblische Satan und die Zahl 666 auch irgendwie zusammengehören?«

Stokes schwieg eine Weile.

»Der Reihe nach«, sagte er. »Wir haben die Zahl des großen Tieres bei Namen wie Nero«, sagte er. »Und wir haben den Teufel, Satan, Luzifer, den Morgenstern, der zuerst im Buch Hiob auftaucht und ständig als Versucher der Menschheit auftritt, um die Menschen von einem gewissen Weg abzubringen.«

»Dem Weg des Heils gemäß der katholischen Glaubenslehre?«, fragte Vincent.

Er nickte noch einmal. »Nehmen wir einmal an, wir wären die katholische Kirche und wir hätten eine andere Organisation, die wir verdrängen wollen. Lassen wir mal beiseite, dass die Kinder des Kronos möglicherweise wirklich gefährlich sind, die Kirche also mit ihren Anklagen recht hat. Was können wir tun, um sie noch gefährlicher erscheinen zu lassen, als sie es ohnehin schon sind?« Er klappte seinen Pfeifenstopfer zusammen. »Wie können wir dafür sorgen, dass auch die gewöhnlichen Menschen sie als gefährlich ansehen?«

»Vielleicht so, wie es die Politiker auch tun? McCarthy und der Kommunismus, Bush und der Irak«, sagte Sarah. »Indem wir aus einem Feind der Organisation einen Feind für die Menschheit machen?«

»Hervorragend, junge Dame«, sagte Stokes. »Schauen Sie

sich einmal die Bibel an, und Sie werden feststellen, dass dort immer von *dem Satan* die Rede ist, niemals nur *Satan*.«

»Satan heißt doch ›Widersacher‹?«, fragte Vincent.

»Es kann genauso ›Feind‹ heißen. Immer ist es *der Feind*, der irgendetwas konterkariert. Der Vater erschafft, der Satan zerstört, der Sohn erlöst, der Satan versklavt, der Heilige Geist tröstet, der Satan quält.« Er hob den Zeigefinger. »Die Frage ist aber doch, *wen* er quält, die Frage ist, *wessen* Feind er ist.«

»Der Feind Gottes?«, fragte Sarah.

Stokes schüttelte den Kopf. »Nur bedingt. Und er quält auch nicht nur die, die man *die Guten* nennen würde. O nein, ganz im Gegenteil! Was macht der Satan in der Hölle mit den Erzsündern?«

Vincent blickte ins Feuer. »Er kaut auf ihnen herum und quält sie jahrtausendelang, ohne dass sie sterben.«

»Nennen wir das Kind doch endlich beim Namen!« Stokes blickte sie fast zornig an. »Er vollstreckt Gottes Willen!« Er faltete die Hände. »Da stellt sich doch die Frage, inwieweit er dann ein Widersacher Gottes sein kann.« Er ging zum Kamin und stocherte im Feuer herum. Funken stoben und Holz knackte. »Genau wie Kronos mit seiner Gefolgschaft von Zeus in den Tartarus geworfen wird, das Land ewiger Dunkelheit, so wurden Satan und seine rebellischen Engel von Gott vom Himmel in die Hölle geworfen. Bei Hesiod sind Himmel und Erde, also Uranos und Gaia, sexuell vereint, die Kastration des Himmels durch Kronos trennt sie für immer. Das Paradies ist verloren, Kronos ist Schlange und Satan in einem.«

»Und in *Paradise Lost* fallen die rebellischen Engel neun Tage lang in die Hölle«, sagte Vincent. »Genauso lange wie die Titanen, die Zeus zusammen mit Kronos in den Tartaros warf.«

»Sehr richtig«, sagte Stokes und bewegte das Glas, in dem noch ein halber Fingerbreit Cognac schimmerte, in der Hand.

»Beide stürzen tief in die Hölle, und während Kronos seine Söhne verschlingt, kaut der mittelalterliche Satan bei Dante auf den drei Erzsündern der Menschheit herum. Er hat drei Köpfe – und damit *sechs* Augen. Und die drei Erzsünder, auf denen er herumkaut, sind Judas – und Brutus und Cassius!«

»Die Mörder von Cäsar!« Sarah war widerwillig fasziniert von diesem Gedankenspiel, das ihre gesamte Weltsicht auf den Kopf stellte.

»Die Mörder von Cäsar«, wiederholte Stokes. »Jetzt schließt sich der Kreis! Cäsar war ein Mitglied der Kinder des Kronos, galt somit später als Feind der Christen. Und Dante lässt die Cäsarmörder in der Hölle vom biblischen Satan zerkauen. Und das alles mit der Genehmigung der katholischen Kirche. Ein genialer Schachzug, wie er nur von Dante kommen kann.«

Sarah blickte durch ihr Cognacglas hindurch ins Feuer. Der Alkohol sah aus wie flüssiges Metall, Höllenfeuer, das durch die Schluchten des Purgatoriums fließt. Vincents Gesicht erschien, als würde es in einem Flammenmeer schwimmen.

»Der Teufel bestraft einerseits den Verräter an Christus. Und gleichzeitig bestraft er die Mörder eines Feindes Christi«, sagte sie. »Will Dante damit etwa sagen …?«

»… er will damit sagen, dass der biblische Teufel ein Widerspruch in sich ist. Er zeigt die zwei Parallelen zwischen Saturn und Satan, nämlich das Verschlingen, und er lässt den Teufel die Mörder eines Feindes der Christenheit bestrafen.« Stokes lächelte. »Das ganze Werk handelt zu zwei Dritteln vom Teufel und damit genau genommen von einem Feind, der am Ende gar keiner ist. Dante hat es gewusst! Er kannte das Geheimnis! Und jetzt sollte klar sein, warum dieses Epos *Die göttliche Komödie* heißt.«

Sarah schaute durch ihr Glas hindurch. Faszinierend war das alles, ob es hilfreich war, würde sich noch herausstellen. Aber jetzt war es so spannend geworden, dass es dumm gewesen wäre, das Spiel nicht zu Ende zu spielen.

»Ich muss zugeben, dass ich bisher wenig Ahnung von all dem hatte, was hier erzählt wird«, sagte sie, »aber ist nicht der Teufel die böse Macht, die den Menschen zu schlechten Taten, zum Verbrechen anstiftet? Ist der Teufel nicht der, der die Menschen, wie man so sagt, *versucht*? So wie bei Hiob?«

»Da spricht die Kommissarin«, sagte Stokes. »Sie haben natürlich recht, es gibt das Böse in der Welt. Die Frage ist nur, wer dafür verantwortlich ist. Der Mensch mit seinem freien Willen oder der Teufel oder Gott?«

Vincent blickte zur Decke. »Sie meinen, dass Gott will, dass die Menschen sündigen?«

»Nun ja«, sagte Stokes und fuhr sich durch den Bart. »Betrachten wir es einmal psychologisch: Gott stellt in der Genesis Bäume in den Garten Eden und sagt Adam und Eva ganz explizit, dass sie von einem der Bäume, nämlich dem Baum der Erkenntnis, auf keinen Fall essen dürfen. Was macht ein Kind, dem man dauernd sagt, es darf auf keinen Fall im Keller hinter die Kartoffelkiste gucken?«

Vincent grinste. »Es guckt hinter die Kiste.«

»Und wie interessant ist für ein Kind die Kartoffelkiste, die niemals erwähnt wird?«

»So uninteressant wie etwas, das gar nicht existiert.«

»Sehen Sie?«, sagte Stokes. »Gott selbst ist es, der den Menschen in Versuchung führt. Nicht Satan, nicht der Teufel, Gott selbst.«

»Das sehen die Christen aber anders«, sagte Sarah.

Wieder spielte ein ironisches Lächeln über Stokes' Gesicht. »Im Gegenteil! Sie sehen es sogar dermaßen so, dass sie dieses Thema im wichtigsten Gebet der Christenheit platziert haben, in dem Gebet, das Jesus den Menschen gelehrt hat.«

Vincents Augen weiteten sich. »Im ›Vaterunser‹?«, fragte er. »Aber wo … aber ja!« Und er wiederholte diese uralten Zeilen, über deren Bedeutung offenbar nur die wenigsten nachdachten: *»Und führe uns nicht in Versuchung …«*

»Es ist Gott selbst, der die Menschen versucht.«

Stokes nickte. »Nicht Satan, nicht Luzifer, sondern Gott!« Er ging zum Fenster und blickte in die sternenklare Nacht, wo vereinzelte Wolken am Mond vorbeizogen wie eilige Reisende. »Ich denke, Sie verstehen jetzt, worum es geht. Die Christen sahen sich in der großen Geschichte dieser Welt als die Guten, die Helden. Und jede Geschichte mit einem Helden braucht einen Gegenpol, einen Schurken! Die einen wollen das Heil, die anderen die totale Kontrolle der Menschheit.« Er lief um den Tisch herum. »Die Kinder des Kronos waren Feinde, die die Kirche verdrängen wollte. Kronos war ihr Gott. Diese abstrakte Gottheit musste zu etwas gemacht werden, das gefährlich für das Leben der Menschen und gefährlich für ihr Seelenheil ist.« Er zeigte auf ein geöffnetes Buch mit Abbildungen von heidnischen Göttern, das auf dem Tisch lag. »Satan verschlingt die Sünder, Kronos verschlingt seine Kinder. Satan, der von den Erzengeln in die Hölle geworfen wird, Kronos, den Zeus in den Tartarus schleudert.« Er blickte ins Feuer und schwieg.

»Saturn und Satan«, murmelte Vincent. »Als ob sie zusammengehören.«

Sein und werden, dachte Sarah, *es kommt immer wieder.* Ein uralter Plan, der jetzt in der Gegenwart kurz vor dem Ziel stand, nah und fern zugleich, wie ein Licht zwischen zwei Spiegeln. Die Hinweise waren sichtbar und gleichzeitig kaum zu greifen, wie die Schattenspiele an der Wand. Sie nippte an ihrem Cognac und wandte sich an den Professor.

»Also so ist es?«, fragte sie. »Um einen Feind noch gefährlicher erscheinen zu lassen, wurde er mit einem noch größeren Feind in Verbindung gebracht?«

Stokes schüttelte den Kopf. »Nicht ganz. Wie ich sagte, jeder Held braucht auch einen Schurken. Um einen Feind gefährlicher erscheinen zu lassen, hat sich die Kirche, gemäß ihren Vorstellungen, einen Feind *geformt.* Satan wurde erschaffen, um Saturn zu dämonisieren. Sie sind beide so ähnlich, weil es nur einen von ihnen gibt.«

41

LONDON
DONNERSTAG, 4. JANUAR
18:50 UHR

Was er gesehen hatte, hatte ihn dazu gebracht, eine endgültige Entscheidung zu fällen. Vielleicht hatte er damit sein Todesurteil unterschrieben, aber es war der einzige Strohhalm gewesen, an den er sich noch klammern konnte.

Sie hatten ihn einfach getötet. Dann war es doch nicht unwahrscheinlich, dass er der Nächste wäre? War sein Vorgehen zu riskant? Nein, er hatte in Lebensgefahr geschwebt, seitdem er in St. Moritz den Anruf angenommen hatte. Und wenn er heute sterben würde, dann in dem Bewusstsein, das Richtige getan zu haben.

Er hatte ihm seine Visitenkarte mitgegeben, dazu die Namen und eine ungefähre Adresse. Er betete zu Gott, dass er sie finden würde.

42

OXFORD
DONNERSTAG, 4. JANUAR
19:00 UHR

Stokes wühlte in einigen der Unterlagen auf dem Tisch herum, während Sarahs und Vincents Blicke den Bewegungen seiner Hände folgten.

»Und wie passt das nun alles mit der Finanzwelt zusammen?«, fragte Sarah. »Die Verschwörer kennen sich doch gut mit dem Bankgeschäft aus. Haben sie das von den Medici gelernt?«

»Im Gegenteil«, sagte Stokes. »Sie haben das Bankgeschäft zu den Medici gebracht.« Er blätterte in einem Buch. »Zu Zeiten der Renaissance kam der antike Einfluss wieder zum Vorschein. Die Medici gründeten die platonische Akademie in Florenz, dessen Schutzpatron Kronos wurde, und im Schatten ihrer Herrschaft entwickelte sich etwas, das ihnen fortan bei all ihren Unternehmungen helfen sollte: das Bankgeschäft.« Er trank einen Schluck Cognac. »Alle wichtigen Ausdrücke des Bankgeschäfts kommen aus dem Italienischen: Kredit, Skonto, Giro, Saldo, schauen Sie sich mal die Abrechnungen an, die Sie von Ihrer Bank bekommen. Sie werden staunen.«

»Und diese ganzen Finanztricks?«, fragte Sarah. »Die sind dann typisch für Saturn? Termingeschäfte, Leerverkäufe und so weiter.«

»Der Reihe nach«, sagte Stokes. »Vielleicht habt ihr schon einmal von der ›Melancholie‹ gehört, der *schwarzen Galle*, einem der vier *humores*, der Säfte des Menschen gemäß der Viersäftelehre. Die Melancholie wird dabei Saturn oder Kronos zugeschrieben. Sie bezeichnet den seelischen Zustand der Trauer und der Schwermut, aber es ist auch der Gemütszustand des Genies, des großen Künstlers. Michelangelo, Rubens, Delacroix.«

»Aber wo ist nun die Verbindung zum Geld?«, fragte Sarah. »Mit der Kunst ist ja herzlich wenig zu verdienen.«

»Da haben Sie leider recht, junge Dame«, sagte Stokes und legte das Buch weg. »Aber der Mangel ist es doch, der die großen Dinge entstehen lässt, Dinge, die aus dem Nichts entstehen!« Er zeigte auf die Liste von Marcus, die sie um die Anagramme erweitert hatten, die neben den anderen Papieren auf dem Tisch lag. »Was geschah denn bei der Transaktion mit *Promethean Industries*?«

Vincents Augen hellten sich auf. »Es wurde eine Firma gekauft. Ebenfalls für nichts! So hat es uns ja Marcus erzählt!«

Stokes nickte. »Zwar kenne ich mich mit den Details dieser Transaktion nicht aus, doch genau hier liegt der Zusammenhang.« Er ging zurück zur Kommode und öffnete das Buch. »Im späten Mittelalter und der Renaissance sah man die Melancholie als den Ursprung all der Künste, durch die man ohne Arbeit, nur – wie es hier so schön formuliert ist – *durch eine betrügerische Schläue,* große Reichtümer erwerben konnte. Der Wucher, Betrug, Täuschung, Diebstahl und Raub – all das waren die Fähigkeiten des Kronos. Schaut her!«

Die beiden traten an den Tisch, und Stokes zeigte ihnen mehrere Abbilder des Kronos aus dem Mittelalter und der Renaissance. Eine Zeichnung aus der Bibliothek des Vatikans, auf der er als Geldzähler abgebildet war. Eine andere Illustration aus der Pariser Nationalbibliothek, wie er auf einer riesigen Schatztruhe saß. Dann wieder als König, der im Himmel thronte und auf einem großen Holztisch Geldmünzen zählte. Eine alte Handschrift aus Tübingen schließlich zeigte den Melancholiker als Geizhals, wie er mit einem Spaten eine Schatzkiste in der Erde vergrub.

»Dann ist es kein Zufall? Kronos und Hedgefonds?«, fragte Sarah.

»Ganz und gar nicht«, sagte Stokes. »Sie wussten und sie wissen alles darüber und denken sich ständig Neues aus. Ihr Umgang mit Geld, ihr Wissen, die Macht des Geldes zu nutzen, das waren und sind exzellente Angriffspunkte für die Feinde der Vereinigung. Da die meisten Menschen nicht mit Geld umgehen können, sind sie neidisch auf jeden, der es kann, und solidarisch mit jedem, der es nicht kann. Linke Ideologie funktioniert bis heute so.« Stokes schloss das Buch und legte es wieder auf die Kommode. »Um die Diffamierung komplett zu machen, verwandelte man Kronos in die zwei größten Schreckensgestalten, die das mittelalterliche Europa kannte. Nummer eins, den Satan, haben wir eben kennengelernt. Jetzt kommt Nummer zwei.«

43

OXFORD
DONNERSTAG, 4. JANUAR
19:10 UHR

Der schwarze Bus hielt auf einem Feld in der Nähe einer verfallenen Scheune, unweit des Botanischen Gartens. Ein Mann stieg aus, in der Hand eine große, schwarze Tasche.

Er schaute auf sein GPS. Er würde sich dem Haus nähern und zuerst prüfen, ob es neben dem Haupteingang noch andere Ein- und Ausgänge gab. Er hatte die Satellitenbilder schon gesehen, doch nichts konnte eine Prüfung der Umgebung in der Realität ersetzen.

Wolf zog den Mast, an dessen Ende sich der Störsender befand, auf eine Länge von 10 Metern auseinander und rammte ihn in Boden. Sobald er in der Nähe des Hauses wäre, würde er per Fernbedienung den Sender aktivieren. Alle mobile Kommunikation, alle Handys oder Blackberrys im Umkreis von einem Kilometer würden dann nicht mehr funktionieren.

Er ging zum Verteilerkasten, der am Ende der Merton Street stand. Das Schloss war ein Witz. Er erkannte das Kabel, das den Anschluss von Nr. 35 mit dem Telefonnetz verband. Die Zange klickte, und innerhalb von einer halben Sekunde war das Haus von Richard C. Stokes komplett von der Außenwelt abgeschnitten.

Er nahm den Bolzenschneider aus der Tasche und schritt langsam die Merton Street entlang. Die Jagdsaison war eröffnet.

OXFORD
DONNERSTAG, 4. JANUAR
19:10 UHR

44

Stokes winkte Sarah und Vincent zur gläsernen Vitrine, in der wertvolle Folianten aus dem Mittelalter und der Renaissance standen, griff einen heraus und öffnete ihn. Das Bild zeigte den Tod, mit bleichem Schädel und schwarzer Kapuze, wie er mit seiner Sense über das vor Angst zitternde Volk fuhr und jeden mit sich in sein Reich riss. Stokes legte das Buch auf eine Ablage neben der Vitrine, ging ins Nebenzimmer und holte drei Kupferstiche. Einer davon war der, der Vincent ganz zu Beginn aufgefallen war: Kronos wurde in seinem Wagen von Drachen gezogen. Der andere zeigte einen alten Mann mit einer Sense, der am Torso einer Statue nagte. Der Letzte schließlich war auch der Älteste, eine Übersicht über die heidnischen Götter aus dem 12. Jahrhundert. Kronos war darauf zu sehen als Herrscher des Himmels, eine Krone auf dem Kopf, in einer Hand die Schlange der Zeit, die sich selbst in den Schwanz biss, in der anderen Hand eine Sense.

»Die Schlange der Zeit wurde später zum Stundenglas«, erläuterte Stokes. »Der Übergang von der Herrschaft über die Zeit zur Herrschaft des Todes. Und ansonsten sehen wir überall das gleiche Instrumentarium, nicht wahr?« Er hielt Sarah und Vincent die Reproduktion des Kupferstiches unter die Nase wie ein Bilderverkäufer am Pariser Seine-Ufer.

»Stundenglas und Sense«, sagte Stokes. »Und wer von beiden, glauben Sie, hatte die Sense zuerst?«

»Kronos, aber es war ursprünglich nur eine Sichel«, sagte Vincent. Sarah nickte. Auch hier musste man genau hinsehen, wie bei einem Kriminalfall.

Stokes sprach weiter. »Gaia, die Erde, Mutter des Kronos, brachte den Stahl der Sichel aus sich selbst hervor, mit der Kronos dann seinen Vater Uranos entmannte. Später wurde Kronos bei den Römern zu Saturn, dem Gott des Ackerbaus, mit der Sichel als Erntewerkzeug. Diese Sichel verwandelte sich dann mit der Kultivierung der Naturlandschaft allmählich in eine Sense.« Stokes klappte das Buch zu und stellte den Kupferstich wieder auf die Kommode. »Um den Geheimbund zu diffamieren und ihm zu schaden, heckte man im Vatikan einen genialen Plan aus: man machte aus dem griechischen Titanen Kronos nicht nur den Satan als den Feind der Menschheit, sondern zudem noch den unbarmherzigen Sensenmann, der alles in den Abgrund reißt, genauso wie die Zeit, die alles verschlingt.«

Sarah konnte sich der Faszination nicht mehr entziehen. *Die Sichel, die Sense, der Satan, die Zeit, der Tod und das Verschlingen. Mit einem Mal passte alles zusammen.*

»Kronos ist also der Tod?«, fragte sie.

Stokes wiegte den Kopf hin und her. »Eigentlich ist er es nicht, genauso wenig wie er der Satan ist. Aber sie machten ihn dazu.«

Sie blickte in den Kamin, wo glühende Holzstücke durch den Sog nach oben gezogen wurden wie Geister, die sich auf den Himmel zubewegten. Draußen zogen eilige Wolkenfetzen an der abnehmenden Mondsichel vorbei. *Schon wieder eine Sichel*, dachte sie. *Und wie sah noch die Flagge der damaligen UdSSR aus? Ein Hammer und eine Sichel? Ja, man konnte sehr schnell paranoid werden, wenn man es nur wollte.*

Sarah schaltete das Diktiergerät ab und legte es auf die Kommode.

Es klingelte an der Tür.

»Wer kann das sein?«, fragte Stokes.

Sarah und Vincent sahen sich an.

»Erwarten Sie jemanden?«

Stokes zuckte die Schultern. »Es kann immer mal jemand vorbeikommen, aber ich erwarte eigentlich niemanden.«

Auf Sarahs Stirn war eine Falte. »O. k., wir machen Folgendes: Ich gehe zur Tür und ihr bleibt im Hintergrund.«

Ihre Hand bewegte sich zum Türgriff. Stokes' Butler Angus hatte bereits die Kette zur Sicherung angelegt.

»Wer ist da?«, fragte Stokes.

»McMullan, Knightsbridge VIP Transport«, antwortete eine Stimme. »Ich habe den Auftrag, Sie nach London zu bringen. Am Stadtrand wartet ein Helikopter. Wir müssen sofort aufbrechen.«

Stokes blickte Sarah und Vincent an. Sarah ließ Stokes an sich vorbei. »Öffnen Sie die Tür«, sagte sie, »aber lassen Sie die Kette angelegt und lassen Sie sich den Ausweis zeigen.«

Stokes öffnete langsam die Tür. Die Kette spannte sich.

»Darf ich Ihren Ausweis sehen?«, fragte Stokes.

»Selbstverständlich«, sagte die Stimme, und eine Hand reichte einen Ausweis durch den Türspalt. »Eine Karte habe ich auch noch. Allerdings vertraulich für einen Herrn Vincent Wagner.«

»Das bin ich«, sagte Vincent. Der Mann reichte ihm die Karte durch den Türspalt. Vincent schaute sie an, als würde er ein Gespenst sehen. Plötzlich war alle Ironie, die sonst in seinem Gesicht war, verschwunden.

»Wir müssen sofort los.«

OXFORD
DONNERSTAG, 4. JANUAR
19:20 UHR

45

Die vier verließen das Haus von Stokes und stiegen in einen schwarzen Audi, der vor dem Haus stand.

»Alle drin?«, fragte der Fahrer und blickte über das Armaturenbrett.

Stokes saß vorne, während Sarah und Vincent auf der Rückbank Platz genommen haben. »Wohin geht es denn? Und warum ist es so dringend?«, fragte Stokes.

»Mein Mandant hat gebeten, Sie direkt zu einem Ort in London zu bringen«, sagte McMullan.

»Vincent«, sagte Sarah. »Wenn die Sache hier heiß wird, müssen wir die Polizei verständigen!«

»Ja«, sagte er und ergriff ihre Hand. »Aber jetzt noch nicht. Vertrau mir! Bitte!«

Keine Polizei, dachte Sarah, da fiel es ihr siedend heiß ein: Das Diktiergerät! Sie hatte es auf der Kommode in Stokes' Arbeitszimmer liegen gelassen.

»So ein Mist«, sagte sie, »das Diktiergerät ist noch drin. Professor, können Sie mir den Schlüssel geben? Ich bin sofort wieder da.«

McMullan blickte sie an. »Soll jemand mitkommen?«

Sie lächelte. »Das werde ich wohl alleine schaffen.«

Sarah stieg aus dem Auto und ging im Laufschritt in die Merton Street, spurtete die Treppe bei der Nummer 35 hinauf, schloss die Eingangstür auf und durchquerte den dunklen Flur Richtung Arbeitszimmer. Sie erreichte die Kommode und steckte das Diktiergerät in die Manteltasche. Sie verließ die Wohnung und schloss die Haupttür zweimal ab.

Sie drehte sich um – und erstarrte. Sie sah einen schwarz gekleideten Mann, und blickte in zwei dunkle Augen, die sie unverwandt anstarrten. In einer Hand trug er eine schwarze Tasche, in der anderen einen Bolzenschneider.

Eine Zehntelsekunde war sie wie gelähmt. Sie würde keine Zeit haben, dem Mann auf so engem Raum zu entkommen. Und sie wusste nicht, wie schnell der andere war.

Dann löste sie sich aus der Starre. »Wer sind Sie?«, fragte sie und trat einen Schritt zurück.

Der Mann schwieg und machte einen Schritt auf sie zu.

Sie war eingekesselt zwischen Haustür und Vorgarten. McMullans Limousine stand seitlich zum Haus in der Hauptstraße und dieser Kerl mit dem Bolzenschneider blockierte den Weg. Wenn sie schreien würde, würde er sie dann sofort töten? Er hatte eine lauernde Eleganz in seinen Bewegungen, die Leuten eigen war, die sehr schnell sein konnten. Sehr schnell und sehr gefährlich.

»Wo ist der Professor?«, fragte er flüsternd.

»Welcher Professor?«, fragte sie. Sie blickte sich um, musste Zeit gewinnen.

»Du hast zwei Möglichkeiten, es mir zu sagen«, sagte der Mann und zog die Lippen hoch, sodass Sarah die verlängerten Eckzähne sehen konnte. »Ohne Schmerzen oder mit Schmerzen.« Er hob den Bolzenschneider. »Deine Entscheidung!«

Er fasste ihr linkes Handgelenk. Sein Griff war wie ein Schraubstock. Sie spürte, wie ihre Knochen aneinandergeschoben wurden. Ihr war klar, dass er ihre Gelenke mit einem Griff brechen könnte.

»Ich höre«, sagte er und drückte stärker zu.

Sarah ignorierte seine Stimme, konzentrierte sich, dachte an das, was man ihr bei der Ausbildung immer gesagt hatte: In Gefahrensituationen immer das Unerwartete tun!

Sie schaute nach unten und sah, dass er schwarze Stoffschuhe trug, wie ein Ninja. Ideal für Menschen, die sich anschleichen, die nicht gehört werden wollen. Gut. Keine Stahlkappen.

Sie betete eine Zehntelsekunde, dass es klappen möge. Dann zog sie in einer schnellen Bewegung ihre beiden Füße nach oben, schien einen Moment in der Luft zu verharren – und fiel. Sie sah sein verwundertes Gesicht, als ihr Gesicht aus seinem Blickfeld verschwand. Ihr rechtes Knie rammte sich in den linken Fuß und sein Mittelfußknochen brach mit einem trockenen Knacken. Er schrie auf und ließ Sarahs Hände los. Sie stieß ihren Kopf nach vorne und traf ihn zwischen den Beinen. Er beugte sich nach vorne, fasste sich mit seiner Hand in den Schritt, während er mit der anderen seinen Fuß hielt. Der Tritt in seinen Magen traf ihn unvorbereitet und ließ ihn zu Boden stürzen. Ein Tritt mit dem Knie gegen das Kinn gab ihm den Rest.

Sarah griff in ihre Tasche, prüfte, ob das Diktiergerät noch dort war, sprang auf – und rannte.

OXFORD
DONNERSTAG, 4. JANUAR
19:30 UHR

46

Der EC-135T-Helikopter von *Knightsbridge VIP Transport* erhob sich in den Himmel und nahm Kurs Richtung London. In der Ferne sah man die prächtig angestrahlte Kuppel der

Bodleian Library. Der Pilot sprach über Funk mit dem Hauptquartier in London.

Sarah zitterte noch immer.

»Was ist passiert?«, fragte Vincent.

»Als ich das Diktiergerät aus dem Haus geholt habe, war da plötzlich ein Mann. Er hat mich angegriffen, aber ich konnte fliehen. Könnte ein Einbrecher gewesen sein. Obwohl er mir eher wie ein Profikiller erschien. Er hatte einen Bolzenschneider.«

Stokes' Kopf drehte sich ruckartig herum. Er blickte sie irritiert an.

»Wie bitte?«

Sarah nickte im Dunkeln. »Und er hat nach Ihnen gefragt, Professor.«

»Nach mir?«, fragte Stokes. »Und was wollte er von mir?«

»Keine Ahnung. Er war nicht gerade in Plauderstimmung – ich musste ihn außer Gefecht setzen.«

Vincents Augen wurden dunkel. »Er hat dich angegriffen?«

»Er hat es zumindest versucht«, sagte Sarah. »Ich habe ihm den Mittelfußknochen gebrochen. Er wird kaum laufen können.«

»Wie hast du das gemacht?«, fragte Vincent.

»Alter Polizisten-Trick. Wenn dich jemand festhält, einfach die Füße hochziehen und sich mit den Knien auf die Füße des anderen fallen lassen. Er darf nur keine Stahlkappen tragen.«

OXFORD
DONNERSTAG, 4. JANUAR
19:40 UHR

47

Er sah das Licht des Helikopters am Himmel verschwinden und stieg wieder ins Auto. Sein linker Fuß brannte wie Feuer, wenn er ihn nur leicht auf dem Boden aufsetzte. Er wusste es selbst: je dünner die Knochen, desto größer der Schmerz. Doch Schmerz war Ansichtssache, wie er immer sagte. Der Auftrag war noch lange nicht ausgeführt. In London würde es weitergehen – ihm war noch nie jemand entkommen.

Er versuchte, seinen linken Fuß so still wie möglich zu halten, und war dankbar dafür, dass er ein Auto mit Automatikschaltung hatte.

Zeit, die Schatten mit den Schatten zu vereinen. Wolfs Augen blitzten im Mondlicht, als er zu einem Teil der Nacht wurde und verschwand.

LONDON
DONNERSTAG, 4. JANUAR
21:00 UHR

48

Sie waren auf dem London City Airport gelandet und dann mit einem anderen Fahrzeug in Richtung Westminster gefahren.

Der Wagen hielt auf einem verlassenen, alten Fabrikgelände an der Themse. Es musste einmal ein Kraftwerk gewesen sein, denn vier riesige Schlote reckten sich noch immer in den Himmel. Ein eisiger Ostwind wehte und von Sturm zerrissene Wolken huschten über das Firmament. Mitten auf dem Fabrikgelände stand eine einsame Gestalt in einem dunklen Wintermantel, den Kragen hochgeschlagen und die Hände in den Taschen. Kondensierte Atemluft zog vor den Lichtern der nahen Hochstraße nach oben. Beinahe so groß wie Vincent, reflektierten sich die Straßenlichter auf seinen rotblonden Haaren und betonten die asketischen Züge. Grüne Augen blickten etwas müde hervor, Augen, die viel zu groß für dieses Gesicht erschienen.

»So schnell kann man sich wiedersehen«, begrüßte Marcus sie.

»Kommt mit, ich muss euch etwas zeigen.« Dass er wankte, hatte nichts mit dem eisigen Wind zu tun.

Der Geruch von verbranntem Fleisch, vermischt mit Benzin, erfüllte die Luft. Sarah wusste nicht, wo sie zuerst hinschauen sollte. Der Scheiterhaufen, in dem das Kreuz stand. Der umgedreht Gekreuzigte, dessen Augen sie auf rätselhafte Weise fixierten. Der kryptische Spruch. Und das bläulich leuchtende Handy, das vor der ganzen Installation lag. Die Mörder hatten wirklich ein Auge für Details.

Vincent blickte mit großen Augen zwischen dieser morbiden Installation und Marcus hin und her, so als wisse er nicht, was ihn mehr schockieren sollte: Das Tötungsritual, das hier offenbar stattgefunden hatte, oder die Tatsache, dass sein eigener Bruder etwas damit zu tun hatte. Stokes hingegen war sichtlich fasziniert von dem, was er in dieser von grellen Scheinwerfern erleuchteten, unterirdischen Halle fand, und lief um das Kreuz herum wie der Gutachter eines Auktionshauses, der ein wertvolles Kunstwerk abschätzt. »Petrus«, sagte er nur. »Genauso gekreuzigt wie Petrus. Verkehrt herum.« Er schaute auf die Inschrift, die, in Blut geschrieben, um die ganze Szenerie angeordnet war. *In girum imus nocte et consumimur igni.*

»Wir müssen die Polizei rufen«, sagte Sarah und stellte sich vor Marcus. »Das ist dir ja wohl hoffentlich klar. Es sieht alles so aus, als ob es dieselben Täter wie in Berlin sind.«

Marcus nickte langsam. Es war eine Resignation in seiner Stimme, als würde er erwarten, in jedem Moment zu sterben. »Es *sind* dieselben Täter.«

»Wie kann es überhaupt sein, dass du davon weißt, und die Polizei noch nicht?«, fragte Vincent, als wäre ihm erst jetzt bewusst geworden, dass es sein Bruder war, der sie zu den Leichen geführt hatte.

»Das ist eine lange Geschichte«, sagte Marcus, der zwischen Angst und Erleichterung schwankte.

»Ich rufe jetzt im Yard an«, sagte Sarah und griff zu ihrem Handy. »Und du erzählst mir jetzt bitte sofort, was du damit zu tun hast.«

Nachdem Sarah telefoniert hatte und Scotland Yard zugesichert hatte, in weniger als fünf Minuten am Tatort zu sein, begann Marcus zu erzählen.

49

LONDON, METROPOLITAN POLICE
DONNERSTAG, 4. JANUAR
21:10 UHR

Detective Raymond Carter packte einige Unterlagen in seine abgewetzte Ledertasche und ließ die Schlösser einrasten. Er zog seinen Anzug zurecht, schlug mit einem lauten Knall seine Schublade zu und drehte die Schlüssel um.

Feierabend. Endlich.

Lisa, seine Sekretärin, kam mit ihren hohen Stöckelschuhen, ihrem kurzen Rock und der Bluse, die immer etwas zu weit geöffnet war, auf seinen Schreibtisch zugelaufen und legte dort einen riesigen Ordner ab.

Carter mochte Lisa, sie hatte tolle Brüste und einen tollen Hintern. Dick war sie nicht, nur gut gebaut oder, wie sein Lieblingsautor Bukowski sagen würde, sie war an den richtigen Stellen dick. Carter glaubte, dass niemand von ihrer Affäre wusste, obwohl es seit Monaten *das* Flurgespräch im Yard war.

»Was soll ich mit dieser Scheiße, und besonders jetzt?«, fragte er und hielt Lisas Arm fest. Sie schüttelte ihn ab, senkte bedauernd den Blick und schüttelte den Kopf. »Wird nichts mit heute Abend, wie es aussieht.« *Manchmal war diese blöde Kuh aber auch bescheuert,* dachte Carter. *Will, dass ich sie heute schick ausführe, und legt mir noch irgendwelchen Mist auf den Tisch. Und das um kurz nach neun!*

»Kam gerade von der Gerichtsmedizin«, sagte Lisa und versuchte sich loszureißen. Doch Carter hielt sie im Klammergriff.

»Und wenn es direkt von der Jungfrau Maria kommt, jetzt ist Feierabend, klar?«

»Dawnhill sagt, es ist sehr wichtig«, sagte Lisa leicht trotzig.

»Soso«, sagte Carter, »Dawnhill sagt also, es ist wichtig … Ich sage, es ist beschissen unwichtig!«

Dawnhill, dachte Carter, *dieser arrogante, halbaristokratische Schnösel, einer dieser Briten, wegen denen man die Briten immer verarscht, geboren mit einem goldenen Nachttopf und so steif, als wäre ihm der Bambusrohrstock, der von der Schädelplatte bis zum Arschloch reichte, bereits kurz nach der Geburt operativ eingesetzt worden.*

Lisa verschwand.

Carter blickte ihr nach und schaute auf ihre hochhackigen Schuhe.

Er nahm seine Tasche und seinen Mantel, knipste das Licht aus und zündete sich eine Zigarette an. In dem riesigen Gebäude von Scotland Yard nahe Westminister herrschte zwar Rauchverbot, aber das störte ihn nicht.

Er ging ins Vorzimmer. Lisa telefonierte gerade. »Er kommt«, sagte sie in den Hörer und reichte ihn Carter. »Für dich. Dawnhill. Es wird wirklich nichts heute Abend.«

Carter verdrehte die Augen. »Was gibt's, Sir?«, fragte er.

»Es gab da einen Notruf von Battersea, dem stillgelegten Kraftwerk. Ich schlage vor, Sie fahren sofort hin und sehen sich das einmal an. Die Constables sind schon dort.« Dawnhill klang um einiges hektischer als sonst.

»Battersea. Muss das jetzt sein?«

»Ja, das muss jetzt sein. Ich habe keinen anderen als Sie zur Verfügung. Und wenn ich das richtig verstanden habe, wird auch einiges geboten.«

Dawnhill legte auf.

Carter starrte auf das Telefon und schüttelte den Kopf. Selten hatte er Dawnhill so aufgeregt erlebt, wenn man dieses Wort bei ihm überhaupt anwenden konnte. Nicht, dass er etwas Ungewöhnliches gesagt hatte, aber *wie* er es gesagt hatte. Distanziert, ohne jeden Versuch von Humor oder gar die Chefattitüde, die Carter sonst in den Wahnsinn trieb. Es musste sich wirklich um etwas Großes handeln.

50

NEW YORK
DONNERSTAG, 4. JANUAR
16:30 UHR

Wieder stand Nemesis in dem dunklen, stillgelegten U-Bahn-Schacht und wieder öffnete ihr der blinde Mönch die Tür.

»Er ist hier«, sagte der Mönch. »Folge mir.«

Sie durchschritt den schummerigen, von Hunderten von Kerzen erleuchteten Gang, der vom Murmeln der Gebete erfüllt war, und sah einen Mann mit schwarzer Soutane, scharlachrotem Schulterumhang, der Mozetta, und dem roten Birett, der Kopfbedeckung der höchsten Würdenträger der katholischen Kirche.

Constantino Kardinal Coreolanus drehte sich um und ergriff beide Hände von Nemesis.

»Schwester Nemesis, so sehen wir uns beide, hier im Neuen Babylon.« Er schaute zur Decke, als würde er durch die Steinquader des Schachtes bis zu den Wolkenkratzern der Stadt hinaufschauen. Dann wurde sein Gesicht ernst.

»Sie haben Michael Davids getötet«, sagte er. »Ich weiß nicht, wie viel sie von unserem Plan wissen, aber du bist in großer Gefahr.« Er ließ ihre Hände los. »Am besten, du verlässt die Stadt noch heute.«

Sie nickte. »Und *Telramond?*«

»Der Herr scheint mit uns zu sein«, sagte Coreolanus. »Dennoch müssen wir wachsam bleiben.«

Er legte ihr die Hand auf die Stirn. »Jetzt geh. Mit Gott, aber besser jetzt als später.«

Nemesis verneigte sich und verließ die unterirdische Kathedrale.

Sie hatte nur einen kleinen Koffer dabei, als sie ins Taxi stieg. Der Taxifahrer hielt ihr freundlich die Tür auf und verfrachtete das Gepäck in den Kofferraum. Er starrte sie nicht so an, wie die Männer sie sonst anstarrten.

Der Wagen startete.

»JFK«, sagte sie.

Der Fahrer nickte.

Ungewöhnlich, dachte sie. Ihr schien es, als habe sie das Gesicht des Taxifahrers schon einmal gesehen. Sie lehnte sich zurück, die Erschöpfung der letzten Tage forderte immer mehr ihren Tribut. Sie merkte, wie ihr kurz die Augen zufielen. Plötzlich war sie in einem Taxi, das so groß wie eine Kathedrale war. *Geh. Besser jetzt als später,* sagte eine Stimme am Ende des riesigen Taxis. Sie öffnete die Augen wieder, sah die *Avenue of the Americas*, sah den Taxifahrer, wie er in beide Richtungen den Kopf wandte und dann abbog.

Wieder fielen ihr die Augen zu.

Diesmal sah sie etwas anderes.

Doch daran erinnerte sie sich nicht mehr.

51

LONDON
DONNERSTAG, 4. JANUAR
21:30 UHR

Die gigantische Turbinenhalle der Battersea Power Station baute sich vor Carter auf, die vier Schlote in den Himmel gestreckt wie die Beine eines verendeten Tieres. Er steuerte seinen Rover in Richtung Haupteinfahrt. Ein Constable war dabei sie abzusperren. Er nickte ihm zu.

Carter stieg aus dem Wagen. Kollegen von der Spurensuche liefen hin und her, Spürhunde bellten, und zwei weitere Streifenwagen waren gerade angekommen. Einer der Polizisten hatte ein Funkgerät in der Hand. »Identifizierung der anderen nicht möglich«, sagte er, »geht nur noch über die Kieferknochen. Over.« Er winkte die Streifenwagen auf den hinteren Parkplatz, wo neben dem Krankenwagen schon drei Fahrzeuge standen.

Er ging mit einem der Constables die Treppe herunter. Weiter hinten konnte er das helle Licht von mehreren Scheinwerfern ausmachen.

In der Mitte dieser rätselhaften, nächtlichen Veranstaltung standen vier Personen.

»Jakobs«, sagte Sarah. »LKA Berlin. Ich habe mit ihrem Kollegen telefoniert.«

»Carter, angenehm!« Er schaute Sarah an, und offenbar gefiel ihm, was er sah.

Sarah zeigte auf Marcus. »Das ist Marcus Wagner. Er wurde, wie es aussieht, von den Mördern kontaktiert, die diese Morde offenbar für ein makaberes Einstellungsritual nutzen. Ich plädiere dringend dafür, ihn unter Polizeischutz zu stellen.«

Carter nickte, obwohl er nichts verstanden hatte. Dann trat er näher an die Todesinstallation heran und schüttelte den Kopf. »Was für ein Aufwand für einen Mord«, sagte er kopfschüttelnd, »dabei kann man Menschen mit einfachem Rattengift töten.«

»Angeblich soll das mit einem großen Verschwörungsplan zusammenhängen«, sagte einer der Constables.

Carter hob eine Augenbraue und sah den Constable schief an. »Und angeblich soll es in der Themse Fische geben, die ständig unter Wasser leben.« Er schüttelte den Kopf. »Verschwörungsplan, was Sie alles wissen!« Er ging um die Anordnung herum und winkte den Constable zu sich, während er auf das am Boden liegende Handy zeigte. »Bringen Sie das lieber sofort in die Kriminaltechnik. Ich will sicher sein, dass da kein Zeitzünder oder Ähnliches drin ist. Und alarmieren Sie die Rechtsmedizin. Wir müssen unter allen Umständen wissen, wer die Toten sind, und zwar schnell.«

»Der Mann am Kreuz ist Michael Davids«, sagte Marcus. »Managing Director der Bank *Silverman & Cromwell.*«

Carter machte eine Notiz. »Interessant. Und woher wissen *Sie* das?«

»Er ist mein Boss.«

»Sicher, dass Sie es nicht selbst gewesen sind?«, sagte Carter und dachte an Dawnhill. »Wer mag schon seinen Boss?« Marcus schien das in keiner Weise komisch zu finden. Carter schaute auf den in Blut geschriebenen Spruch auf dem Boden.

»Sagt Ihnen der Spruch auf dem Boden irgendetwas?«, fragte Marcus. *»In girum imus nocte et consumimur igni.«*

Carter schüttelte den Kopf und hockte sich vor den Scheiterhaufen mit dem Kreuz. »Keine Ahnung, was soll mir das sagen? Ich war nur auf dem Community College.« Stokes hob eine Augenbraue. Carter sprach weiter: »Wahrscheinlich wieder so ein zu kurz gekommener Psychopath, der noch nie im Leben gebumst hat und der der Welt zeigen will, dass er wenigstens Latein in der Schule hatte.«

Stokes pfiff durch die Zähne. »Ich bewundere ihre heuristischen Fähigkeiten«, sagte er. »Aber das lässt sich recht schnell übersetzen. Es passt ein wenig zur Szenerie: *Wir gingen des Nachts im Kreise und wurden vom Feuer verzehrt.*«

»Aha«, knurrte Carter und erhob sich. »Dass es gebrannt hat, sehe ich auch so.«

»Sie verstehen das nicht«, sagte Sarah. »Da ist eine Botschaft drin, die wir noch nicht gefunden haben. Irgendetwas will man uns sagen, abgesehen vom Offensichtlichen.«

»Und haben Sie diese Botschaft schon gefunden?«

»Nein«, antwortete Sarah. »Das werden wir herausfinden müssen. Und zwar so schnell wie möglich, sonst werden noch mehr Menschen sterben.«

»Wie ist es so, Polizist in London zu sein?«, fragte sie, während sie zum Wagen gingen.

Carter zog die Lippe zurück. »Stellen Sie sich das große

Feuer von London von 1666 vor. Das ist das Verbrechen. Und jetzt stellen Sie sich einen mickrigen Eimer Wasser vor. Das sind wir.«

Carter schloss die Türen des Wagens auf.

»Wir können das Feuer aufhalten«, sagte Carter, während alle einstiegen. »Vielleicht kurz. Aber wir können es niemals löschen. Wir sind nur ein einziger, winziger Scheißeimer in einem Flammenmeer von Verbrechen.«

Sarah lächelte. »Und heute sind ein paar weitere Eimer dazugekommen.« Sie griff zum Telefon, um Winterfeld anzurufen.

52

LONDON
DONNERSTAG, 4. JANUAR
22:00 UHR

Der Fahrer, den Scotland Yard gestellt hatte, saß am Steuer des 7er-BMW, die Hände in Zehn- und Zwei-Uhr-Stellung am Lenkrad. Die Scheinwerfer durchschnitten die Dunkelheit der Battersea Bridge, die der Wagen in nördlicher Richtung mit Kurs auf Chelsea überfuhr.

Marcus stand ab sofort unter Polizeischutz. Der Fahrer sah allerdings vollkommen anders aus als ein typischer Polizeiinspektor und das war auch so gewollt. Er trug einen schwarzen Armani-Anzug, ein graues Hemd und eine schwarze Krawatte. Die mit platinblonden Strähnen durchsetzten Haare waren mit Gel glatt zurückgekämmt. Alles sollte mehr nach High Society als nach Polizeischutz aussehen. Das war Sarahs Idee gewesen. Carter wollte Marcus erst unter den üblichen Schutz stellen, doch Sarah hatte durchgesetzt, dass diese Sondermaßnahmen ergriffen wurden – mit dem Argument, dass man sich den Schutz sonst auch sparen konnte.

Die Kerle haben Michael Davids umgelegt und Stuart Hill und noch viele andere zuvor, hatte Sarah gesagt. *Trotz Leibwächter, Kampfhunden und wer weiß, wem noch. Der beste Schutz ist der, der so aussieht, als würde er gar nicht unter Schutz stehen.*

Schließlich hatte Carter eingewilligt. Der schwarze BMW, der Fahrer, die Fahrt durch die Stadt, erst zur Bank in der Fleet Street 123 und dann zu Marcus nach Hause, in die Knightsbridge Residence am Hyde Park, die dann von drei Zivilpolizisten bewacht werden würde. Alles sollte so aussehen, als wäre hier ein VIP unterwegs, für den Geld eben keine Rolle spielt.

Am Hauptquartier von *Silverman & Cromwell* hielten sie an. Marcus stieg aus, holte eine Aktentasche mit Unterlagen und stieg wieder in den Wagen. Er wollte seinen Laptop dabeihaben, um auf dem Laufenden zu sein, was in der Bank passierte. Denn in der Bank selbst durfte er heute nicht bleiben. Viel zu groß war die Gefahr, dass er sich verplapperte und sich alle fragen würden, warum *er* als Einziger wusste, dass Michael Davids tot war. Der Fahrer telefonierte in der Zwischenzeit mit einem Kollegen, während der Wagen am Victoria Embankment an der Themse entlangfuhr. Der Fluss glitzerte im Mondschein.

Vor der Knightsbridge Residence stoppte der Fahrer und Marcus stieg aus. Zum ersten Mal seit Beginn dieser Woche, die ihm wie ein Jahr vorkam, hatte er das Gefühl, wieder frei atmen zu können. Im Autoradio lief Tears for Fears: *Everybody Wants to Rule the World.*

BERLIN
DONNERSTAG, 4. JANUAR
22:00 UHR

53

Winterfeld packte einige Akten in seine schwarze, abgewetzte Tasche und warf sich seinen Trenchcoat über die Schulter. Er ging an der traurigen Zimmerpflanze vorbei Richtung Tür. Den ganzen Tag hätte man in den Mülleimer werfen können. Im Fall *Promethean Industries* kamen sie nicht weiter, da es überhaupt keine Spuren gab und keinen einzigen Zeugen. Und von Sarah hatte er auch nichts gehört. Bellmann, der Chef des LKA, war kurz vor Mittag unangemeldet bei ihm reingeschneit und hatte laut seinen Unmut über den ›schleppenden Gang der Ermittlungen‹ zum Ausdruck gebracht. »Das muss schneller gehen, wir stehen im Rampenlicht; nun mal Butter bei die Fische!« *Butter bei die Fische* hatte er mehrfach wiederholt und dabei seinen vogelartigen Kopf ruckartig nach vorne bewegt.

Gerade als er sich der Tür näherte, klingelte das Telefon. Nachdem es die ganze Zeit lauernd und still wie eine schwarze Kröte auf dem Schreibtisch gehockt hatte, schien es jetzt umso lauter zu klingeln. Das konnte nur Bellmann sein!

»Winterfeld«, sagte er und hielt den Hörer absichtlich ein wenig vom Ohr weg, um Bellmanns Attacke besser zu überstehen. Doch als er den Namen am anderen Ende hörte, entspannten sich seine Gesichtszüge.

»Sarah«, rief er erleichtert. »Wie läuft's denn so beim Professor?«

»Ganz gut«, sagte Sarah. »Wir sind jetzt allerdings in London. Es hat noch einen weiteren Mord gegeben. Es sind dieselben Täter.«

»Wo Sie sind, da ist die Party, wie? Was ist passiert?«

»Ebenfalls ein Ritualmord mit symbolischer Herrichtung der Toten, diesmal in Battersea, einem stillgelegten Kraftwerk.« Sarah schien es eilig zu haben und sprach schnell weiter. »Ich stelle nachher noch eine Übersicht zusammen und der Kollege von Scotland Yard schickt sie Ihnen per Mail. Vielleicht hilft es ja. Falls Bellmann Stress macht wegen meiner England-Reise, haben wir dann wenigstens etwas vorzuweisen.«

Winterfeld blickte aus dem Fenster und zündete sich einen Zigarillo an. Abends erlaubte er es sich, auch innerhalb des Gebäudes zu rauchen.

»Eine Sache noch«, sagte Sarah. »Ich brauche den detaillierten Bericht der Spurensuche. Den habe ich nicht mitgenommen und den müsste mir irgendjemand faxen.«

Winterfeld sprach durch den Zigarillo hindurch, den er zwischen die Zähne geklemmt hatte. »*Irgendjemand* heißt ja wohl ich auf Deutsch.«

Sarah grinste. »Auf Englisch auch!«

54

NEW YORK
DONNERSTAG, 4. JANUAR
18:00 UHR

Nemesis erwachte mit einem Schock.

Sie lag auf einer schwarzen Couch. Hatte man sie hierher gebracht? Der Raum kam ihr bekannt vor. Sie schaute an sich herunter. Keine Fesseln. Sie konnte sich frei bewegen. Hatte sie das alles geträumt?

Schritte erklangen vor der Tür. Nemesis erhob sich.

Nach einigen Sekunden betrat Thomas Tyron den Raum. Er lächelte.

Er ging auf Nemesis zu und umfasste ihre beiden Oberarme fest, bevor sie sich von ihm wegbewegen konnte.

»Du bist genauso schön wie raffiniert«, sagte er. »Und du merkst sehr schnell, wenn der Boden irgendwo heiß wird. Besonders, wenn er für dich heiß wird. Habe ich recht?«

»Es ist mein Job, mir nicht die Füße zu verbrennen«, entgegnete Nemesis und versuchte sich möglichst elegant aus der Umklammerung zu befreien. »Genauso wenig wie die Finger.«

»Brennen, das trifft es.« Tyron grinste diabolisch. »Ich habe so ein Gefühl, vielleicht bin ich auch nur paranoid, aber ich habe so ein Gefühl, dass du in Gefahr schwebst, irgendetwas zu machen, was mir gar nicht gefallen könnte. Es ist nur«, er verzog den Mund und bewegte den Kopf hin und her, »... so ein Gefühl.«

Nemesis war Profi genug, um sich nicht anmerken zu lassen, welcher Orkan in ihrem Inneren tobte.

»Ich dachte, Gefühle sind irrational?«, entgegnete sie.

»So schön und so klug«, sagte Tyron und strich über Nemesis' Wange, ihren Arm und ihre Brust. »Und so weise.« Er ließ sie los. »Denn du hast natürlich recht: Auf mein Gefühl möchte ich mich nicht verlassen. Eher auf deine Angst. Du hast von ›brennen‹ gesprochen.«

Nemesis versuchte, so gleichgültig wie möglich auszusehen.

»Du bist eine außergewöhnliche Frau. Du hast dir jahrelang *Nevrotamin* in kleinen Dosen gespritzt, damit du immun dagegen bist und Stuart Hill damit töten kannst«, sagte Tyron. »Du kannst mit jedem, und sei er dir noch so unsympathisch, in die Kiste steigen und ihn töten. Ohne Gewaltanwendung. Und so wie du aussiehst, wird dir das bei jedem, der nicht gerade total schwul, impotent oder Papst ist, auch gelingen.«

Nemesis schaute ihn mit finsterem Gesicht an.

»Und?«

»Und«, wiederholte er. »Diese Macht ist gefährlich. Dagegen muss ich etwas tun.«

Er trat ein paar Schritte zurück. »Du wolltest doch eben noch, dass ich dich loslasse. Bald wirst du betteln, dass ich möglichst nahe bei dir bin.«

Als keine Reaktion von Nemesis kam, sprach Tyron weiter. *»Atrázen«,* sagte er. »Möglicherweise kennst du dieses Gift auch. Vielleicht wirst du es kennenlernen, vielleicht auch nicht. Hängt von dir ab. Du wirst dich erinnern, dass du vorhin ganz plötzlich weggetreten bist.« Er legte beide Hände an eine Wange, wie ein Schlafender. »Diese Zeit haben wir genutzt, um dir ein paar Sensoren zu injizieren, die Funkkontakt zu einem Sensor haben, der mir injiziert ist.«

Panik flackerte in Nemesis' Augen auf.

»Sobald ich das Gefühl haben sollte, dass ich dir nicht mehr trauen kann, werde ich den Sender aktivieren. Dann werden die Sensoren in deinen Adern das *Atrázen* freisetzen. Du weißt, was das bedeutet?«

Sie wusste es. Es war eines der grausamsten Gifte, die es gab. *Atrázen* verwandelt das Hämoglobin im Blut in Säure. Unter fürchterlichen Schmerzen lösen sich die Arterien im Körper auf, bis man innerlich verblutet.

Tyron nickte, als hätte er Nemesis' Gedanken gelesen. »Wie heißt es so schön?«, fuhr er fort. »Halte deine Freunde nahe bei dir, aber deine Feinde noch näher.« Er zog sie zu sich heran. »Wir werden nachher gemeinsam nach London fliegen, um unseren neuen Kandidaten zu treffen.« Er stieß sie in eines der angrenzenden Zimmer. »Normalerweise arbeitet der Sensor so, dass das Gift auch freigesetzt wird, wenn dein Puls über 85 steigt – ich möchte ja nicht, dass ich von dir einfach angegriffen werde.« Er grinste teuflisch. »Aber diese Funktion werde ich für die nächste Stunde ausschalten. Denn bevor unser neuer Kandidat kommt, möchte ich noch ein wenig Spaß haben.« Er schubste sie auf das große Bett.

»Ich bin gleich zurück«, sagte er, bevor er die Tür schloss. »Und bevor du auf dumme Ideen kommst: Sollte ich sterben und mein Herzschlag aussetzen, werden die Sensoren sofort aktiviert.«

55

LONDON
DONNERSTAG, 4. JANUAR
22:10 UHR

Sarah trank einen Schluck Wasser und betrachtete das Foto auf ihrem Gastausweis für den Zugang zum Hauptquartier von Scotland Yard. Gelungen fand sie es nicht. Der dicke schwarze Sicherheitsbeamte im Foyer hatte einfach auf den Auslöser der Digitalkamera gedrückt, ohne vorher etwas zu sagen. *Expires January 6* stand darauf. Ihr Blick wanderte von dem Ausweis aus dem Fenster des Hauptquartiers heraus. Von hier aus sah man die *Houses of Parliament* und das *London Eye*, das sich in ruhiger Majestät, voller Touristen und verliebter Pärchen, auch um diese Zeit noch drehte und drehte. *Wie im Hamsterrad,* dachte sie, *so ähnlich wie bei unserem Fall. Rätsel über Rätsel, und je mehr wir lösen, desto mehr kommen dazu.*

Die Zusammenkunft am Konferenztisch in Carters Büro konnte man getrost ein Gipfeltreffen nennen. Carter, Stokes, Sarah und Vincent saßen dort und brüteten gemeinsam über den Fotos und den Unterlagen, die gerade per Fax aus Berlin gekommen waren und die Carter, ähnlich den Karten eines Memory-Spiels, auf dem Tisch verteilt hatte. Das Handy, das sie am Tatort gefunden hatten, war derzeit noch bei den Kriminaltechnikern in der Gerichtsmedizin und wurde auf Sprengstoff untersucht.

Sie hob ihren Blick von dem Foto und ließ ihn durch Carters Büro wandern. Vollkommen anders als die strenge Ordnung des LKAs in Berlin. Ordner und Papiere bedeckten die Tische, neben Pistolen, Waffenreinigern und Holstern lagen zerfledderte Tageszeitungen, kriminologische Gutachten, Herrenmagazine und Überbleibsel aus Kaugummiautomaten. Es sah aus wie im Büro einer Schülerzeitung.

Carter telefonierte hektisch mit der Rechtsmedizin, wo die Leichen derzeit untersucht wurden.

»Das interessiert mich nicht«, sagte er, stand auf, fummelte eine Zigarette aus der Packung und blickte, den Hörer am Ohr, nach draußen. »Ich möchte wissen, ob in den verbrannten Leichen irgendwas versteckt wurde! ... Nichts? ... Ganz sicher? ... Gut, wir kommen dann nachher noch vorbei. Eine Stunde? Wunderbar!«

Er legte auf und schaute entnervt in die Runde. Stokes hatte es sich auf Carters Schreibtischstuhl bequem gemacht, betrachtete die Fotos und las ein ums andere Mal den lateinischen Spruch. *In girum imus nocte et consumimur igni.*

»In den Leichen der verbrannten Gorillas ist nichts versteckt«, sagte Carter. Er schaute Stokes halb fordernd, halb vorwurfsvoll an. »Sie sind ja der Experte«, sagte er. »Warum ist dieser Davids verkehrt herum gekreuzigt worden? Und was soll dieser behämmerte Spruch mit dem *girum imus nocte* bedeuten? *Sie brannten im Kreis,* oder was immer das heißt?« Er zeigte auf das Foto mit dem umgekehrt gekreuzigten Davids, der mit weit aufgerissenen Augen kopfüber an dem Holzkreuz hing.

»Petrus wurde umgedreht gekreuzigt, in Rom«, sagte Stokes zu Carter, und Sarah schreckte aus ihren Gedanken auf. »Es gibt übrigens ein sehr berühmtes Gemälde von Caravaggio mit diesem Motiv.«

»Passen würde das«, ergänzte Vincent, »bei uns war es Cellini, hier ist es Caravaggio. Beide sind berühmte Renaissancemaler und beide sind zu ihrer Zeit auch häufig in Schlägereien und sogar Morde verwickelt gewesen.« Er blickte aus dem Fenster. »Der Künstler als Mörder bei Cellini und Caravaggio. Oder der Mörder als Künstler, wie bei diesen bizarren Installationen.« Er zeigte auf die Fotos.

»Und was sagt uns das jetzt?«, fragte Carter irritiert.

»Es sagt uns«, sagte Sarah, »dass wir durch die Inszenierung des Mordes als Kunst eine klare Parallele zu dem Mord in Berlin haben. Wir sollten allerdings die anderen Hinweise dabei nicht vergessen, besonders diesen rätselhaften Spruch mit dem Feuer und dem Kreis.«

Carter legte die Fotos auf den Tisch. Alle starrten unverwandt auf die Fotos, als würden sie die Lösung des Rätsels von selbst verraten, wenn man sie nur lang genug anschaute.

Carter blickte in seine Notizen. »*In girum imus nocte et consumimur igni.* ›Wir gingen des Nachts im Kreise und wurden vom Feuer verzehrt?‹«, fragte er und sah Stokes prüfend an. »Das ist es, was es heißt?«

Stokes nickte.

»Wenn es wirklich nur eine Tatbeschreibung ist, warum dann in Latein?«

Sarah konnte ihren Blick nicht von den Fotos abwenden. »Entweder sie wollen sich wirklich nur wichtigmachen, zeigen, dass sie nicht nur Psychopathen, sondern gebildete Psychopathen sind, oder ...«

»Oder?«, fragte Carter herausfordernd und sah sie durchdringend an.

»Oder«, sagte Sarah, »die Struktur von dem Satz selbst hat eine Bedeutung.« Gerade als sie das sagte, schoss ihr eine Idee durch den Kopf.

»Inwiefern?«, fragte Carter und trat näher an das Foto heran.

»Na ja«, sagte Sarah, »ich bin keine Lateinerin. Aber gerade habe ich das Riesenrad da draußen betrachtet, wie es sich immer wieder um sich selbst dreht. Dann habe ich den Satz noch mal gelesen und mich hat gewundert, dass der Satz mit *Ingi* anfängt. Und er hört mit *igni* auf. Wenn Sie das rückwärts lesen, heißt es auch *igni.*«

Stokes riss ihr das Foto aus der Hand. »Das glaube ich nicht!«, rief er und seine Augen verfolgten hastig die Abfolge der Buchstaben. »Wissen Sie, was wir hier haben?«, fragte er aufgeregt. Vincent schlug sich vor die Stirn: »Ein Palindrom!« Carter schaute skeptisch von einem zum anderen.

»Ein Palindrom«, sagte Stokes, »ganz genau! Eine Lautreihe, die vorwärts wie rückwärts gelesen den gleichen Sinn ergibt.« Er verharrte kurz in dieser prophetischen Pose des Allwissens, nahm dann einen Zettel zur Hand und schrieb den Satz noch einmal auf. »Sehen Sie?«, fragte er, »ob Sie von vorne oder von hinten anfangen zu lesen, es kommt immer der gleiche Satz heraus: *In girum imus nocte et consumimur igni.*«

»Wie das Riesenrad da draußen, »sagte Sarah. »Es dreht sich im Kreise, alles kommt, alles geht!«

»Dieses Handy, das vor den Leichen lag und das jetzt noch in der Kriminaltechnik ist«, sagte sie. »Vielleicht brauchen wir eine Zahl, die irgendwie das Im-Kreis-Gehen des Menschen ausdrückt, und müssen die dann in das Handy eingeben?«

Stokes und Vincent blickten sich an.

»Das ist eine ausgezeichnete Idee«, sagte Stokes.

Carter nickte. »Wäre nur toll, wenn wir auch genauso schnell herausfinden würden, *was* wir da eingeben müssen.«

»Wie auch immer!«, sagte Sarah. »Wir haben *ein* Rätsel gelöst, da sollten wir die anderen auch lösen können. Rom, und übrigens auch London, wurden auch nicht an einem Tag gebaut.«

Carters Telefon klingelte. Die Gerichtsmedizin.

»Die haben was«, sagte Carter. »Wir müssen sofort los!«

LONDON – GUY'S HOSPITAL
DONNERSTAG, 4. JANUAR
22:40 UHR

56

Carter, Sarah, Vincent und Stokes durchquerten den Korridor, dessen graugrüner Anstrich an die Farbe von fauligem Wasser erinnerte. Ärzte und Schwestern liefen geschäftig hin und her, Betten wurden an ihnen vorbeigerollt, Geräte piepten und Durchsagen hallten durch die endlosen Gänge. Sie überquerten einen Innenhof, vorbei am Gordon Museum, in dem allerhand medizinische Kuriositäten ausgestellt waren, und gelangten hinter einer Pförtnerloge in die Abteilung für Gerichtsmedizin.

Sarah hatte während der Fahrt mit der BaFin telefoniert. Es gab Neuigkeiten von der FSA in London, der *Financial Services Authority*. Offenbar wollte jetzt ein großer Hedgefonds die Mehrheit an *Promethean* übernehmen. *Briaros-Capital Management*. Er war bislang völlig unbekannt und saß irgendwo auf den Cayman-Islands, fernab von jeder aufsichtsrechtlichen Kontrolle, wie sie das zur Genüge kannte. Es passierte genau das, was Marcus prophezeit hatte. Partei A sorgt dafür, dass der Kurs fällt, damit Partei B billig einsteigen kann. Partei A und B gehören aber zusammen. Sie wusste genau, was hier vor sich ging. Doch wie konnte sie das beweisen?

Carter öffnete zwei große Schwingtüren, und sie blickten in eine riesige Halle. Nahezu ein Dutzend Seziertische erstreckte sich zur Rechten und zur Linken. In etwa zehn Metern Entfernung stand eine Gruppe von Medizinern um einen dieser Tische versammelt. Professor Blake, ein hagerer, nahezu kahlköpfiger alter Mann in einem weißen Kittel, der eine unförmige schwarze Brille trug, löste sich aus der Gruppe und trat auf die Besucher zu.

Anders als von Weinstein in Berlin entsprach dieser Herr jedem Klischee eines Rechtsmediziners. Seine bleiche Gesichtsfarbe hatte einen graugrünen Schimmer, als wäre sie kurz davor, mit der Farbe der Korridore zu verschmelzen. Hinter einer Hornbrille blickten die wasserblauen Augen beinahe boshaft hervor. Ein Oberlicht beleuchtete die Tische und die versammelte Gesellschaft, und das grelle Licht gab der Szenerie eine merkwürdige, sakrale Note.

»Guten Abend, Mr. Carter, Sie haben Besuch mitgebracht, wie ich sehe?« Er behielt seine Gummihandschuhe an und gab niemandem die Hand.

»Sie sagen es«, sagte Carter. »Sind die Leichen hier?«

»Wo sonst«, sagte Blake und gab ein glucksendes Geräusch von sich. »Kommen Sie mit, das wird Sie interessieren.«

NEW YORK
DONNERSTAG, 4. JANUAR
17:40 UHR

57

Alles zog an Murphy vorbei und es war noch niemals so klar wie heute. Er sah seine künftigen Vorstandskollegen in dem großen Sitzungsraum mit dem gläsernen Tisch und den schweren Ledersesseln, den Wasser- und Orangensaftflaschen auf dem Tisch, den Kaffeekannen, den »Spinnen« für die Telefonkonferenzen mit Europa, der Leinwand für die Videokonferenzen und dem Blick hinaus durch die halb verschlossenen Jalousien auf die Fifth Avenue. Er war ruhig, er war gelassen, die anderen Vorstandsmitglieder hatten seiner

Stimme gelauscht, als er zu ihnen gesprochen und in einfachen, klaren Sätzen die künftige Strategie erläutert hatte. Musste er Chef sein, um zu regieren? Musste er König sein, um ein Reich zu haben?

Er hörte die Worte der anderen, all das, was die Leute erzählen müssen, die dafür bezahlt wurden, um aus Problemen Möglichkeiten zu machen.

Jemand meldete sich zu Wort: »Auch wenn Andrews aus dem Verkehr gezogen ist, so müssen wir doch selbstbewusst in die Zukunft blicken und durch Fokussierung auf unser Kerngeschäft und durch die klare Identifizierung von Wachstumsbranchen durch strategische Akquisitionen einen kompetitiven Vorteil generieren. Wir haben allen Grund, selbstbewusst zu sein!«

Denn ich schäme mich des Evangeliums nicht, dachte Murphy, *denn es ist eine Kraft Gottes, die selig macht alle, die daran glauben.*

Dann ein Kollege aus Chicago: »Wir dürfen uns durch diese Schlammschlacht, die in den Medien gegen unseren Konzern geführt wird, nicht in die Ecke drängen lassen. Und wir dürfen keinesfalls irgendwelche Mutmaßungen in der Presse zu irgendwelchen möglichen Motiven Andrews' kommentieren. Gelassenheit und Wachsamkeit ist in dieser Situation von größter Wichtigkeit.«

... weil wir wissen, dass Bedrängnis Geduld bringt, dachte Murphy, *Geduld aber Bewährung, Bewährung aber Hoffnung.*

Noch einmal der erste Sprecher: »Wir melden uns am Markt zurück, stärker als je zuvor. Jeder Rückschlag ist auch eine Chance, wir müssen sie nur nutzen.«

Wollen habe ich wohl, aber das Gute vollbringen kann ich nicht. Denn das Gute, das ich will, das tue ich nicht; sondern das Böse, das ich nicht will, das tue ich.

Und schließlich meldete sich auch das älteste Vorstandsmitglied: »Unsere Maßnahmen sind die Antworten auf die Anforderungen des Marktes – nicht mehr und nicht weniger. Das müssen wir klar kommunizieren!«

Denn unser Wissen ist Stückwerk, und unser prophetisches Reden ist Stückwerk. Wenn aber kommen wird das Vollkommene, so wird das Stückwerk aufhören.

Die Vorstandssitzung war beendet. Um 18 Uhr würde der Aufsichtsrat zusammenkommen und über einen neuen Vorstandsvorsitzenden entscheiden.

Ich werde da sein, wo ich hingehöre, dachte John Murphy und verließ den Raum.

58

LONDON
DONNERSTAG, 4. JANUAR
22:50 UHR

»Sie hatten recht mit Ihrer Vermutung«, sagte Blake, als sie im Kühlraum angelangt waren. »Der Tote ist Michael Davids, Managing Director bei *Silverman & Cromwell.* Zwei der anderen vier Toten, die in dem Scheiterhaufen lagen und zum Teil verbrannt sind, sind Frauen, Natasha Brings und Naomi Walton. Beide arbeiteten als Prostituierte, allerdings im gehobenen Preissegment.«

»Hat ja keinen Armen getroffen«, sagte Carter, um Blakes Redeschwall zu unterbrechen. »Darum wohl gleich zwei. Oder war Davids Mormone? Die dürfen doch so was?«

»Er hat eine Kreuzkette um den Hals«, sagte Blake. »Vielleicht auch katholisch oder anglikanisch?«

»Katholisch, der mit seinen krummen Deals?«, sagte Carter. »Der ist in etwa so katholisch wie Charles Manson. Wo sind die Leibwächter?«

»Hier.« Blake gab wieder ein glucksendes Geräusch von sich. Sarah fragte sich, wo genau in seiner Kehle dieses Geräusch geformt wurde. Dann ging er an die zwei Tische und zog die weiße Plastikfolie zurück. Die verkohlten Leichen lagen zusammengekrümmt auf dem Seziertisch. »Die klassische Boxerstellung«, dozierte Blake. »Durch extreme Hitze schrumpfen die im Vergleich zu den Streckmuskeln weitaus kräftiger ausgebildeten Beugemuskeln in Armen und Beinen, sodass solche Brandleichen grundsätzlich eine kauernde und in den Extremitäten angewinkelte Haltung annehmen.«

»Sie sind post mortem verbrannt worden, richtig?«, fragte Sarah.

»Stimmt genau«, sagte Blake. »Schauen Sie sich die Augenpartie an.« Er ging zu einer der Leichen und zog die Augenlider auseinander. Die Haut war schwarz verkohlt. »Alles durchgängig schwarz«, sagte er. »Menschen, die lebend verbrannt oder lebend von einer Explosion erwischt werden, kneifen reflexartig die Augen zu. Es bleiben kleine Streifen von unverbrannter Haut. Das ist hier nicht der Fall.« Er ließ die Augen wieder zufallen und ging um den Tisch herum. »Vitalitätszeichen zeigen uns, dass sie beide durch äußere Gewaltanwendung mittels stumpfer Gegenstände gestorben sind. All das ist vor dem Tod passiert und hat den Tod ausgelöst.« Er zeigte auf den Ersten. »Der hier ist offenbar durch einen Sturz aus etwa drei Meter Höhe gestorben. Wie Sie sehen, sind sowohl Ober- als auch Unterkiefer gebrochen. Die Unterlippenschleimhaut ist durchgequetscht, der Mund voller Blut, und mehrere Frontzähne im Kiefer fehlen oder sind stark gelockert. Aus dem rechten Gehörgang des Toten ist Blut herausgesickert, ein klares Indiz für einen Schädelbasisbruch. Außerdem sind Nase, Kiefer und Jochbein in Folge des Sturzes zertrümmert. Der Mann ist frontal mit dem Kopf auf dem Boden aufgeschlagen. Die

Tatsache, dass auch beide Unterarme an Elle und Speiche frakturiert sind, zeigt, dass er vor dem Aufprall instinktiv versucht hat, sich abzustützen, was natürlich sinnlos war. Und dass auch die Wirbelsäule an mehreren Stellen gestaucht und gebrochen ist, spricht eindeutig eher für einen Sturz als für eine gewaltsame Attacke mit einem schweren Gegenstand.«

Er ging zur Nummer zwei. »Hier ist es eindeutig. Diesem Mann wurde durch einen harten, gezielten Schlag oder Tritt gegen das Kinn der Kieferknochen ins Gehirn geschoben. Der Gelenkfortsatz des Kiefergelenks wurde aus den Angeln gerissen und bohrte sich durch den Rückenmarksfortsatz ins Kleinhirn. Sofortiger Tod.« Wieder das Glucksen.

»Identifizierung war trotz der Verbrennung noch möglich?«, fragte Carter.

Blake schien beinahe entrüstet. »Aber ja. Im Krematorium braucht man eine Stunde lang 800 Grad, bevor ein Mensch komplett zu Asche geworden ist. Bei diesen hier sind die Zähne noch instand und wir konnten DNA-Proben entnehmen. Von einem existiert sogar ein genetischer Fingerabdruck, er hat vor sechs Jahren schon mal gesessen wegen Vergewaltigung, drüben in Luton.«

»Schauen wir uns zunächst den Boss an«, unterbrach ihn Sarah, »der ist wichtiger als seine Schläger.«

»Wie Sie meinen«, sagte Blake und öffnete den Plastiksack, in dem sich Michael Davids befand.

Die drei betrachteten die Leiche.

»Das Opfer starb an einem Pistolenschuss ins Herz, aus ungefähr vier Meter Entfernung, soweit wir das anhand der Schmauchspuren beurteilen können. Post mortem wurden noch diverse Variationen an ihm durchgeführt.« Er gluckste wieder. »Mögen Sie Poesie?«, sagte Blake zu Sarah und Carter. »Dann können wir Ihnen noch etwas bieten.« Er zog die Folie, die Davids bedeckt hatte, ganz zurück.

Auf der Brust der Leiche, vom Hals bis zum Bauch, war in sorgfältiger Schrift ein Gedicht eingeritzt, offenbar mit einem scharfen Skalpell:

Ihr könnt sie erkennen,
Während andere verbrennen,
Zu Asche im eisigen Wind.
Sie folgen der Zahl,
So sagt mir einmal,
Wo die Brüder dieser Toten jetzt sind.

Sarah trat näher heran. »Das ist wie bei dem Fall in Berlin. Lauter schwer verdauliche Rätsel und keine Antworten.«

»Die Brüder dieser Toten«, las Carter vor und verdrehte die Augen, »weiß der Teufel, wo die sind.«

Sarah blickte ungeduldig auf die Uhr. »Zeigen Sie uns doch noch das Handy, dann haben wir alles.«

»Die Chemiker haben das Ding untersucht«, sagte einer der Kriminaltechniker und reichte Carter das Handy in einer durchsichtigen Plastiktüte. »Es ist kein Sprengstoff enthalten. Sie können es mitnehmen.«

»Immerhin *eine* gute Nachricht«, sagte Carter. Und dann an Sarah gewandt: »Was meinen Sie?«

»Es ist genau wie in Berlin, die Morde stellen ein Rätsel dar«, sagte Sarah. »Wir haben durch die beiden Hinweise in Form der Gedichte plus dem zusätzlichen ganzen Zirkus ein paar Infos gekriegt, und wenn wir die richtig verstehen, kommt eine fünfstellige Zahl heraus, die wir hier eingeben sollen, und dann ...«

»... dann verrät uns dieses Scheißgerät alles«, unterbrach sie Carter. »Wo der Heilige Gral ist, der Stein der Weisen, die Watergate-Protokolle, die Quellen ewiger Jugend, eine Milliarde Pfund …« Er verdrehte die Augen.

»Funktioniert das Telefon eigentlich?«, fragte Sarah.

Der Techniker schüttelte den Kopf. »Nein. Es hat GPS-Funktionen, aber wahrscheinlich ist es mit einem Code geschützt.«

»Kann man das Gerät aufschrauben?«, fragte Carter.

»Kann man vielleicht schon«, sagte der Techniker, »aber es kann sein, dass Sie dadurch die Informationen auf dem Handy für immer zerstören.«

»Wir müssen wohl oder übel erst die Nummer herausfinden«, sagte Sarah. »Wenn alles nicht klappt, schrauben wir es auf und sehen weiter.«

»Steht vielleicht irgendetwas auf dem Gerät drauf?«, fragte Carter, der langsam die Nerven verlor.

Der Techniker hielt ihm und Sarah das Gerät vor die Nase. »Ja«, sagte er. »Auf der Rückseite ist ein Aufkleber mit einem Strichcode angebracht. Darunter noch der Name einer Herstellerfirma. Und eine Seriennummer.«

Sarah trat näher heran.

»Konnten Sie den Strichcode irgendwie zuordnen?«

Der Kriminaltechniker schüttelte den Kopf. »Kein uns bekanntes Produkt.«

Dann blickte sie auf den unteren Rand des Geräts.

© *V.A.S. Electronics* stand dort. Das © sah aus wie durchgestrichen und auf dem »r« war ein kleiner Punkt eingraviert. Daneben die Seriennummer: 0105-18. Es war nicht ganz klar, ob das durchgestrichene © ein Kratzer war oder zum Design gehörte. Ebenso der Punkt auf dem »r«. »Kennt man die Firma?«, fragte sie.

»Das ist kein uns bekannter Hersteller.«

»Ich fürchte, das wird ’ne harte Nuss«, sagte Carter und schaute die Nummer nachdenklich an.

Vor dem Hospital zündete sich Carter eine Zigarette an und blies Qualm in den eisigen Winterhimmel. Die Kuppel von St. Paul's auf der anderen Seite der Themse erhob sich matt glänzend im Mondlicht und blickte wissend und gutmütig in ihrer zeitlosen Eleganz auf das Geschehen, das sich zu ihren Füßen zutrug. Sarah knöpfte ihren Mantel zu. Die Nacht würde noch lang werden.

59

ZWISCHEN NEW YORK UND LONDON
DONNERSTAG, 4. JANUAR
19:00 UHR

Der Gulfstream-Jet G150 durchschnitt die Wolken über der Ostküste Nordamerikas und flog in die Nacht hinein. Thomas Tyron saß in einem der weißen Ledersessel, nahm einen langen Zug von seiner Montecristo und blickte nach draußen, wo der Abendhimmel eine ähnliche Farbe hatte wie der zwanzig Jahre alte Whiskey in seinem Glas.

Ihm gegenüber saßen Emerson, der Anwalt, und Cameron. Ein Bildschirm an der Kabinenwand zeigte die Besitzverhältnisse von *Telramond Telecoms* an.

»Was immer auch passiert«, sagte Tyron, »entweder wir werden Murphy herausdrängen und Cameron nimmt seinen Platz ein, oder ...?«

»Oder was?«, fragte Emerson.

»Oder wir werden ihn dazu bringen, einen strategischen Investor ins Unternehmen zu holen. Dafür müssen wir ihn nur dazu bringen, uns seinen Aktienanteil zu überlassen.«

»Hat Murphy denn so viel Geld?«, fragte Cameron.

»Allerdings«, sagte Tyron. »Seine Eltern waren sehr reich. Sie haben ihm fast drei Milliarden Dollar hinterlassen, allerdings mit den Bedingungen, es nicht auf den Kopf zu hauen und fünfzig Prozent davon für kirchliche Wohltätigkeitsvereine zu spenden.«

»Und, hat er's getan?«, fragte Emerson.

Tyron zuckte die Schultern. »Noch nicht. Derzeit liegen über 1,5 Milliarden auf einem Festgeldkonto herum. Der Testamentsvollstrecker wacht darüber.«

»Nicht ganz ungefährlich, würde ich sagen«, sagte Cameron. »Was machen wir, wenn die Kirche es bekommt und uns damit Ärger macht?«

Tyron schüttelte den Kopf. »*Wir* sind es, die Murphy in der Hand haben. Wenn jemand Ärger macht, dann *wir.*«

Die Tür öffnete sich. Einer der Leibwächter blickte vorsichtig in den Raum. »Mr. Tyron?«

»Was gibt es?«

»Ein dringendes Gespräch.«

Die Besorgnis in den Augen des Leibwächters alarmierte Tyron, sodass er die Konferenz abbrach und nach draußen ging.

»Tyron, was geschieht da gerade?« Die Stimme des Wächters war eisig. Tyrons Hände wurden feucht.

»Geschieht wo?«, fragte Tyron.

»Murphy!«, donnerte der Wächter. »Kardinal Coreolanus war bei ihm.«

Tyron schluckte. »Das wusste ich nicht.«

»Dann wissen Sie auch nicht, was geschehen ist?«

Tyron biss sich auf die Lippe. »Ich fürchte nein.«

Es entstand eine Pause.

»Murphy hat nach dem Gespräch mit Coreolanus sein gesamtes Vermögen aufgelöst und damit Aktienoptionen gekauft. Auf *Telramond.*«

Tyrons Augen weiteten sich. »Das verstehe ich nicht. Optionen für das Topmanagement können erst in zwei Jahren in Aktien umgewandelt werden. Was will er damit?«

Der Wächter atmete tief ein. »Für das Topmanagement von *Telramond* gilt diese Regel. Für andere allerdings nicht.«

»Welche anderen?«

»Tyron!«, fauchte der Wächter, »Sie sind von Eitelkeit so zerfressen, dass Ihnen das Offensichtliche entgeht.« Die Stille zwischen den Sätzen war wie ein Säurebad. »John Murphy hat, für den Fall seines Todes, all seine Aktienoptionen an der Firma dem Heiligen Stuhl in Form der Vatikanbank überschrieben. Wenn der Kurs steigt, und das wird er, nachdem er durch die Sache mit Andrews so in den Keller gestürzt ist, sind die Optionen ein Vermögen wert. Und wer immer sie dann besitzt, besitzt damit auch über dreißig Prozent an *Telramond*.«

Tyron merkte, wie ihm das Grauen den Rücken hochkroch.

»Wenn Murphy weiterlebt, kann er irgendwann die Optionen realisieren und mit seinem Stimmenanteil unsere Entschlüsse zusätzlich blockieren. Und wenn er stirbt, gehören die Optionen der Vatikanbank, die sie sofort realisieren kann.«

Tyron blickte ins Leere.

»Was tun wir jetzt?«

»Wir müssen die Mehrheit behalten«, donnerte der Wächter. »Wir brauchen die im Free Float befindlichen Aktien von *Telramond*. Sofort!«

Die Verbindung endete.

ZWISCHEN NEW YORK UND ROM
DONNERSTAG, 4. JANUAR
19:00 UHR

60

Kardinal Coreolanus nippte an seinem Montepulciano, und sein Blick verlor sich in der konturlosen Dunkelheit. Doch seine Gedanken waren alles andere als dunkel.

Tod, wo ist dein Sieg? Tod, wo ist dein Stachel?, dachte er. Sein Sohn Murphy, der verlorene Sohn, war heimgekehrt. Er wusste es: Alle Last, alle Mühe und alles weltliche Streben waren von ihm abgefallen. Er umfasste den Lederkoffer auf seinem Schoß, in dem sich die Dokumente befanden.

Das dritte Geheimnis von Fatima, die gehängten Bischöfe auf den Brücken Roms, der enthauptete Papst, die brennende Kuppel von Sankt Peter, die Straßen der Ewigen Stadt, die in Blut getränkt waren: Es konnte verhindert werden.

Seine Gedanken schweiften wieder zum Jüngsten Gericht Michelangelos an der Stirnseite der Sixtinischen Kapelle, doch jetzt sah er den Himmel, sah die Seligen emporschweben, die, völlig befreit von dem Jahrtausende währenden Schlaf, dem großen Kreis zuflogen, von allem Anfang und Ende.

Er trank noch einen Schluck Montepulciano und blickte in die Schwärze der Nacht. Murphy hatte sich kurze Zeit mit den Feinden verbündet, doch jetzt war er wieder auf der richtigen Seite, war geläutert, war frei. Coreolanus hatte ihm verziehen. Und Jesus hatte es auch getan.

Für einen Bankier gab es keine immerwährenden Feinde, selbst nicht für einen Bankier des Heiligen Stuhls. Es gab nur verschiedene Felder im Weinberg des Herrn.

LONDON
DONNERSTAG, 4. JANUAR
23:30 UHR

61

Sie saßen in Carters Büro. Mittlerweile war es vollkommen dunkel geworden. Leere Pizzakartons und leere Coladosen stapelten sich wie in einer Studenten-WG in einer Ecke des Zimmers.

»Ich hab's gewusst«, sagte Carter, »nur der Teufel weiß, was mit diesem bescheuerten Satz gemeint ist!« Er lief im Zimmer auf und ab, zerknüllte eine Serviette und warf sie wütend in den Mülleimer. »Alles, alles, alles ganz, ganz große Scheiße!«

»Ihre subjektive und vulgäre Einschätzung der uns umgebenden Realität hilft uns nicht zwangsläufig weiter«, sagte Stokes, der heute wohl zum ersten Mal in seinem Leben Take-away-Pizza gegessen hatte. »Und unsere Probleme werden dadurch keinesfalls gelöst!«

Carter blickte verbissen auf den Satz, der auf der Brust des toten Davids eingeritzt war. Wohl hundertmal schon hatten sie den Satz von vorne nach hinten gelesen, umgedreht, übersetzt – nichts hatte auch nur andeutungsweise einen Sinn ergeben.

»Was ist mit den Brüdern der Leibwächter gemeint? Wo sollen die sein?«, fragte er und sah Stokes und Sarah ein wenig vorwurfsvoll an, so als hätten sie sich das Rätsel ausgedacht.

Sarah blickte auf. »Schauen wir doch einmal nach, was zuerst gefragt wird.«

»Wie meinen Sie das?«

Sarah erhob sich und zeigte auf das Foto, auf dem das rätselhafte Gedicht auf Davids Brust abgebildet war.

Ihr könnt sie erkennen,
Während andere verbrennen,
Zu Asche im eisigen Wind.
Sie folgen der Zahl,
So sagt mir einmal,
Wo die Brüder dieser Toten jetzt sind.

»Sie folgen der Zahl«, sagte sie und nickte. »Zuerst müssen wir die Zahl wissen, und um die Zahl zu wissen, müssen wir sie finden.«

Stokes strich über seinen Bart und nickte. »Und da wir nichts anderes haben, finden wir die Zahl vielleicht im Palindrom.« Er zeigte auf die Fotos mit den in Blut geschriebenen, lateinischen Worten.

»Wie meinen Sie das?«, fragte Carter. »Sollen wir die Buchstaben zusammenzählen? Oder die Nummern der Buchstaben im Alphabet? Die Quersumme aus allem?«

Sie probierten alles aus, kamen aber zu keinem sinnfälligen Ergebnis.

Stokes schüttelte den Kopf. »Nein, nein, nein. Das ist es nicht. Mal sehen, die Natur des Palindroms ist es, sich auf sich selbst zu beziehen. Ob Sie vorne oder hinten anfangen zu lesen, es kommt immer dasselbe raus, die reinste Selbstreferenz.« Carter verbog eine Büroklammer. »Die Lösung des Rätsels«, fuhr Stokes fort, »könnte sich in der mittelalterlichen Zahlenmystik befinden. Wir müssen zu einer Zahl kommen, die eine ähnliche Selbstreferenz hat.«

»Wir haben doch vorhin in Oxford herausgefunden, dass die Sechs die Zahl des Saturns ist«, schaltete sich jetzt Vincent ein. Er hatte vorher ununterbrochen das Handy vom Tatort betrachtet, das in einer durchsichtigen Tüte vor ihm auf dem Tisch lag. »Warum nehmen wir nicht einfach die?«

Sarah nickte. »Klingt plausibel.«

Stokes' Augen leuchteten auf, während Carter immer noch

etwas blöde vor sich hin starrte. Sarah sah deutlich, dass ihm das Ganze noch seltsamer vorkommen musste, als es ihr in Oxford in Stokes' Haus vorgekommen war.

»Aber ja!« Stokes nahm von Carters Schreibtisch ein weißes Blatt Papier, malte mit einem Filzstift eine große »6« auf das Blatt und hielt es nach oben.

»Sie haben recht«, sagte er. »Die Sechs zeigt symbolisch auf sich selbst. Bei allen Potenzen der Sechs steht am Ende wieder eine Sechs. 6, 36, 216, 1296, 7776 und so weiter. Auch wenn wir die Teiler der Sechs addieren, also die Eins, die Zwei und die Drei, erhalten wir wieder die Sechs. $1 + 2 + 3 = 6$. Was auch immer wir mit der Sechs anstellen, sie fällt immer wieder auf sich selbst zurück. Man könnte also sagen, sie ist das numerologische Symbol der Rückkopplung.«

Sarah schaute wieder nach draußen auf das Riesenrad. »Das passt auch zu dem Spruch mit dem Palindrom«, sagte sie. »*Wir gingen des Nachts im Kreise* … Der Abstand eines Kreises von seinem Mittelpunkt ist immer derselbe. Das heißt …«

Vincent blickte sie an. »Das heißt, das Palindrom könnte sich auch auf die Zahl Sechs beziehen?«

Stokes nickte. »*Wir gingen des Nachts im Kreise und wurden vom Feuer verzehrt.* Die, die vom Feuer verzehrt wurden, folgen einer Zahl, und diese Zahl ist die Sechs.«

»Die Zahl des großen Tieres?«, murmelte Vincent.

»Moment«, sagte Carter, »das klingt ja wie bei *Das Omen.*«

»Das klingt nicht nur so«, Stokes Stimme wurde lauter, »das ist ein Omen. Wir haben es hier nicht nur mit einem einfachen Mord zu tun, sondern mit einer uralten Vereinigung, die schon seit Jahrhunderten ihr Unwesen treibt und auf ihr großes Ziel hinarbeitet.«

»Was Sie nicht sagen«, sagte Carter und nestelte an seiner Zigarettenschachtel herum. Sarahs Blick folgte dem Vincents, der die Rückseite des Handys betrachtete und gleichzeitig zuschaute, wie Carter die Schachtel nach oben warf und wieder auffing.

Stokes sprach weiter. »Die katholische Kirche hat das Schreckgespenst des biblischen Satans inszeniert, um dadurch ihre Widersacher zu diffamieren. Mit genau diesen Widersachern haben wir es hier zu tun. Die Sechs ist die Zahl des Kronos und das sechste astrologische Haus repräsentiert Herrschaft, Knechtschaft, Sklaverei und Geldhandel. Es wurde daher im Mittelalter auch als das Haus Luzifers bezeichnet.«

Er blickte in die Runde. »Die Sechs bedeutet die Gefangenschaft im Materiellen. Dies wird durch die Form der Ziffer unterstrichen. Zeichnen wir eine große Sechs, sehen wir, dass die Bewegung etwas aus dem Himmel zu holen scheint, um es dann tief unten in einem Kreis festzuhalten. Wie Luzifer, der von den Erzengeln aus dem Reich des Himmels in die Hölle gestürzt wird. Teilen wir die Zahl Sechs in Vergangenheit, Gegenwart und Zukunft auf, haben wir eine Verdreifachung und damit drei Sechsen, die Zahl des Großen Tieres.«

Carter betrachtete die Fotos. »Zugegeben, das klingt wie eine tolle Erklärung, aber ist das nicht ein wenig reißerisch? Der Gott Kronos, die Knechtschaft und dann die 666. Die Zutaten vieler Horrorfilme.«

»Das ist ein Horrorfilm. Aber ein echter.« Stokes fuhr sich durch den Bart.

Vincent schaute weiter unverwandt auf die Rückseite des Handys. Dann brach es plötzlich aus ihm heraus. Irgendetwas hatte er gesehen. »Mr. Carter, darf ich mal kurz die Schachtel sehen?«

Carter schaute ihn an, als habe er sich verhört. »Diese Schachtel?«

»Nur eine Minute.«

»Sind wir hier bei einer Entzugskur?«

Vincent lächelte. »Eher auf Gewöhnungskur. An das *Große Tier.*« Sarahs Blick traf Vincents. Was hatte er vor?

Carter nahm eine Zigarette aus der Schachtel und reichte sie ihm dann. »Wenn es der Ermittlung hilft.«

»Das hoffe ich.« Vincent nahm die Schachtel. Sie hatte, wie fast jedes Produkt, einen Strichcode, der im unteren Bereich der Schachtel angebracht war. Einen ähnlichen Strichcode, wie er auf dem Handy angebracht war.

»Gerade haben wir doch von der 666 gesprochen«, sagte Vincent. »Und wenn ich mir diesen Strichcode ansehe, dann sehen wir doch ganz links, ganz rechts und in der Mitte jeweils einen Balken, der aus zwei dünnen Balken besteht. Hier.« Dann zeigte er auf das Handy. »Und einen ähnlichen Strichcode sehen wir auf dem Handy auch.« Alle erhoben sich. Vincent zeigte die Zigarettenschachtel und den Strichcode herum, wie ein stolzer Vater sein neugeborenes Baby. Alle nickten.

»Die Kriminaltechnik hat aber doch gesagt, dass das kein echter Strichcode ist«, sagte Sarah. Carter nestelte, jetzt wo die Schachtel weg war, an der Zigarette herum.

»Aber das kann doch gerade der Witz sein«, sagte Vincent. »Vielleicht soll uns irgendetwas gezeigt werden? Denn die Struktur beider Strichcodes, der falsche auf dem Handy und der richtige auf der Schachtel, die ist doch ähnlich?«

»Das stimmt«, sagte Carter, der sich jetzt wieder auf heimischem Territorium wähnte. »Das ist der EAN-Code, auch European Article Number genannt. Es gibt den EAN-8-Barcode mit acht Strichen und den EAN-13-Barcode mit 13 Strichen. Die Struktur der Striche ist, abhängig vom Produkt, unterschiedlich.« Er kramte nach seinem Feuerzeug, während er sprach. »Der hier ist ein EAN-8-Barcode. Aber wie Mr. Wagner richtig sagt, ist bei beiden Versionen links, rechts und in der Mitte ein identischer Strich mit zwei dünnen Balken.«

»Das heißt, diese drei Zahlen ändern sich nie?«, fragte Vincent und seine Hände zitterten ein wenig. Auch aus Stokes' Gesicht war sämtliche Ironie gewichen und er schaute mit versteinerter Miene von einem zum anderen.

»Die drei Zahlen bleiben gleich«, wiederholte Carter. »Wir hatten vor Kurzem einen Fall dazu, wo jemand diese Codes gefälscht hat. Ich müsste die Übersicht dazu noch irgendwo im Rechner haben.« Er klickte sich durch einige Programme. »Da haben wir's«, sagte er, während der Drucker anfing zu summen. Er nahm das Papier aus dem Drucker, legte die Liste auf den Tisch und fuhr mit dem Finger über die Zeilen. »Jedem Balken ist eine Zahl von 1–9 zugeordnet, zum Beispiel sind zwei dicke Balken die ›2‹, ein dünner und ein dicker Balken die ›5‹, ein dicker und ein dünner Balken die ›9‹ und so weiter.

Sarahs Stimme war so tonlos wie die schwarze Nacht draußen. »Und die Zahl, die wir auf dem Strichcode links, rechts und in der Mitte sehen, welche ist das?«

Carter schaute in seinen Unterlagen nach – und jetzt zuckte selbst er zusammen: »Die Sechs!« Er blickte noch einmal auf die Liste und schaute wieder den Strichcode auf der Zigarettenschachtel an. »Die Sechs!«, wiederholte er.

Stokes öffnete den obersten Knopf seines Hemdes und lockerte seine Krawatte. »Unglaublich«, sagte er und atmete tief aus. »Es ist wirklich wahr.« Er stand mit wackeligen Beinen auf. »Es ist kein Spiel, kein Gedankenexperiment, keine Verschwörungstheorie, die durch Chat-Räume spukt.« Er nahm das Handy in die Hand und hob es nach oben, wie ein Priester eine geweihte Hostie der Gemeinde zeigt. »Vergangenheit, Gegenwart, Zukunft«, sagte Stokes zur Bestätigung. »Dreimal die Sechs. 666. Der Strichcode zeigt damit das Siegel des Großen Tieres aus der Apokalypse und damit auch die Zahl des Saturn, die Zahl der Vereinigung, die Kinder des Kronos, die die totale Kontrolle ausüben wollen.«

»Dann ist dieser Strichcode auf jedem Produkt ein erster Schritt zur Kontrolle aller Menschen?«, fragte Sarah. Carter zündete sich die Zigarette an.

»All meine Befürchtungen sind bestätigt«, sagte Stokes. »Es ist überall, man kann ihm nicht entkommen, es ist der Code, der unser Leben bestimmt, der unterschwellig im Unsichtbaren lauert und uns dennoch gefangen hält.« Er ließ die Schachtel sinken. »Gott schuf die Welt in sechs Tagen, am siebten ruhte er. Sechs ist das Unvollkommene, die Schöpfung ohne Vollendung, die Transaktion ohne Basiswert. Kaufen und Verkaufen, nur um ihrer selbst willen.«

»Steht das so in der Bibel?«, fragte Carter.

»Das tut es«, sagte Stokes und schaute Vincent und Sarah an. »Ebenfalls Offenbarung, 13. Kapitel.« Und er rezitierte die Passage aus dem Kopf.

»Und es macht, dass sie allesamt, die Kleinen und Großen, die Reichen und Armen, die Freien und Sklaven, sich ein Zeichen machen an ihre rechte Hand oder an ihre Stirn, und dass niemand kaufen oder verkaufen kann, wenn er nicht das Zeichen hat, nämlich den Namen des Großen Tieres oder die Zahl seines Namens.«

Und er sprach noch einmal die Worte, die sich bei Sarah und Vincent schon wie ein Menetekel in die Köpfe gebrannt hatten:

»Hier ist Weisheit! Wer Verstand hat, der überlege die Zahl des Tieres, denn es ist eines Menschen Zahl, und seine Zahl ist sechshundertsechsundsechzig.«

»Das Große Tier«, murmelte Sarah. »Und der Strichcode ist einer seiner Fangarme. Aber was ist es genau?«

»Sein griechischer Name in der Originalfassung des Neuen Testamentes ist TO MEGA THERION und seine Zahl ist die 666«, fuhr Stokes fort. »Es gibt verschiedene Definitionen, was es sein könnte. Es ist die Akkumulation von Macht. Es gibt die Ansicht, dass vier große Städte hintereinander das

Große Tier waren: Rom, Konstantinopel, Moskau und Washington. Manche sagen, es sei Napoleon gewesen. Über dem Eingang zu seinem Grab im Invalidendom in Paris ist ein in Stein gemeißelter Greis mit Flügeln, einer Sense und einer Sanduhr dargestellt – Kronos. Napoleons Sarg besteht aus *sechs* ineinandergefügten Särgen.« Carter vergaß, an seiner Zigarette zu ziehen. »Andere sagen, das Große Tier sei immer die mächtigste Organisation, die es auf der Welt gibt. Die Kirche, das Finanzsystem, die Vereinigten Staaten. Aber es ist viel abstrakter. Und dadurch viel weniger angreifbar. Denn es ist ein Feind, den man nicht sieht.«

»Was ist es dann?«

»Wissen, Vernetzung, Information.« Stokes beschrieb mit den Händen einen Kreis. »Das Virtuelle. Der intersubjektive Raum, der uns beherrscht und der uns kontrolliert, der weiß, wo wir sind, wohin wir wollen, was wir tun. Der weiß, was wir sagen, schreiben und bald auch denken. Es sind die Millionen von Computern, die miteinander vernetzt sind und die in unsere Wirklichkeit eindringen, sie kontrollieren und schließlich beherrschen.« Er klopfte auf den Monitor, der auf Carters Schreibtisch stand. »Es ist das, was die Philosophen *Das Große Andere* nennen, was immer präsent, aber unsichtbar ist.«

»Überall und nirgendwo?«, fragte Carter.

»Immer und niemals«, sagte Stokes. »Totales Wissen, totale Vernetzung, totale Kontrolle. Überall. Zu jeder Zeit. Der Fuß an unserer Türschwelle, der Atem in unserem Nacken, die Hand an unserer Kehle.«

Draußen war pechschwarze Nacht.

NEW YORK
DONNERSTAG, 4. JANUAR
18:55 UHR

62

Der Anwalt klappte den Aktenordner zu und verstaute ihn in seiner schwarz glänzenden Bottega-Aktentasche. Er nahm seine Designerbrille ab, ließ sie mit einem metallischen Klicken zusammenklappen, steckte sie in die Brusttasche seines Sakkos und blickte auf die große, mannshohe Pendeluhr, die gegenüber der großen Fensterfront stand. Um achtzehn Uhr hatten ihre dröhnenden, tiefen Schläge den Raum sechsmal mit einer majestätischen Feierlichkeit erfüllt, jetzt arbeitete sie sich mit leisem und ausdauerndem Ticken auf die Sieben zu.

Murphy hatte gerade das Gespräch mit dem Rechtsmediziner beendet. Die Nachricht hatte ihn wie ein Hammerschlag getroffen. Der Anwalt schien nichts davon mitbekommen zu haben.

»Eine reine Formalie, Mr. Murphy, nichts weiter«, sagte er.

Murphy nickte wie betäubt. Sie saßen in seinem Büro. Um halb sechs war der Aufsichtsrat zusammengekommen, um endgültig über einen neuen Vorstandsvorsitzenden zu beraten. Um sieben Uhr sollte die endgültige Entscheidung verkündet werden. Der Ausgang war klar. John Murphy würde *Telramond Telecoms* regieren, weil Ted Andrews nicht zur Verfügung stand, weil Ted Andrews in Untersuchungshaft saß, weil gegen ihn Anklage wegen Mordes erhoben wurde, an einer Frau – Murphys Frau. Da schien die Wahl nicht nur passend und effizient, sondern irgendwie auch gerecht.

Der Anwalt blickte Murphy prüfend an. »Ist alles in Ordnung?«, fragte er. *Typisch Anwalt,* dachte Murphy. Auch wenn ihn der Geisteszustand seines Mandanten wenig interessierte und er auch von einem Mann, dessen Frau man vor

Kurzem ermordet hatte, Aufmerksamkeit erwartete, jedenfalls dann, wenn es um Macht, Geschäft und Geld ging, so musste er doch wenigstens so tun, als würde er an Murphys Tragödie Anteil nehmen. Die Worte des Rechtsmediziners hallten noch in seinem Kopf: *Mr. Murphy, ich weiß, dass gerade diese Information sehr hart für Sie ist.*

Murphy blickte den Anwalt an. »Hätte ich etwas tun können?«, fragte er, nur um irgendetwas zu sagen und nicht der grausamen Gewalt der Stille ausgesetzt zu sein. »Was meinen Sie?«

Der Anwalt schüttelte den Kopf. »Das ist eine sehr schwierige Zeit für Sie, Mr. Murphy. Offenbar gibt es nichts geschenkt. Was immer man bekommt, muss man mit etwas anderem bezahlen. Wird einem etwas geschenkt, wird einem auf der anderen Seite etwas weggenommen. Wie in einer Bilanz. Das Leben ist ein Nullsummenspiel.«

Murphy nickte. Beide schwiegen.

»Vielleicht sollten Sie sich erst einmal eine Auszeit nehmen?«, fragte der Anwalt.

Murphy schüttelte den Kopf. »Hier kann ich wenigstens etwas tun.«

Wieder Schweigen. Murphy dachte an den Anruf des Rechtsmediziners. Es war keine fünf Minuten her. *Wieso habe ich das nicht gewusst?*

»Ich hätte niemals gedacht, dass Andrews zu so etwas fähig wäre«, sagte der Anwalt schließlich und blickte an den Bücherwänden in Murphys Büro empor, als würde Andrews sich dort irgendwo verstecken. »Aber so ist das manchmal. Gerade denen, die alles haben und denen die Welt zu Füßen liegt, denen knallen irgendwann so die Sicherungen durch.«

Er erhob sich und klopfte Murphy auf die Schulter. »Sie werden das schon schaffen«, sagte er. Wie ein Arzt, der es gut meint. Er drehte seine Füße hin und her und streifte irgendeinen imaginären Staubfussel von seinem Ärmel. »Nun ja, dann will ich mal los«, sagte er, während er zischend Luft ausstieß. Er schritt zur Tür, Murphy blieb auf der schwarzen Ledercouch sitzen.

»Sie haben eine der wichtigsten Führungspositionen im Telekommunikationsbereich inne, Mr. Murphy«, versuchte er sich in einer letzten Trostrede, »das wird Sie ablenken.«

Murphy nickte. Der Anwalt verließ den Raum und ließ die Tür ins Schloss fallen.

Murphy stand auf und ging zu seinem Schreibtisch. Er setzte sich auf den dunkelbraunen Ledersessel und ließ seinen Blick über die Schreibtischoberfläche schweifen, seinen Laptop, die Handy-Ladestation, irgendwelche Unterlagen, die E-Mails in der Klarsichthülle, die ihm seine Sekretärin ausgedruckt hatte. Coreolanus' Worte hallten in seinem Kopf. *Ihr werdet beide wieder auftauchen, erwachen, aus dem langen Schlaf des Todes und in den elysischen Feldern vereint sein, wenn der Herr euch auferweckt am Jüngsten Tage. Dein Tod, wenn er eines Tages kommen wird, wird dich wieder vereinen mit deiner Frau.* Und er sah die Bilder, die dort standen. Jennifer Murphy, geborene Smith, und John Murphy. Sie hatten die Fotos bei einem Besuch in der Stadt spontan machen lassen, von einem Kaufhausfotografen.

Es schien eine andere Zeit gewesen zu sein. Er schaute abwechselnd von einem Bild zum anderen, dachte daran, wie der Fotograf vor seiner Frau und ihm gesessen und den Auslöser gedrückt hatte, in einer anderen Zeit und einer anderen Welt, schaute auf die teuren Rahmen und auf die Gesichter. *Wenn ich sie wiedersehe, wird sie mir verzeihen.*

Der Tod ist die Taufe, der Tod ist die Heimkehr, dachte er. Als er Jennifers Gesicht anschaute, wusste er nicht, ob in ihrem Blick so etwas wie Vorwurf oder Genugtuung lag. Doch er wusste, dass Gott ihm verzeihen würde. Er hoffte, dass Jennifer es auch tun würde – und das Kind, das sie in sich getragen hatte und von dem er bis vor fünf Minuten nichts gewusst hatte.

Es war derselbe Moment, in dem er die Schublade öffnete, die 42er hervorholte, sie in den Mund steckte und abdrückte.

Die große Pendeluhr schlug sieben, und Murphy hörte den ersten Schlag.

FUROR

**DER MENSCH IST DAS SEIL,
DAS SICH ÜBER DEN ABGRUND SPANNT.**

Friedrich Nietzsche

ZWISCHEN NEW YORK UND LONDON
DONNERSTAG, 4. JANUAR
18:30 UHR

1

Tyron knallte den Hörer auf die Gabel. Die Asche seiner Zigarre fiel durch die Erschütterung auf den weißen Teppich des Gulfstream-Jets.

»Verdammt, wo ist Murphy?«, fauchte er. »Wieso meldet er sich nicht?«

Er hatte Emerson und Cameron von dem Schachzug des Vatikans erzählt.

»Drei Milliarden Dollar, Murphys gesamtes Vermögen inklusive seiner Erbschaft, ist in Kaufoptionen auf *Telramond* gewandert. Und im Falle seines Todes gehen diese Optionen auf das Konto der Vatikanbank.« Er faltete seine Hände, als wollte er Murphy erwürgen. »Kardinal Coreolanus hat ihn dazu überredet, auf diese Weise seine Seele reinzuwaschen.« Tyron blickte sich um. »Nachdem der Kurs durch die Sache mit Andrews in den Keller gefallen ist, ist es eine natürliche, technische Reaktion, dass er jetzt wieder steigt – und damit sind die Optionen ein Vermögen wert.«

»Wenn Murphy irgendetwas zustößt, sitzen wir schön in der Scheiße«, sagte Emerson. »Coreolanus realisiert und besitzt dann über 30 Prozent an *Telramond* – und kann alles, was wir wollen, im Aufsichtsrat blockieren.«

»Ach was!« Tyron fegte das Argument mit der Hand beiseite. »Es ist uns bisher immer etwas eingefallen.« Er schwieg eine Weile und starrte auf die Tischplatte. Dann blickte er wieder auf. »Es gab schon ähnliche Zeiten wie jetzt. Auch damals sah es aus, als würden wir verlieren.

Und haben wir verloren?« Er hob das Kinn und funkelte Emerson an.

»Haben wir?«, fragte Emerson und stellte sich dumm.

»Was werden wir nun tun?«, fragte Cameron. »Murphy bitten, die Transaktion rückgängig zu machen? Den Notruf anrufen?«

Tyron wandte seinen Blick auf Cameron. »Den Notruf! Ganz genau!« Er ging zum Fenster und blickte hinaus. »Das haben wir ja schon einmal gemacht. Es gab eine Zeit, als es nicht gut aussah für die Erfüllung unseres Plans. Der Fall des Eisernen Vorhangs, der Siegeszug der Demokratie, die Auflösung von Grenzen und Feinden. Alle dachten, alles wäre in Ordnung. In Wirklichkeit war nichts in Ordnung. Wir verstanden es, die Signale angemessen zu interpretieren, aber andere konnten das nicht. Wir brauchten den Schock, der das System ändert, der die Augen öffnet. Es war ein Notfall, aber keiner sah ihn.« Er sah Cameron direkt an. »Und wie lautet der Notruf?«

Cameron war nicht sicher, wie die Frage gemeint war. Er versuchte es daher mit der naheliegendsten Antwort. »In den USA ist es Neunhundertelf. 911.«

»Neunhundertelf.« Tyron nickte. »Unter dem gleichen Kürzel wurde dieser Notruf im Jahre 2001 ausgerufen, der Notruf nach einer neuen Weltaufteilung, nach einer neuen Polarität. Und mit derselben Zahlenfolge ging er auch in die Geschichte ein: 911, *Nine-Eleven,* 11. September.« Er blickte nach draußen, wo Wolken am dunklen Himmel vorbeihuschten, während das Flugzeug Kurs auf Europa nahm.

»Als die Flugzeuge in die Twin Towers rasten, war der Feind offensichtlich, und unsere Zeit war gekommen. Jetzt war die Notwendigkeit zur totalen Überwachung gegeben. Milliarden flossen in Satellitentechnik, mobile Überwachung, DNA-Analysen, Iris-Scan, biometrische Kategorisierung. Der gläserne Mensch. Er war geboren. Damit war unser Ziel in greifbare Nähe gerückt.«

»Sie wollen sagen, das waren Sie?«, fragte Cameron. Emerson schaute interessiert aus dem Fenster in die dunkle Nacht, als gäbe es da gerade etwas Wichtiges zu entdecken. »Sie haben das veranlasst? Die Twin Towers und das Pentagon?«

»Sagen wir mal, wir haben es ausgelagert an andere Serviceanbieter, die einen guten Job gemacht haben.« Tyron schien keine Skrupel bezüglich dieser Handlungsweise zu haben. Er stellte sich hinter Cameron und zeigte in die Richtung, in der er Washington vermutete. »Das Pentagon musste natürlich auch etwas abbekommen, schließlich hatte es eine wichtige Aufgabe zu erfüllen. Die Hunderte von Milliarden, die in unsere Technologien flossen, würden vom Pentagon kommen. Darum auch der elfte September. Genau wie damals, 1941.«

Cameron hatte in den letzten Tagen viel Ungewöhnliches gehört, aber hier durchfuhr selbst ihn ein Schock. »1941 war die Grundsteinlegung des Pentagons, richtig?«

Tyron nickte. »1941, am elften September. Genau sechzig Jahre später haben wir uns erlaubt, das Pentagon an seine Aufgaben zu erinnern. Sechs Dekaden.«

Die Sechs. Cameron kannte ihre symbolische Bedeutung. Dennoch sah er Tyron plötzlich mit anderen Augen.

Wir haben den Notruf gewählt. 911 ist der Notruf.

Nine-Eleven.

LONDON
FREITAG, 5. JANUAR
00:00 UHR

2

Sarah kritzelte einige Anagramme auf ihren Notizblock und beobachtete Carter, der sein Sakko ausgezogen und die Hände in die Hosenträger gehakt hatte und um seinen Tisch herumging wie ein hungriges Raubtier. *Er würde auch einen guten Börsenmakler abgeben, jedenfalls was die Hosenträger angeht.* Sie blickte aus dem Fenster und verschränkte die Arme hinter ihrem Kopf.

»*Das Große Tier* ist das, was uns kontrolliert und beherrscht, es ist das, was allgegenwärtig ist und überall?« Die Frage war an Stokes gerichtet. »Richtig?«

Stokes nickte.

»Klingt wie aus einem Märchen.« Carter ließ die Hosenträger gegen sein Hemd schnappen.

Stokes zupfte an seinem Bart. »Wie ich den Herrschaften schon einmal sagte. Manchmal ist es besser, an Märchen zu glauben, denn die Wirklichkeit muss man ertragen können.«

Sarah rieb sich ungeduldig die Hände und blickte auf ihr Handy. Es hatte schon mehrmals geklingelt und sie hatte den Anruf jedes Mal weggedrückt. »Professor Stokes«, sagte sie, »unsere Wirklichkeit ist doch die, dass wir zwar eine Menge erfahren haben, aber diese Informationen noch nicht richtig verwerten können. Die akademischen Erkenntnisse und beängstigenden Vergleiche in Ehren, aber wir haben durch all dies nicht einen einzigen Zeugen vernommen und nicht einen einzigen Verdächtigen erwischt.«

Sie schaute auf ihr Handy, das gerade wieder aufleuchtete, und sie konnte sich denken, wer es war, der sie so dringend sprechen wollte. Die Leitstelle in Berlin im Auftrag von Dr. Bellmann, dem Chef des LKA. Wieder drückte sie den Anruf weg.

»Die Lösung liegt doch offenbar vor uns«, sagte Stokes und zeigte auf das Handy auf dem Schreibtisch.

»Genau das ist meine Frage«, setzte Sarah erneut an und trat an Carters Schreibtisch, an dem Stokes saß. »Wie kommen wir vom Großen Tier und diesen ganzen Rätseln zu dieser fünfstelligen Zahl, die wir hier eingeben müssen?« Sie schaute auf das Foto, auf dem das Gedicht stand, das auf Davids Brust geschrieben war.

Ihr könnt sie erkennen,
Während andere verbrennen,
Zu Asche im eisigen Wind.
Sie folgen der Zahl,
So sagt mir einmal,
Wo die Brüder dieser Toten jetzt sind.

»Was wissen wir denn bisher alles?«, fragte Stokes und legte die Fingerspitzen aneinander, so als säße er auf einer Konferenz in Harvard oder in Oxford. »Wir wissen, dass die, um die es geht, einer Zahl folgen und dass diese Zahl die Sechs ist.«

»Die, um die es geht, sind doch die Verbrannten?«, fragte Carter.

Stokes blickte ihn strafend an, wie einen Schüler, der gerade die Tische beschmiert hatte. »Mr. Carter!« Er schüttelte den Kopf. »Hören Sie doch zu: *Ihr könnt sie erkennen, während* andere *verbrennen*. Verbrannt sind doch die Leibwächter. Das sind die *anderen*.«

»Und wer sind dann die, die wir suchen?«, knurrte Carter.

Vincent schaltete sich ein. »Die, die man erkennen kann, während die anderen verbrennen.« Er schaute Stokes prüfend an. »Oder nicht?«

Stokes nickte langsam mit dem Kopf. Sarah war sich nicht sicher, ob Stokes schon wieder ein Spielchen spielte oder selbst nicht richtig weiterwusste.

»Schön«, sagte Sarah und zeigte auf das Foto mit den verbrannten Leichen der Leibwächter. »Und was konnte man noch groß erkennen, während die hier verbrannt sind? Es war ja sonst stockdunkel.«

Vincent schaute nach draußen in die ebenfalls dunkle

Nacht. »Nicht viel, da hat Sarah recht. Und außerdem war das ja unterirdisch.«

»Es war doch alles angestrahlt«, stellte Carter fest und nestelte wieder an seiner Zigarettenschachtel. »Hatten Sie mir jedenfalls so erzählt.«

Sarah steckte ihr Handy in die Tasche. »Ja, aber erst, als alles verbrannt war und nur noch die Asche glühte. Als sie noch brannten, kann es doch dunkel gewesen sein, oder? Das hat ja niemand gesehen, nicht mal Marcus.« Sie warf allen einen prüfenden Blick zu. »Möglich, oder?«

»Warum nicht«, sagte Carter in einem Ton, als ob ihm das mittlerweile egal wäre.

»Vincent«, sagte Stokes und nickte ihm zu. »Helfen Sie einem alten Mann. Was konnte man sehen?«

Vincent zupfte an seiner Unterlippe. »Tja, was? Die dunklen Umrisse von den Säulen und Trägern, die in der Halle noch rumstanden? Es war auch ein Loch in der Decke, durch das man den Himmel sah?«

»Oder das, was explizit erwähnt wird? Den eisigen Wind?«, fragte Stokes und lächelte.

Carter schüttelte den Kopf. »Den Wind sieht man doch nicht!«

Sarah dachte plötzlich an die Sternenkarte, die ihnen Stokes am Vorabend gezeigt hatte. *Ein eisiger Wind, eine sternenklare Nacht.* »Den Wind sieht man nicht, aber der Wind kann die Wolken beiseitefegen«, sagte sie. »Also vielleicht die Sterne?«

Stokes presste die Lippen zusammen und nickte. »Da haben Sie recht«, sagte er und sein Gesicht hellte sich auf. »Die Sterne konnte man durch die Öffnung sehen.« Er stand auf und ging zum Fenster. »Es ist noch immer eine sehr klare Nacht, nicht wahr?«

Sarah schaute Vincent zu, der gerade seinen Kugelschreiber auseinanderbaute. »Es könnten aber, wie Vincent gesagt hat, auch dunkle Umrisse von irgendwelchen Maschinenüberbleibseln oder Ähnlichem sein, was noch in der Halle herumstand.«

»Im Gedicht steht nicht, dass es Maschinenteile sind«, sagte Stokes.

»Im Gedicht steht auch nicht, dass es keine Maschinenteile sind«, sagte Sarah.

Stokes ging zurück an Carters Schreibtisch und setzte sich. »Dann müssen wir wohl nach Hinweisen suchen, die uns deutlicher sagen, was genau im Dunkeln zu sehen ist und dann der Zahl folgt.«

»Das, was im Dunkeln zu sehen ist und der Zahl folgt, sollen dann wohl die Brüder der Toten sein, oder wie sehen Sie das?« Sarahs Stimme klang wenig überzeugt. »Ist das metaphorisch gemeint oder hatten diese Leibwächter wirkliche Brüder?« Sie blickte Carter an.

Der schüttelte den Kopf. »Nein, soweit wir sie identifiziert haben, waren es gezähmte und boulevardfein gemachte Ex-Schläger aus dem Zuhältermilieu. Aber sie waren nicht miteinander verwandt und hatten auch sonst keine Brüder.«

Stokes putzte seine Brille an seinem Tweed-Jackett. »Möglicherweise müssen wir dann eine kleine Abkürzung gehen. Und vielleicht annehmen, dass die Brüder der Toten zwar anders aussehen als die Leibwächter, aber vielleicht die gleiche Bezeichnung in einer anderen Sprache haben.«

»Welche Bezeichnung?«, fragte Carter, während Vincent seinen Kugelschreiber wieder zusammenbaute und sich dann wieder in die Diskussion einschaltete.

»Die Bezeichnung *Leibwächter*«, sagt Vincent. Denn das waren sie doch. Oder nicht?«

Stokes und Sarah zuckten die Schultern und nickten dann.

»Verstehe ich nicht«, sagte Carter.

»Passen Sie auf«, sagte Vincent. »*Ihr könnt sie erkennen, während andere verbrennen.* Das, was man erkennen kann, ist das, was wir suchen. *Sie folgen der Zahl.* Also das, was wir suchen, folgt der Zahl Sechs. *So sagt mir einmal, wo die Brüder dieser Toten jetzt sind.* Die Toten sind Leibwächter, die Brüder dieser Toten haben vielleicht auch die Bezeichnung *Leibwächter* in einer anderen Sprache. Und das könnte in unserer Sprache eine andere Bedeutung haben.«

»Viel zu sehr um drei Ecken rum. Da kommt nie was raus.« Carter schien wenig überzeugt. »Das ist so ähnlich wie der, der sich auf einen Tisch stellt und ihn von drei Leuten drehen lässt, um eine Glühbirne einzuschrauben.«

Stokes sah ihn strafend an. »Nein, das ist der Umweg als Abkürzung!«

Er stand abrupt auf. »Mr. Carter, ich denke, es gibt für alle etwas zu tun. Wir brauchen ein paar schnelle Computer hier im Haus. Jeder setzt sich an einen und versucht herauszufinden, was *Leibwächter* in den verschiedenen Weltsprachen heißt. Vielleicht kommt irgendetwas dabei heraus, was man im Dunkeln sieht und was uns weiterhilft.«

Carter schüttelte den Kopf. »Klingt wie ein Ding der Unmöglichkeit.«

Stokes blickte über seine Brille hinweg wie eine Eule in der Nacht, und jetzt lächelte er. »Alles ist möglich! Das Unmögliche dauert nur länger.«

3

ZWISCHEN NEW YORK UND LONDON
DONNERSTAG, 4. JANUAR
19:00 UHR

911. Den Notruf anrufen.

Eine Zeit lang herrschte Schweigen in der Flugkabine. Mr. Emerson schien nach wie vor wenig überzeugt.

»Das war damals und so was funktioniert auch nur einmal in 100 Jahren«, sagte er. »Es hilft uns nichts, uns in früherer Glorie zu sonnen. Was ist heute?«

Tyron durchbohrte Emerson mit einem Blick, der ihn unwillkürlich ein Stück zurückweichen ließ. »Heute machen wir es genauso. Es gibt immer einen Weg. Wir werden die Restaktionäre von *Telramond* per Squeeze-Out herauskaufen. Wir zahlen ihnen ein Premium von 20 % auf den gegenwärtigen Kurs.«

Emerson rechnete im Kopf nach. »Und die 20 Milliarden, die wir dafür brauchen?«

»Sind unterwegs«, sagte Tyron und blies Rauch aus.

»Welche Bank?«

»Silverman & Cromwell.«

»Die uns schon mal im Stich gelassen haben?«

Tyron schüttelte den Kopf. »Mit unserem neuen Mann.«

»Und wenn er sich plötzlich weigert?«

»Das wird er nicht.«

»Sicher?« Emerson bohrte nach.

»Ganz sicher!«

»So sicher wie bei Nemesis?«

Tyrons Augen waren wie Schießscharten, als er Emerson anblickte.

»Für die habe ich etwas ganz Besonderes geplant. Als Strafe für sie und als Lehrstück für den Schüler.«

Er drückte die Zigarre im Aschenbecher aus.

ROM
FREITAG, 5. JANUAR
01:00 UHR

4

2000 Kilometer entfernt standen Constantino Kardinal Coreolanus und Paolo Venturini in dem riesigen Gewölbe unterhalb des Petersdoms. Das Licht von Dutzenden von Kerzen flackerte um das Petrusgrab herum, Zahlenkolonnen huschten über Monitore und Datenbankserver summten leise im Halbdunkel.

»Uns ist es gelungen, einen Bodyscan von Nemesis zu bekommen«, sagte Venturini und schaltete einen der Monitore ein. Er zeigte eine Röntgenaufnahme, der Physiognomie nach zu urteilen das Skelett einer Frau. Er zoomte näher heran.

»Sie haben Nemesis Sensoren eingepflanzt, die fernsteuerbar sind«, sagte er und fuhr mit einem Laserpointer über das Röntgenbild. »Hier, unterhalb des Halswirbels, an der Hüfte und an den Fußgelenken. Werden diese Sensoren aktiviert, öffnen sich diese Kapillaren«, er zoomte noch näher heran, »und das Gift Atrázen wird in den Blutkreislauf freigesetzt. Ihr Blut verwandelt sich in Säure und sie würde qualvoll sterben.«

»Allmächtiger«, sagte Coreolanus. »Und wir können nichts für sie tun?«

Venturini schüttelte den Kopf.

»Wann immer Tyron die Sensoren aktiviert, ist sie tot.« Er schaltete den Laserpointer aus und blickte Richtung Petrus-Mausoleum. »Und Tyron wäre nicht Tyron, wenn er es nicht irgendwann tun würde.«

Coreolanus folgte seinem Blick und sein Auge blieb am Architrav des Grabes mit dem Motto *Pasce Agnos Meos – Weide meine Schafe* hängen. Darunter das Wappen mit dem

Schlüssel – dem Schlüssel zum Himmel und zur Hölle. Er drehte sich zu Venturini um.

»Mit einem Schlüssel kann man aufschließen, richtig?« Seine Augen leuchteten auf und Venturini erwiderte verwundert seinen Blick. Er nickte.

»Und alles, was man aufschließen kann«, fuhr Coreolanus fort, »das kann man auch abschließen. Ich habe eine Idee.«

5

LONDON
FREITAG, 5. JANUAR
00:00 UHR

Vincent rannte mit einem Zettel durch den Korridor des neunten Stockwerkes von Scotland Yard. »Ich hab's!«, rief er. »Können wir uns treffen? Ich glaube, ich hab's.«

Keine Minute später waren alle von ihren Computern in Carters Büro zurückgekehrt. Vincent war noch ein wenig außer Atem von dem Spurt durch die Korridore.

»Die lateinische Übersetzung von *Leibwächter* lautet *satelles*. Es kann auch *Trabant* heißen. Das Wort kommt aus dem Etruskischen.«

Sarah und Stokes blickten ihn ein wenig skeptisch an, doch unterbrachen ihn nicht.

»Und der Genitiv von *satelles* heißt *satellitis*.« Seine Hand, in der er den Zettel hielt, zitterte leicht. »Das heißt, die Brüder dieser Toten sind Satelliten, Satelliten, die man auch in sternenklaren Nächten sieht.«

Stokes nickte anerkennend. »Bravo! Das klingt plausibel.« Sarah hatte manchmal den Eindruck, dass Vincent mehr mit Stokes gemeinsam hatte als mit ihr. Wollte sie wirklich mit so einem Mann eine ernsthafte Beziehung eingehen, vielleicht für immer mit ihm zusammenleben? Bis jetzt war es ja nur eine harmlose Affäre, aber je länger sie zusammen an diesem Rätsel arbeiteten, desto näher kamen sie sich – und umso weniger wollte sie ihn an ihrer Seite missen. Vincent sprach weiter. »Sie sind im Dunkeln zu sehen, sie sind die Brüder der *Leibwächter*, weil sie selbst Leibwächter sind, und sie folgen …« Er kratzte sich am Kopf. »Folgen sie der Zahl? Folgen sie der Zahl Sechs?«

»Das können wir sehr schnell herausfinden«, meinte Carter und ging wieder an seinen Computer, auf dem er zuvor noch spanische Bezeichnungen für Leibwächter gesucht hatte. Nachdem er einige Webseiten aufgerufen hatte, leuchteten seine Augen auf. »Thank goodness«, sagte er. »Es gibt im Rahmen des GPS-Programms, des *Global Positioning Systems*, 24 Satelliten, die sich auf – hören Sie bitte genau zu – *sechs* Satellitenbahnen bewegen.« Schon wieder sechs.

»Junge Dame«, sagte Stokes zu Sarah, »Ihr Mitstreiter im Rätselraten hat voll ins Schwarze getroffen. Erlauben Sie es sich, ein wenig stolz auf ihn zu sein.« Vincent drehte an dem Kugelschreiber herum und blickte zu Sarah, die ihn kurz anlächelte.

Carter unterbrach sie. »Satelliten und Überwachung?«, fragte er. »Also das sogenannte *Große Tier?*«

Stokes nickte. »Das Große Tier. GPS-Sender sind, soweit ich weiß, in jedem Navigationssystem, richtig?«

Sarah und Carter nickten.

»Und so unheimlich es mir erscheint«, fuhrt Stokes fort, »kann man doch durch Handys jede Position eines Handyträgers orten?«

Carter zündete sich die Zigarette an. »Wenn jeder so einen Empfänger hat, und das wird irgendwann der Fall sein, weiß der, der das alles kontrolliert, genau, wo jeder ist und was er gerade macht.« Er schaute zur Decke, während er an seinen Hosenträgern herumzog und seine Augen andächtig den Rauchschwaden folgten.

Sarah schaltete sich wieder ein. »Saturn heißt der Gott dieser Organisation im Römischen? Hieß nicht die erste Mondrakete auch so?«

»Da haben Sie recht«, sagte Stokes. »Es gibt Vermutungen, dass die Raketentechnologie etwas ist, das die *Kinder des Kronos* vorangetrieben haben, um ihre Überwachungsstationen im Weltall zu positionieren. Die Raketen, die den ersten US-Satelliten ins All beförderten und schließlich auch die Apollo 11, hießen beide Saturn.«

»Und wo kam die Idee ursprünglich her?«, fragte Vincent.

»Ursprünglich aus Ihrem Land«, sagte Stokes. »Die V2, die Vergeltungswaffe, mit der die Nazis London attackiert haben, war die Geburtsstunde der Raketentechnik. Wernher von Braun, der Erfinder der V2, hatte niemals die Absicht gehabt, eine Waffe zu bauen. Er wusste: Mit der Eroberung des Weltalls beginnt die Eroberung der Erde. Nur um Hitlers Interesse zu wecken und die Finanzierung weiter zu sichern, kaschierte er sie als Angriffswaffe. Aber dafür war sie nie gedacht gewesen.«

»Aber warum hieß sie dann Vergeltungswaffe?«, fragte Carter. »Und einigen Schaden hat sie ja doch angerichtet.«

»Das musste sie, damit Hitler und Goebbels bei der Stange blieben«, sagte Stokes. »Aus den Entwürfen von Brauns zu den Aggregaten A9–A12 geht hervor, dass es ihm niemals um eine militärische Nutzung ging. Er wollte, wie er sagte, *Tore zu anderen Welten öffnen.*«

Sarah kritzelte ein paar Notizen auf ihren Schreibblock. »Er war einer von *ihnen?*«

Stokes nickte.

»Und dann haben die Alliierten ihn nach dem Krieg mit nach Amerika genommen, als wäre nichts gewesen«, sagte Carter. »Das weiß *ich* mal zufällig.« Er hatte die Zigarette im Mundwinkel und blies gleichzeitig Rauch aus, sodass es aussah wie eine Rakete, die im Begriff war zu starten. »Ein Wissenschaftler aus von Brauns Team ist als Bauernopfer gehängt worden, die restlichen Wissenschaftler wurden zwischen uns, den Amis und den Russen aufgeteilt.«

»So ist es gewesen«, sagte Stokes. »Zu groß war die Faszination für die Möglichkeiten dieser Technologie. Handys, Navigationssysteme, Blackberrys – all das läuft über Satelliten, all das wäre nicht möglich gewesen ohne Wernher von Braun und die V2.«

Sarah stand auf. Es war spät und die Diskussion war zwar nach wie vor spannend, ging aber nicht in die Richtung, in die sie gehen sollte – sie wollte heute Nacht noch zu einem Ergebnis kommen!

»Fehlt also nur noch die fünfstellige Zahl«, sagte sie, während sie sich hinter Carter an den Computer stellte. »Das Einzige, was mir da einfällt, könnte die Höhe der Satelliten sein. Können Sie das mal googeln?«

Carter nickte und seine Finger klapperten über die Tastatur.

»Dachte ich mir«, knurrte er und drückte die Zigarette in einer Kaffeetasse aus. Sarah verzog ein wenig das Gesicht. »Da gibt's widersprüchliche Angaben. Mal 20183 Kilometer, dann 20205, dann wieder etwas anderes.« Er blickte in die Runde. »Weiß zufällig jemand, was der allgemein anerkannte Wert für die Höhe der GPS-Satelliten ist? Und zwar auf dem kurzen Dienstweg, ohne dass ich jetzt noch Leute vom MI5 oder MI6 zusammentrommeln muss?«

Vincent dachte an das Gespräch, das er vor ein paar Tagen in den Hackeschen Höfen geführt hatte. Und an jemanden, der sich mit Computern und Mobilfunk auskannte. Er zog sein Handy.

»Könnte sein, dass ich jemanden kenne«, sagte er.

»Fragen Sie möglichst unbefangen«, sagte Carter.

»Sie sind bei einer Quizshow im Fernsehen und rufen einen Experten an«, sagte Stokes.

»Stimmt ja genau genommen auch«, sagte Vincent und wählte.

BREMEN
FREITAG, 5. JANUAR
01:15 UHR

6

Tobi war in seiner Stammkneipe im Ostertor in Bremen und stieg die enge Treppe zu den Toiletten hinunter. Er wollte gerade die Tür zum Herren-WC öffnen, als sein Handy klingelte. Er schaute aufs Display: *Vincent Wagner.*

Was will der denn jetzt, dachte Tobi, *ist der etwa schon wieder in Bremen?*

»Ey Vinnie, was geht?«

»Hi Tobi«, sagte Vincent, »schön, dass ich dich erreiche. Hast du grad kurz Zeit?«

»Ich wollte gerade pinkeln gehen, aber schieß los, wenn es nicht zu lange dauert.«

»Nein, überhaupt nicht. Du kennst dich doch gut mit Mobilfunk und solchem Kram aus?«

Tobi las halb die obszönen Sprüche, die an der Toilettentür standen, halb hörte er zu. *Wollte Vincent jetzt irgendwelche Tipps zu Handytarifen?* »Ja, kann man so sagen«, sagte er, »hatte gerade vor zwei Wochen eine Schulung mit Prüfung.«

»Super. Es gibt doch GPS-Satelliten, die die Erde umkreisen, richtig?«

Offenbar doch keine Tarife. »Ja, sind genau 24 Stück, die da oben rumfliegen.«

»Genau die meine ich. Hast du eine Ahnung, in welcher Höhe die sich normalerweise befinden?«

Tobi überlegte kurz. »So ganz genau kann man das nicht sagen, aber man hat sich auf eine Durchschnittshöhe geeinigt.«

»Und wie lautet die?«

»Das weiß ich noch ziemlich genau, war eine Prüfungsfrage«, sagte Tobi stolz, während sein Blick über zweifelhafte Angebote verbunden mit Telefonnummern glitt, die mit Edding auf die Klotür geschrieben waren. »20 200 Kilometer!«

»20 200? Bist du da ganz sicher?«

»Ich hab zwar keinen Doktor, aber das weiß ich noch!«

»Super, du hast mir echt geholfen! Muss jetzt leider Schluss machen.«

»Geholfen?«, fragte Tobi. »Wobei denn? Klingt ja so, als wärst du gerade dabei, die Welt zu retten.«

»Ich versuche es zumindest.« Vincent legte auf.

7

LONDON
FREITAG, 5. JANUAR
00:30 UHR

Carter hatte die Freisprecheinrichtung des Handys eingeschaltet.

»Very well«, sagte Carter, »wir alle sind uns einig? 20 200 Kilometer?« Er blickte alle an. »Keiner nörgelt herum, wenn das alles nicht stimmt oder das Handy sich wider Erwarten doch selbst zerstört und uns alles um die Ohren fliegt?«

»Keiner meckert«, sagte Sarah. »Mitgefangen, mitgehangen.« Sie blickte sich um. Vincent und Stokes nickten.

Carter begann, die Nummer zu wählen. Das Aufnahmegerät surrte bereits 2 – 0 – 2 – 0 – 0.

Zunächst geschah gar nichts.

Dann blinkte das blaue Display auf, und eine Verbindung wurde hergestellt. Ein Pfeifen ertönte, und dann kam aus dem Lautsprecher eine Stimme – tief und nicht unangenehm, aber irgendwie auch lauernd. Instinktiv schaltete Carter ein zweites Aufnahmegerät ein.

»Guten Morgen, guten Tag, guten Abend, in welcher Zeitzone auch immer Sie gerade sein mögen«, sagte die Stimme. »Sie, die Sie jetzt vor diesem Gerät stehen wie vor dem Heiligen Gral, ich begrüße Sie. Die Kunst des Lebens besteht in der Akzeptanz von Widersprüchen und in jedem Kompliment kann auch eine Beleidigung liegen. So auch jetzt, wenn ich Ihnen sage: Sie sind offenbar nicht so dumm wie Ihr gegenwärtiger Gesichtsausdruck glauben machen würde; von Ihnen wurde dieser Ausdruck offenbar in der Annahme gewählt, dass er den Moment der auditiven Wahrnehmung meiner Worte am besten illustriert, in Wahrheit illustriert er lediglich Ihre Inkompetenz.«

Stokes, Sarah und Vincent schauten sich gleichzeitig verwundert und verdrießlich an. Carter schüttelte verbissen den Kopf.

»Sie haben in der Dunkelheit das Feuer gesehen, das Fleisch und das Blut, Sie haben all die kleinen Dinge wahrgenommen und dabei das Naheliegende vergessen. Ist es Ihre Eitelkeit, die nur das *Ziel als erstrebenswert zulässt, das möglichst schwierig zu erreichen ist, oder ist es Ihr Gehirn, das Ihnen den üblichen Streich spielt und Sie nicht das sehen lässt, was sich vor Ihnen befindet, sondern nur das, was Sie glauben, sehen zu* müssen? *Wie könnte es anders sein, denn ansonsten wüssten Sie doch bereits, was Sie tun müssen, nicht wahr?«*

Das Band lief eine Weile, ohne dass etwas gesagt wurde.

»Jetzt hören Sie zu: Seien Sie ein Gentleman und gehen Sie zu

dem eisernen Spiel. Und wenn Sie das Naheliegende sehen, was Sie sehen sollen, dann wissen Sie, wann und wo wir uns treffen werden. Leben Sie wohl.«

Leben Sie wohl. Die letzten Silben der Stimme verhallten. Carter spulte finster blickend zurück und hörte sich die Nachricht noch einmal an. Als auch bei dieser Nachricht die letzten Silben verklungen waren, schlug er mit der Faust auf den Tisch.

»Verdammt!«, sagte er zwischen zusammengebissenen Zähnen. »Ein Rätsel gelöst, ein neues kommt hinzu. Und für dumm verkauft uns dieser Kerl auch noch.« Alle schwiegen und schauten sich an.

»Das nimmt kein Ende«, sprach Carter weiter, »wenn wir tatsächlich irgendeine Nummer rausfinden oder sonst was, dann wird uns da wieder was Neues gesagt, irgendein Hokuspokus, dass wir uns drei Tage auf den Kopf stellen sollen, in Schottland Sackhüpfen gehen, den Geist unserer toten Oma beschwören …«

»Wo wir uns treffen werden«, sagte Sarah. »Das könnte auch eine Falle sein. Vielleicht eine Falle für Marcus?« Sie sah Vincent an.

»Gut, dass er erst einmal in Sicherheit ist.« Vincent war gerade fertig damit, sich die ihm am wichtigsten erscheinenden Aussagen von der Tonbandansprache zu notieren. Er stand auf. »Für uns aber kein Grund, aufzuhören. Denn wenn wir jetzt aufhören, haben wir gar nichts. Also sollten wir weitermachen.«

Sarah zupfte ungeduldig an ihrem Ohrläppchen. »Aber wie?«

»Sie wussten doch vorhin alles? Und jetzt so mutlos?« Stokes legte ihr die Hand auf die Schulter und zeigte auf das Handy. »Indem wir das tun, was uns die Stimme gesagt hat. Indem wir das sehen, was wir vorher nicht gesehen haben.« Und er zeigte auf die Stelle auf der Unterseite des Geräts,

»Ja, es war ein Umweg«, sagte sie. »Aber ein Umweg, der zur Abkürzung geworden ist, Vincent. Um endlich das sagen zu können, was mir in den letzten Tagen erst richtig bewusst geworden ist.«

Vincents Augen weiteten sich. »Dass die Kunstgeschichte auch der Polizei helfen kann?«

Sie schmiegte sich noch näher an ihn und verzweifelte gleichzeitig ein wenig an seiner offensichtlichen Begriffsstutzigkeit. »Das sicher auch, Vincent«, sagte sie. »Aber eigentlich ist es viel mehr. Und viel wichtiger.«

»Das, was zwischen uns ist?«, fragte er und sie signalisierte Zustimmung mit ihren Augen. *Endlich hatte er es begriffen.*

»Was zwischen uns ist, genau.« Sie streichelte über seinen Kopf. Sarah konnte hervorragend ihren Standpunkt vertreten, mit Vorgesetzten verhandeln und Kriminelle verhören. Doch bei diesem Thema fiel es ihr sichtlich schwer, so offen zu sprechen, wie sie es wollte, so als müsse sie mit großer Kraft jedes Wort aus sich hervorholen, so als wenn man einen schweren Stein vom Grund eines Brunnens heraufzieht. »Dass wir ziemlich gut zusammenpassen. Dass eine Affäre mir zu wenig ist.«

Sie saßen Hände haltend auf dem Bett, wie ein Pärchen aus einem Möbelhaus-Katalog, und schauten beide etwas ratlos in die bläuliche Schwärze der Nacht vor dem Fenster. Es kam Sarah vor, als sei dort draußen eine Masse aus Dunkelheit und Kälte, aus Rätseln und Gefahren, und sie beide hier drinnen waren eine letzte Trutzburg der Wärme und des Vertrauens. Sie ertappte sich dabei, wie sie näher an ihn heranrückte.

»Ich dachte immer, ich wäre dir zu unstrukturiert«, sagte Vincent und rückte näher an sie heran. Auch wenn er es nicht sagte, so sah sie doch an seinen Augen, wie glücklich ihn seine Worte machten. Er sprach weiter. »Ich dachte, du würdest dir irgendwann einen Staatsanwalt angeln und mit ihm in der Vorstadt in einem großen Haus mit Golden Retriever leben?«

»Staatsanwälte sind doch langweilig«, sagte sie, während er über ihren Kopf strich, ihren Nacken, ihren Rücken und schließlich über ihre Brust. »Wie war das mit den berühmten Gegensätzen?«

»Vielleicht passen wir so gut zusammen, *weil* wir so verschieden sind?«, fragte Vincent, und sein Gesicht näherte sich ihrem, während er sie mit sanftem Druck auf das Bett schob. »Wir sind zwei Menschen in einem riesigen Rätsel, in einer riesigen Stadt.«

Seine Hand fuhr über ihre festen Brüste und ihren Bauch.

Sie schloss die Augen. Es war fast so wie an jenem ersten Abend, nach ihrem Gespräch in der Bar 103.

»Ich kann auch gerne mal für dich den Staatsanwalt spielen«, sagte Vincent, und seine Hände machten sich etwas ungeschickt an den Knöpfen ihrer Bluse zu schaffen, während sich seine Lippen den ihren näherten.

Sie lehnte den Kopf zurück, vergaß alles Denken, alles Abwägen und alle Vernunft, und das orange Licht des Hotelzimmers brannte noch lange, wie eine Kerze innerhalb der blauschwarzen Nacht, wo die Themse draußen ihrem jahrtausendealten Lauf folgte und sich die Millennium Bridge einsam in klirrender Kälte über den Fluss spannte. Ein nächtlicher Spaziergänger hätte das kleine, leuchtende Fenster von der Queen Victoria Street sehen können, ein warmes Leuchtzeichen in einem Meer der Unendlichkeit.

LONDON
FREITAG, 5. JANUAR
07:30 UHR

9

Der Wecker ihres Handys klingelte, und Sarah fuhr hoch. Sie blickte sich um. Seltsam gelbe Tapeten, ein Fernseher, eine rote Couch. Die Vorhänge waren geschlossen, und von unten drang gedämpft der Lärm der Straße herauf. Sie überlegte einen Moment. *Ach ja, noch immer London.* Die Erinnerungen der letzten Tage und besonders der letzten Nacht kamen zurück, der Abend bei Stokes, der Angriff des Fremden, das eigentümliche Gipfeltreffen in Carters Büro. Sie hatten die mysteriöse Nachricht gehört, aber nichts mehr herausgefunden. Sie sah die Reproduktion eines Gemäldes von René Magritte an der Wand, auf dem Menschen mit Regenschirmen wie Regen zur Erde fielen. *Sehr passend,* dachte sie, *sehr surreal.*

Neben ihr im Bett öffnete Vincent blinzelnd die Augen. Es kam ihr vor, als hätten sie bereits seit Jahren jede Nacht zusammen verbracht, so vertraut war ihr auf einmal der Anblick.

Sie gab ihm einen Kuss und stand widerwillig auf.

»Wo willst du hin?«, fragte Vincent schläfrig.

»Ins Yard, wohin sonst?«

»Ist es schon halb acht?«

»Sogar schon nach halb.«

»Willst du nicht noch etwas hierbleiben? Ist doch viel gemütlicher.«

Er sah Sarah aus verschlafenen Augen etwas blöde an.

»Das ist der Unterschied zwischen Arbeit und Studium«, sagte Sarah und lächelte. »Da muss man auch aufstehen, wenn man keine Lust hat.«

»Spricht nicht gerade für Arbeit«, murmelte Vincent und drehte sich noch einmal um. »Ich komm' gleich nach.«

BERLIN
FREITAG, 5. JANUAR
11:00 UHR

10

Dr. Alexander Bellmann, Leiter des Landeskriminalamtes Berlin, durchquerte mit schnellen Schritten den Korridor, drückte in einem Nebenraum einem Polizeikommissar ein Dossier in die Hand und eilte in sein Büro. Seit acht Uhr hatte er in der Krisensitzung mit dem BKA und dem Polizeipräsidenten gesessen, jetzt, kurz bevor es zum nächsten Meeting ging, hatte er endlich 10 Minuten Zeit.

Seine Sekretärin hatte das Telefon am Ohr und sprach in den Hörer. »Ja, Frau Jakobs, Kriminaloberdirektor Bellmann, ich verbinde Sie.« Sie wandte sich ihm zu. »Herr Dr. Bellmann.«

»Geben Sie her«, fauchte Bellmann und riss ihr den Hörer aus der Hand. »Frau Jakobs? Was geht da vor? Was höre ich da, Sie sind in London? Warum sind Sie nie zu erreichen? Sind Sie von allen guten Geistern verlassen?«

Der Anruf, den Sarah so lange aufgeschoben und nicht minder gefürchtet hatte, war nun doch erfolgt. Sie stand am Fenster eines kleinen Besprechungsraums neben Carters Büro. Die Themse lag im Morgennebel, die Umrisse des London Eye waren nur undeutlich zu erkennen.

»Ich habe meine Gründe, gute Gründe!«, sagte sie.

»Nun werden Sie nicht poetisch«, schnappte Bellmann, »stattdessen mal Butter bei die Fische: Haben Sie von mir die Genehmigung erhalten, mit diesem Herrn Wagner nach London zu reisen? Nein! Haben Sie die Direktion des LKA für Haushaltsangelegenheiten in dieser Sache informiert? Nein! Und haben Sie mich überhaupt informiert? Dreimal Nein!«

»Die Flüge für Herrn Wagner und mich habe ich aus eigener Tasche zunächst vorgeschossen«, sagte Sarah.

»Dass ich nicht lache«, fauchte Bellmann. »Sarah Jakobs, die Barmherzige. Zahlt für die Jagd auf das Böse sogar Flüge aus eigener Tasche! Leider werde ich wohl nicht mehr leben, wenn Sie dann mal heiliggesprochen werden.« Er atmete in den Hörer. »Und was London angeht, haben Sie den Flug vielleicht selbst bezahlt, aber Ihre Abwesenheit hier in Berlin ist trotzdem nicht mit mir abgestimmt worden.« Er machte eine kurze Pause, als würde er warten, ob Sarah etwas zur Rechtfertigung vorbringen würde. Als nichts kam, sprach er weiter: »Von Winterfeld habe ich auch nichts erfahren, wahrscheinlich spielen Sie da wieder Ihr gemeinsames Spiel.«

»Herr Winterfeld war da nicht involviert.«

»Das bezweifle ich«, sagte Bellmann. »Aber Sie haben natürlich recht, denn er hat in diesem Verfahren auch nichts verloren. Sie sind dem LKA unterstellt, Dezernat für Wirtschaftskriminalität, nicht der Mordkommission, nicht der Metropolitan Police, nicht Scotland Yard, nicht Interpol oder sonst wem! Und auch Ihr Einsatzort ist Berlin und nicht London. Und wenn daran, aus welchen Gründen auch immer, etwas geändert werden soll, habe ich davon zu erfahren, ich und in einem Fall wie diesem sogar Polizeipräsident Wiedecke.« Er atmete weiter in den Hörer. »Delikte am Menschen und Wirtschaftskriminalität. Sie kennen die Führungsspannen. Sagen Sie nicht, dass Sie das nicht wüssten.«

Sarah kritzelte ein Riesenrad auf das Blatt Papier auf dem Schreibtisch. *So ist das also. Wiedecke und das BKA wollten wohl von Bellmann wissen, was los ist, und Bellmann war nicht ganz im Bilde. Leute wie Bellmann fühlten sich immer von irgendwem übergangen.*

»Dr. Bellmann, wir mussten sehr schnell handeln, weil …«

»Erzählen Sie doch keine Märchen!« Bellmann hatte die Luft so rasch ausgestoßen, dass er husten musste. »Sie und diese Privatperson, dieser Herr Wagner, sind gerade dann losgeflogen, als Sie mit Ihren Ermittlungen hier in Berlin nicht so recht weiterkamen. Das haben Sie ganz toll von Ihrem Ziehvater, von Winterfeld, gelernt. Abenteuerspiele an der Themse, anstatt sich mit dem nervigen Bellmann und seinen Fragen auseinanderzusetzen, so war es doch?«

Da haben Sie gar nicht so unrecht. »Dr. Bellmann«, sagte Sarah und kritzelte ein zweites Riesenrad auf das Papier, »Sie haben die Ermittlungsprotokolle gelesen. Es gibt keine Zeugen, es gibt keine Tatverdächtigen. Es gibt nur eine Spur, die ...«

Sarah hatte ins Wespennest gestochen. »Ja, die Protokolle habe ich in der Tat gelesen: ›Ritz-Carlton, inoffizielles Gespräch mit Professor Stokes, Institut für Kunstgeschichte, Oxford University. These eines Geheimbundes, der mit dem Satan bei Dante zu tun hat und etwas Fürchterliches plant ... Drei Sünder werden in Dantes Inferno vom Teufel bestraft ... Die digital vernetzte Welt ist ein Ergebnis der Arbeit dieses Geheimbundes ... Das Dante-Kapitel ist einem der Mordopfer in die Augäpfel tätowiert ...‹« Er machte eine Pause, und Sarah hörte ihn am anderen Ende tief einatmen. »Diese Art der Ermittlung bei einem Kapitalverbrechen solcher Dimensionen ist so unglaublich schwachsinnig, dass mir die Worte fehlen. Was meinen Sie, wie viele Morde Sie dadurch aufklären, wie viele Zeugen Sie dadurch vernehmen?«

»Und was ist mit den Mordopfern? Ihrer Anordnung? Den Tätowierungen in ihren Augäpfeln? Haben Sie dafür eine Erklärung?«

»Das sind doch völlig haltlose Vermutungen! Haben Sie deswegen einen Mörder erwischt?«

»Ich wollte ...«

»Sie wollten?«, knurrte Bellmann. »Sie *sollten,* meinen Sie wohl. Und was sollten Sie? Sie sollten die Hintermänner identifizieren, die an der Transaktion mit *Promethean Industries* verdient haben. Sie sollten mit BaFin, Bundesbank und den Aufsichtsbehörden zusammenarbeiten, um die Zahlungsströme zu analysieren und die Firmen zu finden, die dahinterstecken könnten. Und Sie sollten prüfen, ob das organisierte Verbrechen dort irgendeine Rolle spielt, ob es um Drogen- und Menschenhandel geht, Geldwäsche, Terrorismus …«

Sarah holte Luft, um etwas zu sagen, doch Bellmann ließ sie gar nicht zu Wort kommen.

»Sie sollten also, und bitte korrigieren Sie mich, wenn ich falschliege, Sie sollten genau das machen, was man von einer Hauptkommissarin des LKA mit dem Fachgebiet Wirtschaftskriminalität erwartet. Was Sie hingegen nicht machen sollten, war, eine okkultistische Schnitzeljagd in Berlin und London auf den Spuren von Dante, dem Teufel oder wem auch immer unternehmen, die mit Ihrem Einsatzgebiet und Ihrer Aufgabenbeschreibung auch nicht das Allergeringste zu tun hat! In Berlin arbeiten Sie an Ihrer Aufgabe vorbei und in London fahren Sie damit fort.« Er machte eine kurze Pause, um einzuatmen, und schimpfte dann gleich weiter: »Wollen Sie, dass wir das als Ermittlungsstand an die Presse weitergeben? Wollen Sie sich so lächerlich machen, dass Sie demnächst nur noch Umsatzsteuerbetrüger im Berliner Umland jagen dürfen, da, wo Sie keiner kennt?«

Sarah versuchte sich zu beruhigen. Bellmann war der typische Vorgesetzte. Es musste immer einen Weg geben, der dem früheren ähnlich war. Das war Taktik. Aber Taktik war aus Erfahrung abgeleitet. Hier half keine Erfahrung. Hier ging es um Strategie. Die richtige Richtung im Nebel der Ungewissheit finden. Das Ziel im Auge haben, anstatt nur den Rücklichtern der anderen zu folgen. Aber was wusste Bellmann schon von Strategie?

»Herr Dr. Bellmann, es ist selbstverständlich mein Ziel,

die Drahtzieher zu finden, nur haben Sie sicher gesehen, dass dies keine gewöhnlichen Morde waren und damit verbunden keine gewöhnlichen Umstände. Wir sind also in einem Fall, wo uns gewöhnliche Methoden nicht weiterhelfen.«

Bellmanns Stimme wurde bedrohlich leise. »Kriminalhauptkommissarin Jakobs, nun hören Sie mir mal genau zu.« Er machte eine dramaturgische Pause. »Wir sind in einem Fall, wo wir unter ungeheurem öffentlichen Druck stehen, wo uns die Presse auf den Fersen ist. Wir sind in einem Fall, wo es um Mord geht *und* um Marktmanipulation und Insiderhandel. Und wo die Aufgaben klar verteilt sind. Wo Winterfeld für den Mord zuständig ist. Und wo es Ihre Aufgabe ist, die Hintermänner zu identifizieren, die durch die massive Kursmanipulation im Fall Hill offenbar gigantische Summen an Geld verdient haben, wo es Ihre Aufgabe ist, die Zahlungsströme aufzudecken und die Konten und deren Ursprung zu identifizieren.« Seine Stimme wurde allmählich lauter. »Und wo es *nicht* Ihre Aufgabe ist, abstruse unabgestimmte und nicht genehmigte Abenteuerreisen zu unternehmen und irgendwelchen absurden Unfug über Dante oder wen auch immer zusammenzutragen und dabei auch noch zu glauben, im Interesse der öffentlichen Sicherheit zu handeln.«

»Und wenn …«, begann Sarah, doch Bellmann fuhr mit schneidender Stimme dazwischen.

»Und wenn?«, zischte er, ohne Sarah ausreden zu lassen. »Und wenn ich Sie nicht spätestens heute Abend in meinem Büro in Berlin sehe, dann werde ich den Innensenator von Ihrer unkoordinierten Schatzsuche und Ihrer Inkompetenz in Kenntnis setzen, und dann gnade Ihnen Gott! Haben Sie mich verstanden?«

Sarah atmete tief ein. »Ja, das habe ich.«

»Wir sprechen heute Abend weiter!« Am anderen Ende knallte das Telefon auf den Hörer.

Sarah zerknüllte das Papier mit den Riesenrädern. Hier konnte sie nur verlieren. Sie musste zurück nach Berlin, es gab keine andere Möglichkeit. Vincent musste sich selbst entscheiden, ob er noch hierblieb oder nicht.

Es wurmte sie, dass ihr keine besseren Argumente eingefallen waren. Für Bellmann musste es aussehen wie eine plötzliche Polizeifahrt ins Blaue.

Aber etwas anderes schmerzte sie sogar noch mehr als die Zurechtweisung. Dass Bellmann mit all seinen Argumenten auch recht haben könnte.

11

LONDON
FREITAG, 5. JANUAR
11:00 UHR

Sarah hatte ihren Koffer aus dem Hotel geholt und sortierte die Flugtickets, die sie gerade aus dem Drucker gezogen hatte. Einen einigermaßen günstigen Flug um 16:15 Uhr hatte sie noch bekommen. Dann wäre sie spätestens heute Abend um 19 Uhr im Büro des LKA. Danach hatte sie die Kaffeemaschine im Nebenraum in Gang gesetzt, die sofort anfing, vor sich hin zu blubbern und Dampf auszustoßen.

Sie war selten in ihrer Karriere so ratlos gewesen wie jetzt. So musste es auch Winterfeld damals gegangen sein, damals nach der Scheidung in Hamburg. Die Frau weg, die Kinder weg. Das Einzige, was blieb, war eine gähnende Leere gewesen. Sie hatte nicht einmal Mann und Kinder. Carter kam herein und legte ein Protokoll auf den Tisch.

»Es gibt eine Firma, die *VAS Electronics* heißt, sogar hier in London!« Er bewegte seine Schultern auf und ab, um seine Nackenmuskeln zu entspannen. »*Wir bauen aber nicht solche*

Handys, haben die gesagt. *Warum steht dann Ihr Name auf dem Ding?,* habe ich gefragt.« Er rieb sich die Hände. »Wir haben schon damit angefangen, ihre Kundenlisten zu checken, Zulieferer, Geschäftspartner. Immerhin ein kleiner Sieg. Schauen wir, was dabei rauskommt.«

»Wenn es ein Sieg ist und nicht nur eine Finte«, sagte Sarah. »Aber das müssen Sie leider allein herausfinden.« *Das Offensichtliche ist oft eher die Lösung als das Versteckte,* hatte Vincent ihr einmal gesagt, *aber nur das Offensichtliche, das sich nicht als offensichtlich darstellt.*

»Sie gehen also?«, fragte Carter.

Sarah lächelte kurz. »Ich habe leider keine Wahl.«

Carter bewegte sich mit den Protokollen zur Tür. »Ich bin kurz bei den Kollegen, wir sehen uns gleich noch.«

Die Tür fiel zu.

Sarah griff zum Telefon und rief Winterfeld an. Sie hatte den Anruf schon angekündigt und sie hatten eine ruhige Minute ausgemacht, in der beide Zeit hatten.

12

ROM
FREITAG, 5. JANUAR
12:00 UHR

Der Schlüssel.

Was man aufschließen kann, das kann man auch zuschließen.

Coreolanus ließ den Sender von einer Hand in die andere gleiten und gab ihn dann Venturini.

Die Techniker hatten die ganze Nacht gearbeitet, um einen Sender zu erschaffen, der das zuschließen würde, was Tyron aufschließen wollte. Statt die Sensoren in Nemesis' Blutbahnen zu aktivieren, die Kapillaren zu öffnen und das tödliche Gift, das ihr Blut in Säure verwandeln würde, loszulassen, würde der Sender die Sensoren für immer schließen und blockieren – Nemesis würde nicht sterben.

»Du musst 50 Meter in die Nähe der Zielperson kommen«, sagte Coreolanus. »Dann aktivierst du den Sender. Er wird fünf Minuten brauchen, um die Verbindung zum Zielobjekt aufzubauen und zu stabilisieren. Danach kannst du den Mechanismus jederzeit auslösen. Du darfst dich nur nicht mehr als 200 Meter von Nemesis entfernen.«

Der Auftrag, den Coreolanus für Venturini hatte, war nicht einfach. Er musste nach London fliegen, nach Canary Wharf, und dort irgendwie in das Hauptgebäude von ICC eindringen. Er musste nicht nur 50 Meter oder noch näher an Nemesis herankommen, um den Sender mit den Sensoren in ihrem Körper zu verbinden. Er musste auch damit rechnen, dass er es mit Widerstand zu tun bekam. Leibwächter von Tyron, gedungene Killer oder einfach nur private Security-Dienste, die ihn nicht hereinlassen wollten.

Sein vierter Dan im Karate, seine Ausbildung, die er bei den Navy Seals absolviert hatte, und sein Arsenal an Nahkampfwaffen würden ihm helfen, doch am Ende wäre es wieder der Glaube daran, dass Gott ihren Plan zu seinem Plan machen und ihnen den Erfolg geben würde – oder den Feinden.

»Wir müssen den Sender in eine bruchsichere Verkleidung integrieren«, sagte Venturini. »Wenn das geschehen ist, breche ich sofort nach London auf.«

»Was immer dir geschieht«, sagte Coreolanus, »die Schlüssel zum Himmelreich werden dir sicher sein.«

Venturini verneigte sich und zog sich zurück. Wenigstens ein paar Stunden Schlaf würde er vor der Abreise noch brauchen.

BERLIN/LONDON
FREITAG, 5. JANUAR
12:10 UHR / 11:10 UHR

13

In Berlin klingelte ein Telefon. Walter Winterfeld fuhr sich durch die Haare, sah die Nummer von Sarah und griff zum Hörer. Sarah erläuterte ihm in knappen Worten die Situation.

»Wissen Sie, Sarah«, sagte er, »an der Spitze gibt es eigentlich nur einsame Entscheidungen. Am Ende ist man allein und muss mit ›Ja‹ oder ›Nein‹ entscheiden. Vielleicht kennen Sie das schon, ansonsten werden Sie es kennenlernen.« Sarah fächelte sich mit den Flugtickets Luft zu, obwohl es gar nicht zu heiß war. »Es sind Momente, in denen man nicht allein sein sollte«, fuhr Winterfeld fort, »aber genau dann ist man es.«

»Aber wir waren doch nah dran, oder nicht?«

»Ich denke, das sind wir immer noch. Aber Bellmann sieht das nun mal anders, und er ist der Boss.« Sarah klemmte das Handy ans Ohr, ging zur Kaffeemaschine in den Nebenraum und schenkte sich einen Kaffee ein, in den sie reichlich Milch und Süßstoff goss. Milch, Süßstoff, Löffel, alles war aus Plastik, alles war nur zur einmaligen Benutzung gedacht, alles flog in den Mülleimer. So ähnlich wie ihre Ergebnisse in dem Fall.

»Das heißt, all das, was wir gemacht haben, war völlig umsonst, wird jetzt abgeheftet und vergessen, und niemand kümmert sich mehr darum?«, fragte sie, während sie vorsichtig den heißen Kaffee trank.

»Dann spiele ich mal den Advocatus Diaboli«, sagte Winterfeld. Sarah setzte sich an den Tisch im Meeting-Raum neben der Küche. Ein orangefarbener Aschenbecher stand dort, ein letztes Relikt aus den Zeiten vor dem Rauchverbot.

»Was haben wir denn erreicht? Eine wilde Story haben wir uns zusammengereimt, aber haben wir einen Verdächtigen festgenommen, ein Beweisstück sichergestellt?« Winterfeld machte eine kurze Pause. »Wir haben uns in irgendwelche hohen, geistigen Sphären begeben, in denen wir uns vielleicht sogar wohlgefühlt haben. Weil sie uns hoffen ließen, dass wir dadurch mehr wissen als alle anderen.«

Sie drehte den Aschenbecher in der Hand und schlug die Beine übereinander. »Wird es großen Ärger geben in Berlin?«

»Ärger schon, aber wenn dann für beide. Eine Fönfrisur werden wir bekommen. Mehr aber nicht.« Sarah lächelte kurz und überlegte sich, wie Winterfeld wohl mit Fönfrisur aussehen würde. »Ich spreche heute noch mit Bellmann, manchmal muss er nur Dampf ablassen und sieht es dann ein paar Stunden später schon wieder anders.« Winterfeld kratzte sich an der Nase und zog die Augenbrauen hoch. »Bellmann hat leider die Protokolle von dem Gespräch mit Stokes in die Hände bekommen und natürlich nichts davon verstanden.«

Sarah drehte den Aschenbecher auf dem Tisch und las die Werbung auf beiden Seiten, während sie sprach.

»Ich muss noch mit Vincent reden. Ich denke, er bleibt noch hier.«

»Was macht er denn da?«

»Er ist hier auf dem Revier. Versucht herauszufinden, was hinter *V.A.S. Electronics* steckt.« Sarah trank noch einen Schluck Kaffee.

»Ich weiß, dass das jetzt nicht schön für Sie ist«, sagte Winterfeld. »Sie machen Ihren Job, gehen Risiken ein und bekommen dafür Ärger. Dass man sich eine Kugel einfangen kann, weiß man und akzeptiert man als Polizist. Dass man aber obendrein von seinem Boss noch einen draufkriegt, nur weil man seine Arbeit macht, das akzeptiert man nicht so schnell.« Sarah nickte unbewusst. »Aber wissen Sie noch, was ich Ihnen damals über schlechte Erfahrungen gesagt habe?«, fuhr Winterfeld fort.

Sie erinnerte sich gut an den Tag, als er ihr das erste Mal von seinen Ermittlungsmethoden erzählt hatte. An jenem Abend in der Polizeidirektion III. Er hatte von der großen Krise, dem Tütenmörder und dem Neuanfang in Berlin gesprochen. Sie lächelte. »Schlechte Erfahrungen sind das Beste, was einem passieren kann.«

»Und was ich Ihnen jetzt sage, das habe ich Ihnen nie gesagt, klar?« Er kniff ein Auge zu, auch wenn sie es nicht sehen konnte.

»Klar.«

Er blätterte in seinem Kalender, offenbar ohne etwas Bestimmtes darin zu suchen, und klappte ihn wieder zu. »Wenn Sie der Meinung sind, es lohnt sich, noch einen oder zwei Tage in London zu bleiben, wenn Sie glauben, das Ganze ist noch nicht zu Ende, dann bleiben Sie. Es wäre Privatvergnügen, also Urlaub, ansonsten würde Bellmann völlig ausrasten. Aber wenn Sie denken, es wäre das Richtige, tun Sie es. Und seien Sie vorsichtig! Klar?«

»Klar.«

»Mein Gefühl sagt mir, dass etwas Großes dahintersteckt«, sagte Winterfeld noch. »Aber am Ende müssen Sie das wissen.«

»Ich melde mich«, sagte sie. »Und vielen Dank!«

»Wie sagt der Hamburger? *Da nicht für.*« Er legte auf.

Sie schaute nach draußen auf das Riesenrad. Da war dieser neblige, eiskalte Freitagvormittag in London und ein Gespräch mit einem Winterfeld, der ein wenig geschwächt schien, doch der wieder einmal wie ein Freund oder wie ein Vater mit ihr geredet hatte, nicht wie der frühere Vorgesetzte, der er einmal gewesen war. Während sie mit ihm gesprochen und seinen leichten Hamburger Dialekt gehört hatte, hatte sie sein Gesicht vor sich gesehen, und wäre das ihr letztes Gespräch gewesen, so würde er ihr genau so immer in Erinnerung bleiben: die blauen Augen, die gebogene Nase, die er immer habichtartig nach oben reckte, und die kurzen, grauen Haare, durch die er sich öfter mit der Hand fuhr, wenn er nervös war oder nachdachte. *Das Böse war meine Heilung, das Böse ist mein Kunde,* hatte er damals zu ihr gesagt, *jeden Morgen. Oder zumindest jeden Montag.*

Heute war Freitag und sie trank den Kaffee aus, warf den Becher in den Mülleimer und verließ den Konferenzraum, während die Kaffeemaschine ruhig und monoton vor sich hin blubberte.

14

LONDON
FREITAG, 5. JANUAR
14:00 UHR

Wolken näherten sich vom Osten über die Themse und überschatteten das Blau des Winterhimmels. Wolken, die Schnee bringen würden.

»Willst du einen Kaffee?«, fragte Vincent. »Ich selbst kann keinen mehr sehen.«

Sarah schüttelte den Kopf. »Ich hatte noch Gespräche mit Carter und kann nur kurz mit dir sprechen. Leider haben wir nicht sehr viel Zeit.« Obwohl Winterfeld ihr inoffiziell das »Go« gegeben hatte, wie er immer sagte, hatte sie es sich anders überlegt. Was könnte sie noch gewinnen, wenn sie hierblieb? Und was könnte sie verlieren, wenn sie es tat? Vincent schien zu merken, was in ihr vorging, und hob die Augenbrauen. »Ich wollte dir nur sagen, dass ich heute zurück nach Berlin fliege. Um 16 Uhr geht eine Maschine. Wenn du mit mir kommen willst …«

Vincent schaute sie an, als habe er sich verhört. »Du gehst? Obwohl hier nichts fertig ist?« Er nestelte an seinem Laptop und schob die Bücher und Papiere zusammen, die auf dem Tisch lagen.

»So sind die Vorschriften«, sagte Sarah. »Wir haben nur eine begrenzte Zahl von Ressourcen. Und die werden in Berlin dringender gebraucht als hier.«

»Wir sind hier einem der größten Rätsel auf der Spur, und woanders werden Ressourcen dringender gebraucht?« Sarah fiel auf, dass sie Vincent noch nie richtig wütend erlebt hatte.

»Vincent, was wichtig ist und was nicht, habe nicht ich allein zu entscheiden.«

»Und urteilen dürft ihr wahrscheinlich auch nicht, stimmt's?« Sie wusste, dass ihn dieses unnachgiebige Festhalten an Ritualen schon bei seinen Eltern immer gestört hatte.

»Bei uns kann nicht jeder machen, was er will. Wir haben Vorschriften, wir haben Vorgesetzte, wir haben Handlungsanweisungen. Nur so funktioniert der ganze Laden.«

Vincent stand auf. »So ist das also. Mitdenken wird bestraft?«

Auf Sarahs Stirn war eine steile Falte. Es war eine groteske Situation. Gerade weil sie sich wieder in ihn verliebt hatte, ärgerte es sie umso mehr, dass sie wegmusste und er hierbleiben wollte. »Du bist ein Träumer, Vincent. Du glaubst, nur weil dich irgendetwas interessiert, muss es gleich alle interessieren, nur weil du etwas willst, müssen es alle wollen. So einfach ist es aber nicht.«

Er presste die Lippen zusammen. »Das, was wir hier machen, ist interessant. *Und* es ist wichtig.«

»Aber es ist nicht so einfach, wie du denkst.« Sie zeigte auf den Laptop und die Bücher. »Du sitzt hier und glaubst, man müsse nur eine paar alte Bücher lesen, und alle Probleme wären gelöst. Man könnte im Alleingang mit dem Kopf durch die Wand, und alle anderen würden schon mitmachen. So funktioniert das Spiel nicht.«

Vincent blickte sie an. »Wir sind hier dabei, eines der vielleicht größten Komplotte der Menschheit aufzudecken, und du glaubst, wenn du zurück nach Berlin gehst, zurück in den alten Trott, ein paar Anlagebetrüger festnimmst, ein paar Aufsichtsräte, ein paar Eierdiebe, dann vergisst du schon irgendwie, was du hier begonnen hast und nicht zu Ende machst? Ist es so?«

»Ich habe einen Job zu erledigen«, sagte Sarah und ihre Augen funkelten. »Für die Gesellschaft, die Gesellschaft, die mit ihren Steuern mein Gehalt bezahlt.«

»Aha«, rief Vincent, »so ist das also. Und darum hast auch nur du das Privileg, Neues zu entdecken, was keiner vorher kannte, und das Ganze auch nur nach deinen festgefahrenen Methoden!« Er nahm eines der Bücher vom Tisch und tippte mit dem Zeigefinger darauf. Es war das Buch über Cellini. »Warum hast du mich denn eigentlich nach Neujahr angerufen, wenn das, was wir gemacht haben, ohnehin alles Blödsinn ist? Wieso sind wir zusammen zu Stokes gefahren, wenn da sowieso nichts rauskommt? Doch nur deswegen, weil ihr mit euren ›normalen‹ Methoden nicht weitergekommen seid. Und nur, weil es jetzt schwierig wird, verkriecht ihr euch wieder in die Sicherheit eurer Ermittlungsmethoden.«

»Sie sind das, was unserer Arbeit Struktur gibt. In einem Dickicht von Aussagen und Handlungssträngen, wie wir sie in Kriminalfällen haben, braucht man Methode.«

Vincent lächelte abschätzig. »Methode. Etwas, an dem man sich festhält, auch wenn es nicht funktioniert. Ein bisschen wie ein Schafstall. Von draußen riecht es zwar, aber drinnen ist es schön warm.«

»Vincent, das ist ungerecht, und das weißt du.«

Vincent schwieg. Offenbar sah er es genau so. Was konnte sie schließlich dafür, wenn die Beweise nicht ausreichten?

Sie musste ihren Job machen – genauso wie er selbst irgendwann.

Er stand auf und nahm ihre Hand. »Ja, du hast recht. Tut mir leid.« Sarah umschloss seine Hand mit beiden Händen. Ja, sie würden sich trennen, so wie damals in Tegel, als er nach Rom geflogen war. Aber nur kurz. Doch es tat ihr weh, dass sie diesen Fall nicht zusammen zu Ende bringen konnten. Sie ärgerte sich selbst über ihre Nachgiebigkeit gegenüber Bellmann und darüber, dass sie Vincent als Träumer bezeichnet hatte, nur weil er an der Sache dranbleiben wollte, während sie vorschriftsmäßig zurück nach Berlin flog. *Man verletzt immer den am meisten, den man am meisten liebt.*

»Weißt du noch damals?«, sagte Vincent und streichelte über ihre Hand. »Auguste Dupin?«

Sarah lächelte. »Das Offensichtliche ist oft das, was versteckt ist.«

»Und es ist das, was wir mit unserer normalen Wahrnehmung nicht erkennen. Damals hast du mir zugestimmt.«

»Vincent, ich stimme dir immer noch zu, nur verstehe doch bitte, dass ich nicht anders kann! Willst du, dass ich meinen Job verliere?«

Er schaute zum Fenster hinaus und sie folgte seinem Blick. Draußen ballten sich Schneewolken zusammen, die schwer und träge über der Themse hingen wie zerknüllte, schmutzige Bettwäsche.

»Ich denke, du bist Beamtin?«, sagte er. »Da kannst du doch deinen Job gar nicht verlieren.«

»So einfach ist das leider nicht, Vincent.«

»Trotzdem werde ich weitermachen«, sagte er und blickte auf die Themse. »Stokes hat mir versprochen, auch an dem Rätsel zu arbeiten. Zur Not eben wir beide.«

»Stokes wird nach Oxford zurückmüssen. Das Semester hat wieder angefangen. Und die Geschichte mit dem Angreifer vor seinem Haus muss auch noch aufgeklärt werden.«

Sarah krampfte sich noch immer das Herz zusammen, wenn sie an den wolfsähnlichen Killer dachte. »Der Kerl ist immer noch flüchtig.«

»Wie auch immer«, sagte Vincent. »Dann eben nur ich.«

»Sei nicht albern, du bist kein Polizist.«

Er ließ ihre Hand los und ging zurück zu seinem Laptop. »O nein, nur du hast das Privileg, rätselhafte und schwierige Fälle zu lösen. Aber du willst ja nicht. Du gehst zurück nach Berlin. So ist es doch.«

»So ist es leider.«

Er blickte sie an. »Das ist dein letztes Wort? Du fliegst?«

Sie nickte und wieder nahm sie seine Hand.

Er hielt sie eine Weile, während sie sich in Richtung Tür bewegte und den Griff ihrer Hand immer weiter löste. In einigen Sekunden würden beide Hände wieder allein und ziellos durch den Raum irren.

»Vincent«, sagte sie, »ich hoffe, du verstehst mich?«

»Ich versuche es.«

»Pass gut auf dich auf«, sagte sie und schritt durch die Tür nach draußen auf den Korridor, zum Flughafen, nach Berlin und weg von ihm. »Wir sehen uns in Berlin.«

In dem Moment klingelte Vincents Handy.

15

LONDON
FREITAG, 5. JANUAR
14:00 UHR

Der Privatjet von Tyron war um 13 Uhr Ortszeit in Biggin Hill gelandet, und er war mit Mr. Emerson, dem Anwalt, sofort ins europäische Hauptquartier von ICC in Canary Wharf gefahren. Jetzt telefonierte er mit O'Neil und seinen Bankern in den USA wegen der Anleihetransaktion, die noch heute über *Silverman & Cromwell* in die Wege geleitet werden sollte.

Sie sprachen über die 20 Milliarden, die von den kleinen Hedgefonds von ICC zur großen Muttergesellschaft über eine Anleihenemission transferiert werden sollten, die 20 Milliarden, die sie für den Squeeze-Out der *Telramond*-Aktionäre benötigten, um die Vatikanbank zu überstimmen.

»Hören Sie, O'Neil«, sagte Tyron. »Ich möchte, dass die Ratingagenturen die Anleihe mies bewerten. Verstehen Sie? Genau das möchte ich.« Emerson saß neben ihm und nickte bestätigend.

»Warum ich das möchte?«, fragte Tyron. »Um das Ganze legal aussehen zu lassen, müssen wir sie auf dem offiziellen Bondmarkt floaten. Wenn wir das nicht über die Börse, sondern *Over the Counter* machen, sieht das gleich nach Geldwäsche aus. Sollten Sie als Banker doch wissen.« Emerson lächelte in sich hinein, während Tyron sprach.

»Die Ratingagenturen haben Stress gemacht?«, fragte er. »Genauso soll es auch sein. Ja, Sie hören richtig, wir wollen miese Konditionen!«

Er schaute zu Emerson und hielt die Hand an den Hörer. »Der versteht es einfach nicht«, sagte er.

Er sprach wieder ins Telefon: »Also, Mr. O'Neil: Wir machen die Konditionen für Bond-Investoren so schlecht wie möglich: 30 Jahre Laufzeit bei 3 % Nominalzins bei BB Rating. Unterhalb Investment Grade. Nur was für Zocker und dann genauso verzinst wie ein 30-jähriger T-Bond. Der letzte Heuler.« Er drehte sich zur Seite und blickte aus dem Fenster, wo sich Greenwich und der Millennium Dome erstreckten. »So wie der Markt im Moment mit Toxic Assets verseucht ist, kauft dieses Ding außer unseren Tochterunternehmen kein Schwein. Und so soll es sein.«

Tyron verzog das Gesicht, während er O'Neil am anderen Ende der Leitung zuhörte. »Ob wir was haben? Keine Ahnung, müsste Emerson wissen. Augenblick, ich stelle Sie auf laut.«

»Mr. Emerson.« Die Stimme von O'Neil kam aus dem Lautsprecher. »Was ich gefragt habe: Haben Sie an eine rechtliche Konstruktion gedacht, die es ermöglicht, die Anleihen in Aktien umzutauschen? Dann shiften Sie einfach nur in Eigenkapital. Ansonsten müssen Sie bei Fälligkeit das Geld gleich wieder zurücküberweisen und Sie können gleich noch mal von Neuem anfangen.«

»Na ja«, sagte Emerson. »Erst mal vergehen 30 Jahre.«

»30 Jahre vergehen schneller, als man denkt«, sagte O'Neil. »Vor allem, wenn man in Jahrhunderten plant, wie es der Wächter ja nun einmal tut. Sie sollten eine Tauschoption in Aktien in Erwägung ziehen. Dann müssen Sie nicht alles doppelt und dreifach machen.«

Tyron nickte. Es klang sinnvoll. Die Transaktion über die Anleihe war erforderlich, um die 20 Milliarden legal von den kleinen Hedgefonds zur großen Mutterfirma zu transferieren. Musste das Kapital am Ende wieder von der großen Firma an die Kleinen zurückgezahlt werden, hatte man das gleiche Problem wie zuvor. Baute man ein Umtauschrecht auf Aktien ein, waren die kleinen Hedgefonds künftig zwar an ICC beteiligt, aber das machte nichts, da es ja am Ende ohnehin eine einzige, große Firma war. Und ICC musste kein Cash zurückzahlen.

»Haben wir's dann?«, fragte Tyron.

»Ja, alles klar, bereiten wir vor«, sagte O'Neil. Auch Emerson nickte. »Sehen Sie zu, dass Ihre Bank mit dem Emissionsprospekt und dem legalen Deckmantel loslegt.«

»Kein Problem«, sagte Tyron. »Wir haben heute ein, sagen wir mal, *Gespräch* mit einem Manager von *Silverman & Cromwell*. Der ist schon ganz wild darauf.«

»Das ist zu hoffen«, sagte Emerson. Er verstummte, als er Tyrons eisigen Blick bemerkte.

»Wir haben Mittel und Wege«, sagte Tyron.

»Sie hören von mir«, sagte O'Neil. »Grüßen Sie mir London. Bis bald.«

Tyron legte auf. »Hoffen wir, dass unser Kandidat den Termin auf die Reihe bekommt, aber ich bin zuversichtlich. Er hat das erste Rätsel gelöst.« Emerson stand ebenfalls auf und schob seine Akten zusammen. »Solche Leute brauchen wir.« Er nickte Tyron zu und ging zur Tür.

Tyron schloss die Tür und öffnete den kleinen Koffer, der den Revolver enthielt, mit dem Cameron Paul Territo erschossen hatte. Die Techniker hatten eine elektronische Schaltung in den Revolver eingebaut, die bei Abzug die Sensoren in Nemesis' Blutkreislauf aktivieren würden.

Ihr neuer Adept würde die Waffe benutzen müssen – so wie Cameron. Er würde ein Opfer erschießen müssen – so wie Cameron.

Doch anders als bei Cameron würde mehr als nur einer sterben.

16

LONDON
FREITAG, 5. JANUAR
14:30 UHR

Vincent nahm den Anruf an. Eine britische Nummer. »Yes?«

»Stokes hier, guten Tag Vincent.« Vincent stellte das Handy auf laut. »Ich bin in der British Library. Kommen Sie am besten sofort zu mir.«

»Gibt es Neuigkeiten?«

»Das will ich meinen.« Und nach einer Pause: »Ich habe wahrscheinlich die Lösung gefunden.«

Vincent rannte zum Tisch, vergaß völlig, das Gespräch zu

beenden, packte seine Bücher und seinen Laptop in seine Tasche und zog seine Jacke an.

»Stokes«, sagte er. »Er meint, er hat die Lösung.« Sie gingen auf den Flur, er wickelte sich seinen Schal um und hängte die Tasche über die Schulter. Sarah blieb einen Moment stehen.

»Was ist los?«, fragte er.

»Ich muss kurz nachdenken.«

»Wenn du den Flieger kriegen willst, solltest du dich beeilen. Heathrow ist nicht um die Ecke.«

Sie lächelte. *Wenn Sie der Meinung sind, es lohne sich, noch einen oder zwei Tage hierzubleiben, wenn Sie glauben, das Ganze ist noch nicht zu Ende, dann tun Sie es.* »Die British Library ist auch nicht um die Ecke«, sagte sie.

Er stand vor ihr und sah sie an, während in ihrem Kopf gerade eine Entscheidung gefallen war. Und sie sah ihn, sah, wie ein Gefühl von Glück in ihm aufstieg, wie eine feine Linie aus Licht, die sich am Horizont abzeichnet und die Morgendämmerung ankündigt.

Vincents Augen weiteten sich. »Das heißt, du kommst mit? Zu Stokes?«

»Wie sagt man hier? Never change a winning team.«

Sie lachte, nahm ihn bei der Hand und sie rannten zusammen die Treppen hinunter.

17

LONDON
FREITAG, 5. JANUAR
15:30 UHR

Richard Stokes saß an einem der runden Tische in der Cafeteria der British Library, nippte an einem Kaffee und hatte einen Haufen Kopien vor sich auf dem Tisch liegen. Von hier aus sah man direkt auf die Bücher-Installation, die in der Mitte der gigantischen Eingangshalle der Bibliothek stand. Tausende von Büchern, aufgestapelt in einem riesigen Glaskasten, zeigten als künstlerische Inszenierung nur einen winzig kleinen Teil von all dem, was die Bibliothek in ihren Mauern beherbergte. 625 Kilometer Regale, die in jedem Jahr um 12 Kilometer wuchsen und insgesamt 150 Millionen Bücher umfassten. Würde ein Mensch es schaffen, fünf Bücher pro Tag zu lesen, so würde er nicht weniger als achtzigtausend Jahre brauchen, um alle Bücher studiert zu haben. Es war kein Wunder, dass sich jemand wie Stokes hier am wohlsten fühlte.

»Ah, da sind Sie ja beide«, sagte er zur Begrüßung. »Nun, was machen die Ermittlungen?«

»Wir haben eine Firma gefunden, die *VAS Electronics* heißt. Carter hat mit den Ermittlungen begonnen.« Sarah legte ihr Handy griffbereit auf den Tisch, falls neue Informationen eintreffen sollten.

Stokes blickte sie über seine gold geränderte Brille hinweg skeptisch an. »Junge Lady, erster Lehrsatz der Erkenntnistheorie: Nichts ist so, wie es scheint.« Er ordnete seine Unterlagen. »Und nichts ist so einfach, wie es scheint.« Er holte eine Kopie hervor, die das Foto des Handys zeigte mit dem durchgestrichenen © und dem »r« mit dem Punkt und der Seriennummer.

»Was ist dann einfach und was ist schwer?«, fragte Vincent.

»Einfach ist, zu sagen, dass wir bei einer Firma anrufen und dann die Lösung haben. Leider befürchte ich, dass es auch falsch ist.« Stokes grinste.

»Und was ist schwer?«

»Schwer ist, stattdessen etwas weiter zu denken und dabei Hinweise zu erkennen, die wir übersehen haben.«

Sarah blickte auf die Kopien und auf Stokes. »Und wie soll das gehen? Können Sie uns das erläutern?«

»Selbstverständlich«, sagte Stokes. »Und nun setzen Sie sich doch endlich. Es schafft eine unruhige Atmosphäre, wenn einer sitzt und zwei stehen, und nur der besonnene Geist durchblickt das Dunkel.«

Vincent zog am Automaten drei Kaffeebecher, dann setzte er sich neben Sarah zu Stokes an den Tisch. Es kam ihm ähnlich vor wie die Schatzsuche vor ein paar Tagen in der Staatsbibliothek, nur war jetzt alles größer, alles klarer und alles näher.

»Wo ist das Große Tier?«, fragte Sarah.

Stokes blickte unter den Tisch. »Hier ist es nicht«, sagte er und kniff ein Auge zu. Dann wurde er wieder ernst.

»Schauen Sie«, sagte er und zog ein Protokoll hervor, auf dem der bizarre Monolog notiert war, der in der Nacht vorher aus dem Handy gekommen war. Er deutete auf die relevante Stelle.

»Jetzt hören Sie zu: Seien Sie ein Gentleman und gehen Sie zu dem eisernen Spiel. Und wenn Sie das Naheliegende sehen, was Sie sehen sollen, dann wissen Sie, wann und wo wir uns treffen werden.«

»Mittlerweile kennen wir doch unsere Verschwörer ein wenig, oder nicht?«, fragte er und sah beide erwartungsvoll an. Beide zuckten die Schultern. Stokes seufzte. »Oder auch nicht. Aber *Seien Sie ein Gentleman, gehen Sie zu dem eisernen Spiel* ist doch ein wenig sehr schwülstig, oder nicht?«

»Na ja«, druckste Vincent, »ungewöhnlich, aber wenn die es so meinen ...«

»Meinen?«, fragte Stokes. »Was sagen sie denn? *Seien Sie ein Gentleman.* Die meinen nichts, die fordern uns auf.« Er blickte beide über seine Brille hinweg an. »Was macht denn ein Gentleman?«

Vincent wackelte mit dem Kopf. »Er geht zum *eisernen Spiel?*«

»Dummkopf!«, zischte Stokes. Sarah hob amüsiert die Augenbrauen. »Ich dachte, Sie hätten in London studiert! Und wissen nicht, was ein Gentleman macht.«

Vincent blickte Stokes noch immer ein wenig blöde an. *Wie eine Kuh, wenn's donnert,* hätte sein Vater gesagt. *Worauf wollte Stokes nur hinaus?*

Stokes hob die Hände: »Herrgott, ein echter Gentleman ist zunächst einmal ein englischer Gentleman! Und daher spricht er auch Englisch! Und was wird aus *zu dem eisernen Spiel* auf Englisch?« Er hob das Kinn und grinste verschmitzt. »Das können Sie doch?«

Vincent errötete ein wenig. »To the iron game?«

»Das war aber eine schwere Geburt!«, sagte Stokes und schrieb den Satz auf das Blatt Papier.

TO THE IRON GAME

»Und nun, meine Herrschaften, denken Sie doch bitte an unsere geheimnisvollen Firmen in Oxford, denken Sie an Anagramme und denken Sie an das Große Tier. Und wenn Sie die Buchstaben vertauschen, dann erscheint ...?«

Beide blickten starr auf die Worte, die Stokes zuvor auf das Papier gekritzelt hatte.

»*TO* bleibt, *GAME* kommt nach vorne und *THE IRON* ...« Vincent starrte fieberhaft auf die Buchstaben.

»Ja, ich hab's«, rief Vincent und schrieb die Lösung auf das Blatt:

TO MEGA THERION

Stokes nahm das Blatt und unterstrich das Wort zweimal. »Madam, Sie fragten nach dem Großen Tier. Hier ist es. *To Mega Therion,* der Name des Großen Tieres auf Griechisch, der Ursprungssprache des Neuen Testaments.«

»Wow«, sagte Sarah. Wieder einer dieser unglaublich akademischen Aha-Effekte, von dem sie allerdings wieder nicht wusste, ob sie dadurch irgendwann einmal die Täter fangen würden. »Und wie geht es jetzt weiter?«

»Ich habe ein paar Recherchen angestellt, auch in ebenjenem Neuen Testament«, sagte Stokes, zog ein weiteres Blatt aus dem Stapel hervor und begann vorzulesen: *»Doch der Herr sprach zu ihm: Geh nur hin, denn dieser ist das ausgewählte Gefäß«,* das ›ausgewählte Gefäß‹ betonte er übertrieben, *»dass er meinen Namen trage vor Heiden und vor Könige und vor das Volk Israel.«* Er blickte von dem Blatt auf. »So steht es in der Bibel, in der Apostelgeschichte. Gemeint ist der heilige Paulus, den Gott auserwählt hat, die Botschaft des Christentums in alle Welt zu tragen und sein Volk zu sammeln von den Enden der Erde. Es ist eine Ironie, dass die Verschwörer nun gerade Paulus gewählt haben, er, mit dem der Kampf zwischen den Kindern des Kronos und dem Christentum erst richtig begonnen hatte.«

»Das ist ja alles sehr schön, aber was hat Paulus mit dieser Firma zu tun? Wo ist der Zusammenhang zu *V.A.S. Electronics*?« Sarah überlegte, ob sie ihren Flug noch kriegen würde, wenn sie jetzt sofort losfuhr, doch sie verwarf den Gedanken nach einem Blick auf die Uhr wieder. Wenn Stokes' Rätselraten nicht irgendwo hinführen würde, hatte sie mit Bellmann ein großes Problem.

Stokes zeigte auf das Foto mit dem Schriftzug *© V.A.S. Electronics.* »Könnte es nicht sein, dass manch ein Kratzer kein Kratzer ist, sondern Absicht?«

»Das heißt, wir müssen so tun, als ob das Copyright »©« nicht dort stehen würde?«, fragte Vincent.

»Oder wir müssen so tun, als ob überhaupt kein *c* dort stehen würde?«, ergänzte Sarah.

»Viel besser. Und nun schauen Sie sich das *r* an und diesen kleinen Kratzer darüber. Was könnte der bedeuten?«

Sarah erschien die Frage jetzt fast zu einfach. »Das es kein *r* ist, sondern ein *i*?«

Stokes bewegte seinen Kopf von einem zum anderen. »Nur weil *V.A.S. Electronics* plausibel klingt, kommt keiner darauf, dass der Name ganz anders klingen könnte. Nämlich so.« Er schrieb die neue Version des Namens auf das Papier.

VAS ELECTIONIS

Vincent sprach das Wort leise nach.

»Das erwählte Gefäß«, sagte Stokes. *»VAS ELECTIONIS* heißt auf Latein *Das erwählte Gefäß*. Damit ist Paulus gemeint.« Und er las den lateinischen Text der Apostelgeschichte vor: *»Dixit autem ad eum Dominus: Vade, quoniam* **vas electionis** *est mihi iste, ut portet nomen meum coram gentibus, et regibus, et filiis Israel.«*

Vincent schüttelte den Kopf. »Auguste Dupin hätte seine Freude: So naheliegend, dass es jeder übersieht.«

»Es spricht für die Verschwörer, dass sie uns offenbar für intelligent genug dafür halten.« Er lächelte kurz.

»Und jetzt nehmen wir das Wort *Paulus*, checken die Tastaturbelegung auf dem Telefon und rufen da an?«

Sarah schüttelte den Kopf. »Nein, wir nehmen natürlich nicht *Paulus*, sondern die britische Bezeichnung.«

»St. Paul?«, fragte Vincent. »Dann haben wir auch …«

»Sechs Buchstaben«, beendete Sarah den Satz.

Sie griff nach ihrem Handy, schaute auf die Buchstabenzuordnung und schrieb das Wort und die dazugehörige Telefonnummer auf das Blatt Papier:

S T P A U L
7 8 7 2 8 5

Dann fügte sie die Seriennummer hinzu. 0105-18.

»So?«, fragte sie.

Stokes nickte und zuckte gleichzeitig die Schultern. »Ich würde sagen, ja. 7 8 7 2 8 5 0 1 0 5 1 8. Das ist die Nummer, die wir anrufen müssen.« Er verschränkte die Arme.

»Wann?«, fragte Vincent. »Jetzt?«

Sarah blickte runter zum Foyer und zu den Telefonen in der Halle.

»Wann sonst?«

18

ROM
FREITAG, 5. JANUAR
16:30 UHR

Der Dolphin-Helikopter erhob sich vom Hubschrauberlandeplatz des Vatikans an der Nordspitze des Kirchenstaates. Venturini blinzelte in die Abendsonne, die den Petersplatz in ein rötliches Licht tauchte und den Schatten des Obelisken in der Mitte des Platzes einer Sonnenuhr gleich nach Osten zeigen ließ.

›Die größte Kirche der Christenheit‹, dachte Venturini, ›und ihr Altar zeigt nach Westen – nicht nach Osten, zum Morgenlicht hin, wie es bei sonst allen Kirchen üblich ist.‹

Konnte es sein, dass dieser Platz und dieser Ort, der dem Apostel Petrus geweiht war, der die Schlüssel zu Himmel und Hölle hatte, dass dieser Platz und diese Basilika nicht dem neu entstehenden Leben geweiht war, der Sonne, die sich im Osten erhebt, sondern dem Lebensabend, dem Tod und dem ewigen Leben?

Was du auf Erden erlöst, das will auch ich erlösen, hatte Jesus zu Petrus gesagt.

War es eine Todesahnung, die er hier spürte? Die Sonne im Westen, der Altar von St. Peter im Westen, die Nacht, die von Osten hervordrang und sich über das Firmament erstreckte, all das erinnerte ihn an den 90. Psalm, den er damals bei den Jesuiten so häufig gehört hatte: *Uns aber lehre bedenken, dass wir sterben müssen.*

Der Helikopter beschrieb eine Kurve über dem westlichen Rom jenseits des Tibers, und Venturinis Blick zog über die Basilika, über den Platz und über die Kolonnaden von Bernini, die die Piazza St. Pietro umgaben.

Und da sah er den Schlüssel!

Der gesamte Petersplatz, die Basilika, von oben gesehen, das alles hatte zusammen die Form eines Schlüssels! Der elliptische Kreis, der von den Kolonnaden umschlossen war, mit dem Obelisken in der Mitte, war der Griff – die Reide, die Erweiterung des Platzes zum Petersdom hin verband den Bart des Schlüssels mit dieser Reide. Und die Basilika selbst war der Bart, der Teil eines jeden Schlüssels, der die Verschlussvorrichtung erfasst.

Schlüssel des Himmels und der Hölle. Auch wenn es damals noch keine Flugzeuge und Helikopter gab, es war genauso geplant gewesen. Warum war ihm das noch nie aufgefallen? Demut und Freude erfüllte ihn, aber auch Hoffnung.

Und Tränen waren in seinen Augen, als der Helikopter endgültig nach Süden drehte, zum Charterflughafen Ciampino, und der Petersplatz am Horizont verschwand.

LONDON
FREITAG, 5. JANUAR
16:00 UHR

19

Das Schwarz des Telefonhörers spiegelte ihre Gesichter wie eine Kristallkugel wider. Draußen vor der Glasscheibe fielen Schneeflocken, die von der Außenbeleuchtung der Bibliothek angestrahlt wurden.

Sarah schaltete das Diktiergerät an und hielt es an den Hörer. »Du wählst, ich nehme auf?«

Vincent nickte. »O.k.« Er wählte. 787 285 105 18. Ein Freizeichen ertönte, dann eine Stimme, tief und beruhigend.

»Laundry Service Clapham North, how may I help you?«

Vincent schürzte die Lippen. »I beg your pardon?«

»'Said Laundry Service, Clapham North, what can we do for you?«

»Oh, sorry, guess I picked the wrong number.«

Vincent legte auf und blickte Sarah und Stokes an.

»Das war ein Wäsche-Service! Ging ja wohl voll daneben!«

»Unmöglich«, sagte Stokes. »Wählen Sie noch einmal.«

Vincent wählte die Nummer noch einmal und hatte wieder den Wäsche-Service in der Leitung. Der Mann war jetzt etwas weniger höflich. Vincent legte auf.

Stokes kratzte sich am Kopf und fuhr sich durch den Bart. »Tja, seltsam. Verstehe ich nicht. Ich hätte gedacht, dass es passen könnte. St. Paul …«

Vincents Augen weiteten sich. »St. Paul!«, sagte er. »Wir Dummköpfe! Wie war das mit dem Naheliegenden?« Er blickte Stokes und Sarah an. »Sarah, wir haben die Kuppel gestern Nacht gesehen, als wir aus der Gerichtsmedizin kamen.«

»Natürlich«, sagte Sarah. Endlich schienen sie sich wirklich einer Lösung zu nähern. Oder zumindest einem Ort. »Saint Paul's Cathedral ist gemeint! Wie heißt es in der Nachricht: *Und wenn Sie das Naheliegende sehen, was Sie sehen sollen, dann wissen Sie, wann und wo wir uns treffen werden.*« Es ist keine Telefonnummer gemeint, sondern die Kathedrale von Saint Paul!«

»Aber wann?«, fragte Stokes.

Sarah riss Vincent fast das Blatt mit der Nummer aus der Hand. »Das Offensichtliche«, sagte sie, »man übersieht es immer wieder. Hier steht das Datum: 0105-18! Der Monat, dann der Tag, dann die Uhrzeit. Fünfter Januar, 18 Uhr. Heute, in zwei Stunden.«

»Was wollen wir tun?«, fragte Sarah. »Eigentlich müssten wir Marcus dahinschicken. Um ihn geht es.«

»Mir ist auch daran gelegen, das Rätsel zu lösen«, sagte Vincent, »aber meinst du nicht, dass das für ihn ein bisschen gefährlich wird? Direkt in die Höhle des Löwen?«

Sie nahm das Aufnahmegerät wieder aus der Tasche, als könnte es auch eine Antwort auf die Frage abspielen. »Klar, es kann auch eine Falle sein. Aber nur, wenn wir eine Art Doppelagenten reinschicken, haben wir genug Beweismittel.« Sie sah Vincent an. »Und wir haben im Moment nur einen, der dafür in Frage kommt: deinen Bruder.«

»Eine der größten Kirchen der Welt wird kaum eine Falle sein«, sagte Stokes. »Es ist nur fraglich, ob sie dort bleiben werden.«

Sarah schaute auf den schwarzen Telefonhörer, der an der glänzenden Metallschnur wie ein fremdartiges Insekt auf dem Apparat hockte.

»Dann müssten wir aber Carter verständigen«, sagte Sarah.

»Natürlich müssen wir das«, sagte Vincent. »Ich will sicher sein, dass mein Bruder etwas mehr im Rücken hat als nur die Wand. Andererseits, wenn ein ganzer Haufen Bullen vor der Kirche auftaucht, findet das Treffen vielleicht nicht statt.«

Sarah biss sich auf die Lippen. »Ganz ohne Polizei wird es nicht gehen. Wir setzen die Kollegen in Alarmbereitschaft und melden uns, sollten Marcus und wer auch immer die Kirche verlassen.«

Vincent nickte. »Ich hoffe, die machen das nicht zum ersten Mal?«

»Mit Sicherheit nicht.« Sarah wandte sich Stokes zu. »Sind Sie nachher noch da?«

Der Professor schüttelte den Kopf. »Ich muss gleich noch zu Scotland Yard wegen dieses rätselhaften Killers, der um mein Haus geschlichen ist. Die Jungs da«, er zeigte auf drei grimmig dreinblickende Männer, die am Nebentisch saßen, »lassen mich nur ungern irgendwo hingehen.« Erst jetzt war Sarah und Vincent der Polizeischutz in Zivil aufgefallen, der Stokes seit dem Vorfall vor seinem Haus auf Schritt und Tritt folgte. »Und dann muss ich den letzten Zug kriegen, komme was da wolle. Morgen gleich um acht ist ein Termin beim Uni-Präsidenten für das Forschungsbudget im Sommersemester. Da nicht anwesend zu sein wäre Selbstmord.«

»Kann ich verstehen«, sagte Sarah.

»Ich sage euch, was wir machen«, sagte Vincent plötzlich und zog einen U-Bahn-Plan mit den Verbindungen von King's Cross zur Fleet Street und zu Saint Paul's hervor. »Wir gehen jetzt zu Marcus. Dann fragen wir ihn, ob er für uns den Doppelagenten spielen will. Wenn er sich nicht mit den Verschwörern treffen will, ist das Spiel zu Ende. Wenn er aber mitmacht, sollte die Polizei bereitstehen.« Er schaute Sarah an. »Das kriegen wir doch hin, oder?« Sie antwortete nicht sofort. Er steckte den Reiseführer in die Jackentasche.

Er blickte Sarah an. »Also gehen wir! Bist du dabei?«

Skepsis war in ihrem Blick, aber auch so etwas wie Bewunderung.

»Vincent, ich hoffe, du weißt, dass das sehr gefährlich werden kann. Und zwar nicht nur für Marcus, sondern auch für uns.«

Sie schaute nach draußen. Eine einzelne Schneeflocke fiel vor der Glasscheibe herunter und wurde von den Scheinwerfern angestrahlt, wie ein Geist, ein Zeichen – oder eine Antwort des Himmels.

Sie blickte der Schneeflocke nach, bis sie den Boden erreicht hatte.

»Es gibt einen Punkt, an dem die Rückkehr unmöglich geworden ist«, sagte Vincent. »Das ist der Punkt, der erreicht werden muss.«

Sarah blickte Vincent erstaunt an. So entschlossen hatte sie ihn noch nie erlebt.

LONDON
FREITAG, 5. JANUAR
16:30 UHR

20

Er stand in einem gläsernen Raum in endloser Höhe. Tief unter ihm erstreckte sich die Stadt. Draußen ein weißlicher und schmutziger Winterhimmel. Er fror. Eine Stimme war von irgendwo zu hören, wobei er nicht wusste, wo ihr Ursprung war.

»Sie müssen zeigen, dass Sie besser sind«, sagte die Stimme. Er rieb seine kalten Hände. Es schien nirgendwo eine Heizung zu geben, nur ein eiskalter Betonboden und die riesigen Glasfenster, durch die er den Himmel sah. Wieder die Stimme: *»Sie müssen zeigen, dass Sie besser sind.«*

»Wo sind Sie?«, fragte er, aber er bekam keine Antwort. Er zitterte. Es schien im Sekundentakt kälter zu werden in dem Raum. *»Sie müssen zeigen, dass Sie besser sind.«* Die Maxime, nach der er sein ganzes Leben lang gelebt hatte, wiederholte sich in dieser eisigen Leere mit grausamer Penetranz. *»Sie müssen zeigen, dass Sie besser sind.«*

»Was wollen Sie von mir?«, schrie er und er sah, dass kondensierte Atemluft aus seinem Mund kam, so kalt war es mittlerweile geworden. *»Sie müssen zeigen, dass Sie besser sind«,* hörte er noch einmal.

Plötzlich war da eine andere Stimme.

»Mr. Wagner.« Dann noch einmal, etwas fordernder. »Mr. Wagner!«

Er wachte auf und sah den Sternenhimmel, eine Unendlichkeit aus Sternen und Galaxien, Nebeln und Planeten.

Er musste für 10 Minuten eingeschlafen sein. Der Bildschirmschoner hatte sich eingestellt und weiße Sterne rasten über die schwarze Oberfläche.

»Herr Wagner.« Lara, seine Sekretärin, stand in der Tür zu seinem Büro. »Ihr Besuch ist da.«

Marcus schüttelte den Kopf und kniff die Augen zusammen. Er schaute erst Lara an und dann die Heizungsanzeige an der Eingangstür. 23 Grad. Dann fiel es ihm ein. Das Treffen mit der geheimnisvollen Firma. Heute um 18 Uhr. Vor 20 Minuten hatte Sarah angerufen und ihm erzählt, dass sie das Rätsel gelöst hätten. Er würde *sie* treffen können, würde erfahren, wer hinter dem Leerverkauf bei *Promethean Industries,* den rätselhaften Morden, dem Plan zur digitalen Kontrolle stehen würde. Sie war wieder da: Die Angst und die Faszination. Er nickte Lara zu.

»Schicken Sie sie rein«, sagte er.

Sarah gab Marcus seinen Blackberry zurück, nachdem sie das Gerät und ihr eigenes Handy an den Rechner in Marcus' Büro angeschlossen und dort einige Änderungen im Betriebssystem vorgenommen hatte.

»Was wir hier gemacht haben, ist nicht ganz legal«, sagte sie und zeigte Marcus das Display auf ihrem eigenen Handy, das die Position von Marcus' Blackberry anzeigte. Fleet Street 123. »Auf diese Weise sehe ich auf meinem Handy, wo sich dein Blackberry befindet. Und damit hoffentlich auch du selbst.«

»Lernt man so was beim LKA?«, fragte Vincent.

»Hat Hermann mir mal gezeigt«, sagte Sarah. »Ist eine Art Weiterentwicklung der Track Sticks, die GPS-Signale an ein Endgerät senden und damit zeigen, wo sich der Träger dieses Sticks gerade aufhält. Fünf Meter Genauigkeit.« Sie schaltete das Navigationssystem wieder aus. »Ein Handy oder ein Blackberry ist prinzipiell nichts anderes als eine Wanze. Es sendet Signale an Satelliten, die man zurückverfolgen kann.«

Marcus drehte den Blackberry in seiner Hand. »Und wenn ich ihn ausschalte?«

»Funktioniert er trotzdem«, sagte Sarah. »Das ist die sicherste Methode, die wir haben. Wenn wir dich verwanzen würden und sie finden das raus, haben wir ein Problem.« Sie zog die USB-Kabel aus Marcus' Computer. »Man wird einem Manager aber kaum vorwerfen, dass er einen Blackberry bei sich hat.«

Marcus nickte.

»Hoffen wir, dass sie ihn mir nicht vorher wegnehmen.«

»Wichtig ist, dass du ihn die ganze Zeit bei dir hast. Solltet ihr die Kirche verlassen und wegfahren, musst du ihn während der Fahrt unbedingt dabeihaben«, sagte Sarah. »Sobald du im Gebäude von denen oder wo auch immer bist, wird die Bude von den SWAT-Teams von Scotland Yard gestürmt. Dann bist du in Sicherheit.«

Er nickte nochmals.

»Wir gehen jetzt noch mal zu Carter von Scotland Yard und dann los«, sagte Sarah. »Du nimmst dann nachher am besten ein Taxi. Punkt 18 Uhr. O. k.?«

»O. k.«

Sarah und Vincent standen auf. Marcus blieb ein wenig verloren und nachdenklich auf seinem Schreibtischstuhl sitzen. Dann erhob er sich ebenfalls.

»Wir passen auf«, sagte Vincent. Sie umarmten sich. »So wie früher, als einer beim Nachbarn die Frösche aus dem Teich gestohlen hat und einer Schmiere stand, ob er nicht gerade vom Einkaufen zurückkommt.« Vincent lächelte ein wenig.

»Einer geht rein, einer passt auf«, sagte Marcus und wiederholte das alte Motto ihrer Kindheit, während er an seiner Krawatte herumnestelte. Dunkelblau mit weißen Punkten. »Meint ihr, die Krawatte passt? Ist eine von meinen besten.«

»Blau wie der Himmel und weiß wie die Sterne«, sagte Sarah.

Marcus dachte an den Bildschirmschoner, in den er geblickt hatte, als er aufgewacht war. »Ähnlich verloren fühle ich mich auch«, sagte Marcus und ließ die Krawatte durch die Finger gleiten.

21

LONDON
MITTWOCH, 10. JANUAR
17:00 UHR

Raymond Carter schaute aus dem Fenster in seinem Büro und zog an seiner Zigarette. Er hatte sich von Sarah die Geschichte mit dem Treffpunkt in St. Paul's schon vorher am

Telefon erklären lassen, hörte sie jetzt noch einmal an und runzelte die Stirn. Schneeflocken fielen, und ein eisiger Ostwind wühlte die Themse auf und pfiff mit klagendem Geräusch um das Metropolitan-Police-Gebäude an der Millbank herum.

»Richtig sauber ist die Sache nicht«, sagte er und zerknüllte eine leere Zigarettenschachtel.

»Wenn Ihnen was Besseres einfällt, bin ich sehr dankbar«, sagte Sarah. »Allerdings tickt die Uhr. Nur noch eine knappe Stunde.«

Carter blickte eine Weile auf die zerknüllte Zigarettenschachtel und seine Augen verfolgten die Konturen des geknickten Kartons. »Es läuft dann folgendermaßen«, sagte er dann und zeigte auf Sarah und Vincent. »Wir werden Sie beide mit Transmittern verwanzen, die uns ihre genaue Position durchgeben. Unsere Leute halten sich in Alarmbereitschaft rund um St. Paul's Churchyard herum, aber so, dass sie außer Blickweite bleiben. Ziel wäre, dass diese Kronos-Typen oder wie immer die heißen, keinen von uns sehen oder wiedererkennen können.«

»Was heißt hier Ziel *wäre*?«, fragte Vincent. »Das *ist* das Ziel. Ansonsten ist mein Bruder tot.«

»Das *ist* das Ziel«, sagte Carter und drückte die Zigarette aus. Er wandte sich Sarah zu. »Sie werden uns dann sofort verständigen, wenn diese Leute mit Marcus Wagner die Kirche verlassen. Ein Zivilwagen wird sie aufnehmen und unsere Einheiten werden ihnen hinterherfahren.« Er runzelte nochmals die Stirn, während der Wind das Millbank-Gebäude knarren ließ wie ein altes Segelschiff im Sturm. »Wir haben keine Wanze an Marcus Wagner, richtig?«

»Eine schon«, sagte Sarah. Es erschien ihr klüger, möglichst mit offenen Karten zu spielen. Sie wollte nicht den Eindruck erwecken, ihr wäre die Sicherheit von Marcus egal. »Entspricht allerdings nicht ganz den Vorschriften.«

»Bin gespannt«, sagte Carter, legte sein Holster mit der Dienstwaffe um und steckte seine Dienstmarke in die Anzugtasche.

»Ich habe das GPS-Signal seines Blackberrys auf das Navigationssystem meines Handys transferiert.« Sie zog ihr Handy aus der Tasche. Die Karte von London auf dem Display zeigte einen roten Punkt. Noch immer Fleet Street 123, das Hauptquartier von *Silverman & Cromwell.* »Auf diese Weise weiß ich immer, wo Marcus' Blackberry ist – und hoffentlich auch er.«

Carter pfiff durch die Zähne. »Gefällt mir«, sagte er. »Wo lernt man so was?«

»LKA Berlin, Abteilung für Informationstechnologie. Wenn wir mal nicht die Genehmigung kriegen, einen Verdächtigen zu verwanzen, machen wir's auf diese Weise. Aber das bleibt unter uns.«

»Sicher«, sagte Carter. »Müssen Sie mir irgendwann mal zeigen. Ich wollte so oder so mal wieder nach Berlin fahren. Soll sich ja einiges getan haben da.« Er nahm die Waffe aus dem Holster und prüfte Magazin und Munition. »Bringt nur nichts, wenn sie ihm den Blackberry wegnehmen.«

»Wenn sie ihm eine mögliche Wanze wegnehmen, bringt die uns auch nichts.« Sarah lächelte ihr Lächeln, das Vincent schon am ersten Abend fasziniert hatte.

»Auch wieder wahr.« Carter zählte die Patronen im Magazin der Walther P88. Noch immer 14. »Wenn das alles Bullshit ist und diese Verschwörung ist nichts weiter als ein Märchen, schießen wir mit riesigen Kanonen auf Spatzen, die es nicht gibt, und machen uns lächerlich bis zum Gehtnichtmehr.« Er hielt das Magazin in der Hand und schaute in den Lauf seiner Waffe. »Wenn die aber wirklich verantwortlich sind für die Morde, die Verschwörung und den ganzen Zirkus, sieht es auch nicht gerade besser aus. Weder für uns noch für alle anderen.« Er verzog das Gesicht. »So ist es schlecht und anders ist es schlecht.« Er rammte das Magazin in den Griff der Walther. »Es ist immer schlecht.«

Er gab beiden die Hand, bei Sarah legte er noch die zweite darüber. In dem Moment erinnerte er sie ein wenig an Winterfeld.

»Passen Sie auf sich auf, aber haben Sie keine Angst. Wir sind alle in der Nähe«, sagte er. »Und wenn Sie in der Nähe der Kirche sind, beten Sie doch gleich, dass alles gut geht.«

22

LONDON
FREITAG, 5. JANUAR
18:00 UHR

Saint Paul's Cathedral, wieder aufgebaut in den Jahren nach dem großen Feuer von London 1666, war das nördliche Pendant zu den römisch-katholischen Kirchen des Barock. Hohe Säulenpaare, wie in einem griechischen Tempel, Türme wie in den Barockkirchen Roms und die riesige Kuppel, inspiriert von Michelangelos Kuppel des Petersdoms. Einhundertundelf Meter ragte sie in den Londoner Himmel, was 365 Fuß entspricht, einen Fuß für jeden Tag des Jahres. Sir Christopher Wren, der größte Architekt Englands, hatte sich von den besten Vorbildern der Antike und der italienischen Renaissance inspirieren lassen und dennoch etwas ganz Eigenes geschaffen. Im Zweiten Weltkrieg war Saint Paul's zum Symbol für Londons Unbesiegbarkeit geworden, als sie stolz und unzerstörbar den Bombardierungen der deutschen Luftwaffe trotzte. John Donne, der große Renaissancedichter, war Dekan von Saint Paul's gewesen und hatte hier im Jahre 1631 seine letzte Predigt gehalten. Und während Vincent und Sarah seinen Bruder durch das hohe Eingangsportal in das gigantische Innere der Kathedrale schreiten sahen, dachte Vincent an die berühmte Passage John Donnes, die auch Hemingway übernommen hatte und die ihm am ersten Januar in den Sinn gekommen war, kurz bevor Tobi angerufen hatte:

Verlange nie zu wissen, wem die Stunde schlägt; sie schlägt dir.

Sie sahen, wie Marcus mit etwas unsicheren Schritten in seinem schwarzen Anzug mit der blauweißen Krawatte die Treppe zur Empore hinaufstieg und durch das große Mittelportal der Kirche schritt.

»Bleiben Sie bitte in der Nähe von St. Paul's«, sprach Sarah in das Funkgerät und blickte gleichzeitig auf ihr Handy, das Marcus' Position anzeigte. »Ich rufe Sie sofort an, sobald sie mit ihm losfahren.« Sie klappte ihr Handy zu und ließ ihren Blick auf der Kathedrale ruhen. »Eigentlich ein völlig unpassender Ort für eine Festnahme.«

Vincent nickte. »Stokes hat mir einmal erzählt, dass an dieser Stelle ursprünglich ein römischer Tempel zu Ehren der Göttin Diana stand.«

»Göttin Diana oder Prinzessin Diana?«

»Göttin Diana. Die Prinzessin hat hier nur geheiratet. Jedenfalls nannte man diesen Ort früher ›Tempel der Diana‹, was auf Walisisch so viel wie ›Llan-den‹ heißt, und daher kommt auch der Name der Stadt.«

»London?«, sagte Sarah. »Dann ist Prinzessin Diana so eine Art Heilige der Stadt, wie Cäsar in Rom?«

»Könnte man denken, die Royals sahen das aber anders.« Vincent zog sich den Schal enger um den Hals. »Angeblich hat der MI6 Diana und Dodi Al-Fayed im Auftrag der Queen umbringen lassen, damit der Thronfolger des House of Windsor keinen muslimischen Stiefvater bekommt. Hat Stokes mir damals in London erzählt.«

»Waren da auch die Kinder des Kronos involviert?«, fragte Sarah.

»Wundern würde es mich nicht.«

Beide schwiegen eine Weile und schauten mit höchster Konzentration auf das Eingangsportal. Sarah blickte auf das Navigationssystem in ihrem Handy.

»Wo ist er gerade?«, fragte Vincent.

»Direkt vor dem Altar.«

»Da ist er auch gut aufgehoben.«

23

LONDON
FREITAG, 5. JANUAR
18:00 UHR

Orgelvariationen von Bachs Orchestersuite klangen durch das hohe Gewölbe. Zwei Menschen hielten sich im hinteren Teil der Kathedrale auf und ein Mann stand weiter vorne in der Nähe des Altars.

Marcus blickte sich um. Eine schöne Kirche, zweifellos.

Aber wen sollte er hier treffen?

Der Mann, der vorne am Altar gestanden hatte, ging auf ihn zu und an ihm vorbei. Er trug einen schwarzen Anzug. Sein granitartiges Gesicht und der maßgeschneiderte Anzug gaben ihm das Aussehen einer Schaufensterpuppe.

Der Mann mit dem schwarzen Anzug ging weiter auf den Ausgang zu, und auch das Paar, das die Kerzen angezündet hatte, hatte die Kirche verlassen. Niemand außer ihm schien sich jetzt in der Kathedrale aufzuhalten. Er setzte sich in die erste Reihe und betrachtete den Altar.

Von hinten waren schwere Tritte auf dem Steinboden zu hören. Aus den Augenwinkeln nahm er wahr, dass der Mann in dem schwarzen Anzug zurückgekehrt war. Sein Gesicht sah aus wie aus Stein, die Augen fixierten einen Punkt irgendwo weit entfernt. Marcus wandte den Kopf nach hinten, und sofort erwiderte der Mann seinen Blick.

»Marcus Wagner«, sagte er plötzlich.

Marcus' Herz begann zu rasen. Was sollte er sagen? Dass er es war? Dass er es nicht war?

»Sie sind Marcus Wagner«, sagte der Mann noch einmal. Es war weniger eine Frage als eine Feststellung.

Marcus antwortete ohne nachzudenken. »Ich bin es.«

»Wir sollten uns unterhalten«, sagte der Mann, und seine Mundwinkel bewegten sich nach oben, ohne dass er wirklich lächelte.

»Wir?«, fragte Marcus. »Etwa hier?«

»Weder nur wir, noch hier«, sagte er und wies mit dem Kinn zur Tür. »Draußen wartet ein Wagen.«

Marcus stand auf. Irgendetwas sagte ihm, dass er das Richtige tat, obwohl es das Falscheste war, das er sich vorstellen konnte.

Er wusste als Banker gut genug, dass sich das Leben oft in wenigen Sekunden entschied. Das war jetzt so ein Moment.

24

LONDON
FREITAG, 5. JANUAR
17:30 UHR

Alles, was du besitzt, besitzt irgendwann dich, dachte Tyron, als er mit Cameron vor einer Wand aus Monitoren in der ICC-Zentrale in London stand und einem der Informationstechniker über die Schulter sah. Auf dem Bildschirm blitzte ein Foto auf, daneben eine Personenbeschreibung, Wohnort, Sozialversicherungsnummer und andere Details. Ebenso der Gerätetyp des Handys sowie die Nummer.

»Sarah Jakobs«, sagte Tyron. »Von der höre ich zum ersten Mal.«

Der Techie gab einen Code ein und auf dem Bildschirm erschien eine Landkarte von London und dem St. Paul's Churchyard. »Was täten wir ohne Trojaner«, sagte er.

Tyrons IT-Spezialisten hatten seit Ende des vergangenen Jahres Zugang auf Marcus' Blackberry gehabt. Als Sarah Marcus' Blackberry zur Weitergabe des GPS-Signals freigegeben hatte, war dieses Signal auch bei ICC angekommen. Jetzt hatten sie den Spieß umgedreht. Zwar konnte Sarah nach wie vor sehen, wo sich Marcus aufhielt, doch ICC und Tyron wussten jetzt auch, wer und wo Sarah war.

»LKA Berlin, Wirtschaftskriminalität«, sagte Tyron. »Das hört sich unerfreulich an. Offenbar beschattet sie unseren Kandidaten.«

»Dann wird sie wahrscheinlich die Polizei holen, sobald unser Mann die Kirche verlässt.«

»Soll sie nur«, sagte Tyron und gab dem Techie einen Wink. Der lächelte wissend. »Wann immer sie Scotland Yard anruft, landet der Anruf bei uns. Und jeder Wagen, der von Scotland Yard kommt und sie mitnimmt, kommt auch von uns.«

»Wir bringen sie hierher?«, fragte Cameron.

»Nicht ganz«, sagte Tyron. »Sie kommt von selbst.«

»Und dann töten wir sie?«

»Nicht wir.«

Cameron nickte. »Unser neuer Mann.«

Tyron lächelte noch mehr, seine Zähne blitzten wie eine Reihe von polierten Grabsteinen. »Der beste Beweis, um uns zu zeigen, dass er *nicht* mit ihr unter einer Decke steckt.«

LONDON
FREITAG, 5. JANUAR
18:30 UHR

25

Die schwarze Limousine mit Marcus und zwei Begleitern hatte den St. Paul's Churchyard verlassen, als der Wagen, ein Volvo Kombi von Scotland Yard, um die Ecke fuhr.

»Los, rein«, sagte Sarah und sprang mit Vincent auf die Rückbank.

»Paton mein Name, wir hatten telefoniert«, sagte der Fahrer. »Sie arbeiten mit Inspector Carter zusammen?«

»So ist es«, sagte Sarah. »Folgen Sie dem schwarzen Bentley da vorne. Ist die Verstärkung schon unterwegs?«

»30 Mann, inklusive SWAT-Teams«, sagte er. »In einigem Abstand zu uns. Sobald wir wissen, wo das Zielfahrzeug hinwill, gebe ich die Koordinaten durch. Dann nehmen wir sie in die Zange.«

Der Wagen folgte dem Bentley entlang der Themse, vorbei an der Tower Bridge und schließlich Limehouse Station in Greenwich durch die alten Docklands Richtung Canary Wharf. Die letzten Reste der Abenddämmerung spiegelten sich im Fluss und ließen die Spitze des Canada Towers in rotem Licht erstrahlen. Paton gab Instruktionen in seinem Funkgerät durch. Auf dem Beifahrersitz lag ein mobiles Blaulicht.

»Hier waren wir doch am Mittwochnachmittag spazieren, oder?«, fragte Sarah nach einigen Minuten.

Vincent gab keine Antwort.

»Wie auch immer«, sagte sie. »Gleich wird's spannend.«

Doch Vincent antwortete noch immer nicht. Bevor Sarah etwas sagen konnte, sah sie, wie sein Kopf plötzlich auf seine Brust sackte, als wäre er eingeschlafen.

Sie hatte keine Zeit, sich darüber zu wundern oder besorgt

zu sein. Irgendetwas bewegte sich hinter der Rückbank im Kofferraum des Kombis. Sarah drehte abrupt den Kopf nach hinten. Und dann sah sie den Mann hinter sich. Ihr Blick schwankte nach vorne zum Fahrer – und da spürte sie im selben Moment einen stechenden Schmerz in ihrer Schulter – wie von einer Injektion.

»Was passiert hier?«, rief sie, aber Paton, der am Steuer saß, nahm keine Notiz. Auf einmal fiel ihr das Sprechen schwer. Paton schien sich zu drehen, schien zweimal vor ihr zu sitzen.

»Das ... das ist eine Falle!«, versuchte sie zu rufen, doch es war, als würde sie mit Kieselsteinen im Mund sprechen.

Sarahs Oberkörper klappte langsam nach vorne, wie ein Bügelbrett, das zusammengefaltet wird. Sie sah noch einmal Paton, dann die leuchtende Spitze des Canada Towers, dann nur ein Gemisch aus Farben. Von fern hörte sie das Martinshorn eines Rettungswagens. Ihr Körper sackte zur Seite weg, und ihr Kopf schlug auf die Sitzfläche der Bank, neben Vincent.

Die Antwort Patons hörte Sarah nicht mehr.

»Richtig, das ist eine Falle.«

ROM
FREITAG, 5. JANUAR
19:30 UHR

26

Freitag, dachte Kardinal Constantino Coreolanus, während er mit dem Camerlengo, dem persönlichen Diener des Papstes, durch die Sixtinische Kapelle schritt. *Freitag, der Tag der Kreuzigung unseres Herrn, Samstag der Abstieg in die Hölle, Sonntag die Auferstehung.*

Er blickte über die Wände der Kapelle, hier, wo sich sonst die Touristen drängten. Doch jetzt, in der Dunkelheit dieses Winterabends, war alles leer, und nur ein paar Lampen erhellten die Deckenmalereien Michelangelos. Sein Blick glitt über den Sündenfall im Garten Eden, Adam und Eva, beide griffen gleichermaßen gierig nach den Äpfeln vom Baum der Erkenntnis, die ihnen der Teufel in Gestalt einer Schlange anbot. *Der Baum der Erkenntnis,* dachte er, *ist nicht der Baum des Lebens.*

Sie durchquerten das Appartamento Borgia und gelangten durch lange Gänge zu den Loggien Raphaels. Eine Wandmalerei zeigte die Befreiung Petrus' aus dem Kerker. Der erste Bischof von Rom wurde von einem Engel aus den Verliesen herausgeführt. Raphael hatte Petrus die Züge des Papstes Julius II. verliehen, denn Raphael liebte das Experimentieren. Coreolanus blickte über Raphaels Illustration des Brandes von Borgo, der durch das Wunder von Papst Leo IV. im Jahre 847 gelöscht wurde. Parallelen zum brennenden Troja. Aeneas, der Gründer Roms, war zu sehen, seinen greisen Vater Anchises auf den Schultern tragend, während er aus der brennenden Stadt flüchtete, um die Vorsehung zu erfüllen. Das Reich zu gründen, das alle anderen beherrschen sollte – Rom.

Ja, Raphael liebte das Experimentieren, dachte Coreolanus, und das, was er selbst getan hatte, war auch ein Experiment gewesen, ein Experiment, dessen Ausgang ungewiss war. Er folgte dem schwarz gewandeten Camerlengo, während sie Treppen hinaufstiegen und endlose Gänge durchquerten. Es war einer dieser Momente, in denen ihnen nur das Gebet half. *PUSH,* nannte Coreolanus diese Strategie, die ihm schon häufiger geholfen hatte. *Pray until something happens.* Sie hatten die Schachfiguren aufgestellt: Sie hatten Nemesis auf ihre Seite gezogen, sie hatten die Aktien von Murphy bekommen, sie hatten Venturini nach London geschickt, um

Nemesis vor dem Tod zu bewahren. Jetzt konnten sie nur hoffen, hoffen und beten. Das Risiko war hoch, der Ausgang ungewiss. Jedes Risiko barg die Vernichtung. Doch jede Vernichtung trug auch die Geburt von etwas Neuem in sich.

Deinen Tod, o Herr, verkünden wir, und deine Auferstehung preisen wir. Bis du kommst in Herrlichkeit.

Schließlich waren sie am Ziel. Sie standen vor einer weißen, mit goldenen Ornamenten verzierten Tür.

»Eminenz«, sagte der Camerlengo, »der Heilige Vater erwartet Sie.«

27

LONDON
FREITAG, 5. JANUAR
19:00 UHR

Marcus stand allein in dem riesigen Büro, das ihn in unangenehmer Art und Weise an den kurzen Traum erinnerte, den er vorhin an seinem Schreibtisch gehabt hatte. Der Wind sauste mit solcher Stärke um das Gebäude, dass er selbst hier drinnen trotz Stahlträgern, Dreifachfenstern und Dichtungsmasse zu hören war.

Ein Mann betrat den Raum. Er nahm etwas aus seiner Tasche und eine Flamme blitzte auf und spiegelte sich im Fenster. Ein Hauch von teurem Zigarrenrauch stieg in Marcus' Nase. Der Mann begann zu sprechen, und es war die Stimme, die er schon einmal gehört hatte, es war die Stimme, die ihn wegen der Anleihetransaktion und der 20 Milliarden angerufen hatte. Eine angenehme, tiefe Stimme, ein wenig hypnotisierend, aber auch ein wenig lauernd. *Es ist gefährlicher, etwas Dummes zu sagen, als etwas Dummes zu tun,* hatte Michael Davids immer gesagt. Worte konnten Waffen sein.

»Gott, großer Gott, was haben wir dir angetan?«, sagte der Mann am Fenster, steckte eine Hand in die Tasche seines Maßanzugs und blies Rauch aus. »Der Satan und der Mensch, sie beide haben dich betrogen.« Er hielt kurz inne. »Satan, die göttlichste, himmlische Kreatur. Der Mensch, die göttlichste irdische Kreatur, beide nach *deinem* Bilde geschaffen.« Er drehte sich um und sah Marcus an. Er hatte schwarze Augen und schwarz-graue Haare. Marcus beobachtete seine Mimik. Sie schien nicht von innen zu kommen, niemals das zu zeigen, was in ihm vorging. Sie zeigte, was der andere sehen, was der andere glauben sollte.

»Doch diese göttlichste, himmlische Kreatur, Satan, erhob sich gegen Gott«, fuhr der Mann fort, »und die göttlichste irdische Kreatur war ungehorsam gegen Gott. Und da war das Dilemma!« Er trat noch einen Schritt auf Marcus zu. »Er konnte weder dem einen noch dem anderen das Recht verweigern, die Freiheit zu nutzen, die durch die gewollte Ähnlichkeit zwischen dem Schöpfer und seinen Meisterwerken besiegelt worden war. Jedoch die eine wie die andere Kreatur gebrauchte ihre Freiheit dazu, diese Ähnlichkeit zu entstellen und zu verleugnen. Die Vollkommenheit gab den Anstoß zur Sünde, die Freude hatte die Verdammnis zur Folge, das Licht wurde dem Angriff der Finsternis ausgesetzt.«

Mit jedem Satz ging er einen Schritt näher auf Marcus zu. »Ich frage Sie: Hat es jemals im Universum und im Unendlichen eine so grausame Geschichte gegeben, wie diese, nennen wir es einmal, *Tragödie der Freiheit*?«

Dann drehte er sich zu Marcus und streckte seine rechte Hand aus. »Tyron mein Name«, sagte er, während Marcus zugriff. »Wir sollten uns unterhalten.«

BERLIN
FREITAG, 5. JANUAR
20:00 UHR

28

Bereits zum fünften Mal hörte Winterfeld die Mailbox von Sarahs Handy. Auch bei Vincent ging niemand ran. Er war nach dem Gespräch mit Bellmann beim LKA sofort ins Revier gefahren und hatte schon im Auto versucht, Sarah zu erreichen. Hermann telefonierte im Hintergrund mit einem eigentümlichen Gemisch aus Englisch und Deutsch mit einem Constable von Scotland Yard, während die halb vertrocknete Zimmerpalme wie ein Wächter das Geschehen überblickte.

»You did not see them? Not the taxi ... äh, cab. And Zeugen, what is the word? Ah, witnesses! At the church they just noticed that ... two people were entering the car? Thank you, I call you back.« Hermann legte auf, kratzte sich den kahlen Schädel und goss den kalt gewordenen Kaffee aus seinem Becher in den Topf der Zimmerpalme.

Winterfeld legte den Hörer auf und fuhr sich durch die Haare. »Was Neues?«

Hermann schüttelte den Kopf. »Bei dir?«

»Nein. Beide Handys sind ausgeschaltet.«

Er fühlte sich wie ein Schachspieler, der gegen einen unsichtbaren Gegner kämpfte.

»Wollen wir diesen Stokes noch mal anrufen?«, fragte Hermann. »Vielleicht waren sie nach dem Besuch von Saint Paul's noch woanders?«

Winterfeld blickte nach draußen. »Ja, ruf ihn noch mal an. Fürchte aber, das bringt nichts.« Er nestelte an der Zigarillopackung herum und schüttelte den Kopf. »Wie vom Erdboden verschluckt. Sie können doch nicht einfach weg sein?«

Hermann rieb sich das Kinn. »Klingt vielleicht doof, aber wenn die wirklich entführt wurden, spricht das ja eher für eure schräge Theorie als dagegen.« Er schob mit großer Sorgfalt einen Stapel Akten zusammen, der auf seinem Tisch lag. »Das müsste doch auch Bellmann einsehen.«

Winterfeld wiegte den Kopf hin und her. »Das ist richtig, aber das bringt sie trotzdem nicht zurück.« Er dachte an das letzte Telefonat mit Sarah am Vormittag. *Und was ich Ihnen jetzt sage, das habe ich Ihnen nie gesagt, klar? Wenn Sie der Meinung sind, es lohnt sich, noch einen oder zwei Tage zu bleiben, wenn Sie glauben, das Ganze hier ist noch nicht zu Ende, dann bleiben Sie dort. Es wäre Privatvergnügen, also Urlaub, sonst würde Bellmann völlig ausrasten. Aber wenn Sie denken, es lohnt sich, bleiben Sie.*

Irgendwie fühlte er sich mitschuldig. Er hatte sie in die Falle laufen lassen, sie hatte ihn um Rat gefragt und er hatte ihr den denkbar schlechtesten Rat gegeben. Er blickte Hermann an. »Wir hätten das an die ganz große Glocke hängen sollen. Oder einschlafen lassen. Aber so ist es das schlimmste Resultat.« Er zündete sich einen Zigarillo an und blies blaugrauen Qualm in das Licht der Schreibtischlampe.

Hermann verschränkte die Arme. »Meinst du, sie sind tot?«

Winterfeld fuhr sich durch die Haare. »Sie sind weg«, sagte er. »Das ist alles, was wir wissen.«

Er schaute aus dem Fenster auf den Himmel über der Stadt, auf dem vereinzelt Sterne zu sehen waren, die wie Lichtstiche durch ein dunkles Tuch hervortraten. Ob Sarah und Vincent auch gerade diese Sterne sahen?

LONDON
FREITAG, 5. JANUAR
19:10 UHR

29

Tyron schritt zum Fenster, legte die Hände aneinander, und mit einem leisen Fauchen schossen kleine Flammen aus dem Boden, die wie antike Öllampen im Halbdunkel des Raumes zu flackern begannen. Dann erhob er seine Stimme, in der immer ein Element der Bedrohung klang, um Hesiod zu zitieren, den ersten Dichter der Weltliteratur:

Rheia, von Kronos bezwungen, gebar ihm glänzende Kinder, Hestia, Demeter, Hera und auch den mächtigen Hades, der unterirdische Häuser bewohnt und dessen Herz ohne Mitleid ist, dazu den dröhnenden Zeus, den Vater der Götter und Menschen, von dessen Donner die Erde erzittert.

All diese Kinder verschlang der riesige Kronos, sowie jedes aus dem heiligen Schoß zu den Knien der Mutter hervorkam.

Er drehte sich um, trat wieder auf Marcus zu und öffnete die Hände.

»Sie werden nicht verschlungen. Sie werden belohnt.« Er nickte zur Bestätigung und legte die Hände wieder aneinander. »Sie haben das Unmögliche vollbracht. Sie haben das Rätsel gelöst.«

Marcus sagte nichts und hörte zu.

»Morgen ist Samstag«, sagte Tyron, »auf Englisch *Saturday*, der Tag des Saturn. Samstag, der sechste Januar. *Sechs,* müssen Sie wissen, ist unsere Zahl. Am Samstag werden Sie endgültig zu uns gehören.«

Tyron schenkte zwei Gläser Whiskey ein und reichte Marcus eines davon. Marcus ertappte sich dabei, dass er ständig nach draußen schaute. *Wo zum Teufel blieb die Polizei? Wo waren Sarah und Vincent?*

»Was werden Sie tun?«, fragte er.

»Zunächst einmal werden wir Ihrer Bank und damit auch Ihnen 300 Millionen Euro geben.« Er hob einen Vertrag. »Wir sprachen am Telefon über die Anleihentransaktion mit einem Gesamtwert von 20 Milliarden Euro. Sie bekommen 1,5 Prozent Provision. Kein schlechter Stundenlohn, nur um ein paar Unterschriften zu machen und einen Prospekt herauszubringen?« Er gab Marcus den Vertrag. »Wir übernehmen sogar die Druckkosten.«

»Ich werde das …«, sagte er, doch Tyron unterbrach ihn.

»Sie werden das mit Ihrem Vorgesetzten abstimmen müssen?«, fragte Tyron und hob die Augenbrauen. »Mit Michael Davids, wollten Sie das sagen?«

Marcus merkte, wie sich ihm der Magen zusammenkrampfte wie ein Igel, der sich zusammenrollt. Stiche zogen durch seinen Unterleib, als würde er tatsächlich Stacheln in sich tragen.

»Nun ja«, sagte Tyron, zog an der Zigarre und nippte von dem Whiskey, »Sie haben ja unsere Installation in Battersea gesehen. Hat Sie Ihnen gefallen? Könnte man sie auch in der Tate Modern ausstellen?« Tyron wurde abrupt ernst, während Marcus' Gesicht mittlerweile die Farbe seines weißen Hemdes angenommen hatte.

»Wir wollten Ihnen dadurch helfen, Herr Wagner. Die Führungsspannen etwas reduzieren, so wie es die Berater immer nennen, um eine möglichst rasche Entscheidung herbeizuführen. Nett, nicht wahr?«

»Sehr nett«, murmelte Marcus und trank einen Schluck von dem Whiskey. Single Malt, mindestens 20 Jahre, aber heute schmeckte er gar nichts. Er wollte sich schon wieder umsehen, weil niemand kam, aber er ahnte, dass ihn dieses Verhalten bald verdächtig machen würde.

»Was kommt dann?« Er hörte, wie er die Frage stellte, doch in Wirklichkeit war er gar nicht richtig anwesend. *Was hielt sie auf? Würde niemand mehr kommen? Musste er das Spiel jetzt auf Gedeih und Verderb mitspielen?*

»Dann …« Tyron kam nicht dazu, den Satz zu beenden, da in diesem Moment das Handy klingelte. Er nahm den Anruf an. »Wunderbar«, sagte er. Und: »Immer herein mit ihnen.«

Marcus war es, als würde sein Herz stehen bleiben.

»Ist alles in Ordnung?«, fragte Tyron. »Nehmen Sie einen Schluck Whiskey, das beruhigt.« Er zog wieder an seiner Zigarre.

Er sprach weiter. »Sie fragten, was dann kommt? Der erste Schritt war *Somnia*, und Sie haben das erste Rätsel gelöst. Der zweite Schritt war *Raptus,* und Sie haben uns gefunden. Der dritte Schritt ist *Furor*. Dann sind Sie aufgenommen.«

Marcus spürte die Angst in sich wie Eis, das durch seine Adern lief. Tyron hatte ihm nicht gesagt, was genau *Furor* sein sollte. Offenbar bereitete es ihm ein sadistisches Vergnügen, Marcus so lange es möglich war darüber im Unklaren zu lassen. »Was ist *Furor*?«, fragte er.

Tyron grinste, die Zigarre zwischen den Zähnen, während er zur Tür zeigte.

»Ein Bild sagt mehr als 1000 Worte. Voilà!«

Die Tür öffnete sich. Und da wusste Marcus, dass alles zu Ende war.

LONDON
FREITAG, 5. JANUAR
19:15 UHR

30

Keine 300 Meter entfernt bewegte sich ein Mann mit einer schwarzen Tasche, gekleidet in eine schwarze Soutane, auf den Eingang des Gebäudes zu und durchschritt mit schnellen Schritten die Lobby. Der Wachmann am Terminal glaubte seinen Augen nicht zu trauen.

»Gott segne dich, mein Sohn«, sagte Paolo Venturini, nickte dem Mann zu und ging am Terminal vorbei auf die Aufzüge zu.

»Moment, Hochwürden«, sagte der Wachmann, während er auf einer Handvoll gerösteter Erdnüsse herumkaute. Gleichzeitig legte er die *Sun*, die er gerade gelesen hatte, beiseite und erhob sich. »Zu wem möchten Sie?«

»Die letzten Sakramente für einen Sterbenden«, sagte Venturini.

»Ein Sterbender?«, fragte der Wachmann. »Hier?«

Venturini nickte.

»Seit wann? Und wer?«

»Du wirst verstehen, mein Sohn«, sagte der Krieger-Mönch, »dass die Angehörigen kein Interesse daran haben, dass die Nachricht vom Tode des Mannes, der mich hierher gerufen hat, vorzeitig an die Presse dringt. Aus diesem Grund muss ich äußerste Diskretion wahren.«

»Und warum kein Arzt?«

»Der, der mich gerufen hat, weiß, dass es zu Ende geht. Er wünscht nicht, an irgendwelchen Schläuchen sein Dasein zu fristen, sondern möchte Gott aufrechten Hauptes entgegentreten, mit durch die Sakramente gereinigter Seele.«

Der Mann ging zurück zu seinem Terminal und griff zum Telefon. »Das muss ich mit meinem Boss klären.«

»Klären Sie, was Sie wollen«, sagte Venturini scheinbar gleichgültig, um gleich danach hinzuzufügen: »Sollte aber mein Mandant sterben, bevor ich ihm die Sakramente verabreichen konnte, weil wir hier so viel Zeit verschwenden, werden die Angehörigen – im Übrigen mächtige Leute – zu Recht fragen, was mich aufgehalten hat.« Er schürzte die Lippen und blickte von oben auf den Wachmann herunter. »Da ich selbst pünktlich gewesen bin, werde ich mich gezwungen sehen, klar den Grund für die Verzögerung zu benennen.«

Der Wächter knetete seine Hände und war sichtlich unschlüssig.

»Na schön«, sagte er und zog eine Liste. »Tragen Sie sich ein, wohin immer Sie wollen.« Dann zog er einen Metalldetektor. »Abtasten muss ich Sie trotzdem.«

»Wie Sie wünschen.«

Der Wachmann zog den Metalldetektor über Venturinis Soutane und Tasche. Hektisches Piepsen.

»Haben Sie Metallgegenstände dabei?«

Der Geistliche nickte. »Aber ja.«

»Dürfte ich die sehen?«

Venturini schaute den Mann ein wenig mitleidig an und schüttelte den Kopf. »Immer noch kein Mitleid mit einem Sterbenden, nicht wahr?« Als der Wachmann offenbar nicht verstand, sprach er weiter. »Ein eisernes Kreuz für den Exorzismus. Wir möchten schließlich, dass die arme Seele ohne böse Geister ins Jenseits gelangt, nicht wahr?«

»Und warum darf ich es nicht sehen?«

»Weil es nur für die Augen des Sterbenden gedacht ist«, sagte Venturini. »Es wurde im Petersdom in der heutigen Morgenmesse mit heiligem Wasser geweiht. Ich bin eigens mit einer Privatmaschine von Rom nach London gereist, um es vor den Augen aller zu verbergen, um es für den zu erhalten, der es am nötigsten braucht.« Er machte eine Kunstpause und schaute den Wachmann an, während er eine Augenbraue hob. »Wollen Sie wirklich so grausam sein und den Mann seines ewigen Heils berauben?«

Der Wachmann machte eine wegwerfende Handbewegung und ging an sein Terminal zurück.

»Gehen Sie schon«, sagte er. »Ich stell' keine Fragen mehr.«

31

LONDON
FREITAG, 5. JANUAR
19:15 UHR

Sarah öffnete die Augen. Ihr war, als hätte sie jahrelang geschlafen. Sie sah sich um. Sie war in einem riesigen Raum, groß wie eine Halle in einsamer Höhe, an zwei Seiten von Glasfenstern umgeben, die sieben Meter hoch vom Boden bis zur Decke reichten.

Sie saß auf einem Stuhl, und ihre Hände waren hinter ihrem Rücken mit Handschellen fixiert. Ihre Füße waren an den Stuhl gefesselt. Sie blickte neben sich und sah einen weiteren Stuhl, darauf Vincent, ebenso gefesselt wie sie, seine Augen geschlossen, sein Kopf auf seiner Brust. Er bewegte sich ein wenig hin und her, so als sei auch er kurz davor aufzuwachen. Langsam erinnerte sie sich: London, das Gespräch mit Stokes in der British Library, Saint Paul's Cathedral. Dann die Fahrt mit Paton. Und dann wusste sie gar nichts mehr. Sie wusste nur, dass sie aufgeflogen waren.

Vincent hob den Kopf, öffnete langsam die Augen und blickte sich um. Dann sah er Sarah.

»Wo sind wir?«, fragte er.

»Auf alle Fälle in Schwierigkeiten«, sagte Sarah.

Das hatten sie jetzt von ihrer Neugier. Wenn das nicht alles ein ganz großer Scherz war, gab es die Verschwörer wirklich.

Und wenn es sie wirklich gab, waren sie sicher nicht daran interessiert, Mitwisser am Leben zu lassen.

Vincent gab das Stichwort. »Meinst du, sie werden uns töten?«, fragte er. »Weil wir zu viel wissen?«

Sarah zuckte die Schultern, sofern das mit auf dem Rücken gefesselten Händen ging. »Wenn sie das wollten, hätten sie es schon tun können. Vielleicht wollen sie uns verhören?«

Vincent blickte sie unbehaglich an. »Und töten uns danach?«

»Keine Ahnung, unwahrscheinlich wäre es nicht.«

Sie schwiegen eine Weile.

»Immerhin«, sagte Sarah. »Wenn wir jetzt sterben, dann heißt das, dass wir etwas herausgefunden haben, das so brisant ist, dass man dafür sterben muss.« Sie blickte ihn an und er sah aus, als würde er seine Gedanken ordnen. Dann schaute er sie an.

»Das würde dich dafür entschädigen zu sterben? Meinst du das?«

»Nein«, sagte Sarah, »das ist es nicht. Es ist etwas anderes, es klingt fast merkwürdig.« Sie suchte nach Worten. »Aber was mich dabei auf eine seltsame Art und Weise glücklich macht, ist, dass wir es zusammen herausgefunden haben. Und wenn wir jetzt sterben, wir beide, dann sind wir zusammen, und dann ist der Tod weniger schlimm, für jeden von uns.«

Vincent nickte. »Was bin ich für ein Dummkopf«, sagte er, »dass erst eine Situation wie diese kommen muss.«

Er suchte nach Worten und sprach dann weiter. »Wie bei Auguste Dupin. Die naheliegenden Sachen sind es, die niemand sieht. Erst wenn sie nicht mehr da sind, fallen sie einem auf.« Er schaute den am Fenster vorbeieilenden Wolkenfetzen hinterher. »Und jetzt, wo wir uns vielleicht für immer verlieren, wird es mir klar. Was mich interessiert hat, ist mir im Leben immer leichtgefallen, aber ich habe nie richtig für das gekämpft, für das man kämpfen sollte. Genau genommen bin ich bei null losgelaufen und dann immer nur rückwärts – bis zu dem einen Nachmittag, an dem ich dich getroffen habe. Damals, im Hörsaal in der Humboldt-Uni.«

Sarah schaute ihn an und sie sah, dass Tränen in seinen Augen waren. Und auch sie selbst spürte diesen Druck in der Kehle, wenn man weinen musste, der Druck, der schmerzhaft und befreiend zugleich ist.

»Und jetzt«, sagte Vincent, »wo mir das klar wird, sieht es so aus, als ob es zu spät ist.«

Er blinzelte zwischen den Tränen hervor. »Es ist verrückt«, sagte er. »Da liest man Tausende von Büchern, rennt irgendwelchen Geheimnissen hinterher, und dabei haben wir beide viel mehr Geheimnisse zu ergründen, viel mehr Schätze in uns und im anderen zu heben, als zwischen alle Buchdeckel dieser Welt passen. Ich habe mein Leben lang über irgendwelche philosophischen, hochgeistigen Fragen nachgedacht, darüber, wie ich das nächste Stipendium kriege, um weiter über irgendwelchen schlauen Büchern zu brüten, mit schlauen Leuten zu sprechen und schlaue Sachen zu sagen. Aber dieses Gefühl, das habe ich nie ergründen können. Aber jetzt weiß ich, was es ist.«

»Welches Gefühl, Vincent?« Sie wusste, wie schwer es ihm fallen musste, so offen zu sprechen. Nicht umsonst versteckte er am liebsten alles hinter einer akademischen Fassade.

»Das Gefühl, zu wissen, dass das Leben ohne den anderen sinnlos ist. Das Gefühl, dass man das Leben ohne den anderen gar nicht als Leben bezeichnen kann.« Er bewegte den Kopf an seine Schulter, um sich die Tränen abzuwischen. »Ich wusste nie, dass es so ein Gefühl gibt, aber jetzt weiß ich nicht nur, dass es das gibt, sondern ich weiß, das dieses Gefühl« – er zögerte – »Liebe sein muss.«

Er blickte hinter sich aus dem Fenster.

Draußen waren Schritte zu hören.

»Wenn wir das überstehen, Sarah«, sagte Vincent, »dann ist doch alles möglich? Das Leben mit dir zu leben, unseren Kindern die Welt zu zeigen? Vielleicht haben wir ein riesiges Geheimnis aufgedeckt, eine riesige Verschwörung. Aber zu dem größten Geheimnis sind wir doch noch immer unterwegs.« Er schaute sie an. »Zu uns.«

Tränen liefern über ihre Wangen, als sie seine Stimme hörte.

»Wenn wir jetzt nicht gemeinsam sterben, wollen wir dann gemeinsam leben?«

32

LONDON
FREITAG, 5. JANUAR
19:30 UHR

Sarah kam nicht mehr dazu, zu antworten. Die hohe Glastür öffnete sich mit einem leisen Zischen. Jemand ergriff ihre beiden Stühle und schob sie nach vorne in den Raum, zu dem sich die Glastür öffnete. Vor den zwei Wänden, die das Innere des Gebäudes abtrennten, stand ein riesiger Schreibtisch vor einer fünf Meter hohen Steinskulptur, einem Greis mit Flügeln, Bart und wehenden Haaren. *Kronos,* dachte Sarah und schaute ehrfürchtig nach oben. Daneben ein gigantischer Konferenztisch, der aus einer einzigen, zwölf Quadratmeter großen Steinplatte herausgesägt war. Es war das größte und Furcht einflößendste Büro, das sie jemals gesehen hatte. Die Lichter Tausender Fenster blitzten in der Dunkelheit der Nacht, gemeinsam mit den Sternen am Winterhimmel, die hin und wieder verdeckt wurden von einigen Wolkenfetzen, die, von einem eisigen Ostwind getrieben, kamen, gingen und nicht blieben. Es musste der schwarze Wolkenkratzer sein, den sie am Nachmittag gesehen hatten und in dem sie jetzt gefangen waren.

Vor ihr drei Menschen. Eine der drei hatte sie eben in den Raum geschoben. Sie wusste, die eine war *sie*, diese hypnotisch schöne Frau, deren Gesicht die Kamera im Adlon aufgezeichnet hatte. Mit den kastanienbraunen Haaren, den klassischen Gesichtszügen und den dunklen Augen. Sie trug einen kurzen schwarzen Rock, ein schwarzes Top und eine silberne Kette. *Wenn jemand Hill verführt und getötet hatte, dann muss sie es gewesen sein.* Doch der Glanz, der selbst durch die Kamera des Adlons noch in ihren Augen zu sehen gewesen war, war verschwunden. Scheinbar teilnahmslos betrachtete sie die Szene, ein wenig wie ein Mensch, der schon tot ist, aber noch nicht begraben wurde. *War auch sie ein Teil des Spiels geworden?*

Daneben stand Marcus. Auch er lächelte nicht, als er sie sah, sondern schien vor Schreck völlig erstarrt zu sein. Er hatte auf die Polizei gewartet und jetzt war die Polizei in Form von Sarah auch hier – aber so hatte er es sich sicher nicht vorgestellt.

Der Letzte der drei schien der Einzige zu sein, der an der Situation offenbar Gefallen fand. Er lächelte beide mit blitzenden Zähnen an, während seine Mimik so unbeweglich blieb wie der Stahlbeton des Hochhauses.

»Vexilla inferni regis prodeunt«, intonierte er. *»Des Höllenkönigs Fahnen schreiten uns entgegen.«* Sarah ahnte bereits, dass diese Einführung nichts Gutes zu bedeuten hatte. »Ein alter Karfreitagshymnus beginnt mit diesen Worten«, fuhr Tyron fort, »und es sind auch genau die Worte, mit denen Vergil seinen Begleiter Dante vor das Angesicht Satans führt.«

Er hob die Hände, und Sarah sah, dass er zwei Ringe trug, auf jeden eine Sichel und eine Sanduhr graviert. »Heute ist

Freitag, heute geht es auch um den Tod und um den Satan geht es sicher auch, in jedem Fall aber um einen, sagen wir, *teuflischen* Plan.«

»Wer sind Sie?«, fragte Sarah.

»Sie dürfen mich für den Rest unserer Begegnung Tyron nennen«, sagte er. »Thomas Tyron. Und das«, er zeigte auf die schöne, dunkelhaarige Frau, »ist Nemesis.« Er ging zu dem riesigen Steintisch und goss sich aus einer bauchigen Flasche einen Whiskey ein.

Sarah schluckte, wusste nicht, ob sie antworten sollte, und entschied sich dann zu einer Gegenfrage. »Dann sind Sie … der, der Drahtzieher von dem Ganzen?«

»Frau Jakobs, Sie treffen den Nagel auf den Kopf. Tyron der Tyrann.« Der Name schien ihm zu gefallen. Sarah wunderte sich nicht wirklich, dass er ihren Namen kannte. Er trank einen Schluck Whiskey und ging mit dem Glas und der Zigarre auf sie zu. »Tyrannei ist erforderlich, da die Menschen nicht mit Freiheit umgehen können. Darum brauchen wir Kontrolle. Nicht, um Milliardengewinne zu machen. Milliardengewinne sind kein Selbstzweck. Sie dienen dem großen Ziel.« Er wandte sich an Marcus, der kreidebleich daneben stand. »Dem Plan.«

»Was ist der Plan?«, fragte Sarah. Irgendetwas sagte ihr, dass es klug wäre, die Unterhaltung am Laufen zu halten.

»Was sind die Menschen?«, fragte Tyron stattdessen. »Undankbar, wankelmütig, unaufrichtig, heuchlerisch, ängstlich und habgierig. Solange man ihnen etwas Gutes tut, werden sie einem völlig ergeben sein.« Er hob den Finger. »… solange die Not fern ist. Kommt sie aber näher, ist es mit der Freundschaft und der Liebe vorbei.«

»Ohne die Liebe würde die Menschheit nicht existieren«, sagte Sarah. Sie mussten Zeit gewinnen, Tyron in eine Unterhaltung verwickeln. Sie war selbst erstaunt, wie direkt sie mit diesem Menschen sprach. Er könnte sie mit einem Fingerschnippen töten. Aber darum ging es offenbar nicht. Noch nicht. Er spielte das Spiel mit.

»Blödsinn«, fauchte er. »Furcht bei anderen kann man kontrollieren, Liebe nicht. Es ist wichtiger, gefürchtet als geliebt zu werden. Die Menschen scheuen sich weniger, den zu verletzen, den sie lieben, als den, den sie fürchten. Und warum? Weil man nur das liebt, was lieb zu einem ist. Was aber lieb zu einem ist, ist niemals gefährlich und wird daher niemals akzeptiert. Werden die Zeiten härter, wird alles in Frage gestellt.« Er tippte Asche in den goldenen Aschenbecher, Asche, die wie der Staub einer zerstörten Statue im Gold des Aschenbechers zerstob. »Die Furcht aber wird durch die Angst vor der Strafe aufrechterhalten«, fuhr er fort, »die Strafe, die die Menschen immer fürchten werden, solange der Strafende stärker ist als sie selbst, und daher wird die Furcht auch immer funktionieren. Das ist das Gesetz der Natur. Skrupel, Reue, Mitleid, alles Konstrukte, um sich eine feindliche Realität schönzureden.«

»Was ist dann Mitleid?«, spielte Sarah das Spiel weiter. Vielleicht waren Carter und die anderen ja schon unterwegs.

»Was ist Mitleid?«, wiederholte Tyron. »Für den Mitleidenden eine fadenscheinige Ausrede, um dem Leidenden nicht aktiv zu helfen, sondern nur ein untätiges ›Mitleid‹ zu verkünden. Und für den Leidenden, der Mitleid erregen will? Die letzte Waffe, um den Starken Schmerz zuzufügen, die schönste Ausrede, um seine Situation nicht eigenständig verbessern zu müssen.« Er schüttelte den Kopf. »Nein, nein, Mitleid ist nichts weiter als ein Alibi für beide Seiten, um Untätigkeit zu glorifizieren, um Schwäche als Stärke darzustellen.«

Er schaute sie beide an. »Sie beide sind naive Traumtänzer, die sich den Menschen schönreden, wie sich ein Betrunkener eine hässliche Frau schöntrinkt. Dumm nur, dass weder der Mensch dadurch besser, noch die Frau dadurch hübscher wird.« Er trat zum Fenster und sprach in die dunkle Nacht hinein.

»Wenn sich die Frage von Sein und Nichtsein stellt, dann fallen alle Erwägungen von Liebe und Mitleid in ein Nichts zusammen.« Tyrons Hände zeigten auf den blitzenden, wolkendurchzogenen Sternenhimmel in der Winternacht. »Denn all diese Vorstellungen schweben nicht im Kosmos der Natur, sondern stammen aus der Fantasie des Menschen und sind damit an ihn gebunden. Doch wenn es um Leben und Sterben, um die eigene Existenz oder die des anderen geht, lösen sich all diese Vorstellungen, die der Mensch erfunden hat, um sich eine feindliche Realität schönzureden, wieder in Nichts auf.« Er deutete nach draußen in die Winternacht. »Denn die Natur kennt sie nicht.«

33

LONDON
FREITAG, 5. JANUAR
19:45 UHR

Paolo Venturini hatte die Etage gefunden, auf der sich Tyron und die anderen aufhielten.

Das 90. Stockwerk.

Er schnallte sich den Sender um das Handgelenk, ließ die Uzi in den Beinholstern verschwinden und verbarg drei Shuriken Wurfsterne griffbereit in seiner Soutane.

Der Infrarotsender des Sensors meldete ihm, dass sich auch Nemesis in einer Entfernung von 50 Metern befand. Er aktivierte die Apparatur.

Noch fünf Minuten, und Nemesis wäre befreit.

LONDON
FREITAG, 5. JANUAR
19:45 UHR

34

Tyron drehte sich zu Marcus um. »Nun zu Ihnen: Sie fragen sich sicher, wann Sie endlich Ihren Loyalitätsbeweis antreten dürfen?«

»Mr. Tyron.« Sarahs Stimme durchschnitt den Raum. »Ich bin nicht sicher, ob Sie schon fertig sind.«

Er drehte sich zu Sarah um, seine Augen fixierten sie wie der Laserpointer eines Scharfschützengewehrs. »Ich bin nicht sicher, ob Sie das zu entscheiden haben.«

»Es liegt doch in der Natur des Menschen, sich von der Natur abzuheben«, sagte Sarah. Sie musste Zeit gewinnen, koste es, was es wolle.

Offenbar hatte Sarah Tyron bei seiner Eitelkeit gepackt, denn er wandte sich wieder von Marcus ab und sprach weiter. Er schüttelte den Kopf. »Eine Staatsform, die wider die Natur arbeitet, ist auf Dauer zum Scheitern verurteilt. Die ägyptische Regierung hat jahrtausendelang als Tyrannei funktioniert. Platon hatte die Tyrannei als ideale Staatsform vor Augen, die es dem tumben Pöbel nicht gestattet, das Rad der Zivilisation durch seine kurzsichtige Dummheit zurückzudrehen. Bis zur amerikanischen und französischen Revolution waren die Regierungen fast aller großen Staaten aristokratisch. Müssen wir uns da nicht fragen, ob wirklich ein triftiger Grund dafür vorliegt, der Demokratie vor einer Regierungsform den Vorrang zu geben, die eine so lange und erfolgreiche Geschichte gehabt hat?«

»Bis jetzt hat es nur die Demokratie geschafft, das größtmögliche Glück aller zu ermöglichen«, sagte Vincent und schaltete sich in das Spiel ein.

»Falsch!«, rief Tyron und seine Augen funkelten. »Die Demokratie ist ein Glaspalast der Illusionen, die sich Wählerstimmen dadurch kauft, indem sie dem Pöbel den Zugriff auf die Staatskasse gestattet. Schon Platon hat den Untergang jeder Demokratie vorausgesehen.«

»Warum sollte das geschehen?«, fragte Sarah.

Tyron trank von seinem Whiskey, zog an seiner Zigarre und ging zurück zum Fenster. »Demokratie will geliebt werden, wie jeder dumme Herrscher, im Unterschied zur Tyrannei, die es in Kauf nimmt, nicht geliebt, sondern gefürchtet zu werden. Tyrannei und Demokratie sind einander ähnlich unter unterschiedlichen Vorzeichen: Die eine pflegt die Idealisierung der Elite, die andere die Idealisierung des Pöbels. Warum? Weil Demokratie Mehrheiten braucht. Und weil der dumme Pöbel immer in der Mehrheit sein wird.«

Er starrte Sarah, Vincent und Marcus nacheinander an und sprach dann weiter. »Unsere Feinde nennen uns ›Das Große Tier‹.« Er zeigte mit dem Glas in der Hand auf das Lichtermeer vor dem Fenster. »Dabei haben die Regierungen dieser Welt selbst ein Monster geschaffen, das mit immer mehr Geld bei Laune gehalten wird, 2000, 3000, 4000, 8000 Milliarden und noch mehr werden in die Gegend gepustet, um *den Konsumenten* bei Laune zu halten, allein in den USA. Irgendwann ist der Geldhahn zu – und dann gnade uns Gott. Irgendwann wollen alle raus aus dem System. Dummerweise ist die Tür dafür viel zu klein.« Er fletschte die Zähne. »Jede große Wirtschaftskrise ist bis jetzt in einen Krieg gemündet. Warum sollte es diesmal anders sein?«

Er zog wieder an seiner Zigarre und ging zum Fenster. »Armageddon«, murmelte er. Nemesis verzog keine Miene. Das Licht spiegelte sich in ihren Ringen und ihren dunklen, hypnotischen Augen. Sarah schüttelte den Kopf. »Die Zeiten der großen Kriege sind vorbei.«

Tyron blickte sie scharf an. »Ach wirklich? Es gibt viel zu viele Beschwichtigungen, dass alles gut geht. Und viel zu wenig warnende Stimmen, dass alles schiefgeht.« Er blickte an Sarah und Vincent vorbei durch die große Fensterfront hinter ihnen. »Die Globalisierung, die Mobilität von Waren, Kapital und Arbeitskräften erreicht Rekordstände. Genauso war es kurz vor dem Ersten Weltkrieg. Wir haben die Kredit- und Finanzkrise, die die Märkte überrollt, wir haben die Überforderung der globalen Superstaaten, mit all den Krisenherden auf der Welt fertigzuwerden, damals das Britische Empire, heute die USA, wir haben ein unstabiles Allianzen-System, damals wie heute, wir haben Schurkenstaaten, die damals Jugoslawien und heute Iran oder Nordkorea heißen, wir haben den Nahost-Konflikt, und wir haben Terroristen, damals die Bolschewisten und heute die al-Qaida, die auf einen kompletten Systemumbruch hinarbeiten. Damals musste man als Terrorist mit einer Browning herumschießen, heute kann jeder mit einer schmutzigen Bombe eine ganze Stadt vernichten.« Wieder fiel Asche in den goldenen Aschenbecher, und eine feine Staubwolke stieg empor. »Die Unzufriedenheit der Milliarden von Dummköpfen, dieser *viel zu vielen*, die auf die Heilsversprechungen der Staaten hereingefallen sind, ist der perfekte Nährboden für einen Umsturz, der in seiner Heftigkeit die vollständige Auslöschung der menschlichen Rasse zur Folge haben wird.«

Er sprach weiter, ohne eine Antwort abzuwarten. »Amerika lebt auf Pump, leiht sich das Geld von Menschen und Staaten, die eigentlich seine Feinde sind. Die USA sind bald zu 90 % verschuldet. Als England nur zu fünfzig Prozent verschuldet war, kämpfte es bereits im Zweiten Weltkrieg.« Er schaute wieder aus dem Fenster. »Aber es gibt Hoffnung. Und darum gibt es uns.« Er zeigte auf sich. »Wir sind die Heilung.«

»Was ist Ihre Strategie?«, fragte nun Marcus.

»Das, was Sicherheit schafft. Das Einzige, was Sicherheit schafft: Kontrolle.« Er stand vor der Fensterfront und sprach weiter. »Unsere Strategie ist es, ein riesiges Industrieimperium aufzubauen aus Telefonnetzen, Mobilfunk, Satellitensystemen, Datenübertragung, DNA-Screening und biometrischen Analysen. *Promethean, Xenotech* und *Telramond* und all unsere anderen Akquisitionen decken achtzig Prozent des globalen Marktes für mobile Kommunikation ab – und wir haben die Mehrheit an allen dreien. *Promethean* liefert die Satellitentechnik, *Xenotech* das Internet, *Telramond* die Datennetze. Wir wissen *alles.*« Beim letzten Wort senkte er die Stimme.

Sarah betete normalerweise gar nicht, aber jetzt betete sie, dass die Polizei bald kommen möge. Denn dieser *Plan* war ihr Todesurteil. Tyron würde niemanden mit all diesem Wissen lebend aus dem Gebäude herausgehen lassen. Es war ein Geheimnis für einen Toten.

Marcus schüttelte den Kopf. »Sie wollen ein Monopol der Überwachung errichten, indem Sie ein Monopol aus Unternehmen aufbauen, mit dem man Menschen kontrollieren kann?«

»Bravo, Sie haben es begriffen.« Tyron senkte den Kopf. »Die beste Kontrolle einer aus den Fugen geratenen Welt ist die Überwachung jedes Individuums, zu wissen, wo es ist, was es tut, und irgendwann auch, was es denkt.« Er zeigte auf Sarah und Vincent. »Sie hatten beide Handys dabei, per GPS konnten wir genau Ihre Position feststellen. In beiden Handys sind Aufnahmegeräte, die wir einstellen können, Freisprecheinrichtungen, die wir aktivieren können, ohne dass Sie es merken, die diese Aufnahmen als Sounddatei an uns senden und uns mitteilen, was Sie gesagt haben. Ihr kleiner unschöner Trick mit dem Blackberry von Herrn Wagner.« Er zeigte zuerst auf Sarah und dann auf Marcus. »Das war nicht sehr nett von Ihnen, aber Sie haben ja gemerkt, wie schnell da ein Bumerang draus wird.« Er grinste. »Sie alle tragen Ihre ganz persönlichen Wanzen immer mit sich herum. Und wir machen aus allem, was wir kriegen können, einen Bumerang.« Er ging zu einem Tisch und hob zwei Handys in die Höhe.

Sarah und Vincent schauten an sich herunter, wo sich sonst ihre Handys befanden. Sarah dachte an das Gespräch von heute Morgen mit Bellmann. Was hätte sie darum gegeben, wenn jetzt Winterfeld und besonders Bellmann hier wären, wenn sie das hören könnten.

»Doch damit ist es noch nicht zu Ende.« Tyron trank von dem Whiskey und sprach weiter. »Handys werden zum bargeldlosen Zahlungsmittel, in der Tiefgarage, im Supermarkt, im Taxi, und deshalb hat man sie immer dabei, und schon wissen wir die Kontostände, die Anzahl an Kreditkarten, die Wertpapiere, die Menschen in ihren Depots haben, wofür sie sparen, wofür sie Geld ausgeben, wovon sie träumen – immer angeschlossen an das globale Satellitensystem, das das ganze Geschehen aus 20 000 Kilometer Höhe bewacht. Und irgendwann braucht man keine Handys mehr.« Er schaute Marcus, Sarah und Vincent hintereinander an. »Die *Fremdkörper* werden so klein, dass man sie gar nicht mehr wahrnimmt. Heute werden Smartcards in die Haut implantiert, um auf einfache Art und Weise in einer Disco Getränke bargeldlos bezahlen zu können. Kinder bekommen Dual Tags, die ebenfalls implantiert werden, damit ihre Eltern immer wissen, wo sie sind. Menschen sind lokalisierbar, man kann ihre Position bestimmen und ihre Stimmen aufnehmen. Winzige Kameras können ihre private Umgebung erfassen. Jederzeit. Ohne Durchsuchungsbefehl, ohne richterlichen Beschluss, ohne Installation von Wanzen. Der Mensch trägt sein Inneres nach außen, macht sich zum Schauobjekt der Überwachung – und kommt sich dabei auch noch cool und aufgeklärt vor.« Er zog wieder an seiner Zigarre, und blauer Rauch entschwebte zur Decke. »Aber das ist noch nicht das Ende.«

LONDON
FREITAG, 5. JANUAR
19:50 UHR

35

Der Schlag gegen den Hinterkopf erwischte Paolo Venturini von einer Zehntelsekunde auf die andere und ließ ihn benommen nach vorne taumeln. Er hatte gerade den Lift im 90. Stockwerk des Gebäudes verlassen, als er aus den Augenwinkeln einen Schatten wahrnahm, der sich so schnell bewegt hatte, dass seine Sinne kaum Zeit gehabt hatten, ihn zu registrieren. Jetzt, als er den Schlag spürte, wusste er, dass es keine Illusion war.

Der Korridor drehte sich vor ihm, die Fenster tauchten mal einmal, mal zweimal vor seinem Blick auf. Er rappelte sich auf, versuchte Distanz zu gewinnen von der schwarzen Gestalt, die sich ihm mit schnellen Schritten näherte. Noch so einen Schlag würde er nicht überstehen.

»Eminenz«, flüsterte eine heisere Stimme, »Sie wollten doch immer schon vor Gott treten? Ich sorge dafür! Heute Abend!«

Der Kerl, der sich ihm mit unmenschlicher Geschwindigkeit näherte, sah aus, als käme er direkt aus der Hölle. Ein dunkler Dämon mit langen Eckzähnen und heidnischen Mustern auf seinem Gesicht, der ausgezogen war, um ihn zu töten. Der Herr war mit seinen Prüfungen noch nicht am Ende.

Er sah, wie der Dämon zum Sprung ansetzte. Doch ein antrainierter Instinkt in Venturini gab ihm die Reaktion, die er brauchte, um nicht sofort den Weg ins Jenseits anzutreten, um seine Mission zu erfüllen, wegen der er gekommen war. Als der Dämon sich auf ihn stürzte, packte er ihn am Kragen seines schwarzen Ledermantels und riss ihn zu sich nach unten. Gleichzeitig setzte er seinen Fuß an den

Solarplexus des Angreifers und zog ihn in einem schnellen Halbkreis über sich. Wolf flog über Venturinis ausgestrecktes Bein und rollte sich polternd zwei Meter hinter ihm auf dem Teppichboden des Korridors ab. Venturini nutzte diesen kurzen Vorsprung, sprang auf und flüchtete die Treppe hinauf, die in den obersten Stockwerk des Wolkenkratzers führte, dort, wo die Bauarbeiten noch nicht ganz beendet waren und blaue Abdeckplanen den Betonboden bedeckten. In einiger Entfernung blinkte das Signallicht des Canada Towers in der dunklen Nacht. *Er musste eine Möglichkeit finden, den Sensor, den er sich um die Hand geschnallt hatte, zu aktivieren.*

Gerade als er den Knopf betätigen wollte, erfüllte ein dumpfer Knall den Raum. Ein aus einem Schalldämpfer abgegebener Schuss, der die große Scheibe neben Venturini in ein Meer aus glitzernden Glaspartikeln verwandelte, die im nächsten Moment in die schwarze Leere der Nacht fielen und sich in der Tiefe verloren.

Wolf hob die Waffe ein zweites Mal. Venturini fixierte ihn wie das Kaninchen, das die Schlange anblickt. Das war jedenfalls das, was der Angreifer denken sollte. In Wirklichkeit versuchte er den Blick des Dämons zu bannen, um die Zehntelsekunden Zeit zu gewinnen, die er brauchte. Die Zeit, in der er unter seine Soutane griff und den Shuriken-Wurfstern hervorholte, um ihn dem Killer, noch bevor er schießen konnte, zwischen die Augen zu schleudern.

Der Wurfstern flog wie ein tödliches Insekt aus Metall durch die Dunkelheit des 91. Stockwerks – und blieb mit einem knirschenden Geräusch in Wolf stecken.

Der Wurfstern steckte in Wolf, aber nicht in seinem Kopf. Er ragte wie ein groteskes Schmuckstück aus dem Handrücken seiner linken Hand hervor, auf der ein dünner Faden Blut herunterlief. Mit einer Reaktionsgeschwindigkeit, wie man sie gewöhnlich nur bei Reptilien oder Insekten beobachtet, hatte Wolf die Hand gehoben und sich selbst vor dem sicheren Tod bewahrt.

Im selben Moment hob er nochmals die Pistole, zielte und schoss.

Diesmal traf er.

LONDON
FREITAG, 5. JANUAR
20:00 UHR

36

»Das ist noch nicht das Ende?«, fragte Sarah. »Was soll denn noch kommen?« Marcus stand stocksteif neben Tyron.

Tyron sagte nur ein Wort, das man aus der Science-Fiction kannte, das aber so unwahrscheinlich klang, dass man es meistens nicht ernst nahm.

»Gedankenkontrolle.« Tyron tippte sich an den Kopf. »Tastaturen und Bedienelemente sind bald Schnee von gestern. Die neuronale Steuerung dieser Geräte wird kommen, das Gehirn bestimmt, was die Geräte tun. Synapsen schalten sich zusammen, und zu Hause geht die Kaffeemaschine an, oder das Garagentor geht auf.«

Er blies Rauch aus, ging zum Glastisch und schenkte sich Whiskey nach. Seine Stimme wurde tiefer. »Das geht aber auch umgekehrt.« Wieder ein eiskaltes Lächeln. »Die Geräte sind in Kontakt mit dem Gehirn. So wie sie heute Ihre Stimmen aufnehmen und an uns senden, nehmen sie künftig auf, was Ihre Gehirne denken. Und wenn es nicht das ist, was wir wollen, bestimmen wir, was Sie denken. Und was Sie dann tun. Und wenn das alles nichts hilft, haben die Geräte Substanzen, die injiziert werden können, die tödlich sind.« Er stellte das Whiskeyglas auf den Tisch und fuhr sich mit der rechten Hand über die Kehle. »Entweder Sie spuren, oder Sie sterben. So einfach ist das!«

Sarah schaute Vincent und dann Tyron an. »Das ist Wahnsinn!«

Tyron nahm das Glas erneut in die Hand. »Das ist Weisheit.«

In Marcus' Kopf rauschte es. War das hier nur ein Traum? Eine bizarre Theatervorführung? Sein Blick traf den von Vincent, dessen Augen unruhig denen von Tyron folgten. Was würde jetzt kommen? Irgendein dunkler Winkel in seinem Bewusstsein hatte bereits eine ungefähre Ahnung, was auf ihn warten könnte, doch das, was man den ›gesunden Menschenverstand‹ nennen würde, weigerte sich noch, diese Ahnung als Möglichkeit anzuerkennen.

Marcus schüttelte den Kopf. »Das ist zu komplex. Das kann nicht funktionieren.«

»Glauben Sie mir, es wird funktionieren.« Tyron schritt wieder zum Fenster. »Auf diese Weise haben wir unser Firmenimperium zusammengekauft. Mit virtueller Gewalt Rechenzentren lahmgelegt und Insider-Informationen verwertet. Wir können Rechenkapazität bündeln und damit virtuelle Kraft aufbauen, die auch das stärkste Unternehmensnetzwerk in die Knie zwingt. Wir können fremde Computer infizieren, fremdsteuern, Computer, deren Besitzer dann nicht mehr wissen, was ihre Computer eigentlich tun.«

Er wirkte ein wenig wie ein Diktator, wie er vor der Glasscheibe stand wie vor einer großen Menschenmenge. »Informationstechnologie. Die Gewalt des binären Codes, Eins und Null, Yin und Yang, Gaia und Uranos.« Mit jedem Wortpaar, das er sagte, schlug er mit der Faust in die offene Hand.

»Und wenn Sie alles haben?«, fragte Sarah. »Dann brauchen Sie Ihren Computer und all seine Vernetzungen doch nicht mehr.«

Tyron lächelte und schüttelte den Kopf. »Sie haben nicht ganz aufgepasst, junge Dame. Wir dringen in die Systeme ein, wir infizieren die fremden Computer, wir bekommen die Insider-Informationen und wir sammeln all die Daten, die wir kriegen können. Danach«, er hob die Hand, »danach kommt Phase vier, und dann brauchen wir den Computer mehr als zuvor.« Er trank wieder von seinem Whiskey, während sich in dem Glas die Lichter der Wolkenkratzer spiegelten. »Wir haben die Informationen, dadurch verdienen wir Geld. Mit dem Geld kaufen wir Unternehmen, ein Imperium der Überwachungstechnologie. Und dadurch erlangen wir weitere Informationen. Und zwar über alle Menschen, die diese Technologie nutzen. Und durch dieses Wissen erlangen wir Kontrolle.«

Er legte die Zigarre in einen Aschenbecher und faltete die Hände. »Nicht alle Informationen werden uns weiterhelfen. Wir benötigen eine Datenbank, die nicht nur all diese Informationen speichert, sondern sie auch intelligent nach Relevanz ordnet. Eine Datenbank, die weiß, wann ein Verbrechen geschieht, bevor es ausgeführt wird. Eine Datenbank, die das Wichtige erkennt und das Unwichtige ignoriert.«

Sarah stand der Mund offen. »Sie wollen …?«

Tyron nickte. »Die digitale Erfassung aller Aktivitäten aller Menschen. Ihren Ort, ihr Handeln, ihr Denken.«

»Aber das wäre die größte Datenbank, die …« Sie schluckte.

Er nickte noch einmal. »… die es jemals gab in der Geschichte der Menschheit. Selbst ein Supercomputer reicht für diese Aufgabe nicht aus, wenn es darum geht, Milliarden von Menschen zu katalogisieren. Darum das Netzwerk. Darum der Zugriff auf Millionen von anderen Computern. Und ihre Festplatten, ihre Speicherchips, ihre Rechenkapazität. Um jeden Menschen auf der Welt zu kontrollieren, müssen wir die größte Datenbank bauen, die es je gab. Nicht Tausende von Servern in irgendwelchen Datenzentren, die man erkennen kann. Nein, unsere Vernetzung baut auf Millionen von Rechnern auf der ganzen Welt, deren Rechenkapazität wir uns bedienen, in jedem Haushalt, an jedem Arbeitsplatz. *Grid Computing, Cloud Computing,* wie immer Sie es nennen wollen. Er blies Rauch zur Decke und sprach weiter. »Wir wissen alles und bleiben unsichtbar. Wie Gott. Der größte Computer, den es gibt, der über jeden Menschen alles weiß, alles kontrolliert und alles vorhersieht.« Er nahm einen letzten Zug von seiner Zigarre. *»Das Große Tier.«*

Er blickte von Sarah zu Marcus zu Vincent. »Die Menschheit muss in Ketten liegen, da sie sich sonst selbst vernichtet. Und sie kann sich nicht einmal beschweren.« Er zeigte wieder seine Zähne, während draußen der eisige Wind an den Strahlträgern des Wolkenkratzers rüttelte. »Sie hat sich ihre Ketten aus freien Stücken gekauft. Sie hat sich aus ihrem eigenen Haus einen Galgen gebaut.« Er ließ die Zigarre in den Aschenbecher fallen.

»Jetzt wissen Sie alles«, sagte Tyron zu Marcus gewandt, öffnete eine Schublade und holte einen kleinen schwarzen Koffer hervor. »Wir haben Sie kontaktiert, wir haben Sie getestet, wir haben Sie ausgewählt. Aber wir erwarten auch viel.« Er stellte sich direkt vor Marcus. »Neben der 20-Milliarden-Euro-Transaktion möchten wir Sie um eine kleine Gefälligkeit bitten, die uns zeigt, dass Sie es ernst meinen, dass Sie in der Lage sind, aus Fehlern zu lernen.«

»Welcher Fehler?«, fragte Marcus, um Zeit zu gewinnen, und presste seine Hände in die Taschen, damit das Zittern nicht so auffiel. Er wusste sehr wohl, was Tyron meinte.

»Sie haben Mitwisser engagiert«, sagte Tyron und bewegte den Kopf Richtung Sarah und Vincent. »Das war nicht sehr schön, und hätten wir nichts getan, wären jetzt die Bullen hier mit irgendwelchen SWAT-Teams und irgendwelchen Detectives in billigen Marks-&-Spencer-Polyesteranzügen, die uns unsere Rechte vorlesen würden.« Er schaute sich um. »Sie haben uns offenbar für zu dämlich gehalten, um diesen Schritt zu durchschauen.« Er ging auf Marcus zu, das schwarze Köfferchen in der Hand, der ein Stück vor ihm zurückwich.

»Aber ich kann Sie beruhigen«, sagte Tyron und tätschelte Marcus auf die Wange. *Dies konnte keine Entwarnung sein. Es war Teil dieses sadistischen Spiels.* »Sie wollen ja sicher nicht für eine dumme Firma arbeiten. Und wir sind cleverer als Sie denken.« Er nickte bestätigend mit dem Kopf.

Er öffnete den Koffer. Darin ein silberner Revolver, den er in einer betont langsamen Bewegung aus dem Koffer nahm und mit beiden Händen emporhob.

»Sechs Kugeln, Herr Wagner«, sagte Tyron. »Aber wenn Sie gut zielen und gut schießen«, er zeigte auf Sarah und Vincent, die ihn mit von Angst geweiteten Augen ansahen, »dann brauchen Sie nur zwei!«

Marcus merkte, wie ihm schwindelig wurde. Das Grauen, das sich in einem tiefen, finsteren Teil seines Unterbewusstseins schon Bahn gebrochen hatte, war jetzt in der Realität angelangt und blendete ihn in seiner grellen Präsenz wie das Deckenlicht, das sich in dem Silber des Revolvers brach.

»Sie wollten uns an *die* verraten«, sagte Tyron und zeigte auf Sarah und Vincent. »Zeigen Sie, auf wessen Seite Sie stehen. Auf wessen Seite Sie *wirklich* stehen. Erschießen Sie die beiden und zeigen Sie die Loyalität, die wir von Ihnen erwarten.« Er hielt Marcus den Griff des Revolvers entgegen.

Tyron wusste, dass er nicht ganz ehrlich zu Marcus gewesen war. Denn wenn er es tun würde, würden nicht nur Sarah und Vincent sterben. Die Funkverbindung im Auslöser der Waffe würde das Gift in Nemesis' Körper freisetzen.

Ein fairer Tausch. Er musste eine Verräterin töten, um sich selbst vom Verrat reinzuwaschen.

37

LONDON
FREITAG, 5. JANUAR
20:05 UHR

Der Schuss hatte Venturini nach hinten geworfen und beinahe wäre er aus dem zerbrochenen Fenster gestürzt. Das Projektil hatte ihn nicht getötet, aber wahrscheinlich sollte es das auch gar nicht. Seine rechte Schulter brannte wie Feuer. Wolf trat langsam auf ihn zu. Sein Gesicht vor Venturinis Gesicht. Das Einzige, was sich in den starren Augen des Dämons bewegte, war das blinkende Licht des Canada Towers auf der anderen Seite. Venturini wollte zurückweichen, doch hinter ihm gähnte der schwarze Abgrund.

Der Wurfstern steckte noch immer in Wolfs Handrücken. Mit einem Ruck zog er ihn heraus, ohne eine Miene zu verziehen. Blut floss aus der Wunde.

»Willst du wissen, wie sich so ein Wurfstern anfühlt?«, fragte der Dämon und hob den blutverschmierten Shuriken in die Höhe. Doch anstatt eine Antwort abzuwarten, bohrte er Venturini den Wurfstern direkt in die frische Einschusswunde.

Eine Welle des Schmerzes brach sich wie Napalmfeuer Bahn durch seinen Körper. Er versuchte, die Kontrolle zu bewahren, versuchte, sich eine der kühlen Dorfkapellen in

Kalabrien vorzustellen, versuchte, dem Dämon nicht zu zeigen, welchen Schmerz dieser ihm bereitete.

Es funktionierte. Es funktionierte so lange, bis Wolf den Shuriken noch fester ergriff und ihn in der Wunde einmal herumdrehte.

Venturini konnte nur noch schreien, konnte nichts mehr sehen, nicht mehr denken. Flammen des Bösen peitschten sich durch seinen Körper, als würde er durch das ewige Feuer getrieben.

Als Wolf den Stern aus der Wunde herauszog, versiegte der Schmerz. Venturinis Schrei brach ab. Er schloss den Mund – und biss auf Metall.

Der Dämon hatte ihm, als er wie wahnsinnig vor Schmerzen geschrien hatte, den Pistolenlauf zwischen die Zähne geschoben. Jetzt, mit geschlossenen Kiefern, hielt er seinen eigenen Untergang fest mit den Zähnen umklammert.

»Stillhalten«, flüsterte der Dämon. »Wenn es deinen Mund verlässt, drücke ich ab. Und dann bleiben von deinem Kopf nur noch die Ohren übrig.«

Verzweiflung packte Venturini, die noch stärker war als der brennende Schmerz in seiner Schulter. Er hatte keine Möglichkeit, an den Sensor zu kommen, er würde sterben und Nemesis würde genauso sterben.

Plötzlich war die Klarheit in seinem Kopf, die Klarheit, um die er Gott in den letzten Tagen angefleht hatte, auf dass sie ihm bei seiner Mission helfen möge. Plötzlich war aller Schmerz vergessen. Es war so deutlich, denn es gab nur eine Möglichkeit. Er musste den Dämon überraschen, er musste Zeit gewinnen, um den Sensor zu aktivieren, und er musste in dieser Zeit am Leben bleiben. Um den Sensor auszulösen, durfte der Abstand zu Nemesis nicht mehr 200 Meter betragen. Die Zeit, die ihm zur Verfügung stand, waren damit fast genau 20 Sekunden.

Die Zeit, die man braucht, um 200 Meter zu fallen.

Er verharrte für eine Sekunde, dann verlagerte er seinen Schwerpunkt nach hinten – und stürzte in die Tiefe. Schemenhaft sah er das Gesicht des Dämons, dessen Augen sich erstaunt weiteten, sah die Glasfassade des gigantischen Gebäudes sich in einen dunkelgrauen Flickenteppich verwandeln, der immer schneller an ihm vorbeizog, und sah die Sterne des Winterhimmels über sich, während er in die bodenlose Finsternis fiel.

Donec vénias – Bis du kommst, in Herrlichkeit.

Es gelang ihm noch, dieses Stoßgebet zu sprechen, bevor er Hunderte von Metern weiter unten auf dem Steinboden aufschlug und seine Knochen zerschmettert wurden.

Und er schaffte es noch, den Auslöser zu drücken, bevor er von Gott in die Ewigkeit gerufen wurde.

38

LONDON
FREITAG, 5. JANUAR
20:15 UHR

Marcus rang nach Luft und lockerte seine Krawatte. So weit war es gekommen seit diesem unheiligen Anruf vor vier Tagen am ersten Januar. Gott hatte in sechs Tagen die Welt erschaffen, und er, Marcus Wagner, hatte seine in fünf Tagen zerstört. Was sollte er tun? Den Revolver nehmen und damit Tyron erschießen? Er wagte es nicht zu denken, aber ein anderer perfider Winkel seines Unterbewusstseins schlug ihm vor, doch wirklich das Unbeschreibliche zu tun und damit vielleicht sich selbst zu retten. Er griff mit zitternder Hand nach dem Revolver, ließ dann die Hand sinken – und brach zusammen.

»Sie sind nicht bereit für die Kinder des Kronos«, rief Tyron und riss Marcus die Waffe aus der Hand. »Und dann muss ich mich rechtfertigen, warum *wir* die Menschen kontrollieren?« Er legte die Waffe zurück in den Koffer und legte den Koffer beiseite. »Weil man sich auf niemanden verlassen kann. Weil man am Ende doch *alles* selber machen muss.«

Hätte Tyron aufgepasst, wäre ihm der Blick nicht entgangen, mit dem Nemesis vielleicht eine Sekunde zu lange auf den schwarzen, kleinen Koffer geblickt hatte. Doch es hatte jemand den Raum betreten, dessen bloße Präsenz die Raumtemperatur um 10 Grad abzusenken schien. Eine schwarz gekleidete Person mit einer schwarzen Maske, in den Holstern zwei 45er mit Schalldämpfern. Die Gestalt bewegte sich wie ein Mensch, dessen Bewegungen, sonst von äußerster Eleganz und Geschmeidigkeit, heute von irgendetwas beeinträchtigt wurden.

»Wie heißt es an der Wall Street?«, sagte Tyron und nickte der schwarzen Gestalt zu. »*You don't get something for nothing.* Wir nehmen den Menschen nur etwas, was sie sowieso nie richtig mochten und womit sie auch eigentlich immer überfordert waren. Ihre Freiheit. Das ist ein fairer Tausch.« Er gab der schwarzen Gestalt ein Zeichen, wandte sich an Sarah und Vincent und sprach weiter: »Und jetzt, da Sie alles gehört haben und unser Adlatus sich als unfähig erwiesen hat, nehmen *wir* Ihnen auch etwas: Ihr Leben.«

Sarahs Magen krampfte sich auf die Größe eines Golfballs zusammen. *Man muss sterben,* dachte sie. Das sagt sich so einfach. *Man akzeptiert den Tod, denn er ist unvermeidbar.* So lange, bis er wirklich vor einem steht.

Sie schaute Vincent an.

Ihre Blicke trafen sich.

Sarahs Hand wollte seine ergreifen, doch mit den Handschellen konnten sie sich nicht einmal Zentimeter bewegen. Sie dachte an vorhin, auf dem Revier von Scotland Yard, als sie seine Hand losgelassen hatte, und hörte das Gespräch noch einmal in ihrem Kopf.

Die schwarze Gestalt mit der Maske näherte sich, in den Händen die zwei Pistolen, die matt im Licht der Deckenbeleuchtung glänzten. Sie waren allein. Marcus stand zitternd und fassungslos vor ihnen, doch er konnte nichts tun. Niemand würde ihnen helfen können. Der Tod war der Preis für das Geheimnis, das sie erfahren hatten. Schreien, betteln, ausbrechen? Tyron würde keine Gnade kennen, es war zwecklos.

Sarah wusste, dass bei Menschen, die sterben, das gesamte Leben noch einmal im Zeitraffer an ihrem inneren Auge vorbeizog. Nichts dergleichen geschah. Und dennoch änderte sich etwas. In diesem einen Moment, in dem sie dort saß und auf den Tod wartete, verlangsamte sich alles, als ob sie sich in einem riesigen Motor befinden würde, der plötzlich zwei Gänge heruntergeschaltet wird. Sie hatte an der Art und Weise, wie der Mann den linken Fuß hinter dem rechten herzog, schon geahnt, wer es war, der hier als letzter Henker auf sie wartete, wusste, in welches Gesicht sie blicken würde, wusste, was ihr Unterbewusstsein längst wahrgenommen und nur aus schierem Entsetzen unterdrückt hatte. Die letzten Worte Tyrons, die letzten zwei Schritte, die der Killer machte, als er auf sie zuging, die letzten Momente, die sie noch zu leben hatten, bevor er abdrücken würde. All das geschah in einer einzigen Sekunde. Derselben Sekunde, in der der Mann eine Pistole von der rechten in die linke Hand wechselte, zum Kopf griff und sich die Maske abzog. Sarah konnte sich nicht bewegen, und sie konnte auch nicht schreien, als sie in das Gesicht blickte, das bis jetzt von dieser bedrohlichen Maske bedeckt war, die nun fallen gelassen wurde und hinter dem

Mann zu Boden fiel. Sie kannte dieses Gesicht, sie hatte es erst vor Kurzem gesehen, an einem anderen Ort, in einer anderen Stadt. Dieses scharfkantige Gesicht, das sich in eigentümlicher Weise von den durchdringenden, aber stets etwas traurig und melancholisch dreinblickenden Augen abhob, der silbergraue, kurz gestutzte Bart, die bizarren Tätowierungen auf dem Schädel, die es noch weiter von dem entfernten, was es eigentlich war, und es dahin brachten, was es sein *sollte*, düster, einsam und melancholisch, weniger einem Menschen gleich, mehr wie ein ... Wolf.

Tyron und Nemesis traten zur Seite, als die schwarze Gestalt sich vor sie stellte und die zwei Pistolen hob. Zwei Pistolen, zwei Kugeln, zwei Menschen.

LONDON
FREITAG, 5. JANUAR
20:20 UHR

39

Nemesis starrte auf den schwarzen Koffer mit dem Revolver, schätzte die Distanz ab.

Halte deine Freunde nahe bei dir, aber deine Feinde noch näher. Das hatte Tyron gesagt.

Was immer sie tun würde, Tyron würde die Kapillaren aktivieren, ihr Blut würde sich in Säure verwandeln, und sie würde grausam sterben.

Deine Vergehen sind furchtbar, und es ist gerecht, dass du jetzt leidest, hatte Coreolanus zu ihr gesagt, als sie vor Kälte zitternd in der schneebedeckten Telefonzelle in New Jersey stand.

Sie hatte getötet. Viele Menschen für viel Geld. *Wer durch das Schwert lebt, wird durch das Schwert sterben.*

Auch sie würde sterben. Ob jetzt oder später. Sie, Nemesis, war schon längst tot. Sie lief auf der Erde herum, ohne wirklich zu existieren, wie das Bild auf dem Monitor eines abgestürzten Computers, der noch ein Programm anzeigt, das schon längst gelöscht wurde.

Ihr Leben lang war sie eine tödliche Waffe gewesen. Jetzt stellte sich die Frage, ob sie auch ihren Tod zu einer Waffe machen konnte.

40

LONDON
FREITAG, 5. JANUAR
20:20 UHR

Sarahs Herz raste. Was hätte sie darum gegeben, jetzt Vincents Hand halten zu können. Wenn sie schon starb, dann hier gemeinsam mit ihm. Wie würde es sein? Sarah hörte ein Klicken. Gleich würde es kommen, ein gedämpftes Geräusch, mehr einem Fauchen als einer Explosion gleich. Schwärze würde sie umgeben, dann diese wohlige Wärme, von der die Patienten immer sprachen, die vom Tod zurückgeholt wurden. Die Wärme würde in ihr aufsteigen, sie sanft in die Höhe heben. Sie würde eins werden mit der ganzen Welt, dem Gebäude, dem Himmel, der Nacht, den Sternen – und Vincent. Das Fauchen der Explosion würde verschwinden, wie es gekommen war, gleich dem Nachhall eines schnellen Zuges, und am Horizont würde ein helles Licht aufflammen, das sich rasch näherte.

Sie hörte noch mal ein Klicken, blickte ein letztes Mal Vincent in die Augen, bevor sie ihre schloss, zitterte, wartete.

Dann hörte sie zwei Schüsse. Und dann nichts mehr.

LONDON
FREITAG, 5. JANUAR
20:20 UHR

41

Raymond Carter saß in seinem Rover und überfuhr die London Bridge, während er über Funk mit einem der Constables sprach. Er versuchte, mit einer Hand eine Zigarette aus der Schachtel zu fingern und gleichzeitig das Lenkrad zu halten.

»Schlechte Nachrichten, Mr. Carter«, sagte die Stimme am anderen Ende. »Der Volvo Kombi ist gesehen worden, das Nummernschild hat sich aber niemand gemerkt.«

»Das ist London«, sagte Carter. »Millionen Leute, und keiner hat was gesehen.« Es war ihm nicht gelungen, die Zigarette mit einer Hand aus der Schachtel zu bugsieren, und er warf die Packung ärgerlich auf den Beifahrersitz.

»Was ist mit den Peilsendern?«, fragte er.

»Die haben sie Ms. Jakobs und Mr. Wagner abgenommen und beide an verschiedene Autos geklebt, Sir.« Carters Gesicht verdunkelte sich. Der Constable sprach weiter. »Einer war an einem Taxi, das ich selbst in Lambeth angehalten hatte, das andere wurde von den Kollegen an einem Reisebus von Rainbow Tours entdeckt, in einer Nebenstraße von King's Cross.«

Carter blickte mürrisch auf die glitzernde Wolkenkratzerfassade der City an der Nordbank der Themse. »Haben die Kollegen aus Deutschland etwas gehört?«

»Nichts«, sagte der Constable. »Gar nichts.«

LONDON
FREITAG, 5. JANUAR
20:21 UHR

42

Sarah öffnete die Augen. Sie blickte an sich hinunter. Kein Blut. Sie schaute zu Vincent, der sie erstaunt durch seine tränennassen Augen anblickte. Dann sah sie, wie Tyron und Wolf, jeder von einer Kugel getroffen, zu Boden sanken.

Träumte sie? Hoffte sie? War sie schon tot?

Sie hob den Blick – und sah Nemesis, einen Arminius-Revolver in der Hand, aus dessen Mündung Rauch aufstieg. Der kleine schwarze Koffer lag zu ihren Füßen. Nemesis hob die Waffe, feuerte noch einmal. Noch einmal zwei Schüsse. Tyron und Wolf wurden nach hinten geschleudert und blieben regungslos liegen.

LONDON
FREITAG, 5. JANUAR
20:25 UHR

43

Tyron und Wolf bewegten sich nicht mehr, als Nemesis die Handschellen und Fußfesseln aufschloss. Sarah blickte Nemesis an wie ein Gespenst.

»Raus hier«, rief Nemesis in die Erstarrung hinein. Beide wollten aufspringen, sackten aber gleich wieder in sich zusammen. Ihr Blut musste erst wieder zu zirkulieren beginnen. »Na los«, zischte Nemesis und riss Sarah nach oben. »Ich weiß nicht, wie lange ich euch noch helfen kann.« Es war so, als schien sie erstaunt zu sein, dass sie selbst noch lebte. Marcus half Vincent dabei, wieder auf die Beine zu kommen.

Dann öffnete Nemesis eine Klappe an der Wand und drückte einen roten Knopf. *Emergency.* Sirenen fingen an zu heulen. »Ein Feueralarm schafft immer Chaos«, sagte Nemesis, »und das brauchen wir. Vorwärts! Zum Aufzug!«

Tyron hob schmerzverzerrt den Oberkörper. Mehrere Rippen waren gebrochen, sein Oberkörper eine blaugelbe Fläche aus Hämatomen. Innere Blutungen, mehrere Organe waren angequetscht und er würde sicher operiert werden müssen. Doch er tat das, was nach den zwei Schüssen, die aus nächster Nähe auf ihn abgefeuert wurden, niemand tun würde: Er lebte!

Denn der Anzug und das Hemd, das er getragen hatte, die beide teuer und wie aus teurem Stoff aussahen, bestanden in Wirklichkeit aus einer synthetischen Textur, die unendlich stabil und gleichzeitig unendlich dehnbar war. Detectives in New York trugen extraweite Anzüge, an denen sich Funkgerät, Waffe und Handschellen nicht abzeichneten. Tyron trug Anzüge, denen man nicht ansah, dass sie eigentlich Panzerung waren.

Nemesis war eine Profikillerin, und das war sein Glück gewesen. Profikiller haben es an sich, ihrem Opfer niemals in den Kopf zu schießen, da dies die Identifizierung erschwert und jeder Auftraggeber das Gesicht des Toten sehen will. Man will nicht erst einen Gerichtsmediziner kaufen, der anhand von DNA und Zahnstatus auch bei einem völlig zerschmetterten Kopf noch die Leiche identifizieren kann. Man will gleich wissen, ob es den Richtigen erwischt hat. *Gut, wenn man es mit Profis zu tun hat,* dachte Tyron und zog sich am Tisch hoch. *Aber warum? Warum, zum Teufel, hatte der Sensor nicht funktioniert? Warum war Nemesis nicht in entsetzlichen Qualen zusammengebrochen und elend gestorben, als sie den*

Abzug betätigt hatte? Er würde die ganze IT-Mannschaft, die für die Sensorik zuständig war, erschießen lassen.

Doch das hatte Zeit. Wichtige Dinge zuerst. *Der Aufzug,* dachte er. Sie würden den Aufzug benutzen und er würde wissen, was er zu tun hatte.

Wolf war bereits auf den Beinen. Er trug die gleiche Schutzkleidung und dazu ohnehin immer eine kugelsichere Weste. Tyron zeigte mit dem Finger zur Tür und fuhr sich dann mit demselben Finger über die Kehle. Wolf nickte, während er sich mit noch etwas unsicheren Schritten Richtung Tür bewegte und Tyron sich an seinem Schreibtisch emporzog. Die eiserne Krone auf dem schwarzen Marmorblock, die ihm einst der Wächter geschenkt hatte, blitzte im Licht der Deckenstrahler.

44

ROM
FREITAG, 5. JANUAR
20:25 UHR

Constantino Kardinal Coreolanus stand vor dem riesigen Wandgemälde des Jüngsten Gerichts von Michelangelo in der Sixtinischen Kapelle und sah die Verdammten und die Erlösten, die sich in nicht enden wollenden Reihen Richtung Hölle und Himmel bewegten.

Zwei Engel, von Wolken umgeben, hatten das Buch der Verdammnis und das Buch des Lebens in der Hand, während unter ihnen die erwachten Toten aus ihren Gräbern stiegen. Erst noch Gerippe, von Leichentüchern umhüllt, die sich langsam und zögernd aus ihrem jahrhundertelangen Schlaf erhoben, bis sie allmählich zu schweben begannen und immer höher dem großen Kreis der Ewigkeit zuflogen.

Er übt Macht mit seinem gewaltigen Arm. Die Worte des *Magnificat* waren in seinem Kopf. Er hielt den Rosenkranz in seinen Händen. *Freitag,* der Tag der *Schmerzhaften Geheimnisse.* Doch Schmerz spürte er nicht. Eher eine kindliche, eine beinahe schon naive Freude, von der er gar nicht sagen konnte, woher sie kam.

Manchmal glaubte er, dass der unmittelbare Anblick der Natur und des Lebens, der Schönheit und des Vollkommenen, nur eine Täuschung des Glücks gewesen war, eine diffuse und undeutliche Erinnerung an vergangene Tage, als er die Welt noch wie ein Kind sehen konnte.

Doch war nicht dieser kindliche Blick auf die Dinge die wirkliche Sicht auf die Welt? Es waren die Momente, in denen er die Welt staunend wie ein Kind betrachtete, in denen er in der Lage war, Dinge *zu sehen.*

Und da wurde ihm klar, dass Venturini gestorben war. Und dass er jetzt bei Gott in der Ewigkeit war.

Ob es ihm gelungen war, seinen Auftrag zu erfüllen?

Was ist Glaube?, dachte er. *Eine gewisse Zuversicht dessen, was man hofft. Und ein Nichtzweifel an dem, was man nicht sieht.*

Er fiel auf die Knie, und Tränen erfüllten seine Augen.

45

LONDON
FREITAG, 5. JANUAR
20:30 UHR

Der Aufzug raste nach unten. Das Display zeigte die Ziffern der einzelnen Stockwerke in rasanter Folge. 90, 89, 88, 87 … Nemesis machte sich an einem Sicherungskasten zu schaffen, fand zwei Kabel, schnitt sie durch – und der Fahrstuhl hielt mitten in der Bewegung mit einem knirschenden Geräusch. Die Neonbeleuchtung flackerte, ging kurz aus und strahlte dann weiter.

»Hört zu«, sagte Nemesis, »Tyron hat mich vergiftet und das Gift kann jederzeit wirken. Ich weiß nicht, warum es noch nicht gewirkt hat, aber vielleicht ist das göttliche Fügung.« Sarah und Vincent versuchten gar nicht erst, zu verstehen, was sie meinte. »Sie werden den Ausgang bewachen, ebenso die Stockwerke und das Treppenhaus.« Nemesis blickte nach oben. »Es gibt nur eine Treppenflucht, die als Notausgang gedacht ist. Eine Wendeltreppe, die direkt neben dem Aufzugsschacht verläuft. Man kann sie nur zwischen den Stockwerken erreichen.«

»Heißt das, wir müssen aus dem Fahrstuhl rausklettern?«, fragte Sarah.

Nemesis lächelte kurz und nickte.

Sie zog eine Chipkarte hervor. »Wenn wir uns verlieren sollten«, sagte sie, »geht die Treppe immer weiter hinunter, bis es nicht mehr weitergeht. Es wird lange dauern, sehr lange, die Treppe endet erst tief unter der Erde. Dann kommt ein Betongang, auch der nimmt schier kein Ende. Am Ende kommt eine weitere Tür. Und dafür braucht ihr das.« Sie gab Sarah die Karte, die sie in ihre Innentasche steckte und den Reißverschluss zuzog.

»Es geht los«, sagte Nemesis.

Sie öffnete die Deckenverkleidung und einer nach dem anderen kletterte auf das Dach der Kabine. Bläuliches Licht umgab sie. Der Fahrstuhlschacht erstreckte sich endlos in die Höhe und verlor sich irgendwo in der Finsternis. Es war, als befänden sie sich in der Speiseröhre eines riesigen Ungeheuers.

Sarah blickte sich um. In etwa zwei Metern Höhe war eine mannshohe Öffnung. Ein paar Sprossen in der Wand führten dorthin.

Nemesis zeigte auf die Tür. »Dort oben ist die Öffnung zur geheimen Treppe.«

Sarah zeigte auf Vincent und Marcus. »Ihr zuerst!«

Vincent und Marcus kletterten hintereinander die schmalen Sprossen der stählernen Leiter nach oben. Höhenangst konnte man kaum haben, da unter ihnen die Fahrstuhlkabine hing. Doch Vincent wurde es dennoch schwindelig, wenn er in die nicht enden wollende Höhe des Fahrstuhlschachts schaute.

Die beiden Brüder zwängten sich durch die Öffnung. Hinter der Tür führte die Wendeltreppe in absoluter Finsternis in die Tiefe. Kein Licht, kein Geländer. *Geheime Treppe,* hatte Nemesis gesagt.

Sarah schaute nach oben zu dem Licht, dann zu Nemesis. Die blickte irritiert nach oben. »Was ist los?«, fragte Sarah.

»Ich glaube, sie wollen die Stahlseile durchtrennen und die hydraulischen Halterungen lösen.« Sie gab Sarah einen leichten Stoß. »Hoch mit dir!«

Doch dazu kam es nicht. Sarah wollte gerade die Leiter hinaufsteigen, als sich über ihnen im Schacht eine Fahrstuhltür öffnete und eine schwarze Gestalt von der Öffnung auf die Kabine sprang. Eine Handbewegung von Wolf warf sie zur Seite. Eine zweite Handbewegung traf Nemesis in den Solarplexus und ließ sie zusammensacken. Sie richtete sich wieder auf, versuchte, die Schläge von Wolf abzublocken, doch es hatte keinen Sinn. Wolf war einfach stärker und schneller, und er würde gewinnen. Er hatte sich so positioniert, dass Sarah hinter Nemesis stand und sie nichts für sie tun konnte.

»Wir müssen ihr helfen«, schrie Vincent und machte sich daran, wieder die Leiter herunterzusteigen. Ein Schlag nach dem anderen prasselte auf Nemesis ein, Blut spritzte ihr aus Mund und Nase. Wenn Wolf sie lange genug aufhalten würde, bis sie oben die Seile gekappt hätten, wäre Sarah tot. Ob mit oder ohne Wolf.

Ein letzter stumpfer Schlag von Wolf warf sie zu Boden. Wolf hob die Pistole.

Als hätte irgendein perfider Wille nur darauf gewartet, drang von oben ein dumpfes, hässliches Geräusch an ihre Ohren. Die Stahlseile! Selbst Wolf hielt inne – und machte den Fehler, den man in seinem Beruf nur einmal machen durfte. Zum ersten und zum letzten Mal. In der Zehntelsekunde, in der er nach oben blickte, zeigte Nemesis, dass sie der größere Profi war. Es war dieselbe Zehntelsekunde, in der sie das Messer zog, es in einem Halbkreis nach oben zu Wolfs Hals bewegte und in einem grausamen, schnellen Schnitt von einem Ohr zum anderen gleiten ließ. Parallel zu der verheilten Wunde an seiner Kehle.

Genauso lang, aber diesmal schneller.

Diesmal tiefer.

Diesmal richtig.

Wolfs Augen weiteten sich, Blut schoss aus der Wunde hervor, rann warm seinen Hals hinunter, floss seine Speiseröhre hinauf, füllte seinen Mund und spritzte in kleinen Strahlen zwischen den vor Verwunderung und Schrecken zusammengepressten Lippen hervor. Seine Augen brachen, und mit einem letzten, grunzenden Geräusch brach auch er zusammen. Nemesis stand über ihm wie die Rachegöttin, deren Namen sie trug.

Jeder Teufel findet irgendwann seinen Meister.

Wolf war soeben daran erinnert worden, dass er keine Ausnahme war.

»Sarah!!!«

Vincents Stimme durchbrach die gespenstische Ruhe.

Er war halb die Leiter heruntergeklettert und streckte seine Hände aus. »Kommt, schnell, bevor der Aufzug …«

Er kam nicht mehr dazu, den Satz zu beenden. Ein hässliches Geräusch ertönte, wie eine Explosion. Für einen kurzen Moment schienen Sarah, Nemesis und die Fahrstuhlkabine im leeren Raum zu schweben. Ihre Blicke trafen sich, und Sarah sah für Bruchteile von Sekunden in die Augen, die das Letzte gewesen waren, was Stuart Hill gesehen hatte, bevor er starb. Bruchteile von Sekunden, bevor die Schwerkraft die Erfüllung ihres unbeugsamen Gesetzes fordern würde. Bruchteile, in denen Sarah die Sprossen in der Wand fixierte, fühlte, wie sie der Boden unter ihren Füßen verließ – und sprang.

46

LONDON
FREITAG, 5. JANUAR
20:40 UHR

Mit einem grässlichen Kreischen, das wie Nadeln in den Trommelfellen brannte, schoss die Aufzugkabine in die Tiefe, eine Spur aus Funken und blauem Qualm hinter sich herziehend.

Vincent blickte über den Rand der Öffnung.

Sarah hing an der letzten Sprosse der Treppe. Ihr Gesicht war eine Maske des Schmerzes. Sie versuchte, ihn mit seiner Hand zu erreichen, doch es war noch immer fast ein Meter zwischen ihnen.

»Marcus«, schrie Vincent, »wir brauchen ein Seil.«

Marcus blickte sich hastig um. »Wie wäre es hiermit«, rief er dann. Dann band er sich mit zitternden Fingern seine Krawatte ab. »Habe mir immer schon gedacht, dass die zu irgendetwas gut sein müssen.«

Ein dumpfes Krachen ertönte von weit unten. Die Kabine war gelandet.

»Ist das Ding stabil genug?«, fragte Vincent gegen den Lärm an.

»Mailändische Handarbeit.«

Sarah ergriff das Ende der Krawatte und mit vereinten Kräften zerrten Vincent und Marcus sie nach oben. Vincent ergriff Sarahs Hand und beide zogen sie mit letzter Kraft durch die Tür zum Treppenhaus hinein. Sie schauten nach unten, in den nicht enden wollenden Schacht, aus dem blauer Qualm nach oben zog und Blitze zuckten.

In den Abgrund blicken. Sie hatten gerade gelernt, was das bedeutet.

47

LONDON
SAMSTAG, 6. JANUAR
06:30 UHR

Die Treppe war unendlich. Kein Licht, kein Geländer, keine Taschenlampe. Schritt für Schritt konnte man sich nur vorantasten, einen Fuß nach dem anderen. Vincent hatte schon lange aufgehört, die Stockwerke zu zählen.

Unten angekommen, hatte sich der Gang erstreckt, ebenso endlos und in völliger Dunkelheit. Als sie schon dachten, dass sie im Kreis laufen würden und der Gang nie mehr ein Ende nehmen würde, gelangten sie irgendwann an eine Tür. Sarah zog die Chipkarte, die Nemesis ihr gegeben hatte.

Es war Samstag, der Tag des Saturn, am sechsten Januar. Sie standen auf einem Hügel und sahen unter sich die Stadt und am Osthimmel die erste Andeutung des Tages, begleitet von ruhelosen Wolkenfetzen, die der Ostwind über den Himmel trieb. Das Rot der Morgendämmerung schimmerte auf den Häusern von North London, während sich in der Ferne Nat-West und Canada Tower, und noch weiter entfernt London Eye und Big Ben im Morgennebel erhoben. Sie waren im Freien, draußen, gerettet.

»Wir leben«, sagte Sarah ungläubig. »Wir sind draußen und leben!«

Alle drei sanken zu Boden und lagen minutenlang auf der eiskalten Erde dieses Wintermorgens. Nach einer Weile standen sie auf. Sarah atmete noch immer schwer, sah Vincent an und war doch glücklich, glücklich, entkommen zu sein, glücklich, hier mit ihm zu sein, hier in der Morgendämmerung eines neuen Tages.

Eine Weile noch schwiegen sie nur und blickten auf die Stadt hinunter, dann setzten sie sich in Bewegung Richtung Stadt. Ihre Hände umschlossen einander, als sie noch immer auf die grandiose Szenerie unter sich schauten, die erwachende Stadt, deren Silhouetten mehr und mehr im roten Licht des Sonnenaufgangs aus dem Morgennebel hervortraten, umgeben von der Themse, die die Stadt in den Strahlen des Sonnenlichts durchzog wie ein Strom aus flüssigem Gold.

Marcus faltete die Krawatte zusammen und folgte ihnen.

Crawford's Coffeeshop schien der einzige Ort in Tottenham zu sein, in dem man zu dieser frühen Stunde überhaupt etwas zu essen bekam. Sarah hatte mit dem öffentlichen Telefon nahe der Theke bei Scotland Yard angerufen und Carter und Winterfeld verständigt.

Draußen fuhr die Müllabfuhr vorbei und zwei Müllmänner warfen mit dampfendem Atem die schwarzen Säcke in den Container. Irgendwo bellte ein Hund mit heiserer Stimme. Eine Kellnerin füllte aus einer großen Kanne schwarzen Kaffee in die Becher. Der Geruch von gebratenen Eiern und Speck wehte vom Grill herüber. Taxifahrer, die ihre Frühschicht begannen, und Krankenschwestern aus dem nahe gelegenen Krankenhaus, die ihre Nachtschicht beendet hatten, saßen an den Tischen, schlürften Kaffee und kauten auf ihren Muffins herum. Madonnas *Like a Virgin* dudelte aus scheppernden Lautsprechern.

»So hat das Jahr angefangen«, sagte Vincent und nippte an dem dampfenden Kaffee. »Mit einem Frühstück.« Er schaute nach draußen.

»So eine Art *Katerbrunch,* nehme ich an?« Sarah hob die Augenbrauen.

»Kann man so sagen«, sagte Vincent und stocherte in seinem Rührei herum. »In meinem Horoskop stand, dass das neue Jahr für mich mit einer Überraschung beginnen würde. Übertrieben war das nicht.«

»Was wohl mit uns auch passiert wäre, wenn Nemesis nicht gewesen wäre.« Sarahs Hände zitterten noch.

Vincent umfasste ihre Hand mit beiden Händen. »Weißt du noch, was Stokes gesagt hat: *Manchmal ist es besser, an Märchen zu glauben, denn die Wirklichkeit muss man ertragen können.* Ich glaube, ich weiß jetzt, was er damit meinte.«

Sein und werden, dachte Sarah. Selbst Märchen konnten Realität werden. Und dennoch sollte man sie weiter als Märchen behandeln, weil man sonst zu viel Angst vor ihnen hätte. Nach dem Frühstück würde sie die reale Welt wiederhaben. *Zu Scotland Yard, aussagen, nach Deutschland fliegen, Bellmann den Tathergang schildern und sein verdutztes Gesicht genießen …* Sie schaute Vincent an, der nachdenklich aus dem Fenster blickte, als würde er den ganzen Film noch einmal in seinem Kopf abspielen lassen. Sie konnte es nicht. Es war so unmittelbar gewesen, hatte sich in so kurzer Zeit ereignet, dass sie Wochen brauchen würde, um alles zu verarbeiten.

»Das heißt, dass wir jetzt in einem Märchen sind?«, fragte Sarah und sah Vincent erwartungsvoll an, so als erhoffe sie sich eine besonders akademische Antwort.

Er streute Zucker in seinen Kaffee und nickte.

»So ungefähr. Jetzt sind wir gerade wieder aufgewacht. In Wirklichkeit ist heute der erste Januar. Gestern war Silvester, wir haben zu viel gesoffen und dann ziemlich schräges Zeug geträumt.«

Sie umfasste seine Hände noch fester und eine wohlige Freude breitete sich in ihr aus, sodass sie plötzlich lachen musste, obwohl sie gar nicht genau wusste, worüber. Und als sie Vincents Hand hielt und ihn ansah, merkte sie an dem salzigen Geschmack in ihrem Mund, dass sie weinte. Lachte und weinte.

Wer die Merchant Street entlangging, konnte an diesem eiskalten Wintermorgen drei Menschen sehen, von denen zwei sich gegenübersaßen und so aussahen, als würden sie sich seit Jahren kennen, aber erst heute kennengelernt haben. Zwei Menschen, die sich verändert und doch nicht verändert, die sich verloren und wiedergefunden hatten. Die einem neuen Tag entgegensahen, dessen Ende ebenso ungewiss war wie sein Anfang, während um sie herum die Stadt in den flammenden Strahlen der Morgensonne aus dem Nebel stieg und am Himmel einzelne Wolkenteile wie eilige Schatten kamen, gingen und nicht blieben.

EPILOG

»Angst ist der Preis dafür, wenn man zu viel sieht«, sagte Richard Stokes, während er seine Pfeife stopfte und bedächtig seinen Espresso umrührte.

Kardinal Coreolanus, der ihm gegenübersaß, nickte. »Hoffnung kann die Angst besiegen, aber nicht vollkommen.«

Beide genossen die Stille, die noch an diesem Morgen herrschte, bevor die Touristen und Pilger die Straße in Beschlag nehmen würden. Zu dieser frühen Stunde war noch niemand in dem kleinen Café in der Via della Conciliazione, das sich trotzig seinen Platz zwischen all den Devotionalienhandlungen bewahrt hatte. Außer ihnen nur ein älterer, elegant gekleideter Herr, der an einem der Ecktische hinter einer braun getönten Brille ruhig vor sich hin zu dösen schien.

»Hoffnung werden wir brauchen«, sagte Stokes. »Sie sind unsichtbar und sie werden unsichtbar bleiben.« Er trank von dem dampfenden Espresso und entzündete danach seine Pfeife. »Denn ist es nicht so, dass es die Unsichtbaren sind, die die größte Macht haben?«

Coreolanus nickte. »Schauen Sie sich die Geschichte an«, sagte er und ließ die Kreuzkette durch seine Finger gleiten. »Denken Sie zum Beispiel an … Gott.«

Sie blickten beide nach draußen auf die Straße, auf der die Strahlen der morgendlichen Wintersonne lange Schatten zogen, während sich der ältere Herr erhob, einen 10-Euro-Schein auf den Tresen legte, beiden zunickte und das Café mit etwas wackeligen Schritten verließ.

Als der Mann draußen vor dem Café auf der Straße stand, kam es ihm vor, als hätte er dieses Bild schon tausendmal gesehen, als gäbe es eine Urform dieses Ortes und dieser Straße, die sich im Laufe der Jahrhunderte verändert hatte, aber deren Wesen sich niemals ändern würde.

Es war ein neuer Tag, der in dieser uralten Stadt anbrach, deren Straßen und Plätze er schon kannte, bevor sie gebaut worden waren. In östlicher Richtung wehte die Fahne des Heiligen Stuhls auf der Spitze der Engelsburg, rechter Hand erstreckte sich die Piazza San Pietro, wo Paulus und Petrus hingerichtet worden waren.

Es gab Opfer, dachte der Mann, *es musste sie geben, um den Plan zu erfüllen.* Tyron, der aufgeflogen war und in Untersuchungshaft saß, Wolf und Nemesis, die mit zerschmetterten Knochen in einem Haufen von Stahl, Beton und Blech tot am Boden eines Fahrstuhlschachtes in Canary Wharf lagen. Stuart Hill, tot auf dem Teppich der Suite im Adlon, Miller und Thomson als blutbefleckte Renaissance-Statuen in einem unterirdischen Bunker, Michael Davids, der unbelehrbare Schüler, gekreuzigt wie Petrus in Battersea in der Asche seiner Leibwächter und Lustdienerinnen.

Er dachte an John Murphy, der mit der Pistole im Mund auf seinem Ledersessel saß, die aufgerissenen Augen noch immer auf das Foto gerichtet, am Fenster hinter sich ein Kranz aus Hirn, Blut und Knochensplittern, der ihn wie ein satanischer Heiligenschein schmückte.

Er sah Ted Andrews, den unschuldigen Killer, der trotz der drei Millionen Dollar Kaution, die er sofort bereitgestellt hatte, dennoch fünf Tage in Untersuchungshaft verbringen musste. Der sich in diesen fünf Tagen den Fingernagel des Zeigefingers an der Mörtelunterseite der Fensterbank seiner Zelle scharf geschliffen hatte, um sich schließlich damit die Halsschlagader durchschneiden zu können. Wärter fanden ihn auf dem Boden seiner Zelle in der blauen Gefängnismontur, eine Insel der Verzweiflung in einem dunkelroten Meer.

Rings um ihn erwachte die Stadt. Die Morgensonne tauchte die Kuppel des Petersdoms und die Spitze des Obelisken in ein goldenes Licht und warf den Schatten des Mannes auf das Bordsteinpflaster der Via Conciliazione.

Der Mann, der immer unsichtbar bleiben würde.

Der Mann, der mit dem *Plan* die Menschen vor sich selbst schützen wollte.

Der Mann, den sie *den Wächter* nannten.

HERKUNFT DER ZITATE UND TEXTPASSAGEN

Dante: Die Daten und Zitate stammen aus *Dante: Göttliche Komödie,* hrsg. von Henry Francis Cavy, Übersetzung Otto Gildemeister, Phaidon Verlag, Essen, 1997.

Hesiod: Die Passagen über die Entstehung des griechischen Pantheons, wie sie der Wächter und Tyron intonieren, stammen aus *Hesiod: Theogonie: Vom Ursprung der Götter.* Hesiod ist der erste namentlich bekannte Dichter der Weltliteratur. Sein Epos *Theogonie* besingt die Entstehung der Welt aus dem Chaos bis zur Machtergreifung des Zeus. Griechisch-deutsche Ausgabe, Reclam, Stuttgart, 1999.

Somnia, Raptus, Furor: Nach der *De Occulta Philosophia* (1510) von Agrippa von Nettesheim ist *Somnia* der Wahrtraum, *Raptus* das Emporsteigen der Seele vermittels der Kontemplation und *Furor* die Erleuchtung der Seele. Diese drei Seelenzustände – *vacatio animae* – steigen als höhere Eingebungen von Dämonen geleitet zu den Menschen herab und ermöglichen ihnen, die innersten Prinzipien der Dinge zu durchschauen.

DANK

Ein großer Dank vorweg geht an Frank Sarnowski, der sehr detailliertes und hilfreiches Feedback gab, ebenso an Susanne Bader, Werner Irro und Markus Höhne, die mit nicht weniger scharfem Blick Schwächen des ersten Entwurfs aufdeckten.

Für fachliche Unterstützung zu polizeilichen Fragen möchte ich Mirjam Selmke vom LKA Berlin danken, zum Thema Hacker, Trojaner, Computerviren und Botnets außerdem Harald Viehweger und Werner Bogula.

Ein besonderer Dank geht an Michael Tsokos, Direktor des rechtsmedizinischen Instituts der Charité, für ausgesprochen hilfreichen und freundschaftlichen Rat und viele spannende Gespräche.

Ohne meine Agentin Petra Hermanns sowie Valesca Schober würde es dieses Buch in dieser Form sicher nicht geben und es wäre fraglich, ob es jemals einer breiteren Leserschaft zugänglich gemacht worden wäre. Für die gesamte Hilfe, Feedback und Erreichbarkeit zu jeder Zeit an dieser Stelle noch einmal: DANKE! Ebenso ein großer Dank meinem Lektor Martin Breitfeld und dem gesamten Team von KiWi und allen, die an der Erstellung beteiligt waren.

Mein Bruder Jörn hat mich vor einigen Jahren auf das Buch »Saturn und Melancholie« aufmerksam gemacht, das sozusagen die »Initialzündung« für diesen Roman war. Auch hierfür vielen Dank!

Der größte Dank am Ende geht an meine Eltern Barbara und Hans Jürgen Etzold, die mir nicht nur die Welt gezeigt, sondern mir auch beigebracht haben, sie aus unterschiedlichen Blickwinkeln zu sehen. Meine Mutter Barbara konnte zwar den Beginn, aber den Abschluss des Romans nicht mehr erleben. Ihr ist dieses Buch in liebevoller Erinnerung gewidmet.

Veit M. Etzold
Barcelona, im September 2009

Jochen Rausch. Restlicht. Roman. KiWi 1079

Was einfach so verschwindet, verschwindet nie ganz. Wer ohne Abschied geht, wird nicht vergessen. Bloom muss immer noch an sie denken. Astrid war seine Freundin, als sie vor 30 Jahren plötzlich verschwand und er Deutschland verließ. Jetzt kehrt er zurück, um seinen alten Vater zu besuchen. Doch dann wird das Skelett einer jungen Frau gefunden. Todeszeitpunkt: Sommer 1975 – der letzte Sommer mit Astrid. Bloom versucht herauszufinden, was damals geschah.

www.kiwi-verlag.de

Christian v. Ditfurth. Labyrinth des Zorns. Stachelmanns fünfter Fall. KiWi 1095

John Banville alias Benjamin Black. Nicht frei von Sünde. Roman. Gebunden

Quirke, Pathologe in einem Hospital in Dublin, gerät durch eine Leiche, die unter mysteriösen Umständen eingeliefert wird, in Verstrickungen auch seiner eigenen Familie.

»Ein sprachgewaltiger, athmosphärisch dichter Kriminalroman.« *Der Spiegel*

John Banville alias Benjamin Black. Der silberne Schwan. Roman. Gebunden

Wieder ermittelt der Pathologe und ehemalige Trinker Quirke auf eigene Faust. Durch einen dubiosen Selbstmord gerät er dabei in einen Strudel von Gefahren und Enttäuschungen.

www.kiwi-verlag.de Kiepenheuer & Witsch